中学毕业，下乡之前

1988 年，初到海南

与读者面对面交流

讲解"精神底飞的姿态"

韩少功（左）出席"华语文学传媒大奖 2010 年度杰出作家颁奖仪式"，并和曹柯（右）一起为张炜颁奖

在书房中

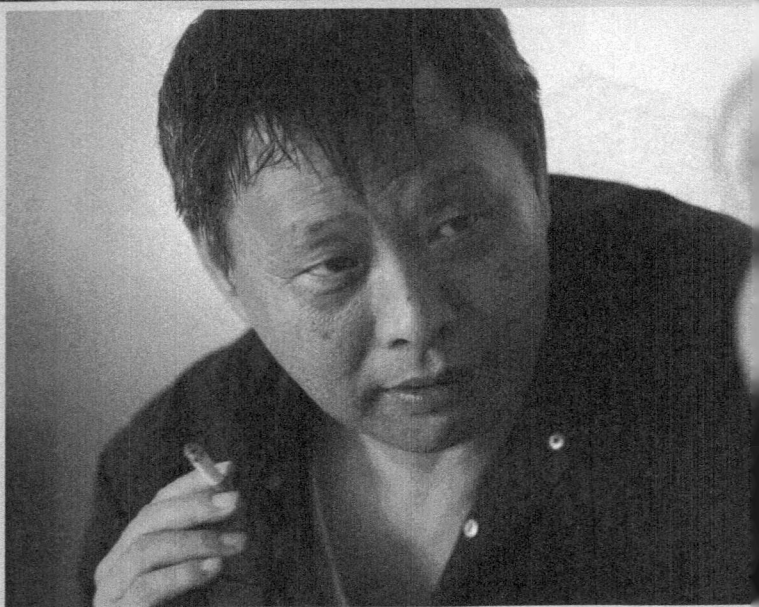

近照（一）

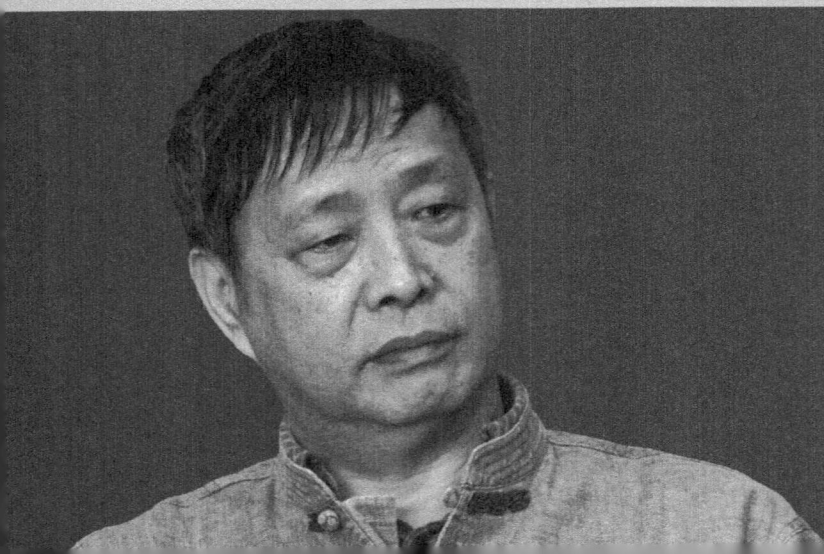

近照（二）

韩少功自选集

韩少功◎著

天 地 出 版 社 | TIANDI PRESS

图书在版编目（CIP）数据

韩少功自选集 / 韩少功著. —成都：天地出版社，2017.3（2021.9重印）

（路标石丛书）

ISBN 978-7-5455-2457-4

Ⅰ．①韩… Ⅱ．①韩… Ⅲ．①中国文学—当代文学

—作品综合集 Ⅳ．① I217.2

中国版本图书馆 CIP 数据核字（2016）第 321879号

韩少功自选集

出品人	杨 政
著 者	韩少功
责任编辑	陈文龙
封面设计	今亮后声
电脑制作	九章文化
责任印制	葛红梅

出版发行 天地出版社

（成都市槐树街 2 号 邮政编码：610014）

网 址	http://www.tiandiph.com
	http://www. 天地出版社 .com
电子邮箱	tiandicbs@vip.163.com
经 销	新华文轩出版传媒股份有限公司

印 刷	廊坊市印艺阁数字科技有限公司
版 次	2017 年 3 月第 1 版
印 次	2021 年 9 月第 3 次印刷
成品尺寸	160mm×238mm 1/16
印 张	35.75
字 数	586千
定 价	98.00 元
书 号	ISBN 978-7-5455-2457-4

序言

王蒙

　　新华文轩集团在做一套当代作家的自选集，第一批将出版陈忠实、史铁生、张炜、韩少功、王蒙的自选作品，目前签约的则还有熊召政、王安忆、赵玫、方方、池莉、苏童等同行文友，今后还将考虑出版港澳台及海外华语作家的自选作品。好事，盛事！

　　现在的文学创作并没有太大的声势，人们的注意力正在被更实惠、更便捷、更快餐、更市场、更消费也更不需要智商的东西所吸引。老龄化也不利于文学作品的阅读与推广，因为老人们坚信他们二十岁前读过的作品才是最好的，坚信他们在无书可读的时期碰到的书才是最好的，就与相信他们第一次委身的情人才是最美丽的一样。新媒体则常常以趣味与海量抹平受众大脑的皱折，培养人云亦云的自以为聪明的白痴，他们的特点是对一切文学经典吐槽，他们喜欢接受的是低俗擦边段子。

　　孟子早就指出来了，"耳目之官不思，而蔽于物。物交物，则引之而已矣。心之官则思，思则得之，不思则不得也。"他强调的是心（现在说应该是"脑"）的思维与辨析能力，而认为仅仅靠视听感官，会丧失人的主体性，丧失精神的获得。因为一切的精神辨析与收获，离不开人的思考。

　　当然，耳目也会激发驱动思维，但是思维离不开语言的符号，而文学是语言的艺术，是思维的艺术，是头脑与心灵而不仅仅是感觉的艺术。文艺文艺，不论视听艺术能赢得多多少百倍更多的受众，文学仍然是地基又是高峰，是根本又是渊薮。文学的重要性是永远不会过时与淡化的。

　　当代文学云云，还有一个问题，"时文"难获定论，时文受"时"的影响太大。学问家做学问的时候也是希罕古、外、远、历史文物加绝门暗器，不喜欢顺手可触、汗牛充栋的时文。

　　但读者毕竟读得最多最动心动情最受影响的是时文。时文而晒一晒，静一静，冷一冷，筛一筛，莫佳于出版自选集。此次编选，除王蒙一人而外都是文革后"新时期"涌现的作家，基本上是知青作家。知青作家也都有了三十年上下的创作历程与近千万字的创作成果。几十年后反观，上千万字中挑选，已经甩掉了不少暂时的泡沫，已经经受了飞速变化与不无纷纭的潮汐的考验，能选出未被淘汰的东西来，是对出版更是对读者的一个贡献。以第一批作者为例，陈忠实的作品扎根家乡土地，直面历史现实，古朴淳厚，力透纸背。史铁生身体的不幸造就了他的悲天悯人，深邃追问，碧落黄泉，振撼通透，沉潜静谧。张炜对于长篇小说的投入与追求，难与伦比，乡土风俗，哲思掂量，人性解剖，一以贯之，未曾稍懈。韩少功更是富有思辨能力的好手，亦叙亦思，有描绘有分解，他的精神空间与文学空间纵横古今天地，耐得咀嚼，值得回味。我的自选也忝列各位老弟之间，偷闲学学少年，云淡风清，傍花随柳，作犹未衰老状，其乐何如？

我从六十余年前提笔开写时就陶醉于普希金的诗：

> 我为自己建立了一座非人工的纪念碑，
> ……所以永远能和人民亲近，
> 我曾用诗歌，唤起人们善良的感情，
> 在残酷的时代歌颂过自由，
> 为倒下去的人们，祈求宽恕同情。
> ……不畏惧侮辱，也不希求桂冠，
> 赞美和诽谤，都心平静气地容忍。

看到文友们的自选集的时候，我想起了普希金的诗篇《纪念碑》。每一个虔诚的写者，都是怀着神圣的庄严，拿起自己的笔的。都是寄希望于为时代为人民修建一尊尊值得回望的纪念碑来的。当然，还不敢妄称这批自选集就已经是普希金式的纪念碑，那么，叫路标石就好。几十年光阴荏苒，总算有那么几块石头戳在那里，记录着时光和里程，记忆着希冀和奋斗，还有无限的对于生活、对于文学的爱惜与珍重。它们延长了记忆，扩展了心胸，深沉了关切与祝福，也提供给所有的朋友与非朋友，唤起各自的人生百味。

目录

长篇小说

马桥词典（选章）

枫　鬼▲

动笔写这本书之前，我野心勃勃地企图给马桥的每一件东西立传。我写了十多年的小说，但越来越不爱读小说，不爱编写小说——当然是指那种情节性很强的传统小说。那小说里，主导性人物，主导性情节，主导性情绪，一手遮天地独霸了作者和读者的视野，让人们无法旁顾。即便有一些偶作的闲笔，也只不过是对主线的零星点缀，是专制下的一点点君恩。必须承认，这种小说充当了接近真实的一个视角，没有什么不可以。但只要稍微想一想，在更多的时候，实际生活不是这样，不符合这种主线因果导控的模式。一个人常常处在两个、三个、四个乃至更多更多的因果线索交叉之中，每一线因果之外还有大量其他的物事和物相呈现，成为了我们生活不可缺少的一部分。在这样万端纷纭的因果网络里，小说的主线霸权（人物的、情节的、情绪的）有什么合法性呢？

不能进入传统小说的东西，通常是"没有意义"的东西。但是，在神权独大的时候，科学是没有意义的；在人类独大的时候，自然是没有意义的；在政治独大的时候，爱情是没有意义的；在金钱独大的时候，唯美也是没有意义的。我怀疑世上的万物其实在意义上具有完全同格的地位，之所以有时候一部分事物显得"没有意义"，只不过是被作者的意义观所筛弃，也被读者的意义观所抵制，不能进入人们趣味的兴奋区。显然，意义观不是与生俱来一成不变的本能，恰恰相反，它们只是一时的时尚、习惯以及文化倾向——常常体现为小说本身对我们的定型塑造。也就是说，隐藏在小说传统中的意识形态，正在通过我们才不断完成着它的自我复制。

我的记忆和想象，不是专门为传统准备的。

于是，我经常希望从主线因果中跳出来，旁顾一些似乎毫无意义的事物，比方说关注一块石头，强调一颗星星，研究一个乏善可陈的雨天，端详一个微不足道而且我似乎从不认识也永远不会认识的背影。起码，我应该写一棵树。在我的想象里，马桥不应该没有一棵大树，我必须让一棵树，不，两棵树吧——让两棵大枫树在我的稿纸上生长，并立在马桥下村罗伯家的后坡上。我想象这两棵树大的高过七八丈，小的也有五六丈，凡是到马桥来的人，都远远看见它们的树冠，被它们的树尖撑开了视野。

我觉得这样很好：为两棵树立传。

没有大树的村寨就像一个家没有家长，或者一个脑袋没有眼睛，让人怎么也看不顺眼，总觉得少了一种中心。马桥的中心就是两棵枫树。没有哪个娃崽不曾呼吸过它们的树阴，吸吮过它们的蝉鸣，被它们古怪的树瘤激发出离奇恐怖的各种想象。它们是不需要特别照看的，人们有好事的时候尽可能离它们而去，尽可以把它们忘得一干二净。但它们随时愿意接纳和陪伴孤独的人，用沙沙沙的树叶声轻洗孤独人的苦闷，用树叶筛下的一地碎银，圈圈点点，溶溶叠叠，时敛时泼，泻出空明的梦境。

种下这两棵树的人已不可考，老班子都语焉不详。称之为枫鬼，据说是很多年前一场山火，坡上的树都烧死了，惟这两棵树安然无恙，连枝叶都不损分毫，让人越看越有目光虚虚的敬畏。关于它们的传说从此就多起来了。有人说，那些树瘤多是人形，一遇狂风大雨，便暗长数尺，见人来了才收缩如旧。马鸣说得更神，说有一次他不经意睡在树下，把斗笠挂在小枫鬼的一枝断桠上，半夜被雷声惊醒，借着电光一看，斗笠已经挂在树头上，岂不是咄咄怪事？

马鸣吹嘘他年少时习过丹青。他说他画过这两棵树，但是画过之后，右臂剧痛三日红肿发烧，再也不敢造次。

画都画不得，自然更不敢砍伐。两棵树于是越长越高，成了远近几十里内注目之物。曾经有人锯取树枝，挂一块红布插于门上辟邪，或者取树木雕成木鱼，用来祈神祛灾，据说都十分灵验。我曾经参加过一次水利建设设计，到公社里描制规划图。中学范老师也派来参与此事。我们一起到县水利局，复制这个公社的地图。在那个积尘哈鼻的资料室里，我才知道一九四九年以后政府还没有测绘过任何完整的地图，一切设计还是根据日本军队侵华时留下的军用图，一种诸葛亮用过似的黑白线图，1∶5000 的大比例，一个公社就可占上一大张。此图不以海平面为标高基点，而是以长沙市小吴门城墙的基石为参照。据说这些都是日军入侵前，买通汉奸偷偷绘制的，不能不让人惊叹他们当年的准备周密和高效。

就在这张图上，我看见了马桥的两棵枫树也赫然入目，被日本人用红笔特意圈上。范老师很有经验地说，这是日本人的导航标志。

我于是想起，马桥人确实见过日本飞机。本义说，第一次看见这种怪物的时候，本义的大房伯伯还以为是来了一只大鸟，叫喊着要后生往地坪里撒谷，诱它下来，又要大家赶快拿索子来准备捉拿。

飞机不下来，大房伯伯很有信心地对着天骂：

我看你不下来！我看你不下来！

当时只有希大杆子猜出这是日本人的飞机，是来丢炸弹的。可惜这个外来人讲话打乡气不好懂，大家没听明白。本义的大房伯伯说，都说日本人矮小，怎么日本鸟长得这么大呢？

村里人白白等了一天，没见飞机下来吃谷。到它们第二次来的时候，就屙下炸弹了，炸得地动山摇。大房伯伯当场毙命，一张嘴飞到了树上，像要把树上的鸟窝啃一口。本义直到现在还有点耳朵背，不知是那次爆炸声震的，还是被飞向树干的那张嘴吓的。

村里炸死三人，如果加上一颗炸弹在二十多年以后延时爆炸，炸死了小孩雄狮（参见词条"贵生"），那么亡命者应该是四人。

事情可以这样想一想，如果没有这两棵树，日本飞机会临空吗？会丢下炸弹吗？——日本人毕竟对一个小山村不必太感兴趣。如果他们不以枫鬼为导航标志，是不必飞经这里的，也不大可能看见下面的人群吆吆喝喝，就可能把炸弹丢到他们认为更重要的地方去。

有了这两棵树，一切就发生了，包括四个人的死亡以及其他后来发生的故事。

从那以后，马桥的这两棵树上就总是停栖鸦群，在人们的目光中不时炸开呼啦啦一把破碎的黑色。曾经有人想赶走它们，用火烧，还捣了鸦窝，但这些不祥之物还是乘人不备又飞回来，顽强地驻守树梢。

乌鸦声一年年叫着。据说先后还有三个女人在这棵树下吊死。我不知道她们的身世，只知道其中一个是同丈夫大吵了一架，毒死了丈夫以后再自己上吊的。那是很久以前的事。

我路经这两棵树的时候，就像路经其他的某一棵树，某一根草，某一块石子，不会太在意它们。我不会想到，正是潜藏在日子深处的它们，隐含着无可占测的可能，叶子和枝杆都在蓄聚着危险，将在预定的时刻轰隆爆发，判决了某一个人或某一些人的命运。

我有时候想，树与树是很不一样的，就像人与人很不一样。希特勒也是一个人。如果一个外星人来读解他，根据他的五官、四肢、直立行走以及经常对同类发出一些有规律的声音，外星人翻翻他们可能有的辞典，会把他定义为人。这没有错。出土的汉简《楚辞》是一本书。如果一个不懂中文的希伯来学者来读解它，根据它的字形、书写工具以及出土现场，希伯来人可能以足够的聪明和博识，断定这是中文。这同样没有错。但这些"没有错"有多大的意义？

就像我们说枫鬼是一棵树，一棵枫树，这种正确有多大意义？

一棵树没有人的意志和自由，但在生活复杂的因果网络里，它常常悄然占据了一个重要的位置。在这个意义上来说，一棵树与另一棵树的差别，有时候就像希特勒与甘地的差别，就像《楚辞》和电动剃须刀说明书的区别，比我们想象的要大得多。我们即便熟读了车载斗量的植物学，面对任何一棵不显眼的树，我们的认识还只是刚刚开始。

两棵枫树最终消失于一九七二年初夏，当时我不在村里。我回来的时候，远远没有看见树冠，顿时觉得前景的轮廓有点不对，差点以为自己走错了路。进村后发现房屋敞露多了，明亮多了，白花花的一片有些刺眼。原来是树阴没有了。我见到遍地脂汁味浓烈的木渣木屑，成堆的枝叶夹着鸟巢和蛛网也无人搬回家去当柴火，泥土翻浮成浪，暗示出前不久一场倒树的恶战。我嗅到一种类似辣椒的气味，但不知道来自哪里。

双脚踩出枝叶嚓嚓嚓，是催人苍老的声音。

树是公社下令砍的，据说是给新建的公社礼堂打排椅，也是为了破除枫鬼的迷信。当时谁都不愿意下锄，不愿意掌锯，没有办法，公社干部最后只得勒令一个受管制的地主来干，又加上两个困难户，许诺给他们免除十块钱的债，才迫使他们犹犹豫豫地动手。我后来在公社看见了那一排排新崭崭的枫木排椅，承受过党员会，计划生育会，管水或养猪的会等等，留下一些污污的脚印，还有聚餐留下的油汤。大概就是从这个时候起，附近的几十个村寨都开始流行一种瘙痒症,男男女女的患者见面时也总是欲哭欲笑地浑身乱抓,搅动过的衣袄糟糟不整,有的人忍不住背靠着墙角做上下或左右的运动,或者一边谈着县里来的指示一边把手伸到裤子里去。他们吃过郎中的药,都不见效。据说县里来的医疗队也说不出个所以然,很觉得奇怪。

有一种流言,说这是发"枫癣",就是马桥的枫鬼闹的——它们要乱掉人们一本正经的样子,报复砍伐它的凶手。

△浆

发音 gang,指稀粥。马桥是个缺粮的穷山村,"吃浆"是个经常用到的词。《诗经·小雅》言:"或以其酒,不以其浆",浆用来泛指比酒低一等的饮料,比如浸泡粟米以后的水液。《汉书·鲍宣传》载"浆酒霍肉"一语,意思是生活的豪奢,把酒当作浆,把肉当作霍(豆叶)了。可见浆从来就是专属于穷人的食饮之物。

初到马桥的知青,容易把"吃 gang"吃听成"吃干",误解成相反的意思。其实,这里凡 j 的发音总是用 g 代替,比如"讲"发音为 gang,"江"也是发音为 gang,吃浆有时候听起来也像"吃江"。青黄不接的时候,家家的锅里都是水多而粮少,附会成"吃江",其实也未尝不可。

汉　奸▲

茂公的大儿子叫盐早,总是在队里做一些重工夫,挑牛栏粪,打石头,烧炭等等。起屋的时候他就抛土砖,出丧的时候他就抬棺材,累得下巴总是耷拉着,合不上去,腿杆上的青筋暴成球,很是吓人。因了这个缘故,他再热的天也要套上补丁叠补丁的长裤,盖住难看的腿。

我第一次见到他,是他老祖娘还在的时候。他老祖娘是个蛊婆,就是传说中的乡野毒妇,把蛇蝎做成的剧毒药粉,藏在指甲缝中,暗投仇人或陌路人的饮食中以谋取他人性命。这些人投蛊,一般是为了复仇,也有折他人性命以增一己阳寿的说法。人们说,盐早的祖娘是合作化以后才当上蛊婆的,想必是对贫下中农有阶级仇恨,一条老命也不肯与共产党善罢甘休。本义的娘多年前死了,本义一直怀疑是这个老妖婆下的蛊,怀恨直到如今。

那一天，盐早家的茅屋被风吹塌了，央求村里人去帮着修整。我也去帮着和泥。我看见那位名声赫赫的老妇慈眉善目，在灶下烧火，并无人们传说的恶毒气象，完全在我的意料之外。

一上午就把茅屋修整好了。人们带着各自的工具回家。盐早追在后面大声说："如何不吃饭呢？如何不吃饭就走呢？哪有这样的道理？"

我早就闻到了灶房里飘出的肉香，也觉得众人走散没道理。后来听复查说，人们岂止是不愿在他家吃饭，连他家的茶碗也不敢碰的。谁都记得他家有一个老蛊婆。

我伸伸舌头，快步溜回家。

一会儿，盐早挨门挨户再次来央求大家去吃饭，也推开了我们的房门。他气呼呼地抢先扑通跪下，先砸下咚咚咚三个清脆的响头。"你们是要我投河么？是要我吊颈么？三皇五帝到如今，没有白做事不吃饭的规矩。你们踩我盐早一屋人的脸，我今天就不活了，就死在这里。"

我们吓得连忙把他拉扯起来，说我们家里做了饭，本就没打算去吃。再说我们也没出多少力，吃起来不好意思云云。

他急得满头大汗，忙了半天没有拉动一个人，差点要哭了。"我晓得，我晓得，你们是不放心，不放心那个老不死的……"

"没有的事，没有的事，你乱猜什么？"

"你们信不过那个老不死的，未必也信不过我？要我拿刀子来剜出窝心肝肺给你们看看？好，你们不放心，就莫吃。我小哥正在刷锅重做。你们哪个不放心，去看着她做。这一次我不让那个老不死的拢边……"

"盐早，你这是何苦？"

"你们大人大量，给我留条活路呵。"他说着又扑通跪下去，脑袋往地上捣蒜似的猛砸。

他把帮了工的人一一求遍，最后砸得自己额头流血，还是没有把人们请回去。如他所说，他果真把原来准备的三桌饭菜全部掀掉了，倒进水沟里，让他姐姐重新淘米重新割肉做了三桌——这已是下午出工的时分。他的祖娘早已被他一绳子捆起来，远远地离开了锅灶，缚在村口的一棵大枫树下示众。我好奇地去看过一眼。那个老太婆只穿了一只鞋，似睡非睡，眼睛斜斜地看着右上方的某一个点，没有牙齿的嘴巴张合着，有气无力地发出一些含混不清的声音。她已经湿了裤子，散发出臭味。一些娃崽不无恐惧地远远看着她。

他家的地坪里重新摆上了几桌饭菜，还是空空的没有什么人影。我看见盐早的姐姐坐在桌边抹眼泪。

最后，我们知青忍不住嘴馋，也不大信邪。有人带头，几个男的去那里各自享用了几块牛肉。其中一位满嘴流油偷偷地说，都差点不记得肉是什么模样了，管他蛊不蛊，做个饱死鬼也好。

大概就因为这一次的赏脸，盐早后来对我们特别感激。我们几乎没有自己打过柴，都是他按时挑来的。他特别能负重。在我的印象中，他肩上差不多没有空着的时候，不是有一担牛栏粪，就是有一担柴，或者整整一架拖泥带水的打谷机。他的肩冬天不能空着，夏天不能空着。晴天不能空着，雨天不能空着。他的肩上如果没有扛着什么东西，就是一种反常和别扭，是没有壳子的蜗牛，让人看不顺眼；更是一种残疾，让他重心不稳，一开步就会摔跟头——他没扛东西的时候确实踉踉跄跄，经常踢得脚趾头血翻翻的。

假如他是担棉花，棉花多得遮住了人影，远看就像两堆雪山自动地在路上跳跃前行，十分奇异。

有一次我和他去送粮谷，回来的路上他居然在两只空筐里各放一大块石头。他说不这样压一压，走起路来没有个势。果然，他一旦肩上的扁担压弯了，担子就与身子紧密融为一体，刷刷刷的全身肌肉都有了舞蹈的节奏，脚步有了弹性，一跃一跃地很快就在前面的路上消失，全然不似他刚才担着空筐时的模样：脸色灰白，脚步又碎又乱。

他也是个"汉奸"。我后来才知道，在马桥人的语言里，如果他父亲是汉奸，那么他也逃不掉"汉奸"的身份。连他自己也是这样看的。知青刚来的时候，见他牛栏粪挑得多，劳动干劲大，曾理所当然地推举他当劳动模范，他一愣，急急地摇手："醒呵，我是个汉奸，如何当得了那个？"

知青吓了一跳。

马桥人觉得，上面来的政策要求区分敌人与敌人的子弟，实在是多此一举。大概出于同样的逻辑，本义当了党支部书记，他的婆娘去供销社买肉，其他妇人就嫉妒地说："她是个书记，人家还敢短她的秤？"本义的娃崽在学校里不好好读书，老师居然也这样来训斥："你是个书记，还在课堂里讲小话，屙尿！"

盐早后来成了"牛哑哑"，就是马桥人说的哑巴。他以前并不哑，只是不大说话而已。作为一个汉奸，加上家里还有一个蛊婆，他脑门上生出皱纹了，还没有找到婆娘。据说他姐姐曾瞒着他，给他说了一个瞎眼女子，到圆房的时候，他黑着一张脸硬是不进房，在外面整整担了一晚的塘泥。第二天、第三天……还是如此。可怜的盲女在空空的新房里哭了三个夜晚。最后，姐姐只得把盲女送回家，还赔上一百斤谷，算是退婚。姐姐咒他心狠，他就说，他是个汉奸，莫害了人家。

他姐姐远嫁平江县以后，每次回娘家看看，见盐早衣服没一件像样的，锅里总是半锅冷浆，没有一丝热气。从队上分来几十斤包谷，还得省下来留给正在读书的小弟盐午（参见词条"怪器"），让他带到学校去搭餐。姐姐见到这番情景，眼睛红红的没有干过。他们也穷得从来没有更多的被子，姐姐每次回娘家总是与弟弟合挤一床。有一个夜晚下着大雨，姐姐半夜醒来，发现脚那头已经空了，盐早弓着身子坐在床头，根本没有睡，黑暗里发出猫叫一样的轻轻抽泣。姐姐问他为什么。盐早不答话，走到灶房里去搓草绳。

姐姐也抽泣了，走到灶房里，哆嗦的手伸出去，总算拉住了弟弟的手，说你要是忍不住，就莫把我当家里人，就当作你不认得的人，好歹……也让你尝一尝女人的滋味。

她的头发散乱，内衣已经解开，白白乳房朝弟弟惊愕的目光迎上去。"你就在我身上来吧，我不怪你。"

他猛地把手抽回，吓得退了一步。

"我不怪你。"姐姐的手伸向自己的裤带，"我们反正已经不是人。"

他逃命似的蹿出门，脚步声在风雨里消失。

他跑到父母的坟前大哭了一场。第二天早上回家，姐姐已经走了，留下了煮熟的一碗红薯，还有几件褂子洗好也补好了，放在床上。

她后来再没有回过娘家。

大概就是从这个时候开始，盐早更加不愿意开口说话了，似乎已经割掉了舌头。人家叫他干什么，他就干什么。人家不叫他干了，他就去一旁蹲着，直到没有人向他发出命令了，才默默地回家。日久天长，他几乎真成了一个哑巴。一次，全公社的分子们都被叫去修路，他也照例参加。他在工地上发现自己的钯头不见了，急得满脸通红地到处寻找。看押他们的民兵警惕地问他，窜来窜去搞什么鬼？他只是嗷嗷地叫。

民兵以为他支吾其词耍花招，觉得有必要查个清楚，把步枪哗啦一声对准了他的胸口："说，老实说，搞什么鬼？"

他额头冒汗，脸一直红到耳根和颈口，僵硬的面部肌肉扯歪了半边，一次次抖动如簧，每抖动一次，眼睛就随着睁大一次，嘴巴——那只被旁人焦心期待着的嘴巴，空空地扩张许久，竟没有一个字吐出来。

"你讲呵！"旁边有人急得也出了汗。

他气喘吁吁，再一次作出努力，五官互相狠狠地扭杀着折磨着，总算爆出了一个音："哇——钯！"

"钯什么？"

他两眼发直，没有说出第二个字。

"你哑巴了么？"民兵更加恼火。

他腮旁的肌肉一阵阵地余跳。

"他是个哑巴，"旁边有人为他说情，"他是金口玉牙，前一世都把话讲完了。"

"不说话？"民兵回头眼一瞪，"说毛主席万岁！"

盐早急得更加嗷嗷叫，举起一个大拇指，又做振臂高呼的动作，以示万岁的意思。但民兵不放过，定要他说出来。这一天，他脸上挨了几巴掌，身上挨了几脚，还是没有完整地说出这句话。憋到最后，总算喊出了一个"毛"字。

民兵见他真哑，罚他多担五担土，权且算了。

盐早的哑巴身份就是从这次正式确定的。当哑巴当然没什么不好，话多伤元气，祸从口出，不说话就少了很多是非，至少本义不再怀疑他背地里说坏话，说反动话，就少了些戒心。队上需要一个人打农药的时候，本义甚至还想到他，说这个蛊婆养的兴许不怕毒，变了个牛哑哑也不要找人讲话，不好热闹，让他一个人去单打鼓独行船。

大滂冲的田泥性冷，以前不大生虫子的。照当地人的说法，虫子都是柴油机闹出来的，机子一闹，岭上的茅草花就都变成虫子了。有虫子当然得打药。复查开始试新鲜，打了一天，不料口吐白沫，脸青腿肿躺了三天，说是中了毒，以后就再也没人敢去动喷雾器。派地主富农去当这种苦差吧，又怕他们拿农药毒集体的牛或者猪，毒干部。想来想去，本义想到只有盐早还算个比较老实守法，合适。

盐早打农药，开始也中毒，脑袋肿如一个大南瓜，因此天气再热，他也得成天用一块布包着头，只露出两只眼睛在外面不时眨一眨，像个蒙面大盗。日子长了，大概是对毒性慢慢适应了，头上的布可以撤掉，知青给他的口鼻罩也不必戴，甚至回家吃饭也用不着先到水边洗手。最毒的药，像一〇五九、一六〇五什么的，他全然不当回事。刚打过药的毒手，转眼就可以抹嘴巴，搔耳朵，抓着红薯往嘴里塞，捧着凉水往嘴里吸，让旁人大为惊奇。他有一个瓦钵子，糊满药垢，是专门用来调配药水的。有一次他在田里抓了几只泥鳅，丢进钵子里，片刻之间泥鳅就在里面直挺挺地翻了白眼。他在地边烧一把火，把泥鳅烧了一条条吃下肚去，竟然一点事也没有。

村里人对此事议论纷纷，认定他已经成了一个毒人，浑身的血管里流的肯定不是人血。

人们还说，他从此睡觉不用蚊帐，所有的蚊子都远远躲开他，只要被他的手指触及，便立即毙命。他朝面前飞过的蚊子吹一口气，甚至都可让那小杂种立即晕头晕脑栽下地来。

他的嘴巴比喷雾器还灵。

△红娘子

山里多蛇。尤其是天热的夜晚，蛇钻出草丛来乘凉，一条条横躺在路面，蠕动着浑身绚丽的图案，向路人投来绿莹莹的目光，信子的弹射和抖动闪烁如花。它们在这个时候倒不一定有攻击性。有一次我夜晚回家实在有些困倦，恍恍惚惚东偏西倒，一不小心，赤脚踩了清凉柔软并且突然活动的东西，来不及想清楚这是什么，我已本能地魂飞魄散，连连大跳，恨不得把双脚跳到脑袋上去。我一口气跑出几丈远，脑子里好容易才冒出一个字：蛇！

我鼓足勇气看了看双脚，倒没见到什么伤口。回头看，也没有蛇尾随而来。

山里人说这里有"棋盘蛇"，盘起来的全身刚好是一盘棋的形象。有"煽头风"，也就是眼镜蛇，扑过来比风还快，发出叫声的时候，连山猪都会吓得变成石头。

山里人还相信，蛇好色。因此捕蛇者总是在木头上描出妇人形象，抹上胭脂，最好还让妇人在上面吐一口唾沫，留下一些口舌的气味。他们把这种木偶插在路边或岭上，过了一夜去看，很可能有蛇缠在木偶上，一动不动，醉死了一般。捕蛇者可以从容地把猎物捕入蛇篓。也是出于同一逻辑，他们说，怕蛇的人夜行，最好带一竹棍或竹片。据说竹子是蛇的情姐，有竹在手，蛇一般来说不敢前来造次。

如果在路上遇到毒蛇来袭，山里人还有一个办法，就是大呼"红娘子"

三个字。据说只要这样一喊，蛇就发呆，人们有足够的时间夺路逃跑。至于为什么要喊这三个字而不是别的字，三个字有何来历，他们语焉不详。

一次，盐早打药打到北坡，被一条蛇咬了一口，哇哇叫着往回跑。他以为自己死到临头，跑了一段路，发现自己的脚不肿也不痛，身上既不抽筋也不发凉。他坐了一阵，自己还好好地活着，还能喝水还能看天还能揪鼻涕。他疑疑惑惑地回头去找喷雾器，走到原地反而惊呆了：足有三尺多长的土皮蛇，就是刚才咬他的那一条，在棉花地里死得硬邦邦的。

原来，他已经活得比蛇还毒。

他好奇地跑到茶园，往茶树蔸里翻找——那里总是藏着很多土皮蛇。他伸出手让蛇咬，看那些蛇在他脚下一条条扭动着，抽搐着，翻腾着，最后奇迹般不再动弹。

黄昏时分，他用一条死蛇捆住其他蛇，搭在背后回家。远远的人看了，不知道那是蛇，还以为他顺手割了一把草回家。

△渠

直到现在，我说到盐早或其他人的时候，都是用"他"。在马桥，与"他"近义的词还有"渠"。区别仅仅在于，"他"是远处的人，相当于（那个）他；"渠"是眼前的人，近处的人，相当于（这个）他。马桥人对于外来人说普通话"渠"与"他"不分，觉得不可思议委实可笑。

他们还有些笑话与"渠"相关：比如"他的爷渠的崽"，是描述人前卑下人后狂妄的可笑表现——在这个时候，"他"和"渠"虽是同指，但性质绝然二致，切切不能混同。

古人也曾用"渠"指代人。《三国志》中有"女婿昨来，必是渠所窃"语。古人写诗也常用到这个词："问渠哪得清如许，为有源头活水来"（朱熹）；"蚊子咬铁牛，渠无下嘴处"（古乐府）……但从这些诗文里，基本上看不出"渠"的近指限义。我一直暗暗觉得，在语言中着意而顽固地区分他人的空间位置，可能纯属马桥人的多事，没什么必要。

至今为止，人们觉得完全够用的中文普通话，还有英文、法文、俄文等等，都不作这种区分。

多少年后，我再到马桥，又听到了满耳的"渠"字，又见到了一个个面容熟悉或陌生的——渠。我没有见到作为"渠"的盐早。我想起当年他经常帮我们挑柴，也曾屡屡被我们逗耍，比如常常乘他不备，偷了他的农药，拌了谷子去毒老鼠，毒鸡鸭，毒鱼虾，或者干脆拿到供销社退钱换面条，让他背了不少黑锅，挨村干部的骂。

我特别记得他着急时的样子，一脸涨红，额上青筋极为茂盛地暴出，见到谁都怒气冲冲，对我们更是恶狠狠地嗷嗷嗷直叫，表示对我们涉嫌作案的怀疑。但这种恼怒，并不妨碍他后来还是为我们挑柴或担别的什么。只要我们见到他的肩空着，笑一笑，打个手势，他还是咕咕哝哝朝重物而去。

我没有找到他。村里人说，龙家滩的什么人喊他去帮工了。至于他家里，是不必去的，也是万万不能去的。他的婆娘醒得很，连饭都不会做，在田里薅禾，薅着薅着就一大屁股坐到泥巴里去了，就这么个人！

我还是去了，在人们嘻嘻窃笑之下走向了那张黑洞洞的门。我看见墙上挂着几个装种子的葫芦，还有很多狰狞的干蛇皮，像五颜六色的壁毯。我看见主妇果然蓬头垢面，脑袋奇大，吃下去的饭都长了这只头似的，额头上亮着一处显眼的疤花，不知是如何留下来的。她该笑的时候不笑，不该笑的时候突然哈哈大笑，老熟人似的亲热让我有点怪异。她端来一碗茶，莫说喝，就是看一眼，碗边上腻腻的一圈黑污也让我好恶心半天。有这样的主妇，家里的地肯定平不了，比外面的地还坎坷崎岖，行走时一不小心就可能扭伤脚踝。各种颜色的衣物，其实都成了一种颜色，一种糊糊涂涂的灰暗，乱糟糟地堆在床上。主妇突然从那里面拖出一件东西，吓了我一跳。那件东西居然有鼻子眼睛，居然不哼一声，在刚才的哈哈哈大笑下也不曾惊醒，任凭三两只苍蝇爬在他紧闭双眼的脸上。

我差一点疑心他是个死婴——主妇只是拿来做做样子而已？

我匆匆给了她二十块钱。

这当然有些吝啬，也有些虚伪。我本来可以拿出三十块、四十块、五十块或者更多的钱，但我没有这样做。打发二十块就够，是我没有明言的权衡和算计。二十块做什么呢？与其说是对盐早的同情，不如说是支付我的某种思念，赎回我的某种歉疚，买来心里的平静和满足，也买回自己的高尚感。我想到二十块钱就可以做到这一切，其实很便宜。我想到二十块钱就可以使自己迅速地哼起歌来，就可以使自己迅速地摆弄起照相机，就可以马上离开这个恶心的破房子然后逃入阳光和鸟语，实在是很便宜。我想到二十块钱就可以使自己今后的回忆充满诗情充满玫瑰色的光辉，实在是很便宜。

我原封不动地放下茶碗，走了。

晚上，我住在乡政府的客房里。有人敲我的门，打开来，黑洞洞的外面没有人影，只有一根圆木直愣愣捅进房来。我终于看清了，随后进来的是盐早，比以前更加瘦了，身上每一块骨节都很尖锐，整个身子是很多个锐角的奇怪组合。尤其是一轮喉骨尖尖地挺出来，似乎眼看就要把颈脖割破。他笑的时候，嘴里红多白少，一张嘴就暴露出全部肥厚的牙龈。

他的肩还是没有闲着，竟把一筒圆木又背了这十多里路。

他显然是追着来看我的。从他的手势来看，他要把这筒木头送给我，回报我对他的同情和惦记。他家里也许找不出比这更值钱的东西。

他还是不习惯说话，偶尔说出几个短短的音节，也有点含混不清。更多的时候，他只是对我的问话报以点头或摇头，使谈话得以进行。我后来知道，这还不是我们谈话的主要障碍，即便他不是一个牛哑哑，我们也找不到什么话题。除了敷衍一下天气和今年的收成，除了谢绝这一筒我根本没法带走的木头，我不知道该说什么，不知道该说什么才能点燃他的目光，才能使他比点头或摇头有更多的表示。他沉默着，使我越来越感到话的多余。我没话找话，说你今天到龙家滩去了，说我今天已经到过你家，说我今天还看见了复查和仲琪，如此等等。我用这些毫无意义的废话，把一块块沉默勉强连接成谈话的样子。

幸好客房里有一台黑白电视机，正在播一部老掉牙的武打片。我拿出兴致勃勃的样子，一次次把目光投向武士、小姐、老僧们的花拳绣腿，以示我的沉默情有可原。

幸亏还有个挂着鼻涕的陌生娃崽几次推门进来，使我有些事情可做，问问他的名字，给他搬凳子，同他身后的一位妇人谈谈小孩的年龄，还有乡下的计划生育。

差不多半个钟头到了。也就是说，一次重逢和叙旧起码应该有的时间指标已经达到了，可以分手了。半个钟头不是十分钟，不是五分钟。半个钟头不算太仓促，不算太敷衍，有了它，我们的回忆中就有了朋友，不会显得太空洞和太冷漠。我总算忍住了盐早身上莫名的草腥味——某种新竹破开时冒出来的那种气味，熬过了这艰难而漫长的时光，眼看就要成功。

他起身告辞，在我的强烈要求下重新背上那沉沉的木头，一个劲地冲我发出"呵呵"的声音，像要呕吐。我相信他有很多话要说，但所有的话都有这种呕吐的味道。

他出门了，眼角里突然闪耀出一滴泪。

黑夜里的脚步声渐渐远去。

我看见了那一颗泪珠。不管当时光线多么暗，那颗泪珠深深钉入了我的记忆，使我没法一次闭眼把它抹掉。那是一颗金色的亮点。我偷偷松下一口气的时候，我卸下了脸上僵硬笑容的时候，没法把它忘记。我毫无解脱之感。我没法在看着电视里的武打片时把它忘记。我没法在打来一盆热水洗脚的时候把它忘记。我没法在挤上长途汽车并且对前面一个大胖子大叫大喊的时候把它忘记。我没法在买报纸的时候把它忘记。我没法在打着雨伞去菜市场呼吸鱼腥气的时候把它忘记。我没法在两位知识界精英软磨硬缠压着我一道参与编写交通法规教材并且到公安局买通局长取得强制发行权的时候把它忘记。我没法在起床的时候忘记。

黑夜里已经没有脚步声。

我知道这颗泪珠只属于远方。远方的人，被时间与空间相隔，常常在记忆的滤洗下变得亲切、动人、美丽，成为我们梦魂牵绕的五彩幻影。一旦他们逼近，一旦他们成为眼前的"渠"，情况就很不一样了。他们很可能成为一种暗淡而乏味的陌生，被完全不同的经历，完全不同的兴趣和话语，密不透风坚不可破地层层包藏，与我无话可说——正像我可能也在他们的目光里面目全非，与他们的记忆绝缘。

我想找到的是他，但只能找到渠。

我不能不逃离渠，又没有办法忘记他。

马桥语言明智地区分"他"与"渠"，指示了远在与近在的巨大差别，指示了事实与描述的巨大差别，局外事实与现场事实的巨大差别。我在那一个夜晚看得很清楚，在这两个词之间，在那位多个锐角的奇怪组合扛着木头一步从"渠"跨入"他"的时候，亮着一颗无言的泪珠。

△道　学

我给了盐早的婆娘二十块钱。她乐滋滋地收下，嘴里当然有很多客气话："盐早经常说起你们的。"

"你如何这样道学呢？"

……

道学，在马桥语汇中是讲礼性，讲德性，讲大道理，一本正经而且有点啰啰嗦嗦的意思。一般来说，这个词没有什么贬义。

如果考虑到儒家道统多少年来所夹杂的伪善，那么这个词在外人听来，又不能说是一个让人舒服的词。似乎人的善举——比方说刚才这二十块钱吧，不是出于内心的诚恳，不是出于性情的自然，而只是一种文化训练和文化约束的结果。这不能不让人有些沮丧。"道学"之外，与人之间还可能有真心实意的同情和亲近吗？马桥人用"道学"一词取代"善良"、"好心"、"热心肠"等等相近的词语，是不是因为无法摆脱对人性的深深怀疑？而这种怀疑能够使多少施舍者惊惧与汗颜？

△晕　街

普通话里有"晕船"、"晕车"、"晕机"之类的词，但没有马桥人的"晕街"。晕街是一种与晕船症状相仿的病，只在街市里发生，伴有面色发青、耳目昏花、食欲不振、失眠多梦、乏力、气虚、胸闷、发烧、脉乱、呕泻等等，妇女患此病，更有月经不调和产后缺奶的情况。马桥一带的郎中都有专门治疗晕街的汤头，包括枸杞、天麻、核桃什么的。

因此，马桥人即使到最近的长乐街，也很少在那里过夜，更不会长住。上村的光复当年到县城里读书，去了一个多月就严重晕街，整整瘦了一圈，要死要活地回山里来了。他说苦哎苦哎，城里哪是人去的地方！他后来好歹读了个文凭，好歹在城里谋了个教书的饭碗，在马桥人看来已经是奇迹。他对付晕街的经验是：多吃腌菜。他就是靠两大坛子好腌菜，外加多打赤脚，才在街上坚持了十多年。

晕街是一个我与马桥人经常争论的问题。我怀疑这不是一种真正的病，至少是一种被大大误解的病。城市没有车船飞机的动荡，充其量只比乡下多一点煤烟味、汽油味、自来水里的漂白粉以及嘈杂声响，不大可能致病。事实上千万城市人也没有得过这种病。我离开马桥之后，读了些杂书，更加怀疑晕街不过是某种特殊的心理暗示，就像催眠术。只要你有了接受的心理趋势，听到说睡觉，就可能真睡了；听到说鬼魅，就可能真见鬼了。同样的道理，一个长期接受阶级斗争敌情观念教育的人，确实可能在生活中处处发现敌人——一旦他的预设的敌意招致他人的反感、厌恶甚至反弹性报复，那么，事实上的敌对状态，反过来会更加印证他的预想，使他的敌意更加理由充分。

这一类例子揭示了另一类事实，不，严格地说不是事实，只是语言新造出来的第二级事实，或者说再生性事实。

狗没有语言，因此狗从不晕街。人类一旦成为语言生类，就有了其他动物完全不具备的可能，就可以用语言的魔力，一语成谶，众口铄金，无中生有，造出一个又一个的事实奇迹。想到这一点以后，我在女儿身上作过试验。我带她坐汽车，事先断定她不会晕车，一路上她果然活蹦乱跳没有任何不适。待下一次坐汽车，我预告她会晕车，结果，她情绪十分紧张，坐立不安，终于脸色发白紧锁眉头倒在我的怀里，车还没动就先晕了一半。这一类试验，我不能说我屡试不爽，但这已经足够证明语言是一种不可小视的东西，是必须小心提防和恭敬以待的危险品。语言差不多就是神咒，一本词典差不多就是可能放出十万神魔的盒子。就像"晕街"一词的发明者，一个我不知道的人，竟造就了马桥一代代人特殊的生理，造就了他们对城市长久的远避。

那么"革命"呢，"知识"呢，"故乡"呢，"局长"呢，"劳改犯"呢，"上帝"呢，"代沟"呢……在相关的条件下，这些词已经造就过什么？还会造就什么？

我没法说服马桥人。

我后来知道，本义若不是因为晕街，也差一点吃上国家粮。他从朝鲜战场回来，在专署政府当马夫，以后很可能当干部，前途一片阳光。他像其他马桥人一样，总觉得街上的日子闷。那里少见姜盐豆子茶，没有夏夜星空之下的水流声，没有火塘边烤得热乎乎的膝盖和胯裆……他的马桥话不大容易让人听懂。他也没法像街上人起床那么早。他忘记扣好裤子的前裆总是遭同事的嘲笑。他不习惯把茅房叫作什么厕所，也不习惯茅房分男女。

他也学习一些同事的习惯，比方说用牙刷，用水笔，甚至跟着耍耍篮球。第一次上场他忙得满头大汗，到下场时还没有摸到球。第二次上场，对方抢了球刚要攻篮，他突然大叫一声"停——"人们不知发生了什么事，目光一齐投来。他不慌不忙走出场，揪了一把鼻涕，又回到场内，对球员们若无其事地挥挥手："太急火了，太急火了，慢点来。"

他不知道场上的人们为什么发笑。他听出了笑声中有恶意。他揪鼻涕有什么不妥么？

伏天，街上比乡下要燥热得多，热得好没良心。他晚上在街上游荡，看见一些女学生从面前跑过，穿得真是下，短裤下露出了大腿和脚。他还看见树阴下一排排竹床，上面有陌生的女人正在摇扇睡觉。一种类似熟肉的气味来自她们的下巴、赤足、腋下的须毛或者领口偶然泄露出来的一轮雪白。他觉得全身燥热，呼吸急促，脑袋周围一圈痛得难受——肯定是晕街了。他抹了半盒万金油也没有用，请人在他背上刮出几道红红的痧，还是脑袋炸，嘴巴也烧出了一圈泡。他挽着袖口恶狠狠地在街上转了几个来回，一脚把草料筐踢出丈多远：

"老子走！"

几天之后，他从乡下回来了，火气尽泄，笑眯眯地拿出山里的粑粑，分给同事们尝新。

那时他的一个哩咯啷在张家坊，一个比他大十二岁的寡妇，身肥如桶，消除他的火气绰绰有余。

专署离马桥足有两天多的旱路，他不可能经常回去泄火。

他向首长报告，他有晕街的病，马桥人都有这种病，享不得富贵的。他希望能够回山里去做他的两亩溟田。首长还以为他不安心养马，给他换了个工作，到公安处当保管员。在同事们看来，他有点不识抬举，就在到任的第二天，居然对处长老婆非礼——当时那婆娘正在研究床上的一件毛衣，两手撑着床沿，屁股翘得老高。本义有点高兴，朝触目抢眼的屁股拍了一巴掌："看什么看什么？"

婆娘大吃一惊，红着脸开骂："你这个臭王八蛋，你是哪里拱出来的货？你想做什么？"

"你怎么开口就骂人呢？"他对旁边一位秘书说："她如何嘴巴这么臭？"

"你手脚往哪里放？"

"什么手脚？我只是拍了一下……"

"不要脸的你还敢说？"

"我说什么了？"

本义一急，就说起了马桥话，说得嘴巴抽筋也没有什么人能听懂。但他看见那个臭婆娘远远地躲到了墙角，也听懂了她嘴里真真切切三个字：

"乡巴佬！"

领导后来找本义谈话。本义一点也不明白领导有什么可谈的。好笑，他这也算犯错误？也算是调戏妇女？他不过是拍了一巴掌，拍在哪里也是拍，他在村子里的时候谁的屁股拍不得？他忍着性子，没同领导斗嘴。

领导定要他检查自己犯错误的思想根源。

"没什么根源，我就是晕街。一到这街上，火就重，脑壳就痛，每天早上起来，都像是被别个打了一顿。"

"你说什么？"

"我说我晕街。"

"晕什么街？"

领导不是马桥人，不懂得什么叫晕街，也不相信本义的解释，一口咬定本义是拿胡言乱语来搪塞。本义感到高兴的是，因祸得福，一巴掌倒是把他的处分拍下来了，他的差事丢了，可以回家了，以后又可以天天吃姜盐豆子茶，还可以每天早上睡懒觉了。他拿到回乡通知的时候，高高兴兴地骂了一通娘，一个人进馆子狠狠地吃了一碗肉丝面，喝了三两酒。

多少年后，他有一次到县里开一个干部会，碰到自己在专署的老同事胡某，以前的一个小通讯员。胡某现在当官了，在会上说的"三个关键"、"四个环节"、"五个落实"，本义完全听不懂。胡某轻轻顿着纸烟的动作，向右上方理一理头发的动作，吃饭以后还要漱漱口而且用把小刀削苹果的动作，本义也感到十分陌生，十分惊讶和羡慕。他在老同事下榻的招待所客房里手足无措，对着明亮的电灯也睁不开眼。

"你呀你，当初是亏了一点，也就是一件小事么，不该处分得那么重。"胡某抚今追昔，给了他一个已经削了皮的苹果。

"不碍事的，不碍事的。"

老同事叹了口气："你现在是不行了，文化太低，归队也不合适了。你有娃崽没有？"

"有，一男一女。"

"好呵，好呵，年成还好？"

"搭伴你，锅里还有煮的。"

"好呵，好呵，家里还有老的？"

"都调到黄土公社阎家大队去了。"

"你还很会开玩笑。你婆娘是哪里的？"

"就是长乐街的，人还好，就是脾气大一点。"

"好呵，好呵，有脾气好呵……"

本义不知道对方的"好呵好呵"是什么意思，以为对方这样详细了解他的情况，会为他作出什么安排，给他什么好处，但终究没有听到。不过，这个晚上还是很令人愉快。他感激老同事没有忘记他，对他仍然客气，还接济他十斤粮票。他还回想到多年前处长婆娘的那一个圆圆臀部，有片刻幸福的神往。散会的那一天，老同事还要留他多住一晚。本义说什么也不同意。他说年纪大了，现在更晕街了，还是回去好，老同事要用他的吉普车送本义一程，本义也连连摇手。他说他怕汽油味，平时路过加油站都要远远地绕道，根本不能坐车的。他旁边的一位干部证明，这不是客气话，马桥一带的很多人都怕汽油，情愿走路也不坐车。县汽车运输公司不久前把长途线路延伸到龙家湾，意在方便群众，没料到一个月下来没有几个乘客，严重亏损之下，只好又取消那一班车。

老胡这才相信了，挥挥手，目送本义的身影上了路。

△夷　边

十里有三音。对远处任何地方，长乐人一律称为"开边"，双龙人一律称"口边"，铜锣峒人一律称"西（发上声）边"，马桥人则称"夷（发去声）边"——无论是指平江县、长沙、武汉还是美国，没有什么区别。弹棉花的，收皮子的，下放崽和下放干部，都是"夷边"来的人。"文化大革命"，印度支那打仗，还有本义在专署养了两年马，都是"夷边"的事。我怀疑他们从来有一种位居中心的感觉，有一种深藏于内心的自大和自信。他们凭什么把这些穷村寨以外的地方看作"夷"？

夷是中原古人对周边弱小民族的描述。从字面上看，弓人为"夷"。马桥人凭什么还以为地平线以外那些繁华而发达的都市还在靠打猎为生？还是一些没有学会农业生产的落后部落？

一位人类文化学教授告诉我，在中国古代，百家争鸣，只有一个小小的学派否认中国处于世界的中心，即春秋时期的名家，以至后来有些人对名家不大看得顺眼，对他们的国籍问题都产生了疑问："公孙龙子"一类的名字，古里古怪的，莫不是一些外国留学生或访问学者的雅号？郭沫若先生破译甲骨，认为中国的天干地支说受到过巴比伦文化的影响。凌纯声先生也猜测中国古史记载中的"西王母"部族，不过是巴比伦文 Siwan（月神）的译音，推论早在丝绸之路出现以前，就有外来文化流入，华夏古文化的来源可能十分复杂。这些都加强了人们对名家来历的狐疑。

当然，对于中国文化这样一个庞然大物来说，即便公孙龙子们真是一批外国学人，他们的声音还是十分微弱，至少从没有撬动华夏民族关于自居"中央之国"的观念，也很难削弱中国人的文化自大感。马桥人的一个"夷"字，流露出明显的华夏血统，暗藏着他们对任何远方事物的轻蔑和不以为然。马桥人的先辈从来没有考虑过公孙龙子们的忠告，这种固执竟然在语言中一直延续到了今天。

△话　份

本义说过，省城里的人不喝擂茶，也不懂得纺纱织布，可怜他们家家都没有布做裤子，一条短裤只有巴掌大，像婆娘们的骑马带子，勒得胯裆痛死人。马桥人由此十分同情省城里的人，每次看见我们知青要回城，总是要我们多买点乡下的土布带回去，给爹妈多做两条裤子。

我们觉得十分好笑，说城里并不缺布，短裤做得小一点，是为了贴身，好看，或者运动的方便。

马桥人眨眨眼，不大相信。

日子长了，我们发现无论我们如何解释，也没法消除本义的讹传——因为我们没有话份。

"话份"在普通语中几乎找不到近义词，却是马桥词汇中特别紧要的词之一，意指语言权利，或者说在语言总量中占有份额的权利。有话份的人，没有特殊的标志和身份，但作为语言的主导者，谁都可以感觉得到他们的存在，感觉得到来自他们隐隐威权的压力。他们一开口，或者咳一声，或者甩一个眼色，旁人便住嘴，便洗耳恭听，即使反对也不敢随便打断话头。这种安静，是话份最通常的显示，也是人们对语言集权最为默契最为协同的甘心屈从。相反，一个没有话份的人，所谓人微言轻，说什么都是白说，人们不会在乎他说什么，甚至不会在乎他是否有机会把话说出来。他的言语总是消散在冷漠的荒原，永远得不到回应。

这种难堪的事多了，一个人要保持开口的信心，甚至要保持自己正常的发声功能，是不无困难的。盐早最后几乎成了一个真正的牛哑哑，就是话份丧失的极端一例。

握有话份的人，他们操纵的话题被众人追随，他们的词语、句式、语气等等被众人习用，权利正是在这种语言的繁殖中得以形成，在这种语言的扩张和辐射过程中得以确证和实现。"话份"一词，道破了权利的语言品格。一个成熟的政权，一个强大的集团，总是拥有自己强大的语言体系，总是伴随着一系列文牍、会议、礼仪、演说家、典籍、纪念碑、新概念、宣传口号、艺术作品，甚至新的地名或新的年号等等，以此取得和确立自己在全社会的话份。不能取得话份的强权，不过是一些徒有财力或武力的乌合之众，像一支又一支杀退过官军甚至占领过京城的草寇，即便一时得手，也必然短命。

正是体会到了这一点，执政者总是重视文件和会议的。文件和会议是保证权利运行的一个个枢纽，也是强化话份的最佳方式。文山会海几乎是官僚们不可或缺并且激情真正所在的生存方式。即便是空话连篇的会议，即便是没有丝毫实际效用的会议，也往往会得到他们本能的欢喜。道理很简单，只有在这种时候，才会设置主席台和听众席，明确区分等级，使人们清醒意识到自己话份的多寡有无。权势者的话语才可以通过众多耳朵、记录本、扩音器等等，得到强制性的传播扩散。也只有在这种氛围里，权势者可以沉浸在自己所熟悉的语言里，感受到权利正在得到这种语言的滋润、哺育、充实和安全保护。

这一切，往往比会议的具体目的更为重要。

也正是从这一点出发，权势者对自己不习惯和不熟悉的语言，充满着天然的警觉和敌意。"文化大革命"中，马克思和鲁迅在中国受到了最高程度的尊崇，是空荡荡书店里最终得以保留的几位伟人中的两位。即便在这个时候，读马克思和鲁迅仍然是十分危险的。我在乡下的一本马克思的书，就差一点成为了我"反动"的罪证——公社干部说："那个下放崽，不读毛主席的书，读马克思的书，什么思想？什么感情？"

我体会，公社干部是无意也不敢反对马克思的，也并不知道那本马克思《路易·波拿巴的雾月十八》说了些什么，是否有害于他们的禁山育林或计划生育或者打平伙吃狗肉。不，他们对此一无所知，也不大在乎。他们瞪大眼睛，只是对一切听不太懂的语言恼怒，感到他们的话份正在受到潜在的威胁和挑战。

第二次世界大战以后，现代主义艺术声势浩大，抽象画、荒诞剧、意识流小说和超现实主义诗歌惊世骇俗，嬉皮运动、女权运动，还有摇滚乐等等异生的文化现象也随之而来。有意思的是，这些新现象出现时差不多一一都被视之为邪恶的政治阴谋。资产阶级的报纸攻击毕加索的抽象画是"苏联企图颠覆西方民主社会的罪恶伎俩"、"布尔什维克的意识形态宣传"，而摇滚歌手"猫王"爱尔维斯和"披头士"代表人物列农，被教会和国会议员们疑为"共产党的地下特工"，目的是"要败坏青年一代，使他们在对共产主义的斗争中未战先败"——他们的音乐在美军驻欧基地一直是禁品。在另一方面，任何红色政权也做着差不多同样的事情，现代艺术无论雅俗，几十年来也一律遭到官方的批判，官方文件和大学教科书将其定性为"和平演变的先锋"、"西方国家资产阶级腐朽没落的意识形态"、"毒害青少年的精神毒品"等等。

这些反应显然是一种防卫过度。无论哪一方后来都逐渐认识到这一点，也或多或少地放宽了管制尺度，甚至愿意利用各种新异的文化语汇来为我所用，比如用摇滚乐来歌颂延安或南泥湾，用抽象画来促进服装出口业。

当然，如果把这些反应完全看成防卫过度，也是大大的天真。事实上，一种不熟悉的语言，就是一种不可控的语言，差不多也就是一种不可控的权力。不论它表面上的政治标志如何，它都具有实际上的离心力，造成信息通道的阻抗和中断，形成对执政者话份不同程度的削弱和瓦解。

马桥人似乎具有一切执政者的洞明，早就看穿了这一点，因此把权力归结为话份，归结为说。

我们可以看一看，在马桥哪一些人有话份？

（一）一般来说，女人没有话份。男人说话的时候，她们习惯于不插嘴，只是在一旁奶娃崽或者纳鞋底。干部从不要求她们参加村民大会，只当她们没有耳朵和嘴巴。

（二）年轻人没有话份。他们从小就听熟了"大人说话娃崽听"一类古训，总是优先让老人们说。对老人们的说法，即便反感也多是背地里咕咕哝哝，不可大逆不道地当面顶嘴。

（三）贫困户没有话份。财大才会气粗，家贫自然气短，穷人一般都觉得自己不够体面，不愿去人多的地方露脸，自然失去了很多向别人说话的机会。马桥还有习俗：凡欠了债的人，哪怕只欠了半升包谷，也不得在村里的红白喜事中担任司仪、主祭、伴娘之类的重要角色，免得给主家带来晦气。各家火塘边最靠近茶柜的位置，是最显眼的位置，叫主位，债主之外的任何客人不得随便就坐，否则就有辱主之意。这些规矩都保证了人们的话语权向手握债权的富人们那里集中。

……

这样看来，话份被性别、年龄、财富等因素综合决定。当然还有更重要的政治因素，比如本义作为党支部书记，作为马桥的最高执政者，无论何时说话，都落地有声，一言九鼎，说一不二，令行禁止。日子久了，他习惯了粗门大嗓，一条嗓子经常伤痕累累的气多声音少，还是哇哇哇地到处送气。哪怕一个人背着手走路，也关不住一张嘴，有时候禁不住自言自语，自问自答。"这个地上种得豆子么？""魕龙谈，种命呵，水浸浸的沤烂根。""掺些黄泥巴来恐怕要得。""你到哪里担？你到哪里担？有工夫担泥巴，还不如多到坡上种几只包谷。""醒娘养的……"

其实都是他一个人说的话。有时候跟在他背后走一路，可以发现他嘴巴从不消停，不惜找自己抬杠，一张嘴可以开一台辩论会。

人们叫他"义大锣"，知道他走到哪里都热闹。公社干部也对这位"义大锣"让三分。有一次公社开会，本义熟门熟道地到了那里，照例先去伙房里耸耸鼻子，检查一下伙房的气味。他从灶口里找个火点烟，看见脚盆里只切了一大盆萝卜，灶角下肉骨头都没见到一根，立即沉下脸："岂有此理，对贫下中农这样没有感情！嗯？"他怒冲冲拂袖而去，会也不开了，一直冲到供销社的屠房，问还有肉没有。屠夫说，肉刚卖完了。他操起一把板刀，说赶快捉猪来，捉猪来！屠夫说，公社规定每天只准杀一头猪。本义说，公社里说以后可以吃饭不要钱，你也信？

万玉刚好也坐在这里，笑嘻嘻地说："好，好，今天我也搞碗肉汤喝一下。"

本义眼睛一瞪："你如何坐在这里？"

万玉眨眨眼："也是，我如何坐在这里？"

本义本来就有无名火，把板刀一拍："你看你这个懒样子，不过年不过节你跑到这里来做什么？还不快点跟老子回去！你今天不锄完北坡上那几亩地上的油菜，我发动群众斗死你。"

万玉被板刀声吓得屁滚尿流，赶快溜出门，只是隔了一阵，怯怯地把油光光的脑袋探进来："你你……你刚才要我做什么？"

"你聋了呵？要你锄油菜！"

"晓得了晓得了。你莫发气。"

油光光的脑袋缩回去了。本义总算吐匀气，卷上一撮烟丝，发现身后有什么动静，回头一看，居然还是万玉脸上的苦笑。"对不起，我刚才又听急了，你是要我锄……锄……"

想必他已经骇得跑了魂，什么话也听不清了。

本义把油菜两个字狠狠灌进他的耳朵，才把他打发走。

屋后有了一串猪叫，本义的气色才算活了几分。他最喜欢杀猪，杀得也内行。又一阵猪叫之后，他脸上尽是泥点，手上血污污的，回到灶边抽烟。刚才只一刀，干净利落把猪放倒。他搭嘴搭舌一直守在屠房里，最后邀几个供销社的伙计凑在热气腾腾的锅灶边，吃了猪肉，喝了猪血汤，才满意地抹了抹油嘴，打了个饱嗝。

他没有开会，公社干部也不敢批评他。待他满面通红地重返会场，干部还要请他上台发言，足见他的话份十分了得。

他说："我今天不多讲了，只讲两点。"

这是他每次发言前例行的公告。他无论实际上讲的是两点，还是三点、四点、五点乃至更多，也无论是讲三言两语还是长篇大论，都要事先申明，他只讲两点。

他讲着讲着，一股肉汤味涌上来，便讲到他以前在朝鲜的经历，用当年他打美国兵的武功，来证明现在修水利、种禾谷、养猪、计划生育之类的任务是完全可以完成的，也是一定要完成的。他总是把美国的坦克说成是拖拉机。他说在三八线，美国的拖拉机来了，地都发抖，把人的尿都骇得出来。但志愿军英雄好汉，一百丈，不打，五十丈，还不打，三十丈，还不打，最后，等美国拖拉机到了面前，一炮就把它娘的打掉了！

他得意地踌躇四顾。

公社何部长曾经纠正他的说法："不是拖拉机，那叫坦克。"

他眨眨眼："不叫拖拉机？我没读多少书，是个流氓。"

他的意思是，他是个文盲，分不清坦克和拖拉机没有什么奇怪。他也认真地学习过坦克这个词，但是到了下次开会，他照例一百丈五十丈三十丈地紧张了一通后，还是一溜嘴说成拖拉机。

他的这一类用语错误，丝毫不影响他的话一句顶一句。"人只有病死的，没有做死的"，"大灾大丰收，小灾小丰收"，"人人都要搞思想搞进步搞世界"等等这些话没有多少道理，但因为出自他本义，就慢慢通用了，流传下来了。他耳朵有些背。有一次从公社干部那里，把毛主席语录"路线是个纲，纲举目张"，听成了"路线是个桩，桩上钉桩"，有明显的错误，但因为"桩"字出于他的口，马桥人后来一直深信不疑，反而嘲笑我们知青把路线说成是"纲"，纲是什么？

△宝　气

本义还有一个外号："滴水佬"。取这个外号的是志煌。当时他在工地上吃饭，看见本义的筷子在碗边敲得脆响，目光从眼珠子里勾勾地伸出来，在肉碗里与其他人的筷子死死地纠缠厮打。志煌突然惊奇地说："你如何口水洒洒地滴？"

本义发现大家的目光盯着他，把自己的嘴抹了两下："滴水么？"他抹去了一缕涎水，没有抹去胡茬子上的饭粒和油珠。

志煌指着他大笑："又滴了！"

大家也笑。

本义扯上袖口再抹一把，还没有抹干净，咕哝了一句，样子有点狼狈。等他重新操起碗筷的时候，发现眨眼之间，肉碗里已经空了。他忍不住朝周围的嘴巴一一看去，好像要用目光一路追踪那些肥肉坨子去了什么地方，落入了哪些可恶的肠胃。

他后来对志煌颇有怨色。"吃饭就吃饭，你喊什么？害得我今天吃一顿卫生饭，肠子枯得要起火！"

一般来说，本义并不是一个受不得取笑的人，公务之外，并不善于维护自己的威严。碰到别人没大没小的一些话，有时只能装装耳聋——也确实有些聋。但他的听觉在这一天特别好，面子特别要紧，因为工地上还有外村人，有公社何部长和姚部长。志煌在这种场合强调他的口水，就是志煌的宝气了。他好歹是个书记，是个一队之长吧？

"宝"是傻的意思，"宝气"就是傻气。志煌的宝气在马桥出了名。比如他不懂得要给干部让座，不懂得夯site如何做假，也不懂得女人每个月都有月经。他以前打自己的婆娘下手太狠，显得很宝气。后来婆娘离婚了，回娘家了，他时不时给那个梦婆送吃的和穿的，更显得宝气。天子岭上的三个石场，是他一钎一钎咬出来的。他打出来的岩头可以堆成山，都被人们买走和拉走，用到不知道什么地方去了，但是他什么时候一走神，还把这些岩头看成是他的，走到哪里一看到眼熟的石料，就有些恋恋不舍，临走还要朝它屙泡尿，搞得臊气冲天。就因为这一点，很多客户同他横竖说不通道理，对他屙尿的宝气无可奈何。只好恨恨地骂他——"煌宝"的名字就是这么骂出来的。

他给一户人家洗磨子，就是把旧磨子翻新。闲谈时谈起唱戏，同主家看法不大一样，竟争吵得红了脸。东家说，你走你走，我的磨子不洗了。志煌收拾工具起身，走出门想起什么事，回来补上一句："你不洗了不碍事，只是这副磨子不是你的。你刚才说错了话，明白不？"

东家想了半天还是不明白。

志煌走出几步，还恨恨地回头："晓得么？这磨子不是你的！"

"未必是你的？"

"也不是我的，是我爹的。"

他的意思是：磨子是他爹打的，就是他爹的。

还有一次，有个双龙弓的人到石场来哭哭泣泣，说他死了个舅舅，没有钱下葬，只怕死不成了，求志煌赊他一块坟碑。志煌看他哭得可怜，说算了算了，赊什么？你拿去就是，保证你舅舅死得成。说完挑一块上好的青花石，给他錾了块碑，还搭上一副绳子，帮他抬下岭，送了一程。这个时候的石场早已收归集体。复查是生产队会计，发现他把石碑白白送人，一定要他追回钱来，说他根本没有权利做这样的人情。两人大吵了一架。志煌黑着一张脸说："岩头是老子炸的，老子破的，老子裁的，老子錾的，如何变成了队上的？岂有此理！"

复查只好扣他的工分了事。

志煌倒不在乎工分，任凭队干部去扣。他不在乎岩头以外的一切，那些东西不是出自他的手，就与他没有太大的关系，他想不出什么要在乎的道理。当年他同水水打离婚的时候，水水娘家来的人差不多把他家的东西搬光了，他也毫不在乎，看着人家搬，还给人家烧茶。他住在上村，不远处的坡上有一片好竹子。到了春天，竹根在地下乱窜，到处跑笋，有时冷不防在什么人的菜园子里、或者床下、或者猪栏里，冒出粗大的笋尖来。照一般的规矩，笋子跑到哪一家，就是哪一家的。志煌明白这一点，只是一做起来就有些记不住。他去菜园子里搭瓜棚的时候，看见园子里有一个陌生的人，大概是个过路客，一看见他就慌慌地跑。那人不熟路，放着大路不走偏往沟那边跳，志煌怎么喊也喊不住，眼睁睁地看着那人一脚踩空，落到深深的水沟里，半个身子陷入淤泥。一声大叫，那人的怀里滚出一个肥肥的笋子。

显然是挖了志煌园子里的笋。志煌视若无睹，急急地赶上去，从腰后抽出柴刀，顺手砍断一根小树，把树干的一端放下沟，让沟下的人抓住，慢慢地爬上沟来。

过路客脸色惨白，看着志煌手里的刀，一身哆哆嗦嗦。见他没有什么动作，试探着往大路那边移动碎步。

"喂，你的笋——"志煌大喝一声。

那人差点摔了一跤。

"你的笋子不要了？"

他把笋子甩过去。

那人从地上捡了笋子，呆呆地看着志煌，实在没有看出什么圈套和什么危险，这才疯也似的飞跑，一会儿就不见了。志煌看着那人的背影有些好笑，好一阵以后才有疑疑惑惑的表情。

事后，村里人都笑志煌，笑他没捉到贼也就算了，还砍一棵树把贼救出沟来。更可笑的是，怕贼走了一趟空路，送都要把自家的东西送上前去。志煌对这些话眨眨眼，只是抽他的烟。

△宝气（续）

我得再说一说志煌的"宝气"。

我曾经看见他带着几个人去供销社做工，砌两间屋。待最后一片瓦落位，本义不知从哪里拱出来，检查功夫质量，踢一踢这里，拍一拍那里，突然沉下脸，硬说岩墙没砌平整，灰浆也吃少了，要刷去所有人的工分。

志煌找他理论，说你怎么捏古造今？你懂个卵，我是岩匠，我还不晓得要吃好多灰浆才合适？

本义冷笑一声："是你当书记还是我当书记？是你煌醒子说话算数，还是我书记说话算数？"

看来是存心跟志煌过不去了。

旁人出来打圆场，扯开了志煌，对本义说好话。兆青还跟着书记的屁股转，一个劲地递烟丝，见他进茅房，就在茅房外面等。看他去了屠房，又在屠房外面等。总算看见他抽着一支烟从屠房里出来，总算陪着他把路边的黄瓜和辣椒视察了一番，还是没法让他的目光回转来，正眼看兆青一下。

供销社敲钟吃饭了。本义兴冲冲地摩拳擦掌："好，到黄主任屋里吃团鱼去。"简直掩饰不住扬眉吐气的快感。

他还没走，刚落成的仓房那边突然发出咚的一声，响得有点不规不矩。有人匆匆来报信，说不得了，不得了哇，煌宝在那里拆屋啦。本义一怔，急忙打点精神赶过去，发现志煌那家伙确实发横，口里不干不净，一个人抄起流星锤朝墙基猛砸。

新墙如豆腐。一块岩头已经翘出一头，另一块正在松动，粉渣稀稀拉拉往下泻。墙基要是空了，墙体还不全倒下来？旁边是供销社的老黄，怎么也拉不住他的手。老黄看见了本义："这是何苦呢？这是何苦呢？砌得好好的拆什么？你们不心疼你们的劳力，我还心疼我的砖哩。四分钱一口砖你晓不晓呵？"

本义咳了一声，宣告他的到场。

煌宝不明白咳嗽的意思，或者是不愿明白咳嗽的意思。

"煌拐子！"

志煌看了他一眼，没有搭理。

"你发什么宝气！"本义的脸红到了颈根，"拆不拆，也要等干部研究了再说。这里哪有你的话份？回去，你们通通跟我回去！"

志煌朝手心吐了一口唾液，又操起岩锤。"岩头是我在岭上打的，是我车子推来的，是我砌上墙的。我拆我的岩头，碍你什么事了？"

一说到岩头，谁也不可能同志煌把道理说清了，也不可能阻挡他瞪眼睛了。仲琪上前给书记帮腔："煌伢子，话不能这样说，岩头不是供销社的，也不是你的。你是队上的人，你打的岩头就是队上的。"

"这是哪来的道理？他滴水佬倌也是队上的，他的婆娘也成了队上的，是人都睡得，是不是？"

大家偷偷笑。

本义更加气得没话好说，滑出位置的下巴好一阵才拉了回原处。"好，你砸，砸得好，砸得好！老子，今天不光要扣你们的工分，还要罚得你们喊痛。不跟你们一二一，你们不晓得钉子是铁打的，猪婆是地上跑的。"

听说要罚，形势开始逆转，好几个民工都变了脸色，上前去把志煌拖的拖，拦的拦。有的则往他手里塞烟丝。

"何必呢？有话好说，有话好说。"

"你莫害了别个。"

"剐工分就剐工分，你拆什么屋呵？"

"这墙我也有一份，你说砸就砸么？"

……

志煌气力大，肩膀左右一摆，把两旁的人都甩开了。"放心，我只要我的岩头，你们的我碰都不碰。"

这实际上是废话。他今天砌的是岩石，统统充当墙基。要是把下面都掏了，上面的墙还可以悬在空中不成？

本义一扬手往远处走了。不过，跟着他屁股后头而去的兆青很快就跑来，笑眯眯地说，本义已经转了弯，说工分一分不剐，暂时不剐，以后再算账。大家一脸的紧张才松弛下来。见煌宝停了锤，七手八脚把他刚砸下来的岩头补回去。

回村的路上，好多人争着帮志煌提工具篮子，说今天要不是煌宝在场，大家不都被滴水老倌活活地收拾了？不成了砧板上的肉？他们前呼后拥地拍志煌的马屁，"煌宝"前"煌宝"后地叫个不停。在我看来，此刻的"宝"字已没有贬义，已回复了它的本来面目：宝贵。

△双狮滚绣球

志煌以前在旧戏班子里当过掌鼓佬，也就是司鼓。他打出的一套"凤点头"、"龙门跳"、"十还愿"、"双狮滚绣球"之类的锣鼓点子，是一股让人热血奔放豪气贯顶的旋风，是一串劈头而来的惊雷。有很多切分和附点音节，有各种危险而奇特的突然休止。若断若接，徐疾相救，在绝境起死回生，在巅峰急转直下。如果有一种东西可以使你每一根骨头都松散，使你的每一块肌肉都错位，使你的视觉跑向鼻子而味觉跑向耳朵脑子里的零件全部稀里哗啦，那么这种东西不会是别的，就是志煌的"双狮滚绣球"。

一套"双狮滚绣球"，要打完的话，足足需要半个钟头。好多鼓都破在这霹雳双狮的足下——他打岩锤的手太重了。

村里好些后生想跟他学这一手，但没有人学得会。

他差一点参加了我们的毛泽东思想文艺宣传队。他兴冲冲地应邀而来，一来就修油灯，就做锣锤，就用歪歪斜斜的字在红纸上写什么宣传队制度，事事都很投入。对什么人都笑一笑，因为太瘦，脸盘子小，笑的时候下半张脸都是两排光洁白牙。但他只参加了一天，就没有再来了，第二天还是去岭上打岩头。复查去喊他，许给他比别人高两成的工分，也没法让他回转。

主要原因，据说是他觉得新戏没有味道，他的锣鼓也没有施展天地。什么对口词、三句半、小演唱、丰收舞，这些都用不上双狮来凑兴。好容易碰上一出革命样板戏，是新四军在老百姓家里养病，才让他的双狮露个头，导演一挥手就宰了。

"我还没打完！"他不满地大叫。

"光听你打，人家还唱不唱呵？"导演是个县文化馆派来的，"这是一段文场戏，完了的时候你配一个收板就行了。"

志煌阴沉着脸，只得再等。

等到日本鬼子登场，场上热闹了，武场戏开始了，可以让志煌好好露一手了吧？没料到导演更可恶，只准他敲流水点子，最后响几下小锣。他不懂，导演就抢过锤子，敲两下给他看。"就这样，晓得不？"

"什么牌子？"

"牌子？"

"打锣鼓也没个牌子？"

"没有牌子。"

"娃崽厕屎一样，想丢一坨就丢一坨？"

"你呀你，只晓得老一套，动不动就滚绣球滚绣球。日本鬼子上场了，滚什么绣球呢？只能让他们屁滚尿流！"

志煌无话可说，只得屈就。整整一天排练下来，他的锣鼓打得七零八落，不成体统，当然让他极端失望，只得告退。他压根上看不起导演，除了薛仁贵、杨四郎、程咬金、张飞一类，他也根本不相信世界上还有什么好戏，不相信世界上还有很多他应该惊奇的事物。给他讲一讲电影戏特技，讲世界上最大的轮船，讲地球是圆的因此人一直往前走就可以回到原地，讲太空中没有重力一个娃崽的小指头也举得起十万八千斤，如此等等，他统统十分冷静地用两个字总结：

"诳人。"

他并不争辩，也不生气，甚至有时候还有一丝微笑，但他舔舔嘴巴，总是自信地总结："诳人。"

他对下放崽一般来说多两分客气，对知识颇为尊敬。他不是不好奇，不好问，恰恰相反，只要有机会，他喜欢接近我们这些读过中学的人，问出一些他百思不得其解的问题。他只是对包括马克思著作在内的各种新事物疑心太深，对有关答案判断太快，太干脆，常常一口否决没有商量余地："又诳人。"

比方，他是看过电影的，但决不相信革命样板电影里的武打功夫是练得出来的。"练？拿什么练？人家是从小就拈了骨头的，只剩下皮肉。莫看他们在台子上拳打脚踢，打得你眼花，一下了台，连担空水桶都挑不起。"

在这个时候，你要说服他，让他相信那些武打演员的骨头还在，挑水肯定没有问题，比登天还要难。

三　毛▲

我还要说一头牛。

这头牛叫"三毛"，性子最烈，全马桥只有煌宝治得住它。人们说它不是牛婆生下来的，是从岩石里蹦出来的，就像《西游记》里的孙猴子，不是什么牛，其实是一块岩头。煌宝是岩匠，管住这块岩头是顺理成章的事。这种说法被人们普遍地接受。

与这种说法有关，志煌喝牛的声音确实与众不同。一般人赶牛都是发出"嘘——嘘——嘘"的声音，独有志煌赶三毛是"溜——溜溜"。"溜"是岩匠常用语。溜天子就是打铁锤。岩头岂有不怕"溜"之理？倘若三毛与别的牛斗架，不论人们如何泼凉水，这种通常的办法不可能使三毛善罢甘休。惟有志煌大喝一声"溜"，它才会惊慌地掉头而去，老实得棉花条一样。

在我的印象里，志煌的牛功夫确实好，鞭子从不着牛身，一天犁田下来，身上也可以干干净净，泥巴点子都没有一个，不像是从田里上来的，倒像是衣冠楚楚走亲戚回来。他犁过的田里，翻卷的黑泥就如一页页的书，光滑发亮，细腻柔润，均匀整齐，温气蒸腾，给人一气呵成行云流水收放自如神形兼备的感觉，不忍触动不忍破坏的感觉。如果细看，可发现他的犁路几乎没有任何败笔，无论水田的形状如何不规则，让犁者有布局犁路的为难，他仍然走得既不跳埂，也极少犁路的交叉或重复，简直是一位丹青高手惜墨如金，决不留下赘墨。有一次我看见他犁到最后一圈了，前面仍有一个小小的死角，眼看只能遗憾地舍弃。我没料到他突然柳鞭爆甩，大喝一声，手抄犁把偏斜着一抖，死角眨眼之间居然乖乖地也翻了过来。

让人难以置信。

我可以作证，那个死角不是犁翻的。我只能相信，他已经具备了一种神力，一种无形的气势通过他的手掌贯注整个铁犁，从雪亮的犁尖向前迸发，在深深的泥土里跃跃勃动和扩散。在某些特殊的时刻，他可以犁不到力到，力不到气到，气不到意到，任何遥远的死角要它翻它就翻。

在我的印象里，他不大信赖贪玩的看牛崽，总是要亲自放牛，到远远的地方，寻找干净水和合口味的草，安顿了牛以后再来打发自己。因此他常常收工最晚，成为山坡上一个孤独的黑点，在熊熊燃烧着绛紫色的天幕上有时移动，有时静止，在满天飞腾着的火云里播下似有似无的牛铃铛声。这时候，一颗颗疏星开始醒过来了。

没有牛铃铛的声音，马桥是不可想象的，黄昏是不可想象的。缺少了这种暗哑铃声的黄昏，就像没有水流的河，没有花草的春天，只是一种辉煌的荒漠。

他身边的那头牛，就是三毛。

问题是，志煌有时候要去石场，尤其是秋后，石场里的活比较忙。他走了，就没有人敢用三毛了。有一次我不大信邪，想学着志煌"溜"它一把。那天下着零星雨点，闪电在低暗的云层里抽打，两条充当广播线的赤裸铁丝在风中摇摆，受到雷电的感应，一阵阵地泻下大把大把的火星。裸线刚好横跨我正在犁着的一块田，凌驾在我必须来回经过的地方，使我提心吊胆。一旦接近它，走到它的下面，忍不住腿软，一次次屏住呼吸扭着颈根朝上方警戒，看空中摇来荡去的命运之线泻下一把把火花，担心它引来劈头盖脑的震天一击。

看到其他人还在别的田里顶着雨挖沟，我不好意思擅自进屋，不想显得自己太怕死。

三毛抓住机会捉弄我。越是远离电线的时候，它越跑得欢，让我拉也拉不住。越是走到电线下面，它倒越走得慢，又是屙尿，又是吃田边的草，一个幸灾乐祸的样子。最后，它干脆不走了，无论你如何"溜"，如何鞭抽，甚至上前推它的屁股，它身体后倾地顶着，四蹄在地上生了根。

它刚好停在电线下面。火花还在倾泻，噼噼啪啪地炸裂，一连串沿着电线向远处响过去。我的柳鞭抽毛了，断得越来越短。我没有料到它突然大吼一声，拉得犁头一道银光飞出泥土，朝岸上狂奔。在远处人们一片惊呼声里，它拉得我一个趔趄，差点扑倒在泥水里。犁把从我手里飞出，锋利的犁头向前荡过去，直插三毛的一条后腿，无异在那里狠狠劈了一刀。它可能还没有感觉到痛，跃上一个一米多高的土埂，晃了一下，踩得大块的泥土哗啦啦塌落，总算没有跌下来，但身后的犁头插入了岩石缝里，发出剧烈的嘎嘎声。

不知是谁在远处大叫，但我根本不知道叫的是什么。直到事后很久，才回忆起那人是叫我赶快拔出犁头。

已经晚了。插在石缝里的犁头咣的一声别断，整个犁架扭得散了架。鼻绳也拉断了。三毛有一种获得解放的激动，以势不可挡的万钧之力向岭上呼啸而去，不时出现步法混乱的扭摆和跳跃，折腾着从来未有过的快活。

这一天，它鼻子拉破，差点砍断了自己的腿。除了折了一张犁，它还撞倒了一根广播电线杆，撞翻一堵矮墙，踩烂了一个箩筐，顶翻了村里正在修建的一个粪棚——两个搭棚的人不是躲闪得快，能否留下小命还是一个问题。

我后来再也不敢用这条牛。队上决定把它卖掉时，我也极力赞成。

志煌不同意卖牛。他的道理还是有些怪，说这条牛是他喂的草，他喂的水，病了是他请郎中灌的药，他没说卖，哪个敢卖？干部们说，你用牛，不能说牛就是你的，公私要分清楚。牛是队上花钱买来的。志煌说，地主的田也都是花了钱买的，一土改，还不是把地主的田都分了？哪个种田，田就归哪个，未必不是这个理？

大家觉得他这个道理也没什么不对。

"人也难免有个闪失。关云长还大意失荆州，诸葛亮是杀了他，还是卖了他？"等到人家都不说了，也走散了，志煌一边走还能一边对自己说出一些新词。

三毛没有卖掉，只是最后居然死在志煌手里，让人没有想到。他拿脑壳保下了三毛，说这畜生要是往后还伤人，他亲手劈了它。他说出了的话，不能不做到。春上的一天，世间万物都在萌动，暖暖的阳光下流动着声音和色彩，分泌出空气中隐隐的不安。志煌赶着三毛下田，三毛突然全身颤抖了一下，眼光发直，拖着犁头向前狂跑，踩得泥水哗哗哗溅起一片此起彼伏的水帘。

志煌措手不及。他总算看清楚了，三毛的目标是路上一个红点。事后才知道，那是邻村的一个婆娘路过，穿一件红花袄子。

牛对红色最敏感，常常表现出攻击性，没有什么奇怪。奇怪的是，从来在志煌手里服服帖帖的三毛，这一天疯了一般，不管主人如何叫骂，统统充耳不闻。不一会，那边传来女人薄薄的尖叫。

傍晚的时分，确切的消息从公社卫生院传回马桥，那婆娘的八字还大，保住了命，但三毛把她挑起来甩向空中，摔断了她右腿一根骨头，脑袋栽地时又造成了什么脑震荡。

志煌没有到卫生院去，一个人捏着半截牛绳，坐在路边发呆。三毛在不远处怯怯地吃着草。

他从落霞里走回村，把三毛系在村口的枫树下，从家里找来半盆黄豆塞到三毛的嘴边。三毛大概明白了什么，朝着他跪了下来，眼里流出了混浊的眼泪。他已经取来了粗粗的麻索，挽成圈，分别套住了畜生的四只脚。又有一杆长长的斧头握在手里。

村里的牛群纷纷发出了不安的叫声，与一浪一浪的回音融会在一起，在山谷里激荡。夕阳突然之间暗淡下去。

他守在三毛的前面，一直等着它把黄豆吃完。几个妇人围了上来，有复查的娘，兆青的娘，仲琪婆娘，她们揪着鼻子，眼圈有些发红。她们对志煌说，遭孽遭孽，你就饶过它这一回算了。她们又对三毛说，事到如今，你也怪不得别人。某年某月，你斗伤了张家坊的一斗牛，你有没有错？某年某月，你斗死了龙家滩的一头牛，你知不知罪？有一回，你差点一脚踢死了万玉他的娃崽，早就该杀你的。最气人的是另一回，你黄豆也吃了，鸡蛋也吃了，还是懒，不肯背犁套，就算背上了，四五个人打你你也不走半步，只差没拿轿子来抬你，招人嫌么。

她们一一历数三毛的历史污点，最后说，你苦也苦到头了，安心地去吧，也莫怪我们马桥的人手狠，也是没办法的事情呵。

复查的娘还眼泪汪汪地说，早走也是走，晚走也是走，你没看见洪老板比你苦得多，死的时候犁套都没有解哩。

三毛还是流着眼泪。

志煌脸上没有任何表情，终于提着斧子走近了它——

沉闷的声音。

牛的脑袋炸开了一条血沟，接着是第二条，第三条……当血雾喷得尺多高的时候，牛还是没有反抗，甚至没有叫喊，仍然是跪着的姿态。最后，它晃了一下，向一侧偏倒，终于沉沉地垮下去，如泥墙委地。它的脚尽力地伸了几下，整个身子直挺挺地横躺在地，比平时显得拉长了许多。平时不大容易看到的浅灰色肚皮完全暴露。血红的脑袋一阵阵剧烈地抽搐，黑亮亮的眼睛一直睁大着盯住人们，盯着一身鲜血的志煌。

复查他娘对志煌说："遭孽呵，你喊一喊它吧。"

志煌喊了一声："三毛。"

牛的目光一颤。

志煌又喊了一声："三毛。"

牛眼中有幸福的一闪，然后宽大的眼皮终于落下，身子也慢慢停止了抽搐。

整整一个夜晚，志煌捧着头，一言不发，就坐在这双不再打开的眼睛面前，直到第二天早上鸡鸣。

△ 清明雨

我无话可说，看见山谷里的雨雾一浪一浪地横扫而至，扑湿了牛栏房的土墙，扑皱了水田里一扇扇顺风展开的波纹，一轮轮相继消逝在对岸的芦草丛里。于是草丛里惊飞出两三只无声的野鸭。溪流的和声越来越宏大了，但也越来越细碎了，以致无法细辨它们各自本来的声音，也不知道它们来自何处，只有天地间轰轰轰的一片，激荡得地面隐隐颤抖。我看见门口有一条湿淋淋的狗，对着满目大雨惊恐地叫唤。

每一屋檐下都有一排滴滴答答的积水窝，盛满了避雨者们无处安放的目光，盛满了清明时节的苦苦等待。

满山树叶都发出淅淅沥沥的碎响。

春天的雨是热情的，自信的，是浩荡和酣畅，是来自岁月深处蓄势既久的喷发。比较来说，夏天的雨显得是一次次心不在焉的敷衍，秋天的雨是一次次蓦然回首的恍惚，冬天的雨则是冷漠。恐怕很难有人会像知青这样盼望着雨，这样熟悉每一场雨的声音和气味，还有在肌肤上留下的温度。因为只有在雨天，我们才有可能拖着酸乏的身体回家，喘一口气，伸展酸麻的手足，享受弥足珍贵的休息机会。

我的女儿从不喜欢雨。春天的雨对于她来说，意味着雨具的累赘，路上的滑倒，雷电的可怕，还有运动会或者郊游的改期。她永远不会明白我在雨声中情不自禁的振奋，不会明白我一个个关于乡下日子的梦境里，为什么总有倾盆大雨。她永远错过了一个思念雨声的年代。

也许，我应该为此庆幸？

现在，又下雨了。雨声总是给我一种感觉：在雨的那边，在雨的那边的那边，还长留着一行我在雨中的泥泞足迹，在每一个雨天里浮现，在雨浪飘摇的山道上变得模糊。

△不和气

我最初听到这个词是在罗江过渡的时候，碰上发大水，江面比平时宽了几倍。同船有两个面生的女子，大约是远道而来的，一上船就用斗笠遮住了自己的脸，只露出两只眼睛。船家对她们打量了一下，扬扬手要她们下去。两个女子没办法，下船各自用河泥在脸上抹了两下，抹出一个花脸，相互对视笑得直不起腰，才捂住肚子咯咯咯地上了船。

我对这件事十分惊异：为什么要画出一张鬼脸？

船家说："十个毛主席也管不了龙六爹发大水。一船人的命，出了事我担待不起呵。"

船上立即有人附和，是的是的，水火无情，还是小心点好。他们说起以前的某月某日，某位女子也是好不和气，害得船翻了，人落到水里，怎么游也到不了岸，硬是碰了鬼。

我后来才知道，"不和气"就是漂亮。这个渡有个特别的规矩，碰到风大水急的时候，不丑的婆娘不可过渡，漂亮的姑娘甚至不可靠近河岸。这种规定的理由是：很久以前这里有个丑女，怎么也嫁不出去，最后就在这个渡口投江而亡。自那以后，丑女阴魂不散，只要见到船上有标致女人，就要妒忌得兴风作浪，屡屡造成船毁人亡的事故。故过渡女人稍有姿色的，只有污了面，才可保自己的平安，也使一船人免遭灾祸。

我不大在意和相信这一类传说，也没有去具体研究美色与灾祸之间的关系，比方美色是否确实较为容易引起人们走神、乱意、发痴发狂？是否较为容易成为放弃职责、大意操作之类的诱因？使我感兴趣的是"不和气"这个词。它隐含着一种让人有点不寒而栗的结论：美是一种邪恶，好是一种危险，美好之物总是会带来不团结、不安定、不圆满，也就是一定会带来纷争和仇恨，带来不和气。一块美玉和氏璧曾引起赵国与秦国大动干戈，一个美女海伦曾引发了希腊远征特洛伊长达十年的战争，大概都可以作为这个词的注解。依此逻辑，世人只有随波逐流，和光同尘，不当出头的椽子，往自己的脸上抹泥水，才有天下的太平。

马桥语言中的"不和气"也泛指好，杰出，优秀，卓尔不群，出类拔萃，超凡出众等等。以这个词来描述本义的年轻婆娘铁香，外人没有理由不为她的前景捏一把汗。

△神

马桥人认为漂亮女人有一种气味，一种芬芳但是有害的气味。本义的婆娘铁香从长乐街嫁到马桥来，就带来了这种气味。刚来两个多月，马桥的黄花就全死了。看着一枝枝金光灿烂的黄花，摘到篮子里还没提到家，就化成了一泡黑水，拈都拈不起来。老人们说，马桥人后来再也不种黄花，只能种一些模样丑陋的瓜果，茄子、苦瓜、南瓜、核桃什么的，就是这个原因。

铁香的气味也使六畜躁动不安。复查家的一条狗，自从看见铁香以后就变了一条疯狗，只得用枪打死。仲琪原来有一头脚猪，也就是种猪，自从铁香来了以后就怎么也不上架了，只得阉了它以后杀肉。还有一些人家的鸡瘟了，鸭瘟了，主人都怪铁香没有做好事。最后，连志煌手里叫三毛的那头牛，也朝铁香发过野，吓得她哇哇哇大叫。要不是煌宝眼明手快把畜生的鼻绳拉住，她就可能被顶到坡下去了。

妇人们对铁香一直有些不以为然，只是碍着本义当书记的面子，不好怎么发作。其中也有些人不大甘休，看见铁香来了，有心没心找一些话头来刺她。她们大谈自己来马桥夫家拜堂放锅时的排场和讲究，历历如数家珍。无非是大舅子抬嫁妆，二舅子吹喇叭，三舅子放手铳，四舅子举红伞，诸如此类的夸张。杭州的丝绣有好多，东洋的褂子有好多，手腕上的镯子如何大，耳朵上的环子又如何亮，她们说得不厌其烦。

铁香一听到这些，脸色发白。

有一次，一个婆娘故作惊讶地说："哎呀呀，你们都是这样的好命，这样体面，那我只有死路一条了。我当初放到这个鬼地方来，只夹了一把伞，除了褂子就是一坨肉！"

众人笑。

这个婆娘显然是揭铁香当初的穷。铁香忍不住，匆匆跑回家去捶枕头捶被子哭了一场。

铁香其实是在大户人家里长大的，家里曾经有保姆和仆人，做菜离不开酱油、茴香和香油，也能区分什么是饼干，什么是蛋糕，不像其他马桥人那样，统统称之为"糖"。只是她到马桥的时候，父亲作为"乞丐富农"（参见词条"乞丐富农"）死在牢里，家道已经败落。她确实是只夹了一把伞，匆匆跨进了本义家的门槛。

当时她十六岁，抹了点胭脂，挺着一个大肚子，大汗淋淋地独身闯到马桥，问这里谁是党。人们很奇怪地打量着她，在她一再追问之下，才说了两个名字。她又问这些党中间谁还是单身。人们就说出了本义。她问清了本义的住处，一直走到那间茅屋里，粗粗打量了一下房子和人：

"你就是马本义？"

"呵。"

"你是共产党？"

"呵。"

"你要收亲么？"

"么事？"本义正在铡猪食，没听清。

"我是问，你要不要婆娘？"

"婆娘？"

她长长出了一口气，放下了随身带来的伞。"我还不算丑吧？也能生娃崽，这你看见了。你要是还满意，我就……"

"呵？"

"我就那样了。"

"你是说哪样了？"本义还没听懂。

铁香脚一跺："就给你了。"

"给我什么？"

铁香扭头望着门上："跟你睡觉！"

本义吓了一跳，舌头僵直得搅不出一句话来。"你你你你是哪里来的神婆子……娘哎娘，我的箩筐呢？"

他逃进里屋。铁香追上去问："你有什么不满意呢？你看我这脸，你看我这手、这脚，样样都是全的。跟你说实话吧，我还有点私房钱。你放心，这肚子里是个读书人的种，你要，就要。不要，就做下来。我只是想让你看看，我生得娃崽，我身子好……"

还没说完，听见有人溜出后门的声音。

"你找到我这样的，算是你前世积了阴德呢——"铁香气得脚一跺，不一会哭出了号啕的劲头。

后来，本义拜托同锅兄弟本仁，打发这个神婆子走路。本仁上门时，发现女子已经在铡猪草了，擦擦手起身让座，找吊壶烧茶，倒也看得顺眼。看见女子屁股圆大腿粗确实是个能下崽的模样，嘴里含含糊糊，送客的话始终没有说出口。他后来对本义说："神是神一点，身体还好。你不要，我就要了。"

这一天，铁香就住在本义家，没有回去。

事情就这么简单，本义没请媒人没费聘礼，捡了个便宜。铁香也一了心愿，用她后来的话来说，她当时受不了政府的管制和四个母亲成天的哭哭泣泣，受不了邻居一个小染匠天天的威胁纠缠，一横心，只打了一把伞出门，发誓要找个共产党做靠山。她居然一举获胜，几天之后果真领了个复员革命军人兼党支部书记回娘家，让左邻右舍刮目相看，干部们看看本义胸前抗美援朝的纪念章，对她家也客气了几分。

他们双双到政府登记。政府说她年龄太小，过两年再来。她好说歹说不管用，杏眼一瞪发了横，对管公章的秘书说："你不登，我就不走，把娃崽生在你这里，说是你的种。还怕你不养我！"秘书吓了一跳，满头大汗手忙脚乱地办手续。看她和新郎的背影远了，还惊魂未定地说，好神的婆子，不会来二回了吧？

旁边的人也啧啧摇头，说到底是九袋爷的千金，吃过百家饭的，脸皮比鞋底还厚。这以后如何得了？

本义后来也慢慢明白，这一桩婚事对于他很难说是一件美事。铁香比他小了十多岁，就有了在家里发脾气使性子的权利，有时候神得没有边，一碰到不顺心的事，动不动就咒马桥弓这个鬼地方，是人过日子的地方么？她咒马桥的路不平，咒马桥的山太瘦，咒这里的潀眼淹得死人，咒这里的米饭里沙子多，咒这里的柴湿因此烟子特别呛，咒这里的买根针买个酱油也要跑七八里路。咒来咒去，免不了要咒到本义。她咒一咒也就算了，有一次居然咒一声就狠狠切下一颗血淋淋的鳝鱼脑壳。天下还有王法么？他本义好歹也是她老倌，好歹是个书记，如何与鳝鱼脑壳搅在一起？

本义老母还在的时候，对媳妇也莫可奈何。一旦惹得她发了毛，连老人也不放过："老不死的家伙，我不怕你几十岁几十斤，河里没有盖盖子，塘里也没有盖盖子，你去死呵！你何事不去死呢？"

一般来说，本义对这些话装耳聋，也确实有点聋。即便有时忍不住了大喝一声"老子锄死你"，只要婆娘暂时闭了嘴，他也不会真动手。他最威风的一次，是一巴掌打得铁香滚到一群惊飞四散的鸭子里面去了。用他的话来说，那次是正气压倒邪气，东风压倒西风。铁香爬起来就去投塘，被村里人拦住了，只好跑回娘家去，三个月没有音信。最后还是本仁备了两斤薯粉两斤粑粑，代表同锅老弟去与铁香讲和，用土车子把她推了回来。

在上面的叙述中，读者可能注意到，我笔下已经几次出现了"神"字。可以看出，马桥人的"神"用来形容一切违反常规和常理的行为。在这里，人们最要紧的是确认人的庸常性质，确认人只能在成规中度日。任何违犯成规的行为，从本质上说都不是人的行为，只可能来自冥冥中的莫测之物，来自人力之外的天机和天命。不是神经质（神的第一义），就是神明（神的第二义）。马桥人用一个"神"字统括这两种意义，大概认为两者的差别并不重要。一切神话都是从神经质式的想入非非开始。一切神坛前都有神经质式的胡言乱语手舞足蹈。也许，神经质就是神的世俗形态和低级品种。而一切"神速"、"神勇"、"神效"、"神奇"、"神妙"、"神通"，作为对常人能力限度的一时僭越，往往伴随着人们在近乎神经质状态下的痴迷和狂放，是无意识或非意识得到良性运用的结果，也是人对神的接近。

铁香神到了这种地步，人们都说她有神魔附体。

△不和气（续）

铁香不大乐意同女人打交道，出工也要往男人堆里挤，在男人堆里疯疯癫癫。本义对此没有什么好脸色，但也无可奈何。上山倒木本来是男人的事，她也要去赶热闹。到了岭上，两手捉斧子像捉鸡一样。咬着牙砍了好一阵，连个牙齿印也没有砍出来，最后斧子不知弹到什么地方去了，自己却笑得一屁股坐在地上，笑出一身肉浪。

她一摔倒，男人们的事就多起来了。她支使这个给她拍灰，要求那个给她挑指头上的刺，命令这个去给她寻找遗落的斧子，指示那个帮她提着刚刚不小心踩湿了的鞋子。她目光顾盼之下，男人们都乐呵呵地围着她转。她哎哎哟哟地尖叫着，身体扭出一些动人的线条，不经意之际，亮出领口里或袖口里更多白花花暧昧不清的各种可能，搅得有些人的眼光游移不定。男人们也就干得更加卖力。

她摔得并不太重，但脚步踮了两下，硬说痛得不行，要本义背她回家去，完全不管本义正在岭上同林业站来的两个干部打交道。

"神呵？搞个人扶你一下不就行了？"本义有点不耐烦。

"不，就要你背！"她小脚一跺。

"你走，走得的。"

"走得也要你背！"

"背你娘的尸呵，你一没出血，二没脱骨头。"

"我腰痛。"

本义只好再次屈从这位少妻，甩下林业站官员，在众目睽睽之下把她背下岭去。他知道，再不把她背走，她就可能要宣布自己来月经，可能还要控诉本义晚上在床上的罪恶，让他根本没脸面做人。她皮厚，口无遮拦，动不动就会公开女人的秘密，使自己的身体被所有的男人了解和关心，成为所有男人们共有的话题，共有的精神财产。她的例假简直是马桥集体性的隆重节日和伟大事业。她当然不会说得很直露，但她一会儿说自己腰痛，一会儿强调自己近日下不得冷水，一会儿拜托哪个男人去为她买当归，甚至在田间吆吆喝喝地喊本义回家去给她煮当归加鸡蛋。这一切当然足够强调她的性别，让人们重视她身体正在出现的事态，也足够引导男人们的想象和对她笑嘻嘻的讨好。

她乍惊乍喜的叹词特别多。明明是对一条毛虫的惊恐，她一声哎哟却可以无限柔媚，迫使男人们感受到这种声音另外的出处和背景，遐想她在那个出处和背景中的姿态，还有种种其他。她当然不会对这些胡思乱想负责，只对毛虫负责。但她一条毛虫，可以打败其他女人的姜盐豆子茶以及其他款待，把男人们从那些款待之下夺过来，乖乖地跟着她去卖力，去做她要求男人们做的任何体力活。每当这个时候，她在其他女人们的目光里挺胸昂首地走过，有一种掩饰不住的胜利快感。

我后来听马桥人窃窃私语，说这个狐眉花眼的婆娘的哎哟真是不和气，至少哎哟出了三个男人的故事。

首先是县上一位文化馆长，有一次来检查农村文化工作，就住在她家里，带来的另一个干事，则交给了复查。从那以后，馆长对马桥特别有兴趣，一脸肥肉笑眯眯地经常出现在这里，出现在她家灶房里，就像在那里生了根，长在那里了。据说他带来免费支农的图书，还有免费的化肥指标和救灾款，都是铁香开口要的，一张嘴就灵。喊馆长做事比支使崽女还便当，包括差使馆长帮她挑尿桶，别别扭扭到菜园子里上粪。

后来的男人则是一张小白脸，一个小后生，据说是铁香的侄儿，在平江县城里的照相馆做事，下乡来为贫下中农上门服务。铁香带着他走遍附近的村寨，向人们介绍他的相照得如何好，说得人们心痒痒的，都来争着看小后生手里已有的照片，当然有铁香千姿百态的十几张。这是马桥人第一次看到照相机，当然好奇。同时感到好奇的还有小后生的一块旧手表，在铁香的腕子上戴了个把月。有人说，岭上砍柴的人看见了，他们两人同去街上的时候，在岭上居然手拉着手。这是姑妈与侄儿做的勾当么？算什么事？

最后，人们还谈到铁香勾引过煌宝，说煌宝一肩把她家订做的岩头食槽扛上门，一口气喝了五端子凉水，浑身的肉疙瘩起伏滚动，铁香羡慕得不得了，硬要煌宝帮她剪指甲——她的右手实在剪不好。事后，她还偷偷地做过一双鞋，送到煌宝那里去。无奈煌宝太宝气，不懂得女人的心，拿着鞋还给了本义，说这双鞋小了一点，夹脚，看来还是本义穿合适。本义当下就黑了脸，硬着脖子朝侧边一扭，半天没有扭出一句话。

以后的几天，没看见铁香的人影。她再次出现在众人面前的时候，颈上有一道血口子。人家问起来，她说是猫爪子抓出来的。

她没有实说，那是老倌打出来的。

颈根上有血口子的铁香，不再在男人堆里笑闹了，平静了一段。她倒是突然对三耳朵亲热起来。

三耳朵很难说是一个男人，在任何女人眼里都不具有男人的意义，当然不会使铁香的这种亲热具有什么危险性。三耳朵是兆青的二崽，从小吃里爬外，忤逆不孝，被兆青一杆锄头赶出了家门，一度同神仙府里的马鸣、尹道师、胡二结了伴，也成了烂杆子，马桥的四大金刚之一。"三耳朵"的外号，来自他左腋下多出的一个耳朵，一块形似耳朵的赘肉。有人说他前世太顽劣，阎王老子这次多给他一个耳朵，让他多听听老人言，多听听政府的话。他奇货可居，宝贵的第三只耳不轻易示人。哪个想看一看，得交一支纸烟。如果想摸一摸，价钱就得再翻一倍。他还能够把左手从下面反过去，越过背脊抓住自己的右耳，人们要想看到这种奇迹，至少也得给他到供销社买碗酒。

他免费让铁香看他的三耳朵，见铁香高兴，自己也特别高兴。他对自己多余的耳朵很自豪，对自己的鼻子、眼睛、嘴巴也很有信心。早在几年之前，多次照过镜子之后，他认定自己不是兆青的亲生儿子，坚决要求母亲说出他的亲爹现在何处。为这事，他闹得母亲哭哭泣泣，也同父亲大打出手，两人都见了血。这当然更加证实了他的结论：哪有这样毒的父亲呢？居然扛着耙头挖出门来？他三耳朵再醒，会相信这个狗杂种的话么？

他去找了本义，敬上了纸烟，清了清嗓子，沉着一张脸，让人觉得他将要同书记讨论国计民生一类的大事。"本义叔，你是晓得的，现在全国革命的形势都一派大好，在党中央的领导下，一切牛鬼蛇神都现了原形，假的就是假的，真的就是真的，革命的真理越辩越明，革命群众的眼睛越擦越亮。上个月，我们公社也召开了党代会，下一步就如何落实水利的问题……"

本义有点不耐烦："话莫讲散了，有什么屁赶快放。"

三耳朵结结巴巴，绕到了他亲生父亲的事。

"你也不屙泡尿自己照一照，你这个莴笋样范，还想配么样的爹？有一个兆矮子把你做爹，已经是抬举你了。照我说，你就不该有个爹。"本义咬牙切齿。

"本义叔你不要这样说。我今天不想麻烦你，我只要你说一句话。"

"说什么？"

"我到底是如何生出来的？"

"去问你娘！如何问我？"

"你作为一个党的干部，肯定了解真实的情况。"

"你这是什么话？你娘生出来你这个烂货，我如何会了解？你娘的眉毛是横的是直的我都没看清过。"

"我不是这个意思，我是说……"

"老子还有公事。"

"你定局是不肯说了？"

"说什么呵？你要我说什么？呵，癞蛤蟆也想坐龙床，这个事情也好办，你是要个当团长的爹呢，还是要个当局长的爹？你说，我就带你去找来。如何？"

三耳朵咬了咬嘴唇，不再说话了。不管本义如何指着鼻子骂他，他坚挺着脸上的平静和某种高傲，胸有成竹地看书记如何表演。他彬彬有礼地等待着，等书记骂完了，闷闷地扭头就走。

他走到村口，镇定地看两个娃崽玩蚂蚁，看了一阵，才回到自己的住处。他的一切工作还是要按部就班，不会因为一个本义就心慌意乱。

他还找过罗伯，找过复查和煌宝，甚至找过公社领导。最后，他还跑到县里去打听希大杆子劳改的地方，因为他很怀疑自己是希大杆子（参见词条"乡气"）的种，他要亲眼看一看希大杆子的模样，拉着希大杆子去验血。如果希大杆子是他的生父而又不认他的话，他就要一头撞死在希大杆子的面前。他一生没有什么所求，只有一条，就是要揭开自己的出生之谜，要孝敬他真正的父亲，哪怕只孝敬一天，孝敬一刻，他也心满意足。

他到县里去过两次，没有找到希大杆子。他不灰心。他知道这不是一件容易的事情，可能是他毕其一生的使命，他对此有充分的准备。他不像神仙府其他金刚，成天躺着睡觉，或者游山玩水。他一天到晚忙得很，忙着寻找和调查，也顺便忙一忙世界上的很多忙不完的事。他内懒外不懒，供销社、卫生院、粮库、林业站、学校一类，都是他常去的地方，好像天天去那里上班。他帮郎中碾药，帮屠夫吹猪尿泡，帮老师挑水，帮粮库里的伙房打豆腐。只要是朋友的急难之事，他都愿意两肋插刀。村里的盐午因家里成分太大，从长乐街的学校里开除回来了，想进公社的中学也被拒之门外。三耳朵对此十分打抱不平，气呼呼地拉着他跑中学，把自己积攒下来的纸烟，统统献给校长，请校长给他一个面子，收下盐午。

校长说，不是他不肯收，问题是县属中学开除的学生，又有点政治上的那个那个，他不大好说话。

三耳朵不吭气，把一只袖子挽起来，另一只手抽出一把镰刀，在赤裸的皮肉上一划，一道血线立刻滚滚壮大。

校长大惊。

"你收不收？"

"你你你这不是威胁么？"

三耳朵横刀一勒，又一道血口子裂开。

盐午和校长都吓白了脸，扑上来夺他的刀。三人扭打成一团，每个人的衣上都沾了血，校长的蚊帐也染红了一块。三耳朵高举镰刀，嘶哑着嗓门说："唐校长，你说，要不要我死在这里？"

"有话好说，有话好说。"校长以哭腔相求，跑出去找来了另外两位老师，商量了一下，让盐午马上去办入学手续。

三耳朵两只手臂上已经有了密密刀痕，也有了很多朋友。只是有一条，就是不回马桥出工。他情愿在外面流血，也不愿意回到马桥流一滴汗。他穿上一套不知从哪里搞来的旧军衣，更多了面色的严峻。他说他正在卖血，等卖血卖够了钱，他就要到县城里买一些零件来，还要买来皮带和电线，买来螺丝刀和扳手，造一台挖山器，在天子岭上开铜矿。他的铜矿是要让马桥人享福，以后都不做田了，不种包谷棉花红薯了，天天吃了就是耍。

人们没有料到，三耳朵尖嘴猴腮的模样，居然还敢骑在本义头上屙屎，闹出后来的那件大事。那一天，本义从八晶洞水库工地回到马桥，操着一支日本造的三八大盖步枪，把五花大绑的三耳朵押到晒谷坪里，闹得村里鸡飞狗跳。本义红着眼，说三耳朵好大的狗胆，竟然想强奸干部家属，恐怕是活腻了呵？他要不是考虑到党的俘虏政策，早就一刀割了他的龙根。他在朝鲜战场上连美帝国主义都不怕，还怕他一个烂杆子？

他这样说的时候，人们注意到三耳朵鼻子在流血，衣服扯破了，下身只剩一条短裤，腿上青一块紫一块。他脑袋已经无力支起来，软软地耷向一边，也无力说话，眼睛眯缝里露一线灰白。

"他落气了吧？"有人看着看着害怕。

"死了就好，社会主义少一个孽种。"本义没好气地说。

"他如何敢起这样的歹心？"

"对他亲爹老子都敢操钯头挖，还有什么事做不出来？"

他喊仲琪帮忙，把他吊在树上。又舀来一瓢大粪，举在他头上。"认不认罪？你说，认不认？"

三耳朵横了本义一眼，鼻孔吹出一个血泡，不吭声。

一瓢大粪淋了下去。

人们没有看见铁香的影子。有人说她早就吓晕了，又有人说她正躲在屋里哭嚎，口口声声饶不了强奸犯，口口声声她的大腿和腰都被抓破了，非得把那小流氓剥皮抽筋不可——一个个身体部位都说得很具体。男人们在地坪里交头接耳，再一次投入了对她身体的关心。如果说她很长一段时间没有引导过这种关心了，那么三耳朵是不是荣任了她又一次引导的工具？她是不是担心人们已经淡忘了她的大腿和腰身？

男女老少围观三耳朵，把他笑骂了好一阵。直到深夜，才有人把三耳朵从树下放下来。他扶着墙或者树，一跛一跛，短短一节路竟走了足足两个钟头，一路上气喘吁吁，歇了好几次，浑身上下都痛。他吃力地叉开大腿，最重的伤在胯下，龙袋子被抠破了，一颗睾丸都差点掉了出来，痛得他天旋地转。但他不敢到卫生院去，怕被那里的熟人看见，怕人家大惊小怪添油加醋说三道四。他也不愿意回家，母亲虽然会收留他，但一到了这时候，兆青那个货的脸上肯定更不好看，他何必去讨没趣？他只好还是回神仙府，请同屋的马鸣找来针线，凑着油灯，自己给龙袋子缝了几针。缝到最后，胯下血糊糊的一片，自己手抖得稳不住针，浑身汗得水洗一般，还没收线就晕了过去。

村里的狗叫了整整一夜。

马鸣醒来时，三耳朵的草窝里已经没有了人影。

一连几个月没有看见他。

入秋后的一天，妇女在红薯地里翻藤。不知是谁惊叫了一声，大家感觉到什么，回头一看，发现路上立着一个人，马鬃般的长发下两只大眼睛朝这边盯着。有人总算看出来了，是满脸怒气的三耳朵。不知他是从哪里拱出来的，也不知他已经这样一声不吭地盯了多久。

马鬃走了过来，一直走到铁香的面前。

铁香连连后退，"你要干什么？你要干什么？……"

扑通——人们还没有来得及看清，一把柴刀对铁香脚下一甩，马鬃已经跪在铁香面前，颈根尽力伸长："姐姐，你杀了我！"

铁香朝其他女人大叫："来人呵，来人呵……"

"你杀不杀？"三耳朵跳起来追赶铁香，拦在对方面前，再次下跪。

"你这个疯子……"铁香脸色惨白，慌慌地想夺路而逃。

"臭婊子你敢跑——"三耳朵大喝一声，喊得铁香身子晃了晃，不敢再动。他横戳戳的脸上露出一丝冷笑："姐姐，你今天不杀我，你如何有安生的日子？你往我脑壳上扣了个屎盆子，你以为我忍得下这一口气？"还没等铁香明白是怎么回事，他突然从腰间解下一条粗粗的藤鞭，一声脆响，把铁香抽得一个趔趄。又一声脆响，铁香已经栽倒在地。她尖叫着举臂招架，但身旁女人看见三耳朵那横样子，谁也不敢上前拦阻，只是哇哇乱叫，或者赶快回村去报信喊人。

"你这个烂货，你这条草狗，你这个臭婊子，你不杀了我，这个事情如何有个了结？……"三耳朵骂一句就抽一鞭，抽得女人满地乱滚，远远看去，没看见人，只见尘沙飞扬，一堆绿色的薯叶翻来滚去，沙沙沙地响，间或有几片碎叶溅出。最后，叫声微弱了，叶子不再摇动了，三耳朵才住了手，丢了藤鞭。

他打开随身带来的布袋，拿出新的皮鞋，新的塑料凉鞋，新的头巾和袜子，丢到不再动弹的薯叶堆里。"你看好了，姐姐，我还是心痛你的！"

然后扬长而去。

走到路口，他还回头对女人们大喊："告诉本义那个老货，我马兴礼把他的婆娘㧜了二十五回，㧜得她顿顿地叫呵——哈哈哈——"

对于马桥人来说，马兴礼这个名字已经很陌生。

△背　钉

现场捉拿奸夫是本义的主意。他从工地上回来，听到仲琪告密，得知自己的老婆与三耳朵私通，气得想杀人。他毕竟还有点脑子，不会不明白，这件事太丢人现眼，真要闹起来，扯上一个烂杆子三耳朵，算一回什么事？想来想去，只好关起门来拿婆娘出气。他把一杆洗衣的擂杆都打断了，打得贼婆子屁股肿了一圈，满地乱滚，鬼哭狼嚎，最后哆哆嗦嗦地答应一切。

她后来还知趣，照本义的计策行事，果然把三耳朵引入了圈套。当时三耳朵刚脱裤子，本义从帐后跳将出来，操着扁担乱扑，打得三耳朵发出的声音不是人声。但三耳朵很快也红了眼，气力还不算小。两个男人纠扯一团的时候，本义眼看顶不住，大叫狗婆娘上来帮忙。铁香不敢不从，急中生智之下，从背后一把抠住三耳朵胯下那家伙，抠得对方差点昏了过去。

本义这才腾出手来，煽了奸夫十几个耳光，煽得对方翻了白眼。一条麻索也早已准备好了，本义把三耳朵扎扎实实捆成个粽子。

本义只是没有想到，这事并没有完：第二年春上贼婆子突然失踪。他根本没朝三耳朵那一方想，觉得自己的女人再无血，也不会往粪坑里跳吧？即使是条骚母狗，也得到文化馆长或照相师傅那里去骚吧？得给自己老公留点面子吧？

村里人也大多没想到三耳朵，根本无法想象铁香这么个情种，会丢下一对还在读书的娃崽，跟上那样一个烂杆子。她就算是同三耳朵有一腿，也只是玩玩后生伢，哪会真的托付终身呢？人们只是猜测县文化馆的动静，还派人到县城里去打听。

本义觉得没脸做人，一连几天不理公事，关紧大门，在额头上贴了两块膏药，钻到床上睡觉。他暗暗起了杀心，不管这次在哪里找到这个狗婆，他情愿不当这个书记，也要一刀结果了这个骚货。

到第二年秋天，一个消息从江西那边传来，让人们大为吃惊。这个消息证实，铁香确实是私奔，而且是跟着三耳朵私奔的。前不久，一群流窜犯结伙在江西省的公路上打劫粮车，被部队和民兵追剿，打死了一个，抓了十几个。最后的两个很顽固，跑到山上东躲西藏，一直没法抓到。后来靠当地农民提供消息，搜山的民兵总算缩小包围圈，把他们逼进一个山洞。民兵团团围住洞口，喊了一阵话，没有听到回音，往里面丢手榴弹，才把他们炸死了。民兵后来发现，死的是一男一女，瘦得都只有七八十来斤。女的挺着个大肚子，有几个月的身孕。人们在他们的衣包里发现了一颗公章，一个什么铜矿筹建委员会的。还有两份空白处方笺，几张备课专用纸，几只公函信封，信封上有这边的公社名。公安才通知这边派人去认尸。公社的何部长去了，从派出所留下的照片上认出了铁香和三耳朵血肉模糊的面孔。

何部长花了二十块钱，请当地两个农民把他们埋了。

按照马桥的老规矩，铁香不贞，三耳朵不义，两人犯了家规又犯了国法，再加上一条不忠，死后是必须"背钉"的。也就是说，他们死后必须在墓穴里伏面朝下，背上必须钉入铁钉九颗。伏面朝下，表示无脸见人的意思。背钉，则意味着他们将永远锁在阴间，不可能再转世投胎祸害他人。

马桥人没有得到这对男女的尸体，没法让他们背钉。一些老人们说起这事不免忧心忡忡，不知道他们还要闹出什么事来。

日夜书（选章）

42　江湖之王

漂泊生涯从这一天开始，从他的一双破胶鞋开始。他睡过车站、公园、防空洞，还开始偷东西——那时候多见"大统楼"，多家合住一层，厨房是合用的，或干脆在走廊上。等主人们白天上班去了，他就去那里顺手牵羊，有一次喜出望外，捞得一只炖鸡，吃得自己满嘴流油，还把一只钢精锅卖了八毛钱。

他把一些赃物换成香烟，结识了不少烟友，经常扎堆街头吞云吐雾。其中一位大哥，家里无长辈，进出很方便，于是成了天然的贼窝和赌场。他就是在那里玩上了扑克，牌九，麻将，而且师从大哥很快学会了赌场作弊。这事其实简单，比如剪一硬纸片卡在酒杯里，酒杯实际上便成了两层。当骰子在上层摇得哗哗响时，下层的另一颗骰子却被庄家暗暗卡住并未真正摇动，于是出杯时的骰面朝向，一直得到暗中掌控。光是这一招，他和大哥就把一些老家伙赢得晕头转向。一个修钟表的，一个拉煤车的，还有一位被红卫兵强逼还俗的和尚，都在这里输得脱裤子。

聚赌满足不了烂仔们的胃口。不久，他越玩胆越大，终于玩到了大街上，出落成一个扒手王。最威风那一阵，他戴上小墨镜，迈开八字步，麾下有二十多个小伙计，横行五一路和南校场那一片，闹得很多行人神色惶惶。他其实用不着身体力行，经常把办公地点设在街心公园，选一凉爽的树阴处，呼呼睡上一觉，安心等待小喽啰们上税。他被手下人恭敬地低声叫醒，打一个哈欠，掰开钱包，取走大头，留下一口摔回去，如此而已。有时碰到一个毫无油水的卫生钱包，他还会很不耐烦地将其摔在来人的脸上，"你那个猪蹄子怎么还不剁掉？"

这时的对方就会谄笑，会点头哈腰，会屁滚尿流地一溜烟跑开去，投入更为艰巨的战斗。

王者当然也不白吃白喝。一个城市的扒手往往分成不同团伙，根据相互间不成文的约定，分别经营不同的街区。一旦有人越界经营，相当于偷别人的饭，相当于国家间的主权纠纷，战争便难以避免。在这种情况下，会骗不如会打，一个扒手王如果还想混下去，就必须有效庇护臣民，用拳头、砖块、铁棍一类履行神圣的王者之责。"五（一路）帮"与"八（角楼）帮"的群殴就是这样发生的。贺疤子是"五帮"头，每一次都是最先出手，每一次都叫得最凶，"今天要搞死你"一类，"老子要挖死你"一类，在江湖上名声大振——其实他后来对我说，打要巧打，叫在先和打在先很重要，如此气势汹汹才能让人们印象深刻和远播威名。真正打开了以后呢，肯定是一场混战，谁都顾不上谁，胜了也是惨胜，你最好脚底下抹猪油——溜！

江湖名声也会引来麻烦。这一天，南北两派还未交手，就听到四周哨音大作，手电光柱乱射，原来是警察和民兵早已设伏，把这一带团团包围了。"条子糕呵——"贺疤子喊出撤退暗号，立马折入一条小巷，扑向路边一张纳凉的竹床，搂住一个睡熟的孩子，闭上眼睛，憋住呼吸。不一会，一串脚步声从旁边经过，感觉中有灯光在他身上照了照，还有人在竹床边停留了片刻。大概抓捕者以为他真睡了，或把这个小矮个看成了小孩，就过去了。

他的部下却大多落网。听到这消息，他觉得自己很没面子，太像一个好汉，便一路打听来到警民联防的治安指挥部。

"你就是疤司令？"一位民兵头很吃惊，"还晓得来自首？"

"自什么首？我又没犯法。"

"没犯法？一切情况我们都清楚。每次都是你最先动手，每次都是你下手最毒。难怪你父亲三次登报同你脱离关系！"

"那是打坏人，为民除害。"

"你还狡辩？"

"我是替你们维护社会治安。"

"这是什么地方？由得你来三句半？——跪下！"

他坚决不跪，死死揪住一张高靠背椅以为支撑。结果，他被四个民兵拳打脚踢，从椅子这边转过去，又从椅子那边旋过来，与椅子死死纠缠，人椅连体盘根错节，一块滚刀肉似乎不大好对付。汉子们气喘吁吁，搓揉自己的手，有点打不下去了。

"打呀，再打呀，莫停手。求求你们，今天非把我打死不可，千万要把我打死。"他吐出一口带血的唾沫，"你们不打死我，那就不好办，我要是活着出去了，回头就要一个一个来搞死你们，先从铁路局八栋的开始。"

其实他并不知道在场的哪一位来自铁路局，只是刚才昏天黑地时，好像听到有人说到铁路局宿舍八栋打来的什么电话，便暗暗记下了。

这一招果然管用。四个民兵互相看了一眼，再也不打他了。后半夜有人来点了一支蚊烟，送来两个馒头和一壶水，大概也与铁路局的暴露有关。

按当时的惩罚规则，疤子和他二十几个小兄弟被民兵武装押送，挂黑牌游了两次街，又去挖了二十天防空洞，暴读三百遍有关的党报社论，就给释放了。放他的这一天，一个汉子（大概是家住铁路局的，他现在才真正看清了，认识了，对上号了）塞给他一包烟，说那天晚上的事么，动手是公事公办，没办法。

疤子抽燃一支烟，冷笑一声。"大哥，我这个人最不记仇，但以后要是铁路上有事要办，你不能不帮忙呵。"

"好说，好说。"对方居然一个劲地点头。

43　身体之谜

人只能活在自己的身体里——这听上去像一个病句。我的意思是，人的心再大也得接受身体之困。帕瓦罗蒂没法同时拥有乔丹的长腿和梦露的大胸。一个人也不能把自己的眼睛留在唐朝，把耳朵留在民国，把手足或肠胃留给未来。

人的身体不仅有一次性和个人性，还有普遍性——这意思是说，稳定的基因遗传决定了全人类的形体大体相近，除了肤色有异，至今无人能长出牛角或羊尾。

这一事实很神奇。

但基因的大稳定下隐伏了丰富的差异和变化。有的个高，有的个矮；有的音盲，有的色盲；有的恐高，有的恐蚁；有的乳大，有的乳小；有的嗜肉，有的喜素；有的花粉过敏，有的干果过敏……这一切似乎与生俱来，原因不大明了。更容易忽略的是，圣女特蕾莎和魔头希特勒是否基因图谱相同？如果不同，这种差异是先天决定还是后天决定？该由他们的祖辈负责，还是该由他们自己负责？

2012年3月11日英国《星期日泰晤士报》文章称：很多科学家认为，"西方的个人主义与亚洲的集体主义……从根本上要归因于基因差异。""文化价值观与携带5-羟色胺的基因密切相关。"这是一个惊人的说法。翻一翻美国《心理学家》之类杂志，可知不少专家还把偏激、懒惰、恶毒、共和党立场等都看成基因的产物。如果这些说法属实，那么迄今为止的各种政治、道德、文化的革新运动，看上去都像是无事生非，是闹哄哄的外行越位，只配基因专家们摇头冷笑了。

不过，对基因专家们的质疑是：世界上哪有一成不变的基因？如果基因是动态的，是可以改写的，那么它还算不算"基因"？还仅仅是一个实验室的问题？这种被生存环境和历史过程不断改写的基因，比如被特蕾莎们或希特勒们严重改写的5-羟色胺，换一个角度看，是否也该称为"基果"？

事情可能是这样。"基因"也是"基果"（至少应有这样的中文词）。每一个人都亦因亦果，是基因的承传者同时也是基因的改写者，即下一段基因演变过程的模糊源头。生存环境和历史过程作为一种更为强大的实验室，正在悄悄实施各种转基因工程，正在编织一份个人亦即群类的、稳定的顽强的亦即多变的生理未定稿——这听起来又像一个病句。在这个意义上，文学"回到身体"一类口号，显然不宜止于红灯区一类通俗话题，而应转向每一个人身体更为微妙的变化，转向一个个人性的丰富舞台。

贺亦民的一份基因未定稿，不妨举例分说如下。

关于腿与腰

中国南方人普遍偏矮，其中一些高个头也多是腿短而腰长，长在一条腰上，比较合适几千年来的农耕事务：便于弯腰，便于上肢接近土地和庄稼。贺亦民的不幸在于，他属于矮中更矮，不知前辈们何时何地的一次精卵结合，在隔代遗传或邻代遗传之后，使他的身高大约是1.6m，相当于时尚标准下的半残。

一种猜测是，北方以及更北方的那些游牧人，在辽阔的欧亚大陆打望牛羊需要高，远眺风云和敌人需要高，登上骏马更需要高，屈就地面的活动较少。于是，一种拔高的心理期待成就了遗传选择，给后代们留下了修长双腿。

通过移民或战争，通过情愿或不情愿的交配，这种长腿也逐渐出现在某些农耕地带，成就了贺疤子眼下左侧的那个人——廖哥，一个山东小伙，正在用砂轮磨刀具。

廖哥是高中生，拥有这个街办小厂的最高学历，最喜欢说数理化，最喜欢别人叫他"廖工"。亦民向他打听收音机是怎么回事，还用小学生的算术方法解出一个方程题，得数似乎没错，但廖哥还是抹了他脑袋一把，抹得众人哈哈笑，一句赞扬也没有。没人把他古怪的算法当回事。

一天，他发现廖哥不吃饭，头发耷拉在额前，不时唉声叹气。一打听，才知对方失恋了——那个电工班的厂花，能拉手风琴的团支部书记，把廖哥偷偷递去的情书揉成一团扔回机修班。

"秋瞎子呵，"贺亦民想给廖哥出气，"狐狸精一样，要她做什么？送给我也不能要。"

"疤鳖你少吹牛。"一位工友说，"不要再刺激我们的廖哥了。"

"我吹牛？只要我愿意，手指头一勾，花姑娘一堆堆地来，踢都踢不回去。"

"你勾几个母蚊子还差不多。"

"小看人？要不，我今天同你打个赌。"

工友们一齐起哄：你要是钓不上鱼，以后天天请我们吃包子。要是钓上了，我们放你的假，三个月里替你顶班。

贺疤子觉得自己把话说大了，只能硬着头皮上。他骑上脚踏车去一位邻居家借来《红楼梦》，还有两三本文学，放在柴油机旁，布下高雅的诱饵。接下来的安排，是他在电闸那里做点手脚，构成电工必须来检修的理由——报修时间当然必须在晚上，在厂花当班之时，以暧昧的月光朦胧为背景。

挎着电工袋的厂花就这样入套了，检修电闸时发现了《红楼梦》，发现了知识和艺术的亮点。亦民与她搭讪也很顺利，于是对方的工具柜里，从此有了一本接一本的名著，包括中国的，俄国的，法国的、英国的……疤子其实根本不懂那些天书，不过是掏钱买烟，每次都求邻居火线补课，让一个中学教师告诉他各书的要点，由他满头大汗地强记下来。主题，人物，风格等，这些奇怪词汇被他硬吞强咽。

"你看书这么快？是不是一目十行？"厂花吃了一惊，对这位才高八斗的文艺青年大为崇拜。

"这些书哪够我读的？都差不多读过两三遍啦。"

"我以为你不识繁体字。"

"不好意思，我本来打算研究一下甲骨文。"

"我以为你只会打架。"

"没书读的时候，不打架干什么？"

"像你这样聪明的人，应该去上大学，应该去深造。你去北大呵、清华呵，或早稻田，我姨外婆那里。"

亦民以为"早稻田"是乡下什么地方，称自己最讨厌下田，决不下乡当知青。幸亏他这几句说得含混，没怎么引起对方注意——他后来得知"早稻田"是日本一所著名大学，吓出了一身冷汗。

他们开始出现在电影院阴暗的观席——亦民提前通知工友，让他们到时候去电影院见证事实，把以后的肉包子备好。不经意之间，他目光离开银幕，瞥一眼身边的厂花，觉得这份战利品还真不是什么狐狸精。水汪汪的眼睛，翘翘的小鼻子，脸上两颗不大明显的雀斑，说错话时的捂嘴巴或伸舌头都居然令他心动。坏了，这差不多就是恋爱吧？就是重色轻友的开始吧？可怜的廖哥眼下不知在哪里抓狂，会不会捶胸顿足喷一口鲜血？

他想拉住对方的手，但刚碰到一个指头，对方立刻触电一样把手缩了回去。两人好像什么也没发生，继续聚精会神于电影。

工厂附近两个高音喇叭不见了。警察们没费太大的周折，就在亦民的狗窝里发现了赃物，把他抓进派出所一关半个月。工厂也立即罚他每天去扫厕所。他再见厂花时，还没来得及控诉那个喇叭的可恶，没来得及说明自己下手是想给对方买一架手风琴，对方已扇了他一个耳光。

"你听我说，对不起……"

"我不听！"

"我是为了你……"

"你骗谁呢？我都知道了，你是为了吃包子。"

对方把一摞书狠狠地砸在他身上，然后哭哭啼啼地歪斜着身子跑远了。他只能捡起几本书回家。在清理自己的工具柜时，他还发现了一张纸条，上面是熟悉的笔迹：

臭矮子，你是个无可救药的混蛋！

他后来再也没见过那个身影。据说廖哥也辞职了，与厂花相约去了另一个工厂。伙伴们见他愁闷，都笑他癞蛤蟆想吃天鹅肉，还真把自己当一回事。

照他们的分析，看两场电影不算什么的，真要谈婚论嫁，光是他这三寸乌龟腿就过不了丈母娘那一关。人家是干什么的？团支部书记，工程师家的千金，即便被文学灌晕了，哪天一个喷嚏打醒了自己，也不愿意拃一个马桶上街吧？不愿以后生下一窝小马桶吧？喂，你脑子被门板夹坏了，还打算送手风琴，不如给弟兄们买包子呢。

亦民摸摸脸，没说话，再次看了看那张字条。

"臭矮子"——这一句很伤他。他记得廖哥也偷过厂里的轮胎（比高音喇叭还要贵），也受过处分（开除团籍的处分比他扫厕所还重）。如果厂花能够原谅廖哥而不能原谅他，那么事情显然另有原因，远非《红楼梦》什么的可以解释。

关于手

早在出入拘留所时，疤子就发现电工最舒服，最神气，哪怕蹲在牢房，也常被警察叫出去修电扇或修路灯，从来不必真坐牢也不必干重活。这样的高等囚犯有时还以购买零配件为由，骑上自行车上街去，叼一支烟吞云吐雾——不知道的还以为来了便装警察，在执行什么秘密任务。

他拜一个瘸子为师，说什么也要当上一名电工，装出一台师傅家里那样的电子管电视机。但不论他给对方做了多少煤饼，挑了多少井水，买了多少白菜和萝卜，对方还是不让他碰一下万用表，只是丢给他几本中学物理课本。

他不服气，带上一个以前的小喽啰，决心自己去偷一个万用表。目标已确定，就是附近的一家电器厂。他去那里踩过点，发现侧门是一个可以利用的缺口，偷偷将锁门的铁丝剪断，再虚虚的搭上，制造出门禁正常的假象，以便自己晚上下手。没料到人算不如天算，他拎一只麻布袋再去时，门上的铁丝不见了，竟然已换成一把新锁。但箭已离弦不可回头，他只得踩着同伙的肩，翻墙上房，踩椽木前行，再揭瓦而下（利用自己以前当泥工的知识），溜入材料库房，用鸭嘴钳和钢锯打开铁反柜（利用自己以前当钳工的知识），展开一次疯狂的打劫。

事前估计不足的是，他划完所有火柴后只找到了万用表和电焊枪，图谋中的变压器、三极管、可变电容等却不知在哪里。

"有人来了，来了……"

小扒手再次发出警告，吓得他慌慌逃离现场。哗啦一声，一脚踩偏了，几片瓦掉下去。两捆漆包线就是这时掉下去的，让他事后心痛不已。

他的豪华型、浪费型、破坏型的电工学习由此开始。大半个麻袋的元器件，他拿来就拆，拆不动就撬，撬不开就割，与其说是当电工，不如说更像杀鸡破鱼，各种试验完全不计成本。当然，对于一个小学生来说，最要命难点的还是读书，是搞清楚这些鸡呀鱼呀的来龙去脉。他的决心是，人家一天读十页，他十天读一页总可以吧？人家读中文或英文，他凑上一点"贺文"也无妨吧？——"贺文"就是他的错别字，只有自己能够懂的那些王八蛋。以至很久以后他还把"绝缘"读成"绝绿"，把"高频"读成"高页"，把 A和 J 读成扑克牌里的"尖"和"钩"。

他惨遭电击无数，麻木和晕倒是家常便饭。奇怪的是，他的两手似乎开始变化，对电越来越没感觉，220 伏的家用电到了他手里，有时只有一点毛毛热。工友们不知他的身体有什么特别。一个小马桶，没胡子和头发稀的家伙，没有铜头铁臂也未见嚼铁吞钢，顶多只是皮粗骨硬一点，凭什么干活不用绝缘手套和电工钳？凭什么可以经常带电作业野蛮操作，根本不需要拉闸？有一次，连他自己也好奇，一手抓零线，一手抓火线，把两线头越捏越紧，眼睁睁看见自己嘴咬的一支测电笔亮了，更亮了，更亮了，引来伙伴们一片惊呼。他的手指头怎么没冒烟，也没见闪闪光弧？

伙伴们扒了他的衣服，发现他身上也没什么机关。用万用表测过他的全身，发现他带电时的鼻子电压超过 110，肚脐电压超过 90，阳具更不得了，电压超 130……简直是根电棒，可以点亮电灯泡了，直接插到路边去当路灯。

一位教授前来仔细观察他的带电实验，说奥秘可能在他的手上。这双伤疤暗布和老茧相叠的手，相当于戴了胶皮手套，形成了电阻，虽能显现电压，但大大化解了电流强度，对身体形成了保护。

疤子倒是不大相信教授这一解释，更愿意这是自己变戏法的运气。他后来转向微电子，捣腾三极管一类，就是担心哪一天运气到了头，电流翻脸不认人，突然把自己烧成一团焦炭。他提醒自己还是离这家伙远一点好。

关于脑

贺电工受厂部推荐去工人技术大学读书。当时很多高级技工都出自这种学校。不过他没怎么珍惜这脱产的三年，没上过多少课，一直在社会上走穴混钱，东一榔头西一棒子的什么业务都敢接，什么工程都敢碰，只差没在客户面前拍胸脯接下原子弹和核潜艇的订单。至于那张文凭，用他的话来说，红布壳子算是他的，证书芯子是同志们的——二十多门考试大多靠弟兄们帮忙才得以蒙混过关，我就至少冒充他代考过两次，《BASIC 语言教程》什么的。他差不多据此可以写一本《舞弊大全》。

也许正是这种广泛流窜的经历，这种电工、装配工、钳工、车工、铣工、模具工、电镀工、铸造工、永磁磨工、木工、泥工、缝纫工等什么都混过的野路子，使他的技术见识极为古怪和狂野，脑结构异乎寻常。这个脑袋戳在肩膀上，装了一坛子沟纹密布的酸菜或豆腐（他吃得最多的东西），如果也算得上一个电器件，那么它的短路点不胜枚举，但也有反常的并联或串联，有胡乱搭接的密集电路，一塌糊涂的同时却灵感迭出。

这个脑袋装不下很多重要的科学公式，装不下中学生的语法，小学生的九九表——他脱口而出就是"四七二十六"或"六八四十二"，见别人大笑才急忙更正，而且经常一错再错，说出来的又变成"四七三十八"或"六八四十六"。他不可思议的困惑，是不知大家如何都能熟记九九表，眨一眨眼，摸一摸头，佩服得五体投地。

但这个脑袋装下的东西千奇百怪。随便一个什么工件，他不用看标牌，几乎只是摸一摸，甚至嗅一嗅，就能判断出是不是德国货（在他看来工艺水准最高，那些狗纳粹不让人活了），或是美国货，或是日本货，或是中国货……凭借一种无法言传的猜读法，他读不懂中学的英文课本，却能在网上猜英文，猜德文，跟踪世界最新技术。有一次，听说我去美国，便委托我去硅谷买芯片，是他在网上查到的一款。我取道硅谷，走街串巷七弯八拐，好容易找到那家设在地下室的 SMR。洋经理看到订货单时大为吃惊——SMR 在美国也默默无闻，他们刚刚开发的这一款新产品，连美国同行们都不大知道，如何这么快就被一个中国人盯上了？

这位中国知音是何方神圣？

经理一再查看护照，觉得我至少也应该是来自台湾。我解释了好一阵，才让他明白"民国"和"人民共和国"之间的英译差异。

其实哪是什么神圣？充其量就是一个技术魔怪，没有任何头衔、学位、职称、单位的个体户。用他的话来说，物理这东西简单得不能再简单，无非是声、光、电、磁、核这几种解决手段。人不能被尿憋死么。人家用声，你为什么不能用光？人家用光，你为什么不能用磁？人家用磁，你为什么不能用核？……面对再大的难题，只要你善于急转弯，就可能别出一格，一举抠底。他首创全世界的 K 型水表，就是发现专家们一直着眼于降低叶轮的摩擦，着眼于叶轮重量，而他不过是斜出一招，在围棋盘上走象棋，打一打磁悬浮的主意，叶轮重量和摩擦锐降为零的结果，便令业界哗然。

好几位大学博士前来取经，他结结巴巴说不清，在厕所里躲了好半天，走出厕所时也只憋出一句："你们呀，就是书读得太好了。"

这话很难让人理解。

想了想，又憋出一句："要解决问题，有时候就得长一根斜筋，一根横筋，一根反筋。"

博士们面面相觑，还是一脸困惑

他的意思是指现代院校分科太细，博士们读成了"窄士"，不容易跨学科打通？我可能没说对。他那六十多项发明专利，来自怎样的思想狂飙和技术胡闹，我更无从理解。据他供述，他砍瓜切菜般的发明史源于最初一次惊讶。那还是他初当电工不久，拆解了一大堆电表，无意间发现全世界的电表都有一个重大漏洞。这可能吗？天下还有这种惊天秘密滚到他的脚下，等待一个小电工捡便宜？一代代人殚精竭虑的技术改进，居然在一个毛小子面前露出了大屁股？

他带有几分自疑，在电表上三下五除二，发现电表当真不再走字了，或者说只按他的命令走字了。这让他震惊不已，一激动，便站在走道上大声吆喝，宣称他的电炉大开放："社会主义的大锅电，不用白不用呵——"

老人要熬药的，女工要烘衣的，青年要炖肉的，都兴冲冲来到他的房间，差点把小屋子挤爆。贺电工干脆把门钥匙多配了几片，给这个那个胡乱分发。第二天，供电所的抄表员来查电表，眼睁睁地看见屋里的电炉红红火火，楼梯间那里的电表就是不走字。"偷电就是盗窃国家财产，就是违犯国家电力法，你晓得不？"他在电工班找到贺亦民，口水四溅地大叫。

"你说偷电就是偷电？"亦民不拿正眼看他，"总得拿一点证据吧？我文化不高，法律还是懂一点的。"

"电炉就在那里，还要什么证据？电炉在炖肉，电表不走字。怎么回事？"

"玩戏法么。"

在场工友们哈哈大笑，气得抄表员脸上红一块白一块，"好吧，你玩，好好地玩，公安局会找你玩的。"

供电所长和警察来了，探头探脑一阵却没什么下文。接下来，市局的总工程师也来了，带来技术工人和各种设备，在这个厂区宿舍查了个天翻地覆。

先是尝试整区停电，然后试一下分楼停电，最后试一下分层停电……结果并未发现任何偷埋的暗线。电线槽板和总配电间被戳得稀烂，到处都有破壁残垣和满地渣粉，像刚刚经历过一场巷战。各种电表也换了十来个，各种检测工具轮番上，还是给不出一个说法。

总工程师提上两瓶酒和一大盒点心，只能在电工前满脸微笑。"小同志，局领导研究过了，只要你告诉我们偷电的办法，我们既往不咎，从轻处理，把你以前的欠费全免了。你看怎么样？"

"哎，哎，什么叫偷？没有物证，没有数据，一个总工程师说话就这样跑火车？"

"好，好，不说偷，就说是用，这总可以吧？"

"你们的电价也太高了吧。我一个月工资三十多块，要养老婆，要养仔，不玩点戏法怎么办？你们供电局是管饭，还是管尿片？"

"我深表同情，深表同情呵。这样吧，我再同领导说说，只要你配合，你以后不管用多少电，我们一律免费。好不好？"

"要是你们换领导了，到时候我找谁去？"

"算了吧。"高工再一次谄笑，"你看我，比你大了二十来岁。"

"西门庆比我还大了几百岁呢。"

"亦民同志，这样说吧，这样说吧。国家现在这么困难，百废待兴，电力先行，每一个公民都应该承担一点责任。大家各退一步，都过得去，好不好？我知道你是一个有责任感的好青年，又是厂里的技术革新能手，值得我好好学习。我们的共同目标，就是要为国家用好电，管好电，对不对？"

亦民是个顺毛驴子，听不得软话，接下了酒和点心，同意以后每个月交两块钱电费。

从这个月起，他交的电费永远是两元，直到多年后家境改善，直到他日夜享受中央空调，才主动改交电费每月一百。历届供电局领导不但接受这种霸王价，还经常登门送礼，对他千恩万谢。毕竟，他信守承诺守口如瓶，未让偷电技术扩散成灾，没把供电局活活地整垮，已是刀下留人皇恩浩荡。他们听说过，境内外有些商家曾出价七位数乃至八位数，希望购买他的秘密然后垄断全球新电表市场，但都被他拒绝。"放心吧，"他拍拍新局长的肩，"就算你是我老丈人，把三个女儿都嫁给我，我也不能告诉你呵。"

局长感动得眼泪都要出来了，"你真是我们电业系统的衣食父母，不，你是整个国家的大英雄，大恩人！"

一个神电工，从此在江湖上爆得大名。在不少人看来，这家伙发现的秘密无人破解，各方专家莫奈其何，实在太神了（作为他的朋友，我有幸探知其中奥秘，但不得不在这里说到做到严格保密）。至于八位数的进项打不动他，几句奉承话倒可灌翻他，则有几分神经。一个人的"神"与"神经"，差别可能本就不大罢。很多人说，少半步的"神"就是"神经"，多半步的"神经"就是"神"。

关于舌

传说一伙土匪绑得几张肉票，想辨出倒霉蛋们哭穷的真假，便做一桌饭菜看他们如何吃。一般来说，口味重的是穷人，口味淡的是富人，其中的道理，是穷人出汗多，需补充大量盐分；吃菜也少，菜里盐分相对集中，浓度必然提升。口味与身份的关系最先被这些土匪一眼看破。

贺电工的一条舌头差不多也是下贱标志，与妻子俞艳萍格格不入。婚前的穷日子似乎从两方面改变了他的口味：一条是多吃生厌，比如喝粥太多，使他眼下一见稀粥便恶心，饭粒要越硬越好；另一条是多吃成嗜，重口味一旦成为积习，重盐重油就成了他的命，大酸和大辣也必不可少。

他用满屋子神奇的自制电器和几项专利把女警察哄得五迷三道，但拐骗得手后，真要过日子了，两人吃不到一起去。警花对照书本科学配餐，在丈夫眼里那是拿草料拌白水，无异于逼他出轨。他装上一盆饭，总是端到邻家去吃，到这个姐姐或那个妹妹那里快活去了。男女的笑闹声总是从邻家飘来。

妻子一次次气得脸色发绿。

亦民赚了几笔专利费后，与一个香港人合股在深圳办了家公司，算是躲开了家里的餐桌战争。他觉得副董事长的职位很爽，没什么事，成天泡茶馆，看电影，打游戏机，洗澡按摩，找女服务生开开玩笑，还可花钱如流水，把故旧亲朋全请来吃海鲜。请到没人可请了，拿起电话不知往哪里打，便把自己以前的厂长也请了去。他说当年自己被对方扣奖金，到对方家里强吃赖喝，实在对不起。对方也一笑泯恩仇，说过去的事都过去啦。

亦民拍拍胸口，"等我发达了，先把厂里欠下的电费和材料费统统付清，再给你们盖两幢大楼。"

厂长也很激动，"那就好，那就好。苟富贵，勿相忘。"

小俞也来深圳探亲。深圳是个大洋场，车水马龙，灯红酒绿，商界各路豪杰都不知来处，见面时总有暗暗的互相度量，互相揣摩，互相提防。在这种富人如林的地方，小俞一再为丈夫暗暗焦急。拜托了，你递出去的名片上是副董事长兼发明家，但动不动说粗话，动不动把裤脚捞到膝盖，把领带扯得像根吊颈绳，是不是还要当众抠脚趾？更戳心的是，到了高档餐厅里不懂蛋乳冻、冷冻慕斯、水果沙司、橙汁三文鱼也就算了，怎么连鲍鱼汁拌饭也不会吃？一举筷子就只知道红烧肉和咸鱼煲，甚至还要腐乳，搞得服务生好为难。你好歹也算是个老板吧？怎么像个刚刚越狱外逃的走私犯？

　　一些客人不时暗中交换眼色，亦民没看见，小俞可全看在眼里，回到住处忍不住一关门就叫："五星级餐厅里要腐乳，骨子里都是穷酸气，亏你想得出！"

　　"怎么啦？"

　　"你不吃腐乳会死？"

　　"我出钱，顾客是上帝，他们凭什么不给？"

　　"你最好要他们给你一团盐。"

　　"他们的菜是太淡，不下饭。"

　　"你这人，真是没文化。没看见报上说吗？英国科学家研究的，每个人一天顶多只能吃六克盐，这才是科学，对心脏、对大脑、对肝肾，都有好处。你连这个都不懂，亏你还是什么副董。是不是在街上捡来几张名片就到处发？我坐在你旁边都臊得慌，一张脸算是丢尽了……"

　　"嘿，俞神经，嫌丢脸你就不要来呵。这不丢脸的满街是，圆的扁的，长的短的，型号应有尽有，你快去挎一个呵。"

　　两人恶吵了，恶摔了，还恶揪恶打了。警花当下泪水狂涌收拾衣物就走。可惜几件旗袍、抹胸裙、吊带裙，刚刚挂出来万紫千红，还没穿过一回，又一股脑收进了拉杆箱。

　　一年后，公司破产，贺副董身无分文，灰溜溜地回到家乡。他对破产的原因其实不太明白，只知道公司做过电器，也曾投资玉石，最后栽在一块地皮上。他完全看不懂财务平衡表，听别人说破产了，大概就是破产了吧。看陌生人来给汽车贴封条，那么自己就该走路了。见取款机一再回吐他的信用卡，那么自己就该吃泡面了。

　　他发现老婆对他很冷淡，但梳妆台前的香水瓶、护肤品、化妆品却多了不少，家里的香雾若有若无，不是什么好兆头。妻子的姐姐约他见面，在一个餐馆叫了几样菜和一瓶红酒。给他的两个纸袋里都是男式新款衬衣。

"我看你们过下去活受罪,不如好说好散。这件事我也不能不负责到底。"作为当年的媒人,大姐拿出几页文件摆上桌面。

"你们不要太势利。我这次确实栽了,但你们要相信……"

"我同你提过这事吗?说到了一个钱字吗?"

"你们也不要轻信谣言,以为我在外面如何。我其实蛮纯洁的。"

"你觉得我会信?"

"我切一根指头给你,发个毒誓,以后再也不打她了。"

"你早干吗去了?"

"嘿,她还真要散呵?脑子没被驴踢坏吧?你去告诉她,现在的中年单身汉都是宝,全国抓一把,至少一亿在我的选择范围。她呢?"

"那就祝你好运!她的事,谢谢,你不用太关心。"

将近一个小时的交涉下来,贺亦民费尽口舌,未能软化对方,见文书上已有老婆的签字,一生气,拿起笔也在那里戳几下,差点把纸页戳破,然后拿起账单头也不回地去了收银台。

"有财产分割事宜呢,你怎么不多看一下?"大姐追了一句。

他回头道:"我被老婆休了,脸皮就是屁股皮,还要什么财产?你们要踹就踹彻底,把东西统统拿走,扫地出门,斩草除根!"

关于耳

自儿时唱过一次《美丽的哈瓦拿》,贺亦民再未唱过歌,对唱歌也毫无兴趣。这样,老婆生下的一个儿子,功课都还不错,可惜是一个音盲,一开口就是踩在西瓜皮上,溜到哪里算哪里,翻到哪里算哪里,专往不该去的地方去,每一句澎湃激情都给人吊颈或割喉的危机感,存心让听众抓肝挠肺。

丈夫连声说唱得好,唱得好。

老婆气不过,"这还叫好?你猪耳朵呵?人家的孩子不是钢琴五级、就是小提琴八级,有了你这样的爹,我家儿子能把普通话说对,就是祖宗那里烧高香了。"

老婆坚决相信这是一个遗传问题。钢琴买回来了,音乐家教也请来了,老婆希望对儿子的后天有所弥补。但丈夫没觉得那位上门的音乐副教授唱得怎么样,"马"来"马"去的,"鱼"来"鱼"去的,说是唱音阶,怎么听也就是一河马的水平。他更不明白老婆对那位小卷发为何眉开眼笑,又是切瓜,又是煲汤，又是开易拉罐，还一次次出门远送。那家伙的什么"美声"，什么"磁性"和"穿透"（均为老婆用语）无非就是嘴里含了个热萝卜，把每一句嚎得圆滚滚胖乎乎，糊糊涂涂的听不明白。这一锅热萝卜为何就能把一个女人迷得像个小老鼠？这只快乐小老鼠吃错了什么药？

他在电话机里稍动手脚，让电源线变成载波的电话线，这样家里打出的任何电话，他在数百步之内凡是有电源插座的地方，接上一个话机都可随意监听。果然，像他猜测的那样，他在邻居家听到老婆与副教授的电话，早已超出"磁性"和"穿透"，早已甜蜜无比。什么"明月松间照"，什么"春来江水绿如蓝"，哪来这样一些顺口溜？什么地中海，什么北海道，什么北欧人反皮草的绿色运动，那家伙到底是教音乐还是搞旅游的？怎么一说就扯上十万八千里？

"宇宙这么大，个人这么小；时光这么长，生命这么短……这些话我都能背了，烦不烦人？"亦民这一天忍不住插了进去。

"喂喂，怎么串线了？"男声不无惊慌。

"要上床就上床。上床只有阴道，扯什么北海道？"

"喂喂，你是谁？"

"上床只有活塞运动，扯什么绿色运动？"

老婆的尖声冒出来："贺亦民，你这个臭流氓——"

关于生殖器

贺亦民创造了或贩卖了"泄点"与"醉点"的概念。照他的说法，这两种性高潮的情况大不相同。前者只相当于饮食中的"吃饱"，是个动物都能懂的，在正常人那里不足为奇；但后者相当于饮食中的"吃好"，即便在美食家那里也可遇难求。他认为要死要活的一"醉"才真正幸福，或者说"性福"。

揣测他的意思：情欲不仅是生物性行为，不仅是床上的动作片。要达到如醉如痴、欲仙欲死、心身俱空、天塌地陷的高潮奇迹，常需要特定条件，特定的某种心理软件和文化密码，是好不容易才能中的一个大彩。比方说吧，他与第二任妻子的日子还过得去，激情虽然渐弱，但卧室里的家常便饭还算正常。给他印象深刻的只有两次例外：一次，是妻子执意把他前妻的警服照放在床头，执意不叫他"老公"而叫"妹夫"。说也奇怪，在另一个女人的虚拟到场之后，在妻子把丈夫虚拟成他人之夫以后，她表现出少见的亢奋，表现出一种对陌生身份的大喊大叫和放荡不休。

第二次，是妻子夜里接到上司的电话，在电话里回答某个联合国贷款项目的问题。说也奇怪，他搂住一个正在办公的女人，一个正在与上司交谈的女人，一个正在言说钢材、航运、监理、图纸这些乏味公事的女人，却有一种突如其来的奇妙感，似乎无意间闯入一片神秘荒原，迸发出探险的浑身激情。这时候的老婆几乎焕然一新，成了另一个陌生人，一份与办公楼、大项目、国家"十一五"规划等密切相关的庄严和威权，一种女王甚至女神的神圣感和禁忌感。他情不自禁地热血沸腾和猛烈攻击，直到对方脸上痛苦地扭曲了一下，一边斜靠写字台抢救电话筒，一边用手胡乱推挡，推他的脸，捂他的嘴。这种越捂越想叫直到最后叫开来的一片混乱，大概也是双方的"醉点"了。

他还说过，他后来发现自己就是喜欢在车间、汽车、会议室、办公室里闹（工作环境中），在对方敲电脑、描图纸、签文件、打电话时闹（工作状态下），与强势者闹（比如个高，能干、警察、副局长等）或有强势背景者闹（与前述条件有这样或那样的关联），如此才有腾腾燃烧的欲望，才有阳具的雄风凛凛，一发不可收拾，连自己也暗暗吃惊。他那位穿警服的俞艳萍最终受不了他，原因之一就是认定他变态。

这算什么变态？照抄作业的动作片才是病态吧？征服一种身份和有关身份的想象，一种社会和历史中的幻境，也许才是人类的隐秘特权。

困难的是，没人知道这样的幻境到底有多少，又分别埋藏在哪里。

关于心（或 ×）

直到很晚近的年代，人们受教于解剖学，才知道"心"不等于心脏。"良心""善心""好心""热心肠""恻隐之心"……这些词语不过是一种指代，落在一个"心"字上并不完全合适。前人想必是从怦怦怦的心跳发现了描述良知的最初依据，却不知良知远比那个泵血器官复杂得多。

测谎仪对前人的说法提供了部分支持。这种机器测出心律、血压、汗腺、胃液、泪囊等在良知苏醒时的异常，相当于触摸到人体内的隐形上帝。人体同则人心同。人体略同则人心略同。就基本面而言，正如肠胃定制了食欲，生殖器定制了性欲，心律、血压、汗腺、胃液、泪囊等方面的异动，即每个人的贴身上帝，一种或可称为 × 的遗传物，一种内在于身体里的灵魂，常在不经意间闪现和爆发，则成为人们意识最深处的呼唤，成为道德的一种生理性发动。这种发动甚至常在理智控制之外，不为当事人所觉。

在这个意义上，身体不仅仅藏有欲望——人们常说的上帝 × 并不在圣山之上或西天之远，倒是在所谓"自私的基因"之内。

作为初级的监测手段，测谎仪当然也有不太灵的时候。亦民当扒手小霸王的那阵，在警察和民兵面前说惯了假话，开口就编故事，不编故事还几乎开不了口。如果当时动用测谎仪，说不定他心律正常时说的话最假，倒是脸红、眼眨、汗流、结结巴巴之时，说出来的倒有几分真。

测谎仪一类也常常困于人们闹心、恶心、惊心情况大不相同的难题。贺亦民闹心的，俞艳萍不一定闹心。贺亦民和俞艳萍都闹心的，其他人可能不闹心。民族、宗教、性别、职业、个性等方面形成的诸多变量，需要监测者小心甄别和修正。这一天就是这样：儿子过十岁生日，一家三口吃完生日蛋糕。为父者咳了一声，再次说出一通混账话。"小子，再过八个生日，就是你是十八岁。你给我记住，从那以后，除非你有本事继续升学，老子一分钱都不会给你了。你是你，我是我，各找各的饭吃。"

儿子吓得脸色发白。

"如果我以后看见你在街上讨饭，我不但不会给你钱，不但扭头就走，说不定还要踹你一脚。同样，如果你以后看见我讨饭，你也不要给我钱，也要扭头就走，最好还要狠狠地踹我一脚。记住没有？"

老婆几乎跳起来大叫："姓贺的，世界上哪有你这样的爹？"

亦民眨了眨眼，"我怎么啦？"

"什么讨饭不讨饭？"

"一个人不会劳动，不就得去讨饭？一个讨饭的儿子，还算什么儿子？一个讨饭的爹，还有资格当爹？"

亦民觉得自己说得合情合理丝丝入扣。相反，慈祥老师们说的那些"自我"呵，"成功"呵，"追梦"呵，"放飞人生"呵，"自由发展"呵，"把快乐进行到底"呵……在他听来没几句上道，差不多就是自己当年对付警察的忽悠，是存心给人下套。不是吗？他哥郭又军的那个丹丹，那一个被爱得不耐烦的大宠物，把这个世界当宝宝乐园，成天叼一个关爱的奶瓶，总是等着兔妈妈鹿阿姨鹅大姐喂笑脸，将来不会是一个废人？又军那个鳖脑子被酱油浸透了，以为女儿的幸福是爱出来的而不是拼出来的？

郭又军来找过他，大概下了很大决心，在小饭店里坐下后又脸红又搓手的，说得结结巴巴。他告诉弟弟，他那个国营大厂彻底完蛋了。想不通呵想不通——汽车、发电机、锅炉、机床什么的都拿去抵了债，一些客户也拿苹果或大葱来抵厂里的债。工人领不到钱，只能一人领两筐大葱，把大葱吃得要呕，以至公共厕所里都是满鼻子大葱味。厂里把最泼、最浪、最烂的女工都派出去催账，在欠款方那里跳脚骂街，卧地打滚，叩头苦求，挂绳子威胁上吊，甚至帮人家端茶扫地洗短裤，权当自己是丫环使女……但一切都成效甚微，讨不回几个钱。工人们跑到厂长家里逼要工资。那厂长呢，上任还不到一年的倒霉蛋，在手表、自行车以及西装革履被工人们哄抢一空之后，觉得无脸面对家人，一时想不开便卧轨自杀了，怎一个"惨"字了得。

"亦民，你混得好，脚路宽，给哥找点什么活吧。"又军鼻子一酸，摇摇头，"我什么苦都能吃，有的是力气。我做菜的刀功是一绝，我做衣的裁片也是一绝。你不知道吧？我当了五年的先进工作者，不会是个懒人吧？就算你让我扛包——当年我们车间为了给厂里省下装卸费，大家都是义务装卸，煤，沙子，水泥，圆钢，生铁，什么没扛过？三伏天里，闷罐子车皮成了个大烤炉，人人都烤出了一身痱子，累得躺在地上爬不起来，有谁要过奖金吗？"

亦民说："我也裁了，眼下还不知道谁来雇我。"

"要不你借我一点钱？"

"我没钱。"

"我只借三个月，顶多半年。你嫂子在美国最近混得不错，时来运转。我保证，她一寄钱来，我就……"

"哥，不是那意思。我是说，就算我有钱也要有个借的理由。你在外面打肿脸充胖子，回头找我来割肉，这事是不是有点扯？"

"下不为例，下不为例，好不好？看在我们兄弟的情分上——就算你不认我们的爹，但看在娘的面子上，你帮我过了这个坎……"

"慢点，慢点。"弟弟一抬手，"郭又军同志，郭又军先生，郭又军老兄阁下，话别扯远了。我的意思是，你一不缺手，二不缺腿，凭什么我要借给你？我是很想借给你，但得找个道理吧？是法律还是政策，规定我必须为你的送温暖工程买单？"

又军怔住了，认真地看了他片刻，突然抽了自己一耳光，有一种腹痛难忍闭眼咬牙的表情。"好，算我没说，算我没说。你也确实不容易……"

弟弟还是一脸平静，起身离去结账。只是结账时女掌柜拒收他一张破钞票，惹毛了他，与对方大吵一架，还差点大打出手。幸亏又军赶上去劝开了手执菜刀的厨师，说了一大堆好话，掏钱付了餐费，把弟弟推出店门。

兄弟这一别又是很久没来往，连电话也没有。他们多年来大多如此，过得似乎有点没心没肺。这一天，亦民骑一辆破摩托经过香樟路，打算去二里桥淘一淘电器元件，再会一位老客户。天气晴朗，风和日丽，街市如常，上班的上班，上学的上学，购物的购物，一眼看去毫无异常。孩子放风筝和少女赴约会就应该选这样的日子，谈论生命的意义也应该选这样的日子吧。他贺疤子也没有任何理由在这样的一天与自己过不去。他事后一直不明白，过路口时自己为何朝右边多瞥了一眼，于是看见了一些城管队员执法，看见了几个大盖帽的那边，有一张熟悉的面孔。

竟然是又军，是他护住自己的一个水果摊，向大盖帽们求告什么。一个大盖帽夺走了他的台秤，拎走了他的化纤袋。另一个大盖帽正在拉扯他的三轮脚踏车，大概恼火于拉不动，把几块隔板踢得稀里哗啦。又军忙给对方赔笑和敬烟，不料对方一扬手，把整个烟盒打飞了。又军虽然身坏够大，但被对方连推带扯，脑袋摇得像根弹簧，一顶棉帽滚落在地上。"你们不能这样，不能这样……"他的声音又瘪又尖，像出自一位老太婆没牙的嘴，"我不卖了还不行吗？我这就收摊还不行吗？"

"告诉你，我不是好欺侮的！"他的乞求最终转为威胁，"要打架呵？要动手吗？好，我认识你们王书记的老师。我要给报社的何主任打电话。你也不去打听打听，理工大学的齐博士，还有黄教授和游教授，都是我什么人……"

对方似乎不惧怕他的知识界，还是不打算放一马，推得他偏偏欲倒，又一抬脚踢翻了货筐，于是苹果什么的满地乱滚。

贺亦民全身血涌，脑子里突然短路了一般，二话没说跳下摩托，在路边捡起一块砖便冲上去，朝那个矮胖子的背影高高地劈下。

他后来也不无吃惊，砖头居然就那样高高地劈下了，刹不住了，收不回了。砖渣四溅，发出沉闷的一声。

然后是一片寂静。所有的目光都投向那个大盖帽，只见他没怎么动，保持两手前伸的僵硬姿态，一条腰身缓缓地旋转，还未转到可以后视的角度，便两眼翻白嘴角歪斜，哗啦啦翻倒下去。周围的惊呼声四起。

"杀人啦——"

"出人命啦——"

没有任何人上来。相反，人影四泄，很快给贺亦民留出一片开阔地，如同让一个节目主持人独占巨大舞台，听任他丢了砖块，拍拍手，拂拂衣，从容走回自己的摩托，慢腾腾发动了机器。他骑车离去时也没发现什么人阻拦或追赶，引擎声轰然震天，电喇叭长鸣不止，大有一种独行天地之间的自由自在，甚至有几分放浪和张狂。

只是回到住所后，他打开电视机，才发现屏幕下方飘出了警方通缉令：

> 犯罪嫌疑人男性，身高一米六五左右，四十五岁左右，分头，扁平脸，戴墨镜，穿麻灰色夹克，骑一辆无牌照的嘉陵牌黑色摩托，在今天的香椿路口暴力袭击执法人员，然后朝沿江大道方向逃窜……

电话响了。他看了一下来电显示，发现是又军那个呆货打来的。他实在不愿接这个电话，把被子一拉，睡了。

他像在同自己赌气，对自己的出手有些意乱心烦。

44 姐夫

我和马楠来到这个北方城市，发现这里虽有很多路牌，但出租车司机大多说不出路名，也不习惯说路名，只是说部门的名称，比如"设备部"或"井测公司"，"采油五局"或"建工八处"。如果我说出朝阳路什么的，他们总是要翻译一下："你是说建工八处吧？"或者说："你是说采油五局吧？"

这样，我觉得自己不是身处一个城市，而是一个有广场、有路桥、有酒店、有公园、有警察、有车站和机场的公司帝国，在一个已经扩散为广阔城区的办公场所，靠出租车奔跑于部门之间。

住上几天后，我在这里也有职员之感，出入宾馆不过是上下班，哪怕走进酒楼和舞厅也像是公事公办，处理什么跨部门业务。酒宴不过是升级版的食堂饭，迪斯科不过是升级版的工间操，星级宾馆不过是升级版的车间工休室……采油的叩头机冷不防出现在身旁，在窗帘那边上下倒腾。

我是来找老孟的。他是地球物理科班出身，在一些全国性行业会议上见过我。后来他调来油田当副总，我曾邀请他参加过几次项目评审。马楠则是来找她一个叫毛雅丽的熟人。

贺疤子知道我有这一层关系，硬要我陪他来一趟。我不答应有点说不过去。他虽然对笑月姑娘拒施援手，但其他事情上还是蛮义道的，听说陆学文暗中给我下药，他一会儿要去路口拍砖，一会儿要去搞窃听，一会儿要找什么妓女下圈套，好在床上抓个现场……这当然都是些馊主意，差不多是黑吃黑的乱来。

其实，我来此后才发现，他根本不需要我拉关系，已是这一大油田的知名人物。一些宾馆服务生都熟悉他，连卖烟的有时也拒收他的烟钱，出租车司机有时也拒收他的车费，他们都从宣传栏和报纸上见识过他的照片，知道老总们在机场铺红地毯迎接他的新闻。"打工爷"，"电器王"，"发明帝"……这些绰号对于他们来说并不陌生。

我与他在饭店吃饭，常遇一些陌生人前来敬酒。有一天，靠大门那边围了三桌的汉子们，大概是哪个钻井队的，在那里拍桌子，敲盆子，跺脚，酒兴大发地唱歌，把一首首老歌吼得声浪迭起，引来门外一些闲人探头观望。有两位大汉脱下外衣，对打响指，即兴起舞，有搓背的动作，有揉面的动作，有蹲马桶或抹脖子的动作。他们把碗筷当碰铃，把餐巾当手绢，把头盔当手鼓，使出了牛鬼蛇神的各种把戏，于是冲压机或夯地机一般的歌声节奏进入了排山倒海的高潮。

> 咱们工人有力量——嘿，
> 每天每日工作忙——嘿，
> 盖成了高楼大厦，
> 修起了铁路煤矿，
> 改造得世界变呀么变了样……

这首歌在我听来几如出土文物，奇怪的是，在这里却脱口而出气势汹汹。一位敬酒人宣布，这一首是献给"发明哥"的。"弟兄们，我这姐夫贺亦民，也是一个老粗，一身黑汗，一身驴皮，给大家伙长脸啦。

"姐夫随意，我先干了！"

"姐夫喝好！"

"姐夫保重！"

……

他们纷纷上前，把贺矮子灌得满脸通红，傻呵呵地笑，一句话也憋不出，活脱脱一个混迹于成人堆里的超龄少年。

不叫"大哥"叫"姐夫"，大概是这伙人的新发明，是这里的新时尚，不知有何用心。让自己与对方的关系隔一层，也许有一种低调和谦虚的意味。扯一个女人进来，似乎自己的体贴也更加到位。

"疤子，你姐夫都当不过来，还拉上我做什么？"我再次疑惑。

"你不明白，这些疯子只会灌酒，没权批字的。"

"长官对你也不错呵，三天一小宴，五天一大宴，把你整得像个慈禧太后，差不多每次都是满汉全席。"

"屁，那都是鸿门宴。"

这话的意思，我后来才慢慢有所理解。

他是油田偶然逮住的技术外援。自 K 型水表被专业期刊介绍，他的相关发明运用于油表，解决了油田一大难题。他后来受邀参与油田的另外一些技术攻关也是名声大振，以至他闭上眼睛也能画电路图的绝活，不用仪表测试就一口准的数据直觉，一时传为美谈。当然，也有人瞧不上他的学历，听不惯他古怪难懂的普通话和二流子腔。测试二院的总工毛雅丽，马楠一位老同学的小妹，刚从英国回来不久的女博士，对他就一直不冷不热，看他的目光如同打量送外卖和送快递的家伙。专题碰头会上，毛总说到深井数据的上传速度，那个最牛的 HD 公司已达到 100K 每秒，我们仅有 30K，实在让人头痛。

亦民见与会者都在忧虑 HD 不卖技术，吃饭时间又快到了，便插上一嘴："求人不如求己，自己搞一下算了吧。"

女博士不理他，"陆工，你看能不能组织队伍，再攻一下？"

陆工面露难色。

"依我看，搞到 1 兆应该没问题。"亦民又插一句。

女博士还是没理由在乎这个疯子。1 兆是什么意思？1 兆相当于 HD 公司速度的十倍，相当于把世界第一检测巨头的专利权就地枪毙三次。

"我是说真的，搞就搞 1 兆。放一只羊也是放，放一群羊也是放。难得摆一个阵，挖就挖它一瓢狠的。我没开玩笑呵。"他很委屈。

会场上出现一片低声窃笑，有点谈不下去了。女博士只好宣布散会，回头在走道里拉住几个高工，商议能否在法国、俄国、日本方面找到合作伙伴。亦民走过这些背影，只能独自去饭堂。

他离开油田时，既没有饯行宴也没有官员送，只有一个眼生的司机开来东风大货，看上去是去机场拉货的，顺便把这个神经病打发走。他没说什么，但三个月后打电话告诉毛总工，数据传输的新样机已经搞定，分包和自理的几个部分已由他组合总装。

"15 还是 50？你说清楚一点。"对方肯定认为他说乱了。

"我再没文化，15 和 50 还是能分清吧？告诉你，不是 15，不是 50，不是 500，是 5000！5000！5000！"

"你是说 5 兆？你是说 5000 个——K？"

"你耳朵还挂在那里吧？"

对方挂机了，大概觉得这家伙疯得更不像话。

疯子没好气地又把电话拨过去，"喂，你挂什么机？"

"你还要说什么？"

"你先说 Sorry。一位女同志，喝过洋墨水的，动不动就挂机，怎么这样没礼貌？你是卖大蒜还是卖猪脚的？"

"好吧，Sorry，贺先生。"

"这还差不多。"亦民算是消了气，"这样吧，你明天带人飞过来看样机。"

"贺师傅，我们都很忙，真的很忙。再说，科学技术研究是十分严谨和严肃的事，容不得半点马虎和轻率，一切都要靠事实说话，靠数据说话。我知道你很聪明，有很多发明创造，是一个自学成才的好技工。但你也许还不明白，深井不是在地面，因此地上那些技术统统没用。光缆用不上，大口径铜缆也用不上。这个难题是全世界的……"

"毛阿姨，拜托了，你把舌头捋直了说好不好？你不就是不相信吗？你不就是需要检验报告吗？"

"当然，检验是最低门槛。"

"那你说，要哪一级的检验？技监局？中石院？国家科委？……"

"不是不相信你，贺先生。但我们以前确实上过一些当。有些检验，后面经常有权钱交易……"

"你们亲自检验一下不行吗？你们直接拿到井下去试不行吗？毛阿姨，毛大妈，毛大奶奶，要是验不过关，我当你的面一口吃了它！"

女博士这才顿了一下，有了点笑声，说："好吧，你先把资料发过来。"

亦民不耐烦等，不知对方何时才能看完资料，当晚就赶往飞机场，第二天一早就出现在总工办公室前。装入两个木箱的样机也随身抵达。女博士吓了一跳，但态度已大变，因为她从邮件中已大体得知对方的思路。简单地说，旧思路相当于在一条道上尽力提高车速和车载量，贺疯子的办法则是同时开放几十条道（当然还是在一根电缆上），让信息在起点拆整为零，分道畅流，但每个信息都穿上不同波频标号的马甲，到终点后再接受识别和整编，依序归位，合零为整。这种"两分（分散、分段）一集放（集中放大）"的方案，从根本上绕过了车道拥挤的难关。

果然，井场实测的结果是接近6兆，国外最牛HD公司指标的六十倍，油田现有指标的两百倍！毛总工吓得脸都白了。工人们争看屏幕上的图像，其新鲜感相当于医生们丢掉了听诊器，直接换上了胃镜、肠镜、胸腔镜以及胶囊摄影，第一次看到了来自上帝肚子里的肥皂剧，出神入化惊天动地的画面真是看得过瘾。他们当场就欢呼雀跃，把贺姐夫抛向天空，抢了他的皮帽，扯走他的围巾，抠一把油泥往他脸上抹，在他背上重捶几拳。

"姐夫！"

"姐夫！"

"姐夫！"

……他们整齐地喊叫，抬着大家的魔法师和财神爷，围绕井架游了好几圈，以至贺姐夫事后好几天还腰酸背痛，说这群疯子手脚太重，差一点把他整进了骨科医院。

毛总在最豪华的御园单独宴请他。她抹了口红，挂了耳环，披一条蓝花雪纺大披巾，破例抽了一支烟，眉飞色舞地敬过一杯酒，建议对方看紧电脑，是一种很贴心的建议。要不要找个律师来详说一下知识产权？要不要派个外语强的姑娘来当情报助理？……说这话时也是一种自家人的口气。

"不用，不用。"亦民连连摇头，"我是猴子摘包谷，做一件，清一件。资料你们全拿走。我又不要职称，从来不写论文。"

对方瞪大两眼，以手掩嘴，差一点发出惊呼。"你怎么可以不写论文？"

"我是那条虫吗？我能吃的菜，就是解决具体问题。第一，想办法。第二，画图样。第三，做出来。完了。"

"天啦，我们……不知该如何感谢你。"

他们说到油田决定的两百万奖金，说到新技术下一步的延伸运用和跨行移植……疤子谈得兴起，见对方问他还有何要求，也就不客气了，"真要我提？你还真能做主？那好……加奖金就不用了，陪我睡一晚吧。"

对方手里的刀叉叮当落下，"你说什么？……"

他哈哈大笑，完全是一副财主强逼民女的淫威，立即让对方翻看自己手机中的几条短信，都是另几家客户开出的洽购天价，足以构成狠狠敲诈的强权。在这一刻，二流子原形毕露仗势欺人，大概觉得女人的语无伦次和走投无路最为赏心悦目，觉得技术女皇满头冒汗花容失色转眼间成了一只急得团团转的小兔子，实在大快人心。

女博士有点呆，不得不结结巴巴。"你刚才说，你不会对我做坏事，是不是？你是说，只要说说话，聊聊天，是不是？"

她是指对方刚才对睡觉的洁版解释。

"当然。"

对方再一次脸红，"那好，你得答应我，我不脱衣，不脱鞋。你还得答应我，我要随身带点东西……"、

疤子压低声音："你扛来机关枪也无妨，只是不准带老公。"

"你太不正经了，太不像话了。马楠姐怎么有你这样的朋友？她怎么也来害我？你再想想吧，这谈话，其实在哪里谈都一样。定要那样谈……有点过分吧？……"女博士得到再次承诺，还是两手颤抖，大口出粗气，不时拍打胸口看看天，完全是准备英勇就义的姿态。她出去转了一圈，大概是买好了剪刀一类利器，大概是为自己的学术前途和全公司的利益犹豫再三，人在屋檐下，不得不低头呵，最后只能心一横，挺身而出，赴汤蹈火，一步步跟随对方上楼。

贺疤子一路暗笑，进门后故意刷牙，洗澡，拉窗帘，插上了门闩又拉上门链……释放了大量下流信号。其实他一直在琢磨英语的"回家"怎么说，英语的"走"怎么说，准备到时候来一句高雅台词：亲爱的，you can go back home now。

不知何时，他好容易说出这一句，发现身边没回应，坐在床头双手捂脸的那个人一动不动，看上去有点异常。

他再说了一遍，还是没得到应答。拉开毛总的手一看，发现对方紧咬牙关，一脸惨白，早已晕过去了。

"毛总！毛总！毛雅丽！你别装死呵……"他拍打对方的脸，手忙脚乱地跳下床，赶快拨打电话120。

这事的另一后果，是马楠圆瞪双眼警告我："我早就说过，你这个姓贺的就是个二流子。你以后别让他到家里来，你也永远不要再提到他！"

"怎么啦？怎么啦？"

"什么人呢，当初连酒鬼都一眼看出来了！"

她又说到了多年前那只猴。

"你想多了。他不就是爱开个玩笑吗？"

"有这样开玩笑的？人家雅丽是剑桥的才女，他也敢非礼？差一点闹得人家老公要离婚你知道吗？他就是个色狼，种猪，王八蛋！"

45 二流子的隐私

贺亦民一步走得太远，反而陷入了麻烦。老孟后来私下对我说，据他初步了解，因为这一块肉肥，简直是块唐僧肉，很多人便主张要慢吃，就像跳高运动员，超 1 毫米是破纪录，超 5 毫米也是破纪录，那么能拿五块金牌的，为什么只拿一块？

想想看，只要把一根肥肠切成 N 段，一步步细嚼慢咽，就可以在国家那里多捞几轮科研经费和技改资金，也可以在市场上多掏几轮客户腰包——只有二傻子才会忘了这一层。这还不是麻烦的全部。还有人主张把唐僧肉当肉馅，成为某个母项目下的子项目，以馅带皮，以荤带素，集中打一个包，于是受奖、提薪、上职称、拿经费的受益面就更宽了。数以百计的专家都是哥们兄弟，无不呕心沥血，无不任劳任怨和摸爬滚打，只是很多人运气不佳，没挖到金子而已。通过这种组合，让他们也搭搭车，算是你二院和贺亦民扶贫济困了，算是顾全大局了，不能说很过分吧？几十年来风风雨雨，大家在一口锅里刨食，不都是这样风雨同舟的？

更难摆上台面的微妙意思（老孟反复申明这只是他的猜测），项目组合打包以后，总项目负责人肯定就不是贺亦民了，就得请大领导挂帅了。即便大领导不想摘桃子，下面的人也得为首长考虑一下不是？首长也是人，也辛苦，也参与和服务了，就不想得一份奖金？就不愿在专业领域里有点动静，比如当个院士什么的？

这些问题，当然都得好好研究。

个体户当然很难理解这一潭深水。亦民听完我的转述，还是半信半疑的斜眼看我，一声不吭大口吃泡面。不会吧？主要是缺钱吧？……他气呼呼地一口认定，项目之所以迟迟不验收，不结项，不运用，不公布，活活闷在资料柜里，原因不会是别的，"无非是姓华的那只老鳖"——不知道他是骂谁。"他肯定是 HD 打进来的内鬼！"他的想象力接下来更为丰富："他前妻是个卖水货的，肯定不是什么好鸟。他二舅在国外混了二十年，从来说不清自己是干什么的。那个妹夫还是个最无血的酒鬼……"这一扯离题万里，恐怕任何人也跟不上这种派出所水准的内查外调。

石油城的时间对于他来说一定太漫长了。他每次来这里，都是饭局和饭局，睡觉和睡觉，唯有肠胃在忙碌，没等到什么痛快话。无聊之余在其他几个项目那里搭搭手，还是心事重重。他毕竟是一个编外"顾问"，对很多事不知情，不论在身份上还是习惯上都是鸡窝里的一只鸭。有些专家令人敬畏和佩服，但理论和洋文那一路，让他插不上嘴，不容易走近。还有些人太在乎什么知识产权，动不动就保密，一见他来了就合夹子、锁柜子、关房门，防贼一样的紧急行动，气得他想骂娘。这一天，一个小白脸前来讨教办法，但一说到要解决的问题，似笑非笑欲言又止，说这事涉及课题机密。"贺顾问，不是不信任你，项目组确实有规定。我既不能给你看资料，也不能同你说数据……这个道理你肯定明白，对吧？对不起，对不起，请你千万谅解。"

"你脑残无极限呵——"亦民气歪了脸。

"你……你这是什么意思？"

"是你要治病，不是我要治病，是吧？你舌头不让我看，脉也不让我摸，要我抓一把空气，揉一揉，搓一搓，就治好你的妇科病？"

"贺顾问，你如何这样说？"

"今天不是你该去医院，那就是我该去医院了。"他跳起来，砸出一只皮鞋，砸得对方落荒而逃。

他的脾气越来越坏，得罪了一些人，使情况变得更加复杂，连毛总脸上也常有难色。以前他总是"三老婆"前"三姨太"后的称呼对方，玩笑意味明显，对方也不大生气。但毛雅丽终于有一天郑重通告："亦民同志，这种玩笑再也不能开了。你别给我捣乱。"

不知这一变化后面发生了什么。

他一头雾水，陷入了一种看不清、摸不到、想不透的十面埋伏，只能从一张酒桌走向另一张酒桌。他从来不怕爬山，但一张张酒桌组成的是海绵山，他根本没法爬，只能忍看自己一步步陷进去，最后变成一个无。他的酒友中有一位处长，最擅长为领导挡酒代饮的，最喜欢用手机编四六句子赞美油田的，暗地里却形迹可疑，早就闪闪烁烁谈及中国或外国的几家公司，劝他另择高枝的意思明显，自己居中牵线的意思也很明显。酒友中也有不少私商。一位广东佬曾扛来一箱钱，说这还只是"点头费"，整个技术转让款将另议。另一位上海佬当面搅局，"五十万也拿得出手？把我们贺工看成什么人了？"这些奉承都让他受用，但也很受煎熬，不知该说什么好。

与我通电话时，他说自己苦等了两年，还是不愿失信于油田。他，贺亦民，别说党员和团员，连红领巾也没摸过的二流子，其实就是想为国家出一把力——国企不就是他心目中最具体、最实际、最有手感的国家吗？这个石油城是他的一个远方童话。他放弃好多业务，一头撞入这个大梦里，差不多是向自己的命运叫板，守住一个羞于出口的秘密，一份二流子的隐私。但这种事如何说得出口？在这样一个时代，任何下流话都可以说，反而是"爱国"成了酸词，"忠诚"呀"正义"呀成了疯话，对于很多人来说大有麻舌、硌牙、封喉之效，怎么过不了口腔。这些官腔轮得上他来说？他在灯红酒绿下一说便假，只能做贼心虚，守口如瓶。操，喝酒吧！

一张蛤蟆脸及时地傻笑，他只能把自己灌醉了事。

赵老板陪他喝得最多。此人好像是做电源的，又像是做工程机械或航空器材的，身份一直不大清楚。亦民再婚的那年，对方扔来一个十万，说是小意思，道个喜。疤子以为这是人情铺垫，下一步就该是生意了。奇怪的是，十多年过去，赵老板似乎真像他说的那样只是仰慕好汉，交个江湖朋友，从来没说过正事。听说兄弟在油田过得无聊，赵老板立即驱车两昼夜赶过来铁杆陪酒。两人喝多了就吵架，为了一个屁大的事，无非是国产相控阵雷达缺陷何在的事，两人都像互掘祖坟，拍桌子，扯嗓门起高调，脸红脖子粗，差一点动手打架。贺工没吵过对方，一股邪火没处发，顺手抄起一辆自行车把临街橱窗砸得玻璃碎片四溅。没打击够，又抢起一立架广告疯了似的扑向另一个橱窗……赵老板的酒量显然大一些，此时还能明白橱窗是怎么回事，赶紧从皮包里掏出两扎钞票，朝前来的保安们一个劲地摇晃。"他是个神经病，身上绑了炸药包，你们千万不要惹，不要管，随他去！你们的损失我赔……"

保安们和业主们吓得应声而逃，让贺工出足了一口恶气，把赵老板骗人的雷达（显然是看错了）砸了个遍地狼藉。

第二天，两人说不能再喝了，便去夜总会。赵老板邀一位洋妞跳舞，一曲下来有点无酒自醉，手位有点偏下，偏到了对方的屁股上。

"Bitch——"疤子还没看清是谁，便被一个大汉撞了个趔趄。大汉冲过半个舞场，一直冲到赵老板面前揪住了对方胸口。

舞场立即乱了，保安们慌慌地赶来，把争斗双方东拉西扯，尽可能隔离开。"他说你摸了屁股……"一位旅游团的导游给赵老板翻译，让他知道事情的原因。

"我摸了吗？我什么时候摸了？"赵老板整整衣领，脸上红一块白一块，"再说摸了又怎么样？这些羔子，岂有此理，刚才不也摸了中国屁股吗？"

周围一些人忍不住笑。墙角那边的暗影里还传来口哨，传来一阵起哄：摸得好，摸得好，再摸一个……

> 姐夫你大胆地向前摸呀，
> 向前摸，向前摸……

起哄者们又唱起来。

歌声和笑声缓解了气氛。经导游一番劝解，那位胸毛茂盛的猛男放过了赵老板，搂着女伴走向座位。但不知是谁嘟囔了一声"中国猪"，虽是洋文，虽是低声，贺亦民却听懂了。他顿时脖子一歪，歪歪地支一个脑袋，脖子岔气僵硬了一般。"喂，你——"他用一个酒瓶指定那个光头。

光头看看他，又看看别人，不知他在骂谁。

"就是你！秃瓢！孙子！你刚才放什么屁？"

对方不懂中国话，但能感受到明显敌意，立即弓下腰身双手握拳，一前一后的跳跃试步。"You want fight？Then fight！"与他扎堆在一起的几个洋哥们也立即跳出来，各自选择位置，或紧握一个酒瓶，或操起一把椅子，摆出了交战的阵势。保安们一看形势不好，再次一窝蜂扑上来，在对峙双方之间组成一道人墙，拼命夺下贺师傅的酒瓶，又拉又推，连哄带劝，差不多是把一个歪脖子患者架出舞场。"大爷，你出气不要紧，会砸掉我们的饭碗呵。"一个小保安苦苦央求，"你就当他是真放了个屁吧。"

另一个保安说："这个旅游团是个司机团，没什么文化的。"

"老子同样没文化！"疤子对地下一指，"我就在这里等他，今天非同他练一把不可！"

赵老板前来相劝，也没把他拉走。一个傻子，宾馆大厨的孩子，总是跟着贺师傅讨烟抽的，则摩拳擦掌，忙得团团转，为他找来一大堆砖块，还找来一根粗木棍。"打呀。""打呀。""怎么还不打呢？"傻子兴冲冲地抹了好几次鼻涕，去舞厅里侦察了好几轮，最后一阵哇哇大叫——意思是导游已把那些人从侧门带走了。

这件事也是马楠告诉我的。"他总有一天要杀人的，要闯大祸的！"她正在给笑月织帽子，狠狠地戳下一针。"他当初就不该去北边，不该去什么油田。他偏要去。好，鸡飞蛋打了吧？他真把自己当根葱呵，真以为一个半文盲还能上天呵。我看他本事再大，这次能找一个河南老婆回来就算不错了。"

"河南……"我跟不上她的思路，跟不上她大跨度的话题跳接。"为什么是河南老婆？为什么不是山西或者广东……"

"他就是配河南妹。"她又一次信心百倍地独悟天机。

"那你说说，河南哪个地方的？"

"豆巴县，瓜巴县，卡拉旺子，都行。"

天知道有没有这些地名。

怎么听也像是缅甸或菲律宾的地名吧。她总是这样信口开河，脑子里从来没有地图更没有字典，只有那些千奇百怪的想当然。事情又一次被她说乱了。

中篇小说

中篇小说

爸爸爸

一

他生下来时，闭着眼睛睡了两天两夜，不吃不喝，一个死人相，把亲人们吓坏了，直到第三天才哇地哭出一声来。

能在地上爬来爬去的时候，他就被寨子里的人逗来逗去，学着怎样做人。很快学会了两句话，一是"爸爸"，二是"×妈妈"。后一句粗野，但出自儿童，并无实在意义，完全可以把它当作一个符号，比方当作"×吗吗"也是可以的。

三五年过去了，七八年也过去了，他还是只能说这两句话，而且眼目无神，行动呆滞，畸形的脑袋倒很大，像个倒竖的青皮葫芦，以脑袋自居，装着些古怪的物质。吃饱了的时候，他嘴角沾着一两颗残饭，胸前油水光光一片，摇摇晃晃地四处访问，见人不分男女老幼，亲切地喊一声"爸爸"。要是你大笑，他也很开心。要是你生气，冲他瞪一眼，他也深谙其意，朝你头顶上的某个位置眼皮一轮，翻上一个慢腾腾的白眼，咕噜一声"×吗吗"，掉头颠颠地跑开去。

他轮眼皮是很费力的，似乎要靠胸腹和颈脖的充分准备，运上一口长气，才能翻上一个白眼。掉头也是很费力的，软软的颈脖上，脑袋像个胡椒碾锤摇来晃去，须甩出一个很大的弧度，才能稳稳地旋到位。他跑起路来更费力，深一脚浅一脚找不到重心，靠整个上身尽量前倾，才能划开步子，靠目光扛着眉毛尽量往上顶，才能看清方向。他一步步跨度很大，像赛跑冲线的动作在屏幕上慢速放映。

都需要一个名字，上红帖或墓碑，于是他就成了"丙崽"。

丙崽有很多"爸爸"，却没见过真正的爸爸。据说父亲不满意婆娘的丑陋，不满意她生下了这么个孽障，觉得自己很没面子，很早就贩鸦片出山，再也没有回来。有人说他已经被土匪裁了，有人说他还在岳州开豆腐坊，有人则说他沾花惹草，把几个钱都嫖光了，某某曾亲眼看见他在辰州街上讨饭。他是否存在，说不清楚，成了个不太重要的谜。

丙崽他娘种菜喂鸡，还是个接生婆。常有些妇女上门来，在她耳边叽叽咕咕一阵，然后她带上剪刀什么的，跟着来人交头接耳地出门去。那把剪刀剪鞋样，剪酸菜，剪指甲，也剪出山寨一代人，一个未来。她剪下了不少活脱脱的生命，自己身上落下的这团肉却长不成个人样。她遍访草医，求神拜佛，对着木头人或泥巴人磕头，还是没有使儿子学会第三句话。有人悄悄传说，多年前她在灶房里码柴，曾打死一只蜘蛛。那蜘蛛绿眼赤身，有瓦罐大，织的网如一匹布，拿到火塘里一烧，气味臭满一山三日不绝。那当然是蜘蛛精了。冒犯神明，现世报应，有什么奇怪的呢？

不知她听说过这些没有，反正她发过一次疯病，被人灌了一嘴大粪，病好了，还胖了些，胖得像个禾场滚子，腰间一轮轮肉往下垂。只是像儿子一样，间或也翻一个白眼。

母子住在寨口边一栋木屋里，同别的人家一样，木屋在雨打日晒之下微微发黑，木柱木梁都毫无必要地粗大厚重——这里的树反正不值钱。门前有引水竹管，有猪屎狗粪，有经常晾晒着的红红绿绿的小孩衣裤以及被褥，上面荷叶般的尿痕当然是丙崽的成果。丙崽呢，在门前戳蚯蚓，搓鸡粪，抓泥巴，玩腻了，就挂着鼻涕打望人影。碰到一些后生倒树归来或上山去"赶肉"——就是去打野猪，他被那些红扑扑的脸所感动，会友好地喊一声"爸爸——"

哄然大笑。

被他眼睛盯住了的后生，往往会红着脸气呼呼地上来，骂几句粗话，对他晃一晃拳头。要不，干脆在他的葫芦脑袋上敲一丁公。

有时，后生们也互相逗耍。某个后生笑嘻嘻地拉住他，指着另一位开始教唆："喊爸爸，快喊爸爸。"见他犹疑，或许还会塞一把红薯片子或炒板栗。当他照办之后，照例会有一阵旁人的开心大笑，照例会有丁公或耳光落在他头上。如果他愤怒地回敬一句"×吗吗"，昏天黑地中，头上就火辣辣地更痛了。

两句话似乎是有不同意义的，可对于他来说，效果都一样。

他会哭，哇的一声哭出来。

妈妈赶过来，横眉瞪眼地把他拉走，有时还拍着巴掌，拍着大腿，蓬头散发地破口大骂。如果骂一句，在胯里抹一下，据说就更能增强语言的恶毒。"黑天良的，遭瘟病的，要砍脑壳的！渠是一个宝崽，你们欺侮一个宝崽，几多毒辣呀。老天爷你长眼呀，你视呀，要不是吾，这些家伙何事会从娘肚子里拱出来？他们吃谷米，还没长成个人样，就烂肝烂肺，欺侮吾娘崽呀……"

"视"是看的意思。"渠"是他的意思。"吾"是我的意思。"宝崽"是"呆子"的意思。她是山外嫁进来的，口音古怪，有点好笑和费解。但只要她不咒"背时鸟"——据说这是绝后的意思，后生们一般不会怎么计较，笑一阵，散开去。

骂着，哭着，哭着又骂着，日子还热闹，似乎还值得边抱怨边过下去。后生们在门前来来往往，一个个冒出胡桩和皱纹，背也慢慢弯了，直到又一批挂鼻涕的奶崽长成门长树大的后生。只有丙崽凝固不动，长来长去还是只有背篓高，永远穿着开裆的红花裤。母亲说他只有"十三岁"，说了好几年，但他的脸相明显见老，额上叠着不少抬头纹。

夜晚，母亲常常关起门来，把他稳在火塘边，坐在自己的膝下，膝抵膝地对他喃喃说话。说的词语，说的腔调，说话时悠悠然摇晃着竹椅的模样，都像其他母亲对待自己的孩子："你这个奶崽，往后有什么用呵？你不听话，你教不变，吃饭吃得多，穿衣最费布，又不学好样。养你还不如养条狗，狗还可以守屋。养你还不如养头猪，猪还可以杀肉呢。呵呵呵，你这个奶崽，有什么用啊，睢眦大的用也没有，长了个鸡鸡，往后哪个媳妇愿意上门？……"

丙崽望着这个颇像妈妈的妈妈，望着那死鱼般眼睛里的光辉，觉得这些嗡嗡的声音一点也不新鲜，舔舔嘴唇，兴冲冲地顶撞："×吗吗。"

母亲也习惯了，不计较，还是悠悠然地前后摇着身子，把竹椅摇得吱呀呀地响。

"你收了亲以后，还记得娘么？"

"×吗吗。"

"你生了娃崽以后，还记得娘么？"

"×吗吗。"

"你当了官发了财，会把娘当狗屎嫌吧？"

"×吗吗。"

"一张嘴只晓得骂人，好厉害咧。"

丙崽娘笑了，笑得眼小脖子粗。对于她来说，这种关起门来的对话，是一种谁也无权夺去的亲情享受。

二

寨子落在大山里和白云上，人们常常出门就一脚踏进云里。你一走，前面的云就退，后面的云就跟，白茫茫云海总是不远不近地团团围着你，留给你脚下一块永远也走不完的小孤岛，托你浮游。

小岛上并不寂寞。有时可见树上一些铁甲子鸟，黑如焦炭，小如拇指，叫得特别焦脆和洪亮，有金属的共鸣声。它们好像从远古一直活到现在，从没变什么样。有时还可见白云上飘来一片硕大的黑影，像打开了的两页书，粗看是鹰，细看是蝶，粗看是黑灰色的，细看才发现黑翅上有绿色、黄色、橘红色等复杂的纹络斑点，隐隐约约，似有非有，如同不能理解的文字。

行人对这些看也不看，毫无兴趣，只是认真地赶路。要是觉得迷路了，赶紧撒尿，赶紧骂娘，据说这是对付"岔路鬼"的办法。

点点滴滴一泡热尿，落入白云中去了。云下面发生了一些什么事情，似与寨里的人没有多大关系。秦时设过郡，汉时也设过郡，到明代"改土归流"……这都是听一些进山来的牛皮商和鸦片贩子说的。说就说了，山里却一切依旧，吃饭还是靠自己种粮。官家人连千家坪都不常涉足，从没到山里来过。

种粮是实在的，蛇虫瘴疟也是实在的。山中多蛇，蛇粗如水桶，蛇细如竹筷，常在路边草丛嗖嗖地一闪，对某个牛皮商的满心喜悦抽上黑黑的一鞭。据说蛇好淫，即便被装入笼子里，见到妖娆妇女，还会在笼中上下顿跌，躁动不已，几近气绝。取蛇胆也不易，据说击蛇头则胆入尾，击蛇尾则胆入头，耽搁久了，蛇胆化水，也就没用了。人们的办法是把草扎成妇人形，涂饰彩粉，引淫蛇抱缠游戏之，再割其胸取胆，那色胆包天的家伙在这一过程中竟陶陶然毫无感觉。还有一种挑生虫，春夏两季多见，人一旦染上虫毒，就会眼珠青黄，十指发黑，嚼生豆不腥，含黄连不苦，吃鱼会腹生活鱼，吃鸡会腹生活鸡。在这种情况下，解毒办法就是赶快杀一头白牛，让患者喝下生牛血，对满盆牛血学三声公鸡叫。

至于满山密密的林木，同大家当然更有关系了。大雪封山时，寄命一塘火。大木无须砍断，从门外直接插入火塘，一截截烧完便算完事。以至这里的火塘都直接对着大门，可减少劈柴的劳累。有一种柟木，长得很直，质地紧密，祛虫防蚁，有微香，长至几丈或十几丈才撑开枝叶。古代常有采官进山，催调徭役倒伐这种树，去给州府做宫室的楹栋，支撑官僚们生前的威风。山民们则喜欢用它打造舟船，远远行至辰州、岳州乃至江浙，由那些"下边人"拆船取材，移作他用，琢磨成花窗或妆匣。下边人把这种树木称为香柟。

人们出山当然有危险。木船或木排循溪水下行，遇到急流险滩，稍不留神就会船毁排散，尸骨不存。这是第一条。碰上祭谷神的，可能取了你的人头。碰上剪径的，可能钩了你的车船，刳了你的钱财。这是第二条。还有些妇人，用公鸡血掺和几种毒虫，干制成粉，藏于指甲缝中，趁你不留意时往你茶杯中轻轻一弹，令你饮茶之后暴死于途。这叫"放蛊"。据说放蛊者由此而益寿延年，至少也要攒下一些留给来世的阴寿。当然是害怕蛊祸，此地的青壮后生一般不会轻易远行，远行也不敢随便饮水，实在干渴难忍，视潭中或井中有活鱼游动，才敢前去捧喝两口。

有一次，两个汉子身上衣单，去一个石洞避风雨，摸索到洞里，发现那里有一大堆骷髅，石壁上还有刀砍出来的一些花纹，如鸟兽，如地图，似蝌蚪文，全不可解。谁知道这是怎么回事？谁知道这是不是一次放蛊的后果？

加上大岭深坑，山路崎岖，大树实在不易外运，于是长了也是白长，派不上多大用场，雄姿英发地长起来，又在阳光雨露下默默老死山中。枝叶腐烂，年年厚积，若有人软软地踏上去，腐积层就冒出几注黑汁和一些水泡，冒出阴湿浓烈的酸臭，浸染着一代代山猪和野豹的嗥叫。这些叫声总是凄厉而悠长。

村村寨寨所以都变黑了。

这些村寨不知来自何处。有的说来自陕西，有的说来自广西，说不太清楚。他们的语言和山下的千家坪的就很不相同。比如把"说"说成"话"，把"站立"说成"倚"，把"睡觉"说成"卧"，把近指的"他"与远指的"渠"严格区分，颇有点古风。人际称呼也特别古怪，好像是很讲究大团结，故意混淆远近和亲疏，于是父亲被称为"叔叔"，叔叔被称作"爹爹"，姐姐成了"哥哥"，嫂嫂成了"姐姐"，如此等等。"爸爸"一词，还是人们从千家坪带进山来的，暂时算不上流行。所以，按照这里的老规矩，丙崽家那个离家远走杳无音信的人，应该是丙崽的"叔叔"。

这当然与他没太大关系。叫爹爹也好，叫叔叔也罢，丙崽反正从未见过那人。就像山寨里有些孩子一样，丙崽无须认识父亲，甚至不必从父姓。如果不是母亲吐露往事，他们可能永远不知自己的骨血与哪一个汉子有关。

但人们还是有认祖归宗的强烈冲动。对祖先较为详细的解释，是古歌里唱的。山里太阳落得早，夜晚长得无聊，大家就懒懒散散地串门，唱歌，摆古，说农事，说匪患，打瞌睡，毫无目的也行。坐得最多的地方，当然是那些灶台和茶柜都被山猪油抹得清清亮亮的殷实人家。壁上有时点着山猪油灯壳子，发出淡蓝色的光，幽幽可怖。有时人们还往铁丝编成的灯篮里添块松膏，待松膏烧得噼叭一炸，铜色火光惶惶一闪，灯篮就睡意浓浓地抽搐几下。火塘里的青烟冒出来，冬天可用来取暖，夏天可用来驱蚊。栋梁壁顶都被烟火熏得黑如焦炭，浑然黑色中看不清什么线条和界限，只有一股清冽的烟味戳鼻。要是火烧得太旺，气流上冲，梁上一根根灰线子不断摇晃，点点烟屑从天而降，翻舞飞腾，最后飘到人们的头上、肩上或者膝头上，不被人们注意。

德龙最会唱歌，包括唱古歌。他没有胡子，眉毛也淡，平时极风流，妇女们一提起他就含笑切齿咒骂。他天生的娘娘腔，嗓音尖而细，憋住鼻腔一起调，一句句像刀子在你脑门顶里剐着，刮着，挤着，让你一身皮肉发紧。大家紧惯了，还紧出了满心的佩服：德龙的喉咙真是个喉咙呵！

他揣着一条敲掉了毒牙的青蛇，跨进门来，嬉皮笑脸，被大家取笑一番以后，不劳多劝就会盯住木梁，捏捏喉头，认真地开唱：

> 辰州县里好多房？
> 好多柱来好多梁？
> 鸡公岭上好多鸟？
> 好多窝来好多毛？

这类"十八扯"相当于开场白或定场诗，是些不打紧的铺垫。唱得气顺了，身子热了，眼里有邪邪的光亮进出，风流情歌就开始登场：

> 思郎猛哎，
> 行路思来睡也思，
> 行路思郎留半路，
> 睡也思郎留半床。

德成风流，最愿意唱风流歌，每次都唱得女人们面红耳赤地躲避，唱得主妇用棒槌打他出门。当然，如果寨里有红白喜事，或是逢年过节祈神祭祖，那么照老规矩，大家就得表情肃然地唱"简"，即唱历史，唱死去的人。歌手一个个展开接力唱，可以一唱数日不停，从祖父唱到曾祖父，从曾祖父唱到太祖父，一直唱到远古的姜凉。姜凉是我们的祖先，但姜凉没有府方生得早。府方又没有火牛生得早。火牛又没有优耐生得早。优耐是他爹妈生的，谁生下优耐他爹呢？那就是刑天——也许就是晋人陶潜诗中那个"猛志固常在"的刑天吧？刑天刚生下来的时候，天像白泥，地像黑泥，叠在一起，连老鼠也住不下。他举起斧头奋力大砍，天地才得以分开。可是他用劲用得太猛啦，把自己的头也砍掉了，于是以后成了个无头鬼，只能以乳头为眼，以肚脐为嘴，长得很难看的。但幸亏有了这个无头鬼，他挥舞着大斧，向上敲了三年，天才升上去；向下敲了三年，地才降下来。这才有了世界。

刑天的后代怎么来到这里呢？——那是很早以前，很早很早以前，很早很早很早以前，五支奶和六支祖住在东海边上，发现子孙渐渐多了，家族渐渐大了，到处都住满了人，没有晒席大一块空地。怎么办呢？五家嫂共一个舂房，六家姑共一担水桶，这怎么活下去呵？于是，在凤凰的提议下，大家带上犁耙，坐上枫木船和楠木船，向西山迁移。他们以凤凰为前导，找到了黄央央的金水河，金子再贵也是淘得尽的。他们找到了白花花的银水河，银子再贵也是挖得完的。他们最后才找到了青幽幽的稻米江。稻米江，稻米江，有稻米才能养育子孙。于是大家唱着笑着来了。

> 奶奶离东方兮队伍长，
> 公公离东方兮队伍长。
> 走走又走走兮高山头，
> 回头看家乡兮白云后。
> 行行又行行兮天坳口，
> 奶奶和公公兮真难受。
> 抬头望西方兮万重山，
> 越走路越远兮哪是头？

据说，曾经有个史官到过千家坪，说他们唱的根本不是事实。那人说，刑天是争夺帝位时被黄帝砍头的。此地彭、李、麻、莫四大姓，原来住在云梦泽一带，也不是什么"东海边"。后因黄帝与炎帝大战，难民才沿着五溪向西南方向逃亡，进了夷蛮山地。奇怪的是，这些难民居然忘记了战争，古歌里没有一点战争逼迫的影子。

鸡头寨的人不相信史官，更相信他们的德龙——尽管对德龙的淡眉毛看不上眼。眉淡如水，完全是孤贫之相。

德龙唱了十几年，带着那条小青蛇出山去了。

他似乎就是丙崽的父亲。

三

丙崽对陌生人最感兴趣。碰上匠人或商贩进寨，他都会迎上去大喊一声"爸爸"，吓得对方惊慌不已。

碰到这种情况，丙崽娘半是害羞，半是得意，对儿子又原谅又责怪地呵斥："你乱喊什么？要死呵？"

呵斥完了，她眉开眼笑。

窑匠来了，丙崽也要跟着上窑去看，但窑匠说老规矩不容。传说烧窑是三国时的诸葛亮南征时路过这里教给山民们的，所以现在窑匠动土，先要挂一太极图顶礼膜拜。点火也极有讲究，须焚香燃炮在先，南北两处点火在后，窑匠念念有词地轻摇鹅毛扇——诸葛亮不就是用的鹅毛扇吗？

女人和小孩不能上窑，后生去担泥坯也得禁恶言秽语。这些规矩，使大家对窑匠颇感神秘。歇工时，后生就围着他，请他抽烟，恭敬地讨教技艺，顺便也打听点山外的事。这其中，最为客气的可能要数石仁，他一见窑匠就喊"哥"喊"叔"，第二句就热情问候"我嫂"或"我婶"——指窑匠的女人。有时候对方反应不过来，不知道他是扯上了谁。三言两语说亲热了，石仁还会盛情邀请窑匠到他家去吃肉饭，吃粑粑，去"卧夜"。

石仁对窑匠最讨好，但一再讨好的同时也经常添乱，不是把堆码的窑坯撞垮了，就是把桶模踩烂了，把弓线拉断了，气得窑匠大骂他"圆手板"和"花脚乌龟"，后来干脆不准他上窑来——权当他是另一个丙崽。

这使他多少有些沮丧和寞落。他外号仁宝，是个老后生，虽至今没有婚娶，但自认为是人才，常与外来的客人攀攀关系。无所事事的时候，他溜进林子里，偷看女崽们笑笑闹闹溪边洗澡，被那些白色影子弄得快快活活地心痛。但他眼睛不好，看不大清楚，作为补偿，就常常去看小女崽撒尿，看母狗母猪母牛的某个部位。有一次，他用木棍对一头母牛进行探究，被丙崽娘看见了。这婆娘爱拨弄是非，回头就找这个嘀咕几句，找那个嘀咕几句，眉头跳跳的，见仁宝来了才镇定自若地走开。后来仁宝上山挖个笋子，刮点松膏，或是到牛栏房去加点草料，也总看见那婆娘探头探脑，装着在寻草药什么的，死鱼般的眼睛充满信心地往这边瞥一瞥，瞥得仁宝心里发毛。

仁宝没理由发作，骂了阵无名娘，还是不解恨，只好在丙崽身上出气，一见到他，注意到周围没什么旁人，就狠狠地在他脸上扇耳光。

小老头被打惯了，经得打，嘴巴歪歪地扯了几下，没有痛苦的表情。

石仁再来几下，直到手指有些痛。

"×吗吗，×吗吗……"小老头这才感到形势不妙，稳稳地逃跑。

仁宝追上去，捏紧他的后颈皮，逼着他给自己磕了几个响头，直到他额上有几颗陷进皮肉的沙粒。

他哇哇哭起来。但哭没有用，等那婆娘来了，他一张哑巴嘴说不清谁是凶手，只能眼睛翻成全白，额上青筋一根根暴出来，愤怒地揪自己的头发，咬自己的手指，朝着天大喊大叫，疯了一样。

丙崽娘在他身上找了找，没发现什么伤痕，"哭，哭死呵？走不稳，要出来野，摔痛了，怪哪个？"

丙崽气绝，把自己的指头咬出血来。

就这样，仁宝报复了一次又一次，婆娘欠下的债，让小崽子加倍偿还，他自己躲在远处暗笑。不过，丙崽后来也多了心眼。有一次再次惨遭欺凌，待母亲赶过来，他居然止住哭泣，手指地上的一个脚印："×吗吗"。那是一个皮鞋底印迹，让丙崽娘一看就真相大白。"好你个仁宝臭肠子哎，你鼻子里长蛆，你耳朵里流脓，你眼睛里生霉长苇呵？你欺侮我不成，就来欺侮一个蠢崽，你枯脔心毒脔心不得好死呀——"她一把鼻涕一把泪，拉着丙崽去寻找凶手，"贼娘养的你出来，你出来！老娘今天把丙崽带来了，你不拿刀子杀了他，老娘就同你没完！你不拿锤子捶瘟他，老娘就一头撞死在你面前……"

这一夜，据说仁宝吓得没敢回家。

不过，后来仁宝同她并没有结仇，一见到她还"婶娘"前"婶娘"后的喊得特别甜。帮她家舂个米，修个桶，找窑匠讨点废砖瓦，都是挽起袖子轰轰烈烈地干。摘了几个南瓜或几个包谷，也忙着给她家送去。有人说，他是同丙崽娘打过一架，但打着打着就搂到一起去了，搂着搂着就撕裤子了——这件事就发生在他们去千家坪告官的路上，就发生在林子里，不知是真是假。还有人说，当时丙崽"×吗吗×吗吗"地骑到仁宝的头上揪打，反而被他娘一巴掌扇开，被赶到一边去，也不知是真是假。

反正结果有点蹊跷。看见仁宝有时给呆子一把杨梅或者红薯片，妇女们免不了更多指指点点：真的吗？不会吧？诸如此类。

丙崽对红薯片并不领情，一把掷回仁宝。"×吗吗。"

"你疯呵？好吃的。"

"×吗吗！"

"我×你妈妈呢。"

丙崽一口浓痰吐到仁宝的身上。

妇女们大笑：仁宝伢子，这下知道了吧？要×吗吗还不容易呵……她们没说完，差点笑得气岔，羞得仁宝一脸涨红夺路而逃。大概是受到笑声的鼓舞，丙崽左右看看，更加猖狂起来，把自己拉的屎抓了个满手，偏斜着脑袋，轮出一个白眼，继续追击仁宝，一路"×吗吗×吗吗×吗吗"，竟把一条汉子追得满山跑。

仁宝跑下山去了。直到半个多月以后，他才重新出现在人们眼前。他头发剪短了，胡桩刮光了，还带回了一些新鲜玩意儿，一个玻璃瓶子，一盏破马灯，一条能长能短的松紧带子，一张旧报纸或一张不知是何人的小照片。他踏着一双更不合脚的旧皮鞋壳子，在石板路上嘎嘎咯咯地响，很有新时代气象。"你好！"他逢人便招呼，招呼的方式很怪异，让大家听不大懂。你什么好呢？又没生病，能不好么？

仁宝的父亲仲满是个裁缝，看见菜园里杂草深得可以藏一头猪，气不打一处来，对儿子脚下的皮鞋最感到戳眼："畜生！死到哪里去了？有本事就莫回来！"

"你以为我想回来？我一进门就窝心冲。"

"你还想跑？看老子不剁了你的脚！"

"剁就要剁死，老子好投胎到千家坪去。"

"到千家坪，吃金子屙银子是吧？"

"千家坪的王先生穿皮鞋，鞋底还钉了铁掌子，走起来当当地响，你视过？"

仲满没见过什么钉铁掌的皮鞋，不便吭声，停了片刻才说："皮鞋子上不得坡，下不得河，不透气，穿起来脚臭，有什么稀奇？"

"铁掌子，我是说铁掌子。"

"只有骡马才钉掌子，你不做人，想做畜生？"

仁宝觉得父亲侮辱了自己的同志，十分恼怒，狠狠地报复了一句："辣椒秧子都干死了，晓得么？"

叭——裁缝一只鞋摔过来，正打中仁宝的脑袋。他不允许儿子如此不遵孝道。

"哼！"

仁宝怕第二只鞋子，但坚强地不去摸脑袋，冲冲地走进楼上自己的房间，继续戳他的旧马灯罩子。

听说他挨了打，后生们去问他，他总是否认，并且严肃地岔开话题："这鬼地方，太保守了，太落后了，不是人活的地方。"

后生们不明白"保守"是什么意思，更不明白玻璃瓶子和马灯罩子有何用途，于是新名词就更有价值，能说新名词的仁宝也更可敬。人们常见他愤世嫉俗，对什么也看不顺眼，又见他忙忙碌碌，很有把握地在家里研究着什么。有时研究对联，有时研究松紧带子，有时研究烧石灰窑。有一回，还神秘地告诉后生们：他在千家坪学会了挖煤，现在他要在山里挖出金子来。金子！黄央央的金子哩！

他真的提着山锄，在山里转了好几天。有几个想沾光的后生，偷偷地跟着看，看了几天，发现他并没有真正动手。

对付同伴们的疑惑，他宽容地笑一笑，然后拍拍对方的肩，贴心地作些勉励："就要开始了，听说没有？上面来人了，已经到了千家坪，真的。"

或者说："就要开始啦，真的，明天就会落雪，秧都靠不住。"说完回头望一望什么，似乎总有个无形的人在跟着他。

有时甚至干脆只有一句："你等着吧，可能就在明天。"

这些话赫赫有威，使同伴们好奇和崇敬，但大家不解其中深意，仍是一头雾水。要开始，当然好，要开始什么呢？要怎么开始呢？是要开始烧石灰窑，还是要开始挖金子，还是像他曾经说过的那样——下山去做上门女婿？不过众人觉得他踏着皮鞋壳子，总有沉思的表情，想必有深谋远虑。邀伴去干犁田、倒树或者砍茅草这一类庸俗的事，不敢叫他了。

仁宝从此渐渐有了老相，人瘦毛长一脸黑。他两眼更加眯，没看清人的时候，一脸戚戚的怒气。看清了，就可能迅速地堆出微笑。尤其是对待一些不凡人士：窑匠、木匠、界（锯）匠、商贩、读书人、阴阳先生等等，他总是顺着对方的言语，及时表示出惊讶、愤慨、惜惋、欢喜乃至悲天悯人的庄严。随着他一个劲地点头，后颈上一点黑壳也有张有弛。当然，奉承一阵以后，他也会巧妙地暗示自己到过千家坪，见识过那里的官道和酒楼。有时他还从衣袋摸出一块纸片，谦虚谨慎地考一考外来人，看对方能否记得瓦岗寨的一条好汉到六条好汉，能否懂一点对联的平仄。

　　这一天，寨子里照例祭谷神，男女老少都聚集在祠堂。仁宝大不以为然，不过受父亲鞋底的威胁，还是不得不去应付一下。只是他脸上一直充满冷笑。可笑呵，年年祭谷神，也没祭出个好年成，有什么意思？不就是落后么？他见过千家坪的人作阳春，那才叫真正的作家，所谓作田的专家。哪像这鬼地方，一年只一道犁，甚至不犁不耙，不开水圳也不铲田埂，更不打粪凼，只是见草就烧一把火，还想田里结谷？再说就算田里结了谷，与他的雄图大志有何关系？他看到大家在香火前翘起屁股下拜，更觉得气愤和鄙夷。为什么不行帽檐礼？什么年月了，怎么就不能文明和进步？他在千家坪见过帽檐礼的，那才叫振奋人心！

　　他自信地对身边一个后生说："会开始的。"

　　"开始？"后生不解地点点头。

　　"你要相信我的话。"

　　"相信，当然相信。"

　　他觉得对方并非知音，没什么意思。于是目光往左边的女人们投过去。有个媳妇，晃着耳环，不停地用衣袖擦着汗珠。跪下去时没注意，侧边的裤缝胀开了，露出了里面的白肉。仁宝眯着眼睛，看不太清楚，不过这已经足够，可以让他发挥想象，似乎目光已像一条蛇，从那窄窄的缝里钻了进去，曲曲折折转了好几个弯，上下奔蹿，恢恢乎游刃有余。他在脑子里已经开始亲热那位女人的肩膀，膝盖，乃至脚上每个趾头，甚至舌尖有了点酸味和咸味……

　　直到叭的一声，他感觉脑门顶遭到重重一击才猛醒过来。回头一看，是丙崽娘两只冒火的大圆眼，"你娘的×，借走老娘的板凳，还不还回来？"

　　"我……什么时候借过板凳？"

"你还装蒜？就不记得了？"丙崽娘又一只鞋子举起来了。

四

女人们白天爱串人家，偷偷地沿着屋檐溜进东家或西家，凑在火塘边叽叽咕咕，茶水喝干了几吊壶，尿桶里涨了好几寸，直说得个个面色发白，汗毛倒竖，才拿起竹篮或捣衣的木槌，罢休而去。

一般来说，她们谈得最多的是婚嫁之事。比如说，哪个男人暗取了哪个女子的一根头发，念上七十二遍"花咒"，就把那女子迷住了。又比如说，哪个女子未婚先孕，用大凉的蓝靛打胎，居然打出了一个满身长毛的猴子，如此等等。有时候，她们也讨论一些不祥之兆：某家的鸡叫起来像鸭；腊月里居然没下一场雪；还有丙崽娘去岭那边接生带回的消息，说鸡尾寨的三阿公坐在屋里被一条大蜈蚣咬死，死了两天还没有人知道，结果有只脚被老鼠吃去一半——这些事端是不是有些不吉？

但后来又有人说，三阿公并没有死，前两天还看见他在坡上扳笋子。这样一说，三阿公又变得恍恍惚惚，有无都成为一个问题了。

像要印证这些兆头，后来一阵倒春寒，下了一阵冰雹，田里大部分禾苗都冻成了黑水，只剩下稀稀拉拉几根，像没有拔尽的鸡毛。几天后暴热，田里又多虫，稻谷都长成了草。粮食立刻就成了焦心的话题。家家都觉得奶崽太多，太能吃，又觉得米桶太浅，一舀就见底。有人开始借谷，一借就有了连锁反应，不管桶里有谷没谷的，都踊跃地借，大张旗鼓地借，以示自己也会盘算别人。丙崽娘也借得要死要活的，其实她这几年大模大样地积德，义务照看祠堂，偷偷省下了不少猫粮。祠堂里不能没有猫，不然老鼠啃了族谱和牌位怎么办？搅了祖宗的安宁怎么办？养猫也不能没有猫粮。丙崽娘每年从公田收成里分得两担谷，每天拿瓦罐盛半罐饭，吮吮喝喝从一些门户前经过，说是去送猫食，其实一进祠堂就自己吃了。只可怜那只饿猫，只吃点糠粉野菜，饿得皮包骨，成天蚊子一样尖叫。

靠这只老猫，娘崽两个居然混过了春荒。大家似乎知道这个中机巧，有人在她背后指指点点。她横眉横眼，装着没听见就是。

一直借到寨子里人心惶惶，女人们又开始谈起杀人祭谷神。丙崽娘有点兴高采烈，积极投入了这场对谷神的议论。得闲的时候，就带上针线鞋底，拉上丙崽，矮胖的身子左一顿，右一顿，屁股磨进一家家高大的门槛。对一些没听说过谷神的女崽，她谆谆教导：这可是个老规矩呐。不杀人是不能祭谷神的，要杀人就要杀个男的，选头发最密的杀，肉块都分给狗吃。杀到哪一家，就叫哪一家"吃天粮"……说得女子睁大眼睛，脸色发白，相互挤靠得越来越紧，她又笑起来，神秘地压低声音："你屋里不会吃天粮的，放心。你男人头发胡子都稀么……不过，也不蛮稀。"或者说："你屋里不会吃天粮的，放心。你竹哥太瘦了，没有几斤肉，不过……也不蛮瘦。嗯啦。"

她圆睁双眼，把一户户女人都安慰得心惊肉跳之后，才弯着一个指头，把碗里的茶叶扒起来，嚼得吱吱响，严肃认真地告别："吾去视一下。"

"视一下"有很含混的意思，包括我去打听一下，我去说说情，有我做主，或者是我去看看我的鸡坶什么的，都通。但在女人们的恐慌中，这种含混也很温暖，似乎也值得寄予希望。

实在是割野葱去了。

然后是看鸡坶去了。

鸡坶那边就是仁宝父子的家。丙崽娘看完鸡坶，总是朝那边望一眼。这一眼的意思也很模糊，似乎是招呼，似乎是警惕，似乎是窥探隐私，似乎是不示弱地挑战：看你能把我怎么样？每天都这样偷偷地望几眼，叫仲裁缝心里猫抓似的。

仲裁缝恨女人，尤恨丙崽他娘，那个圆不圆瘪不瘪的家伙。说起来，她还算他的弟媳，又与他为邻，两家地坪相连树荫相接，要是拆了墙壁，大家会发现对方也不过是吃饭、睡觉、训儿子，没什么两样。但越接近就越看得清楚，看出些不一样来。丙崽娘常常挑起一竹篙女人的衣裤，显眼地晒在地坪里，正冲着裁缝的大门，使他一出门就觉得晦气，这不是有辱斯文么？她还经常在地坪里摊晒一些胞衣，作为大补佳药拿去吃，或卖钱。那些婆娘们腹中落下来的肉囊，有血腥气，在晒席上翻来滚去的，晒出一条条皱纹，恰似一个个鬼魂，令人须发倒竖。

不过，这一切都不如她那眼光可恶。似乎是心不在焉地瞅一眼，有毫无理由的理由，有毫不关心的关心，像投来一条无形的毒蛇。堂堂仲满的儿子就是被这样的毒蛇缠住，乱了辈分，毁了伦常，闹出一些恶浊不堪的闲言，岂不是往他仲满耳朵里灌脓？

"妖怪！"

有一天，仲裁缝在大门口怒骂。

地坪里没有他人，只有丙崽娘。她架起一条腿，撕剥脚皮，哼了一声，吐出一口痰，又恨恨剥下两大块茧皮。

就这样交了恶。

但仲裁缝从来不对丙崽做手脚。有一回，小老头怯怯地来到他家门口，研究了一下他脸上的麻子，吐了两个痰泡，把一团绿色鼻涕抹在布料上。裁缝忍无可忍，但还是没有恶语，只是横了一眼，旋即把布料塞进灶口，烧了。

避女人与小子，乃有君子之风。仲裁缝算不算君子，不好说。但他从不与女人交道，从不同后生笑闹，在寨子里是个颇有"话份"的长者。话份在这里也是一个含糊概念，初到这里来的人许久还弄不明白。似乎有钱，有一门技术，有一把胡须，有一个很出息的儿子或女婿，就有了所谓话份。后生们都以毕生精力来争取话份。

有话份，就意味着有人来听你说话。仲裁缝粗通文墨，自婆娘早死之后，孤独度日，晴耕雨读，翻破了几本六叔留下来的线装书，知道不少似真似假的旧事。晋公子重耳、吕洞宾、马伏波，还有他最为崇拜的贤相诸葛亮，都常在他嘴中出入。尤其是坐在火塘边的时候，他把竹烟管喝得嘀嘀的响，慢条斯理说一句，停半天再说一句，三个字一顿，五个字一断，间或夹上一声"哎"，久久没有下文，目光茫茫然，不像是在同听者说话，而是在同死去的先人禅对。后生们望着他脸上几颗冷峻的阴麻子，不敢催促他。

"汽车算个卵。"他说，"卧龙先生，造了木牛流马，逢山过山，逢水过水。只怪后人太蠢，就失传了。"

他还说："先人一个个身高八尺，力敌千钧，日行三百。哪像现在，生出那号小杂种，茄子不是茄子，豆角不是豆角。"

大家知道他是说丙崽。

"先人真有那么高大？"有个后生表示怀疑，"上次我们挖坟砖，挖出来的骨头同我们的差不多，没长到哪里去呵。"

"晓得什么！"仲满哼了一声，"人死了，骨头就缩了。"

"那年千家坪唱戏，诸葛亮还是个矮子。"

"书真戏假，戏台上的事能信么？"

他越这样崇敬古人，越觉得日子不顺心。摇着蒲扇，还是感到闷，鼻尖上直冒汗——呸，妖怪，先前哪有这么热呢？那时候六月天的夜里也要盖被子呵。他觉得椅子也很不合意，吱吱呀呀叫得很阴险——妖怪，如今的手艺也真是哄鬼呵，哪像先前一张椅子，从出嫁坐到做外婆，还是紧紧实实的。想来想去，觉得没有了卧龙先生，这世道恐怕是要败了，这鸡头寨怕是要绝人了。

眼下，听人们都在议论天灾，议论杀人祭谷神，听得让人烦。他坐在家里不知要如何才好。好像出了点问题，仔细思量，才知是自己肚子饿。近来很少有人接他去做衣，即使接他去做上门工，主家的饭食也越来越稀软——此事最不可容忍。人是铁，饭是钢么，人吃饭怎么成了猪吃潲？如果米饭不是粒粒如铁砂，他情愿不摸筷子。当然，更让他寒心的是，今天是什么日子？是他五十岁大寿。想想看，寿星佬居然饿着，这日子还能过？

"仁拐子！"他叫喊。

没有人回答。

"仁拐子，要舂米啦！"

他又喊了一声，上楼去找找，还是没有找到米，只有半箩瘪壳谷，充其量只能拿来喂喂鸡。还有去年攒下来一担包谷和几十个南瓜，竟然也不翼而飞。他往儿子的房间看看，发现那铺盖上全是灰土，还有老鼠屎，看来很久没有人睡过，使他不免吃了一惊。

他明白了什么，一句话也没说，只是啪啪两下，狠抽自己的耳光。"家门不幸，家门不幸呵。老子前世作了什么孽？……"

他看见墙边几个大瓦坛子，很久没有装酸菜了，倒立在那里，像几个囚犯受着大刑，永远倒栽在那里。他还看见一具棺木，不知是仁宝为谁准备的，横霸中央，不可一世。有一只老鼠钻出棺材，在墙根一晃即逝，更让他明白了什么。妖怪！对了，就是这个妖怪——他梦见过的，这家伙眼红足赤，抹了胭脂一般，拱手而立，眼睛滴溜溜地转，还同情地冲他一笑。这不就是古书上说的红眼媚鼠吗？不就是德龙家那妖婆附体的精怪吗？仁拐子一定是被它媚住的，是被它勾了魂魄的。

仲裁缝气喘吁吁，下楼找到铁尺，回头找媚鼠算账。一铁尺打过去，咣地破了个坛子，老鼠尾巴又缩进壁缝去了。他跑到另一房间，撬破一个木柜，捅烂两只篾篓，还是没有成功捕杀。他咚咚咚地蹿到楼下，对可疑之处一律给予惊天动地的检查。一瞬间，碗钵烂了，吊壶也倒了，桌椅板凳都苦苦地跪倒或趴下，尘灰到处飞扬。当他引火大烧鼠洞的时候，一不小心，黑油油的帐子又接上火，燎起热爆爆的一片金黄色光亮。

幸亏老黑狗前来相助，媚鼠总算被他找到，被他戳死，六只肉溜溜的乳鼠也被他斩首，拿到火塘中烧出了一股奇臭。他听见地坪中有脚步声，回过头，没看见儿子，只有丙崽娘蓬头散发，半掩胸襟，朝这边瞄了一眼。

大概是闻到了奇臭，不知这里发生了什么事。

他更加冒火，一咬牙，把老鼠的尸灰泡在水里，喝了下去。

他脸发黑，感到丹田之气已尽，默坐一阵之后出门而去。此时公鸡正在叫午，寨子里静得像没有人，只有两只蝴蝶在无声飞绕。对面是鸡公岭一片狰狞石壁，斑斓石纹有的像刀枪，有的像旗鼓，有的像兜鍪铠甲，有的像战马长车。还有些石脉不知含了什么东西，呈深赭色，如淋漓鲜血劈头劈脑地从山顶泻下来，一片惨烈的兵家气象。仲裁缝突然觉得，他听到了来自那里的轰隆隆声浪，听到了先人们正在对自己召唤。

路过瓜棚时，见绿叶丛中冒出一张老人的脸。

"仲爷，吃了？"

"吃了。"他淡淡一笑。

"要祭谷神了？"

"要祭的吧？"

"轮到谁的脑袋？"

"听说……摇签。"

"摇签？"

"摇到我就好了。"

"活着是没什么意思。"

"我都活过了五十，该回去了。"

"谁说不是呢？"

"省得饿肚皮，省得挑担子。"

"还省得蚊子蚂蟥咬。"

"省得日晒雨淋。"

"省得受儿孙的气。"

双方不再说话。

山上的树漫天生长。从茶子坡过去，大木就多了。有些树上扎了篾条，那都是寿木。寨里的人很小就要上山给自己看寿木，看中了，留个记号，以后每年检查一两次，直到自己最终躺进寿木做成的棺材。但仲裁缝很少进山，也一直没选过寿木，而且憎恶这一棵棵居心不良的鸟树。君子坐有坐相，站有站相，死也要有个死威，死得顶天立地，还用得着准备什么？他提着弯刀进山来，就是要选一处好风景，砍出一个尖尖的树桩，然后桩尖对准粪门，一声嘿，坐桩而死，死出个慷慨激昂。他见过这种死法。前些年马子洞的龙拐子就是一个。他咳痰，咳得不耐烦了，就昂首挺胸地坐死在桩上。后来人们发现血流满地，桩前的草皮都被他抓破，抓出了两个坑，翻出了一堆堆浮土，可见他死得惨烈、死得好，不仅上了族谱的忠烈篇，还在四乡八里传为美谈。

他选定了一棵松树，用裁缝的手，不熟练地砍削起来。

五

为什么祭谷神不用猪羊而要用人肉，为什么杀人得杀个男人，最好是须发茂密的男人……这些道理从来无人深究。

有些寨子祭谷神，喜欢杀其他寨子的人，或者去路上劫杀过往的陌生商客，但鸡头寨似乎民风朴实，从不对神明弄虚作假，要杀就杀本寨人。抽签是确定对象的公道办法，从此以后每年对死者亲属补三担公田稻谷，算是补偿和抚恤。这一次，一签摇出来，摇到了丙崽的名下，让很多男人松了口气，一致认为丙崽真是幸运：这就对了，一个活活受罪的废物，天天受嘲笑和挨耳光，死了不就是脱离苦海？今后不再折磨他娘，还能每年给他娘赚回几担口粮，岂不是无本万利的好事？

听到这消息，丙崽娘两眼翻白，当场晕了过去。几个汉子不由分说，照例放一挂鞭炮以示祝贺，把昏昏入睡的丙崽塞入一只麻袋，抬着往祠堂而去。不料只走到半道，天上劈下一个炸雷，打得几个汉子脚底发麻，晕头转向，齐刷刷倒在泥水里。他们好半天才醒过来，吓得赶快对天叩拜，及时反省自己的罪过：莫非谷神大仙嫌丙崽肉少，对这个祭品很不满意，怒冲冲给出一个警告？

这样，丙崽娘哭着闹着赶上来，把麻袋打开，把咕咕噜噜的丙崽抱回家去，汉子们也就没怎么拦阻。

重新商议，重新摇签，杀了另一个短命鬼，是后来的事。不过像很多寨子一样，鸡头寨这次祭过谷神以后还是灾厄未除，地上依然大旱，下种的秋玉米没怎么出苗，稻田里的虫子也没退去。人们更恐慌了，不仅把周边山上的野菜挖了个遍，不仅把镯子耳环都拿去换粮食，而且鬼鬼祟祟张皇失措摩拳擦掌准备炸掉鸡头峰——这是一位巫师的主意。据这位巫师一边揪鼻涕一边说，流年不利，年成不好，主要是叫鸡精在作怪。你们没看见么？鸡头峰正冲着寨子里的田土，把五谷收成都啄进肚子里去啦。

巫师抓狂时发出的大声鸡叫，给人们印象很深。

风声传出去，七里路以外的鸡尾寨立刻炸了锅。道理是这样：若斩了鸡头，鸡尾还如何出粪？没有鸡尾出粪，鸡尾寨还拿什么丰收五谷？要知道，鸡尾寨是个大寨，有几百号人口，在寨前的石头大牌坊下进进出出，全靠叫鸡精一个粪门的照顾，近年来比较富足。那寨子出了一些读书人，据说有的在新疆带兵，回乡省亲都是坐八人大轿。每逢过年，那寨子里家家宰牛，牛叫声此起彼落，牛皮商也最喜欢往那里钻。

不仅鸡头吃谷鸡尾出粪的说法，一直在暗暗流传使两寨生隙，而且鸡尾寨去年一连几胎都生女崽，还生了什么葡萄胎，也是两寨不和的原因。有人说，鸡尾寨路口的一口水井和一棵樟树，就是保佑全寨的阳根和阴穴，是寨子里发人的保障。一年前有鸡头寨的某后生路过那里，上树摸鸟蛋，弄断一根枝丫，不就伤了鸡尾寨的命根？那后生还往井里丢了一只烂草鞋，不就是闹出什么葡萄胎的根由？……眼下，旧恨未消新仇又起，贼坏子们还要炸掉鸡头峰，也太歹毒了吧？

双方初次交手，是在两寨交界处吵了一架，还动起了手脚。鸡尾寨有人受伤，脑袋上留下一条深沟，嘴里大冒白色泡沫。鸡头寨也有人挂彩，肠子溜到肚皮外，带血带水地拖了两丈多远，被旁人捡起来，理成一小堆重新塞回肚囊。

不得了啦，不得了啦。寨子里锣声大震，人人头上都缠着白布条，家家大门上都倒挂着一条长裤，祖宗牌位前还有人们咬破手指洒下的血迹。这都是决一死战的表示。看着大人们忙着扛树木去寨前堵路设障，或是在阶前霍霍地磨刀，丙崽倒是显得很兴奋，大概把热闹当成了过年的景象。他到处喊"爸爸"，摇摇摆摆地敲着一面小铜锣，口袋里装有红薯丝，掏出来一两根，就撒落了三四根，引来两条狗跟着他转。他对仲裁缝家的老黑狗会意地一笑，又朝两棵芭蕉树哇地叫嚣了一声，看见前面有一条牛，又低压着脑袋，朝那边一顿一顿地慢跑。

几个娃崽也在路口疯玩，看见了他。

"视，宝崽来了。"

"他没有叔叔，是个野崽。"

"吾晓得，渠是蜘蛛变的。"

"根本不是，渠的妈妈是蜘蛛变的。"

"要渠磕头，好不好！"

"不，要渠吃牛屎，吃最臭最臭的！啊呀，臭死人！"

……

丙崽朝他们敲了一下锣，舔舔鼻涕，兴奋地招呼："爸爸爸——"

"哪个是你爸爸？呸，矮下来！"

娃崽们围上去，捏他的耳朵，把他揪到一堆牛屎前，逼他跪下去，鼻尖就要顶着牛粪堆了。"张嘴，你张嘴！"他们大喊。

幸好来了一群大人，才使娃崽们停止胡闹，遗憾地一哄而散。但丙崽还在那里久久地跪着，发现周围已无人影，才爬起来朝四下看看，咕咕哝哝，阴险地把一个小娃崽的斗笠狠狠踩上几脚，再若无其事地跟上人群，去看热闹。

大人们牵来了一头牛，牛身上的泥片已被洗刷干净了，须毛清晰，屁股头的胯骨显得十分突出。湿滑的牛嘴一挪一磨，散发出来自胃里的一种草料臭。

一个汉子提着大刀走过来，把刀插在地上，脱光上衣，大碗喝酒。那刀也令丙崽感到新奇。刀被磨得铮亮，刀口一道银光，柔顺而清凉，十分诱人。有花纹的刀柄被桐油擦得黄澄澄的，看来很合手，好像就要跳到你手上来，不用你费什么气力，就会嚓嚓嚓地朝什么东西砍去。"吉辰已到，太上显灵——"随着有人一声大呼，锣鼓齐鸣，鞭炮炸响，那汉子已经喝完酒，叭的一声，砸了酒碗，拔起刀来，一跺脚，一声嘿，手起刀落，牛头就在地动山摇之间离开了牛身，像一块泥土慢慢垮下来。牛角戳地之时，牛眼还圆圆地睁着，牛颈则像一个西瓜的剖面，皮层裹着鲜鲜的红肉——没有头的牛身还稳稳站了片刻。

娃崽们吓了一跳。他们不知道，为什么当牛身最终向前扑倒的时候，大人们都会一齐欢呼起来：

"赢了！"

"我们赢了！"

"我们赢定了！"

"拍死姓罗的那些臭杂种——"

……

其实这是一种战前预测方式。据说当年马伏波将军南征，每次战斗之前都要砍牛头问凶吉，如牛向前倒，就是预示胜利，若牛向后倒，就得赶快撤兵。

人们的欢呼太响亮了，吓得丙崽上嘴唇跳了一下，咕咕哝哝。他看见有一缕红红的东西，从大人们的腿下流出来，一条赤蛇般地弯弯曲曲急蹿。他蹲下去捏了捏，感到有些滑手，往衣上一抹，倒是很好看。不一会，他满身满脸就全是牛血。大概弄到嘴里的牛血有些腥，小老头翻了个白眼。

丙崽娘也提了个篮子来，想看看牛肉怎么分。听人家说，没人上阵的人家没有肉吃，正噘着嘴巴生气。一眼瞥见丙崽这血污污的全身，更把脸盘气大了。"你要死，要死呵？"她上前揪住小老头的嘴巴，揪得他眼皮往下扯，黑眼珠转不过来，似乎还望着祠堂那边。

"×吗吗。"

"又要老子洗，又要老子洗，你这个催命鬼要磨死我呵？还不如拿你去祭了谷神，也让老娘的手歇上几天呵。"

"×吗吗×吗吗。"

她把丙崽像提猫一样提回家去。

整整一天，丙崽没有衣穿，全身赤条条。他似乎还知道点羞耻，没有出门去巡游，只是听到远处急促地敲锣，也敲几下自己的小铜锣。看见妇女们哭哭泣泣燃着香火去祠堂，他也在水沟边插上一排树枝，把一堆牛粪当作叩拜的对象。不知什么时候，他倒在地上睡了一觉。醒来时觉得寨子里特别安静，就再睡了一觉，直到斜斜的夕阳投照在他身上，把他全身抹出了一片金色。

他醒来的时候，发现自己在祠堂的大瓦盖下，嘈杂的脚步声，叫骂声，哭嚎声，铁器碰撞声，响在他的周围。借着闪闪烁烁的松明子，他看不清这里的全景，只见男女老幼全是头缠白布，一眼望去，密密的白点起起伏伏飘移游动。好些女人互相搀扶着，依靠着，搂抱着，哭得捶胸顿足，泪水湿了袖口和肩头。丙崽娘一屁股坐在地上，不时用袖口去擦眼睛，也把眼圈哭红了，显得一张娃娃脸纯真了。她坐在二满家的媳妇旁，用力收缩鼻孔，捉住对方的手，用外乡口音说："人生一世，草木一秋，去也就去了。你要往开处想，呵？你还有后，有兄弟，有爷娘。吾呢，那死鬼不知是死是活，一个丙崽也当不得正人用的，比你还苦十倍呵。"

她劝别人莫哭，自己却带头大哭，使对方更加泪水横飞。

"打冤家总是有个三长两短。早死也是死，晚死也是死。早死早投胎，说不定投个富贵人家，还强了。呵？"

对方还是哭出奇怪声调，听上去是剪刀在玻璃上划出的尖声。

大概想到了什么伤心事，丙崽娘拍着双膝更加大放悲声，哭得自己头上的白布条在胸前滑上去，又滑下来。"吾那娘老子哎，你做的好事呀。你疼大姐，疼二姐，疼三姐，就是不疼吾呀。你做的好事呀，马桶脚盆都没有哇……"

这就不知道是什么意思了。

正堂里烧了一堆柴火，噼噼啪啪炸出些火光。靠三根大树支着，一口大铁锅架在火上，冒出咕咕嘟嘟的沸腾声，还有腾腾热气冲得屋梁上的蝙蝠四处乱窜。人们闻到了肉香，但人们也知道，锅里不光有猪肉，还有人肉。按照打冤家的老规矩，对敌人必须食肉寝皮，取尸体若干，切成了一块块，与猪肉块混成一锅，最能让战士们吃出豪气与勇气。当然，猪肉油水厚一些，味道鲜一些。为了怕人们专挑猪肉，也为了避免抢食之下秩序混乱，肉块必须公平分配，由一个汉子站在木凳上，抄一杆梭镖往锅里胡乱去戳，戳到什么就是什么，戳给谁谁就得吃。这叫吃"枪头肉"。

前面已经有人吃开了。有的吃到了肺，不知是猪肺还是人肺。有的吃到了肝，不知是猪肝还是人肝。有的吃到了猪脚，倒是吃得很安心。有的吃到了人手，当下就胸口作涌，哇的一声呕吐出来。

柴火的热气一浪浪袭来，把前排人的胸脯和胯裆都烤烫了，使他们不由自主往后挪。油浸浸的那杆梭镖映着火光，油浸浸的发亮，不时从锅里带出一点汁水，就零零星星洒下三两火珠，落入身影后的暗处。一个赤膊大汉突然站起来，发疯般地大叫一声："给老子上人肉！老子就是要吃罗老八的窝心肝肺……"

几个不甘示弱的汉子也站起来：

嚼罗老八的骨头！

嚼罗老八的脚筋！

老子要拿罗老八的鸡巴伴辣椒！

……

场面有点乱。人影错杂之际，火光把人影投射在四壁和屋顶，使那些比真人放大了几倍乃至十几倍的黑影，一下被拉长，一下被缩短，忽大忽小，忽胖忽瘦，扭曲成各种形状。

"德龙家的，过来！"

叫到丙崽娘的名字了。她哭得泪眼糊糊的，还在连连拍膝，"吾不要哇，吃命哇……"

"碗拿来。"

"罗老八是我接生的哇，他还喊我干娘哇……"

"德龙家的，你娘的×吃不吃？丙崽，你吃！"

丙崽穿着开裆裤，很不耐烦地被旁人推到前面，很不情愿地从旁人手里接过一个碗。他抓起碗里一块什么肺，被烫了一下，嗅了一嗅，大概觉得气味不好，翻了个白眼，连碗带肺都丢了，朝母亲怀里跑去。

"你要吃！"有人把肺块捡起来，重新放在碗里。

"你非吃不可！"很多油亮亮的大嘴都冲着他叫喊。

一位白胡子老人，对他伸出寸多长的指甲，响亮地咳了一声，激动地教诲："同仇敌忾，生死相托，既是鸡头寨的儿孙，岂有不吃之理？"

"吃！"掌竹扦的那位汉子，把碗再次塞到他怀里，于是屋顶上出现了一个无比巨大的手影。

丙崽看着屋顶上黑影，哇的一声哭了。

六

仁宝下山耍了几日，顺便想打打零工，交交朋友。要是机会好，找个机会做上门女婿也不错。他听说前几天有一队枪兵从千家坪过，觉得太好了。嘿，这不就是要开始了么？可枪兵过就过了，既没有往鸡头寨去改天换地，也没邀他去畅谈一下什么理想，使他相当失望。倒是有一个买炭的伙计从山里慌慌地出来，说鸡头寨与鸡尾寨行武了，还说马子溪漂下来了一具尸体，不知为什么脚朝上头朝下，泡得一张脸有砧板大，吓死人……

仁宝吓了一跳：还果真打起来了么？

他在外面人缘很广，在鸡尾寨也有一位窑匠朋友，一位铜匠朋友，一位教书匠朋友，堪称莫逆，不可伤情面的。如今打什么冤家呢？同饮一溪水，同烧一山柴，大家坐拢来喝杯酒吃碗肉不就结了？

仁宝回到了寨子里，发现父亲脸色苍白，重伤在床——那天他去坐桩，被一个砍柴的发现，把他救了回来，但下体的伤口一时半刻封不了疤。

"不是渠不孝，仲爹何事会寻绝路？"

"坐桩没死成，兴怕也会被气死。"

"崽大爷难做，没得办法呵。"

"你看渠个脸相，吊眉吊眼的，是个克爹的种。"

"他娘故得那样早，恐怕也是被克的吧？"

……这一类话，从耳后飘来，仁宝不可能没听到。他跪在老爹的床前，抽了自己几个耳光，在地上砸出几个响头，又去借谷米给仲裁缝做了一顿干饭。见裁缝还是不理他，便毫无意义地扫了扫地，毫无意义地踩死了几只蚂蚁，毫无意义地把马灯罩子再研究了片刻，快快地往祠堂而去。

祠堂门前一圈人，都头缠白布条，正谈论着打冤家的事。这似乎是仁宝重建形象的好机会，只是大家都红了眼，红得仁宝也有几分激动，一开腔竟完全忘了自己回寨子来的初衷。"鸡头峰嘛，这个，当然么，是可以不炸的。请个阴阳先生来，做点关口，什么邪气都是可以破掉的是不是？"他显出知书识礼的公允，"不过话说回来，说回来。他们姓罗的明火执仗打上门来，也欺人太甚不是？小事就不要争了，不争了——"他闭着眼睛拖出长长的尾音，接着恶狠狠扫了众人一眼，"但我们要争口气，争个不受欺！"

"仁宝说得对，我们被他们欺侮太久了！"一个汉子说。

仁宝受到鼓舞，说得更为滔滔不绝："人心都是肉长的，总得讲个天地良心吧？莫说是你们，我对鸡尾寨的人怎么样？他们来了，我冲豆子茶，豆子是要多抓一把的。到时候吃饭，我油盐是要多下一些的。怎么能翻脸不认人呢？树活一张皮，人活一口气，对这样不知好歹的畜生，你还有什么道理可讲？……"

打冤家的正义性，由他以新的方式再次解说。众人如果不觉得他的道理有多新鲜，至少觉得那恶狠狠的扫视还是很感人。他眯着眼睛看出这一点，看到自己忤逆不孝和怕死躲战的恶名几乎消除，更为兴高采烈，把衣襟嚓的一下撕开，抢起一把山锄，朝地上狠狠砸出一个洞，"量小非君子，无毒不丈夫。呸！老子的命——就在今天了！"

他勇猛地扎了扎腰带，勇猛地在祠堂冲进冲出，又勇猛地上了一趟茅房，弄得众人都肃然起敬。

从这一天起，他似乎成了个预备烈士，总像要开始什么大事，在寨子内外无端地游来转去，好像在巡视哨卡，又好像在检查熬硝一类备战工作，无论看一棵树还是一块岩石，都锁着眉头目光凝重，有种出征临战之际壮士一去不复还的肃穆。转游完了，他见人就心情沉重地嘱托后事："金哥，以后家父就拜托你了。我们从小就像嫡亲兄弟，不分彼此的。那次赶肉，要不是你，吾早就命归阴府了。你给吾的好处，吾都记得的……"

　　"二伯爷，腰子还阴痛么？你老要好好保重。以前很多事只怪吾没做好。吾本来要给你砍一屋柴火，但来不及了。那次帮你垫楼板，也没垫得齐整。往后的日子里，你想吃就吃点，要穿就穿点，身子骨不灵便，就莫下田了。侄儿无用，服侍你的日子不多了，这几句还是烦请你把它往心里去……"

　　"庆嫂子，有件事早就想找你说一说。吾以前做了好些蠢事，有对不起你的地方，你千万莫记恨。有一次我偷了你的两个菜瓜，给窑匠师傅吃了，你不晓得。现在吾想起来，窝心蒂子都是痛的。吾今日特地来说声得罪了，对不起呵。你要咒就咒，你要打就打……"

　　"幺姐……你……你在洗衣么？这一次实在是没办法了。你千万莫难过，千万莫伤身子。吾是个没用的人，文不得，武不得，连几丘田也做不肥。不过人生一世，总是要死的。这一点我明白。八尺男儿，报家报国，义不容辞。你话呢？好些事眼下也没法讲了。反正只要你心里还有一个石仁哥，我也就落心落意去了。你千万……硬朗点，形势总会好的。吾这就告辞了……"

　　他很能克制悲伤，不时缩缩鼻子。

　　弄得连最讨厌他的幺姐也都有些戚戚然，泪水夺眶而出。"石仁，你不要这样，我以前也不是真恨你……"

　　"不，吾决心已定。"他低着头，望着路边一块破瓦片。

　　"不是说不打了吗？"

　　"你也相信？"他悲壮地一笑。

　　几天下来，大家都不知道他要干什么，不知道他马上要干什么。听见他的皮鞋子还是在石阶上响来响去，发现他还没有去赴汤蹈火。好在寨子里这一段很乱，又是鸡上屋，又是牛吃禾，又是办丧事和操武艺，众人没顾上研究这位大英雄。甚至也慢慢习惯了。要是他不忙，众人还会觉得少了点什么，有什么地方不对劲。

　　这一天，从鸡尾寨传来消息：对方准备告官。这样鸡头寨也得有所准备，仁宝在外面的脚路广，更得有所作为才对。不过他并没有同官府打过交道，对文书款式没有太多把握。两位老人想了想，记起仲裁缝说过的什么，对提笔的那位说："兴许，叫禀帖吧？"

仁宝想起了什么，摇摇手："不是不是，叫报告。"

"禀帖吧？"

"是报告。"

"总得有上有下，要讲点礼性。"

"要讲礼性，报告就最礼性了。"仁宝宽容地一笑，"没错的，没错的。"

"你去问你叔叔。"

"他只懂些老皇历，晓得个屁呵。"

"你读过好多书？他读过好多书？"

"现在还读什么书？下边人都看报纸了。"

"下边人打个屁也是香的？什么报告不报告，听起来太戳气了。"

"伯爷们，大哥们，听吾的，绝不会错的。昨天落了场大雨，难道老规矩还能用？我们这里也太保守了，真的。你们去千家坪视一视，既然人家都吃酱油，所以都照镜子，都穿皮鞋。你们晓不晓得？松紧带子是什么东西做的？是橡筋，这是个好东西。马灯烧的是什么东西？是汽油，也是个好东西。你们想想，还能写什么禀帖么？正因为如此，我们就要赶紧决定下来，再不能犹豫了，所以你们视吧。"

众人被他"既然"、"因为"、"所以"了一番，似懂非懂，半天没答上话来。想想昨天确实落了雨，就在他"难道"般的严正感面前，勉强同意写成"报帖"。

接下来又发生一些问题。老班子要用文言写，他主张用什么白话写；老班子主张用农历，他主张用什么公历；老班子主张在报告后面盖马蹄印，他说马蹄印太保守了，太难看了，太污浊了，只能惹外人笑话，应该以什么签名代替。他时而沉思，时而宽容，时而谦虚地点头附和——但附和之后又要"把话说回来"，介绍各种新章法和新理论，俨然一个通情达理的新党。

"仁麻拐，你耳朵里好多毛！"丙崽娘忍无可忍，突然大喊了一声，"你哪来这么多弯弯肠子？四处打锣，到处都有你，都有你这一坨狗屎！"

"婶娘……"仁宝嘿嘿一笑。

"哪个是你婶娘，呸呸呸……"丙崽娘抽了自己嘴巴一掌，眼眶一红，眼泪就流出来，"你晓得的，老娘的剪刀等着你！"

说完拉着丙崽就走。

人们不知丙崽娘为何这样悲愤，不免悄声议论起来。仁宝急了，说她是个神经病，从来就不说人话么。然后忙掏出几皮烟叶，一皮皮分送给男人们，自己一点也不剩。加上一个劲地讨好，他鸡啄米似的点头哈腰，到处拍肩膀和送笑脸，慷慨英雄之态荡然无存。事后一个汉子揪住仁宝逼问："你对德龙家的到底怎么样了？她硬是吃得下你。"仁宝捶胸顿足地说："老天在上，我能怎么样？她是我婶娘，一个禾场滚子。我就是鸡巴再骚，不怕她碾死我？"汉子上下打量仁宝一眼，还是半信半疑。

七

告官的代表从千家坪回来，说官府收是收下了报帖，但还得派人上山来查勘事实，才能最终断案。不过从办案官的脸色来看，好像是凶多吉少。且不说鸡尾寨人脉广，在官场里有关系，就是说话这一条，鸡头寨也不占上风。他们的口音别出一格，办案官听着听着就发脾气："你们说些什么话？把舌头扯直了再说好不好？"

爹妈给的舌头就是这样，还要怎么个直法？

"下次再在公堂上讲鸟语，先掌嘴三十！"办案官又说。

加上三位代表一到千家坪就水土不服，又是胸闷，又是头晕，又是呕吐拉稀，这官司看来是太不好打，也打不下去的。他们十张嘴顶不了仇家的一张嘴，这官司还能打么？难怪仲裁缝说过，先民有仇不动朝不告官，是祸是福从来都自己扛，那才是好汉。

告官叫做走"舌道"，叫做文胜。行武叫做走"牙道"，叫做武胜。到底是要用舌还是要用牙，寨子里分成两派意见，一时无法统一。有个后生突然想起了一件事，说那天杀牛以占胜败，结果并不灵。倒是丙崽当时在场咒了句"×妈妈"，像是给了个坏兆头，却灵验了……这不十分可疑吗？这一想，大家都觉得丙崽神秘。丙崽有一次从山崖上滚下来，不但没有死，还毫发未损，不是神了吗？丙崽有一次被棋盘蛇咬了一口，不但没有倒地立毙，还活蹦乱跳手舞足蹈追着蛇要打，不是更神了吗？这样一件大神物，只会说"爸爸"和"×吗吗"两句话，莫非就是泄露天机的阴阳二卦？

大家都觉得是这个理，于是连忙取来一架滑竿，就是两根竹子夹一张椅子，把丙崽抬到祠堂前。香火也即刻点燃。

"丙相公……"

"丙大爷……"

"丙仙……"

汉子们伏拜在他面前，紧紧盯住他，对他额上的抬头纹充满希望。

丙崽刚坐过滑竿，十分快活，脸上笑纹舒展，鼻涕炸了一个泡。他把停止不动的滑竿踢了一脚，发现它还是不再动，翻了个白眼。

实在不好理解。

是不是他要高兴了才会显灵？有人狠狠心，把家里珍藏很久的一块粽粑找来，贡献给鸡头寨第一大高人。丙崽这才兴奋起来，急急地掰粽粑，没抓稳，掉了一块，其实就掉在他右脚边，但他脑袋转起来不灵便，轮着眼皮居然朝左边望去。这样个吃法，是吃一半掉一半。每掉一块，他照例去找，照例找错了方向。有时也能阴差阳错，发现了前几次掉下的碎粑，他捡起来就往嘴里塞。

他拍拍巴掌，听见了麻雀叫，仰头轮了个方向不够准确的白眼。最后指定了一个方向："爸爸。"

好，终于有了结果。照事先的约定，他叫"爸爸"就意味着舌道，意味着官司还得继续打。主张用舌的一派因此欢欣鼓舞，一颗悬心总算落到实处。不过，主张牙道的一派还是犹疑，一再琢磨丙崽的其他意思。比方他手里的粽粑总是掉了一半，就没什么意味吗？嘴里吹了一个涎泡，又是什么含义？至于他的手指朝上，所指之处有祠堂一个尖尖的檐角，向上弯弯地翘起，像一只黑色老凤举翅欲飞。那不会是更重要的指点吧？

"渠是指麻雀，还是指树？"

"不，是指屋檐。"

"檐和言同音，是不是说要言和？"

"胡说，檐和炎同音，双火为炎么。他是说要用火攻。"

争了半天，天意又变得茫然难测。

不管是出于天意还是人意，这一天战端再起。鸡尾寨的人主动杀上山来。先是浓烟滚滚，大概是有人故意放火，大火顺着南风，很快就烧焦了鸡头寨的前山，直烧得鸟雀乱飞，一根根竹子炸得惊天动地，黑黑的烟灰到处降落。要不是侥幸碰上一场雨，整个寨子连同后山以及更多的山林，恐怕都得惨遭毒手。接下来，一伙满脸涂着血污的男女，据说嘴里念了刀枪不入的金刚咒，据说头上淋了祛邪避祸的狗血酒，越过大木横陈的路卡，操持刀枪哇哇哇往上冲，如同阎王殿开了大门。他们与迎战的壮丁们混成一团，又砍又劈，又戳又刺，又揍又踢，又咬又啃，经常分不清你我敌友。杀红了眼的时候，一锄头挖到自家人也是难免的。看花了眼的时候，对着一个树蔸大砍大杀也有可能。杀呵，杀呵，杀呵——杀你猪婆养的——杀你狗公贪的——在那一刻，一颗离开了身子的脑袋还在眨眼。一截离开了胳膊的手掌还在抓挠。一具没有脑袋的身子还在向前狂跑。很多人体就这样四分五裂和各行其是。

黑红色或淡红色的鲜血，迅速喷红了草坡和田土，汇入了干枯的沟渠……这一天夜里，特别安静。

活下来的人似乎被遍地鲜血吓懵了，震呆了，已经不知道哭泣，已经没有泪水。只有竹义家的媳妇疯了，在寨子里走一路就笑一路，唱一路戏文。

一些骨瘦如柴的狗异常活跃，被空气中的血腥味刺激得呜呜乱叫，须毛奋张，两耳竖立。它们也许太饿了，纷纷挤出门缝和跳越石墙，身体拉成一条直线，向血腥味狂射而去，在草坡上或溪沟里找到尸体，撕咬着，咀嚼着，咬得骨头咯咯咯脆响。一只只狗很快就吃得肚大肥圆，打着饱嗝，眼睛红红的，在茅草中蹿来蹿去时闹出很大动静。它们所到之处都会有血迹。肉块也被它们叼得满处都是。有时你去灶房，无意中搬开一捆柴火，也许会发现柴弯里滚出一只陌生的手或者脚。

把人肉吃习惯以后，它们对活人也变得很有兴趣，总是心怀叵测地跟着人影。尤其是见到有人吵架，音容有些异样，它们就会盯住不放，大大方方地露出尖牙，长长的舌头活泼得像一条飘带，一片水波，等待着什么结果发生。据说竹义家的阿公有次在树下瞌睡，竟被狗误认成尸体，把他大咬了一口。

丙崽把一泡屎拉在椅子上了。

丙崽娘照例唤狗来舔："呵哩——呵哩——呵哩——"

狗来了，嗅一嗅，又舔舔舌头走了，似乎对粪便已丧失热情。它们刚才听到召唤，不得不来敷衍一下，只是不想在主人面前过于趾高气扬，显得它们富贵并不忘旧情。

于是寨子里屎多了，苍蝇多了，到处都臭起来。丙崽娘遇到二满家的媳妇，缩了缩鼻子，"你身上怎么有股臭味？"

竹义家的瞪大眼，"怪事，是你身上臭。"

两人嗅了一阵，发现大家手都是臭的，袖口也都是臭的，连棒槌和竹篮也有股怪味，这才恍然大悟：原来空气早就臭了，连嘴里说出的话都像放屁。

　　丙崽娘一直自诩自己娘家是大户，最为干净整洁，因此她从来活得与众不同，即便时逢乱世，即便眼下差不多家家举丧，她还是贵人习惯依旧，带上草把和茶枯，把丙崽拉到水井边狠狠擦洗。但她腹中的米粮实在太少，以前吃下的胞衣也不管用，只是洗净了丙崽的屁股，裤子与椅子上的臭味却怎么也洗不掉。她喘着气，翻着白眼，两眼一黑便歪歪地倒下。

　　不知自己是怎样醒来的，是怎样摸回家的。没有被狗咬，恐怕就是万幸。她听着窗外的激情狗吠，望着蚊帐上和墙上密密麻麻的苍蝇，伤心地号啕大哭起来："吾那娘老子哎，你做的好事呀。你疼大姐，疼二姐，疼三姐，就是不疼吾呀，你怎么把吾丢到这个黄连罐里来了，一丢就是几十年哇……"

　　丙崽怯怯地看着她，试探着敲了一下小铜锣，想使她高兴。

　　她望着儿子，手心朝上推了两把鼻涕，慈祥地点头："来，坐到娘面前来。"

　　"爸爸。"儿子稳稳地坐下了。

　　"你一定不能死，你一定要活下去。伢呵，你要去找你那个砍脑壳的鬼！"

　　她咬着牙关，两眼像对对眼，黑眸子往鼻梁挤，眸子之外有一圈宽宽的眼白，让丙崽有些惊慌。

　　"×吗吗。"他轻声试了一句。

　　"你要去找你爸爸，他叫德龙，淡眉毛，细脑壳，会唱些瘟歌。"

　　"×吗吗。"

　　"你记住，他兴许在辰州，兴许在岳州，有人视过他的。"

　　"×吗吗。"

　　"你要告诉那个畜生，他害得吾娘崽好苦呵。你天天被人打，吾天天被人欺，人家哪个愿意正眼朝我们看一眼？要不是祠堂里的一份猫粮，吾娘崽早就死了。要不是你娘不要脸，把一张脸皮任人踩，吾娘崽也早就死了。你要一五一十都告诉那个畜生——"

　　"×吗吗。"

　　"你要杀了他！"

　　丙崽不吭声了，上嘴唇跳了跳。

　　"吾晓得，你听懂了，听懂了的。你是娘的好崽。"丙崽娘笑了，眼中溢出一滴泪。

她轻轻拍着丙崽，把对方哄睡了，然后挽着个菜篮，一顿一顿地上山去，大概是去采野菜。但她再也没有回来。后来有各种传说，有的说她被蛇咬死了，有的说她被鸡尾寨的人裁了，还有的说她碰上岔路鬼，迷了路，丢了魂，最后摔到山崖下……据说有人看见过她的一只鞋子挂在树上。

这些都无关紧要。寨子里已经减少很多人，再减少一个，不是什么大不了的事。只是丙崽一直在等母亲归来。太阳下山，石蛙呱呱地叫，门前小道上的脚步声渐稀，他还没有见到那张熟悉的面孔。好像有很多蚊子，咬得他全身麻麻地直炸。小老头使劲地挠着，挠出了血，愤怒起来。他要报复蚊子，便把椅子推倒，把茶水泼在床上，把柴灰灌到吊壶里。一块石头砸过去，铁锅也叭的一声裂开。他颠覆了一个世界。

一切都沉入暗夜中，门外还是没有熟悉的脚步声。只有寨子里的隐隐哭声，有邻居木楼里麻子脸裁缝断断续续的呻吟。

小老头在蚊虫的包围下睡了一觉，醒来后觉得肚子饿，跟跟跄跄地走出寨子。月亮很圆，很白，浓浓的光雾照得遍地如白昼，连对面山上每棵树和每棵草，似乎也能看得一清二楚。溪那边，哗哗响处有一片银光灼灼的流水，大片银光中有几团黑影，像捅出了几个洞，其实是雄踞水中的巨石。石蛙已经沉寂，大概它们也睡了。但远处不知何处传来的密集狗吠，像传说着什么夜里发生的大事。

丙崽咬着指头继续走。妈妈曾带着他出外接生孩子。也许妈妈现在就在那些地方，他要去找。他在月光下走着，在笼罩大地的云雾之中走着，上身微微前倾，膝盖悠悠地一晃一晃，像随时可能折断。不知过了多久，不知走了多远，他踢到了一个斗笠，又踢到了一个藤编的盾牌，空落落地响。他咕噜了几声，撒了一泡尿，把盾牌狠踩了一脚。他发现前面躺着一个人，是女的，有散乱的长发，但丙崽从来没有见过。他摇了摇她的手，打她的耳光，扯她的头发，见她总是不能醒来。他手摸女人的乳房，知道这肥大的东西可以吃，便捧着它吸了几口，不过没吸到什么滋味，只好扫兴地撒手。他发现这个女人的腹部很柔软，有弹性，便骑上去，又是后仰又是上跳，感觉自己瘦尖尖的屁股十分舒服。

"爸爸。"小老头累了，靠着肥大乳房，靠着这个很像妈妈的女人睡了。两人的脸都被月光照得如同白纸。还有耳环一闪。

八

"爸爸。"

丙崽指着祠堂的檐角傻笑。

檐角确实没有什么奇怪，像伤痕累累的一只欲飞老凤。瓦是窑匠们烧制的，用山里的树，用山里的泥，烧出这只老凤的全身羽毛。也许一片片羽毛太沉重，它就飞不起来了，只能静听山里的斑鸠、鹧鸪、画眉以及乌鸦，静听一个个早晨和夜晚，于是听出了苍苍老态。但它还是昂着头，盯住一颗星星或一朵云。它肯定还想拖起整个屋顶腾空而去，像当年引导鸡头寨的祖先们一样，飞向一个美好的地方。

两个后生从祠堂里抬着大铁锅出来，见到丙崽不禁有些奇怪。

"那不是丙崽吗？"

"渠的娘都死了，渠还没死？"

"八字贱得好，死不到渠的头上。"

"怕是阎王老子忘记了。"

"听说渠从崖上跌下来，硬是跌不死。我就不信。"

"再让他跌一次，如何？"

"这个小杂种，上次还吃粽粑。"说话者是指丙崽曾经荣任大仙，享受过特殊优待，因此气不打一处来。

"就是，我们都吞糠咽菜，渠当了官呵？还可以吃粽粑，只怕还要八道酒席？"

两个后生放下锅，大步闯上前来，先把丙崽的全身搜了一遍，没发现红薯丝也没发现包谷粒。其中一位本就窝火，见丙崽坐瘪了他的斗笠更是火冒三丈，伸手一抹，根本没用什么气力，丙崽就像一棵草倒下了。另一位抽出尖刀顶住他的鼻尖，唾沫星飞到丙崽脸上："快，抽自己的嘴巴！你不抽，老子剥了你，煮了你！"

"敢！"

身后冒出冷冰冰的声音，两个后生回头看，是铁青的一张麻脸。

仲裁缝是最讲辈分的，伸出两个指头，剑指两个后生的鼻子："渠是你们叔爹，高了两个辈分，岂能无礼？"

后生立刻想到了自己的地位，想到仲裁缝还是丙崽的伯伯，立刻避开怒目交换了一个眼色，老老实实抬锅去。

仲裁缝向家里走去，想了想，又回转身对侄儿伸出巴掌："手！"

丙崽往后躲，翻了个白眼，不像是看他，只是看他头上的一棵树。他全身紧张得直颤抖，上嘴唇跳了跳，是试图压住恐惧的勉强一笑。

他的手太冷，太瘦，太小，简直是只鸡爪。仲裁缝抓住它，如同抓住一块冰，不觉全身颤了一下。他帮丙崽抹了抹脸，赶走对方头上几只苍蝇，扣好对方两个衣扣。这件衣不知是谁做的——他从来没给亲侄儿做过衣。

"跟吾走。"

"爸爸。"

"听话。"

"爸爸。"

"谁是你爸爸？"

"×吗吗。"

"畜生！"

……

裁缝不再看他，只是牵着他，默默地走下坡。不知为什么，看着空空荡荡的寨子，裁缝突然想起自己做过的很多很多衣，长的，短的，肥的，瘦的，艳的，素的，一件件向他飘来，像一个个无头鬼，在眼前摇来晃去。包括那天他看见鸡尾寨的一具尸体，上面的衣不也是出自他一双手？——他认得那针脚，认得那裁片。想到这里，他把丙崽的小爪子抓得更紧，"不要怕，吾就是你爸。你跟吾走。"

几条狗兴冲冲地跟着他们。

山里有一种草，叫雀芋，味甘，却很毒，传说鸟触即死，兽遇则僵。仲裁缝今天已采来雀芋半篮，熬了半锅汤水。事情看来只能这样了：寨里已多日断粮，几头牛和青壮男女，要留下来做阳春，繁衍子孙，传接香火，老弱病残就不用留了吧，就不要增加负担了吧？族谱上白纸黑字，列祖列宗们不也是这样干过吗？仲裁缝经常念及自己生不逢时，无功无业，愧对先人，今天总算以一锅毒药殉了古道，也算是稍稍有了些安慰。

裁缝先把丙崽带到药锅前，摸了摸对方的头，给他灌了半碗药汤。

"爸爸。"大概觉得味道还不错，丙崽笑了。

仲裁缝拍拍丙崽的肩，也舒心地笑了，带着他走向其他人家。他们沿着一条石阶，弯弯曲曲地升高，走过路旁石块垒成的矮墙，走过路旁厚重的木柱和木梁。矮墙缝中伸出好些杂草和野花，招引着蜻蜓蝴蝶。有些家户还没有盖房，只有路边的屋基，立了些光溜溜的木柱和横梁。大梁上飘动着避邪的红纸。

几条狗还是跟着他们。

裁缝提着木桶，知道药汤应该送往哪些人家。那些人家似乎也早知约定。见到裁缝与丙崽来到门前，老人们都摆上空碗，在大门边静静等待。

"时辰到了？"

"到了。"

"多舀点吧。"

"小半碗就够。"

"我怕不牢靠。"

"你放心，放心。"

元贵老倌扶着拐杖上来请求："仲满，吾还想去铡把牛草。"

裁缝说："你去，不碍事的。"

老人颤颤抖抖地走了，铡完草，搓搓手，又颤颤抖抖地回来。接过大陶碗，喉头滚动了两下，就喝光了药汤。胡须上还挂着几点水珠。

"仲满，你坐。"

"不坐了。今天天气好燥热。"

"嗯啦，好燥热。"

另一位老人抱着一个瞎眼小奶崽，给仲裁缝看了看，眼里旋着一圈泪。"仲满，你视视，兴许要给渠换件褂子？你连的那件，渠还没上过身。"

裁缝眨了一下眼皮，表示赞同。

老人转身回屋，不一会儿，让瞎眼奶崽穿着新崭崭的褂子，还戴着发亮的长命锁。老人枯瘦的手在新布上摸着，划出嚓嚓的响声。"这下就好了，这下就好了。让我孙儿到了阴间，好歹有个体面呵。"

"还是蛮合身的。"裁缝说。

"娃崽就是费衣。"

老人先给瞎眼奶崽灌了药汤，自己接着一饮而尽。

木桶已经很轻了，仲裁缝想了想，记起最后一位——玉堂爹爹，实际上是玉堂婆婆。这位老妇人总是坐在门前晒太阳，日长月久，如一座门神，已经老得莫辨男女。她指甲长长的，用无齿的牙龈艰难地勾留口水，皮肤如一件宽大的衣衫，落在骨架上。她架起的一条瘦腿，居然可以和另一条腿同时着地。任何人上前问话，她都听不见，只是漠然地望你一眼，向你展示白蒙蒙的眸子。

裁缝走到她正前面，她才感觉到身边有了人，浑浊的眼里闪耀着一丝微弱的光。她明白什么，牙龈勾一勾口水，指指裁缝，又指指自己。

裁缝知道她的意思，先向她跪下，磕了三个头，然后掰开对方的嘴巴，朝无牙的黑洞里灌下药汤。

老门神呛了两下，嘴角边挂着残汤。

在仲裁缝点燃的一挂鞭炮声中，在此起彼伏的狗吠声中，裁缝也喝下了药汤，然后抱着丙崽端坐在家门口。像其他老弱病残一样，他也面对东方。因为祖先是从那边来的，他们此刻要回到那边去了。在那里，一片云海，波涛凝结不动，被太阳光照射的一边晶莹闪亮，镶嵌着阴暗的另一边。几座山头从云海中探出头来，好像太寂寞，互相打打招呼。一只金黄色的大蝴蝶从云海中飘来，像一闪一闪的火花，飘过永远也飞不完的群山，最后飘落到鸡头寨，飘落在一头老黑牛的背上——似乎是世界上最大的一只蝴蝶。

两天之后，鸡尾寨的男人们上来了，还夹着一些女人和儿童。听说这边的人要"过山"，迁往其他地方，他们想来捡点什么有用的东西。官府的什么人也来了。在官家人主持之下，鸡尾寨作为胜利的一方操办"洗心酒"，带来两只烤羊和两坛谷酒，让胜败两方都喝得脸红红的，互相交清人头，一起折刀为誓，表示永不报冤。

一座座木屋已经烧毁，冒出淡淡的青烟，只留下遍地焦土和一些破瓦坛，还暴露出各家各户无锅的灶台，一个个黑色的洞口。屋基窄狭得难以让人相信——人们原来就活在这样小的圈子里？酸甜苦辣的日子就交给了这样的洞穴？鸡头寨的青壮男女仍然头缠着白布条，目光黯淡，形容憔悴。他们准备上路了。一些外嫁的姑娘在这个时候也抛夫别子，回到娘家，决意跟随兄弟姊妹，今后要死要活都捆在一起。他们把犁耙、斧镰、锅盆、衣被、箱箩，都拴在牛背或马背上，错错落落形成一列长队。一个锈马灯壳子，咣咣地晃在牛屁股上。最后剩下来的十几只羊和几只狗，一声不吭地跟着主人，似乎也知道生活将重新开始。

作为临别仪式，他们在后山脚下的一排新坟前磕头三拜，各自抓一把故土，用一块布包上，揣入自己的襟怀。

在泪水一涌而出之际，他们齐声大喊"嘿哟喂"——开始唱"简"：

……他们的祖先是姜凉。姜凉没有府方生得早。府方没有火牛生得早。火牛没有优耐生得早。优耐没有刑天生得早。他们原来住在东海边，后来子孙渐渐多了，家族渐渐大了，到处住满了人，没有晒席大一块空地。怎么办呢？五家嫂共一个春房，六家姑共一担水桶。这怎么活得下去呢？没有晒席大一块空地呵，于是大家带上犁耙，在凤凰的引导下，坐上了枫木船和楠木船。

> 奶奶离东方兮队伍长，
> 公公离东方兮队伍长。
> 走走又走走兮高山头，
> 回头看家乡兮白云后。
> 行行又行行兮天坳口，
> 奶奶和公公兮真难受。
> 抬头望西方兮万重山，
> 越走路越远兮哪是头？
> ……

男女都认真地唱着，或者说是卖力地喊着。尤其是外嫁归来的女人们，更是喊得泪流满面。声音不太整齐，很干，很直，很尖利，没有颤音和滑音，一句句粗重无比，喊得歌唱者们闭上眼，引颈塌腰，气绝了才留一个向下的小小转音，落下尾声，再连接下一句。他们喊出了满山回音，喊得巨石绝壁和茂密竹木都发出嗡嗡嗡声响，连鸡尾寨的人也在声浪中不无惊愕，只能一动不动。

一行白鹭被这种呐喊惊吓，飞出了树林，朝天边掠去。

> 抬头望西方兮万重山，
> 越走路越远兮哪是头？

还加花音，还加"嘿哟嘿"。仍然是一首描写金水河、银水河以及稻米江的歌，毫无对战争和灾害的记叙，一丝血腥气也没有。

一丝也没有。

远行人影微缩成黑点，折入青青的山谷，向更深远的深山里去了。但牛铃声和马铃声，还有关于稻米江的幸福歌唱，还从无边的绿色中淡淡透出，轻轻地飘来，在冷冽的溪流上跳荡。溪水边有很多石头，其中有几块特别平整和光滑，简直晶莹如镜，显然是女人们长期捣衣的结果。这几面深色大镜摄入山间万象却永远不再吐露。也许，当草木把这一片废墟覆盖之后，野猪会常来这里嚎叫，野鸡会常来这里结窝。路经这里的猎手或客商，会发现这个山谷与其他山谷没什么不同，只是溪边那几块深色石块有点奇异，似有些来历，藏着什么秘密。

丙崽不知从什么地方冒出来了——他居然没有死，而且头上的脓疮也褪了红，净了脓，结了壳，葫芦脑袋在脖子上摇得特别灵活。他赤条条地坐在一条墙基上，用树枝搅着半个瓦坛子里的水，搅起了一道道旋转的太阳光流。他听着远方的歌声，方位不准地拍了一下巴掌，用很轻很轻的声音，咕哝着他从来不知道是什么模样的那个人：

"爸爸。"

他虽然瘦小和苍老，但脐眼足有铜钱大，令旁边几个小娃崽十分惊奇和崇拜。他们争相观看那个伟大的脐眼，友好地送给他几块石头，学着他的样，拍拍巴掌，纷纷喊起来：

"爸爸爸爸爸——"

一位妇女走过来，对另一位妇女说："这个装得潲水么？"于是，把丙崽面前那半坛子旋转的光流拿走了。

1985 年 1 月

---

*最初发表于 1985 年《人民文学》杂志，后收入小说集《诱惑》，已译成英文、德文、法文、意文、西文、荷文、日文、韩文、越文等。

暂行条例

一

商店里已经在出售塑料手铐，据说这种塑料手铐既可当玩具，又给父母们管教孩子提供了方便。这件事足以证明玩具业隐患太多，成立玩具管理局十分重要。为了保护孩子们的身心健康反对手铐，反对今后可能出现的玩具老虎凳和玩具绞刑架，当然得重视玩具的管理，当然得有一个局。就是说，得有一个患高血压或慢性支气管炎的局长，有一些擅长在菜市场讨价还价的副局长们和科长们，有一栋伸出许多铁皮烟筒的保温办公大楼，有湿淋淋的洗把和公共厕所以及保温杯废纸篓若干。如果没有这些，我们对 Z 市数十万儿童的成长——Z 市的未来，总有点不太放心。我们简直无法知道，我们吃饭看电视打听物价挤上公共汽车之类的活动是否后继有人。

因此，玩管局局长以及广大机关干部在读报纸时，颇为理直气壮。

他们朝南一看，一定看见了不远处又出现了一栋楼，一个挂了牌子并且叫"局"的东西。当远近的工间操铃声一齐响起，那楼里也蜂拥出黑压压的一片人影，伸手踢腿弯腰折颈，也很勤勤恳恳谦虚谨慎，并有人经常对自己的肥腰发点小脾气。那无疑意味着天赋人权、机会均等，不独这边的人才有做工间操的资格。

那是什么东西？——许多人眨眨眼，同时停止了谈论冰票澡票煤气票以及某科长最近的升迁。

语言管理局。——有人回答。

有一位疑惑地说：怎么我昨天还没有看见它？

另一位着急地说：是呵，昨天我也没看见！

还有一位愤怒地说：别说昨天，我今天上午还没有看见呢，真是岂有此理！

他们放开亮眼，盯着这突然冒出来的大家伙，感慨世事变化速度之快，快得无法理解无法忍受，简直是岁月里隐着什么阴谋。刚才看报纸时的好兴致，全莫名其妙地烟消云散。不知是谁打了个大喷嚏。一位科长被喷嚏弄得很恼火，忍不住恶狠狠地把身边同事盯了一眼，一拳重重砸在窗台上：我明天下午非去做理疗不可！

其实他们不必对工间操权利被人分享这一事感到不满和不安。摆到桌面上来谈，某种本位主义情绪应该注意克服，国家发展大局应该得到充分顾全。玩具管理工作重要，语言管理工作就不重要？就不需要一个局吗？让我们来认真思索一下吧，就像影视片里经常出现的那些风衣男士，那些作家或学者，皱起眉头，阴沉着脸，夹一两本精装书，在秋叶飘零的广场散步并对远处的芸芸众生放出饱学深思的目光，然后咬咬嘴唇，发出有腹腔共鸣的气声喟叹，好像已历尽人世沧桑刚从遥远的冤狱或边塞归来——对，我们正需要这样来思索一下。于是我们就会明白：语管局同样肩负重大使命。

现代社会已经是信息社会啦，而语言是一种最基本最重要的信息载体。以言达意以言表情以言明志，这都是基本常识。党政军民学，东西南北中，谁的存在和发展可以离得开语言？我们还可以引经据典以古鉴今，像某些散文家和评论家那样，动笔先从《尚书》《汉书》《史记》乃至《清稗类钞》等典籍中抄出一两条，让你懂得学海无涯和文章千古事。比方说，我们可以提到春秋时代的纵横家，如何能言善辩，或使骨肉成仇敌，或化干戈为玉帛，一张嘴力敌千军万马，由此可见言可兴邦言可误国，切切不能小视。进而我们可作升华性论证：Z 市欲达到城市管理之最高水准，能离得开语言的现代化和文明化吗？像以前那样把语管工作交给教育局，势必是用一般教育工作来"冲击语管、排斥语管、取代语管"，如同教育局曾经冲击排斥取代幼教工作而现在幼教局又差点儿冲击排斥取代了玩具管理工作——很多机关干部曾经这样抱怨。

事实证明，这样掉以轻心是危害无穷的。举个例子来说吧……算了，我们不必在这里啰唆。语管局备有录像资料片若干，该局的 M 局长眼下正请外市来访客人看片。我们如果看了这部片子，自然能对语管工作产生更高层次的认识。那么，请入座，请入座。喂喂，把大灯暗掉，现在就开始吧。

叭——屏幕灼灼闪亮了。一曲电子琴音乐被挤压得奇形怪状伤痕累累，好容易才挣扎着冲出来舒展身骨，标志着放相机的转速恢复了正常。屏幕上顿时出现了海涛扑岸，航天机升腾，激光束飞旋闪耀，超短裙女郎正在喧嚣街市中健步疾行。忽而又是金字塔，忽而又是古河纤夫，现代气息与历史纵深感交织横呈。屏幕上又由小至大推出黑体大字幕："语言——社会的神经，时代的经纬，发展的工具！"如是三番令人肃然。片刻后，音乐渐渐弱，一位仪态万方楚楚动人的女解说员手拈话筒从右边入画。她提出的问题颇有阔大的宇宙境界，正像一些空灵派诗人的诗篇：

朋友，您想过吗？在这样的语言环境里，人类将向何处去？

随着她纤纤玉手的摆示，熟悉的Z市街景一幕幕展现。在一个大宾馆服务台，女值班员大织毛衣，对一位漂亮女宾挑眉撇嘴，恶声恶气，令女宾面生愠色杏眼圆睁。画外音说明：就是这个宾馆，前不久曾因为语言粗俗而激怒了客人，使一个外国银行代表团夹着皮包愤然离去。于是一项两个亿的投资计划在本市未能实现，三环路的立交桥工程一再推迟！镜头一跳，又切入某工厂火灾现场，只见满目焦土，断壁残垣，丝丝缕缕的青烟从瓦砾间飘出，一部汽车竟被高温熔成了废铁一团轮廓难辨，一个锅炉竟被气浪冲得倒栽在百米之外的喷水池里惨不忍睹。画外音沉痛起来，沉痛得好像对亡魂的深切悼念正压在解说员颤抖的声带。她沉痛地说：一次争吵和辱骂，一次烦闷之下的违禁抽烟，就导致了这次油库的爆炸。一言致祸的现实教训，可谓触目惊心，发人深省！

……

这个片子已经放过多次了，每次女解说员都抹了口红穿着蝙蝠衫来此沉痛。于是来访客人们也都沉痛起来，纷纷把盒装橘子汁吸得很慢，不敢弄出吱吱吱的声响对沉痛的气氛有所亵渎。

一个说：真是深有启发！

另一个就紧接着说：就是，就是，很有启发！

又一个说：创立语管局的经验，我们一定要学回去。

大家都说：对对，一定要学回去！

一个说：你看看，事实最说明问题，一炸就是几百万，啧啧。

另一个再次紧跟着说：嗯啦，几百万，都是国家和人民的财富呵，怎不令人心痛！

他们又是抚膝又是搓手，争先恐后地把沙发挤压得吱吱呀呀响，显示这次出访没有辜负旅差伙食补贴及畅游海滨风景区的各种款待。M局长微微一笑，抬起柔软的小手，把客人们引向餐厅去共进工作午餐。在餐厅里，客人们又认识了更多来作陪的主人。于是大家照例互相客气不肯率先坐下。坐下之后又照例互相打听年龄，老家所在何处以及老家有哪些名优土产食品。他们在谈年龄时豪气大增颇不谦让，不由分说地执意贬低对方的年龄——你怎么会有五十岁？不会不会。你这么年轻有为，怎么能同我比老？笑话笑话，你是××年的吧？什么？是××年的？那还是比我少三岁嘛。我当然有五十四了，进五十三那也就算五十四嘛。女算实，男算虚，五十四一点都不假……他们在谈家乡时也有点横蛮，决不接受和顺从对方对自己家乡的称赞——我看还是你的老家好，冬天也不冷。樱花岩我去过的。普陀寺更是天下著名佛门道场，了不得，了不得。你们那里的干贝和对虾真是味道太鲜美了，现在还多吧？唉，我们这里的菜系是不行的，光有个名气。你出三百块钱一桌，厨师办不出来，没什么可吃。哼！……

他们顽强地唇枪舌剑，把对方的年龄贬得一塌糊涂又把对方的家乡吹捧得无比美妙，好像完成了这个程序，才能心安理得地欢乐大笑，才能心安理得地举起筷子指向最先端上桌的冷菜大拼盘。

请！

请请！

二

外地客人们深入Z市考察。其实，要是他们早一点来，这里的语管声势就更能给他们启发，更能让他们抚膝搓手心潮澎湃。

大约一个月前，语管局的建立使社会为之震动。街市上突然增添了新气象，出现了许多骇然横空而过的大幅标语，把两旁街楼挤压出来的窄窄天空，绑成一截截的似乎十分紧实绝难动弹。这些标语有黑体字、花体字、扁体字、草体字；有红的、绿的、黄的、蓝的、黑的；有纸标语、布标语、化纤标语、木制标语、霓虹灯标语——M局长向客人们就这样详细介绍，觉得自己忘了一两点什么，还要身旁秘书帮着提示——比方不要漏提了灯箱标语和电子牌标语。

这些标语上写着：全民动员，大打一场语言管理的突击仗！横下一条心，管住一张嘴，坚决消灭胡言乱语和粗言秽语！一人语言美，全家都光荣；一人嘴巴臭，全家都难受！国家兴亡，匹夫有责；社会安危，口舌有责！公民，神圣的责任在召唤，请您和我们一起为推进全市的语言水准而共同奋斗……这些高高在上的大字，给人一种振奋心绪的感觉。谁看了都深受感染，情不自禁地想挺胸缩腹，想抓住个什么人说几句美好语言似的。

许多退休工人被动员组织起来，戴上红袖章，举着三角小红旗，腰挂喇叭筒，在街上的人流中勾头勾脑地出没，溜溜转的眼睛无时不盯住来来往往的嘴巴。有时你与妻子在货柜前选购一件毛衣，或在影院广告下商议是否看场电影，你可能感到有什么不对劲。你下意识地回头，会发现在你的肩后照例晃动着三角小红旗——就像它执意要与你形影不离——大蒜味或烟垢味几乎暖暖地烫到你脸上，显示着有人对你嘴巴的关心。不过他们绝不会有什么失礼举动，只是把你的嘴巴盯一眼，便若无其事地走开。

小朋友们也被动员组织上了街，脸蛋被胭脂抹得鲜红。他们在街角空阔处东张西望，被奔来跑去的老师拖着呆呆地往这里一站或往那里一站，不时遵令脱下一件什么衣不时又遵令穿上一件什么衣，不时被老师远远的眼色训斥不时又被老师远远的眼色鼓动。待到哨子吹响，他们齐刷刷地露出笑脸，挥舞着鲜花欢呼雀跃，以示语言管理宣传正式开始。节目已经报过了，第一个是《老奶奶夸语管》。于是，四位小老太婆弯腰驼背，硬膝碎步，从场左鱼贯而出，随着音乐过门把额发一抹把双膝一拍，大做穿针引线动作，童身老态得到了巧妙的结合，然后两两相视并唱出旧调新词：

　　张大娘，我问你：
　　你可知道好消息？
　　全市动员抓语管，
　　利国利民利自己。
　　哎嘿哎嘿哟——
　　利国利民利自己。

　　……
这边的歌声掌声此起彼落，对面的街角又出现了一排桌子，男女干部正满面春风免费分发小册子《Z市语言管理暂行条例》，并附有标准语言磁带目录。很多市民，或是出于对语管的热心，或是误以为凡小册子都对儿女们面临着的升学考试大有助益，都争着把颈脖和手臂尽力伸长一寸或两寸。有一个人显然还有更大的误会，大喊着：我要两于，我要两斤！前面的不准插队！

一个打着三角小红旗的老头被挤得偏偏欲倒，但他仍没放弃维护秩序的职责：喂，那个剃光头的，听见没有？不准拿两份！听见没有？不准拿两份！哎哟我的帽子……那个剃光头的，剃光头的！

谁也没去体贴他的愤慨。尤其是有位扛着摄像机的青年，对小老头的脚一直挂住了电源线十分恼火——在这乱糟糟的地方来拍头条新闻，真是活见鬼呵。他恨助手们为什么还没把起落架送到。

尽管有些乱，但市民们毕竟发现，世界已经变了，变啦，变得令人鼓舞。

变化来得如此神速。如果你现在走上公共汽车，无论是否拥挤都很难听到骂声。售票员一律笑容可掬：公民您好。欢迎您来乘坐我们的汽车，我们向您学习向您致敬。让我们怀着共同的革命目标，以新时代的高速度在通向未来的光明大道上快乐奔驰。请问您到什么地方去？……然后挑起票夹准备撕票。你当然马上明白：这是《公交服务人员语言通则》已经实行了。

要是你走进商场，情况也不同以往。你很难再看到售货员凑在一堆嘻嘻哈哈，梳头发或是练习舞步或是看血淋淋的武侠传奇。柜台那边的俊男美女一律向你点头致意，笑驻唇角，眼波流盼，脉脉含情：公民您好。您一天工作辛苦了，为我市的建设和管理做出了宝贵贡献，我谨代表本店全体员工向您表示衷心的感谢。本店为您准备了各种价廉物美的商品，愿我们的商品能成为友情的媒介，连接千万颗火热的心。请问您要买什么？……然后一摆手请您光顾货架。不用说，这是《商贸服务人员语言通则》也开始实行了。

在这种情况下，你能不微笑吗？能不大讲美好语言吗？你还好意思愤世嫉俗指天骂地怒气冲冲？还好意思斤斤计较个人利益？还好意思在街上偷窥女人的胸部，或者抱怨你姨父的电报三天后才送达你的信箱？

如果你感到微笑过多，面部肌肉有些酸痛紧张，那也不打紧。商店里已有百花牌面肌松弛霜出售，可以帮助你去掉面部疲劳。而且市议会已经有议员提出了反对把礼节庸俗化，建议用点头来代替不必要的微笑，还有不必要的奉承和赞美。

吵架的事果然少了，斗殴乃至犯罪的发生率也大为降低。随着语言的美好化，出现了市场繁荣购销两旺家庭和睦夫妻恩爱学风端正铁路畅通举重再破纪录电冰箱质量大幅度提高废品回收工作迈出了新步伐……这都是语管局提供的材料，在报纸上得到陆续报道。我们必须知道，报纸这东西很重要。M局长和他的下属每天都看报，甚至大部分时间内在边喝茶水边看报。那些报纸从一版到八版或十二版，从外事要闻到体育消息到气象预报，可以说是他们生命的主体部分，使他们的一页页日历变成了生活，变成了履历表上丰富而光荣的记录。请想一想，他们为什么要吃早饭？为什么要吃中饭？为什么要吃晚饭？为什么星期一吃了星期二又要吃？为什么还要领薪水而且做五禽戏打太极拳？为什么要经常参加政治学习和道德座谈？不就是为了看报和继续看报吗？他们为看报看报看报付出了极大的牺牲，心当逸反而劳，体当劳反而逸，于是春去秋来地看出了神经官能症高血压坐骨神经痛慢性支气管炎痔疮乃至肝癌，这真是十分悲壮的历程。但他们都有乐观主义，每到年终清除废品，他们望着将要送去废品站的一车车尘封旧报，并没有一番割肠割肚的唏嘘伤感。

M局长缓缓搁下手中一张报纸，沉思了片刻说：我今天说两个意思……

他有这个习惯，无论是开大会开小会还是找下属个别谈谈话，也无论他的讲话将是一分钟或七八个小时，他总是举起两个指头申明，他只讲两个意思。

他说：我今天说两个意思。第一，轰轰烈烈不难，重要的是扎扎实实。工作不能浮在表面上，下一步要狠抓落实。

政工科科长说：对，打开局面只是第一步，更重要的是第二步，第三步，第四步，坚决把语管搞上去，就是要抓住不放一抓到底。

青教科科长说：抓而不紧等于不抓，紧而不抓等于不紧，抓紧就是既抓又紧，以紧促抓，抓中促紧。

宣传科科长提出了一个尖锐的新问题：是要抓紧，但不能老一套地去抓，要有新点子新路子，常抓常新。

M局长表示首肯和激赏：就是，形势变化很大呵。得注意新情况新问题新挑战。我这几天老在想，要真正把语管搞上去，恐怕首先要把干部素质搞上去，对不对？

政工科科长深受启发：局长这个观点很深刻很及时很有战略眼光，一说就说到了点子上，一抓就抓到了关键环节。

人事科科长老成地补充：没有好的素质怎么能抓好工作？要抓好工作怎么能没有好的素质？素质和工作的关系，是辩证的关系，就是说既对立又统一。这个指导思想我们一定要明确。

宣传科科长觉得还有必要进一步补充：明确就是不能含糊。而且不光领导明确，所有的干部都要明确。不是一时的明确，是永远的明确。

青教科科长从另一个角度展开了引申和强调：从另一方面来说，明确了指导思想就有了根本保障，不然全面落实就成了一句空话。你想落实，怎么落实？

他咄咄逼人的目光扫视其他科长，似乎他正在舌战群儒，盯着一个个顽固而可耻的敌手。

局长不动声色地暗暗审断各种观点，小心捕捉大家的思路，然后决定自己怎样来把握会议的方向。作为一个领导者，他知道很重要的一门艺术就是首先不要和盘托出自己的看法，而要引导大家开动脑筋，创造性地独立思考。既要抓工作，又要出人才，他觉得自己对这些年轻下属负有极大的引导责任。

他抹了抹嘴巴，字斟句酌地接下去说：这个问题，大家还可以议一议，想一想。议和想的目的，是要提高思想，统一思想，活跃思想，端正思想，这样才能扎扎实实地干。

政工科科长领悟能力颇强：扎实二字最重要。规划要扎实，办点要扎实，全面铺开也要扎实。

宣传科科长作深入阐述：扎实就是要说实话办实事，要踏实切实务实不搞花架子，特别要警惕形式主义和教条主义。

青教科科长又有了他的独特看法：依我看，扎实主要体现在基层工作上。基层就是基础基石基点，是我们一切工作的落脚点。我强烈要求把我们今年工作的重点转到基层去。抓出一个过硬的基层！

局长及时地表态：我赞成，把重点转到基层去。当然这只是我个人的意见。

政工科科长也不失时机地独特起来：我也赞成。我还建议，我们要领导下基层，思想下基层，政策下基层，物资和财力下基层，全力把基层工作抓好。

局长兴奋地插话：抓出一种实干的精神，抓出一种求实的态度，抓出一种实实在在的成果，我们就能把工作全面展开！

于是大家都纷纷摩拳擦掌，说全面展开全面展开全面展开。

这种气势无疑使人感动和振奋，大家喝水时更加大张旗鼓，喝得嗞嗞嗞地响。有人情之所动，忍不住脱下帽子挠头，或者脱下鞋子抠脚。有人则心态舒畅地吞云吐雾，抽得烟屁股瘪瘪尖尖的几乎不含烟丝，显出抽烟者的技法纯熟和心狠手辣。天气很热，空调机不知哪个螺丝松了，有块铁片子嘀嘀嗒嗒地响，制冷效果也不大好。

会议紧张地继续下去。因为要讨论的事情太多，与会者都抽不出时间回家吃晚饭和看电视。每人只能到机关餐厅买两块煎饼，加上一杯茶水，额上和颈根的青筋暴暴的，一口口艰难下咽。这当然令人怀念香酥鸡炒大虾焖团鱼以及烧豆腐。会开到晚上十二点还是没有完，整个大楼都隐入了黑暗，只有这间会议室灯火通明。

M局长见部下的眼睛均已熬得红红的干干的，哈欠打得要死要活，朱颜凋落面如土色，只好说暂时休会，星期天和星期一晚上接着开。干部嘛，就是这样，工作一压头就没有什么假日概念，谁叫我们是人民公仆呢？谁叫我们承担着这样神圣的责任呢？当官不为民做主，不如回家卖红薯。站在这个位置上，谁都别想再过舒坦日子。

与会者回家少不了又受一次亲属的埋怨和咒骂。M局长的那个小外孙，已经学会了揪外公的头发和给客人燃火点烟的，本来期待假日里随外公去公园坐碰碰船，现在居然又一次被外公出卖，自然恨得又哭又闹。他咬紧牙关，拿起塑料小宝剑在外公的后颈嚓——嚓——嚓，手起剑落，欲砍下那颗光秃秃的脑袋以报仇雪恨。

M局长咯咯咯地尖笑着，显出了为开会而视死如归的气魄。他虽然浓眉大眼，却如女人温和柔弱，真是好脾气。

三

社会上总有些刁顽之徒害群之马，阻碍着文明社会的进步，因此语管局陆续发布的各种语言《通则》，落实起来不能光靠宣传教育，还得有适当的强制性措施。

语言监察总署（简称语监署）便应运而生，获得执法授权。语监署配有语言警察×大队××中队共×××名官兵——这些机密数字是不可随便泄露。他们一律大盖帽，加上天蓝色呢制服及武装带，以区别于法警刑警税警交警商警卫警等其他警种的制服。语警的制服特别好看，穿上它去出席某些公众仪式，或者把小朋友们带到公园里讲点惊险故事，都有很好的视觉效果。有几家报刊曾争着拍摄女性语警的彩照作为刊物封面，献给妇女节以兼顾内容健康和形式美，从而使刊物销量大增，不在话下。

语警的装备也较优良。经过多种技术合作，电子定向声波遥测仪已经诞生。这种机器可遥测三百米以内任何方向的一切悄声碎语，包括官话闲话情话黑话笑话昏话私房话，哪怕你躲在被子里咕咕哝哝骂你老子死抓存折不放手，也能被它遥测出来。还有一种"禁语膏"，一贴上嘴就将双唇紧紧胶合，血肉相连一般，哪怕火烧刀割都难以去掉，非语监署的特制脱膏剂而莫能奏效。比这更厉害的是 HP—401 喷剂，用喷枪嗞的一下将其喷入你的喉管，你就一个月内声带发炎，没法发声，既不能骂人，不能求饶，不能奉承，不能哼哼哈哈谈天气，也不能给儿子作课外辅导讲解一百头山羊怎么四下分。这些装备的发明当然十分不易，耗费了某些科研人员的心血。那些研制人员想必都戴着近视眼镜穿着白大褂，夹着图纸走路时嘴里自言自语，不小心脑袋撞上了电线杆，回到斗室家中又是生火又是淘米又是为妻子夹菜，碰到很多异性追求者总是品格高尚，扶着她们的肩膀走上林阴小道说出些人生道理，到夜晚则冷水洗脸捶捶腰背再在灯下伏案大写论文——我们的小说家常常这样来描写歌颂他们，一些可歌可泣的爱国知识分子。

当然，根据《语言管理暂行条例》。语警不能随便使用警械警具，只有对那些屡教不改者才可以强制惩戒——禁语一日至三月不等。而且这种惩戒经有关部门慎重鉴定，于人体无害，合乎人道主义精神。

总有碰到麻烦的时候。这一日，从乡下来了一位老大爷。想到日子越过越红火，他今天特别高兴，决计进城买一个大蛋糕带回去给孩子他娘尝尝。他一路上把城里的新鲜事看得很高兴，双脚把广场重重地踏了又踏，说这么宽敞的水泥坪真好晒红薯丝呵。

他乐滋滋地摸烟荷包，发现衣袋已经空空洞洞了，急得脸面突然硬下来变黑——贼！有贼！

有些行人立即过来关切询问。还有人努力回忆，提供情况，说刚才老大爷在看科普宣传窗时，有个小胡子青年在他身边挤挤靠靠十分可疑。

有人劝老人赶快去报警。老人连连说是，可就是没动身。原地转了一个圈，跺着脚先来了一通好骂：好小子你瞎了眼呵，偷你大爷的钱，去给你爷娘买棺材呵！

凑巧，这些粗话正好被电子语测仪捕捉。旋即警车声呜呜呜响得十分尖锐，撕裂着城市的喧闹繁华。一辆摩托由远而近戛然煞住，上面跳下来一名大盖帽，抢步来到老大爷面前，先恭恭敬敬地抬手致礼：公民，刚才是您骂人吗？

老大爷一见大盖帽，就如见到了亲人和救星，拖住对方的衣袖指指点点：贼！

语警宽容地笑笑，说：对不起，刚才您已经违反了语管条例，尽管您是高龄老人，但我还是得遗憾地代表语管局通知您，下次不可再犯。

老人弄不明白了：犯什么？不是我犯，是我被人家犯了。我那一百四十二元钱全被人家犯去啦！

语警碰上这倔老头，只得耐心解释：谢谢您对治安的关心，但我们是语言警察，不管盗窃问题，只打击胡乱粗秽。至于……

老人气得胡子翘了起来：新鲜！我走南闯北，也没见过这号怪事。你当我是乡下佬？以为我好哄？呸，你这光吃饱饭的混蛋，这事你到底管不管？

语警脸红了：您又在骂人。我得再次正告你，语言是个重要的问题，为了您的身心健康及社会公共利益，您必须遵守暂行规定……

老人震怒了：不管就莫挡路！

老人甩手就要走，但肩膀被语警有力的大手抓住。对方告诉他，因为骂人，他在离开之前还必须在这里学一遍《规定》。

老人觉得这事实在好笑，拍拍胸口说：骂人？呸，老子还想打呢。老子这么大的年纪了，革命几十年，开会领奖也不是一两回。平时在村里，对不装像的后生，莫说是骂，一个耳光刷过去，你不服也得服。哼！

语警见老人实在无法说服，万般无奈，痛心疾首，只得根据条例极其礼貌地举起 HP—401 喷枪，吩咐他张开嘴巴。老人吓了一跳，不知这是什么玩意，心想莫非眼下的人心如此歹毒，动不动就要开枪杀人？他机警地猛吸一口气，站稳脚跟大喝一声，一杆粗粗的竹烟管打下去，先下手为强。

青年语警猝不及防，眼睛忽然翻白，摇摇晃晃终于倒了下去，久久不省人事。

结果可想而知。其他语警赶到现场时，老人早已不知去向。语监总署接到报告，立刻下令封锁整个街区，全力搜捕袭警凶犯。车辆都被迫停开，行人在语警的指挥下排成长队，一一到临时检查站出示证件，对着一种音频检测仪的话筒说几句话，骂一句"偷你大爷的钱，去给你爷娘买棺材啊"——只有当仪器鉴别出这声音与犯罪嫌疑人的声音不同，被检查者方可获准离开这个街区。

检测速度当然不是很快，碰上有些喝多了酒的抽多了烟的刚睡醒的，碰上一些紧张得有些口吃的，要测出他们真实的声音实在不易。为了防止有人做假，不容易也得干，检测人员越是困难越向前。

交警出现了，指挥棒在检测站的桌子上咚咚敲着：乱弹琴，快点快点，你没看见街上都堵成什么样了！

语警方面回答：对不起，请你注意《警务人员用语通则》，相信你不至于知法犯法执法犯法。

交警方面更为恼怒：屁话！你们没事找事，阻塞交通扰乱秩序，小心我们把你们扣起来！

他们争吵起来。双方都有大盖帽，都气势雄壮。一方扬起红白两色的指挥棒，一方则端起乳白色的HP—401喷枪，互不示弱相持不下，尖利逼人的目光一束束在撞击在格杀在扭打。刹那间围观者一层加一层，熙熙攘攘如潮如海。市民觉得好久未听见吵架了，今天听起来特别新鲜。忽而盯着这一张嘴，忽而盯着那一张嘴，大家都等待着新的辱骂脱口而出。有些人听得兴奋无比，似乎比对骂者还要激愤，总是咬紧牙关，不时跃跃欲试卷着袖子吞下一口恶气。整个大街被阻塞得更加厉害。汽车一辆辆拼接成长蛇阵，很不耐烦地此起彼伏响着喇叭。最忙的还是那些小贩，立刻见机行事摆摊设点，出售油煎包子茶盐鸡蛋经济快餐葵花子以及冰棒。有的更有远见，在这里挂起招牌，出租照相机小孩玩具雨鞋雨伞或者代办住宿登记。有的则借机在此开办收费短训班，教授外语裁缝美术或文学创作，据说文学短训班学员的作品还可优先在某内部刊物发表。他们争夺黄金地盘，大喊大叫，又各自派出年轻女郎，满面春风主动出击，大力推销揽客。

一个杂技班子也在这里拉开了场子。人头圈中一个中年汉子赤裸上身，一拳一拳把自己的胸脯打得咚咚响，那胸脯泛起红潮令人又担心又惊叹。汉子绕场走了一周之后，又开始拿起一把钢刀往自己肚子上砍——银光一闪，圆鼓鼓的肚子竟然分毫未损豪壮如初。好些人凑过头去把那肚子看了又看。

日头由东到西。很多人揩擦盐汗，坐立不安，虽然消受了油煎包子茶盐鸡蛋经济快餐葵花子以及冰棒，但发现前面的堵塞仍无松动，便心急如焚忍不住要骂人。他们骂语管局他妈妈的他奶奶的，骂交通堵得大家都尿急和便秘，骂油煎包子一咬开肉馅全是面粉疙瘩纯粹骗钱。他们许久没骂人了，这一骂起来开始还有点拗口，不过很快就感觉自然了，越骂越痛快，越骂越顺口，甚至说话不带点咸味的前缀和后缀，就实在味同嚼蜡。后来听说，他们这一片骂声太猛烈太恶俗太密集，使电子语测仪都紧张运转，最后叭的一声全部失灵。

不知什么时候，天空中出现了哒哒哒的直升机，有些人以为那又是在拍电视新闻，并不在意。一会儿，远处又出现了喧哗声浪，很多人惊慌地从那边奔逃过来，但还是没有引起足够的注意。直到有些人突然觉得自己的嘴巴被紧紧捂住，两臂也被什么人死死扭住，这才感到有点不对头。他们尽力扭动脑袋，终于发现身后语警如林，视野里竟是一片天蓝色制服——完了，大扫荡开始了！

他们都被贴上了禁语膏。

尚未受罚的违规者赶紧逃跑，但四下看看，哪里逃得出去？天蓝色制服无处不在，不知是从哪里突然冒出来的，已经把住所有的要道和制高点。制服所到之处，有的举手投降，有的抱头面壁，有的躺在地上装死，有的嘴顶黑膏，眼睛瞪大两臂乱晃，又蹦又跳却不再发出声音。

人们这才记起天网恢恢这句成语。

这当中，有几个青年耍小聪明，想躲进商场大楼，寻找后门或厕所什么的。但他们很快发现，每栋大楼的门口都立着一个手持三角小红旗的老人。那三角小红旗似乎有一种神奇的威力，使青壮汉子们也目之胆寒，不战自溃地又轰的一声退了回来，成了一群无头的蚂蚁到处乱窜。

"不自由，毋宁死！"

"不在沉默中暴发，就在沉默中灭亡！"

"公民们，同胞们，后退就是灭路一条，我们去同他们拼了！"

有人在发出这样的大喊。显而易见，个别野心家和阴谋家正在利用这种形势，有组织有预谋有纲领地煽动民乱。一些不明真相的群众果然上当受骗，自觉或不自觉地参与了涉语犯罪。他们不仅猖狂地大声骂娘，直接挑衅神圣的语管法规，而且开始砸橱窗玻璃，抢夺商店货品，点火焚烧摩托和汽车。有些人虽然嘴顶膏药，但还能用双手回击，开始向大盖帽猛掷油煎包子和汽水瓶。只是有个包子没打中语警，却打中了一位小贩。小贩东张西望不知是谁打的，骂几句完事，继续数他的钞票。

形势到了这一步，直升机一遍遍广播紧急指令，其他警种陆续赶到现场，支援语警们的防暴平乱。一个个钢化玻璃盾牌迅即分发并投入使用，列成长排如铜墙铁壁，缓缓地向前推进。阳光下，偶有盾牌灼灼一闪，白光十分刺眼。盾牌后的各色警种都缩头弓腰，第二排贴紧第一排的，而第三排贴紧第二排的……紧紧实实的制服方阵，踏过废纸屑汽水瓶和葵花子壳，正步步逼近暴徒势不可挡。而远处，高压水龙头也被迫投入了战斗。帘状的水雾悠悠摇摆，如银白色的舌头时长时短，追舔着溃逃的胡言乱语粗言秽语者。叭的一声，是第一颗催泪瓦斯弹射出了，呛人的烟雾立刻在大街上弥漫。

人们纷纷躲开烟雾。突然变得空阔的一段大街上，只有一个胖男孩摇摇摆摆冲着天空哇哇哭喊：爸爸，我要红气球，我要红气球——

头顶上，一只红气球扶摇直上，在蓝天中飘得孤零零。

直升机突然又从一栋大楼后冒出，机上开始广播紧急通告：没有违禁的市民，请你们双手抱头，站到大街南边去。你们不要乱跑，不要拥挤，不要听信谣言。语警人员不会伤害你们不会伤害你们不会伤害你们……

混乱一直持续到第二天。

四

一举贴出了四千多块禁语膏，狠狠打击了语言歪风。但 M 局长对这个数字有些顾虑：是不是打击面过宽了一点？市长的脸色已经很不好看，加上交警刑警卫警商警等方面都喷有烦言，指责语警粗暴执法，激起民乱，得不偿失，已经使 M 局长倍感压力。

据说有的青年教师被贴了一膏，便无法开课。有的售货员被贴了一膏，便无法营业。火葬场也有职工受到禁语惩戒，殡葬业务受到影响。死尸在停尸间列成长队，又曲曲折折延伸到门外，家属哭得哀思高潮已过，于是谈起了天气和工作顶替和住房对换。追悼会的来宾们也乘机结识新朋友，连连握手连连惊喜，把一场悲剧变成了庸俗闹剧。

还有些则纯属冤假错案，是一些语警工作粗疏或贪赃枉法假公济私而造成的。较典型的有两例，现简要摘录如下：

一是某电工正处于热恋时期，因此他天天高唱流行歌曲并爱好文学。他有一情敌，就是语警 ×× 中队的某某。那某某博得女方父母的欢心，还经常以权谋私，用电子语测仪来遥测电工与女友的情话，及时向女方父母作出汇报。姑娘常遭父母责备，心情郁闷，终于大病卧床。电工含着眼泪自制了汽油燃烧瓶，上书要求惩办奸细凶手，发誓为保卫爱情要把官司一直打到最高法院。

还有一位是某商店的店主，自称父亲也是业余语监员，也戴过红袖章打过三角小红旗，而且他家里多年来语风纯正，哪怕听粗话也面红耳赤，这有左邻右舍可以作证。可是他开业以来总是被某某语警找麻烦。语警虽没有商警或税警手里的封条，可喷枪一举同样令人恐惧惶惶。那语警进门来，不是带了烟没带打火机，就是带了打火机忘了带烟，还摸着高档摩托微笑，说他非常想买可惜钱没凑够。店主听出了话外音，只能暗暗叫苦，因为他小本经营，送个香烟打火机倒不打紧，要把高档摩托来个大折价却实在有点心痛。于是有一日语警沉下脸来了，说店主多次对顾客恶声恶气，粗语连篇，是可闻孰不可闻，今天非公事公办不可……到现在，那店主口贴膏药已逾两月，生意大受损失，实在是冤情似海。

这一类投诉信充塞了语管局的收发室。邮递员每天扛来两大包，渐渐累得有点不高兴，最后要语管局自己派小车每天去邮局领取。他说不来，果然就没有再来。

人们觉得邮递员不送邮件，有点奇怪。不知有人去邮局反映了情况没有，也不知反映之后的结果如何，反正过了一段时间，收发室的人还是只得自己去邮局取。又过了一段时间，人们对这种状况完全习惯了，见收发室里没有人，就会说：哦，到邮局去了。

一堆堆投诉信取回来，在收发室里积成了山。局长看到这种情况，决定成立来信处理科和错案甄别科。甄别科就设在办公楼的第五层。办公室不够用，于是走廊里都塞满了文件柜。还有的柜子放不下，只好塞进男厕所占上一角。女同志去取文件，自然得预先连连咳嗽并羞答答地低着脑袋。据说，随着语管工作量进一步加大，科室还要增加，干部还要扩编，办公室将更加拥挤，女厕所里也得放柜子。女同志都为将来何处藏身的问题深深担忧。

每天上班铃响，大部分人都准时或提前到达，因为他们全都知道，给领导的印象全靠上班前后十分钟。这时候一定要露面，露面又不要干私事，一定要勤勤恳恳地扫地或打开水，见到领导时最好还有点腼腆木讷，好像做这些好事实在太平常，不值得被领导拍肩膀。领导对下级一般都很温和，温和得更像一个领导，比方说也来帮着扫地，还问问青年男女是否有了对象。

M局长体质弱又经常牙痛，不常来扫地，但他经常为此下罪己诏：我这个人没得用，快完蛋了，来了也只能帮倒忙，还是享享你们的福算了。

这种罪己诏既能轻松气氛，又让人感动。

说这话的时候，他还常常从口袋里摸出几颗糖果，犒劳正在扫地的人。

待领导离开，大家才开始办公。办公一般来说都很紧张，有的翻报纸，有的拆私信，有的算餐票和钞票，有的去理发室或小卖部，有的谈起幼托问题或者说昨夜的电视连续剧实在没意思。这时候，可能有一位负责业务学习的科长来通知大家，说根据局里的安排，其他部门已学习了好几天，而我们还缺课不少，过几天就要进行业务知识考试，谁也逃不掉。你们看着办吧。于是大家就纷纷找出学习资料进行研读，互相打听某《通则》第四十三条是什么以及"语言是人生斗争工具"这句话该如何解释。

处理各种公务是十分慎重的。比方说要起草一个复文，向某位议员解释为什么语警不能兼管交通事务。秘书已经拟了一个草稿。副科长看了颇为不满，认为一定要加上三个副词，改变两个标点。科长拿不准，将草稿交全科集体讨论。大家没解决副词和标点的问题，倒对"坚决不行"与"绝对不行"哪个词组更合适，展开了更激烈的争执，闹得脸红脖子粗险些动了意气。好容易，大家求同存异勉强通过了第四修订稿，由科长交给了某副局长。但某副局长又认为该稿理论深度不够，写下长段批语，将其退回秘书科再修改。到最后，M局长认为第六稿太啰唆，大加删减，尽力压缩，几乎恢复了第一稿，还谦虚地将其批下来，请有关科室的同志们传阅，再提出建设性意见，并附信嘱大家读几篇好散文努力实现文字的精炼。秘书科如果不是被其他事搅局，几乎无法结束这个修改过程。

修订稿作废的太多，废纸篓很快就满了，只能把成堆成堆的废纸拿出去烧掉。有人不小心，没把纸烧透就放水冲洗，结果纸团塞住了厕所的下水道，造成水漫走廊。黑水流出了一个旋涡，还漂送着纸灰屑。为这事，这一群文弱书生又忙了很久。有人说要用火钳，有人说要找竹条，有人则说应该挖开地砖，换上新管子。大家又翻书又画图弄出很多方案，最后还是派人去请水管工。但水管工爱理不理，消息传来又激起大家的愤恨。

转眼间已是中午了，水管还没通，但有人传来消息说下午要分发补助性食品，有牛肉有鸡肉有鱼有糖还有水果，价格都很优惠，谁要谁就来登记。大家都兴奋，有人借食品袋或是借锅子借汤盆——有的则从文件柜里取出大竹篮显得早有准备。大家说说笑笑夸机关温暖如春，当然少不了还要细细打听食物的价钱和质量。听说行政科准备在牛肉里面掺冬笋，大家又把行政科科长的秃头攻击了一番。

电话铃声不断。有的电话是来谈公务，但更多的电话是来找干事 N。N 年轻美貌，常在各种会议上抛头露面，当记录员或者联络员，所以人称"会议西施"。她认识众多首长、模范市民、文艺界名人及外国专家，又能拿到各种来路神秘的戏票和舞票，衣袋里一掏就是红红绿绿。据说还有一位著名剧作家总是邀她跳舞，向她赠送自己的著作，并想介绍她加入美学学会。她似乎衣袋里全装着天真，一掏出来就可以用，对谁都能提几个带孩子气的问题。比方说，七乘以八等于五十六吗？你怎么这样会算呵？新疆在中国的西北部呵？我还以为它在南边呢。你怎么不玩布娃娃呢？我就是喜欢玩布娃娃。诸如此类。但她有时候可以老练地同司机说说耗油量和电路板，让人吓一大跳。首长们都把她当布娃娃，一个懂得耗油量和电路板的布娃娃，喜欢摸摸她的头，开一开玩笑，有时谈人事安排机密大事也不避忌她那戴着耳环的小耳朵。正因为这一点，希望晋升的人对她都客气三分，一听说她想考大学，不少人就忙着向她提供资料并主动分担她的工作，顺便问她买不买皮鞋。

找她的电话大多来自男性，所以她抓起话筒后脸上常有淡淡的羞涩。通话可能有五分钟，十分钟，或者二十三分钟，可能有关外婆，也可能有关电影和旅游。最后她可能显得有点不高兴，眼睛瞟着电话机旁的同事对话筒大声说：……你不要讲了，不要讲了嘛！

在她说不要讲了不要讲了但继续讲着的时候，办公楼外面开始聚集一些人。其中有些人是能说话的，有些人嘴顶膏药只能打手势，还有些人被喷过药水，因此只能张开口嗷嗷叫却吐不出一个字。这些闹事者希望引起楼里人的注意，便拍掌跺脚，吐痰撒尿，甚至敲锣打鼓。有些小孩以为这里是街头演出，疯劲十足地来此围观，在大人们的腋下或胯下钻进钻出，即使没看出什么眉目也心满意足。有个疯子也来凑热闹。他穿戴整齐，脚踏时式皮鞋，只是面抹胭脂口红有些怪异。他朝办公楼大门里喷着唾沫星子大喊：出来，出来！是好汉就出来！

旁人注意于他。他注意到这种注意，回头极亲切地一笑，摊开双手说：这地方，我来得多哩。那一次我娘以为我煮面条，其实呢，我是煮的红参，嘿嘿！

他又朝大门里瞪了一眼，对听众继续说红参：后来我把我娘接上汽车，一车开到宾馆。我娘不知是到了哪里。我说，你只管走，我带你去的是好地方。他很神秘地压低声音，再次笑了笑：你猜我给娘煮的是什么？嘿嘿，红参。骗你不算人，真是红参。

......

他那呆呆直直的目光，吓得人们不由自主往后退。连一位文学新秀，本想到这里来搜集点素材写点心理变态小说，好让那些新派编辑刮目相看，但听着听着也摸不着头脑，觉得没什么意思了。但越来越多的人向这里拥挤，使文学新秀怎么也挤不出去，踩了好几个人的脚，挤出了一身老汗，还是被疯子搂在怀里。

嘈杂声浪使大楼里的人探头探脑，窗子一扇扇打开，然后又一扇扇关上。工间操铃声响过以后，竟没有一个人出来。

其实，语管局的干部们不必太害怕闹事。因为闹事者一开始就面临着内部分裂。几个为头的家伙虽然无法张嘴说话，但还可以打手势或者写纸条，进行一轮轮激烈的谈判。这个要当总代表，那个要当总指挥。这个说对方右倾投降，那个说对方左倾冒险。这个建议总部要设八个部门，那个要求总部设十二个部门。这个说自己太忙，一定要带个女秘书，那个说自己太累，一定要享受伙食补贴和交通补贴……加上一个疯子老是拿面条与红参来搅局，再加上受害者们口舌都太不方便，整整一天折腾下来，连个领导机构也没产生，对具体请愿要求更未形成共识。

甚至连民意领袖排名顺序也一直没搞定。为了争取把自己的名字排在对方之前，两个汉子已互殴得衣冠不整，脸上见血。

语管局倒是注重民意上达。来信处理科和错案甄别科的两科长前来会见闹事者。但他们有点无事可做，只是听闹事者自己争来吵去，看互殴者时斗时休，又文又武，完全插不上嘴。他们坐在椅子上，打了个长长的哈欠，差一点睡着了。

五

M局长早上一醒来，就觉得牙齿特别的痛。他翻报纸时发现所有的舆论一夜之间都与他的牙齿较劲，对语管局的务实亲民措施只字不提，对工作中一些鸡毛蒜皮的瑕疵倒是添油加醋。《新潮报》石破天惊发表社论，攻击语管局的办事效率低下和职业道德败坏，进而追究领导责任。《晨报》则刊载市民来信，"强烈要求区分粗言秽语与方言土语的政策界限"。《健康周报》发表记者述评：《口吃者无罪》。《妇女论坛》则公布了十四名少女的座谈纪要，强烈要求有关当局废止利少弊多的"洁语化"运动，保护正当的情场私密性谈话。抨击最激烈的是电视三台，那位女主持人居然显出了少有的严峻，在汽车轮胎和保胎丸的大广告之后，居然采用了设问句式——照这样下去，人们不禁要问，语管局是否还有存在的必要？宪法保障的言论自由是否化为乌有？

刚上班，M局长还接到了一些大学生打来的电话，声称他们的话剧演出受到语警的无理干涉，原因仅仅是台词中有所谓不规范的语言，有反派角色的一两句粗痞话。他们强烈要求语管局尊重艺术规律，对此事严肃处理，否则闹起了学潮勿谓言之不预也！

M局长冒着冷汗，怀疑以前是否给这些新闻单位送的电影票太少，送宴会请帖太少，眼下竟遭到他们的恶意报复。当然，他更怀疑是内部出了家贼——有人想把自己搞臭于是给人家提供炮弹并煽动青年。他知道，有几位副局长早就怀着让局长提前退休的理想，还有秘书科的T秘书常有奇谈怪论，常以社会良心自居，一直与领导过不去。局长是有丰富社会阅历的人，岂无识妖之法眼？他深知像T这样的人在每个社会都为数不少。他们大多能要要笔杆写点臭文章，但赚了稿费以后还是喜欢长发破衫，拍胸脯自诩贫民。开会时他们睡觉，不开会时他们多嘴，有时崇拜哲学痛骂武侠小说，有时吹捧武侠小说鄙弃哲学，反正怎么说都是夸夸其谈。他们以攻击政府阴暗面为乐又常常随地吐痰，喜欢在海边和历史名人墓前捏着下巴留影，好像自己壮志未酬宏图未展。这样的人语言粗俗，当然最恨语管机关。问题是，关键的问题是：这样的沽名卖直之徒骗骗天真女孩还可以，怎么也骗过了新闻媒体？还进一步骗过了上级首长和广大民众？

M立即梳头洗脸，整装去拜见市长。他办事谨慎周密，总是比约定时间提早半小时到达，而且不坐小车，怕的是车子在路上抛锚。

从市府回来，他立即检查工作，发现办公楼里确实有两处下水管道不通，而且走道里到处是烟头。他暗想市长虽有点偏听偏信，大体上还是英明的。

他带着一身疲乏立即召集大会，并破例向秘书要了一根香烟，不时放在鼻子前嗅一嗅。他站起来伸出两个指头说：今天，我讲两个意思……

他提出局里的思想和作风必须彻底整顿，强调大家必须科学语管，公正语管，文明语管，协作语管。为了肃清语管队伍内部的害群之马，他宣布立即建立整顿办公室……太不像话了，太不像话了！我这个人缺点很多，最大的缺点就是对有些人太软弱，太忍让，简直是姑息养奸啦。同志们！但这次我下了最大的决心，市长也下了最大的决心——他把市长的话扩大三倍音量说出来，震得窗子哆哆嗦嗦，所有听众的汗珠都一齐停止流动——这一次，我们要横下一条心，挥泪斩马谡！

于是副局长发言也说：挥泪斩马谡！

秘书长发言也说：挥泪斩马谡！

科长们发言也说：挥泪斩马谡！

层层表态，大家都很激昂。机关全面整顿就在一片杀声中开始，有点令人心惊肉跳。有人幸灾乐祸地把行政科长的头看了又看，好像他那颗秃头已十分危险。

根据局长的提议，语管工作还得加强科学性。大楼门前便多了两块招牌——"语言管理学会"和《语言管理》学术丛刊编辑部"。应该说，机关的学术气氛很快就浓郁起来了，连局长和副局长的办公桌上也出现了英文书或者日文书，大家一谈到"语言"，还经常使用国际上更通行的 language 一类。学会的首届年会也开得十分隆重。年会会址选在海滨宾馆，依山傍水，风光宜人，客人们推窗可远望蓝色大海里点点白帆，听到海鸥声哇哇哇连绵不断。

发出了很多请柬，大多数受邀者没有来，当然是对语管意义认识不足或是故意摆摆臭架子。几天来，小轿车还是接来了一位位德高望重的老学者，A 老 B 老 C 老 D 老等等扶着拐杖，互相寒暄互相点头。急救室、小便盆、氧气袋、轮椅以及特大号字体的文件资料都已经为他们准备妥当。他们看到这些很高兴，便去洗澡。洗前取下助听器、眼镜、假牙、假发之类，好像整个身体都可以一个个部件地拆卸，连咳嗽声也可拆卸分解，断断续续的有很多障碍和梗塞，不具流畅连贯的美感。他们在餐桌前谈兴很浓，谈了好些死人的事，比方说：你最近看见过某某吗？他死了？可惜呀。某某也死了，你不知道吗？可惜呀。听说某某某患了冠心病，恐怕日子也不会多了。可惜呀。某某暂时还不会死，那就好，那就好，要不然就可惜呀。如此等等。

中学者少学者乘大旅行车也陆续到达。他们器宇轩昂，有的头发和皮鞋都油光发亮，有的全身香味扑鼻，有的刚理过发，头发边沿还透出一圈青色光辉。他们见面时互相捶一捶胸脯，或者拍一拍肩膀，骂一声"你这个家伙"，深厚情谊不言自明。其中有一些很注意敬老，没忘记去拜见"老师"和"师母"，对新认识的老人便谦恭施礼，说"我中学时就读过您的大作"或者说"我是读着您的书长大的"。但他们一转背，就专找同辈人嘀嘀咕咕，互相串门，相邀密谈。据说他们先打听伙食标准，打听会议是否安排了舞会和内部电影，然后提醒某些没有经验的朋友千万别把论文提交出去，顶多只能交个提纲。因为有些"老家伙"江郎才尽现在最喜欢剽窃别人家的观点和材料，虽为君子但不得不防。转而他们又对未来的理事会选举非常关切，纷纷挥着拳头表示，学会老化的问题再也不能继续下去，这次非把"老家伙"都选下去不可，"代沟"是客观存在我们也毫无办法……他们大概串门太多，又经常讨论要事，所以总是丢包——不知自己的提包忘在哪间房里。于是他们饭前饭后总是忙着招手，找自己的朋友：喂喂，我的包在你房里没有？嘿，真是活见鬼啦！

为了体现各方面的代表性，学会还邀请了一些来自基层的业余语监员。这些老头、大婶、大嫂一般文化水平都不太高，一到这儿，犹豫了许久不知是否该把红袖章戴上。很多人抽着廉价纸烟，对文化人们去小卖部买磁带买书刊都十分不解，只是小声打听窗式空调机和浴室里的蛇形龙头该如何使用。他们晚上上床早，早上也起床早，除了经常吆喝"吃饭去吃饭去"以外，便闲得无聊却又不动声色，顶多研究一下宾馆的花草或者窗上的螺丝帽，显得自己也有研究兴趣。他们中的个别人较有见识，常对高层文化人们横一眼：你怕那些眼镜鬼蛮有狠？天下文章一大抄。知道么？抄！

大会总算开始。小 N 当然最忙，一条红裙子闪进闪出，与老学者中学者少学者都能谈笑几句，还得注意热水瓶和茶叶，注意给录音机换换磁带。她与他人谈话时忽而扭起眉头，忽而哈哈大笑，有时被人神秘地叫到门外，听取有关多弄一张电影票的请求。她对来弄票的男人都很热心，表示她尽力想办法，实在不行的话她就自己放弃。

M 局长的开幕词已经致过了，开始坐下来听学者们的发言。为了表示谦恭，他的臀部落下去时与座面接触得很轻很轻，也很稳很稳。他手捏水笔，越记越感到难记，越记越感到科学确实可敬，庆幸自己刚才以"南郭先生滥竽充数"自轻自贱。

学者们大多谈得深奥，学术价值显然极高。有的把外国人的名字念得抑扬顿挫很像外文，如"康斯坦丁"的"康"字必定音位极高，而"坦"字必然拖出长音，先向上扬去，再下滑猛收。有时又冒出一句叽叽咕咕的洋文且不作译解，似乎是无意间随口溜出，外语已被下意识运用。有时还打住话头蹙眉疾首，脑子里苦苦搜寻某个概念的表述方法，最后才来抱怨本国文字中的这个概念实在不够精当。

有的虽不太讲外文，但也不是等闲之辈。旁征博引，学通古今，几乎句句话都能注出出处。哪怕引一句"语言是很重要的"这句话，也注明是引自某某出版社某某年版本某卷某页，其治学严谨的风范和皓首穷经的功力，令M局长不敢吱声。

这些人在演讲中常常背诵三两句古诗，使讲话的人文内涵更加丰厚，肃穆基调上又添活泼韵味，而且古诗总是信手拈来，背得十分流畅，背诵者决不看稿纸，好像学富五车已对稿子不屑一顾。

坐在局长身旁的一位卷发青年学者，冷冷地发出一声哼，让局长好生奇怪。莫非后生可畏，这位学界新秀还有更加高深的奇招异法？

局长又觉得冷汗在背上沁出。

果然，轮到卷发新秀登台了。他一登台就甩动长发，燃火大口抽烟，显得有点儿不规不矩来者不善。他摘掉茶色蛤蟆镜，手撑讲桌，目光平伸，盯着会堂上空滑来滑去的两只燕子，好半天不吭声，像在深沉注视人类的下一个世纪。待人群中有了叽叽咕咕的碎语，他才开口谈起了燕子——从燕子向往自由天地，谈到学术自由的必要，符合先言他物再及本意的比兴手法，果然是潇洒随意别具一格。人们这时候才注意到他根本没带稿纸。这一发现使下面某些中老年学者面色不悦。但新秀对此胸有成竹并不在乎。他谈了古埃及文化拿破仑帝国本市的城市雕塑及刚才会前广播里的一支交响曲，然后说刚才A老提到的D老的一个观点其实C老在致G老的一封信中已有所触及，而自己已在与F、J的私下交谈中对那个观点曾表示赞许。一句话顺溜溜地左捎右带，把七八个人的心里都说得舒舒服服——有人气色缓和地开始挖耳。

但他决不庸俗吹捧，表示青年人要勇敢探索和挑战，有时在前辈面前斗胆直言乃至胡说八道也纯属正常。吾爱吾师，吾更爱真理。不是吗？于是他又点燃一支烟，谈起语言的准确性明晰性生动性俭省性，谈起时代感民族感历史感真实感文化感流动感升华感空间感辐射感宏观感先锋感，谈起大和弦对位原理与语言内应力的非线性函数关系，谈起语言密度的情绪效应和吸收方言过程中的熵增加绝对趋向，谈起广义相对论和原始图腾在哲学上的意义对于信息工程的定量分析和蝶形数学模型来说确实是十分紧迫的课题，学界对这方面的探索应给予充分的注意而不要打一些无谓的口舌官司。当然，他最后的话头又落在燕子身上。

燕子——他扬起手在空中狠狠地一挥。不过这只刚才只是向往自由的燕子，现在从他口里飞出已成为一只"带着时空永恒之谜的语言之燕。"

他稳稳地收回目光，沉吟着将烟头在烟灰缸里细细地揉灭，如同钢琴家曲终之后仍沉迷于音乐圣境，许久许久还难以返归现实。听众也都觉得大厅中余音绕梁，好半天才知演讲已经结束，于是掌声四起。尤其是 N 小姐眼中透出崇拜，不时地用喷香小手帕揿一下自己翘翘的鼻子。

掌声还算热烈，但 M 局长注意到台下不少人在交头接耳，脸上有不以为然又宽容大度的神情：年轻人嘛，这个……嘿嘿……

M 局长悟出自己刚才不必那样目瞪口呆。

会议就这样一天天开下去。你说一通，我说一通，他又说一通，这就是地地道道的开会毫无疑义。每天开会上午三个小时下午两个半小时，安排得并不紧张。会议期间还插了些学习性节目，比如观神庙观夜市观山山水水什么的。大家观赏一棵千年古榕树。老学者说"不错"中学者说"不错"少学者也是说"不错"。于是开始拍照，先集体后个人再邀同乡或同学巧立名目。有人记起一位老诗人，忙去把他拖扯过来压在榕树下就座，等摄影师咔嚓再来一张。

老诗人被 M 局长鼓励，无可奈何，只是抹抹嘴巴即兴赋诗一首：

> 平生有幸逢盛会，
> 语言学家来开会。
> 二百三十八男女，
> 都到海滨来开会。

写毕，老朋友都说好诗好诗，上前握手祝贺。M 局长也极懂诗，抢上前去抓住那只瘦手努力一握，久久不放。

会议的伙食当然也基本上保证了科研的需要。虽说按市府规定只能四菜一汤，但往往是一碟三样一菜变三菜，还是丰富多彩。精米精面不易消化，一身营养陡增的皮肉有微微发热的感觉，似乎难以包容体内正在积累和膨胀的惬意舒适。为了防止胃口减弱和增肥，大家都增加了饭后的散步运动。另一措施经有长期会议经验的人介绍，就是大量喝茶。因此每逢会议间休息，突起的喧哗声中大家挤出门，脚跟脚排队进入厕所，一片嚓嚓声尿池里的槽道阻塞黄潮猛涨怎么也流不赢，而且人人动作敏捷匆匆扣好裤子又去开会。

M局长也喝茶太多，常常感到内急，但这一天遇到小小的不幸。他去了两个公共厕所，发现那里都太拥挤，便去小卖部旁边的另一单座厕所。不料刚到门前，巧遇莅临大会指导的那位老诗人兼老学者。

M局长愣了一下，赶忙退让到一边去，说你先请你先请。

对方也满面春风，说你先请你先请。

局长说：你不要客气，彼此彼此。

对方说：彼此彼此，你不要客气。

局长说：谁先进都一样，都一样。

对方说：谁先进都一样，都一样。

两人相持了约十来分钟。最后当然还是老诗人客气不如从命，接受了局长对科学的敬意。但他不愧为语言专家，进门时还开了一句玩笑，说伯也执殳为王前驱，哈哈哈哈。

局长在门外等了良久，见门一直没有松动，只听见门内偶有断断续续的哼哼声，只好回头去找大厕所。不料他刚返回大厅，就被很多面孔团团围住。

首先发话的是一张黄脸，戴着鸭舌帽，嘴角咬得铁紧铁紧起个肉疙瘩。他不记得已给过了M局长一张名片，现在又递过来一张，然后冷冷地质问：请问局长，这到底是学术团体还是行政机关？为什么把那么多科长也塞进理事会？

M说：这个这个……

对方又说：我参加了二三十个学会，决不会在乎在这里当一个什么理事。问题是我从来没有看见过这样可悲的官学不分……

他还没说完，就被一只手扒开去了。一位大白脸取而代之地凑过来，首先冲着局长不由分说地一笑，然后指着手中一页理事会名单问：请问M局长，这是个全市性的学会，到底算什么级别？

局长斩钉截铁：局级，当然是相当局级！

对方显得有了信心：那么作为领导机构的理事会，其成员是否都相当于局级干部？至少也是副局级吧？

M觉得不太好回答了：唔唔，个人级别嘛，当然……这件事我们……还得与上级人事部门协商……

对方恳求：如果有了最后的结果，希望你们一定要下个文件，明确规定一下，免得下面含含糊糊。你要知道，眼下不尊重知识与人才的情况还十分严重。

这时，远处又嚷嚷起来。一个大胖子在那边不顾N的劝说，手舞足蹈，冲向这边。M知道这是怎么回事，因为他早被那大胖子缠过多回。那大胖子不过是要来发点理事脾气，说当选名单中他的名字被错印了一个字，非更正重印不可，否则他就要以一个大学教授的身份提出强烈抗议。

M局长趁大家都去看热闹，偷偷溜走。但他刚要进厕所门，又被另一伙人迎面拦住。那是几位大嫂，业余语监员。她们好像有什么话要说，但谁也不肯出头说。你推我，我推你，有一位把另一位狠狠揪了一把，于是都嘻嘻哈哈大笑退了好几步，弄得M局长有点尴尬，不知自己是该追逼上去还是该守在原地。终于，她们忍住笑。其中一位红着脸进言：局长哎，有个事要问一下，我们……有那个没有呵……那个呵。

什么那个？

局长不理解。她们急了，由刚才的不说变成了眼下的都抢着说：就是文凭呀。这次培训班学习的文凭呀。听说，有些文化人赚大钱，他们有什么了不起？不就是有张文凭吗？我们这次出来学习半个月，总得给我们一个什么吧？

见局长没有表态，她们说得更七嘴八舌了。有的说街道工作最难搞了，你们说话一张嘴，我们办事跑断腿。有的说我这次连毛衣都没打，学得脑袋都大，理应得到犒劳才对。还有的说住宾馆谁稀罕？这次来参加学习，耽误了好多正事，我家里那个死鬼平时连饭也煮不好的……不知道什么事好笑，她们又你戳我，我揪你，又爆出一阵野野的大笑。

M局长已经脸色发白，见她们笑，只得赔笑一下；见她们说，只得继续聆听下去。他拿出当局长二十多年的全部技巧来对付各方人士，又是拍肩又是拉手又是整理对方的衣领，还问伙食如何，问苹果吃了没有，问旅游照片是否拍得成功，或是突然严肃地指出：你的发言太精彩了一定要上简报；或是微笑着抵赖：我也坚决反对唯文凭论，但国家的用人政策如此我有什么办法？最后，他还表示这次会议很有收获，这样的会一定要多开，而且欢迎诸位以后常来语管局做客，要是门卫不让你们进，你们就打电话直接找我，这没有问题……说这些话的时候，他特别和蔼可亲，好像他多年来总是习惯于同老农在田头话家常，或者对清洁工人嘘寒问暖。

整整一天就是这样过去了。他好容易逃脱纠缠，才记起自己的生理任务。但一踏上那湿漉漉并印了很多黑花脚印的瓷砖地，他觉得氨气太刺激简直熏得眼皮都睁不开，又感到头晕耳鸣，恶心欲吐，怎么也没法小便。

大会医疗室对他给予了诊断。大夫说他可能是憋尿太久，已造成了尿道中毒感染。

局长只得提早离会。

六

M局长在疗养院待了一个月，体重有所增加，病情有所缓解，还用铅笔在文件上画了好些圈圈点点杠杠，并初步学会了打网球和听交响乐。牌技也大有提高，他能一边谈形势确实大好一边把对手的底分稳稳地抠过来。

但他觉得住在这里并不特别舒服。比方说他爱好清淡甜食，受不了辣椒，向餐厅管理员提过好几次。每次对方都点头表示明白，可一到开餐时，送来的又是红炸炸的辣椒。那电风扇也很怪，你开四档它就是一档，你开一档它就是四档。他叫院里派人来修一下。果真来了一个电工，倒腾一番，但他走后那电扇索性不转了，端庄而安详。

同房的一个矮老头也令M不满。那老头一到晚上就怪声怪气打呼噜，打法十分不标准，好像带了点方言味道。他白天总在枕头边清理和收拣着什么，或在屋角的煤油炉边一个劲吹烟，拿两大瓣屁股冲着M。M回忆起来，好像整整半个月没见过那老头的脸了——莫非是个没有脸的人？

他决定出院回家。这天他叫来小车，一路进城，发现两旁的高楼越来越多，黄的白的红的蓝的，灿烂得不像是真的，倒像一些儿童的积木。树木的叶子绿得鲜亮，显得很厚很硬，在阳光下熠熠闪亮，也不像是真的而像是蜡制品。一排排商业广告在车窗外闪过，上面的画都十分现代派，人被画成几何体，画成剥了皮的青蛙。有一个大大的女人头像正盯着行人，眼圈描得太粗黑，使人想起了熊猫。这熊猫正高举一只支靴。

他发现街市上几乎没有天蓝色大盖帽——真是，真是，这些执法者都到哪里去了？如何都不坚守岗位？

他暗生疑心，想了想，骂出一句粗话，想考验一下语监工作的效率。

　　不出所料，不管他怎样骂，哪怕骂到了祖宗八代，也没有什么动静。后窗里一直没有出现语监总署的警车，亦无哇哇哇的警报声。

　　太涣散了，太涣散啦！他红了脸。要你们文明执法，不是要你们放纵不管么，怎么工作上总是跑极端？

　　小司机似乎没听懂，愣了一下，良久才轻轻哦了一声，笑着说：局长，你老人家的用语也该换换了。什么是"涣散"呵？现在都叫"活泼"。

　　M局长堕入了云里雾里：谁规定的？

　　没有谁规定，但大家都这么说。

　　涣散是涣散，活泼是活泼，两个意思完全不一样么。我是吃语言学这碗饭的，连这个都不知道？

　　局长，我也是这么想的，但他们都笑我二百五。

　　司机解释了好一阵，才让局长得知：他住院的这一段时间里，语管工作又大大深入了一步。大概是根据专家建议，用美好语言促进人际关系良化，因此各种刺激性的词语都受到限制。比方在大学里，想指斥某学生读书不踏实，人们只能深意莫测地笑一笑，然后说："他嘛，聪明还是很聪明的。"要是某教授的口碑是"书读得不错"，那无异于承认他的才情广受怀疑，在大家眼里不过是冬烘学究呆头呆脑毫无创见。在机关里也是一样，你不宜说某某人刚愎自用，而只能说他"魄力还是很大的"。你也不宜说某人四面溜光和光同尘，只能说："他嘛，当然啰，怎么说呢？对人缘关系非常注意。"你更不能说某某首长不通业务尸位素餐，充其量也只能说："他很努力也很忙碌，有他的特点和长处，不过要是让他换个地方干干，肯定更能施展他的领导才干嘿嘿哈哈请问你的看法是……"不用说，这种语言的革新，确实使很多单位增添了祥和太平的气象。根据这些成效，据说有关方面又建议，今后应从严检查一切出版物，从严修订词典，将一切贬义词统统铲除。这件事已在报上展开了热烈和广泛的讨论。

　　一席话，让M觉得胜读十年书。这时光线一暗，小车嘎的一声停住了。

　　M问：为什么不走了？

　　司机也不吭声，钻出车去，径直去车后取自己的香蕉和啤酒，只给局长一个背影。M怎么也记不起对方的脸相来了，仿佛那也是一个没有脸的人。

　　M把目光探出窗外，光线暗是由于有一栋大楼堵在窗前。他的目光从大门一直延伸到楼顶，仰得帽子都差点落地，颈后一轮轮皮肉挤压得很痛。他简直不相信自己的眼睛，怎么自己只是治了一下尿道中毒感染，这办公楼就这么高大了？

他看了一下大楼前的招牌，发现语言管理的"局"已经变成了"总局"。一个"总"字使他的牙痛又发，嘴巴歪歪地大张，嗬嗬地哈气。难怪同事们这一段在电话里都吞吞吐吐，也难怪市长秘书一直嘱他安心养病——原来是杯酒释兵权呵，原来是背着他做了这么大的手脚呵？

他气冲冲步入大楼，发现走廊里更拥挤，不光塞着很多文件柜，还塞了不少旧沙发旧桌子简易床以及折叠椅。有些沙发向前翻倒，做出了低头下跪接受批判的架势。不知从哪里冒出来的文件包，垒着一大堆一大堆的，散发着霉味和尘土气息。

几乎每一层都这样拥挤。在每个楼道拐弯的显眼处，他还瞥见许多陌生的白底红字标牌：商业语言局卫生区，农村语言局卫生区，干部语言局卫生区，错案甄别局卫生区，行政局卫生区，秘书局卫生区，整顿局卫生区，业务培训部卫生区，机关子弟教育办公室卫生区，如此等等。以前的那些科室，现在全都以局自居，奉公克己地管理着某一地段的灰尘和纸屑，让老局长看得心惊肉跳。他又迎面撞见了很多陌生的面孔，或是夹着卷宗上楼，或是提着皮包下楼，与他匆匆擦肩而过，似乎都是他的新同事。装修工人们穿插其中，其中有一些搬抬办公桌，从这间房抬到那间房，或是从那间房抬到这间房，抬出乒乒乓乓的声响和腾腾飞扬的灰雾。有时一张桌子卡在门框里，人们就吆喝着："一,二,三！嘿——"

他总算看见了一些老部下，奇怪的是，那些人既没前来欠身握手，也没上来接下提包，似乎已不太认识他。M自觉修养还不错，忍住火气，不同小人一般见识，还上前拍了拍前政工科长的肩，像往常那样满脸微笑：忙呵？要搬家么？要不要我这个老头子来帮个倒忙？

前科长没回头，只是指了指楼上：上访的请上楼，接待局在第五层。

M局长还想开玩笑：是呵，我老头子正是来上访，告你昨天打老婆哩。

旁边一位女干事立刻插进来喝问：你是哪个单位的？怎么这样对廖局长说话？

M吃了一惊：怎么？他……也成了局长？

大概是听得话音耳熟，前科长回头审度了一下M：是老局长呵。对不起，在下不才，进步很慢，不过是上了个小小台阶，为人民多做些工作嘛。你这是……

我病好了，来上班呵！

哦，对对，你还是局长，还应该上班的。前科长回头对女士吩咐，快，把老局长带到他的办公室去。

以前的"您"改成了现在的"你"，以前的亲力亲为变成了现在的指手画脚，M震怒得恨不能一口咬下对方的鼻子。

他只得气咻咻地去找自己的办公室。不料他的办公室安排在很僻静处，门口也没有语警站岗，外间也没有秘书侍候。打开房门一看，里面略有些混乱，很多文件都堆放在地上，窗帘也显得有些陈旧，新式空调机倒是装上了，但他用遥控器按了按，没按出什么动静，可能是遥控器有了问题。N小姐倒是在这里打电话，着一身黑色套衫裙，幽幽泛出一轮轮毫光，还顶着一个十分险峻的塔式发型。她坐在窗台前晃着两条长腿，又是扭眉头又是拍膝盖：……你不要说了不要说了么——我这是办公时间，你知道么？讨厌！

小丫头肯定又在煲电话粥，M局长照例装作没看见。

对方瞥一瞥他，竟没认出来，随便地冲着他挥挥手：喂喂，不是要你修抽屉，是下水道又被塞住了。你们维修队的人怎么回事呵，叫也叫不动……

老局长刚才怎么也打不开自己的抽屉，现在更觉得这番话混账透顶，忍不住恶声恶气地说：是不是要我修马桶？

她瞪大眼：什么意思？

他冷笑一声：我不是来修马桶的？

昔日的会议西施眼里透出迷惑与茫然回忆，总算认出了老领导，一拍手，甜蜜小嘴惊喜地张开：哎呀呀，你不是老局长吗？实在对不起，你长得这么胖，完全变了个人，我一下没有认出来，该死，该死……

M还是气呼呼的：乱弹琴，乱弹琴，机关里怎么这样乱？

N说：谁说不是呢？我接手副局长才几天，真把我累趴啦。一下是下水道堵了，一下是电灯不亮了，忙得我头发也没时间做。你这是……抽屉打不开？

他已经扭断了钥匙，恨不得把整个桌子扔出窗外：我要办公，我要办公！

她耸了耸浑圆的双肩，很同情地凝神思索：对，是得有张好桌子。不过你的事不由我分管，这事恐怕你还得去找T。

局长觉得这更不可思议，为什么要去找T而且怎么应该去找T？莫非那毛头小子也摇身一变官运亨通？

N 解释：那倒没有。

就是嘛，M 局长恨恨地说，随便从街上抓个人来当官，也比 T 可靠一万倍。他清楚地记得，在他手下当秘书那一段，T 曾违反规定私用电炉煮面条，曾把臭袜子塞进文件柜，曾在办公时间关起门来聚众打扑克，实在是劣迹斑斑臭名昭著。如果让这样的人篡夺权位，国将何以国？世界将何以世界？

M 局长与 T 秘书见面在秘书局的一间小办公室。奇怪的是，T 眼下虽没打扑克，但居然大大方方地修理着皮鞋，碎皮子断线头摊满一桌，胶水味十分刺鼻。大概突然悟出了一种修补的妙法，他乐得连连搔脑袋。M 看着看着更生气：这哪像个机关呢？差不多也是个菜市场吧？修皮鞋的都来了，是不是还要在这里炸油饼打爆米花？

还好，T 没装出不认识老领导的鸟样，两只手在桌面上急急地一抹，把乱七八糟的玩意儿全抹入抽屉，脸上有一丝惊慌神色。他赶快掏出一支香烟敬献领导。

M 没好气地推开烟：我的办公桌在哪里？听说……你是管桌子的？

T 愣了一下：不，我什么都管。

M 冷笑了：那你负责全面工作啰？

T 点点头：差……差不多吧。

M 忍不住放声大笑：你要是做个梦，或者上台唱出戏，说你当上了王公大臣，那我还是相信的。年轻人，不要好高骛远大才疏，知道么？我对你没有什么成见，只是恨铁不成钢，一直想真心地帮助你。

谢谢，谢谢。对方才怯怯地点头说：局长，你的事我登记下来了。最迟明天吧，木工就来为你修理桌子。

老局长又说：年轻人哪年轻人，老毛病要改啦。我早就同你说过，你总是不注意卫生，下笔不注意标点符号，与同事也处不好关系。长此以往，你还要不要前途？嗯？作为你的老上级，我一直把你当儿子看待，但是……

对方又点点头，用更加微弱的声音说：老局长，你要是这个月打算工作，那就暂时……打打苍蝇……

你说什么？

不好意思，我是说……打苍蝇……

你以为我还有工夫同你开玩笑？

老局长，我也……没有开玩笑。其实，我根本不想管这些事。没办法呵。我的皮鞋还没修好，老婆就要生孩子了，不知道胎位正不正……

老局长终于忍无可忍，脸憋出了猪肝色，一回到局里就大大违反语管条例：你神经病呵——臭王八羔子！

七

时代在飞快地发展，各种新生事物总是令人目不暇接眼花缭乱。T秘书没法向老局长说清的事情，人们只能以后慢慢地让他明白。

事情是这样的：在他住院的这一段时间里，语管工作越来越繁重，语管局只好顺应形势扩大为语管总局。在上级领导部门的直接关怀和领导下，机关里一大批新生力量走上了新的领导岗位。于是大楼升高扩建，办公场所重新布局，在财政预算还跟不上的情况下，连走廊厕所的空间也再次被巧妙地规划利用。小卧车不够用，更成了一大难题。既然一时无法大量增购车辆，领导们只好挤一挤，将就将就，艰苦奋斗，节俭办事，比如在汽车里增设一些帆布小马扎和小板凳。

更为麻烦的是，大会堂已不适应形势发展的需要。领导们开会时总得上主席台吧？可主席台本就不够大，加上一些领导年迈体弱，上主席台时须由护士搀扶，一人需要两人甚至三人的位置，常把台上挤得密密麻麻水泄不通。台下人经常错把护士看作首长——这些误会当然算不了什么，但碰到天气闷热，湿度温度高，折腾得老弱们中暑休克就影响不好了，折腾出尿毒症脑溢血直肠癌一类就影响更不好了。考虑到这一点，大会堂不但安装了空调，而且开会时都要架起一排强力电风扇，对着主席台猛吹，吹得那些首长须发奋张面色惨白并且坚强不屈。

现在，有资格上台的领导越来越多，主席台必须扩大容量。行政局方面只好请来泥木工人，嘿哟嘿哟地干，拆除台下前十几排的座位，填以砂石，打桩砌墙，筑出一个主席台的延伸部分。

可以想见，随着领导职数不断增多，主席台也不断向前延伸，大会堂的土建工程也几乎夜以继日无法停止。打桩机、搅拌机、切割机以及钻孔机轰轰隆隆吱吱嘎嘎响彻长夜，照明灯如同小太阳照亮工地，餐厅还给夜班工人送来绿豆汤和烤面包。

到最后，机关里官多兵少，头重脚轻，大多干部都成了领导，当上了总局长或副总局长，局长或副局长，还有享受局级领导待遇的各种委员、专员、顾问、督导员以及监察员，只剩少数几人没有及时提拔，开会时应该坐在台下。要是碰到这些人出勤在外应付公差，有时候甚至只有 T 秘书一个坐在台下——他是管文秘的，外勤机会不多。这当然使会场情形更为不堪，形成了"广大领导"对"个别群众"的领导。到这时候，工程规划者不免犯了难：照这样改建下去，几乎整个会堂都成了主席台，所谓台下就只剩一个深坑。想想看，当一个人或几个人坐在坑里，台上人只能够看见坑里一撮黑发或几撮黑发。那样的会场，成何体统？

局领导办公会议研究了一下，觉得办事不必太机械。与其说大会堂改建得不伦不类，还不如把它改回原样，让少数几个群众上台，而下面变成主席台。这样双方不但有视线交流，台下领导万一打瞌睡流涎水，也不大显眼。这不是极巧妙的灵活变通吗？

于是就这样办。

T 秘书以往逃会的纪录最多，似乎屁股上长了刺，总是坐不安，而且不逃会就不显得超凡脱俗，就活活愧对古代雅士的仙风道骨。但现在他常常高居台上，有点孤家寡人的味道，众目睽睽之下无法逃会，不能不心情沮丧，有点无精打采。但他受到一大片目光的仰视，对上司逐一俯瞰，终于心态渐好。他高高翘起一只脚，或高举起一只手，借着大窗子透来的光线，冲着台下毫不在乎地剪指甲。一勾勾指甲弹飞出去，成弧形下落，不知落在哪里。指甲剪得不耐烦了，他还可以咚咚咚地拍着桌子，胡乱地发一通臭脾气：我们群众强烈要求把浴室里的水龙头修好！

或者是：群众就是喜欢三担牛屎六筲箕，不喜欢开长会！

诸如此类。

群众是神圣的，而群众只剩他一个人，他确实就是群众，确实全权代表群众，于是首长们对他都得谦让三分。关于水龙头的建议一经提出，台下一片黑压压的上司不得不慎重考虑，争着往本子上记录，互相点头深有感慨地说，提得好，提得好。

领导力量们都要求多多工作，于是多出许多会议，更多出许多文件，从这个局传到那个局，又从那个局送到这个局。签批单上的各种批示多达数百条，总是很难有个统一说法。T 秘书拿着文件找总局长，说折腾这么久还没个结果，实在不太像话。

总局长也觉头痛，想了想，只好授权 T 秘书：算了，你自己去把关拍板。你得明白，这种事情你不做，难道还要麻烦领导不成？

T 秘书近来喜欢修补皮鞋，从父亲那里接下祖传绝活，是修鞋界冉冉升起的一颗新星，兴趣完全不在工作上。他对把关拍板这一类事非常厌烦。厌烦一旦逐日加深，还带来了他态度的粗暴。比方说他经常大笔一挥，把首长们的批示统统枪毙，甚至批上一句"胡说八道"，如此大不敬之罪竟无人追究。这一天，听说总局仅有的一辆进口高档轿车，领导们都要坐，实在不好安排。要说级别嘛，这些领导都够格。要说年龄资历嘛，这些领导也都不相上下。但一辆小轿车总不能当公共大巴吧？ T 秘书听着听着来了气，大喝一声：

别争了，我坐！

秘书局长吓得不敢吭声。

消息传开，上司们都愤愤不满，说小小秘书怎么可以有这种待遇？没王法啦？翻了天啦？但仔细一想，首长们平起平坐，都挤上汽车实在不太现实。让它作为群众专车，恐怕还是合适的解决办法，至少可减少领导班子的不和吧。

从高档汽车开始，后来还有了群众专用电梯，群众专用食堂，群众专用别墅，群众专用健身房……一切稀罕的设施都归少数群众受用，尤其是由 T 秘书来定夺。物以稀为贵，语管总局的群众眼下确实神气活现。

每天早上，首长们都匆匆吃完饭，提早五分钟或十分钟上班，在健身房门前一心一意等待。好半天，T 秘书身着短裤背心护膝护腕从里面出来，浑身汗水油光闪亮，揉指甩腿做各种放松动作，或是兴头上突然对墙壁猛击几拳。他终于筋疲力尽，喝几口水，然后环视正等待分配一天工作的各位上级，脸上有不耐烦的表情。他掏出一大叠会议通知或请柬分发出去，让这个去参加什么会，让那个去参加什么会，让另一些人参加视察或检查。看他们欢天喜地离去，再来打发剩下的人。他说对不起啦，既然官多兵少，官就得当兵用，于是他让分管餐厅的上司去采买鲜菜，让分管澡堂的上司去检修水龙头，让分管家属的上司去家属区送煤饼，让分管桌椅的上司去刷油漆。

看到还有没事可干的人，他可能会轻慢地挥挥手：去，给我找些废皮子来。

片刻之后，果然有很多废皮子被找来，供他修补皮鞋。

大部分上司身体欠佳，也很讲究体面，都想坐汽车出去开会，不想去刷油漆什么的。有人曾起草一个文件，想订出一个轮流出席会议的制度，可是因为照例有太多不同意见而只能搁置。他们只得另想办法，就是极力搞好与T秘书的关系。听说T要做爸爸了，他们就拼命往他办公室里送当归鸡蛋红枣巧克力速溶奶粉。知道T有修补皮鞋的嗜好，他们四处为他寻找破皮鞋，实在找不着就想法把自己的鞋戳几个洞，或者在T的面前大谈修鞋的技术和动态，把市内某些著名修鞋匠贬得一无是处……有时谈得T高兴了，T也真的到衣袋里去摸一摸，摸出一张会议通知作为奖赏，派车的时候也手下略有人情。

上司们这种对T的讨好甚至到了过分的程度。这一天，机关收到某医药公司寄来的新产品狐臭灵小广告，还有精印的文字介绍，说这种狐臭灵为苹果香型清新柔和香味持久不信的话一嗅便知。大家如同平常收到了一张好戏票，一本艺术年历，一张宴会请柬，首先想到的当然是T。有人把狐臭灵放到鼻子前凑了一下，鼓足劲眼睛向上翻去，深深吸了一鼻子气，说确实是香。这立刻招致很多人的怒目，那意思是：放肆！T秘书还没有嗅过，你怎么胆敢这样？

他们都抢着要给T秘书送去，在T的面前显示忠诚。为这事，他们争夺得奋不顾身差点动起了拳脚。最后，竟有七八个人一齐去送狐臭灵，找到T以后谁也不甘落后地齐声说：请您嗅一下吧。嗅吧，嗅吧。

T秘书已经要睡觉了，对医药新产品也从不感兴趣，但碍着他们的一片爱戴之情，只好公事公办地把狐臭灵往鼻尖上贴了一下，说确实还可以。

他们也就心满意足，觉得尊卑秩序终于得到维护。接下去，再按职位高低一个个轮流嗅起来。

T秘书临别时还略加训诫：以后有事到办公室谈，明白么？

当然，当然。他们都频频点头。

个人感情不能代替组织原则，明白么？你们的心意我领了，但关键是你们要把自己的工作做好，懂不懂？

懂的，懂的。他们都争相欠身。

T秘书把门哐的一声关了。

离开T秘书家，几个局级领导大为光火：呸，什么东西？也同我们要官腔？你不就是个小小秘书么？算哪一盘菜呵？今天也人五人六的了？老子参加工作的时候你还穿开裆裤呢，老子当科长的时候你还给我提包呢……他们骂归骂，但人在屋檐下，不得不低头，下次见到T秘书的时候还是满脸笑容。

当然也有些清正之士，对机关里慢慢出现的这股吹吹拍拍之风痛心疾首。M局长就是其中一个。他决不去T秘书家里拜访，做腼腆木讷忠诚态，只是成天闷不吭声，埋头干自己的事。一杆苍蝇拍打烂了，又去换一杆。他也决不去研究办公大楼里的乒乒乓乓搬桌子声音为什么日长月久——那些人爱怎么忙就去怎么忙吧。他M也有可忙的。他戴上袖套和口罩，在大楼内外轻手轻脚地游转，不发出一点点声音。看见有苍蝇在什么地方停落，就弯腰屈膝，憋住气息，从害虫后面偷偷向前探步，刹那间全身如箭发时的弓颤弦响，手起拍落做一次惊天动地的打杀。他戴上老花眼镜，将蝇尸用竹签子一戳，挑到小玻璃瓶里去。看见里面密集的红眼绿腹黑翅已填满半瓶，摇一摇，油然生出微笑。

拍累了，他就挺直腰，坐下来歇一会儿，很惬意地看一看阳光和蓝天，感受着岁月的充实。

在他的目光所及之处，有一只断了线的红气球飘飘忽忽地小了，更小了，已成了一个极微弱的红点。你必须睁大眼睛盯住它，只要一眨眼，就满目茫茫再也寻不到了。

不知是哪个小孩丢失了它。

八

M局长当然也端着保温杯，参加过很多机关会议。不过近来会议气氛不大好，总是充满着火爆爆的争吵：

——你工作不错，可是魄力太大，自信心太强，大家早就有感觉啦。

——就算我魄力大，但哪像你干什么都稳稳重重？一天到晚没听见你咳嗽，谁知道你心里有什么深思熟虑？

——算了吧，若要人不知，除非己莫为。我早就知道你对我十分关心爱护！

——你以为我是傻子？我早知道你对我要求严格一片苦心！

——记住吧，我会感谢你的，你这个个性突出思想活跃的家伙！

……这类吵闹对M来说已算不上莫名其妙，他已经善于翻译这些话中的关键词，弄懂它们的真实含义。

——激动什么？要降职，现在也轮不上你。

——凭资历，凭能力，凭我这白头发，我哪点比你差？为什么你能降我就不能降！

——我们强烈要求公平用人量才是降，谁降谁不降，文凭作参考！

——你别把唾沫溅在我脸上。我只是想弄明白一下，不降我，是不是组织上对我有什么看法？这个问题要弄清楚，要水落石出。

——不降我还能降你么？你的生活浪漫问题还没组织结论吧？

——请各位想想，现在是什么时代了，还能搞论资排辈么？

——没那么便宜，这次不给我降职机会，我就一定要告状，哪怕告到中央！

——不要忘了，上次四角三分钱的问题是个原则问题，在选人用人的时候一定要统筹考虑！

——人贵有自知之明吧？你凭什么这样敢说敢干？

——我们强烈反对私人友情过于深厚！

……讨论到了这一步，就开始进入比较实质性的阶段，即进入人事任免的敏感议题，进入谁能幸运降级的白热化机会争夺。不过七嘴八舌之下，谁也听不清谁。什么论条件大家都比例什么你这样爱我我不怕反对大男子主义没那么便宜形势大好我原来就只是个干事难道理发也算活泼抬桌子都要用劲小心电炉小心你这是什么意思禁止抽烟去找医生看看走走走你敢动手这就不莫吵了大丈夫敢说敢做……然后又有咣当哗咚的声音，大概是椅子倒了，暖水瓶倒了。

嘎嘎喳喳的争吵声终于趋于平静。人们一看，是Ｔ秘书沉着脸进入会场了，照例要给会议做最终裁示了。有人从他手里接过一张纸，高声宣读一项群众的决议案：

一，总局所有干部都得以国家利益为重，以改革大局为重，个人服从组织，能下能上，能官能民，不能随意弃官丢权，不得私心膨胀向上伸手要求降职、免职、撤职。

二，不得越级降职、突击降职，随意降职，更不能在降职问题上搞裙带风关系网，要严格标准认真审查，降人唯贤，反对降人唯亲。所降人员中有不合格者，一经发现应严肃处理，及时将其提拔使用。

三，学历文凭应是降职标准中很重要的一条，但又不要搞唯文凭论。要注意把那些有真才实学并有丰富实际工作经验的人员，大胆而及时地降下来，充分发挥他们的作用。

四，四十五岁以上的人员不得降为科级，五十岁以上的人员不得降为副局级，五十五岁以上的人员不得降为局级。六十岁以上的人员一般作退休处理而不考虑降职，但务必安排好他们的生活。

五，身体状况不能胜任工作者不在降职范围，但为了减少降职工作的阻力，可考虑让他们保留原职但同时享受降职待遇。

六，年轻干部被降职前应该有两年以上的高层机关工作经历。各级应有培养年轻干部的计划，创造条件把他们提高到高层机关中去锻炼，锻炼好了再降。

七，各级降职人选应反复征求群众（主要是T秘书）的意见，并报群众和上级主管部门批准。

……

宣读完毕，响起了一片掌声和欢呼声。有人说，还是群众想得周到，群众果然是真正的英雄呵。有人说，要不是群众明确政策严肃纪律并且深入调查，以后的人事安排还不知要乱成什么样呢。还有人觉得新决议满足了自己的合理要求，带来了新生活的美好希望，便买来爆竹礼花以示庆贺。

办公大楼外一时间噼里啪啦呼呼嗞嗞嚓嚓叭叭叭喇哩嗞呀呼——朵朵礼花在夜空中灿烂地开放。在火光的映照之下，很多人激动得泪花闪烁，甚至泣不成声地互相拥抱，完全无法用语言表达他们对祖国的无限感激和无限忠诚。

1986 年 5 月

————————

* 原题为《火宅》，最初发表于 1986 年《芙蓉》，已有韩文译本境外出版，后收入小说集《诱惑》。

报告政府

一

那天晚上闷热。警察把阿龙送进 2 号仓，把我带到 9 号仓。我还在回想阿龙刚才回头时恐怖的眼光，就听到一声大喝："进去！"

身后有关门的咣当巨响，把我一个趔趄送进了黑暗。我在黑暗里摸索，瞳孔好一阵才慢慢适应昏黄光雾，渐渐看清了这里的砖墙。房子高得像一口方方的竖井。沉淀在井底的一些活物醒过来了，纷纷坐起来，或者站起来。二三十颗人头中，年轻人居多，也有几张皱纹脸。他们大多剃着光头，目光一齐落在我身上，透出一种发现猎物时的饶有兴趣。

"又来了一盘菜。"有人打着哈欠。

"带了什么危险品？"这句话像是问我。

我摇摇头，也不知道该不该摇。

"你是不是冬瓜头的人？"

我还是摇摇头。

没有人踹我一脚或者给我一耳光。这就是说，我刚才摇对了。也就是说，刚才这些话确实是问我的。

有人拽走了我腋下的棉毯。还有人开始翻我的衣袋，又在我的腰身和胯裆里摸了两把，一直捏到我的脚跟。他们肯定很失望，就像刚才搜我的警察一样，一边搜一边骂骂咧咧，气不打一处来。我此时真希望身上复杂一点，比方有成千上万的赃款被他们一举查获，起码也要有点凶器或者白粉什么的，让他们搜得顺心一些。我固然清白无辜，但总不至于乞丐一样可怜吧？

可惜，我眼下偏偏就像个乞丐，很没面子，很没内容，只有刚领到的旧棉毯，一支牙刷也只剩半截。警察警惕一切金属物品，担心牙刷把也可以磨尖，长度足以抵达心脏，只给我一个没把的牙刷头。

"脱鞋！"这一命令好像也冲着我来。

我的鞋子肯定也让他们扫兴。鞋底里没有什么夹层。一双胶鞋不是什么名牌，好几个月没洗了，一定臭气冲天。

"对不起了，各位兄弟，我今天什么也没有，很不好意思。不过，过几天家里人会来看我的。我知道该怎么办。我一定不会让你们各位失望。今天请你们多多包涵……"我的声音哆嗦。

"还懂规矩么。"一个小脑袋对我阴阴地一笑，"不过你今天搅了老子的好梦，早不来晚不来，老子一梦到表妹你就来。"

这能怪我么？

但我得为此事抱歉，得为此点头哈腰。我从没见过这么多光头，没见过这么多邪恶的笑。也许是太拥挤，还刚进夏天，他们全光着油旺旺的大膀子，喷出一团团酸汗气，像一种半生半熟夹须带毛的咸肉刚出蒸笼。他们生活在蒸笼里，脾气想必高热和膨胀，哪怕是一句好话出口，都是凶狠狠的烙人。目光这么一盯，就能在我的身上戳个洞。咧开大嘴一笑，热浪就能在我脸上燎起火泡。想一想，这些阎王爷要收拾我的话，那还不就是捏死只蚊子？

"各位兄弟，各位大爷，我确实是冤枉，确实倒了大霉。是他们抓错了人。我不过是偷看了一下妓女。"

"这家伙偷看妓女！"有人大叫一声，引起再一次哄笑。

"我身体不好，从小就贫血，三岁得过脑膜炎，八岁得过肺结核，十八岁时的体重还不到一百斤。我今天从早上到现在还没吃过东西……"我信口胡编，想引起他们的同情。

"少啰唆，你在外面打什么工？"

"记者，实习记者。"

"那你是大学生？"

"当然。"

"偷了文凭吧？"

他们又笑。有意思，记者也坐牢，教授也坐牢吧？什么时候抓几个教授来，让我们也听听教授放屁，看是玫瑰屁还是茉莉屁。有人这样说。

二

我注意到他们当中的一个人,一直伏在大床台的那一端,旁边有两个人正小心侍候他,一个给他打扇,另一个在他背上按摩,把他侍候得皇帝一样,只差没站上几个太监和嫔妃了。这个人一身精瘦,撅着颗小屁股,背上和胳膊有刺青文身,是梅花或鳄鱼什么的。一只眼混浊不明,还有点斜视,因此两眼放出的目光处于交错状态,一道正面射过来时,另一道朝右上方斜过去了,照管着墙上一个堆放杂物的隔板。我注意到,犯人们笑过以后都把目光投向他,似乎在恭候脸色和指示。

他懒懒地哼出一句:"说话乖巧,鹊子嘴。会唱歌吧?"

我不知道他交错的目光到底是在看哪个方向。

小脑袋立即冲着我大吼:"问你话呢!聋了?"

"是问我么?"

"当然是问你。"

"是问……唱歌?"

"就是!问你能不能唱歌!快说!"

"能,当然能。"

"唱一个听听,唱那个……莫斯科。"

床上又丢来一句懒懒的圣旨。

我还是犯糊涂,不仅没法对接发令者交错的目光,而且不大相信自己的耳朵。莫斯科,是指《莫斯科郊外的晚上》吧?这是什么意思?枪战片突然切换成烹调节目,夜总会里冷不丁分发儿童课本,一定是视频信号乱套了。但几个犯人不容我检查视频,又冲着我大吼:大哥要你嚎春,你耳朵打蚊子?你娘的敬酒不吃吃罚酒?是不是要我们给你提提精神呵?……有人揪住我的耳朵,朝我屁股踢了一脚,让我把腰伸直一点,把胸挺高一点。他们只差没有塞来一支话筒并且升起大幕。

可这哪是唱歌的时候?哪是唱歌的地方?这里没有舞台也没有伴奏,甚至没有一口干净清爽的空气。这还是在地球上吗?我的母亲我的未婚妻我的朋友们是否知道我在这个鬼地方?这还是在人世上吗?我的母亲我的未婚妻我的朋友们此时正在何处?一天来的逃跑、抓捕以及审讯过去了,录像带快进式地让人眼花缭乱，我突然定格在这昏暗的灯光下，一头扎进这个汗气滚滚的蒸肉堆里，已经身软如泥和心如死灰，哪还有心情走向莫斯科手风琴声声的郊外？

> 深夜花园里四处静悄悄
> 只有树叶在沙沙响……

　　我不能不唱，不能不打开僵硬的口腔。眼下就算是要我在粪池里扎猛子，好汉不吃眼前亏，我也只能闭着眼睛捏住鼻子往里扎了。我的音色和腹部共鸣一定镇住了他们，刚唱出两句，斜视眼就眼睛眨巴眨巴，一条缺水的鱼，在歌声的滋润和浇灌之下重新有了活气。他兴冲冲地在床上一跃而起，推开打扇和按摩的小伙计，找出一个笔记本，在本子里翻找着什么。也许是找到了熟悉的地方，兴起的地方，他情不自禁地跟着嚎上一嘴。虽然我紧张得有些气短，声音有时也飘忽，但他并没有什么不满。后来我才知道，相对于我的跑调，他的声音更是完全大撒把，一声嚎上去，又一声嚎下来，再一声嚎上去，一台没有方向盘的坦克，在人口稠密区横冲直闯，一再把我的旋律碾压得粉身碎骨。

　　"唱！再唱！还有第三段，妈妈的你唱呵——"

　　他碾得很开心，眉开眼笑地再点一首《亚洲雄风》。等我唱起了头，照例不由分说地上来添乱，每嚎出一拍就重重跺出一脚雄风，发出叭叭的响声。这还不够，他把几个塑料饭瓢翻过来当作架子鼓，筷头在上面敲出鼓点，一扬手，筷头敲错了地方，敲到周边的脑袋上，敲得那些人吐舌头，做鬼脸，也嘿嘿嘿地跟着他发癫，放出一些牛喊马叫。

　　《妹妹你坐船头》更使他心花怒放，一身皮肉浪荡。他把一条毛巾缠到头上，又用衬衣在衣襟里塞出两个大奶子，在床台上扭腰肢，撅屁股，抛媚眼，抹刘海，再加上一些洗澡搓背或者骑马扬鞭的动作。有个犯人把一只鞋子递给他，他就把鞋子当话筒，拿出大歌星的爱心，与台下听众一一亲切握手，包括把我的手也捏住摇了两下，赢得了满场的大笑和鼓掌——犯人们抓住任何一个机会拍他的马屁。

　　我没料到监仓里有这种疯狂，但庆幸他们已经忘记了我，入牢时免不了的毒打，看来让我躲过去了。

高高监视窗上传来一声怒吼，"闹什么闹？"

"报告政府，我们……在歌颂祖国和伟大的党。"不知是谁在讨好。

"吃多了是吧？伙食标准太高了吧？"

大家朝窗口看了一眼，突然收声，各自偷偷溜回自己的床位。我还有半支歌在喉管里，也只能吞回去，迅速关机。

谢天谢地。我关机了。一台多功能多碟位的肉质 CD 总算可以撒尿了。我喉干舌燥，头昏眼花，找到了我的旧棉毯，找到了我的一只鞋和另一只鞋，开始寻找厕所，再寻找今夜的容身之处。我没有料到的是，当我跨过一些头脚交错的人体，蹑手蹑脚来到水池边，哗啦一声，两个纸包砸在我的脚跟前。

回头一看，是小脑袋冲着我一笑。"大学生，强哥赏你一个夜宵！"

哇——周围几个面黄肌瘦的汉子都有狗鼻子，刷的一下坐起来，嫉妒的眼光在那些纸包上生根，口水的吞咽声丝丝入耳。

"对不起，对不起，我今天从早上到现在还没有吃东西……"我看看他们，来不及犹豫，更无心慷慨，两眼一鼓，喉头一滚，两块方便面，还有两支火腿肠，顷刻间就在我嘴里不知去向，连嗝都没有一个。我不相信自己已经吃过了，更无法知道方便面与火腿肠有何区别，只知道眼前的包装袋里确实已经空了。这就是说，我刚才吃过了。

"纸！"一个汉子大喝，指着我的纸袋。

我不知什么意思，把纸袋给他。

他接过纸袋，伸出灵巧的长舌，把纸袋里的面屑和油渍舔得干干净净。

到这时，事情算是完结了，一点希望也没有了，其他汉子这才快快地躺回去。其中有一个大概馋得恨恨不已，装作伸懒腰，把我狠狠踹了一脚。

我痛得好半天没有透过气来。

三

当时的监仓里又破又脏，简直是个垃圾站，既没有后来才有的电视和电扇，也没有后来才有的电视监测眼。在大部分时间里，这里是没人管束的自由世界，打架放血是家常便饭，拉帮结伙弱肉强食是必然结果，牢头也就应运而生。新犯人入仓，先得饱挨一顿杀威拳，从此服服帖帖效忠牢头，是第一堂必修课。

我听说过这种不成文的规矩。从进门第一刻起，我的膝盖就一直在发软，背没有伸直过，好几次差一点尿裤子。我没料到几首歌把最恐怖的第一夜混过去了，没料到牢头是个世界上最不懂音乐的音乐狂，没有什么心眼，刚好掉在我的饭碗里。也许我可以继续用唱歌稳住他，套住他，让他忘记杀威拳这回事。

第二天早上，我睁开眼，看见了一个陌生屋顶，不知自己在什么地方。过了好一阵，我才确证这是一个屋顶，是我往后天天要看到的屋顶。我拍拍脑袋，明白了自己身边不会有床头灯和电视遥控器，不会有牛奶和苹果，更不会有未婚妻的留言纸条……倒是有一只男人的大脚，带着一圈脚气病白花花的皮屑，还有脚趾间触目的黑泥，横蛮地堵住了我的嘴。

你他妈的脚往哪里放？我正准备开骂，突然想到昨晚上猛踢过来的脚，就是这只脚吧？莫不是一个杀人犯的脚？这一想，我再次避开它，宁可忍气吞声，不能惹是生非。

在脚的那一边，亮了一整夜的那盏昏灯之下，人影晃动着。有洗脸的声音，水盆相撞的声音，还有各种骂人的粗话，更有大小便僻里啪啦的喧嚣。我忍不住鼻子一酸，心想事情怎么成了这样呵？我好歹也是个大学生，好歹也是个发表过作品的歌坛新秀，甚至还快混成局长的乘龙快婿了，怎么一晃眼就睡在这大小便的声音里？我不会永远睡在一个公共厕所吧？

天啦，我当初不该去华天宾馆。我不了解小余他们，真以为他们只是去看看妓女，不知道他们是冒充警察敲诈勒索。我看见他们从宾馆大门里仓皇逃出，在一片"抓骗子""抓骗子"的喊声中跑得比老鼠还快。其实，当时我应该继续挑选我的歌带，继续喝我的可口可乐，不该跟着他们乱窜。我没诈钱，跑什么跑？有必要跟着他们跑吗？那一刻我肯定吃错了药，无异于做贼心虚，自跳火坑，送目标上门，刚好被真正的警察抓了正着。要命的是，我皮包里有一支走私手枪，虽然只是玩物，虽然在我手里从没真正用过，但成了这个案件最重要的物证。我跳到黄河里也洗不清了。

有两个同案犯逃脱了。在把他们抓获归案之前，在他们能够证明手枪的来龙去脉之前，我浑身长满嘴也没有用。我现在唯一能做的事，就是时刻祈祷他们早一点落网归案，虽然这种祈祷很不义气，很卑鄙小人，但此时此刻我别无选择。我一失足成千古恨，不可能回去关闭我的电饭锅了，只能听任桶里那只小乌龟活活饿死了，也没有机会把门钥匙柜钥匙箱钥匙交给未婚妻了。我捶自己的脑袋，掐自己的皮肉，但无论怎么掐也没法把时间掐回案发之前，没法把幸福的时光掐回去，让地球倒转一个圈。

"开饭罗——"

门外传来吆喝，还有走道上木桶和竹箩拖动的声音。其实，早上是不开囚饭的。只有那些在加餐卡上存了钱的人，有亲属心疼着和资助着的人，才可以吃上私费加餐，否则就只能饿着。我看出来了，这里的大部分人同我一样，只能舔舔舌头，吞吞口水，准备把空空肠胃扛下去。我还看出来了，牢头当然是例外。不管是谁点来了面包还是牛奶，点来了油条还是面条，首先都得贡献在他的面前，任他挑选和享用。等他吃饱喝足了，包括他的左右副手也跟着吃饱喝足了，剩下的才属于进贡者。只有到了这一步，他们终于等到了牢头的一个眼色，从远远观看的位置走过来，把残汤剩饭端回到那个角落，弓着背，缩着头，饭勺在饭盆刮出哗哗声响，不会有任何怨言。

我现在知道他叫黎国强，9号仓的一个统治者。仓里所有人的钱都是他的钱，所有人的财富都是他的财富。

他瞥见了我，把我叫过去，笑眯眯地丢来一个面包，让我受宠若惊。

"你说，谭咏麟算不算得上一条腿？"

"应该说，当然……"我揣度着他的意思。

"你实说，坦白从宽！"

"那还是……算得上的……"

"为什么？"

"人家音质好，呼吸控制得不错，有美声的底子。"

"不愧是记者！"他高兴地转向众人，"你们听听，我说谭咏麟是条吃菜的虫，不会比张学友差。你们这些猪耳朵还不服？"

有几个犯人应付了一丝干笑，表示认下了这猪耳朵。

他斜斜地瞥我一眼，"你以后就是我们这里的谭咏麟，是我的收音机。懂不懂？不过，昨天晚上我困了，没顾得上打你。"

我一口面包卡在喉头没吞下去，呆呆地盯住他，不知道他是什么意思，不知道他的分叉交错的目光里何处藏有真意。

"开学教育是不能免的。"

"求求你高抬贵手，放过我吧。"

"我第一次进仓，被别人放血，躺了三天。"他半躺在床上，架起一条腿，目光投向屋顶。

"大哥，我求你，我得过肺结核，还有脑膜炎后遗症……"

"要是怕挨打，那你就去打别人。"

"我从来不会打架，从来没有打过架，你看我这手杆，同鸡爪子一样，一打肯定骨折。"

"那怎么办呢？"他目光发直，"你以为这里是国宾馆？要你挨打，你又怕痛。要你打别人，你又手杆子细。好好好，这样吧，你就冲着这墙壁撞头，撞两下可以，撞一下也可以，咚咚咚，撞昏就行。这总可以了吧？"

我不敢相信还有这种优待，还没撞墙，两眼已经发黑。"你行行好。我以后天天为你唱歌行不行？说实话，我可以教你发声，教你识谱，教你唱气声。我会唱谭咏麟的《都市恋歌》《雾之恋》《曾经》《永不想你》《水中花》……"我把能想到的歌名都想到了。

他不耐烦了，再一次转向众人，"读书人就没有四两骨头，胯里不长毛，天天要阿姨喂奶吃。"

仓里的人大笑。

"他还不如老子的那条狗！"

要打！要打！要打！犯人们都兴奋起来。他们已经看出了领导意图，纷纷举手请战。强哥，把他交给我！黎头，我好久没锻炼身体了！大哥，我昨天输了三根烟，正憋着一肚子火哩，再说我还从来没打过大学仔，今天得尝尝鲜了……毫无疑问，这些家伙都挨过打，都有一肚子冤情和苦水，眼下好容易找到报复的机会，找到了恶毒施暴的对象。何况昨晚上我一个人独享夜宵，刚才又吃面包，差不多是无功受禄越级提拔，正使他们妒火熊熊群情激愤。

牢头一个面渣团子射出去，正中一个人的鼻尖，算是指定了打手。

四

打手就是那个小脑袋，昨天晚上给我夜宵的汉子。我这才发现他又黑又瘦，好像被人拧干了水，晒上几天，再拿去酱腌火熏，就成了这样的腌腊制品。他的嘴巴看上去没有嘴唇，不过是割了一刀，又薄又紧的皮层因此炸破，嘴巴就永远炸成了一个半开。要是笑一笑，他半张脸上都是牙。

我希望他不要过来，但他走过来了。我希望他们只是说说而已，希望小脑袋突然一笑，或者是牢头突然一笑，然后气氛完全缓解，大家接下来该干什么干什么。但我发现没有人笑。恰恰相反，小脑袋眼里透出满足和快活，兴冲冲地一步步向我放大。所有的人都跟着他拥了过来，你推我挤地争抢最佳观赏位置，似乎要细看我如何挣扎和扑腾，如何成为一只被放血的小鸡——这只鸡已经被对方一把揪住了领口，来了个全身向上的伸展运动。

"你是要长痛呢，还是要短痛？是要多留只手呢，还是要多留只脚？"我没有听懂小脑袋的这句话。

"对不起了，我们前世无冤来世无仇，今天只是公事公办。"他叹了口气，"看你白嫩白嫩像个女仔，我也不想下重手。要不这样，你喊我三声老爸？"

仓里一阵狂笑，还夹着拍掌和跺脚的声音。不，要他做狗爬，要他钻胯，要他吹鸡巴！要他吹鸡巴！要他吹……

安静了。

其实不是安静了，是我在重重一掌之下失去了听觉。我感觉到自己在空中飘游，眼前只有几道黑丝静静飞旋，有些小虫子在爬动。在那一刻，也许我太恐惧，太绝望，太悲愤，一掌之下已经昏了头。不过昏了倒好，恐惧没有了，一下打没了，倒是有了魂飞魄散时全身上下的自行其是。我事后才知道，我不敢反抗但事实上反抗了，不敢出手但事实上出手了，虽然毫无获胜的自信但事实上一拳捅向了小脑袋的裤裆，操起一个饭盆又砸向他的脑袋，还飞起一脚猛踢他的胸口——这都是人们事后告诉我的，是我不怎么相信的。他们还说我把小脑袋的头揪着撞墙的时候，声音竟像擂大鼓，但我也没听见。他们说我一口咬破了小脑袋的手，但我回忆不起这个血淋淋的情节。

总而言之，一段任人填补的空白记忆之后，我鼻孔里鼓着血泡，扶着墙喘了好半天，勉强伸直了腿。我以为事情还没完，以为脑袋和背脊还要迎接更沉重的打击，但不知道为什么没有人向我动手。我把目光聚焦，把几个人影看清了，发现小脑袋不见了。左右看了一阵，最后发现他躺在地上翻白眼，正被几个人用凉水冲洗。

他怎么了？他是被我打倒的么？我不知道，只知道自己嘴里咸咸的，一吐，咕噜一下吐出一颗牙。

我摇晃着走向水池的时候，犯人们都给我让路，给我递毛巾，给我舀水，还有人给我塞鼻子的棉花团，争着大献殷勤。还有人朝旁人大喊："你妈妈的欠打？还不快点去拿盐来！"我突然意识到，他们是在为我冲盐水。这就是说，我胜利了。的确胜利了。我胜利了所以也就是人上人了。我从此在这里也是个不好惹的角色了，不需要再看这个那个的脸色，不需要再弓着腰避让着这个那个。我终于用一颗牙和满口血泡泡的代价打出了面子和威风他娘的想怎么咳嗽就怎么咳嗽想怎么吐痰就怎么吐痰！我吐出一口血，用冷水毛巾久久捂住自己的脸，把嘴里的突然冒出来的一声大哭捂住，捂住，捂回去。

没有人知道我的泪水。

"谁再来试试？来呀！来呀！"我疯了似的大叫。

我只听到一片掌声。

可怜小脑袋过于轻敌，竟一个跟头栽在我面前，被我打得无脸见江东父老。他从此失去了在仓里的原有地位。不仅大家都笑他这一身伪劣皮肉，这一条无用的尿胀卵，黎头也只能顺从民意，觉得他连一个读书仔都降不住，便废了他的要职，不再负责保管方便面和火腿肠。他还受罚洗厕所一个月，受罚滚下了床台，搬到厕所边去开铺——那是全仓最差的位置，又潮湿，又脏，又臭。

他从此沉默寡语，偶尔咳嗽，背也弯了几分，只是很负责地擦洗茅坑。人家说那里已经擦干净了，他还是闷闷地擦。人家邀他玩扑克，他摸着摸着牌，一不留神又溜去擦茅坑，弯曲的背脊线在隔墙那边一冒一冒，让人莫名其妙地好笑。

他就没机会再把自己的尊严和地位一架打回来？据说他犯的是伤害罪，一铁铲把老婆的奸夫拍出了个脑震荡，又把自己的老婆一铲砍断了腿。这罪照说不算太重，他自己以前也不当回事，口口声声出狱以后还要追着狗男女再打，要一剪刀阄了那两个骚货。但自从擦上厕所以后，他就像换了个人，成天嘀咕着什么。旁人仔细一听，才知道他嘀咕着老婆要来害他，嘀咕着老婆会串通这个那个来害他，包括串通奸夫那个当县长的舅舅。某警察对他白了一眼，高墙外突然来了一部汽车在叫，某个犯人无意间绊了一下他的脚，在他看来都是他老婆串通正在成功的证明。

他还嘀咕着自己肯定没法活着回去，为此惶惶不可终日，总是注意着日历。据说每到重大节日之前，警察总是要毙几个罪犯，那么他肯定逃不掉。他还总是注意着伙房那边的动静。据说每到杀人之前，伙房里就会半夜里起来早早做死囚饭，切得萝卜或者南瓜嘣嘣响，那肯定是为他准备的。

每到这个时候，他就睡不着了，早早地起床，洗脸，抹身子，换上他一件皱巴巴的酸菜西装，是他当优秀售货员时的奖品。他还要对着水池里的倒影刮胡须——可惜监仓里不可能有剃刀，他找来一块玻璃片，在脸上刮来刮去。胡子没刮干净，脸上倒刮出了一道又一道血痕，像几道胭脂没有抹均匀。

这个胭脂脸站在仓门前候着，一候就是一两个时辰，直到仓门打开时，警察是来提别人问话或接见，不关他什么事。

但下一次，一听到伙房里大清早嚓嚓嚓地切菜，他又会去水池边刮脸。

最后，警察也觉得他有点问题，带他去了两次医务室，又把他调到了另外一个仓，看换换环境对他是不是有好处。我再也没有见过他，只知道他姓朱，外号贵八条，不知是什么意思。我曾经向送餐人员点了一份红烧肉，指定送给16号仓的他，但我不知道他吃到了没有，吃到了多少。我希望那个仓的牢头能够多少给他剩一口。我更不知道这份肉会不会吓住他——他不会以为这是警察送来的死囚饭吧？

五

有很多这样萍水相逢的人，让我至今没法忘记。我还认识一个人，是个真正的死刑犯，外号"大嘴巴"。

那年头的死刑犯，一审宣判后就要上枷——不是戴脚镣，更不像现在戴那种五公斤以下的轻镣。脚枷又名脚棒，有传统文物的味道，粗大笨重，工艺简单，有点像铁路上的枕木，由前后两半合成。枕木中挖出了两个洞，枷住犯人的两只脚，使犯人无法走动，甚至难以站立，确有画地为牢之效。枕木两端有螺丝紧固，只能用特别的工具才可拧开。

这种脚枷可以防止死刑犯自杀，做出狗急跳墙的什么事，保证行刑的子弹在法律规定的那一天不会嗖嗖嗖地扑空。

大嘴巴一进仓就戴上了这种大脚枷，让我感觉到胸闷和胸堵，心里一阵阵发毛。当时警察带来两个"劳动仔"，就是那种已经结案的轻罪犯人，可以参加劳动的那种——警察让他们帮助大嘴巴洗澡，换衣，喂水，乒乒乓乓地上枷。大嘴巴还听老警察说了一些宽心的话，神情比较稳定，频频点着头。老警察分派我给他写上诉书时，他朝我淡淡一笑，算是感谢。

突然，警察发现脚枷的一个螺帽不见了。"螺帽呢？还有一个螺帽呢？谁拿了，赶快交出来！"他冲着大家吼。

没有人回答。

"不交出来是吧？搜出来罪加一等，你就死定了！"

还是没有人回答。

警察的目光投向小斜眼："看见螺帽没有？"

黎头不满这种目光，懒懒地说："你搜么。"

对，搜！搜！搜吧！搜出来就剁爪子！搜出来就挑脚筋！搜出来以后坐老虎凳灌辣椒水！……光头们幸灾乐祸地大叫，好像都与这事无关，一心帮着警察愤慨。

警察有点疑惑，把大家的脸盯了一遍，大概估计这里一池浑水不浅，只好大事化小，自己找台阶下，带着两个劳动仔扛上脚枷走了。

不一会，他们扛来另外的一副，是一副旧枷，大概是用的时间长了，两个脚洞久经磨损，已经变大了，也润滑一些，戴枷人会比较舒服。

看着大嘴巴面色舒展了一些，我才明白螺帽是怎么回事——肯定是刚才有人对那副新枷恨恨不已，与警察暗中斗法略施小计。

我不知道这事是谁干的。一直到我一年多以后离开这个鬼地方，也不知道这事是谁干的，就像我不知道监仓里很多秘密，按规矩也不能打听这些秘密，永远也不能说出这些秘密。比方我不知道为什么看守所有那么高的围墙，拉了那么多的电网，装了那么坚实的铁门，连一只蟑螂都混不进来，但居然还有蜡烛、香烟、味精、酱油、白酒混过了关卡，甚至有锉子、钉子，刀子、淫秽画片这些严重违禁品混进仓来。有的女犯竟然还在这里受精怀孕——这是一池永远不会澄清的浑水，你没法明白其中的全部故事。

六

警察带着劳动仔走了。大家一窝蜂凑到了大嘴巴面前，打听着他的来历和案情，原来他是个挖煤工，被矿主克扣了两年工资，往上告状，没把对方告倒，反而被矿主派人毒打了一顿，脑袋上的伤口缝了八针。他就是这样起了杀心。

他倒也不怎么后悔，说柴收一炷烟，人活一口气，他这一口恶气是出足了，值！太值了！法官曾告诉他，他只杀了六个人，不是他夸大的七个，因为有个孩子并没有死。他一听就惊讶："怎么没杀死呢？我补了一刀呀。"法官给他出示受伤者的照片，逼他承认杀人不够七个的事实。他看着照片直跺脚，扇自己的耳光："他不是那个伢吧？他怎么会是那个洪家老三呢？他活得好好的呀。老天！我要是没有斩草除根，他长大以后肯定会欺负我家笑梅！"

黎头历来敬佩杀人犯，听完案情以后两眼放光，给大嘴巴一个劲打扇，只是在后来的日子里，一激动就把大嘴巴"吴大哥"错叫成"高大哥"或"赵大哥"，叫错名字的时候不少。他命令手下人给大嘴巴喂饭，给大嘴巴揉脚和揉背，让死刑犯享受与自己差不多的上等人待遇。抬着大嘴巴去茅坑的时候，他干部参加劳动，撅着屁股，抬着脚枷的一端，一二一二一二地喊着口令，让大家步伐协调，防止东拉西扯。其实，他有点过分地多事。他不用这么吆喝，大家也能走得整齐的。看大哥便秘的时候，他表情再多也帮不上什么忙，一个劲地咬牙切齿，人家还是拉得出就拉得出，拉不出就拉不出。

"对不起，得罪你们了，我只能来世相报。"大嘴巴微微撅起屁股，让我屏住气息给他擦拭。在那一刻，我发现他突然汗如水洗，大概对别人擦屁股这一点紧张万分羞愧不已。

"说什么屁话！我们谁跟谁？"黎头不习惯他的客气。

大嘴巴不哭，不呕吐，不失眠，不拒食，不狂喊乱叫，没有死刑犯通常有的那些毛病，甚至对上诉也不感兴趣。他戴着脚枷端坐，只是经常呆望着高高的窗口，呆望着窗外的一孔天空，惦记着自己的家，特别是一个刚满八岁的女儿。一见日头偏西，他就说这个时候他家笑梅要放学了。一见太阳东升，他就说他家笑梅要上学了。这些话说了无数遍。他还说他以前每次从矿上回家，笑梅都要在村口等他，因此现在一闭上眼睛，就能看见女儿远远的眼睛。高墙外有一丝小孩的叫声传来，他都会浑身一震，然后说："这个伢可能也是八岁左右，是个女仔。"

这些话说得我心酸。

有一次，黎头给他一袋五香牛肉。他把小小真空袋放在手里搓捏好半天，正反两面反复看，说笑梅还没有吃过这新鲜玩意。他希望我以后找人把它带出去，捎给他女儿。

"你自己吃吧。"

"不吃了。再过三五天，我就要走了，还吃它做什么？"他摇摇头。

我听出"走了"一词不是去指散步或逛街或上班，吓了一跳，极力安慰他："你不要胡思乱想。你的上诉会起作用的，高院会考虑的，他们不是已经来问过话了吗？有个记者不是还说要为你说话吗？……"其实，我也知道这些安慰空空洞洞，我替他写的那份上诉毫无说服力。

他苦笑一下，说他杀人太多，杀得太毒辣，说上天，说下地，也是该抵命的。人民政府不杀他就是太无道理了，太不像个政府了。是不是？他只是有点怕死的时候太痛，样子也太难看。他听他老爹说过以前枪毙土匪的事，据说一梭子弹打过去，土匪的天灵盖就飞起几尺高，像旋出一顶什么圆帽子。还有一个女土匪，一阵枪声之下，两只漂亮的眼珠蹦上天，最后挂在树梢上，在太阳光下晶晶发亮，被小孩子当作野葡萄。

他问我："你说，人有灵魂吗？"

"我不知道。"

"我要是哪一天死了，能看见已经死去的亲人吗？"

"我不知道。"

"我要是能够投胎，能投到黄柏县高井乡去吗？你晓得吧？我家笑梅怕狗，上学不方便。我要是能变条狗，就可以护一护她。你说是不是？我要是变条狗，就可以在她门外转来转去。你说是不是？"

我激动地抓住他，"来日方长，有朝一日我出头了，一定去看望你女儿。只要我碗里有，就不会少她一口。你放心吧。"

"你是大恩人。我在阎王那里也天天为你烧香。"

他挣扎着要给我叩头。因为木枷绊住脚，他搅得咔嗒一声，没法站起来，只是额头在手铐上点了一下。

七

他走的那一天清晨，铁门突然咣啷大响，把我从睡梦里惊醒。几支白炽强光灯照射过来，使我什么也看不清。好容易躲开了强光的直射，我看见小脑袋又被来人推到一旁，看来今天还是不关他的事。他的胡须又一次白刮了，新衬衣也是白换了，早早起床也是白费工夫了。

几个武警士兵知道自己的目标，一进门就径直奔向大嘴巴，没等他洗脸和刷牙，就把他连人带枷抬起来，缓缓向门外移去。

大嘴巴转动颈根，朝我斜斜地看一眼，算是最后告别。

"兄弟，兄弟，你慢慢地走呵。"我鼻子一酸，轻轻地说，也不知道他听到了没有。当时仓里太乱，脚步声和吆喝声响成一片。因为牢门窄，脚枷长，士兵们无法把他平抬着出门，就将枷举起来倾斜了一个角度。这使他的最后出门是一种杂技动作，四肢舒展，在空中慢慢翻旋，有一种太空人遨游天宇的姿态。他叫了一声"唉哟——"大概是脚踝被脚重枷别痛了。我事后回想起来，这一声轻得像蚊子叫，却是一个人留给9号仓最后的声音，真真切切地扎在我心里。

"你们手脚轻一点。"我忍不住请求那几个兵哥。

"听见没有？手脚轻一点！"有人却在我身后大吼。

仓里一片寂静。兵哥们回过头来，几支白炽灯到处照，寻找着叫声的来源，最后照在斜视眼的脸上。他抄着手靠在墙边，对白炽光既不退让也不躲避。

"你凶什么？想造反吗？"一个当官模样的人冲上去，手枪狠狠对准了他的前额。这等于给出一个信号。室外突然发出一片哗啦啦子弹上膛的声音。我到这一刻才发现，高高的监视窗外，全是武警士兵们警惕的眼睛，还有黑洞洞的枪口。放风室那边也是一片应声而起的子弹上膛声。原来那里的天窗盖早已掀开，监仓像一口竖井暴露在旷野，井口周围布满岗哨，只是我们刚才并不知道。一见这边有反常事态，那边开始紧急增援，井口上整整一圈射灯全部打开，白炽光铺天盖地倾泻而下，刺得我们睁不开眼睛，照得连任何一只蚂蚁也无处藏身。井上的兵哥们纷纷大吼：不准动！不准动！两手抱头！全部蹲下去！都蹲下去！……

我们都吓得抱头蹲下去了，只有黎头还是横着一只眼，额头紧紧顶住手枪，甚至顶得军官退了一步："我要你们手脚轻一点！这是抬人，不是抬猪！"

"反了你？对抗执法，格杀勿论！"

"你杀呀！杀呀！孙子！"

"你以为我不敢杀你？"

"老子今天就是想死！你不在我脑袋上打十个洞，我同你没完！"

黎头今天已经疯了。

他断不会有好果子吃的。我的心已跳到了喉头，怕军官一气之下，稳不住指头，黎头的脑袋就真要穿个洞，透透风，一注鲜血喷上墙。如果再加几个当兵的稳不住指头，我们大家今天也会一阵狂舞乱跳，落下全身的筛眼。幸好此时有一警察插上来。"强仔你疯什么疯？找死吗？你有几颗脑袋？今天要不是没时间了，非整你个出屎不可！"他哗啦一声把黎头双手铐住，算是搅了局，然后招招手让兵哥们离开。

一道道白炽电光也渐次熄灭，门外和屋顶的嘈杂脚步声陆续远去。但我们都没说话，也没话可说，一直等到天放亮，等到一块方形霞光从监视窗斜斜地照进来，然后在砖墙上移动，拉长，变形，变成不规则的长锥形，最后变成一束稀薄而涣散的斜线。高墙外有远远的一声牛叫，吓了我一跳：是大嘴巴报来什么消息吗？大墙外又有远远的几声打桩机轰响，又吓了我一跳：是大嘴巴咚咚的心跳吗？还有一个声音，初听像小孩叫声，细听像小孩叫声，听来听去，发现它确是小孩的叫声。

我发现，原来任何一种熟悉声音都会变得陌生。

送餐人员来吆喝了，但没有人打门要餐，也没有人拿自己的东西来吃。我们只是呆呆地坐着，说不清自己为什么难受。

这一天我做了个梦。我梦见自己把一支粉笔当香烟，把粉笔的一端蘸上红墨水，就成了点燃了的烟头。我叼着这支假烟，很像一个便衣警察，大摇大摆地往门外走去。警察们没看出我嘴上的假烟，没看出我狡猾地隐藏在一支假烟之后，一个个都向我微笑，点头，打招呼，傻乎乎地纷纷让路，听任我迈着八字步走出了第一道大门，走出了第二道大门，一直走到了大街上的人海里，一路上如入无人之境。

我醒来以后，不知这个梦是什么意思。

八

那时候没有室外放风制度，只是每个监仓配一间放风室，两室之间有门相通，像个左右套间。遇到天气好的时候，警察揭开放风室的天窗盖，差不多是掀掉整个屋顶，让阳光穿过粗大的钢筋栅栏投射下来，散一散室内的潮气和臭气，就算是放风了。这比室外放风要安全得多，简便得多。警察们肯定是这么想的。

一般来说，水池与厕所也在放风室里，不过看守所超员羁押，每个放风室总是躺着密集人肉，相当于客厅和厕所都成了卧室。

除了去接见室或者谈话室，我们被六面墙团团包围，从不能越牢门半步，眼里既没有草木和泥土，更没有以前生活中的人面。接见室里墙上的一个圆家伙，是叫挂钟吧，很像一个挂钟吧，经常能陌生得让我吓一跳。我发现自已差一点忘记了挂钟，于是紧张地试着回忆以前一切熟悉的人名、地名、物名，试着想象那些东西的形状、颜色以及气味等等，担心这一切会变得模糊涣散，在这个六面墙的洞穴里逐步消失，漏到地底下去。

放风室里那一块方形天空，如果能够向我们开放，就是我们平时唯一能看到的世界了。那里可能有一只麻雀停栖，一只蝴蝶停栖，或者是蓝天里有一丝白云悠悠飘过，让你忍不住要东想一下，西想一下，其实什么也没想。我总是试图抓住这块天空中的任何一丝变化，努力推想外面的季节、环境以及可能的生活情景，确证这个洞穴还在世界上，还没有被世界抛弃，没有坠向太空中越来越远的深处。

别看有些人嘴硬，其实没有人不怕坐牢，没有人不怕自己落在这一块方形天空之下。一到了这里，眼光有极度的饥渴，灰色的日子漫长得让人发疯。哪怕是最硬的汉子，从接见室里回来，在半夜里醒来，都可能忍不住两行泪水。哪怕是最文雅的书生，为了半碗剩饭，或者一个烟头，都可能在这里勃然大怒大打出手，越活越像头野兽。

打架在这里是常事。很多时候，你不知道是光头们为什么而打，甚至不知道是什么人打什么人，只知道仓里一眨眼就地动山摇昏天黑地，像夯地机一通电就开始抽风抓狂。有时候你甚至觉得每个人都在向其他人开战，每个人都是见人就打，没有什么营垒和阵线，打来打去也没有目的。一场恶战下来，有人少了几撮头发，有人的手腕换了个角度。但完成这一切以后，大家一哄而散，该睡觉的睡觉，该搓脚的搓脚，如同什么也没发生。

警察们对这些差不多司空见惯，有时候抓两个打手到院子里教训一番，也管不了下一回。他们甚至问不出什么结果。不光是打赢了的不会说，挨打的也绝对嘴紧，总是露出一脸茫然，与囚友们面面相觑，好像这里一片祥和太平，没有什么事值得政府操心。至于他们嘴边的血污，肯定都是自己"摔伤的"或者"碰伤的"，不值一提。

世界上有很多动物园。但这里是人的动物园，是人们恢复利爪、尖牙、尾巴以及将要浑身长毛的地方，是人们把拳头和牙齿当作真理的地方。你不服气吗？还想来点喷上了香水的什么人格呀、尊严呀、民主呀、法制吗？还打算像抹了胭脂口红的少先队员那样来呼唤爱心与和平吗？拉倒吧。我在一本书上读过：猴子有猴王，蜜蜂有蜂王，鱼群里也有头鱼，没有平等可言。特别有意思的是，头鱼大多数是残疾，不是身经百战伤痕累累，就是有点神经分裂症或者更年期综合征，因此特别顽强和凶猛。养鱼人知道这一点。他们通常会故意把某条鱼搞残疾，这样它就可能成为头鱼了，就能使鱼群得到秩序和安定了。没有头鱼的鱼群，只是苟活一时的零食。

我们的头鱼也是残废。我看过他接到的起诉书，给他写过上诉材料，知道他刚满二十岁，是乳臭未干的小毛头，照理说只合适在街上卖卖报纸、擦擦皮鞋，扛一桶矿泉水爬上高楼，是赚点小钱的那种人。但他居然当过大街上的菜刀队队长，在南门口到新新商厦一带颇有名气，断过两根肋骨，背上有三四条刀伤，可说已身经百战。这一次入狱的事端，就是一刀捅进人家的胸脯，只因为刀子被骨头卡住了，实在拔不出来，才没有再捅一刀，留下了对方一条性命。

不过，从我认识他起，我倒没见他动过手，大概他人小威大，一般用不着自己亲力亲为。我曾经好奇他的威从何来，老少犯人们也说不大清楚，甚至觉得这个问题很奇怪。这样说吧，他敢于在枪口之前与警察叫板，言人之不敢言，为人之不敢为，就是一种大威。他可以把图钉尖朝上，然后一巴掌把图钉拍进自己的手心，也是一种血淋淋的威。他还可以与人打赌，一口气吃下两袋味精，吃得嘴唇都乌了，两眼发直，全身有一种触电后的痉挛，脑袋不由自主地朝两边甩，那当然更是一种疯狂的威。

他还吃过一斤生猪肉。据说他喂养过大狼狗，给大狼狗喂生肉，发现吃生肉的狗最勇猛，最凶悍，自己也就跟着吃。

凭着这一切，小斜眼享有至尊的地位和无边的权利，在监仓里咳嗽一声，就有全仓的鸦雀无声。不仅早上有人替他打水和挤牙膏，不仅晚上有人替他铺床，他喊一声"电扇"，就有人给他大摇蒲扇，他喊一声"收音机"，我就得放下手里的事情，赶紧给他开机和选台——虽然少了一颗门牙，但得播放出各种男声和女声，高声和低声，再加上前奏和过门的各种音乐。包括沙锤、钢鼓、长号以及萨克斯，全都行云流水上天入地并且闪耀着伟大艺术的光辉。我捏住一只鼻孔大摇手掌，摇出的二胡颤音，自己也觉得十分动听。

"我也见过苏什么，苏芮吧？"他淡淡一笑，"那次我在广州同几个弟兄扯扑克，咣咣咣，把他们打得两眼黑，一个个滚到桌子下面。听说有苏芮的演唱会，我召了一部的士直奔越秀公园。我到那里发现没有票了，咔嚓，老子给门卫一个眼色，唰，两张纸往他口袋里一塞，……"

我发现他描述往事时，一高兴起来，最喜欢用象声词，就像话语里夹进一些打击乐。比如递眼色是"咔嚓"一声的，塞钱是"叭"的一声的，还有灯光亮了是"咣当"一声的。他的开心事都是铁罐子木桶子，在脑子里碰撞出一路的声响。我相信，他的偶像一定更热闹无比。刘欢是大胖子，出场想必是轰隆一下。程琳是瘦小精灵，出场想必是吱溜一下。费翔英俊潇洒，目光肯定锐利得唰唰唰。邓丽君小甜妹的脚步呢，必是咿呀咿呀在心窝子里揉。

"你怎么一嘴的打击乐？"

"什么打击乐？"他睁大眼。

"也就是递个眼色，咔嚓一下做什么？"

"我咔嚓了么？"

"你刚说的，自己就忘了？"

"你胡说。"

"我怎么胡说？要是有个录音机，叭叭叭，全给你录下来！"

事后一惊，我也学会了象声词"叭叭叭"。这真是没办法，同他一起混久了，我脑子里也多了些莫名其妙的动静。

他虚心地向我学唱音阶，学识简谱，还记下了很多歌词，记在两个笔记本上。笔记本花花绿绿，一些歌星头像的剪贴，来自破报纸旧杂志。一些用彩笔描出来的山水、花朵、青松翠柏什么的，装点着各种歌词。其中大部分是流行歌，无非是爱情呵泪水呵小雨呵花朵呵昨天呵黄昏呵孤独呵，粉红得厉害。他的错别字太多，总是让人连读带猜，硬着头皮看甲骨文。

但他的五音不全一次次让我失望，糟践艺术的恶习更让我经常气愤。《恰似你的温柔》在他嘴里恶声恶气，成了掐死你的温柔。《酒干倘卖无》开头两句本来是："多么熟悉的声音，伴我走过了多少风和雨……"但他心里一邪，常常唱成"多么恐怖的声音，陪我多少次拍脚筋……"还有一首《听妈妈讲那过去的事情》，里面有两句："我们坐在高高的谷堆旁边，听妈妈讲那过去的事情……"他一高兴就唱成"我们坐在高高的骨灰缸边，听妈妈讲那锅里的烧饼……"

他有时还强迫大家一起来糟践艺术。有一个福建籍的老光头，把任何歌曲都当安眠曲，谷堆旁也好骨灰缸也好，他一听就呼呼入睡，放出尖锐的鼾声，使歌手觉得大煞风景。

黎头对他从来没有好脸色，看他上厕所就脚下使绊子，有一次还借口那家伙把"馒头"发音为"慢猴"，对闽南方言勃然大怒，说这老货进仓两个月了还不会普通话，简直不是个人，命手下人扇他两耳光。

"到底是馒头还慢猴？你说！"小斜眼揪住对方的耳朵。

"馒头，馒头！"

"再说一遍。"

"馒头！"

黎头这才松手。

说实话，这里不是播音室，普通话就那么重要？何况黎头自己的京腔也是狗屁团子。但大家敢怒不敢言，身处牢头的淫威之下，折磨着自己的口腔舌头，还是尽力挤压出一句句中国外语，反而让人没法懂。

同样道理，监仓也不是军营，把口杯放成一条线，毛巾挂成一条线，棉毯折得四方四正有棱有角，这些黎头立下的规矩也十分可笑。他一时心血来潮，是不是要把我们统统培养成纪律严明的特种部队？是不是要争创模范卫生单位？我后来也蹲过别的仓，当劳动仔时还到过其他仓干过活。我发现很多监仓一点组织纪律也没有，犯人们吃饭时分成三国四方的这一"锅"那一"锅"，有了纠纷时找不到联合国，找不到维和部队，一口饭都吃不安稳。那些监仓更没有卫生执法和语音学执法，文化档次太低了，经常乱得像狗窝猪圈。这样一比，9 号仓虽然也是奴隶社会，但至少是个比较整洁有序的奴隶社会。我对此似乎不应有什么怨言。

九

因为会嚎春，黎头对我比较器重，有时拍拍我的肩，赏我一支烟，或者一个没吸完的烟头，让我止止瘾。他经常对我没头没脑傻笑一下，没有什么下文。见我胡子长了，觉得我不讲卫生，面容很不艺术，拿来一个牙膏皮做成的胡夹子，定要为我夹胡子。他不知为什么对夹胡子有极大兴趣，曾在很多人脸上操作这种手术，并且享受了充分的快感，因此绝不会放过我这个工件。但他哪里是夹，分明是扯，是揪，是野蛮施工，夹得我的两腮一阵阵麻辣烫，实在痛苦难当。但再痛这也是领导的关怀么，再痛也比挨打要强么，我只能忍着，说他夹得好。

他有时也要我给他夹，指导我操作牙膏皮的技术。奇怪的是，不管我如何夹得重，他眉头都不皱一下，从没什么感觉。

夜晚太漫长，仓里有时会举办晚会，叫花子穷快活一下。他在这时总是把我叫他身边坐下，权当是他的艺术参谋长，行使评审节目的大权。其实这些节目都算不上什么，除了唱唱歌和讲讲笑话，剩下的就是瞎胡闹。一个叫"老猫婆"的走走猫步。一个叫"唐老鸭"的学学鸭叫。一个叫"老鼠"的就在人缝里钻来钻去，在旁人的膝盖下或胯下"打地洞"。一个叫"雄鱼头"的没什么好表演，就在地上翻斤斗，嘴里胡乱吼上一通，听上去不像是雄鱼倒像是林子里的狗熊……这些动物名字都是黎头派定的。他觉得张某某胡某某这些名字太复杂，叫起来也没意思，不如一律简化为动物，或者简化成"收音机"、"电扇"、"楼梯"一类工具，世界就简单得多了。他觉得世界上有动物的名字和工具的名字，就足够了。

如果节目出尽时间还早，他就要大家摔跤打架。

锻炼身体，保卫祖国！
锻炼身体，建设祖国！

动物们和工具们高喊口号，各就各位，摩拳擦掌，一边嚎叫一边撕咬和扑打——这就是9号仓以武会友的每月擂台。黎头一高兴，召集我这样的评委，评出一等奖、二等奖、入围奖什么的，相应地奖出饼干或者香烟。说实话，有了这种物质刺激，没有哪个不会眼睛红红地发起猛攻。

这一天我们疯过头了，只顾着跺脚和鼓掌，没注意牢门不知什么时候开了，更没有注意鬼子偷偷进了村。当时我们取笑一个败下擂台的麻子，正在大声背诵一首骂麻子的民谣：筛，天牌，烘篮盖，雨打沙台，虫子蛀白菜，石榴皮翻过来，长街烂泥走钉鞋，满天星斗无云遮盖……我突然看见坐在对面的几个人空张着嘴，一脸的表情凝固，这才领悟到我身后发生了什么。

回头一看，是车管教那一张阴沉沉的脸。

要死，今天怎么这么巧！他脸上也有两三颗阴麻子。

"念呵，怎么不念了？"他笑着问大家。

我们不敢吭声。

"普通话说得比我还说得标准么，朗诵也很整齐么。是不是想到北京去汇报演出？"

有人急忙献上两个苹果，想讨好或者通融一下。"报告政府，我们是笑邱麻子，绝对只笑他一个人。我们对您是无限尊敬和无限热爱的，吃了豹子胆也不敢同政府作对。我们觉得政府今天好靓丽，好光彩……"

这真是越描越黑，揭疤抹盐，气得车管教一脸通红，啪的一下打掉苹果。"聚众喧哗，违犯监规。说，谁带的头？"他把我们的脸一张张看过去，指着我们的电棒一直在颤抖，"好吧，你们不说，你们有种，给老子玩邪的。把这里当成了渣滓洞和白公馆？想玩一盘宁死不屈永不变节是吧？要迎接解放绣红旗是吧？嗯，想得好，很好。只是都没睡醒。"

他嘴皮包住两颗暴牙，一个小脑袋支着两只招风耳，一看就是个机灵人，阴毒主意不少的人。老犯人都说他平时惩罚人的方式花样百出，一只蚊子专咬你的脚踝骨，一根刺专扎你的指甲缝。这一次，他的想象力还不算丰富，没有罚我们到院子里的水泥地上暴晒，也没有罚我们去跪瓦片渣子，只是用电棒逼着我们继续玩游戏。玩法当然要改一改：围坐一圈，击鼓传花一样打耳光，算是互相醒脑，集体受教，不用他来动手。

"不打不成人呵。"他语重心长地说。

大家对新玩法不很适应。一耳光打给下方，下方本能地跳起来反击，耳光就没法往下传，整个规矩就乱了。只是经车管教再次教练，大家才慢慢克服本能，眨眨眼，想一想，弄明白自己出手的方向。这样，一阵噼噼啪啪下来，总算把耳光传得很顺利，但人已经晕了一半。

在他叫停之后，我几乎没听清他说什么，只听到最可怕的一句：再玩！

又是几轮耳光传递，大家都头昏眼花，渐渐有点看不清人了。天旋地转之中，我觉得旁边有个家伙的上身与下身已经错位，另一个家伙的脸则窄成了一条线，黎头则在一个劲冲着我笑，身子一张纸片似的在风中飘摇。我肯定也是傻了，大祸可能就是在这一刻铸成。

不知什么时候，有了锁门声，是车管教走了。我还没来得及高兴，扑通一声来了个狗啃泥。

"你这个臭杂种没王法了！"我听到黎头在大叫。

我后来才知道他是骂我。我后来才知道事情是这样的：刚才我坐在他上方，耳光都扇在他脸上，早已使他怒不可遏。一不留神就把他打重了，更使他狂怒无比。可我有什么办法？我也是受害者呵，被我的上方打得更重呵，左脸早成了一个热面包。我那一刻只惦记着身后晃悠的电棒，哪还管得住自己出手的轻重？

他揉着自己的腮，狠狠地啐了我一口。动物们和工具们立即遵令上前，一张棉毯蒙住了我，对我来了一通黑打。这些王八蛋落井下石，冤不找头债不找主，把我当成了今天的出气筒。

十

黎头是个半文盲加法盲。他的上诉书我根本没法写。如果我告诉他，杀坏人与杀好人都是杀人，在法律上同罪，没有什么不同，他一定会惊讶得两眼圆睁，好像我是一个火星来客，头上顶着鹿角，两腮支着鱼翅。

如果我告诉他，法律就是法律，一般不考虑强盗在打杀时是冲在最前还是躲在最后，在逃跑时是溜得最快还是撤在最后，在分赃时是比较贪心和还是比较大方……法官不会在强盗中评选劳模，而且越是有劳模品格的强盗，有时越会遭到法律的严厉打击。他对这种说法肯定更会惊讶得缺氧，好像我不光是个火星来客，而且一步步精确计算，硬是把一加一算成了一万。

这样说吧，他也许知道什么是犯罪，但脑子里另有一套歪理邪说，出口就是胡言乱语不着边际。比如他看不上贪污受贿，不是因为别的什么，只是因为它武不武，文不文，只是依仗权势和关系，不劳而获欺世盗名，好汉不为也。他也看不上盗墓、扒火车、撬井盖、割电线，不是因为别的什么，只是因为它们太累人，简直是重体力劳动，搞得一个个黑汗水流，气喘吁吁，就像乡下的农忙，一点都不爽。用他的话说，可以流汗的地方满世界都是，那些鸟怎么喜欢流汗？怎么不到祖国大西部去搞开发？

他最蔑视的罪行要算嫖娼了，尤其是"因公嫖娼"——这是一个嫖娼犯的说法，指消费公款的公关接待活动。

这个嫖娼犯是个山东大汉，堂堂仪表，算得上小帅哥。他刚来我们仓时，对门14号仓的牢头还通过劳动仔捎来口信，说这家伙有钱，是老七的好朋友，要黎头多加关照。黎头还算讲规矩，一开始就让嫖娼犯当上了上等人，可以随牢头一起进餐。对方也够朋友，面子大，一来就获得管教批准，带来了四箱饼干和面包，两箱鱼干和咸鸭，外加两箱矿泉水，差不多满满堆了一个屋角，让全仓的伙食标准大大提升，令众人喜出望外。只有雄鱼头有点悲从中来，美美地咬了一口咸鸭，感叹他儿子没跟着他享上福，恨不得儿子也来蹲仓。

"哎呀，他上次帮别人销赃，本来是可以进来的。后来就是工商局插一杠子，只判了个罚款！"雄鱼头遗憾地说。

不过，嫖娼犯太多话，一旦吃饱喝足就开吹，说这个城市最大的立交桥就是靠他引进资金建起来的，说这个城市的新机场也是靠他的关系才得以立项。他还认识市长、厅长、中央军委秘书，国务院副总理的媳妇等，同他们三天两头就要在一起吃饭的。尤其是同黄副省长一家人，几十年来从不分你我，五粮液一喝就是半箱，一瓶瓶地吹，咚咚咚，开五粮液就像开矿泉水。他说形势发展太快了，他现在正操心两个新项目。一是要把港口整个卖给美国，一共卖十二个亿，一个子也不能少。这事已经谈得差不多了。二是要把整个城东区的改造承包给日本公司，由他来做第二轮主谈代表，这样不仅可以在这里再造一个香港，还可以解决十五万人的就业问题，让全市的经济增长至少增加两个百分点……说到这里的时候，他还捡一块枯泥，在地上画出新开发区的轮廓，说金融区在哪里，电视塔在哪里，哈佛大学的分校在哪里，迪斯尼乐园在哪里，沿湖绿化带是什么模样。一些犯人围在他身边，撅着屁股看规划，对画在地上的新生活啧啧惊叹，充满了无限向往。不过有时也问出比较愚蠢的问题，比如迪斯尼是什么意思呢？这让嫖娼犯一阵好笑，不过最后还是耐心给予解释。

当时，小脑袋还没有结案，一直以为自己是死罪，虽然听不懂嫖娼犯的话，但模模糊糊知道是好事来了，还知道模模糊糊的好事与自己无关了，于是更加悲哀，一连两天没怎么吃饭。

很多人已经看出嫖娼犯的身份不凡，忍不住凑到他身边，向他打听一点有关法院和官场的情况，希望他帮个忙，关心一下小弟的案子。他倒是个热心人，有求必应，不仅详加询问和指导，还闪烁其词地许诺，比如说："你的案子我会注意的。"或者说："你放心。我事情再忙，时间再紧，该管的事还是一定要管。"或者说："你不要急。你在这里安心改造。等我出去以后，我看看，我看看……好像王处长是管这一方面的吧？要是王处长不管，刘处长肯定会管。"他没有说明王处长和刘处长是谁，没有说明他找姓王的或姓刘的要干什么，但这一类含糊已经足够，已使很多人深受鼓舞。

"你说这事还要等多久呢？"有人这样问。

"唉，不会太久了，不过要紧的是政策还没有落实到位呵。"这种回答不知所云，只是让旁人一头雾水，又不好再问。

黎头本来也想去问问案子，但一直没怎么听懂对方的话。"市场化的体制框架还要进一步完善"，"这件事必须经过党委的集体研究"，"普法教育一定要落实到基层"，这一类奇怪的话灌下来，黎头只能目光迷离哈欠连天。

对方说到什么单位和人，还总是不忘了指明级别：看守所，顶多是个副科级吧；建设银行的分行，顶多是个副地厅级吧；福海寺的智海法师，算什么呢？他有什么样资格坐二点零的广州本田？怎么可能有那个待遇？这个事，宗教局也不来管一管，都是白吃饭的官僚，太不应该了，太不应该了！——他愤愤地把矿泉水瓶子狠狠地摔向墙角。

黎头吓了一跳，回头对我说："这家伙脑袋进水了吧？"

"听他口气，倒像是个干部。"

"干部就这样子？那还不把老百姓统统搞蠢？"黎头十分困惑，也十分不满，"这号鳖，只有用扫把抽屁股，用鞋底抽耳光，逼他每天挑一百担大粪，他就会讲人话了！"

我从黎头的眼里看出，有什么事情要发生了。

十一

黎头夹光了胡子，梳齐了头发，以水代油把头发抹亮，换上一件洗过的衬衫，兴冲冲地召集众人审案。这种审案其实也是娱乐，无非是让犯人们各自交代案情，可能的话，还要表演案情，比如盗劫犯表演撬锁盗车或者飞檐走壁，诈骗犯表演假钞调包或者扑克调包，扒手小偷则表演两指神功，包括在开水盆里取硬币——没等你看清楚，五分钱硬币硬是从水盆里夹了起来，手指还真没烫着。这一切让我大开眼界。

在我看来，这些老老少少其貌不扬，其实是高手如云，在这里岗位练兵，经验交流，犯罪综合素质必将大大提高。

见大家已经表演完毕，黎头把目光投向嫖娼犯，意思是现在轮到你了。

嫖娼犯一惊，有点意外地红着脸，浑身上下不大自在，假装糊涂地朝身后看一看，发现身后没有人，实在没有可以拿来误解和搪塞的东西，就说时间不早了，睡觉吧，睡觉吧。

牢头巴掌一抬："怎么？看弟兄们不来？不给弟兄们面子？"

"兄弟，我那点事能做不能说的，怎么上得了台面？再说你们也肯定看过黄色录像带，还能不知道那点子事？"

"我们今天就要是看录像带。"

"看立体录像带！"有人追了一句。

"我年纪这么大了……其实要不是为了公家利益，要不是为了引进外资，我会去干那种事？"

"你是不是一胯的梅毒疮，怕我们看见吧？"

"别开玩笑，别开玩笑……"

大家笑了。我这才听出，黎头今天出言不逊，有点来者不善，大概是存心杀一杀对方的气焰。其实，嫖娼犯牛皮哄哄，但为人不算太坏，至少对弟兄们还算大方，黎头为何没有容人之量？我不敢把这话说出口，只是看着嫖娼犯插翅难逃，不敢抗命，忸忸怩怩好半天，马马虎虎脱了一下裤子，算是应付差事。黎头见大家都笑了，没再说什么，抽完一支烟就去睡觉。

还算好，小斜眼今天没有太为难对方，大概是顾及对方的年龄和身份。但接下来的日子里，嫖娼犯颇有挫折感，不怎么说招商新项目了，好像当众脱过一回裤子，暴露了一下小如蒜头的玩意，让众人大为惊异、失望以及蔑视，实在很没面子，再谈改革开放就不大合适。他探头探脑，坐立不安，只是频繁与警察和律师交涉，一天之内去接见室好几次，有时在门口与车管教嘀咕一阵，很神秘的样子，还借对方的手机打一次电话。

他打过电话以后很高兴，满脸笑容哼着戏腔。我问他为什么这样高兴。他连连搓手，说他的律师很得力，他的朋友也很帮忙，花了几万元捞人跑案，也就是为他疏通关节。现在形势大好，副省长的大公子都出面过问了，他大概过几天就能出去了。他喜不自禁地夸耀：他一出去就可以上狗肉馆喝啤酒。世界上只有狗肉最好吃，尤其是那种小狗，从笼子里揪出来，毛茸茸的，一棒一个，打得它口吐鲜血，马上剔毛下锅。

要不是我一个劲给他使眼色，他可能还会大冒傻气地憧憬下去。我事后告诉他，黎头正好喜欢狗，尤其喜欢大狼狗，

黎头这时正巧走过来了，不过没有说狗。

"你说你过几天就出去了？"

"嗯啦，快了快了。"

"到底过几天？"

嫖娼犯赔上一个大笑脸："估计……也就是三五天吧。"

"三五天？三天还是五天？"

"可能……五天吧。"

"这是你说的。"

"我估计，估计是这个数。"

黎头哼了一声，"好，我就给你五天。你记住了，你要是五天之内没出去，你就是撕毁合同。"

对方不太明白这话的意思，看看我。我也不大明白，看看牢头，发现他吹着口哨又去了墙角，再次练起了俯卧撑。

仓里的气氛变得有点沉闷。大家感觉到了什么，对老嫖客表现得有些疏远，至少不大怎么同他套近乎。这一点嫖娼犯自己也感觉到了，眼里总是透出不安和疑惑：到底会发生什么事？一天接上一天，接上一天再接上一天，当他发现自己的饼干也没人吃的时候，也没人找他说案子的时候，试着去讨好牢头，要送给对方一件毛衣，说好歹是个患难与共的纪念。

这件毛衣看来质地还不赖，对方倒没怎么拒绝。

第五天晚上，嫖娼犯在厕所里洗完澡，抹了点头油，提着毛巾兴冲冲走出来，突然发现仓里鸦雀无声，几十个光头围成一圈，都盯着他。

"你们……"

"不玩扑克呵？来来来，扑克在哪里？"他见没人回应他的笑，不知该怎么办。

"矮下！"有人突然发出怒吼。

更多人的吼声跟进：矮下！矮下！矮了！……吓得嫖娼犯一个趔趄，还没看清眼前是怎么回事，两膝就已经扑通一声着地，刚抹上油的头发耷拉在前额。

"你今天怎么还赖在这里？还在这里冒领人民政府的囚饭？"黎头厉声问。

"我是要出去的，是要出去的，只是……"

"你欺骗了我们各位弟兄，让我们很生气，很悲痛，知不知道？"黎头用错了一个形容词。

"各位兄弟，各位好兄弟，有话好好说。"

黎头不理他，对我使了个眼色，要我拿出一张皱巴巴的烟盒纸开读：

> 魏孝贤，非男非女，四十八岁，山东烟台一鸟人，因嫖娼罪被市公安局拘留收审。

魏犯孝贤身为国家干部，在建设社会主义现代化的伟大热潮中，在深化改革扩大开放的大好形势下，在全国各族人民团结一致万众一心振兴中华的康庄大道上，一贯玩弄妇女摧残幼女，是可忍孰不可忍。该犯在收押期间还拒不改造，对抗法律，信口开河，胡说八道，大搞权钱交易，利用关系网跑案，用小恩小惠拉拢腐蚀我革命犯人，妄想逃避神圣的法律制裁，实属目无王法，罪上加罪，情节恶劣，影响极坏，不打不足以平民愤。

为了严肃法纪，奖罚分明，按劳分配，善恶有报，根据中华人民共和国××省××市看守所第九号仓刑法第一千零一条，现判决魏犯孝贤苦役半个月，每天洗厕所三遍，擦地两遍。附加刑：剥夺政治权利终身，用梳子打手指关节五十下。

这封判决书当然是我的奉命之作。当时黎头还要列举更多罪行：吹牛皮，讲屁话，经常假笑，大吃山珍海味，残害未成年狗仔等等，但这些欲加之罪没有什么法律依据，算不上什么罪，在我的强烈反对之下，才没有往上写。很多狗屁不通有辱斯文的词语，由于我的坚决抵制，最终未能进入文件。

老魏哭笑不得，"你们别开玩笑了，我是有心脏病的人……"

"哪个开玩笑？我只问你：上不上诉？"

"请各位不要乱来。多个朋友多条路，多个仇人多堵墙么。我们同是天涯沦落人，同室操戈，相煎何急？我不是说过了吗？本大哥是最有责任感和同情心的人，一定重重回报各位。你们的案子我都牢记在心。我同这里的车管教雷管教刘管教都是好朋友，我也认识新来的所长。不是我吹，我一定可以帮上你们的大忙……"

"你不上诉是吧？"黎头打断对方，对唐老鸭勾勾手指，让对方按计划出场担任辩护律师。但唐老鸭是个做假酒的农民，只读过小学，哪知道什么辩护？他抹了一把鼻涕，说魏犯孝贤长得白净态度和气，还算是说了些优点，但与案情毫无关系。他然后说到嫖娼的合理性："他大鱼大肉筑了一肚子，不骚一下又如何办？他吃饭不要钱，喝酒不要钱，坐车也不要钱，那屋里那一堆堆发霉的票子如何花得完？不从鸡巴里出来，还怎么出得来？娘哎，你们再急也没有用，你要他的票子出得来呵！……"这些话听似辩解，实是责骂，甚至比控诉还阴毒。"老子做假酒，一年到头提心吊胆累死累活，也只做得一幢屋，只讨得一个老婆，哪比得上他娘的天天做新郎，到处有岳母娘呵……"说到这里，就更离谱了。

在这种辩护之下，判决结果可想而知。9号仓人民法院的判决书不但没有减刑，反而把梳子打手指骨节的次数由五十加重到一百，让老魏一听就脸色惨白地倒下去，全身如一团烂泥。

在一片狞笑和欢呼之中，执法开始了。他被众人七手八脚架起来，拖到床台边，让他继续跪着，伸出两只手，平摊在床台上，就像暴露在砧板上等待刀斧。雄鱼头操起小小的梳子，对梳子背吹吹气，一梳下去狠击他的指关节。一下，两下，三下，四下，五下……旁人每齐声数一下，老魏就哎哟大叫一声。才打了十多下，他的几个指头已经充血，肿胀紫黑，如同酱萝卜。

看他的衬衣透湿，说实话，我有点暗暗同情他。我发现，不光是我，还有几个人的脸上也有隐隐的不安。连雄鱼头也回过头来请示牢头："三十五下了，算了吧？要不就罚他一点款？"

"是呵，是呵，罚他两箱咸水鸭！"有人附和。

牢头大喝一声："拍加河！"

这一刻他已经气得忘记了普通话。据事后有人解释，这是他老家方言中"打死他"的意思。

十二

老魏的惨叫声继续，直到声音虚弱下去，渐渐变成了一种哼哼，变成了一种似有似无的吁气。他的几根指头已经血肉横湖，隐约露出生生白骨。

黎头还不算太狠，经大家再三劝说，给老魏免了几十梳子。他这次也没让老魏"烤乳猪"——那是一种更毒辣的刑法，逼受刑者脱光了裤子蹲马步，在他屁股下点燃一根蜡烛。一旦他蹲不住了，两腿颤抖，屁股下垂，就会被火苗灼出一声惨叫。像这样烤过几回的乳猪，屁股上留有一块块焦皮，半个月内肯定没法坐，只能哎哟哎哟地躺在床上。

牢头也没让老魏"练芭蕾"。我听说隔壁10号仓不久前查出一个贼，众人大动家法，把那人的两个大拇指缠起来，吊在窗户栏杆上，不高不低，刚好让受刑者可以踮脚落地，时时保持着芭蕾舞引身向上的姿态。不用说，不到一会儿，受刑者踮不住了，体重在每一分钟都像在成倍增加，两个大拇指先是被勒得钻心痛，最后成了两团黑肉。

奴隶社会的毒刑就是这样惨绝人寰。但蹲过仓的人都明白，这些毒刑半是惩罚，半是游戏，又不可认真对待。在这个没什么好玩的地方，在手指头脚趾头都被无数次玩过的地方，每一寸光阴都如太平洋辽阔无际需要你苦熬和挣扎，鲜血有时就成为红色玩具。瘸子说过：这是人类最大的玩具，已经玩过好几千年了。

瘸子是从7号仓转来的一个犯人，走起路来一踮一踮，右肩高左肩低，有一种特殊的持重风度，好像右腋总是紧夹着什么，比如夹着一本不可示人的无形秘笈。他很少说话，不参加抢菜或者抢水，如果别人吃了他的饭，他还是不吭一声，脸上毫无表情，轻轻地坐到一边去，因此好几天过去以后，他在大家印象里还是一片似有似无的影子，从某一条人缝里飘来，又朝某条人缝里飘去，完全不占地方。

不过，自他到来以后，仓里不知何时有了些变化。比方墙上多了一个圆钟，是用硬壳纸做成的，不光可以指示日期，还可以记月和记年，让大家不至于忘了时间的运行。这是谁做的呢？厕所里还多了个淋浴喷头，是用一个矿泉水瓶底做的，上面扎了一些小眼，套在水管上，使水雾变得柔软和均匀。这又是谁做的呢？……人们感到新生活悄悄来临。

当时老魏已经释放走人，仓里的咸鸭味和鱼干味渐渐消失一尽，经济形势正是危机之时，吃饭又成了大问题。一餐一个水煮菜就不说了，一星期只摊上两三片肥肉也不说了，就说好端端的青菜，伙房里偏偏拿去煮黄了，煮黑了，同喂老母猪的一样。有时菜里面还夹着一条蛆，两根稻草，几粒老鼠屎，说不定再给你藏一缕糊糊涂涂的卫生纸，让你浮想联翩和肠胃翻涌：下一次不会吃出避孕套吧？

在这艰难岁月里，瘸子再一次让人惊奇。不知什么时候，他不声不响地开设伙房，更准确地说，是开设一间魔术室。他从不担心警察搜走打火机和火柴，把棉絮或毛絮搓成索，使劲用木板搓压，就能点着火。他把几支牙膏皮捶平，拼起来，再用饭粒封住接缝，就成了一口可以煮汤和下面条的铝皮锅。一个蚊香架子，在他手里可以成为切菜的刀。一个罐头盒子，填入烂棉絮和碎蜡烛，在他手里就成了小炉灶。他居然可以用纸锅烧汤，居然只用一支蜡烛就烧出了鲜美的三菜一汤，烹出宫爆鸡丁红椒鱼头拔丝苹果！你想想，这同一个穷国自力更生艰苦奋斗发明了原子弹有什么不同？

伙房里万分可疑的水煮青菜，在他手里也绝不浪费。他打来一盆清水，把菜叶子一片片洗了，倒回锅去加工，加上油和盐，加上几滴酱油和麻油，照样美味可口，完全是化腐朽为神奇。

照理说，监规是严禁烟火的，但瘸子偏偏能在管教的鼻子下瞒天过海。他带着一两个帮手，在厕所里做菜，因为那里比较偏僻，一堵半矮的隔墙多少挡住了来自监视窗的视线。只要有烟冒出来，就有人大力扇风，使烟变得稀散，不会形成刺鼻或者触目的目标。若放风的人发现敌情，一声口哨，厨师赶快熄火，不会让路过的警察有所察觉。

这样，其他仓常常有人犯事，被警察拉到院子里去罚晒或罚站，但我们仓一直平安，有时还能在卫生评比中评上先进，得到政府的表扬。

到了这一步，大家都尊瘸子为"博士"。但他还是不大说话，不说自己的案情。据说他一直不承认自己犯罪，只承认自己初中毕业以后自学成才，有很多发明创造而已。他确实也没杀人，没放火，只发明过一种喷剂，叫"一步倒"，比古典小说里的蒙汗药还厉害，朝什么人的脸上扑哧一下，那人立刻眼光发直地倒下去。劫犯们就是拿着这种喷剂在宾馆和银行里猖狂作案。他还有一个绝密化学配方，据说可用很低的成本，在普通中学的实验室里轻易配制出"逍遥散"，其功能相当于冰毒。若是美国大毒枭们知道了这一点，还能不求上门来？客户不拍下二十亿美金，岂能买到他的科研成果？

但是，这就算犯罪吗？这是犯了哪一门罪？你们想清楚了，你们把本本拿出来看清楚了：他并没有直接抢劫和直接制毒。他只是发明，发明而已，对发明成果的误用却没有任何法律责任。他曾振振有词地质问预审官："原子弹杀了人，但爱因斯坦是罪犯吗？"果真把对方问得一愣。

他对自己的案子信心百倍，还曾在7号仓绝食三次，吞过洗衣粉，嘴里鼓出一堆堆白泡沫，情形很是吓人。但警察对付这一套有经验。一个新来的冯大姐不但不救人，不但不让其他警察救人，还把另一袋洗衣粉甩到他面前："好吃是吧？你再吃，再吃，把这一包也吃完！你不吃完老娘就不答应！"这一逼，瘸子反倒不吃了。

到这时，女警察才把他揪到水龙头前，用胶皮管子接上水，对着他的嘴猛灌，一直灌到他嘴里和屁眼里两头出水，白泡沫逐渐稀释，这才算完事。

我曾经向他求证这些传闻。他只是笑了笑："教训。教训呵。我在洗衣粉里掺了好多面粉，但还是太轻敌了。"

"你也失败过？"

"成功者别无所长，最善于总结自己的失败。"

"你是个天才，一个化学脑袋！与你认识真是我三生有幸。不是我吹你，将来你出去以后，肯定要干大事的，肯定要当个真博士！"

"博士？"

"是呵，博士！"

"只是当博士？"

我不知道他是什么意思。

他淡淡一笑，"同你说吧，我这一辈子有三大目标：一是要当博士生导师，二是要当千万富翁，三是要当省部级高官，生前能上新闻联播，死后能进八宝山。"他朝我挤了挤眼皮，"你等着吧。"

看着这个一踮一踮走远的瘸子，我简直不相信自己的耳朵。但我静下心来时不得不承认，这一切为什么不可能？八宝山也是人进的，中央台的新闻联播也是人上的，世界上好多大人物不也是从牢里走出去的？说实话，瘸子身上确有一种说不清的魔力，凭着他的克己、热心、勤奋、手巧、足智多谋、眼睛眨巴眨巴，苍白脸上淡淡一笑，还有沉默中无形的谦虚和威严，不论走到哪里都可以不露痕迹地赢得交情、尊重甚至某种畏惧。你稍加小心，就能在任何一大群人中把他这样的面孔轻易辨认出来。他们身上的影响力和征服力，透过平静的目光弥漫和辐射，在任何一个地方都不可抗拒。

雄鱼头可惜就是不明白这一点，才去偷他的奶粉。他肯定不明白大家为什么特别义愤，不明白大家为什么铁了心向着瘸子。不论瘸子如何息事宁人，大家还是要搜查，要审讯，非要查出家贼不可。这样，半包奶粉终于暴露，是雄鱼头有口难辩的铁证。几个犯人齐刷刷扑过来。唐老鸭一脚就踢得他捂住肚子弯下腰去。他的头发随即被另一个人揪起来，脸皮成了擦墙的抹布，哧哧哧，立刻有了几道血痕。

要不是瘸子相救，雄鱼头这块抹布今天肯定要磨透。瘸子说："各位请息怒。我也偷过他的馒头，今天两下扯平吧。"

雄鱼头哪里丢失过什么馒头？但从今以后，别说是馒头，就是自己的心肝肚肺，只要瘸子想要，他雄鱼头恐怕也愿意割出来了。见瘸子用盐水给他清洗伤口，他感激的泪水一涌而出。

十三

像其他犯人一样，黎头也对瘸子有了兴趣，对他的智能犯罪刮目相看。什么洗钱、虚假注资、伪造信用卡、骗取出口退税等，在他们看来简直是神话，居然可以不费吹灰之力，就让白花花的银子流进自己的账户，甚至还可骗得官员们迎来送往，骗来警察的摩托队呜呜呜在前面开路，那是何等的威风和惬意！现在，价值二十亿美金的配方更是让牢头目瞪口呆，觉得自己的武打简直一钱不值。

不过，他并不去打听出口退税和药物配方，大概觉得自己没读过多少书，对那些学问高攀不上。他凑到瘸子那里，只是问问美国最新的飞机和坦克，问问塑料地雷和神经毒气，打听那些可以杀人如麻的武器，然后惊叹一番，向往一番。他不得不承认他的菜刀落后于时代，看来是不行了。

他还讨教些小问题。比方说，他好几次深夜里听到窗外有笃笃笃的高跟鞋走过，但没见到半个人影，那里也不可能有人，这是为什么？是不是有自动走路的鞋子？还有，他好几次听到地下有人叽喳叽喳说话，只是听不大清楚，但那水泥地下根本不可能有人，这又是为什么？是不是石头也可以录音？他还说到监仓区院子里的一盆白玉兰，据说是镇仓之木，从来无人敢动。前不久新来的所长不知情，要清理环境，派人把白玉兰搬走，让好多警察惊恐无比议论纷纷。结果这一搬，真搬出事来了，搬出大事来了。女仓那边一天疯一个，每天夜里都有人狂呼乱叫，甚至有人宣称自己是毛主席的亲生女。旁人拿绳子捆绑，拿毛巾塞嘴，都没法让这些疯子安静。到最后，新所长只好派人又把白玉兰搬回原地，重新镇仓，让疯子们恢复了原态——兄弟，你说说，这又是为什么？这看守所里还真有妖怪？

我第一次听到这样的奇闻，吓得把监仓四处看了又看，对仓顶一道奇怪的声音格外警觉，觉得那不像是石头滚过的声音。

瘸子笑了笑，解释了一下物理学和心理学，说到了磁场、太空以及什么气功，说得我们似懂非懂半信半疑。

"大嘴巴没有走之前，天天锁在脚枷里，但他每天晚上还去帮他老娘挑土做屋！"黎头不相信什么物理。

"这不可能！"瘸子说。

"怎么不可能？他天天早上醒来，鞋子都是湿的，还沾了外面的黄泥，明明是挑过泥巴的样子。"

"不是幻觉就是谣言。你们中间谁亲眼看见过那鞋子？闻过没有？鞋子上面到底是水还是尿？"

这种说服还是不够有力。

但瘸子的科学算命最后让大家不服也得服。因为他不但会看面相，看手相，看足相，还可以远距离算命。办法是这样：你请他给什么人算命，你就一个劲想着那人的面相——这就等于锁定目标，气功已经发射给那个人。瘸子用一只手握着你的一只手——这就等于他已经与你接上气，通上电，把你当作天线开始发功。他闭目养神的时候，采录和分析各种信号，然后一一说出那人的模样、性格、大致经历乃至疾病和寿命，简直是一台不可思议的人生雷达。说来也奇怪，这台雷达还真说准了黎头的父亲：他家的大门一定是朝北而不是朝东的。这一条没错。那男人一定是黎头的继父而不是亲父。这一条也没错。那继父喜好赌博和酗酒，对黎头母子俩没什么好脸色，曾经被黎头操着菜刀赶出门等等。这些也都没有错。如果最后一条错了，把那老家伙的肺结核说成了乙型肝炎，那也不是瘸子的错，原因是黎头这根天线出了问题，一度脱离了目标。兄弟，你自己想想，是不是这么回事？

黎头事后一想，只得承认这一点，说有一瞬间他打喷嚏，确实想到车管教那里去了。

瘸子遗憾地说："还不是？你不配合，信号就大大减弱了。"

"那我们重来，重来。"

"每次断电以后再接通，要重新调整频率，很不容易的。再说目标也可能进入死角，比如在隧道里，在电梯里，你就没法接通。要是目标在大的电器旁边，也会有电磁信号干扰。"

我在一旁暗想：这发功算命也就是打手机呵？

十四

黎头一高兴，给瘸子一外号："瓦西里大师"。没有人知道，他是从哪部电影里听到过"瓦西里"这个名字。更没有人知道他为什么觉得这个洋名特别好，应该戴在尊敬的瘸子头上。

瘸子要转仓离开的前一天，黎头代表 9 号仓人民政府授奖，在瘸子胸前挂了个啤酒盖子。这一天，瘸子用酒精、味精、糖、洗衣粉一类东西勾兑出来一种酒，或者说一种像酒的液体。黎头只喝了两三口，就变得舌头大和眼光直，刚才还在说瓦西里，转眼说成西瓦里，等一下又在他嘴里变成了瓦里西。人家说他叫错了名字，他只是傻笑，半醒不醒的样子。人家抓住这个机会哄骗领导，要他同意把库存的白糖拿来分光吃光。他还只听到一个开头，没听清对方在说什么，就豪迈地挥挥手，"同意！我同意！……"

幸好只是一点白糖。如果此时是一个仇人要割他的头，他大概也会没听清就抢先同意的。

不知什么时候，他死死抓住瘸子的手，突然有点异样，嘴里碎碎瘪瘪的词语，让我们辨出他的笑脸其实是一张哭脸，"兄弟，你不能走呵。你要是走了，我早上一起来，一看见墙上的钟，一看见淋浴的喷水头，一看见你做的菜锅汤锅，我心里……哗啦哗啦，会好难受呵……"

面对这张似笑实哭的脸，瘸子也有些激动，"强哥，我没有走，不还在大墙里面吗？说不定哪天冤家路窄，又在哪个仓碰上了。"

黎头还是伤感："大嘴巴走了，唐老鸭也走了，癞蛤蟆也走了，鳄鱼头他们都走了。老猫婆也走了。你们都不管我了哇。你们再不给我敌敌畏了哇……"

他是指手里的自制液体。

敌敌畏！喝敌敌畏！他操着空杯子见人就敬酒，见人就说大嘴巴走了唐老鸭走了癞蛤蟆走了鳄鱼头走了老猫婆他们都走了哇——还几次强拉牢门，不知牢门是拉不开的，不是可以由他来拉的。

他即使拉开了牢门也不可能再见到大嘴巴唐老鸭癞蛤蟆鳄鱼头老猫婆他们了。弟兄们见他一直横着眼，已基本上属于弱智，把他扶到墙角去了。

好半天，还听见他在那里哭，不过是哭上了别的什么事，旁人听不明白。他哭火柴盒，说他糊了二十万火柴盒还是没读上书。他哭自己被人家抢了馒头没还手，被人家抢了帽子没还手，被人家砸砖头还是没还手，但还是没有读上书。他还不如一条狗，他是个一骗就上当的傻鳖哇……

他渐渐地安静下去。不知何时又突然爬出窝，把我当成了瘸子，一把抓住我的手："你不能走，你走了我的心里会难受呵……"

这天深夜，不知他肚子里有什么不消化，先是放了几个屁，然后噼哩叭啦一阵，发出打水枪和扯烂布的声音，使整个监仓都弥漫着奇臭，臭中有酸，酸中有辣，辣中有腥，呛得我首先夺路而逃，周边的几个犯人都从棉毯里跳出来，捂着鼻子大骂。因为昏暗中有脑袋或手臂被踩了，更多的犯人跟着叫喊。大家一致声讨领导的不法罪行：黎头，黎哥，你吃了什么冤枉？你核试验也太厉害了吧？这日子还让人活不活？你要毒死几条人命呵？你再给我们煮八宝粥，我们就坚决要求转仓……

此刻的黎头酒醒了大半，自觉理亏，有点威风扫地，不敢差遣别人，自己夹着裆，一手提着裤头，撅着屁股朝厕所逃窜。他在厕所里发现没带纸，从隔墙后摇动着求援的手："各位，各位，做做好事……"说实话，我第一次看到他这么狼狈，看到弟兄们这样尽情地辱骂他，觉得十分快意。

"没有纸啦，撕你的歌本吧？"我故意为难他。

"撕布，撕毛巾，求求你啦，爷哎……"

"不行，这里只有歌本可撕！"我把一张废报纸撕开，一小块一小块递过去，每一次都磨磨蹭蹭，消受这家伙的百般焦急和苦苦求助。

十五

瘫子最终没有转仓，甚至没有活着走出仓门，是我始料未及的。这件事据说与女仓的犯人有关。

我们在这里一般看不到女人。有时候去谈话室或者接见室，有机会跨出牢门，眼光越过绿地庭院，一眼看到对面某个窗口晾晒着的乳罩或者头巾，免不了心里一软——那里就是女仓了。但那里关了些什么人，发生了哪些故事，我们根本不知道。我没法让自己的目光像一只只幸福的蟑螂，沿着肮脏的下水管道，偷偷爬入那些窗口。

听人说，这个所有八个女仓，关的人大部分是妓女和妈咪，也有杀夫犯或者儿童拐卖犯。天气热的时候，有些女犯毫不含糊，光着上身纳凉，顶多挂一个乳罩，面对监视窗口的男管教或者劳动仔，毫无羞耻之色，反而以疯作邪，故意浪荡地大笑，把狗奶子往上掀，搞得男人们一个个脸红地溜之不及。还听说有些女犯无聊撒野，有一次故意把电灯线扯断，然后大喊大叫要电工来修理。一个负责电工活的劳动仔不知底细，老老实实去修电灯，刚爬上人字梯，几个女犯们一声吆喝扑上去，七手八脚把他的裤子扒了，吓得他面无人色地滚落下来，狂呼救命呵救命。要不是女警察闻声前去营救，那几个疯婆娘说不定就集体施暴了。

　　　没有我的日子里
　　　你要自己搞自己……

　　这是女仓的浪声远远飘过来了，男犯们像中了吗啡一样兴奋，通常会扯开嗓门嚎上一曲：

　　　正月那个初一，
　　　小姐姐去赶集。
　　　碰上那个好弟弟，
　　　拉着进了高粱地。
　　　走进了高粱地呀，
　　　脱裤子又脱衣。
　　　（白）小姐姐，味道怎么样呵？
　　　哎呀呀，真是甜蜜蜜……

　　这还哪像看守所？差不多就是个妓院吧？但警察们不太在意这些，尤其是男警察，有时装得没听见，甚至还哈哈一笑。只有新来的冯大姐有洁癖，对此大为生气，好像去高粱地的是她家的千金娇女，刚才被几个臭犯人活活糟蹋。"哪个嘴臭？哪个嘴臭？"她的嗓门最大，一开腔就是敲响一面锣，敲得全所鸦雀无声。
　　"9号仓的，听见没有？要我拿马桶刷子来戳两下是吧？"
　　她是个老管教了，把一张铁仓门玩得特熟，插钥匙，开锁，摘锁，拉栓、推门……五六个动作可以融为一体，在咣当一声中完成，是一种迅雷不及掩耳的突然袭击，使任何人的违禁勾当根本来不及掩盖，一次次暴露在她的眼前。但这一张铁门还有其他玩法，比如她一看见你满脸淫邪，认定你是个下流坯子，就会在你进仓的当口，咣的一声，让大铁门不早不迟不偏不歪，准确地打在你的脚后跟上，打得你眼泪直流但又无话可说——她打你了吗？没有。她关门不对吗？很对。怪只怪你自己的后脚提慢了。

有些犯人跟着这个五大三粗的冯管教回仓，还没走近仓门，就两腿发软迈不开步子，蹲下去求饶："冯姐，冯姐，你慢点关门好不？"

"起来起来，快点走！"

"我就是怕你走在后面。"

"少啰唆。"

"我再不唱流歌了，再也不唱了，再唱你就割我的舌头。"

冯姐哼一声，撇撇嘴，算是放过对方一次。

不用说，冯管教的铁门功让很多强奸犯恨恨不已。虽然她帮过很多人的忙，比方帮很多人修改上诉书，改正错别字，解释法律知识，甚至还掏钱给一些穷犯人付律师费，但有些人还是摸着脚后跟，恨恨地叫她"绊脚鬼"。她为改善伙食出过力，曾在伙房里拍桌打椅骂管理员，说"饭食是猪吃的，狗吃的，你们自己给我吃一口看看！"她还大骂那个姓王的副所长，说"你要是没贪污鬼都不信，这油到哪里去了？豆子到哪里去了？三千多斤黄豆，化屎化尿也要填满两大池吧，怎么就不见了？……"这些话从伙房里传出，在离伙房较近的监仓可以听到，也在犯人中悄悄流传。但有些强奸犯还是余恨难消，走路一跛一跛的时候，一次次咒那个绊脚鬼将来出门要被汽车撞，吃饭要被鱼刺卡，哪一天要瘫痪在床上不得好死。

如果听到开门声拖泥带水，有三没四，七零八落，犯人们就可以断定，绊脚鬼今天没有来。确认了这一点，男犯们才有了轻松和解放，才斗胆开始发情，包括此起彼伏地尖叫，没有什么含义，没有特定对象，只是情不自禁地亢奋一番，像动物在野地里的寻常勾当。

黎头这一天也跟着叫，然后夹胡子，梳头发，抹头油，爬向监视窗口——这需要坐在一个人的肩上，还需要下面的人坐在另一个人的肩上，形成三节人梯，才够得上监视窗的高度。我们仓就有两个名叫"楼梯"的犯人专司这种公差。他们一次次结成人梯，把黎头高高地顶起来，让他独占满窗的风光，寻找饱餐秀色的机会。

黎头探头窗外，大多时候都很失望，说根本看不到什么。他说有一次看见一个老太婆，比他妈的年纪还大。后来还看到一个女犯跟着警察低头而过，但连个正面也没有看到，是麻子还是瞎子也不清楚，顶多看清了一双皮鞋是两个样子，颜色也不同。

这一天，他总算有些收获，不但撞见了一盘刚进 23 号仓的嫩菜，还同那个货说上了话。

"喂！喂——"

"是叫我么？"

"安妮！"

"我的名字是安妮吗？"

"他们说你就是这个名字。"

"假名。"

"你真名是什么？"

"真名么，藏在李白的《长相思》里，你去猜！"

"我没文化，猜不了。你多大？"

"你土鳖呵？对女士也可以问年龄？"

"你不说，我也看得出。"

"告诉你也没关系。扣除睡眠，我四千三百多天了。"对方嘻嘻一笑。

"我看你六十岁了。"

"讨厌！"

"我怎么看见你有皱纹？你过来，走近点，让我仔细看看。"

"呸，我不上你的当！"

黎头后来知道，这盘菜刚见了检察官，心情不太好，经管教特别批准，在院子里坐一坐。她摘了几片草叶，捉了一只蜻蜓，不知不觉靠近男仓了。"大哥，你知道吗？我在这里好好寂寞，好好孤单的。"她一脸港台流行式悲伤，"我好想有一对蜻蜓的翅膀……"

"我在这里疗养，舒服得不想出去啦！你信不信？"黎头历数自己这几天的幸福，早餐吃过了什么什么，昨天晚上吃过了什么什么，昨天中午吃过了什么什么，还有昨天早上……

"大哥，我们来玩个游戏吧。"对方说。

"玩什么？"

"玩——恋爱，怎么样？"

"恋爱？怎么玩？"

"这样，你先叫我一声么，叫得甜蜜一点。明白吗？"

"就这么叫？"

"当然就这么叫。"

"一叫就同你恋爱了？"

"讨厌，游戏嘛！"

黎头一气放出个炸雷："安妮——我爱你——"

他发现对方没回话，仔细一看，原来对方头转到另一边去了。"喂，喂，我已经喊了，下一步做什么？"

对方终于把头转过来，满脸泪水吓了黎头一大跳。

"你怎么啦？"他问。

"对不起，好久没听到这样的话了，"她泪脸上挤出一丝笑，用衣角擦着眼睛，"一听，心里……好难受。"

黎头不知道该怎么办，不知道恋爱有这么危险和这么繁重。他想说点安慰的话，不料轰隆一声，自己偏偏在这个时候落入黑暗，在地上砸了个四脚朝天。原来是刚才的两节"楼梯"实在撑不住了，大汗淋漓，额冒青筋，口挂涎水，加上顶端的人剧烈扭动，重心失去平衡，人梯就呼啦啦散了架。

十六

黎头痛得哎哟哎哟直叫，揉着自己的脑袋和腰身，跳起来狂骂，逼楼梯们爬起来再接上。不过，等他再次爬到窗口，庭院里已空空荡荡，叫安妮的那盘菜不见了，只有两只蜻蜓在阳光下飞绕。

车管教走过来一声冷笑："强仔，长本事了？有进步呵！油头粉面的，还知道调戏女犯啦？是不是要戴镣长街行，唱一出《天仙配》和《十八相送》？"

小斜眼冲着车麻子横了一眼，黑着一张脸不吭声。等对方走远了，走出监区大门了，才对着空空庭院补上一嚎：

　　妹妹你大胆地朝前走

　　朝前走，莫回头……

他从窗口下来以后，有些闷闷不乐，躺在床上翻来覆去，爬起来问我"感"字怎么写，"铲"字怎么写，最后索性要我代笔，帮他写一封信，托劳动仔捎到女仓去。说实话，我一听给女人写信就比较有灵感，脑子里有各种小星星在闪耀，有各色小花朵在开放，有各种三角帆漂向蓝色海面的远方，根本不用找参考书，很快就写出一大堆形容词：花容月貌、仪态万方、羞花闭月、沉鱼落雁、婀娜多姿、亭亭玉立、倾城倾国……相信大多数通俗文学作家都会在这封信面前自愧不如，大多数无知少女都可以在这封信前动容。

黎头不知道这是些什么意思，脸上毫无表情。待我逐一解释，他才有点脑朡。"太啰唆了，太啰唆了，呸，哪来这么多屁话！"

"那你要我怎么写？"我很委屈。

"只要告诉她：哪个同她过不去，啪啦，给大哥递个话来。我就去铲了！"他要我撕了重写。

深夜，我睡在他旁边，发现他还是动静很多，一直没消停，最后坐了起来长长地叹气。我也没睡着，问他有什么心事。他说他做了一个梦，梦见一个老头，长得活像他亲生父亲，在窄窄的铁路桥上遇到一列火车，连忙避让，但一脚踏空了，忽悠悠落入万丈深涧。后来他赶到桥下去营救，发现老头已经死了，不过，老头的帽子下面不是脑袋，只是一个闹钟。你说怪不怪？

又沉默了一段，他又叹了口气，在昏灯下第一次说起家事。他说起他生父去世早，母亲改嫁，把他带到了周家。但继父对母亲并不好，三天两头打得母亲头破血流，有一次深夜了，正逢外面下大雨，还立马要把母亲赶出门。当时只有八岁的他，跪在继父面前，哀哀地求他留下妈妈。但继父哪里会听他的？那个王八蛋还说，祸根子其实就是他，他吃周家的、穿周家的，还要周家供他上学，这样一个无底洞，如何填得满？花了万贯家财，不过是养一个野崽子。肉中一根刺，肯定长不到一起的。

强仔记住了这些话，以为继父只是舍不得钱，以为只要自己少花钱，继父就会对母亲好一些。他从此学会了捡垃圾，学会了卖报纸和糊火柴盒，碰上两个街上的弟兄，还学会了偷自行车和摩托车，学会了拍砖头和抢菜刀。但这一切努力都没有结果，拿钱回家也是白搭。继父不仅还是没有好脸色，而且正是在他的威迫之下，母亲把亲儿子举报了。母亲甚至还去送烟酒，托人情，说好话，说什么也要请政府从重法办，把这个不孝之子绳之以法。

他被警察带回家取衣物用品的那一天，母亲没有在家，或者是不想回家。只有周家姐姐为他收拾衣物。咯嗒一声，一个小相框从衣柜里滚出来，正是他亲生父亲的照片，是他一直偷偷保存着的唯一旧物。他把相框拾起来，目光触及父亲的容颜，那个经历太多凝视然后线条开始模糊的容颜，鼻子一酸，咬紧牙，忍着，忍着，最后还是没忍住，流出了眼泪。他听到身旁也有抽泣，抬头一看，是周家姐姐泪光闪闪地看着他。

"弟弟，照片交给我吧。我会帮你好好地保存。"

他扑通一声跪下去，给周家姐姐叩了头。

不用说，他的普通话就是来自周家姐姐。我记得他以前说过，他有个不同父也不同母的姐姐，靓得很，牛得很，是学校广播站的播音员，还到省里参加过中学生朗诵比赛，拿回来一个金光闪闪的奖杯。

十七

警察不在监区的时候，犯人们常常搭着人梯，爬到窗口"打电话"，就是朝其他窗口远远地喊话。包括与自己的同案犯串串供，或者是找熟人聊聊天，传播一些重要消息，比如女仓里又来了一盘什么菜，叫什么名字，长得如何，如此等等。

有一次，斜对面的某仓打来电话，说他们那里刚来了两个小毛贼，呜哩哇啦只是叫，听不懂本地话也听不懂普通话，看上去可能是越南人或柬埔寨人，是一对苦命的国际朋友。没料到警察有办法。车管教对另一个警察说，不知道他们是哪里来的，审不了，遣送不了，养着吃饭更不是办法，干脆把他们活埋了。车管教拿来两个麻袋，又找来一把铁锹在院子里铲土挖坑，吓得两个小毛贼立刻开口："警察叔叔饶命！我们交代！我们交代还不行吗？"

大家这才知道他们是本地人，刚才只是装聋作哑。

这些小毛贼想同车管教斗心计，还真是嫩了点。

十八

天气暴热的那一段，黎头背上生了个大毒疮，体温烧得他一度昏迷不醒，还咬牙切齿口口声声要自杀。绊脚鬼天天来帮他换草药，脓呀血的，沾满她一双手。她一个女人，在光膀子男人的肉堆里进进出出，在晾晒着的男人短裤之下来来去去，在明明蹲着男人的厕所前打开笼头取水，从不害怕。即便看见什么人的大裤衩里支帐篷了，或者是大裤衩下走火了，她一般来说视而不见，到了忍无可忍的程度，才会一只鞋子突然砸过去，来个精确打击，警告对方自我检点。"喂喂喂，文明点！自己的东西自己管好！"有时她会大喊一句，喊得大家心知肚明。

她领着医生来给黎头打针，没料到这个杀人犯杀过人，但晕过针，最怕打针，又喊又叫的，死死揪住自己的裤头不放。绊脚鬼火了，不由分说，哗的一声扯下裤头，在对方露出的半个屁股上猛击一掌，意思是要小斜眼老实点。三下五除二，真把对方治得服服帖帖。

有个小光头一直盯着女警察滚圆的膀子，还有肥厚和跳荡的胸脯，在她的大屁股周围蹭来蹭去，对黎头早已羡慕不已，叫叫嚷嚷称自己也有病，脑壳闷，肚子痛，不打针是不行的。还没等医生诊断，他急急地褪了裤子。本来只需要露出屁股的一角，但他一呼噜把裤腰差不多褪到了膝盖。绊脚鬼摸摸对方的额头，说是有病，还病得还不轻呵，说着从医生手里取过注射器，没上药，也没消毒，朝着白屁股上狠狠一扎，扎得对方歪了一张脸，哇啦哇啦鬼叫。

"明天再给你打！"绊脚鬼说这一个疗程要打五针，吓得小光头五天之内再也不敢见她，听见她的脚步声，就躲在远远的墙角，紧紧把守住裤腰带。

她只是有点粗心，不大像个女人。有时开门进来找人，找来找去没找到，大吃一惊，才发现自己看错了门号，把我们仓当成另一个仓了。有次给黎头换药，她还把一只手机遗落在地没有带走，被我捡到了。我送还她时说："要是我拿这只手机打 119，把全市的消防车都叫来，你怎么办？"

"我们无仇无冤，你小子不会这么坏吧？"

"要是我瞒下它呢？"

"我消了号，你拿了也没卵用。"她居然有粗口。

"我刚才已经接了你的一个电话，是你老公打来的。"我骗她。

"是吗？"

"他一听是个男的接电话，还以为老婆出问题了，哇！"

"放什么屁？老娘拍死你！"她瞪大眼。

"嘿嘿，同你开个玩笑。对不起，对不起。"

她缓了口气，"你没跟他通报姓名？"

"通报姓名干什么？"

"我同他还说起过你。"

"你……说起过我？"

"是呵，说起过呵。我说你会唱歌，唱女声还真像，把我都骗了，比宋祖英还唱得好听，哪天到电台去骗骗人。你不知道吧，我那一口是电台党委书记，有点小威风的。他说我不懂音乐，好像只有他才懂。呸，我以后我还真要带你去给他看看。别以为我们看守所没人才。我看他们那里才臭鱼烂虾哩。"

我的心里一热。

她没注意我的眼睛，"你以后总要出去的吧？到时候要是找不到工作，说不定我还真可以搭上一只手。"她接过手机开始打电话，把我晾在一边，没工夫再理我。

我从此不再叫她绊脚鬼，管她叫冯管教，冯大姐，冯姐。黎头自从毒疮收疤以后，只要是冯姐来训话，不论说得如何不中听，也不再拉长一张狗脸，比以前和顺了许多。以前他根本不愿意上诉的，现在也打算见律师了。

十九

恐怖之夜就是在这一刻来临。眼下我一遍遍回忆当时的情景，还是很奇怪。那一个夜晚极其普通，极其平静和安详。如果说窗外有一群麻雀突然惊散，那不能说明什么问题，只是高墙外有什么人惊动了它们。

开始有一个仓又打来"电话"，没说什么要紧的事。后来，有几个犯人开始打扑克。另有一个犯人用自制的竹针穿纱线，埋头缝补自己的裤裆。还有三个四川佬是刚来的，嘀嘀咕咕凑在一堆，肯定是对老犯人有所不满，但也没办法，只是间或怯怯地瞥我们一眼。

就是在这个晚上，我与瘌子一连下了三盘棋，虽然他每次都少用一半车马炮，但还是保持常胜记录。其中有一盘，如果不是走一步瞎眼棋，我差点就要赢了。我要悔棋，但手腕被他紧紧抓住，架在空中无法下落——我这才发现这家伙虽然单薄，但一只手像铁钳，一身功夫不露形迹。

"落地生根，不能悔！"他平静地坚持。

"这又不是国际比赛，就悔一次么。"

"好狗不吃回头屎。"

"不就是玩玩么？"

有人担心我生气。其他弟兄嫉妒瘌子的常胜纪录，也一致拥护我悔棋：是呵，玩玩，莫太认真，法律都可以改的。

"棋场即战场，岂能儿戏！"

瘸子固执不让，眼中透出了某种狠劲和杀心，是一刀子定要插到位的那种精确和冷静。我终于恼羞成怒，既然架在空中的手落不下来，便一脚踹了棋盘。这并没有使他生气，也没有使他松动。他默默地把棋子一一捡回来，看了我一眼：

"三比零。你输了。"

这一天晚上不欢而散，我迟迟才入睡。第二天，我们起床后洗脸刷牙上厕所，发现瘸子还在蒙头大睡。又过了一阵，送餐的来了，有人邀他起来一起喝粥，他还是蒙头一动不动，似乎对嘈杂声响充耳不闻，这才让人觉得有点反常。有人喊了两声瘸子，去揭他的棉毯——恐怖的尖叫就在那一瞬间发出，叫得我眼球胀痛，血往头上涌，脑颅里一片空白。几个警察冲进仓门，发现瘸子的头上套着一个紧紧锁口的塑料袋，全身有一种僵硬，裤裆里是湿的。

冯姐翻了一下他的眼皮，说快快快，抬出去！

门外是走道和庭院，空气要清爽许多。冯姐挽起衣袖，蹲在瘸子的腹上，双掌叠压在他的胸口，一声嘿，做起了人工呼吸。有两个小犯人平时最喜欢听瘸子讲故事，眼下见瘸子成了这样，吓得呜呜呜地只是哭，被冯姐一声喝，才撅起屁股俯下去吹气。一个小犯人对着瘸子僵硬的嘴，一口长气吹进去，使瘸子的胸脯鼓起来，再由冯姐一把一把地挤压，把胸腔里的气排出。

医生也赶来了，手忙脚乱打针，但说这鼻孔里耳朵里都见血，强心针打了也是白打。

冯姐很不耐烦："打了再说，能打多少打多少！"

车管教也来了，探了探瘸子的鼻息，查了查瘸子的瞳孔，说至少三个钟头了，不用白费工夫了。

冯姐更生气："就是个石头也要救一把再说吧？你怎么知道就救不活？要是你家的人你不救吗？你还会在这里屎少屁多？"她想起事故的责任就更气："你们这些臭窝笋，昨晚值班时干什么去了？打牌去了？喝酒去了？看电视去了？早就要你们注意9号仓，你们就是不注意！要你们找人摸摸情况，你们就是不摸！现在好，没盯住，出大事了吧？你们这些饭桶饭桶臭饭桶——饭碗不想要了吧？也想蹲蹲仓吧？"

她一气骂了个狗血淋头，骂得姓车的脸上红一块白一块，满头冒汗，张口结舌，当着犯人的面真是栽得厉害。他手足无措，丢了烟头，只得老老实实去给瘸子搓手和搓脚，似乎想把血流搓动起来。

"给9号仓全部上镣，查出凶手——"车管教大叫。

二十

我想起前一天晚上的象棋，还有前一天晚上瘸子说的"你输了"，不相信眼前这一切是真的。一个大活人就这样没了，在一个小小的塑料袋里窒息而去。一个有体温、有表情、有动作、有脾气的人突然成了一堆任人搬弄的呆肉，不知何时在我们熟睡之际不辞而别，在近在咫尺的地方一步步冷却和僵硬——生命真是脆若悬丝，死神在我们耳边又一次悄悄掠过。

我捡到了一只熟悉的鞋，把它偷偷套在瘸子冰凉的脚上，一只混乱场面中谁也没注意的裸脚。

问题是，严重的问题是：他为什么会死？是自杀？是他杀？然而自杀或他杀是出于什么原因？我回想这几天来的每一个场景，每一个细节，每一个词语，还是没法嗅出空气中的阴谋和恶毒。直到事隔很久以后，我才有了一个疑点：记得小斜眼曾低声问过我一句："要是有人想整死你，你怎么办？"

"拼个鱼死网破。"当时我随口一答。

他看了我一眼。

"你什么意思？"我问他。

"没什么，随便问问。"

我后来回忆得更清楚了：就在他问话的前后，他不唱歌，不俯卧撑，也不要人按摩，只是独自睡觉，但钻进棉毯的那一瞬，眼角里泄出一道余光。我看清楚了，余光虽然只是投向墙上的纸挂钟，却隐隐藏着凶狠——如果我没记错的话。

警察也不相信瘸子是自杀。仓里的人都被叫去受审，包括才来两天的三个四川佬。几个杀人犯和流氓犯更是重点怀疑对象，受审时间总是很长。尤其是黎头，一去就三天，直到一个深夜才被两个劳动仔架着回仓。他气息奄奄，浑身汗湿，虚弱得话都说不出来。车管教把他的一只手铐住，另一端铐在仓门的门闩上，让他只能站着，顶多只能半蹲，没法坐下来。只有半天，牢头的两腿就肿如木桶，加上门口的风大，两手已经冻得铁一样冰凉。大家找来些纸盒和棉毯，塞到他屁股下，让他能够坐一坐。他不从。弟兄们送来吃的喝的，他也一直紧咬着嘴唇，还是不从。他有一种要与手铐拼到底的劲头。最后，大概是发现没希望了，他突然破口大骂，每骂一句，脑袋就朝墙上猛撞，整个人疯了一般。顷刻之间，他满脸盖着血，已经不见脸了，只有红色中两只眼睛眨巴眨巴。

我们大惊失色冲上前去，七手八脚将他抱住和按住，用一床棉毯包住他的头。但我们不知他哪里那么大的力量，不但甩得我们东偏西倒，不但继续往墙上撞头，而且身上所有没有被我们按住的部位，一团团的肉都突突跳动，都在向外爆炸。

"要死人啦！"

"救命啦！"

我们恐惧万分地大喊，喊来了警察。他们也被一个血淋淋的脑袋吓坏了，商议了一下，给他解了手铐。

我也是瘌子的交往密切者，因此在提审室待了很久。我想洗脱自己，帮助警察迅速地破案，但我没法供出密谋的过程和动手的情节，更没法供出他们想象中的棍棒、刮刀、毒药一类物证，使警察们很不满足，连冯姐也对着我瞪眼大拍桌子，根本不把我视为什么人才。另一个警察接班，同样对我没有好脸色，口口声声要把我丢出去喂狼狗。又一个警察来接班，虽然没有威胁，但始终不让我闭上沉重的眼皮，一连十几个钟头折腾得我痛苦不堪。这种车轮审讯的最后一站是车麻子。我怕他，一心想让他满意，于是忙不迭地挖空心思，把早已成为枯渣的回忆再来一次榨挤。我说瘌子做过很多数学题，不知是什么意思。麻子听后并不满意。我又说瘌子给我们讲过《圣经》，讲过洪水滔天毒疫流行之类阴冷可疑的故事，麻子听后更不满意，认为我故意糊弄他。

他用电棒戳戳我的衣袋，"这里面没有白粉吧？要不要我今天给你搜一下？给你加判个七年八年？"

我知道他的意思，气愤地大喊："你，你不能栽赃陷害！"

"还知道怕呵？那就好，那就好，那就态度老实一点！"

"你打死我，我也只知道这一些。"

"想骗谁呢？你同他臭味相投，交往密切，经常合伙加菜。有人还揭发你们走后门！"他是指同性恋。

"那是血口喷人！无聊！"

"人家的笔录上有白纸黑字！"

"是你们搞逼供信！"

"好，就算没有走后门，你们混在一起也不光是下棋吧？不光是讲故事吧？不光是思考中国革命和世界革命吧？ 9 号仓里就这几团毒，你不知情还有谁知情？你以为我们公安局是粮食局，都是吃饭的？"

他用电棒指定一个台灯架，一按电门，棒头立刻噼叭一响，白中带蓝的光团爆出，震击得台灯架一跳。我知道，下一步我肯定就是这个台灯架了。我看见他的电棒头已经逼近过来，逼近我的鼻尖，知道自己马上要发出一股焦煳味，就要头发竖立和眼球外突，整个身子跳到天花板上去。

我果真大叫一声，晕了过去。醒来的时候，我发现自己躺倒在地，满面流着冷水，眼中是车麻子朝下俯瞰的一张脸，有些模糊和变形。

我听到他哈哈一笑："我没有按电门，你小子晕什么晕？你还没学会视死如归呵？"

二十一

有一个管教好色，看中了一个女犯，值夜班时常把这个女犯叫去谈话，进行思想教育，然后要对方按摩，吃她一点小豆腐。他没料到对方按摩时偷听他打电话，察觉了他的一个圈套。他当时受人之托，正设法给瘸子减刑，要为瘸子制造一个立功机会。他的这一招很阴：据说是让瘸子去鼓动黎头越狱，假模假式提供锉刀一类工具，但准备在案发之前及时举报，一举制止越狱事件。这不就立功了？减刑不就有了可能？

按摩女郎把这事偷偷告诉了两个囚友，于是另一个女犯把风声透给了黎头。不用说，黎头心一横，先下手为强，就有了后面的故事。

这是一种说得通的说法。当然，关于瘸子的死还有其他说法。有人说他的哥们统统招了，让他始料未及大为悲愤。他是个心高气盛之人，眼下制毒证据确凿，身为主犯罪大恶极，最好的情况下也会判个无期。听检察官和律师都这么说，他不愿在监狱了此残生，便断然结束自己。

这样说也似乎合情合理。不管出于哪种情况，他的死都让我深为可惜。他一个初中毕业生，做出那一堆堆的高等数学题，一直让我惊叹学海无涯。他对生活的看法，虽不被我全部接受，却使我深深震撼久久难忘。有一天夜深，他迟迟没有睡下，嚼着嘴里的一根干草，一口咬定这个世界已经无药可救了："……贫困和权势都是犯罪的条件，你要是没碰上它们，当然很容易做好人。"他冲着我冷冷一笑，"世界上的大多数人，其实只分成两种，一种是你说的好人，其实是没有碰上犯罪条件的人。另一种是你说的坏人，不过是犯罪以后没有悔改机会的人，比方说没时间了，不能重新开始了。"

我怯怯地说："你的意思是，大多数人不是潜在的罪人，就是后悔的罪人，是吗？"他点头："对，我们都是迷途的羔羊，罪孽深重。"

我辩不过他，没有他那么多学问，更没读过他动不动就提到的《圣经》。但我已察觉到他白里透青的脸上有一种死亡气息——那一夜他是不是对厄运已有预感？

多少年以后，我从老魏那里知道了安妮的行踪，一心想找到安妮，想知道她是不是那个给黎头透风的女犯，或者说她知不知道那个女犯——这关系到黎头在我心中永远的一个疑点。当时老魏已经离开机关了，公司又破败了，办公室里堆了半个房间的旧货包，一台传真机据说是坏的，冰箱里只有西红柿和几包方便面，桌上和地上还有薄薄灰尘。看来这里没有安妮那样的小秘书来侍候老总了，也没有多少谈判和会议了。但这并不妨碍老魏打开公文包，拿出一叠叠豪壮的项目书，一个劲向我描绘公司的大好前景。这也并不妨碍他看在囚友的面子上，慷慨接纳我，要我当营销部经理。

"日本贷款还没到位，因此我暂时不能给你工资，但公司的股份给你10%，或者12%，你看怎么样？"

我很感动，"魏哥，你对我真是太好了。"

"我是最念旧情的人。与你共过一次患难，对你还是够朋友吧？虽说事后没把你们那些弟兄都捞出来，但看守所面貌的彻底改变，践踏人权现象的基本杜绝，还不是靠我魏总？那两个去考察的著名作家，都是我哥儿们。他们把内参一写，把政协提案一交，公安局就得来乖乖地整改。我本来还想搞个记者团去好好曝它一下光！"

这似乎是事实。

手机响了。从他突然融化如水的五官来看，从他立刻扭动腰肢和翘起小手指的青春活泼来看，手机里想必有女人的香风扑面。他乐呵呵地说不行不行，时间这么晚了，他刚见了中央一个领导，还要等两个美国的传真，实在没时间呵。他又哟哟哟几声，被一只蝎子咬着了似的，说好吧好吧，宝贝，我联系一下美国再说。

他收线了，气恼地摇摇头，"唉，都是我大观园里的一帮妹妹。好厉害！现在没多少客人了，天天把我的手机打爆，要宰我的冤大头！"

他无可奈何地带我去了一个夜总会，一进门碰上领班就吆喝："还有哪些没上台的？都来都来，都算我的！"

七八个花枝招展的女子一拥而出，雀跃欢呼又饿虎扑食，把我们严密地押进了一个KTV包厢。其中有一个还坐到他腿上，攀到他的肩上，差一点就要骑到他的头上。不过，她们今天有点高兴得太早了。老魏确实是来收容她们，不过日本贷款没到位，今天不能给现金，只能开白条。

花蝴蝶们哪吃这一套？她们柳眉倒竖，翻脸不认人，咸鱼小贩的粗话脱口而出，七手八脚把魏总来了个围抢。不仅搜走了他身上的发票和几张小钞，还搜走了他的手机。放在茶几上的一副太阳镜也被人抢走，大概是便宜货，被那个女子看了看，又给甩了回来。一只手表还没解下手腕，已陷入三个疯婆子的争夺之中。

"你们欠打不是？"魏总一脚踢翻了茶几，这才吓得花蝴蝶们一哄而散，"你们也不看看你们自己的样子，眼睛画得熊猫一样，衣服穿得咸菜一样，一看就是个卖甘蔗的，没一点品位，也想在这里混钱？"

看她们低眉顺眼，嗫着嘴嘟嘟哝哝，气焰不再嚣张了，他把散乱的头发抹了抹，气平了一些："叫花子嫌饭馊，还想要现金。哪来那么多现金？现在是文明社会，中国要申请进入WTO，各行各业都要讲道德，要建立现代企业制度，你们首先就要端正服务态度不是？不要唯利是图急功近利不是？不要把一个钱字顶在额头上。钱钱钱，俗气！知道不？别说你们这些破冬瓜烂茄子，就是国色天香来了，也不能开口就是钱！你——"他指着一个女子，"要你去矫正牙齿。为什么不去？一嘴桂林山水，还不把客人吓出十万八千里？"他把对方气得哇的一声哭着夺路而去了，又指着另一个胖丫头，"你们也站好！你——讲话最没有礼貌，一点文化都没有，还口臭！只唱得了几首港台歌，连英国在哪里都不知道，美国在哪里也不知道。这样的素质怎么行？你们白天有的是时间，为什么不读读书？像唐诗、宋词、元曲，总要知道一点吧？像国家的基本法律和政策，还有最新发生的国家大事，总要知道一点吧？……"

他的政治教育和人生指导看来没完没了，我把一个点歌簿翻过好几遍，最后装作上厕所，溜出了空气混浊的包厢，来到了大街上。

二十二

　　眼前的街口靠近华天宾馆，有一个贴满小广告的邮局报亭，居然还是三年前的老样子。三年前我就是在这里被抓的，当时被警察反剪双臂，额头顶住了一个肮脏的垃圾桶，屈辱的牢狱生活由此开始。我曾经在监仓里狠狠掐自己的大腿，想把时间掐回到这个垃圾桶，掐回到我到达垃圾桶之前的一刻。

　　现在我回来了，对着垃圾桶忍不住泪流满面。我的两个同案犯后来终于落网，使案子得以审结，我可以获得轻判和出狱。但我不知道自己得到这一消息时，到底是高兴还是不高兴，就像经过旷日持久的排队，总算排到商店柜台前了，却不知道自己到底要买什么，不知道柜台里的东西是否物有所值。母亲的床上已经空去并且积有灰尘。未婚妻的床下已经有了另一双男人的皮鞋。朋友们的电话号码大多已经改变——我现在应该往哪里去？我当然还能慢慢地找到朋友，听他们谈 GRE，谈技术移民，谈欧二标准，谈真人秀，谈上网灌水，谈党校中青班，还有台阶和助巡……这都是我听不大明白的，就像我当初听不懂犯人的黑话。

　　他们拍拍我的肩，给我加上葡萄酒和巴西烤肉，约我下一个周末去打球，看他们如何赢下 350 杆的耐克或者 300 杆的登喜路……这又是我不懂的黑话，再一次让我额头冒汗，手心发凉，一肚子话说不出来了。他们像我当初见到的犯人，对我这个新来的家伙饶有兴趣。

　　我不是一直在向往这样的自由吗？不是一直向往这样的明亮和舒适吗？为何一落到自由里反而一身哆嗦？

　　是的，我自由了，听不懂上等人的黑话但还是应该高兴自由的降临。我一遍又一遍说服自己，我现在不必担心陌生的男人和女人，不必担心任何保安和警车，就是荷枪实弹的武装警察队伍开过来，我也可以在这里吹吹口哨。我没犯法，没有案情。你应该明白这一句话的意思。这就是说，我可以在这里自由地看看天色，挠挠头发，挖一挖鼻孔。我既可以上中巴车又可以招的士，既可以看广告又可以看橱窗，既可以摸电杆又可以摸墙壁，既可以踢一个饮料纸盒又可以踢一块小石子，既可以走进一家小酒吧又可以走进一家理发店……我再一次确认头上没有四方形的天空，确认自己可以在这里幸福地打滚，翻斤斗，做广播操——我曾经昼思夜想的一幕。

我给安妮打了个电话，告诉她这个电话号码是老魏告诉我的。

"我怎么不认识你呢？"电话里口香糖的咀嚼声，还有歌舞厅嘈杂的喧哗。

"我是收音机，你不记得了？"

"什么收音机？"

"我是9号仓的男高音呵。"

"有这样的事吗？"

"我当劳动仔的时候，帮你递过不少条子，还替你到外面补过鞋。"

"我怎么越听越糊涂？"

"你不是安妮？"

"对不起，我不叫这个名字。"

"你又改名了？"

"国家机密，不告诉你。"

"不就是藏在哪首诗里吗？怎么不藏在性病广告里？藏在老鼠药广告里？"

我有点生气，也生自己的气。我今天打这个电话做什么？是要与她分享自由的幸福或者沉重？是要与她分享回忆的辛酸或者快乐？还是要找个女人唱上一支《红河谷》然后蹭她一顿饭，再蹭她两支烟？我已经重返生活，正在与人们相忘于江湖。方形天空下的往事一去不返，不再需要我暗暗坚守。

"喂喂，"她打断我，"你小子怎么这样嘴臭？不是想来绑票吧？你这个人，想绑票也得先引诱引诱吧。你小子听着，你要是说借钱给我，要是打算送我什么金项链玫瑰花，就再打这个电话。"

啪，对方挂机了。

我像挨了一记大耳光，快快地走出电话亭，把门上掉色的"中国电信"四个字看了好久，好像我还能镇定自若。我看了看天，那片无限开阔的云天，被城市灯光映照得一块块发红，如同一片片无人扑救的大火。大巴车在疲惫地喘息，出租车在鬼鬼祟祟地逃窜，自行车屏住呼吸蹑手蹑脚，像是在跟踪前面的自行车。三两成群的街头闲人看上去在观望与等待，等待着一片无人扑救的大火之下某个事件的发生。

我被三个黑影围住了，退到了墙根。这里离路灯较远，我看不清他们的面目，但脖子下凉凉的刀刃，表明了他们的来意。我有点好笑，因为提包里只有两件臭烘烘的衣裤，我身上也没有手机、手表、钱包以及金戒指，仅有十几块钱还是老魏刚才借给我的，只能让他们白忙活一阵。但他们发现了我手臂上的刺青文身，都是当初用瓷片扎到皮肉里去的：有一条小龙，是我的属相。数字 1994612——是我被捕的日子。

"唐家河出来的？"一个黑影这样问。看来他也蹲过仓，知道看守所就在唐家河，知道唐家河这个俗称。

"当然。"

"哪个仓的？"

"9 号，12 号。"

"刚出来吧？"

"三天了。"

"刚出来的日子不好过呵。这么晚了还轧马路？提了个包，跟真的似的！"黑影生气地把什么东西往我衣袋里一塞。

等他们走远，我掏出衣袋里的东西，发现是一张五十元的钞票，大概是他们一气之下，勒令我打车滚回家去！

二十三

很多结案的犯人没法"投劳"——即投放劳改单位。这是因为劳改单位大多人满为患。我的刑期是四年，抵掉看守所里的两年，所剩不多，所以我就当上劳动仔，算是在看守所就地服刑。

劳动仔住的监仓要好一些，仓门白天也不上锁，这样说吧，这相当于从三等仓搬进了二等仓，乡下户口转成了郊区户口。因为参加劳动，我们这些劳动仔也有较多自由，有时甚至能跟着警察出外买菜或者运垃圾，看一看市井的繁华，嗅一嗅汽车废气或女人头发的美好气味。但一般来说，我们都不会借机逃跑，谁也不会干那种因小失大的傻事。我们有的种菜，有的帮厨，有的喂猪，有的打扫卫生或者修汽车，分成了若干劳动小组。其中修车组经济效益最好，地位也就最高，不但可以吃香喝辣，组员们有时还能请一两天假回家探亲。

我不会修汽车，但毕竟是大学生，可以帮所里写标语出墙报，还可以给警察的子弟们补课。我后来得到减刑的宽大，就是因为把两个警察的小仔子辅导得不错，让他们一举考上了重点高中——可怜这些小伢仔，跟着家长住在这破郊区，实在碰不上什么好学校和好老师。我记得学生中最差的是车小龙，车管教的大公子，读到四年级了，九九表还背不全，"甲"字也总写成"由"字。我有一次问他什么是被除数，他只是傻笑。等我再问，问急了，他才一举揭穿我的伪装："老师，你其实什么都懂，还来问我做什么？"

我当时差一点气得晕过去。

我对这些警察从此多了一份同情。他们别说管管孩子，就是逢年过节也没法休假，充其量只能轮着回家吃顿饭。在这样的高墙下一待几十年，岂不等于判了个无期？他们虽说拿着工资，但吸最劣的烟，喝最粗的茶，碰到伙房里杀猪分几斤肉，还高兴得屁颠屁颠地有哼有唱，这份日子恐怕连好多犯人也要笑翻吧？

眼下，我是他们的希望，是他们下一代人走出刑期的希望，因此大受器重，有头有脸，趾高气扬，一高兴，堂而皇之换上一件新衬衫，到值班室去看看电视，甚至同管教打个招呼，到大门外的小街上吃两个冰激凌，顺便给弟兄们夹带点香烟进来。有一次，一个探监的家属把我当成了便装警察，一把拦住我，求我批准他同儿子见上一面。我耐心地给对方解释政策，把制度是不能违反的云云说了一大通。

我帮看守所出墙报的时候，还经常出入管理区的房间，参与警察们的一些闲聊，甚至参与他们的学习讨论。有一个老人，捡垃圾为生，在车祸中断了双腿，活在世上实在受罪，要朋友帮他一把，把他背到桥上再丢到河里去，算是他投水自杀。朋友也是捡垃圾的，想成全这事，没料到一上桥就被路人扭送派出所，最终被法院判刑六年，罪名是杀人未遂。警察对这一判决意见不一。车管教是站在我这一头的，说法院全是胡闹，人家要自杀，自杀就自杀呗，硬留着做什么？不是留着人家来慢慢地害吗？至于那捡垃圾的朋友是受人之托和助人为乐，算得上什么罪犯？冯姐虽然不赞成我们的看法，但说服不了我们。

后来他们在打人问题上又争议不休。车管教说恶狗服粗棍，新加坡那么发达的国家不也有鞭刑么？他由此认定，抓到罪犯，特别是那种没有大罪的，最好不要关，打一顿屁股扔出去，再不就割耳朵、剁指头，额头上烫字，既能增强法律的威慑力，又不伤人命，还省了国家的钱财和警力。更重要的一点：免得罪犯们关在一起互相学坏呵。我在这一点上坚决反对车管教，与冯姐站在一头，强烈抗议野蛮执法论。

姓车的说不过我们，一口恶气最后撒在我身上："哎哎哎，你来瞎搅和什么？这里有你说话的地方？"

"你……你……你刚才还说我说得好。"

"好个屁，你他娘的是哪个裤裆里拱出来的？"

我气得眼泪都要出来了："你有话好好说，骂什么人？"

"骂你怎么了？你以为教了几页书，就上天了？人模狗样骂不得了？呸，要不是我以前修理你，你小子有现在的出息？"

他不说也罢，一说就勾起新仇旧恨，顿时气炸了我的肺："姓车的，难怪你那儿子也是个木瓜脑袋。你有什么了不起？干了几十年还是个小警察？你今天可以横，可以凶，但我总要出去的吧？你就不怕你以后老眼昏花的时候在街上碰到我？"

我没说出的话是：你就不怕碰上我的奔驰600？

"稀奇，稀奇，今天是国民党上台了么？"

他跳出椅子，怒气冲冲去寻手铐，但冯姐拍了我的脑袋一下，一把拉着我出了办公室，算是给我及时解围。

她偷偷对我说，车管教的老爹病了，他老婆又在老家的木器厂下岗，闹得他最近脾气很坏，疯狗一样见人就咬。你不要招惹他。

二十四

有一次，我跟一个管教出外买菜，在菜场里遇到了贵八条那件腌腊制品。他见我衣着整洁，戴了手表，惊得半天合不拢嘴，把我上上下下看了好几遍。

"你现在是干部了？"

"没有，劳动仔，也就是当个组长。"

"组长也是干部，差不多的。兄弟，这事全靠你了，你一定帮我去找政府们说个情。"他的"政府"是指警察，他的事就是要回来当劳动仔。

"出去了还想再进来？"我觉得太阳从西边出来了。

"你们看在老交情的份上，总得给我一口饭吧？"

"你没饭吃？"

"吃什么饭？不瞒你说，我天天在这里捡烂菜叶子，晚上就去翻垃圾桶，一张脸皮早就甩在地上，踩了好几脚，不要了。兄弟，你不知道呵，像我这样的人，年纪大，没文化，又是唐家河出去的，人家一听就怕。谁要呢？现在没有工作的大学生，都一抓一大把的。"

"你肯定是懒，上班打瞌睡。"

"天地良心，我做事的时候连尿都不屙。"

"据我所知，所里现在不缺人手呵。"

"我就打打杂，不行吗？我洗菜切菜是把好手，扫地拖地也是把好手，就是喂猪掏粪也行。你们不想做的事都归我了！不行吗？"

我不能支持他的异想天开。我就算衣着整洁像个便装警察，就算在政府那里有点小面子，也没有能耐把他抓到仓里去就业。我摇摇头，不能接受他一个打火机的贿赂，也不知道那打火机是从哪里捡来的。

我拉着一车菜走了，听见他在我身后大骂："你们见死不救？你们一个个都良心喂狗哇？老收鳖——"他只记得我的外号收音机，"你去告诉他们，他们放了我就不管我了，将来老子去杀人，老子去放火，莫怪我丑话没有说在先呵……"

他其实是个胆小的人，后来并没有杀人和放火。我听人家说，他刑满释放以后，老婆早已经跑了，一个女儿也不认这个劳改犯父亲，过年都不来与他见面。他到乡下养过鱼，喂过猪，但不巧鱼发了瘟，猪也不怎么长肉。他后来借钱买了一部三脚猫，就是那种吐着黑烟的三轮车，在小街上钻来钻去送客。城管队扣下了三脚猫，说这家伙破坏市容，又是无证黑车，不但要没收，还要车主交罚款五百。他百般求告没有用，自扇耳光没有用，下跪喊爹爹也没有用，一气之下，解下车架上挂着的一瓶汽油，把三轮车一把火烧了："你们没收呀！没收呀！拿去吧！拿去吧！哈哈哈……"

这一故事最后的情节，是他把剩余的汽油淋在自己身上，一划火柴，一个众人围观之下的火球就跳跃着，奔跑着，旋转着，从大街上烧到花坛里，又从花坛里烧到人行道上，又从人行道烧到墙根，直到火焰渐渐熄灭，冒出缕缕青烟，一个黑糊糊的活物还在那里抽搐。街上来来往往的男女，对这个火球大感惊慌。

但没有一个人来灭火。没有一个人来扑打火焰，没有一个人去寻找灭火器或者水桶，最后只有一个老乞丐，用一床烂棉袄捂灭了他身上的余烟。

幸亏汽油不算多，没把他烧死。人们这样说。

在他的一个侄儿闻讯赶来之前，只有老乞丐在街上抱着他老泪横流号啕大哭……人们还这样说。

二十五

每次走过 9 号仓和 12 号仓，我都有一股庆幸感和优越感油然而生，也有一点没来由的惭愧，好像我正独享荣华富贵，把幸福建立在弟兄们的痛苦之上。这样，我拖着大木桶给 9 号和 12 号仓打菜时，勺子总是往菜汤面上削，好歹多刮一点油花子，或者勺子尽量往底下沉，好歹多捞一点有分量的干货，以表示一点心意。如果他们要我递字条，只要不是太出格的，我也尽量通融，包括把一些错别字连篇的字条传去女仓。

我同各个仓的关系都搞得不错。我悦耳的口哨或哼唱，常常激起这个或那个仓里的掌声。

女仓的人越来越少了。自从上面对肃娼有了新要求，一两个避孕套已经不能成为证据，定案难度大大提高，警察们就不大往这里送女人了。待这里的女仓空空荡荡，由八个减到两个，男犯们的字条也就大大减少。监区也冷清了许多。

不知道是不是因为这一点，男犯们更加容易焦躁不安，一个个炸药包碰上火星就炸。一个四川佬，不过是两个月无人探视，就绝望得轻生自杀，吞下了铁钉，痛得自己满地打滚。管教把他抬到伙房，让我们找来一些韭菜，用开水烫软了，再用筷子撬开了他的嘴巴，把一缕缕韭菜塞到他的嘴里去，忙得我们大汗淋淋，后来还一直苦守着他的肛门，看韭菜能不能裹住钉子从那里排出。还有一次，不过是打扑克时输赢几张纸片，一种硬壳纸剪出来的假光洋，几个犯人居然争执不已，继而大打出手，把全仓人拖进了一场恶斗，打得五个人骨折或脱臼，又一次让医生和我们忙得喘大气。

9 号仓的越逃是不是也与此有关，也不得而知。我一直没有察觉到任何先兆，从未在黎头眼里发现过异常。据说有一家伙去预审室受审，偷偷从谈话室的窗台下拧下一支风钩，带回了仓里，小斜眼就用它来挑剔砖缝。几天下来，果真挖掉了一口砖。无奈的是，砖那边是厚厚的混凝土，铁一样硬，实在挖不动，他们只得悻悻罢手。但他们不甘心，后来细细考察监仓的每一个角落，终于发现仓里的三道裂缝中，有一条最有价值：监视窗的窗框有些吱吱的松动，是个最可能利用的破绽。他们把床单撕成布条，再搓成布绳，绳的一头锁紧窗框，另一头由弟兄们轮番上阵，进行冲击式的拉扯，忙活了三四天，终于靠着水滴石穿的精神，拉开了窗座部位的一条长长裂缝。看来，只需要再加一把力，整个窗框就要连根拔起，轰隆一声垮塌下来，自由与清新之风就要从缺口一拥而入。

他们喜出望外，暂时不再拉了，让窗框悄悄回位，让墙缝重新合拢，看上去不大明显。为了遮人耳目，他们每天还在那里挂一件衣，好像是晾晒，其实是掩盖现场，让警察看不出什么。

他们现在需要等待一个合适的行动时机，需要更多的观察和准备。说来也怪，那一段我去过9号，收垃圾和喷药水什么的，从没注意窗上那件晾晒的衣。管教们也去那里检查卫生评比先进，早晚还各有一次人头清点，但也没人注意窗上那件衣。

隔壁8号仓的闹事险些坏了他们的大计。8号仓的犯人馋肉，指责所里的伙食近来油水太少，一个星期两次吃肉也都是吃些肥肉片，一点都不爽。他们在八一建军节那天突然闹事，强烈要求纪念建军节，说七一党的生日那天加过肉的，为何建军节就不能加肉呢？难道看守所要大家爱党不爱军不成？……他们觉得这一吃肉的理由理直气壮，大义凛然，气吞山河，于是表现出对人民军队的无限深情。也不知是谁，弄到了一支口红笔，在每个人的额头画出一个大大的红五星。

热烈庆祝中国人民解放军建军节！中国人民解放军万岁！坚决抗议看守所不准我们庆祝建军节！决不容许任何人贬低和丑化中国人民解放军！决不容许任何人对抗我伟大的钢铁长城！军民团结如一人，试看天下谁能敌！人民军队爱人民，人民军队人民爱！……他们把能想出来的口号都想出来了，吼得慷慨激昂，甚至有点悲愤和悲壮，好像他们的拥军之心受到了可耻的践踏，好像他们突然都成了威武不屈的英雄战士，身上还带着弹片，脚上还缠了绷带，刚刚经历二万五千里长征或国内战争三大战役，刚刚从英雄的火线上撤下来，一回到后方竟被几个小管教无端欺压。

　　　向前向前向前，
　　　我们的队伍向太阳，
　　　……

8号仓这么一唱，其他仓的犯人也心领神会，于是脚踏祖国大地肩负人民希望的雄壮军歌立即激荡整个监区，只是唱得比较乱。记不住歌词的时候，有些人把"我们的队伍向太阳"当成全部歌词，翻来覆去只有这一句，一直唱到"向呀么向太阳"才住嘴。

警察们如临大敌，荷枪实弹全面警戒，但他们冲着炸了锅的军歌有点犹豫，大概觉得唱乱了的军歌也是军歌，冲着军歌下手是不是有点不妥？

结果，伙房里给大家加了肉，算是大事化小。

但警察们咽不下这口气，为了修理一下8号仓，车管教带着人对这个仓来了次突然搜查。他们想找点把柄，比如找到香烟一类违禁品，借机严惩闹事者，让他们知道人民军队是不好当的，吃进去的冤枉肉是要吐出来的。

不料这一搜，竟搜出了半条锯片，吓出警察们一身冷汗。要知道，锯片不是一般的违禁品，足以威胁到镣铐、铁锁以及窗户的铁栏，足以造成重大的越逃事故，进而砸掉好多警察的饭碗！全体警察紧急行动起来，不仅严查锯片的来源，而且对其他各仓也一一大搜查，消灭任何可能存在的隐患。他们简直是挖地三尺，把棉毯草席掀个底朝天，每一条墙缝和每一个衣角都不放过，连瓦片石块鞋带裤带一类也统统收走。

照理说，小斜眼他们很难逃过这一劫。奇怪的是，他们似乎有准确的预感，那支风钩不翼而飞，那块脱落的砖头复位如旧，挂在窗口的衣衫摘下来了，但墙缝被饭粒填充和黏合，居然骗过了警察的眼睛。他们只是损失了几块瓷片，损失了一副纸团与饭粒捏成的麻将，还有黎头的两个大歌本——警察对他一直不放心，觉得他的东西无不可疑，无不散发出毒气。

时间到了农历七月半这一天。七月半，鬼门开，家家户户都接鬼祭祖，尤其是车管教这种农村来的人，午后都请假回家去了。看守所特别安静清冷，只有墙根的蟋蟀叫有一声没一声。

晚上十二点左右，监区里传来沉闷的轰隆一声，但混在附近人家接鬼祭祖的一串鞭炮声里，几乎没有人听到。这天是冯姐值夜班，顺便在管教队办公室里写份材料。她上厕所的时候，路过监区大铁门，眼角的余光里有几个人影晃动，但没怎么引起她的注意。直到她走出了十多步，才觉出有点不对劲：今晚既没有提人问话，也没有劳动仔打扫卫生，院子里怎么会有那些人影？

她大惊失色，跑回大门一看，天啦——果然是一伙犯人出了窝！

事后有人说，如果冯姐处事冷静一些，就不会吃那么大的亏。她当时明知警力不够，又不知对手的底细，第一件事应该是检查监区大门，确保大门已经上锁；第二件事就是赶紧检查管理区大门，确保这道门也上锁。有了这"回"字型的两道高墙固若金汤，再拉响警报，打出电话，急调警力前来增援，事情就糟不到哪里去。但她偏偏忘了这些，似乎是急昏了头，连电棒都没有操一支，打开监区大门就冲了进去。一个女流竟想弹压一群暴徒，还能不被人家活活包了饺子？

事后人们还说，如果不是另一个值班管教头脑冷静，赶紧把监区大门重新锁住，暴徒们就完全可能从大门一拥而出，可能迅速控制管理区的电话、警报器、各种钥匙、还有武器和管理区那最后一道大门。事情若到那一步，一切就不可收拾。

冯姐赤手空拳对付三十多个犯人，完全没有胜利的可能，就算是带了枪，也根本没法阻挡越逃者的滚滚洪流。几个对她怀恨在心的强奸犯，一见到她，冤家路窄，几个回合的格斗下来，靠着人多势众，狠狠掐住了她的脖子，加上砖块重重一击，把她当场拍昏倒地。大门外的同事看见她一头鲜血倒下去，急得跳脚，但顾及到敌众我寡，不可能开门去救她。

枪声响了，但手枪火力小，射程也不够，不过是放几声闷屁。从大门外射击，又被值班室和医务室挡去了一大片空间，对越逃者不构成什么威胁。

警报器也响了，响出了监仓的一片骚动。每个窗口都冒出人头，贴在栏杆后面，显得兴奋不已。"找钥匙！找钥匙！要跑兄弟们一起跑呵！"有人这样央求。"快去抱棉被来！没有棉被如何爬得过电网？"有人这样指导。当然也有人表示忧虑，说9号仓的蠢鳖活得不耐烦了，今天硬要鸡蛋碰石头。

越逃看来是有充分计划的。小斜眼首先带人占领了监区内的值班室，大概是想找钥匙打开所有的仓门。一旦发现没有钥匙，他们就操起椅子，把电路总闸和配电箱砸得稀烂，监区的电灯全部熄灭，顿时黑寂寂一片。他们的计划当然也有漏洞，比如监区的电灯虽然灭了，但监区外有另一个电路系统，依然完好无损，使警报器还在响，岗亭上的探照灯还在扫射，高墙上的电网也还通着电。有一个犯人被电网打出一声惨叫，掉下了人梯。另外的犯人抱来棉被和值班室的化纤窗帘，把它们递上墙用来隔开电网。时间一秒秒过去，他们眼看就要爬过高墙，但被岗亭射来的一梭子子弹，吓得也缩了回去。小斜眼较有经验，从值班室拆下一个蚊帐架子，撑起一件衣服，不断冒出墙头招摇，吸引着岗亭射来的子弹。岗亭上的武警果然中计。他们没料到今晚上出事，没有准备足够的子弹，加上一紧张，手指一颤，一夹子弹就嘟嘟嘟嘟打光了，甚至都打到天上去了，几个弹夹很快就成了空夹。他们在岗亭里急得团团转，眼看着犯人们正一个个越过高墙。

就在犯人们哇哇哇地欢呼的时候，就在第二道高墙也要被人梯突破的时候，谢天谢地，远远的的警车呼啸，增援警力终于来到。指挥官用电喇叭指挥行动，敦促越逃者投降。管理区和监区的两道大门都被打开，黑压压的武警和警察一拥而入，潮水般扑向每一个角落。手电光柱交叉横扫，刺刀寒光闪闪，所到之处都有越逃犯人的鬼哭狼嚎。人梯最下面的一个犯人被电棒击中了，身子一折，上面的两个就呼啦啦栽下墙来。还有两个犯人刚用破布条结成一根新绳，一见阵势不对，立刻高举双手。

"报告政府，我是被迫的……"

"报告政府，我不跟着跑就会被打死的……"

"报告政府，我刚才没有跑，一直坐在院子里等你们。我现在告诉你们，他们往哪里跑了……"

犯人们在刺刀面前都吓得变了声，知道这次祸闯大了，一个个急着开脱自己，做出无辜羔羊的可怜模样，或者是里应外合喜迎友军的激动姿态。

管教们把他们集中起来，在院子里排成一线，抱着头蹲下。人数已经清点过：除了三个受伤，三十八个犯人还差八个。

管教们再次惊慌失色，忙去清查9号仓，清查其他监仓的门锁，清查管理区的每一个房间，查得大家一个个声音发颤：他们难道插翅飞了不成？他们不是没有爬过外墙吗？

所长突然一拍脑袋："我知道了！"

所长带着大家赶往公厕，在公厕后面找到一个废水池。池边果然有踩倒的青草，池里果然有刚刚泛起的一层泡沫，旁边是一个洞开的污水管。

他们冲出看守所，来到墙外的野地，在离高墙大约一百多米的地方，找到了一堆废石料。大家确定位置以后，把石料搬开，暴露出下面一个沉沙井的水泥盖。水泥盖再打开，手电筒一照，下面果然有两只闪动的眼睛。

出来！出来！统统出来！警察们大喝。

不要开枪……里面好像有人声。

两只眼睛出来了，又有两只眼睛出来了，又有两只眼睛出来了……一共八对眼睛爬出了井口，一对也不少。他们眼睛以外的一切部位都是粪泥，黑糊糊的看不清楚，而且恶臭扑鼻。

这真是谁也没有想到的结果。事后听人说，几天前有个农民在这里拆房子，拆下了一些石料，临时堆放在路边，刚好压住了看守所的这个沉沙井盖。人算不如天算，就凭这个极为偶然的堆放，越逃犯人们顺着污水管爬到这里以后，拿出吃奶的气力也没法顶开井盖，真是喊天不应叫地不灵。污水管太窄逼，他们也没法循原路返回，更没法调头，只好在这里卡成了一节节臭肉灌肠，耐心等待着束手就擒。

两天后，警察们敲锣打鼓，放一挂鞭炮，给拆房子的农民送来了一箱酒，让农民觉得莫名其妙。

二十六

> 生活，是一张网
> 生活，是一堵看不见的墙

墙上有几行歪歪斜斜的字，不知是谁留下来的。我正在看着这行字，屋檐上掉下来一只大飞虫，有气无力地扑腾，已经是半死。我身旁的一个劳动仔骂道："娘的，谁要倒霉了。"

我知道是谁要倒霉了。囚车已经停在大门外，十几个武警士兵已经在那里严阵以待。"严惩暴动越逃首犯"一类标语是我前一天张贴上去的。伙房里照例早早地做饭，特地做了一份红烧肉，一份炒鸡蛋，一份油炸带鱼，还有一盘小菜。当我把这些菜端去办公室时，好几个仓的犯人大概闻到了菜香，大概是听出了我脚步声里的沉重，于是传出粗粗哑哑的歌声：

> 人们说，你就要走向刑场，
> 我们将怀念你的微笑。
> 你的眼睛比太阳更明亮，
> 照耀在我们的心上。
>
> 走过来坐在我的身旁，

不要离别得这样匆忙；

要记住唐家河你的故乡，

还有那白发苍苍你的爹娘。

歌声一浪一浪地荡漾和涨涌。我知道这一首改词的《红河谷》是为谁而唱。小斜眼被三个警察押着，已经坐在办公室了。他双手戴了手铐，脚上挂着铁镣——所里最近已经取消了脚枷。他听见脚步声，抬起头来，冲着我淡淡一笑。

"强哥……"

他看了饭菜一眼，摇摇头。

"强哥，你多少吃一口。"我差点要哭了。

"你去帮我找件衣吧。"

我看了车管教一眼，得到他的默许，慌慌地走向自己的监仓。我失神地跑了起来，跑得耳边风声嗖嗖，跑得身边的窗口都拉出了扁平和倾斜。其实我不知道要跑到哪里去，甚至忘记了自己眼下要去干什么。我真希望脚下的路有十里长，百里长，千里长，万里长，绕过地球一圈又一圈，永远不要有终点，永远让我像箭一样狂奔不止，让我真正地飞扬起来撞入太空……

我取回了自己最好的一件深褐色夹克，还带来了梳子，头油，外加从女警那里借来的摩丝发胶，回到办公室里，把强哥稍加收拾打扮，使他的刺猬头又湿又亮，看上去有香港小歌星的模样。

"谢谢你。"他看了我一眼，眼神分明是在说：还是你了解我。

门外不时有人走过，但脚步声让他的目光一次次黯然。我知道他在等待一种脚步声，一种我们都熟悉的脚步声。我们这些蹲过仓的人对脚步都有特殊辨别力，能从脚步声中辨出是谁来了，能辨出此时来人的脸色、心情、脾气、想法。一个负重的人，走路决不同于一个空手的人，一个前来找麻烦的人，脚步声决不同于一个前来报喜讯的人。

小斜眼目光跳了一下，好像听到了什么，但我什么也没听出来。他的目光更明亮了，有一种全身毛发竖立的神态，但我还是什么也没有听到。直到最后，我才不得不佩服他的狗耳朵：一种熟悉的脚步声果然从寂静中潜出，由远而近，由近到更近，风风火火撞开大门。"不是说九点半吗？怎么提早了？"冯姐一进门就冲着车管教直嚷。

冯姐自从越逃事件以后，因为脑部严重受伤，又因处置失误受到批评，调去交警部门已快一个月了。

"我怕见不到你了。"小斜眼对她一笑。

"我说了来，肯定就会来的。"

"你能答应来送我，谢谢你，真的。"

冯姐叹了口气，"国强，你是不是有什么话要同我说？"

"我就是怕没机会同你说了。"

"你慢慢说，我听着。"她抽了一张椅子，与他面对面坐下，紧紧盯住对方的眼睛。

"上次越逃……是我挑头，但我不知道是你值班，也没有要他们打你。我只是没管住……对不起了，冯姐。"

"事情不是过去了么？我知道你不会害我。"

"不，我得让你知道这一点。我不能对不起你。每年中秋节的月饼，是你送给我的，不是我妈送的。我知道。"

"这些小事还说它做什么？"

"我知道，今年春节那双鞋，也是你买的，不是我妈买的。"

"谁买的不都一样？"冯姐有点慌乱。

"你用我的名义给我家里写信……"

"是这样吗？我写过么？……"

"冯姐，你不要哄我。我不是小孩子，心里一直很明白，只是软话说不出口，没说惯。我知道你是怕我伤心，怕我孤单。其实我不怕孤单。我说出来怕你不相信：我不怕别人对我坏，只怕别人对我好。别人一对我好，我就欠了账，就还不起了。"

"你不要这样想。"

"你听我说。我知道，这几年我妈从来没有来过一次，这几年我妈从来没有给我送过任何东西，我妈从来没有我这个儿子。这样好。这样我就少欠她一些。我虽然长得像她，但我是她不该生出来的孽种，我是一个不该有妈的野人，畜生！"

"你妈也许是病了，也许有别的什么原因……"

"不，我不配有妈，根本不配！只是我以前不明白这一点。那一次，"他深深地吸了口气，"那王八蛋要赶她出门，我怕没了她，从被子里爬出来，跪着求那王八蛋，抱住那个王八蛋的腿，求他不要把我妈赶出去，说外面又下雨又冷，妈妈能到哪里去呢？当时我只有八岁，八岁呵——"小斜眼全身一震，喉头被什么卡住了似的，停顿在一个呕吐状，嘴巴大张，满满咬住了一口气，好一阵没声音。

冯姐眼圈红了，把僵硬的他搂在胸前，轻轻地拍着他的背，"国强，你不要说了，不说了。你错误犯得太多了，几件重案在身，活下去也没什么意思。是不是？你就安心地去吧。像俗话说的，好汉做事好汉当，胸膛一挺，眼睛一闭，就那么回事。早去早投胎，来世重新做人……"

"我下辈子不想做人了！冯姐，我要做狗，做猪，做老鼠，做臭虫蚂蚁，绝不再做人！"

"你要相信，你下辈子一定会有个好妈，一定会换一个好妈……"

"我不要妈，再也不要妈！"

我事后记得，在场的两个警察也红了眼睛，连车管教也捏了捏鼻子，转过身去，两手插在裤袋里，看着墙上一排镜框里的监规公示。

门外的汽车喇叭一叫再叫，大概是司机等得不耐烦了。一个警察用对讲机与外面低声联系。强哥擦了擦眼睛，把头抬起来，平静了一些，有如释重负之态，脚镣咣当一声，他站起来向明亮的门外走去。

在出门的那一瞬，他略略回了一下头，看着地上，意思是再见了。

没有人回话。

"有个小礼物要送给你。"他是冲着冯姐说的，但对我使了个眼色，要我去看看他的鞋跟。

我摸到他的鞋跟，摸到了一个隐蔽的夹层，小指头在那里一挑，挑出了两块小铁片。从凹凸不平的齿边来看，是私下磨制的钥匙。

蹲过仓的人都明白，这是对付手铐和脚镣的暗器。这就是说，他刚才突然改变主意，放弃了途中越逃的可能。

我把钥匙交给冯姐，发现她的手哆嗦着，差一点没有接住铁片。我看见她捂住嘴，圆圆的娃娃脸上泪水双流。

二十七

我听到一个管教的脚步声远去，渐渐消失在夜色里。但只要我竖起双耳，屏息静气，紧紧地咬住它，守住它，跟住它，它就不会完全消失，虽然在耳膜里微小如尘若有若无，但一直波动在那里。它来自水泥地上，沙地上，泥地上，木板上，新木板或旧木板上，音色并不完全一样。我甚至能从它微弱的偏移或稀薄，听出那双旧皮鞋是踩歪了沙粒，还是踩倒了青草，或是碰到了木楼梯。我有些惊讶和兴奋，甚至相信只要我这样全神贯注地守住，我就如同在两只鞋底上装了窃听器，能远远地听出行者的一切，听出他到了哪些地方，见了哪些人，做了哪些事，包括放出什么样的哈欠和发出怎样的长叹……我可以把他的一切秘密了如指掌，哪怕他在一百面高墙之外。

我摸摸额头，估计自己是病了。

二十八

就像老魏事后夸耀的那样，他那两个作家朋友来访以后，写了份内参，又写了什么提案，狠狠参了看守所一本。加上不久前的越逃事件引起震动，上面终于决定把这个破旧不堪和管理不善的监所推倒重建。这样一来，在押人员开始分流，我与其他9个劳动仔，还有30个已结案犯人，将去省拘留所代管半年。我好端端的幸福日子，被两个多事的文人给搅了。

这一天，两辆警车和三辆囚车开到了所里。十来个警察灰头土脸地下车，大骂这是什么鬼地方，今天这一路真是倒大霉了，一人少说也吃了半斤土。其实，最近这里修路，路确实难走一点，但不值得他们发这么大的脾气，一来就没有好脸色。他们大多拿出手机打电话，电话里大多是骂骂咧咧，没工夫与前去迎接他们的管教们握手。他们拍灰，洗脸，抹头，刮鞋泥，上厕所，又嘲笑这厕所里还养着猪，连个卫生纸也不准备，差一点逼着他们拿竹片刮屁股，真是有浓厚的乡土气息呵！

他们喝茶时也不顺心，说这里居然还用着搪瓷杯，也没有一次性的纸杯，革命传统好是好，就怕染上什么病。犯人家属来了也是用这些杯子吧？犯人家属里就没有口臭、肝炎、痢疾、肺结核以及艾滋病？

一个大个子警官，看上去是个领头的，扯了一张钞票给车管教："兄弟，我们不熟悉附近的情况，烦你去提一箱健力宝，要不矿泉水也行。"

车麻子把热水瓶和所有的搪瓷杯收走，没有说什么，又大汗淋漓地扛回两箱饮料，一张马脸拉得长长的。

交接程序其实不复杂。管教叫一个名字，一个犯人就出列向前，经省城来的警察对照表册验收，然后上囚车待着。

轮到我上车的时候，大个子警官指着我手上的可口可乐瓶子。"什么东西？"

我说是茶，路上喝的。

"扔掉！"

"这四五个钟头的路程……"

"就是再长的路程也不准喝！喝多了就要撒尿，一撒尿就搞名堂。想脱逃是吧？"

"天气这么热……"

"热怎么了？是请你们去当官，还是请你们去出国观光？"

"这是车管教同意了的。"

"车管教？你飞机管教也不行呵！"

他的同伴笑了。我回头瞥一眼，发现本所里的管教都没有笑，车麻子更是黑着一张脸，不过还是没说什么。

"婊子养的！"车厢里有人嘀咕。

大概是顺风，一声嘀咕竟然被大个子听到了，听得他突然一愣，"谁在说话？说什么呢？"他把头探过来，把车上几个人的脸色一一看去，一眼就锁定刚才的嘀咕者。"你——就是你——你下来！"

嘀咕者当然不愿意下去，只是往人后躲。我们也用腿暗暗拦住他，不让他吃眼前亏。这把那警察气坏了，他叫了几声没有结果，恼羞成怒，挥舞着警棍跳上车，一棍敲在我头上，一巴掌就把嘀咕者抹倒在地。"你给我再说一遍，再说一遍！"他的皮鞋和警棍一齐下去，车厢里立刻哇哇乱叫，乱成一团。为了夸张警察的粗暴，不但是挨打者，就是我们这些旁人，没事也会大声惨叫的。

车管教突然大叫一声："住手！"

大个子气喘吁吁回头，"什么意思？"

"到这里发猪头疯么？"

"你……你才发猪头疯哩。"

"厕屎也要看地方，打狗也要看主人。这里是你撒野的地方？你耀武扬威惯了吧？称王称霸惯了吧？一点规矩都没有，眼里根本没有我们这些王八蛋是吧？”

"我打坏人，你心痛什么？"大个子警察跳下车，"奇了怪了，你叫什么名字？你同这些人渣什么关系？难怪说你们唐家河黑得很，乱得很，原来我还不相信，今天可算是开眼界了。警察强盗亲如兄弟呵，打断了骨头连着筋呵，平日里红包什么的没少收吧？……"

"你小子胡说八道，小心我撕了你的臭嘴！"

"你敢！"

"你再说一遍！"

"我说！就要说！你能把我怎的？"

双方都不是省油的灯，双方都有铁哥儿们，不管有理没理，先向着自家人再说话，绝不能胳膊肘往外拐。他们先是争吵，接着是推推攘攘，最后一个大盖帽打飞了，不知道是谁先出手，一支手枪亮出来，另一支也亮出来，一支支全出了套，一支顶着一支，一支咬住一支，成了互为目标和互加钳制之势，你中有我，我中有你，全都落在火力网里。省城警察的两支微型冲锋枪也顶上火。没有带枪的警察操起警棍，或顺手拖来一把铲子，举起一把椅子，拾起一块砖头，随时准备投入战斗。连伙房里的一条狗也紧张地发出狂吠，把车上和车下的犯人全都吓得目瞪口呆，根本不相信自己的眼睛——共军打共军的枪战眼看着一触即发。

场面僵住了，呼吸都声声可闻，谁都不敢妄动。省城警察清一色的钢盔和武装带，清一色的年轻小伙，面对老少不齐着装杂乱的本地管教，简直是宪兵队碰上了团丁。但宪兵队毕竟人少势单，在枪口的团团包围之中，只能自己下台阶。

大个子首先收了枪，说有话好好说，有话好好说，自家人刀兵相见，像什么话。他一挥手，他的同伴都把枪垂下来了。这头的人见对方退了一步，也只得把五花八门的武器收敛。大个子把车管教拉到一边，又是递烟，又是打火，又是拍肩膀，叽叽咕咕说了好一通，使对方终于和缓地吐出一口烟。

车管教还是黑着一张脸，走到囚车前，冲着大个子说："你听清楚了，这四十个人今天交给你，半年之后由你们送回来。这是上面的命令，不是我们求着你们扶贫救灾。你们不想接，找上头说去，有气不要冲着我们发。是不是？你们省里的水平高，谱大，好，但不要把唐家河的人不当人，明年把这四十个人送回来，谁缺个胳膊少个腿，缺个牙齿少颗痣，你们损坏照赔，休想赖账，到时候莫说唐家河的门槛不好跨！"

他又瞪了我们一眼："你们也听清楚了，一张张臭嘴给我刷干净点！一个个乌龟脑袋给我缩进去点！出去惹是生非，坏了唐家河的牌子——莫说老子不给脸！"

我们使劲地点头。

我很想更使劲地点头。

"拿着！"他把路边那个装着茶水的可口可乐大瓶捡起来，抹一抹上面的灰，往我手里一塞。

囚车咣的一下关了门，上了锁，起动了。我们挤在小小的后窗，争着把手举起来，伸向窗口，好让车管教看见。我看见他抽着那支烟，弓着背脊，吃力地推着大铁门，甚至没朝我们看一眼，一眨眼就消逝在车后扬起的土黄色尘浪中。不过，即使他朝这边看，他也不可能透过满是尘垢的小窗，看见我们告别的手，看见我们眼里的泪花。我在摇晃的车厢中，很快就想不起他的面目了，似乎往事摇着摇着就破碎了，匀散了，没有了，再也无法聚合出原形。我摇着摇着只记得收拾过办公室垃圾时，发现他的烟屁股最惨，每根都烧到了过滤嘴，甚至烧焦了过滤嘴。我摇着摇着摇着还记得他手腕上经常缠着一根红布条——肯定是避邪的迷信把戏，说不定是被监区那盆神秘白玉兰吓出来的。当时我还猜想过他是不是成天穿着一条红短裤。

我把自己的手腕狠狠咬了一口。

2005 年 5 月

---

*最初发表于 2005 年《当代》杂志，后收入小说集《报告政府》，已译成越文。

赶马的老三

找个四类分子来

老三出任村头，怎么看怎么不像，起码不那么知识化，比方既不会用电脑也不懂 OK 的意思。他黑头黑脑，毛头毛脑，一只裤脚长而另一只裤脚短，还经常在路边呆呆地犯晕，比如盯着一只蚂蚁、一根瓜藤、一个机修师傅拆散的拖拉机零件，一盯就是大半天，直到旁人一再大叫，他才"哦"一声，像从梦中醒过来。

"老三，你的手机响了。"

"天要下雨么？"

他又经常这样答非所问。

虽说也外出打过工，但他没学回太多文明，只学回了几句牛屎样的普通话。有一次在城里进小饭店，他开口就找女店主要"妇女"，见对方先是愕然，接着啐一声"下流"，便满脸的困惑不解："我吃饭的时候就是喜欢妇女啊。我又不是不给钱。你这个人真是！"

其实他要的不是妇女而是"腐乳"，即村里人说的毛乳或霉豆腐，只因口齿不清，才让女店主万分紧张，差一点跳起来操刀抗暴。

当上村头以后，老三的一张大嘴还是常出乱子。特别是在乡上开会，任乡长说要建设"小康社会"，他没听头也没听尾就插上一嘴："小糠社会有什么好？我看还是不如大米社会，更不如猪肉社会。社会主义搞了这么多年，怎么还要吃糠呢？"任乡长提到"唯心主义"，他不知道什么意思，居然兴冲冲发表感言："对对对，任乡长说得就是好。做人就是要凭良心，一个窝心要在胸口里端端正正地放好，严严实实地守住，不能被狗吃了。我这个人几十年来没有别的本事，就是喜欢唯心主义。"

乡长受不了这种胡言乱语，更讨厌老三造谣——当时是小组讨论，老三愤愤声讨县林业局一个刚刚案发的贪官："王眼镜要吃就多吃点，要喝就多喝点，拿那么多钱干什么？邓小平说的么，男人有钱就变坏，女子变坏就有钱……"

乡长敲敲桌子："何大万，何老三，小平同志什么时候讲过这话？哪本书上有？哪张报纸上有？"

老三注意到乡长的脸色，手对门外指了指，把责任推给门外一片青山。

"你亲耳听见了？"

"我们村的国少爷，给我发短讯……"

"国少爷？就是那个偷牌照的？什么人放屁你都信？"

"你的意思，是邓小平他没有……"

"你呀你……"

乡长觉得村干部的文化素质太成问题，只好再一次耐心宣讲，让大家知道"一忠二孝"这类口白都得改改了，更重要的是："小康"不是"小糠"，"唯心"其实是黑心和闹心，邓小平更不会说什么男人和女人——他老人家连国内外大事都管不过来，还会来编这种无聊的三句半？会后，他还把满头大汗的老三留下来，找了几本理论学习资料，比较通俗易懂的那种，让他带回家去好好读一读。又忍不住把改革形势和干部职责说了一通，把信息与流言的区别说了一通，恨不能把对方那个猪头割下来，狠狠灌上一些科学与文化，再装回他肩膀上去。"你读不读诗？"他不知道想起了什么，还随口问一句。

老三听后抹了一下嘴巴，啧啧感叹："看不出，你年纪比我轻了一轮，原来还是个四类分子。"

"你说什么？"

"我是说你好学问，装一肚子文章，了不得，了不得。"

"学问就学问，怎么扯上四类分子？"

"徐矮子就是四类分子啊，最会写对联，办书函，看风水，讲古书，没有什么字不认识的。"老三再一次兴冲冲。

乡长事后才知道，对方是指村里一个老地主，以前的阶级敌人，划入"四类分子"的那种，但那人中过秀才教过私塾，开口之乎者也，让你不得不服。

"你怎么不夸我是陈水扁呢？怎么不夸我是恐怖主义呢？"乡长没好气地大吼一声，摔门走了。

老三挠挠脑袋，明白自己再一次祸从口出。他不大明白的是，"四类分子"大多是以前的有钱人，读过书的人，难道读书有什么不好？这不是眼下最时兴的事吗？徐矮子早已不吃田租了，已死去多年了，他那顶帽子莫非还是不怎么干净？……要是在村里，他一看到报纸上难懂的语句，看到牌匾或碑刻上的繁体字，头昏眼花之际，总是习惯性地大喊一声："找个四类分子来！"

意思是找个有文化的老先生来。

看来新时代的很多东西，确实需要他认真学习了。光知道蛇如何偷蛋，鸟如何偷蜜，木匠如何凿榫，铁匠如何打链，是远远不够的。光是看看电视农业频道里的新技术也远远不够了。生活真是山外有山和天外有天啊。

这以后，他在村里是条龙，到乡上是一条虫，严防自己的嘴，在没有把握的情况下尽量不说话，以一种万能的笑脸广结善缘，算是礼多人不怪。如果有可能，他能不见官就不见官，一听到乡上通知开会就装耳聋，或是冲着手机连声喂喂喂，似乎手机没电了，或者信号不好。一见乡干部上门来，他就从后门溜出去，紧急上山砍柴或下河放钓，躲避各种危险情况。实在躲不过，被人家堵在路上了，他就往太阳穴贴两块黑膏药，再在鼻梁上拔出一道红红的痧痕，到时候响亮地咳上两声，咳出吐清水的样子，然后笼起袖子坐在墙角，双目无神，唉声叹气，气若游丝，要多可怜就有多可怜。

任乡长觉得他的病态十分可疑，"老三，你怎么开会就病？要不要我给你挂急症、请医生？恐怕是思想病吧？"

"鼻炎……"老三笑一笑。

"争扶贫款的时候，你的鼻炎到哪里去了？找我要茶园的时候，你的鼻炎到哪里去了？那时候你惊天动地，张牙舞爪打得鬼死，大嘴巴吞得下一头牛。现在要你们做点贡献，你不是鼻炎就是牙痛，不是血压高就是牛皮癣，连电话都不接。"

"对不起，手机坏了……"老三又笑一笑。

"想搞独立吧？台湾的民进党挂绿旗啊？"

"我哪敢挂绿旗呢？嘿嘿，乡长你有的是导弹，今天丢三个，明天甩五个，不早把我炸一个粉身碎骨？"

"你晓得就好。"

财政所长在一旁接过话头："你说说吧，这一次，你们村能集资多少？"他是指乡政府开发旅游的集资任务摊派。

老三望望自己身后。

"你不要望后面，就是说你呢。"

老三又看看左右两边。

"你不要看旁边，就是说你们村，你们小湾村。"

老三指指自己的鼻子。

"对，说你们村。听明白了吧？要开发旅游就得修路，要修路就得集资。这个道理同你们说过一百遍了。这是为了大家好。其实我们并不想收这个钱，但应该收。"

"你们不想收？"

"你说什么？"

"你刚才说，你们不想收钱，是应该收钱？"

"对啊，应该收钱。"

"这就怪了。昨天说你们要收钱，今天又推给了什么应该。应该在哪里？怎么我没有看见他？"

台下发出一片咻咻的笑声。

财政所长差一点气歪了嘴。"你长着什么耳朵？你不明白'应该'的意思？'应该'不是一个人。'应该收钱'这句话的意思就是……"他也不知道该如何才能解说清楚。

老三仍然满脸的无辜和认真："既然不是人，那他来收什么钱？收肚子、收肠子、收骨头啊？大家的几个血汗钱，凭什么要给这个家伙？"

台下的笑声更为浩大了。乡长敲敲桌子，"何大万同志，这是开干部会。你有意见就提，不要装疯卖傻。你未必连'应该'这个词的意思都不明白？"

老三继续谦虚："乡长，你是大学生。但我是个农夫子啊，读的几句书都还给老师了。不过的但是……"他一激动就情不自禁地多用虚词和滥用虚词，大概是想加强自己的文化。"我还是一心多学习，争取提高觉悟。我刚才不正在请教所长吗？我问谁收钱。他说是'应该'。这话你们都听到了吧？所以的因此，我非常想同这位应同志会个面，谈一谈，交个朋友。这有什么错呢？既然的而且，如果的可能，乡领导都说不想收钱，那么凭什么这家伙比乡领导还大？常言说得好：有理走遍天下，无理寸步难行。他姓应的有什么话不能当面说？这位所长又说，'应该'不是一个人。那就更怪了。他不是个人，未必是只狗？是堵墙？是个变形金刚？是个激光化学原子弹？……"

会场上已经笑得东倒西歪，笑出了仿鸡、仿鸭、仿蛤蟆的音响，笑出了电击、蛇咬、冠心病发作之下的动作。但老三还是文绉绉地申诉下去，时而京腔时而土语，时而虚词时而科技，只是口齿呼噜呼噜的一锅粥，不大容易听清楚。

这已经是第三次集资动员无果而终。前两次是另外几个村官叫苦，这一次是黑老三搅局，而且搅得很恶劣，让财政所长大为冒火。"你还说老三没文化，我看他一肚子坏水，是个最大的刺头，非拔了不可！"他事后对任乡长抱怨。

乡长也觉得老三说傻就傻，说刁就刁，不是一只善鸟，也早有换马之意。他亲自下村了解情况，但访过来问过去，发现可以取而代之的人选并不很多。原因是年轻人大多进城打工，高学历者有的当砖厂老板，有的跑钢材生意，赚了个盆满钵满，连老婆孩子都接进了城，哪还愿意回到村里领这个一百八——穷困村的干部补贴就这么一耳勺。有个叫国华的复员军人倒是主动请缨，而且能写会算，见多识广，玩得了电脑上网，说得出 CPI 和 PPI。不过此人刚偷过乡政府一台小面包车的牌照，转眼就笑嘻嘻地伸手要官，真不知道世上还有羞耻二字！

这样，乡长只好把换马之事暂时压了下来。

几代鸡由几代人赔

伸手要官的国华，外号国少爷，个头很高大，眉眼还漂亮，自认为一直壮志未酬，对农事怎么也看不入眼。他遇到热天就说太阳烤死人，不能做事；遇到寒天就说冷风吹坏人，也不能做事。早晨露水太重，当然做不得事；傍晚蚊子太多，肯定更做不得事。反正算下来有八个不能做、九个不可做、十个做不得，家里的扁担和锄头几乎与他无缘，用他爹的话来说："这个小杂种懒得屙蛆。"

老爹怕他真的屙蛆，曾把他送去部队锻炼，没想到他有一次诈称奶奶死了，骗了连长三千块钱，去广州找朋友玩了几天，挨了部队一个处分。复员后在省城混了些时日，有一次又诈称自己遇上车祸，骗了妹妹两千块钱，其实是打了麻将和洗了桑拿。到最后，他打电话回家，说总算遇到贵人搭救，他朋友是银行的科长，招他押送运钞车，还配了一支枪——他为此得送科长太太一条金项链，不还这个礼是不行的。老爹不知这有关银行的大事该怎么办，请同村的黑老三接电话。

老三在电话里问："真给你配了枪？"

"那还有假？"

"长枪还是短枪？"

"短枪。我当队长的，哪用什么长枪？"

"木枪还是竹枪？"

对方这就不说话了，后来也再不说金项链了。

国少爷回到村里，对老三这个堂叔很不满意，烟都不给对方敬一根："你就是把我看瘪了。这不，害得我保安队长也当不成。"

老三笑了笑："我倒是想把你看圆，但你得先把你娘的耳环还了，再把她的锅盖补上一个。"

"哼，等我以后当了百万富翁，你莫找我借钱。"

"到那一天，我就头戴尿桶去看戏。"

少爷哼了一声，扭头走了。这以后，他除了热心打野猪和抓鱼，还是不大务正业，三天两头就偷鸡，偷羊，偷瓜菜，偷汽车牌照——要不是老三去乡上求情作保，这一次案发差点让他蹲完派出所还要蹲县局。但国少爷属猪，命好，福气大，两个心软的妹妹在外面打工，总是给哥哥的卡上划一点钱，于是少爷不但有钱打麻将，还有钱玩电脑和养小狗——他牵着一条奇怪的白色长毛犬在村里游走时，经常夸耀："我这条狗只吃白糖拌鸡蛋，其他都不吃。"见旁人不怎么关切，又说："它根本不吃饭，它连肉都不吃，嗅都懒得嗅一下。"直到说得大家都奇怪了，再大张旗鼓推介："维西都，正宗的英国维西都，没听说过吧？它爹妈那都是听音乐、喝咖啡长大的，到了冬天还要穿鞋子、穿毛衣、睡鸭绒被窝。"

村民们都听得大惊失色。

少爷对国外情况知道得多，这个东洋，那个西洋，天下大事像是他脑子里的一册书，无论什么时候翻出来，一清二楚头头是道，足以吸引一些后生。这一天，他正在家门口同两个后生闲吹，从韩国美女说到美国导弹，再说到全国股市的全面翻红，忽听维西都大吠，顺着狗眼看去，见大路上一个陌生人急停摩托。车轮下有一只小鸡仔，已经奄奄一息。

少爷精神大振，起身迎了上去，"兄弟，你今天发财啊？"

"这是你家的鸡？对不起，对不起。"对方看了他一眼，"我认赔，你开个价。"

"我怎么好开价？你自己看着办吧。"

对方赶紧掏出一张钞票给他。

"你家的票子真是大。"少爷捏了捏钞票，吹一声口哨，"知道这是什么鸡吗？知道它从哪里来吗？知道它爹叫什么名、娘是什么号吗？知道它过了多少山、过了多少河吗？知道它的时代背景、科学含量、学术价值以及神圣使命吗？……"

对方已经傻了一半。

国少爷是这样算的：良种母鸡，祖籍澳洲，国际高科技产品，眼下虽小，但吃得多，长得快，下蛋足。长大以后能下多少鸡蛋呢？少说也是两百。那么两百个蛋能变多少鸡呢？少说也有一百六七。那么的那么，每只鸡仔长大以后又能下……同你说实话吧，这只鸡就是国华同志脱贫致富奔小康的希望。看在初交的情分上，打个折扣，直接损失加间接损失就是五百吧。这个价说到哪里不是菩萨价？

陌生人脸色变白，转而变黑，龇几颗板牙大叫："你抢钱啊？把我当冤大头啊？你为何不说你的鸡是下金蛋拉银屎的呢？……"

看他挂一副眼镜，戴一顶遮阳帽，背两根新款钓鱼竿，大概是教师或小老板什么的，进山来钓鱼的。但此刻他已被几个山里人牢牢地钓住了，喊天不应叫地不灵。三个后生团团围住他，扯得他衣襟斜领口歪的，就差一点拿工具来敲他的车轮和后视镜。叫声引来了更多的村民，老三也夹在其中探了探头，发现形势显然对外来人不利。有些村民不是不知道国少爷刁，但眼红那些来来去去的钓鱼者衣着光鲜，吃饱了没事干，还喝什么"营养快线"，又痛恨他们把烟盒子、饭盒子、饮料瓶子丢得水库岸边到处都是，便故意跟着起哄。

眼看着外来人差一点要哭了，老三这才咳一声，表示他有话要说。众人也都安静下来，给村头让出发言席。

"依我说，一只鸡么，确实是不一般的鸡，了不起的鸡，赔一万块也不算多。"老三首先抹了把脸。

在场人都愣住了，似乎不相信自己的耳朵，连国少爷也惊喜万分地眨巴着眼睛。

"不过的但是，赔一块钱，也不算少。"

几乎所有人都愣上加愣。刚才明明是说一万，怎么突然就少了个万字？这一个筋斗也翻得太远了吧？

国少爷尤其着急："三叔你这是什么话？"

老三对侄儿笑了笑，"你想啊，他赔你一块钱，你拿去买彩票，中了一百万，不就等于他赔了你一百万？你未必还打算退他九十九万九千九百九十九？"

"你……你怎么保证我能中头彩？"少爷口舌不大利索了。

"那你怎么保证这只鸡不发瘟？"

"我……我家的鸡……从不发瘟。"

"不会被黄野狗吃？"

"告诉你，我天天扛杆铁铳守着，专打黄野狗，专打老鹰！"

"好，要是你国少爷吃得了这个亏，守住了黄野狗和老鹰。那这五百块钱就赔得合情合理，赔得没话说。这样吧，五百块。你来签个协议：他赔你五块；他儿子赔你儿子五十块；他孙子赔你孙子四百……是好多，你等我算一算。"

"慢点，慢点，我要现钱，一次性付款，与儿孙有什么关系？"

"怎么没关系呢？"老三瞪大眼，"你刚才算了鸡生蛋，又算了蛋生鸡，一算就好几代啊。好几代的鸡，由好几代的人来赔。这个道理没错吧？未必你不是这样算的？那你是要减一代，还是要减两代？"

外来人不懂本地土语，也没跟上老三的严密逻辑，还是一脸困惑。但旁观者们已经笑起来了，笑得前仰后翻，五官一次次发生重组。国少爷脸上红一块白一块，嘴皮跳了两下，像要说什么，终究没说出来，最后一脚踢飞了小死鸡，牵着维西都走了。"老子今天一脚踩了牛屎……"他的悲号和怒吼远远传来。

外来人见他背影远去，终于恍然大悟，一把捉住老三的手："大哥，谢谢你，太谢谢你啦！来，抽烟，你抽烟。"

老三其实不想接这支烟，甚至后悔自己今天又多管了一件闲事。像他自己说过的，斗老不斗小，斗小有仇报呢。自己已年近半百，眼看着离天远离地近，前面的日子不会太多。要是把村里的后生都得罪光，自己到了闭眼的那一天靠哪些人抬上山？难道从棺材里钻出来自己爬上去？哎呀，想不得，想不得……他抽了自己一嘴巴，再一次不明白这张嘴为何说着说着就自行其是。

他重重叹了口气，走了，让感恩者一直莫名其妙。

一个人十分钟轮着咒

国少爷经常借钱的对象是戴庆生，外号庆呆子。在这个小湾村，田少山多，林产品又缺乏深加工，庆呆子开的一个锯木场就算是罕见的企业，一台大卡车也算是村里最耀眼的固定资产了。照理说，庆呆子占了这两个头彩，再加上两个身强力壮的儿子，一家人的日子过得超殷实，连鸡鸭的叫声都气足韵长。

但庆呆子也有烦恼。他婆娘茉莉成天一个野人样，坐无坐相，站无站形，已经是做奶奶的人了，还经常不做饭，不烧茶，不带孙子，更不喂鸡养猪，一出去就是头上插两朵野花，大半天不见影子。儿子收工回来发现家里空锅冷灶，一次次到处找娘，发现她不是在张家看杀猪，就是在李家看裁衣，更多的时候是去了学校电教室，一边嗑瓜子一边看国少爷教娃娃们玩电子游戏。"娘哎，你当神仙不打紧，我们要吃饭啊。"儿子们总是这样说。

"饭有什么好吃？天天都吃的东西。"茉莉很不情愿地跟着儿子回家。

茉莉看多了电视和电子游戏，走路时也经常哼哼唱唱，与树影或山影展开互动，有时是打拳的动作，有时是打枪的动作，有时更像洗澡或招魂，让外人十分疑惑，还得了一个绰号："莉哈性"——就是莉疯子的意思。村里人都知道，她的疯其实是多功能。比如有人来借钱，明明只借六角，她掏出一块就一块，硬要疯疯地塞给人家。比如有人在晒谷或种菜，并没叫她帮忙，她也操起家伙前去疯疯地干上一阵。她不怎么搓麻将，但经常喊这个，喊那个，喊得惊天动地，逼着女人们去牌桌边快活。有一次差不多都半夜了，她带着人串了好几家，最后到老三家捶门打户，硬把主家夫妇从床上揪起来，凑成一桌搓麻将，自己站在一旁观战，然后去灶房里烧茶水和炒豆子，只是一不留神钻到床上睡着了，发出呼呼的鼾声。

村里几乎没有哪家的床她没有睡过，而且一睡就怎么也喊不醒，撒手叉脚，歪七倒八，睡出了对角线或横切线，霸占了辽阔的床位，害得主家无论老少和男女，到后来扛不住哈欠，只能小心翼翼地钻缝隙。更重要的，每次这样睡过以后，这位四海为家的婆娘身上常有陌生的袜子或毛背心，自己的镯子或手电筒却不知去了哪里。

庆呆子只得一次次去商店买手电筒，被店主取笑："庆呆子，你们家把手电筒当饭吃啊？"

庆呆子苦着脸嘿嘿一下。

有时还冲着杂货店评点时局："新社会好是好，就是解放妇女过了头啊。"

他在婆娘面前从来不敢高声。比方说这一天，他只是多了句嘴，说菜里放多了盐，就引起莉疯子柳眉倒竖，不但夺了老公的饭碗，还不准老公的两个连襟吃下去，说既然嫌饭菜不好，你们就去上馆子，快走快走。可村里哪有什么馆子？再说这一天请来客人帮工，就是要建两间偏房。重要时刻误了工，还不是自家吃亏？

大儿子见父母吵闹不休，气得直指父亲的鼻尖："爹哎，你如何找了这么个疯子婆？真是搞得我好没面子。你当年好歹也是初中毕业，还混了个生产队长，七不找，八不找，偏偏找来一个老虎凳。你没本事，就去倒插门。再不行，就去当和尚啊。"

二儿子去给外公打电话："外公，外公，求你做点好事，赶快把你的疯子女搞回去。你要是少了米，我给你送点米来。你要是少了油，我给你送点油来。你莫让你的疯子女在这里横闹，吵得我们连饭都吃不成了。"

两个儿子对父母的婚姻都愤愤不已。

庆呆子送走了两个连襟，又接受了岳父在电话里的歉意，还是觉得郁闷，忍不住去找高人讨主意。一个漆匠，一个酒坊老板，一个小学教师，都是他小学同学，又都是同姓远亲，听这事都愤愤不平，决心为他讨回公道，于是结成一伙前来谈判。国少爷找庆呆子多次借钱，欠下了人情，也自告奋勇前来帮一把。哪知道他们一行人刚进地坪，就听到莉疯子开骂："哪来这么多是非人，想到我家来开斗争会？有屁快放！"

她一手叉腰，又出一个茶壶姿态，雌威凛凛封住大门，吓得来人全体愕然竟不知该如何谈起。

好半天，国少爷才鼓起勇气："茉莉嫂，不是要开斗争会。你老公这么会赚钱，要放到城里，恐怕二奶、三奶、四奶都有了，你可不要身在福中不知福……"

"放屁，你们都想当种猪哇？"

"我庆叔每天都是起早贪黑，有哪点对不起你？他哪有福气当种猪？当奴隶也只是个非洲奴隶。"

"我前世被他欺了，今世要还报！"

"现在新官不理旧账，你还管什么前世呢？"

"我骂我自己的老公，碍了你哪根肠子哪块肺？他成天同狐朋狗友鬼混，不骂还能成人？我岂止骂，还要打。"

国少爷急红了脸："你这是什么话？我们怎么都成了狐朋狗友？你不是心理变态吧？不是更年期综合征吧？开口就是语言暴力，坏了江湖风气。来来来，我们今天还非得同你PK一场不可……"

国少爷真是帮倒忙，扯出什么PK，什么更年期，什么语言暴力，时髦倒是时髦，但根本不解决问题，还让莉疯子觉得特别戳耳。她杏眼圆睁，一拍大腿，操起大扫把扫鸡粪，扫得说客们在粪雨之下招架不住抱头鼠窜。走在最后的国少爷慢了一步，屁股上挨一扫把，蛤蟆镜也掉了。疯子见对方捡眼镜的狼狈样，愣了一下，捂嘴哈哈大笑起来。

邻居们面对这种大笑，没一个不摇头叹气的。大家又说起庆呆子他爹，当年不知为什么事冒火，给过儿媳一耳光，立刻被儿媳还了一耳光——这种忤逆之人可以上房揭瓦下地刨根，你十个国少爷捆在一起恐怕也不是她的对手。还PK？你咳屁（KP）吧！

第二天上午，在国少爷家躲过一宿的庆呆子，惦记着家里的鸡和猪，更惦记未完工的两间偏房，硬着头皮去看一眼，没想到一进家门就难逃严惩。按莉疯子的说法，这家伙居然带人来家里开斗争会，是不是还想开宣判会？是不是还要开追悼会？吃里爬外的货，狼心狗肺的贼，连自己婆娘的更年期也广告四方，不剥一层皮他还真不知道痒了。于是两人又揪头发又掐脸，又抢拳头又抄扁担，闹得家里桌倒椅翻鸡飞狗跳。

待国少爷叫老三前来平乱，庆呆子已气喘吁吁夺路上山了，蹿得比狗还快。莉疯子则披头散发咬牙切齿在后面一路狂追。"我崽呀我崽呀——"这似乎是她最严厉的咒语。

"哪个敢拦我，我的砖头不认人！"她用手里半块砖指着老三，似乎看出了对方的来意。

老三吓得退了两步，"我拦你做什么？我是来帮你的。"

"不要你帮，一边去！"

"你一个人打得下来？"

"你看吧，老娘要砸碎他的狗头！"

"你要砸，就好好地砸，莫砸个半死不活，害得大家来抬担架，送医院，端汤送水，跟着你们吃亏啊。"

莉疯子无心开玩笑，脚一跺，冲着山上大喊一声："你有种的站住——"

"我看你根本没下决心。"老三搂起一个大石块给她，"来，给你换个大的，一下就砸到位，砸他一个满园开花万紫千红！"

莉疯子正在豪气冲天的状态，不能不表现决心，不能不升级自己的恶毒，也就不得不丢了砖头，接过沉沉的大石块。但她毕竟是个妇人，搂着大石块，立刻弯了腰，追赶速度明显放慢，跌跌撞撞好一阵以后，眼看着离前面的小黑影越来越远。

老三在她身后大叫："快追呀，你没吃饭吧？你裹了小脚啊？怎么放他跑了呢？快点快点，我抄小路到前面堵住他……"

其实是抄小路上山挖笋子去了。这一天，老三在山上挖了几颗笋，查看了几处杉林的生长情况，与雇来的挖土机师傅算了算土方，又在好几家喝了茶。当然一路上也接了不少电话。先是庆呆子要求报警，老三的回答是："亏你胯裆里还有四两肉！哪有老公挨打要报警的？你不丢人，我都会丢人了！小湾村的男人，以后出去还讲得起话？不用裤子罩脑袋还出得了门？"接着是莉疯子强烈要求离婚，老三的回答是："离什么婚？两根老黄瓜藤还想移栽？我看移也移不活，你打死他算了……没打死么？那好，我明天再来帮你打。"最后还有当事人各方亲戚前来威胁或声讨，诉苦或央求，乱成一团。娘家派与婆家派势同水火，都护着自己的人。不过这也好办，老三见人讲话，见鬼打卦，不是摸顺毛，就是没正经，反正胡言乱语一通，说了些什么自己也不大知道。

他对所有人几乎都许诺明天，说明天一定来严肃处理这件事。但明天还有明天，明天的明天还有明天。老三去城里买电线了，去岳父家帮工了，去王家河放鞭炮吊丧了……每件事都理由充分无可指摘，一连好几天没露面。直到锯木场的电锯声再次响起，庆呆子家的炊烟按时升起，莉疯子甚至重新有说有笑出现在村口了，他这一天才大大地"啊"了一声，拍拍自己的脑袋，像记起了什么。

他放下手中的尿桶，隆重地穿上皮鞋，戴上手表，带着不常用的笔和本子，重重地咳两声，代表村委会去升堂办案。他来到锯木场这一家，进门后东张西望，先检查电视机、电冰箱以及电饭锅，指派莉疯子的两个儿子分头把守。

有人问："你这是什么意思？"

老三说："两公婆吵架，不摔东西有什么味？等一下好戏开场，你们只守住这几样，其他东西随他们摔，千万不要拦！"

对方问："那被子、枕头就往他们手里送吧？"

老三点点头："你这个娃，聪明！"

大家都笑了起来。

他又指派另一个后生："你去窑场里搬几个烂瓦罐来，去何漆匠家里找几个油漆桶来，那些家伙摔得又响又不值钱。"

笑声更多了，连莉疯子也翻了个白眼，一种忍笑的样子。

老三在正堂居中坐下，两边各设一张椅子，让纠纷双方相对而坐。应他的要求，一壶茶水和两只杯子也由邻居备好，拿来摆在屋中央。待一切停当，全场肃静，老三看看手表，表示时辰已到，郑重地开始发话："今天祖宗在上，领导在位，乡亲在场。鉴于戴庆生与刘莉莉俩同志经常相咒，今天就请你们好好地咒，过足这个瘾。一个人咒十分钟，轮着来。好不好？这不，茶水都给你们备好了。你们口舌干了就暂停，喝足茶水以后再接着来。现在——计时开始！"

这场阵仗前所未见，镇得纠纷双方有点不自在。时间一秒秒地过去，他们或是摸鼻子，或是扯衣角，都说不出话。

"开始啊。"老三瞪大眼，又朝观众挥挥手，"你们都支起耳朵好好听。哪个想学咒人，今天就是机会。"

说得双方更不自在，特别是庆呆子连汗都出来了。

"是不是要找面鼓来，找面锣来，配上锣鼓有味一些？"

莉疯子红了脸，指了指众人，又指了指茶壶："他三叔，你看你这是……你这不是耍猴戏么？"

"你以为你们平时不是耍猴戏？是放电影？是扭秧歌？"

大家又笑了，莉疯子不知是与哪位婶子的目光相遇，想做个鬼脸，忍不住鬼脸也成了偷笑。

"严肃点！"老三瞪她一眼。

她再翻一个白眼。

老三再一次看手表，"你们都不讲，那就我来讲一句？"

好，你讲，你讲。

"真的要我讲？"

当然，当然。呆子与疯子都鸡啄米一样点头。

"请你们咒，你们不咒，老鼠肉上不得席啊？以后谁也不能咒。知道么？再咒，我就不烧茶水了，只会挑一担大粪来灌嘴巴！"

他把笔记本合上，站起来一举手："散会！"

村民们意犹未尽，似乎不大想离去。不知是谁带头鼓掌，屋内外终于响起一片掌声，吓得茉莉伸伸舌头，三脚两步往人后钻。来自婆家派或娘家派的几个助攻手，本来准备大干一场，见此情景也就兴致索然，无精打采，各自散去了。

据说锯木场这一家以后还真是平静了些，莉疯子即使有高腔，但也稀薄了好多，至少不再抢砖头追上山，不再闹着要离婚。用老三的话来说：要她打吧，她打不出个结果；要她骂吧，她骂不出个样子——还好意思来找我？

阎王的加油站在哪里

几年前，老三在路边撒过一泡尿，撒完才发现前面有一土地公公，就是杂草掩盖的几块砖瓦和几根残香。他本应该说一句"大人不计小人过"之类，或许就没事了。但他那天头顶烈日热昏了头，加上在生姜老板那里亏了钱，便在公公面前耍狗脾气："嘿，你未必还真能咬我鸡巴？"说完扬长而去。

不料几天之后，他的阴处开始生疖，痛得他满头大汗，呼天喊地好几天，连撞墙的心都有。

自那次以后，老三的世界观发生变化，有点相信八字、风水以及报应，对非同一般的巨石和老树都比较恭敬。他当然也相信科学，比如相信抽水机、钻孔机、推土机、挖土机以及电视台农业频道，甚至对相关高人特别崇拜，侍候得很殷勤，但村里改建土地庙的时候，他还是偷偷捐了一份钱，不觉得这与机器时代有什么抵触。没料到这事后来遭乡上查办。任乡长追究个别村干部带头"反对科学"和"复活迷信"，摘走了这个村的一面流动红旗，气得老三虚火上升，嘴巴肿了好几天，去医院打了三次吊针，还是一个猪嘴巴。当时要不是玉和爹劝住他，说争荣誉不是打架，不能斗狠和赌气，这个猪嘴巴差一点要拱到乡上去，在乡长的小面包车上砸几团牛粪。

但老三不论世界观怎么变，还是看不起皮道士。这皮道士有什么呢？蛇也吃，猫也吃，还把自家的老鼠烧了吃，算什么人呢？明明连道士都没当出个样，还结巴，又口臭，就凭着同县里什么王主任搞好了关系，居然拿回一张介绍信，接管了莲花庵，插手佛门事，这不是鸡仔进了鸭棚么？再说庵不是寺，只能住尼姑的，阴气重的地方，一个汗毛森森汗臭烘烘的汉子戳在那里，好比男人出入女厕所，是何道理？成何体统？小湾村这些年又是虫灾又是旱情，祸根子就是这家伙乱了阴阳吧？老三还有十足的理由怀疑庵里的那尊菩萨。他记得很清楚，看得很真切，当初庆呆子那里一根老梓树，一锯裁成了两截，上一截由皮道士拿去做了菩萨，下一截由庆呆子解成木板，垫了自家的茅厕。那好，问题就在这里：同一根木头，难道只灵这一头而不灵那一头？要是皮道士的菩萨灵，那床呆子的茅厕板子灵不灵呢？

莲云庵很小，也破败，没多少香火，闲着也是闲着，很长一段时间里没人管，现在有个人就近打理一下，当然不是什么坏事。退一万步，既然现在政府提倡男女同校，那寺庵不分也不是不可以通融。不过，皮道士占了这个码头以后，近来越活越神气，穿上一件皱巴巴黑油油的法袍，就以为自己不是挑粪的皮二结巴了，谈生说死，卜凶占吉，口水溅出几尺远，俨然一个博古通今之士。特别是自从任乡长的老娘来卜过一次儿子的前途，虽然乡长本人不一定知道，但皮道士从此就以半个国师自居，有一种官场红人的气焰，有一种干预党政大局的劲头，对谁都敢指指点点，动不动就夸口："我找任家老太说一声……"

村民们在庵前修路，他居然连茶水都不烧一壶来。村民们给庵里架电线，他连烟也不摆一包。不知从什么时候起，他收来一些旧啤酒瓶，装一点来路不明的水，就说那是圣水、仙露、太君玉液，卖到八十八块钱一瓶，优惠价也是五十八，赚得自己红光满面的，腰身肥了一圈。

人家不买，他就说："福祸由人，功罪自取，法眼在上，随意无妨。"

吓得信徒们还是只能买。

这一天，庵里出现治安事故。皮道士发现一只铜壶不见了，跑来找老三报案，说你们村干部得管管这事。老三怀疑是国少爷手脚痒，但一时没有证据，只是冷笑了一声："你的那个菩萨不管事啊？不是连乡长、县长的官帽子都能管吗？怎么连个小偷也管不住？既不管事，天天坐在那里吃什么冤枉？"

"无上神君法力无边。可能是我前几天诵经的时候没漱口，才有这个报应，不不不不是什么别的原因。"道士一急就更为结巴。

"我不要你漱口，只要你去把供品搬到这里来，我就帮你抓偷壶贼。"

"罪过，罪过，贫道做不得这个主。"

"你那仙水价格一涨再涨，未必是无上神君做的主？"

"信众自愿的，贵一点么，恭敬呀……"

"那是，如今送礼走后门，红包也是越大越好。"

"差不多，差不多的意思……"

"二结巴，你好大的胆！"老三突然一拍桌子，"我要是你的圣祖，今天一雷把你劈死在茅坑里。你把圣祖当贪官啊？钱多多办事，钱少少办事，没钱不办事，那不就是林业局的王眼镜吗？"他是指最近案发丢官的一位知名人物。

皮道士羞得面红耳赤，夺路而去，再也不提铜壶的事。

莲云庵的圣水也从此不见了。不过，没过多久，皮道士又找到一个新的营生，与纸有点关系。这样说吧，送亡灵要烧冥宅，驱疫鬼要烧阴兵，祈神求仙要烧灵台，如此等等，都是纸制品，出自镇上一个扎匠，即皮道士的一个妹夫。大概是与时俱进，这位扎匠的产品越来越摩登，比方说阴兵不仅是纸旗、纸马、纸刀、纸枪，还有纸糊的飞机和坦克，打的是现代化战争，不怕他疫鬼不降。冥宅也不仅是纸院、纸楼、纸桌、纸椅，还有五彩纷呈的电视机、空调机、摩托车、小轿车一类——这种地府流行的好生活真是让人眼红，让人觉得生不如死，慢死不如快死，等死不如找死。

"这里最好还扎几个三陪小姐，穿皮短裙的，穿高跟鞋的。"国少爷还曾如此建议，只是被哈哈大笑的莉疯子猛踢了一脚。

"早晚要阉了你们这些货！"莉疯子又啐他一口。

皮道士没有国少爷那样轻薄，一般都能恪守纲常之礼，但也赚得盆盈钵满，在村里村外名气日盛。他的出场费越来越高，而且一台小号的"万福仙境"或者"千寿琼园"，相当于小户型低档楼盘，也起码开价三千，根本不还价。其他阴阳师来定日子或者选地方，与东家还是可以打商量的，定个不远的日子，选个较近的地方，就可以偷偷为东家减少成本。但皮道士说一不二，颇有客大欺店的味道。这一天，村里有个叫何子善的死了娘，皮道士明明知道这一家穷，但掐掐指头，打一个哈欠，竟把出殡的日子定在五天之后，吓得孝子差一点当场尿了裤子。这事也算了，村里人帮上一把，好歹把这几天的花销撑下来。但皮道士的服务项目也太多，设坛招魂，打醮驱鬼，加上冥宅一台五千八。如此算下去，子善他老娘还怎么死？还怎么上山和入土？就算上了山入了土，身后一家人的日子还过不过？

老三前去吊香，放了一挂鞭炮，接受了孝子的跪谢，还有告知亡灵的一声惊天锣响。他注意到孝家连张好椅子都没有，一只碗橱也只有三条腿，另一角由砖石垫着。热水瓶里倒出的是冷水。日历还是挂着前年的。柴灶上方该挂腊肉的地方只有几个空铁钩。他刚才带来的一桶白豆腐，看来很必要也很及时。

庆呆子在这里当提堂官，就是主持丧事的人，正指挥几个人打灶、杀猪以及搭棚子。他把老三拉到一边："不得了，不得了，十个锯木头的还不如一个裁纸的。"

老三知道对方在说什么。

对方又说："这号事乡政府又不管了？"

"他们说，现在还没有具体的条文。"

"怪事，每个月是他们领工资，又不是条文领工资，如何一办事就找条文？"

正在这时，皮道士指挥几个后生把琳琅满目的巨大冥宅抬入大门，引起一些娃娃的兴趣，似乎把冥宅当作了巨型积木。一个娃娃伸出手指："我坐这张椅子！"另一个娃娃伸出手指："我坐这张椅子！"又一个娃娃说："那张床是我的！"直到大人又来揪嘴巴又来打屁股，娃娃们才纷纷伸舌头，不再争先恐后地在冥宅里预订享受。

老三背着手，也挤在娃娃们中绕着地府幸福生活细细看了一圈："皮师傅，以后等我伸了脚，你也要给我烧一台，让我好好过一回瘾。"

"那没问题，我给你烧三宫六院十八房，一套中式的，一套洋式的。"对方兴冲冲地说，"再给你烧个办公室，你下去了还是当干部。"

"你说当干部就当干部？"

"要是你多积点德，还可能提拔，到县里当个副局长也不是不行。"

老三观察得很仔细，"当干部至少得骑个摩托吧？"

"摩托车？到时候你肯定坐汽车。"

"我还想坐飞机呢。不过飞机也好，汽车也好，摩托也好，总得加油吧？你不烧一个加油站，到时候我扛着摩托走？"

"加油？……"

"你这里也没个变电站，这些电视机、电冰箱、空调机如何开动？"

"变……"

"你至少还得烧个银行，不然你这些信用卡往哪里刷？再说，阎王那里怕是没有百货商店，你这些冥府美元也好，冥府港币也好，都只能拿去糊壁头啊？"

"难怪，"庆呆子一拍大腿，也恍然大悟了，"皮道士，上次你在我家发了十万阴兵还是无功而返。当时我就想，有刀枪，没茶饭，阴兵怕是不肯卖命啊。"

国少爷更加见多识广："光有加油站也不行。加油站的油是从哪里来的？恐怕还得有运油车和炼油厂，还得有中石化和中海油吧……"

"你们真会开玩笑，真会……嘿嘿……"皮道士脸额上冒汗，看看手表，像有什么急事，拔腿就往屋后溜。

老三料定对方没什么急事，大步追赶过去，在屋后菜园里抓住皮道士，"你是要种菜还是要摘菜？走错园子了吧？"

"三哥，三哥，你莫逼我……"

"我逼你什么了？我的摩托要加油，你指个地方就是。我又没有要你出油钱。"

"那也就是……就是……意思一下么。"对方苦着一张脸。

"你说清楚，到底是好大的意思？你没有加油站，没有变电站，让各位归天之灵如何意思？二结巴，我要是工商局，就要到阎王老子那里举报。这活人么，用点假货也就算了。死者为大，死者为尊，死鬼的事情还能咿呀咿吱呀？"

"哎呀呀，这些事是不能太……太认真的。"

"既然不认真，你为何要来？"

"东家请我来，我有什么办法？"对方一脸的无辜。

"这还算一句话。"

"你要吃饭，我不也要吃饭？"

"这也算得上一句话。"

老三点了点头。

这天晚上入殡，皮道士诵经时几次忘了词；颠着步子绕棺招魂时差一点摔倒；一揖三叩时多了一叩，被娃娃们数出来了；莲花步走得没有平时那样好看，更让观众们大失所望。有人在嘘声中朝他投了纸烟盒和塑料空水瓶，表达极大的不满。事后，虽然老三并不在场，道士也没敢开口说钱，接过提堂官手里的红包，是多少就认多少，夹着法袍匆匆而去。一柄法剑居然也遗落现场，被娃娃们抢着拿来玩耍。

老三其实在场，只是有点乏，坐在偏僻处听老人们唱夜歌。他觉得唱夜歌还是好，不像城里人只是鞠个躬，献枝花，丧事也太冷清了，让后人们没什么想头啊。

上门服务的合理收费

葬下老娘以后，何子善一园板栗挂了果，山上林木也进入间伐期，家境终于有所改善。放在前几年，他是村里著名的困难户，今天卖一根柱，明天卖一根梁，后天再卖一担瓦或一担砖，眼看把青砖祖屋拆卖一半，再这样下去，以后可能就得住山洞了。他平时出门，已提前有了山顶洞人的模样，一身破衣烂衫，手上扶一根棍子，头上缠一条毛巾，走在路上哎哟哟地呻吟，似乎生命已到尽头。

村里人见他可怜，每年年终都会给他评上一份补助。好心人还会把几根柴或几棵菜放在他时常经过的路口，让他拿回去。庆呆子锯木场里那一堆堆的杉树皮，也三天两头地免费给他。但也有人说，他卖了杉树皮，拿着钱去打牌，打牌的时候从不呻吟。回家时如果发现周围没有人，把棍子一扔，把头巾一扯，撸两把汗，咚咚咚走得比哪个都快——不知这种传说是否属实。

有一段时间里，他想发大财，跟着邻县一个什么人到处找文物，贩银元，买彩票，还参加了什么耶稣教。家里的责任田里草比苗深，总是成了野鸡窝和野猪窝。村里用扶贫款给他买的三头小牛，也被他赶到山上以后撒手不管，结果三头牛几成野牛，在山上找不到水，渴坏了内脏，死掉一头，另外两头也一直不长肉，最后被他吃掉了一头，卖掉了一头。人们要是数落他，他就委屈地说："我一个眯子，眼睛里少了油，哪看得住牛呢？"

"你眼睛里没油，又看得清文物？"老三没好气地说。

善眯子在这种时候总是装耳聋。

老三知道善眯子的小肠子不少，但不忍心他真的成为山顶洞人，更觉得他一家老少几口是个事，有时候也就马虎一下，并不求个水落石出。有一次，派出所打电话来，说那个叫子善的借口贩文物，其实是伙同不法分子坐庄，发行违法私彩，必须立即严加法办。老三在电话里连忙说，抓不得，抓不得的，他老娘动不动就发猪头疯，以前还上过吊，投过河，喝过农药，你们要是为这些事逼出人命，如何收得了场？这一吓，算是给派出所出了个难题，逼他们手下留情，只是把善眯子叫去训了一通。

又有一次，两个警察带一辆警车怒气冲冲下村，说有人举报善眯子偷树，这一次属于屡教不改，必须严查重办了——他老娘不是已经过世了吗？不是不能发猪头疯了吗？老三这一次拿不出劝阻理由，只好说："好好好，我换一双鞋就带你们去。"其实他借口换鞋，溜到屋后打了个电话，让村里一后生赶快开上推土机，把进山的路口给堵上。这样，等他们的警车开到那里，面对大铁疙瘩无可奈何，找不到推土机的司机，只好弃车步行。可怜两个警察平时爬山少，不一会儿就汗如雨下，东偏西倒，张开大嘴出气。手遮烈日朝前面望去，盗伐现场据说还在两个山头之上……我的天！事情到了这一步，不用老三开口，警察自己就找台阶下坡。"这样吧……"他们交代老三："这一次人就算了，但你们村委会必须重罚，罚他一个倾家荡产！"

"你们不是要抓人么？"老三佯装不解，"快快快，你们再这样蜗牛爬门槛，他贼骨子早就跑得没影啦。"

"我们，我们，我们还有更重要的案子……"一个警察差一点要哭了，忍不住上前敬烟，有讨好和求饶的味道。

老三其实不是隐恶护短，也不是不知道依法办事的重要，只是觉得抓人不是办法，尤其善眯子万万抓不得。这臭眯子的确惹人嫌，但好歹是家里唯一的劳动力，抓了以后怎么办？你官府是执法严格了，但他一大堆娘娘崽崽以后找谁去要吃要穿？家里总得有人挑水吧？总得有人打米吧？到头来，善眯子在牢里舒舒服服白吃饭，倒是全村人来帮着他养老又养少，这样的法律糊涂不糊涂？……更重要的，老三受不了那两个警察的没大没小。看上去比老三的女儿大不了几天的家伙，见面只有一声"喂"——哪个是"喂"？姓"喂"的在哪里？百家姓上有这样的姓吗？就凭着这一条，老三也必然恶向胆边生，不让他们尝尝推土机的厉害，不让他们在烈日下脱一层皮，恐怕是说不过去的。

这一年年底，老三叫挖土机师傅转一个方向，让一条新路改道经过善眯子的林地，以便这一家今后倒树出料时省些力资，多一点收益。清账决算时，老三在算盘上打到善眯子的三千元罚款，同村会计商量了一下，觉得还是减免五百为好，免得那一窝娃娃吃不上过年肉——他那个耶稣菩萨管天管地，怕是管不了菜锅里的油腥啊。

两人来到善眯子家退钱，不料对方大大方方接过票子，凑在鼻子前数了数，一个"谢"字也没有。

"错了吧？哪止这一些？"善眯子说。

会计眼光发直："减这五百，已经是很照顾你啦。"

"五百没错，但你们至少还差我……"善眯子用指头掐着数字。

"什么钱？"

"利息啊。"

"什么利息？"

"你们减免五百，就证明这五百本该是我的。对不对？我五百块钱借给你们大半年，为何没一点利息？"

"你……开钱庄放高利贷啊？"会计差一点晕了过去。

"就算没有利息，你们来一趟又一趟，同我结丝绊经，耽误我好多工。怎么说还得算我一点误工费吧？"

老三跳起来咬牙切齿："善眯子呀善眯子，你快到城里医院里去照片子，看你贩银元是不是贩得窝心多出了一个窍。你为何不再收点茶水费？不再收点进门费？你老人家变成了千年古尸，起码也是一个兵马俑，是吧？我们来看一眼也要买门票，是吧？老子——"他两只牛眼珠差一点暴出眼眶，"恨不得一丁公，锄得你脑壳从屁眼里出来！"

从这一家回来，他再次虚火上升，肿了半边脸，在门前劈一竹筒发出毒誓："老子要是还理他，下一辈子就去睡青石板。"

这意思是下一辈子去做猪。

他为此还迁怒整个洋教，一篙子打翻一船人："你看他们神不神经？一有事就对着壁头叽里咕噜，就算是做功课了，连香火也没有，连个菩萨也没看见。那只是一个壁头啊，未必你信的是壁头教？"又说："什么这一诚那一诚，有什么新鲜？不就是三大纪律八项注意么？不就是摸着胸口办事么？一句话不好好讲，不照实讲，背上一个簸晒盘装乌龟啊？"不料这话得罪了自己的姑妈——他后来才知道，姑妈一家也是信了"壁头教"的。

这些话，皮道士倒是很爱听，有时候还在一旁乘机落井下石："他们信耶稣菩萨的不吃血只吃肉，还不是尽拣好的吃？"

但日子还得过下去，还得在这个地方过下去。眯子的房子就戳在这个村，不是一条船可以划走的；眯子的田和山也睡在这个村，不是几片波浪可以流走的。老三既为一村之首，怎么可以躲得了善眯子？躲得了初一又怎么躲十五？初春时节，一挂鞭炮炸响，善眯子的婆娘从娘家回来了，抱回了第三胎，一个喊声特别脆亮的男娃。按规定，这种违反计划生育政策的偷生和超生，至少罚款五千元。善眯子当然舍不得掏票子，缠了老三好几趟，一会儿拼命往对方衣袋里塞香烟和塞板栗；一会儿是站在门口高声威胁："我今天一起床就磨菜刀，看哪个敢同老子结子孙仇！"

老三不怕菜刀，但也学会装聋，"啊"几下，"哦"几下，没有什么下文，一捉住机会就闪身出门，欺他善眯子眼里少了油。善眯子说着说着，发现面前没有动静，仔细瞅一瞅才知自己一直在对墙壁说话。

可以想见，他闹到乡上的时候，累得黑汗滚滚，气不打一处来，一根竹棍扑得窗台叭叭响，也不大记得在胸口画十字求上帝了。"哪个要灭我的族，我就要绝哪个的后！我不怕你们头上有角，有角老子也要拔！我不怕你们皮上长刺，有刺老子也要锉！就算你们是九头鸟，我何子善今天也要剜下你的蛋下酒喝……"他冲着乡长大骂一通，后来发现对方不是乡长，不过也是一个穿红色球衫的胖子，据说是来讨债的什么砖老板。

任乡长终于出现在他身后："喊什么喊？道士门前鬼唱歌啊？你是不是超生？"

"超……是超了一点点……"

"一点点？计划生育是基本国策。你有几个脑袋来对抗国策？"

善眯子真见到乡长，气劲已耗去大半，口气稍稍放软一些："五千块也太吓人了吧？你们何不剐我的肉，抽我的血？"

"霸王价，一口清！"

"农资公司卖水泥也打得折的。"

"那你去找农资公司。"

"你怎么说也得给我减免两三千。"

乡长懒得理他，向秘书要钥匙什么的。

"那……你们就让我赊一半。"

"你以为政府是饭店？是小卖部？"

"你们不减又不赊，那就是逼我一死！"善眯子狠狠地一咬牙。

"好啊，中国什么都缺，就是吃饭的多了。河里没罩盖子，你赶紧去。绳子到处有卖，你赶紧去。"

善眯子没料到乡长一书生，居然句句话是下刀子。忍不住全身一软，坐在台阶上，闭着眼睛哇哇大哭起来。天呀地呀，爹呀娘呀，你们看看这些当官的，欺侮我一个病人呀。我几十年的贫下中农，从没挂过牌子，站过台子，今天是冤深似海呀。你们都睁眼看看，那个娃根本不是我的，凭什么要我交罚款？他们不去抓野老公，反过来要抢我的钱啊？他们当官不为民做主啊……他哭得泪一把涕一把，一只鞋子也踢出去了，左右抽打自己的耳光，大骂自己是畜生，是蛆虫，是粪渣子，惨得旁观者有点看不下去。

事情的另一方面，是哭诉之词让人大为吃惊，更让几个乡干部忍俊不禁。他们听过各种抗罚理由，说前一个娃是聋子啊，说避孕环不管用啊，说老爹抱不上孙子就要上吊啊，说自己刚刚遭遇虫灾或者盗贼啊……说什么的都有，还就是没有归罪野老公的。这一理由看似好笑，却有点麻烦。照理说，冤有头债有主，事情如果真是他说的那样，你能找出一个他必须顶罪的理由？

"你说你婆娘那个，那个……有什么证据？"乡秘书也一时不知说什么好。

"你们也不去看看，那样白的皮，那样尖的鼻子，怎么会是我的种？"

秘书差一点笑出声，"那……这样吧，你把野老倌说出来，我们就去找他。你要是说不出个人，那就对不起！绿帽子也好，黑帽子也好，戴多少顶是你的事。"

"我是要找出这个白皮鬼。"善眯子嗖的一下跳起来，用头巾撸了两把汗，恨恨地再补一句，"我今天还真不信这个邪！"

说着说着，他就把在场者一个个开始打量，特别是把肤色稍白者打量仔细，眯眯眼差一点压到对方鼻尖上。这种显微镜式的紧盯细瞄不怀好意，照得对方先是想笑，继而不无恐惧——这家伙怎么到处找野老公？有这样的找法么？他不会胡言乱语血口喷人吧？财政所长大概是想到自己的皮肤，想到老婆就在不远处洗衣，已经吓得往后退："何子善，你看清楚点，这种事不能乱开玩笑，我与你前世无仇来世无冤……"

还好，善眯子的目光离开他，盯向别处了。

另一个也急了："善眯子，我是才调来的，你看什么看？"

还好，捉奸者的目光也离开他了。

片刻之后，善眯子在乡政府大院转了一圈，所到之处无不人心惶惶如临大敌，直到他回到了乡长的办公桌前，顺手把门关上。

"算了，我今天不麻烦别个，只找你。"他摇摇杯子找水喝。

"出去，出去！"乡长正在接电话。

"你莫给我装蒜，慧梅这笔账你赖不掉的。"

"慧梅？什么慧梅？"

"去年在你们这里帮过厨的，你敢说不认得？"

"帮厨？梅嫂吧？她就是你……老婆？"

"当然是我老婆！我出了彩礼的，办了酒席的，雇了面包车装来的。任家的，人做事要凭良心。你鱼肉吃多了，想娱乐一下，其实不算什么大事。但你好汉做事好汉当么，还要别人倒贴钱，就太不义道啦……"

"你胡说什么？"

"你做都做了，人家还不能说？"

"你——你他娘的找抽啊？"乡长居然动了粗口，居然拍了桌子，顺手抓起一本书就砸向对方。

善眯子逃出房间时大喊救命，更无聊的口号随即响彻大樟树下："你们看啊，什么世道啊？野老公打家老公啊……"

大院里已成为迫害与反迫害的战场，只是正邪定位一时还不大分明。乡长满腔怒火已经高压临爆，一张白脸憋成了粉红色，再憋成猪肝色。他冲到派出所去喊人，不料后来没什么结果，原因是对方觉得口角毕竟不是打架，实在不便出警。他掏出手机再找县里什么人，不过没叫通就自己挂了机——这种事闹到城里去，七嘴八舌，风言风语，也不大好看吧？直到这时，他才发现事情严重，痛悔自己今天没下村去，没关起门来上网下棋，碰上了这么个烂货，惹上一身腥臊。不错，那个帮厨的大嫂是帮他洗过两次衣，可他连对方姓名也不大清楚，怎么就要对她的肚子负责？善眯子，王八蛋啊！是不是觉得大学生好欺侮？是不是想敲一笔竹杠？是不是知道他一贯铁脸办案，这一次有组织、有计划、有目的的挟私报复？……

幸亏其他人把捉奸者暂时拉走了，"野老公"之类全方位高音广播暂时消停。但从人们交头接耳指指点点来看，王八蛋的威慑和捣乱已有效果，真是一石激起千层粪——乡长不能保证没有人信谣，没有人看险，没有人恶作剧，没有人但求自保。即便有些人愿意帮他擦粪，即便是擦干净了，他也会臭烘烘的余味难消吧？

他开上小面包车来到医院，发现自己并不是想来这里。一打方向盘改了道，在路上蹭过一堆乱糟糟的茅竹，刮出了汽车面板上刺耳的声音。走进老三家门时，他一把散发耷拉在额前，看上去已经老去十多岁。

老三提来一壶茶，做出很着急的样子，"不得了，你还真是白脸皮、尖鼻子，同他家三娃仔比较配套的。"

"胡说！我坐得端行得正，怕什么怕？验个血，验个DNA，一切就会真相大白！"

"但要是她说你摸了她，掐了她，抱了她，如何验？再说，野老公也不一定都下种，没下种的不一定不是野老公。"

"她她她……总不能无中生有吧？"

"你们两个人的事，何为无，何为有，如何说得清？"

"何大万同志，你这样说太没良心！"

"我是想帮你啊。不过这事……还真是个死案。"

大学生此时肯定想起了烈士和冤狱，恨不能扒开自己的胸口，一腔冤屈和一生清白苍天可证。他是一头掉进陷阱的咆哮雄狮，走过来又走过去，每一步都踏着悲愤，最后指着门外大骂："小人——刁民——你看我怎么收拾你——"

老三很想大笑，实在忍不住，假装去了一趟厕所。他甚至假装接了个电话，说自己坚决不相信乡长犯错误，坚决又坚决地不相信乡长有野种，坚决更坚决地不相信乡长夫人会寻死寻活……其实这都是高声大气说给乡长听的，让他知道电话那头的流言沸腾已到了何种程度。刁民？哈哈——乡长大人现在也知道刁民了？恐怕还不知道刁泥鳅、刁老鼠、刁虱子吧？平时下指示的时候，你指挥棒敲得嘣嘣响，就没想到下面一堆乱麻，一个刺窝，一片大泥潭，具体办事有多难？一辆汽车冲过来冲过去威风凛凛，一副黑眼镜摘下来戴上去牛气冲天，你小胖子也有被一根烂绳子绊倒的时候？

他从厕所出来，发现乡长已经走了，震怒和绝望的发动机声远去。他再次幸灾乐祸地大笑，哼着小调去后山割牛草，只是割到第二捆时，忍不住还是打了个电话给国少爷。他为什么多出这一事，事后自己也不大明白。

他以两包烟为许诺，让国少爷去眯子家跑一趟。一两个时辰以后，善眯子果然就慌慌地来敲门了。

"……你看现在的人无不无聊！"他一进门就口水四射地告急，"街上那个郑瞎子、罗瘸子，还有那两个白粉鬼，都无皮无血地要来认亲子！"

老三知道国少爷已经把事做到位了，只是佯装不知，故意好奇："看不出，你家慧梅还有这么大的本事？"

"听他们放屁！我家慧梅，好规矩的人，怎么会同那些家伙扯皮绊？她到镇上卖几次菜，都是拉她嫂子一起去的。"

"管他呢。只要有人来认账，就有人帮你交罚款，你不就省钱了？你反正是个不要脸只要钱的货。"

善眯子一跺脚，"他们还要抱娃走！"

"抱娃？那倒也是……"老三挠一挠脑袋，"这事有点难办了。你想啊，你下了黄瓜种，黄瓜就是你的。你下了萝卜种，萝卜就是你的。照我们山里的规矩，我山上的竹子要是跑根到了你山上，在你山上当了一回野老公，长出来的竹子还是我的。是不是？因此的所以，还有旳而且，你家那个三娃……"

"慧梅是我的啊！她十月怀胎，东藏西躲，做贼一样，容易么？"

"慧梅当然也有贡献，那是事实。国少爷没告诉你么？那些街痞子说了，不抱娃走也可以，但有一个条件……"

"什么条件，你说。"

"唉，我还不好怎么说。"

"说，你只管说。"

"那我就说了？"

"爷哎，你要急死我了。"

"配种费。"

善眯子没怎么听明白。

"他们要收配种费。明白了吧？你想啊，良种站来上门服务，配一头猪是多少钱？配一头牛是多少钱？今年就不是去年那个价吧？这配人，价格就更不好谈。像郑瞎子、罗瘸子那样的还好说，一般品种，要架子没架子，要肉膘没肉膘，要面相没面相。碰到任乡长那号大学生，高级干部，跨世纪人才，威武得像戏台上的，几十年都是吃的精米细面，就算拿到联合国去鉴定也是超级良种，天乖乖，这个数恐怕还得翻一倍啊……"

老三晃了晃三个指头，吓得善眯子结结巴巴，半边脸抽搐："如何能这样打比方？我家慧梅又不是一只猪，一头牛……"

"你到处喊喊叫叫，出她的丑，未必是把她当人？"

要不是主人赶快给客人灌下一杯茶，再招招人中，揪揪耳朵，善眯子两眼翻白，差一点就瘫倒在门槛上了。

善眯子这天回家还真是走不动了，真是一步三喘了。第二天，任乡长高兴地给老三打来电话，说善眯子已老老实实交了罚款，什么话也不说，不知被什么魔法给治了。他想问问情况。老三不是不想说情况，但一听电话里得意的口气，重新出现的拉腔拉调，就一阵"喂喂喂"，似乎手机没电了。

他关上手机时冷笑一声："卢州的鱼只能卢州人钓的。你懂个屁啊？"

他现在最重要的事情，是让莉疯子带两个婆娘去看住慧梅。那女人失了面子，又没省下钱，可千万不要想不开。

好容易有了次出名的机会

后来的有一天，老三万分不幸，被查出是个假党员。

没错——假党员，就这么回事。事情的起因，是任乡长一高兴，把他推荐到县里开什么会，表彰他带头修桥、开路、化解纠纷一类优秀事迹。没料到喜事办成丧事，县里说党员名册上根本没他的名字，乡上随后的清查也让人目瞪口呆：当了五年书记的这家伙确实没有任何入党手续——这玩笑也开得太大了吧？用财政所长的话来说：他收了头房又讨二房，抱了儿子又抱孙子，到头来发现自己是个阉太监。

事情可能是从老三他爹那里错起，这是很多人后来的看法。那一年，他爹去砍树，大概是碰到了老树精，明明已经锯透了，但老家伙吱嘎吱嘎只是叫，硬挺着不倒。到最后倒是倒了，但左跳一下，右撞一下，踩出了梅花步，闹腾好一阵才哗啦啦惊天动地，垮塌出一片刺眼的天空。人们听到了一声"哎哟——"，扒开枝叶赶过来看，发现老三他爹一只脚已被树干砸成肉泥，当时就痛晕过去。

他醒过来后，再也无法下床和出门，但他是一个老党员，能背诵好多革命口号和领袖语录的，把光荣责任看得特别重，经常到东家说一通"三天不学习，就赶不上刘少奇……"到西家说一通"只有落后的干部，没有落后的群众……"再到南家说一通"内因是变化的根据，外因是变化的条件……"说得大家迷迷瞪瞪，似乎受到了很深刻的教育。现在，他觉得人残志不能残，人在阵地在，遇到党员开会，他不能去，就叫三儿去；到了交党费的日子，他不能交，就叫三儿去交。如果党员们组织突击队去打山火或者筑堤坝，他不能上阵，就叫三儿去上阵，反正不能让突击队里有一个空岗。幸好老三很孝顺，不想去也还是去，特别是一听到旁人叫好，挖土一定拣大钯头，挑土一定拣大箢箕，每次都累得张开大口出气，在手上或脚上留下伤痕。老爹对三儿很满意："老大被罗医师的针打坏了，耳朵不灵便，不适合开会。老二呢，气虚，身上不着肉，不适合下力。只有老三什么都顶得上，给老子当党员算了。"

当党员就当党员，有什么了不起？老三在初三那年辍学回家，一干就是十几年，全面接管了老爹的柴刀、牛鞭、破算盘以及全部党务，包括该鼓掌的时候鼓掌，该举手的时候举手，该发言的时候发言，还去乡上光荣了一回，在台上戴了大红花，领回了一顶新草帽——他后来以为那就是入党，至少是再次入党，其证据是草帽上明明写着"优秀党员"四个大红字，不可能是开玩笑吧？但那一次到底是什么，村里人也没怎么闹明白。有人说那次是"总结"，有人说那次是"比赛"，有人说那次是"吃肉饭"，有人说那次是"领草帽"，还有人说那次只是"领毛巾"——因为当时草帽不够分，后到的只领到一条小毛巾。但不管怎么样，大家都觉得那一回很热闹，热闹就是好事。

老三他爹是八年前去世的。不过在那以前，村党支部开会点名，也只习惯性地点到老三了。有时候发现老三没来，便理所当然地奇怪，然后派人去找，或打开广播器在喇叭里喊，把他从被窝里或电视前揪过来——倒是把他爹忘得差不多了。"你作为一个党员明天绝不能睡懒觉……"这一类派给老三的说法不胜枚举。这样，改选支部书记的时候，在大家一阵起哄之下，老三只觉得自己读书少，一张嘴说不出四言八句，再加上鼻炎发作时的呼噜呼噜有失体面，倒没在其他方面谦虚。

玉和爹当时有点生气："你爹瘫了十几年，靠集体补助养大了你兄弟几个，还欠了几千块钱医疗费。这事你看着办。"

老三想到这笔人情确实不小，只好不再嘴硬。

他回头咨询过姑妈。姑妈说："玉和爹开了口，你得给人家面子么。当年你爹出门吃个饭，喝个酒，都是靠人家玉和背进背出和背上背下，好不容易的。"姑爹也在一旁插嘴："没文化怎么的？皮二结巴读了多少书？他当得了道士，我看你就当得了书记。"表妹在一旁更是加油鼓劲："好多战斗英雄没有手、没有腿了还是一往无前，你鼻炎算什么？顶多是一个轻伤员。"

这些道理很有说服力，事情就这么定了下来——只是多年后任乡长听到这一过程，如听天方夜谭。

"事情果真就是这样？"

"你们没记错么？"

他向知情人一问再问，问得对方有些紧张，东拉西扯反而更说不清了。到底是不是有个女乡长特别赏识老三，是不是档案资料在那年洪水冲击之下全部丢失，是不是老三在外地打工时入过党，都变得闪闪烁烁莫衷一是。

乡长知道少数农村基层组织不甚规范，甚至听说有的人以为入党就可领工资，或者以为退党就可以拿赔款，但还没听说过这种假党员的荒唐。显而易见，这足以构成全乡、全县乃至全省的重大丑闻。正是考虑到这一点，他采取紧急减灾措施，一是派人去县里收回已报资料；二是派人清理、修补以及重建档案；三是向下面发布封口令，严防新闻媒体借题炒作——秘书今天早上已经告诉他，外面已有很多电话打进来了，那些平时八人大轿也抬不来的记者，眼下比老鼠还蹿得快，肯定是来者不善，要来大掏粪渣子！

乡长没料到的是，老三不觉得大难临头，倒是像一只乐颠颠的大公鸡，一只以为自己可以下蛋的大公鸡，梳了头，刮了脸，可能还抹了头油，穿上新崭崭的西装，差一点飞到树上去扑打翅膀表演一番朝天打鸣。掏出手机时，他还耍起了京腔，提前进入外事活动状态。"……你顺着公路跑，向南，再向东，再向南，一条笔直的弯路，翻一个小小的大山，就到了。"他正在给什么记者指示路线，只是不知道对方能不能理解他"笔直的弯"和"小小的大"。

他家厅堂已经打扫干净，摆上了茶水和糖果。老婆正在厨房里杀鸡。"乡长你来得正好。等一下一起吃个便饭，你帮我陪陪客。"他乐滋滋地说。

"你以为你十分光彩？"乡长有点气急败坏，"这件事捂都捂不过来，你还要到全国去打锣？"

老三眨眨眼："你是说……这事不能说？"

"有什么好说？人家做假还只是米啊，油啊，烟啊，酒啊，我们造出了假党员、假书记，名声很好听是吧？"

"不是这样说的吧？乡长，不就是我给你们党员帮了一下工么？在我们这里，你家要建房，我给你帮一手。我家要割禾，你给我帮一手。多帮一点，少帮一点，不算细账的。"

"怎么成了帮工？你知道入党是多么严肃的事！哦，一个菜园子，你想进就进，想出就出？"

"我哪一点不严肃？我偷了你们党员的钱？睡了你们党员的婆娘？"

"你是真不明白还是假不明白？"

"怪事，怪事，我给你们糊里糊涂多帮了十几年工，你还找我的癞子。"老三摇着头，又接电话去了。

如果现在下跪能解决问题，乡长愿意下跪。如果现在喊祖宗能解决问题，乡长愿意喊祖宗。面对这个油盐不进的猪脑袋，乡长差一点急得要抱着对方去跳崖，宁可来一次同归于尽。同来的秘书更觉使命重大，立即向乡长偷偷建议，敬酒不吃吃罚酒，干脆把老三抓起来关几天，罪名就是赌博——他未必没打过牌？未必在牌桌上没有个输赢？这事一逮一个准，绝对不会有冤情的。乡长说，这个不靠谱，老三平时还真不怎么打牌。秘书又说，赌一次是赌，赌十次也是赌，你管他呢，过了这几天再给他宽大就是。乡长还是犹豫，说就算他赌得多，这样做也不大服人吧？也过于阴损吧？秘书挠挠头，只好回头再找老三，又是递烟，又是拍肩，又是毫无必要地给对方整衣领，还猛夸对方的新西装特时尚，然后摆出沉重和悲痛的全套表情。哎呀呀，你老三当然没有癞子，但事情是这样的啊，这样的啊，这样的啊，出现假党员毕竟是工作上的大差错，让乡领导的脸面往哪里放？还有县领导、地区领导、省领导的脸面往哪里放？你是最义道的人，总得考虑一下全局吧？至少的至少，不要毁掉任乡长的政治前途吧？他在这里干了整整六年，六年，不容易啊。每次开村组干部会，他说卖裤子也要办好招待，肉不能少，酒不能少，对你们可是够意思的吧？年关送温暖，他哪个山角落都跑到了，鞋子都磨烂哩。那次打山火，他头发都烧焦一块，衣衫都挂破两件。这些你也都看见了。还有搞蔬菜大棚，搞野猪家养，虽说不是太成功，但没有功劳有苦劳。如果这件事一曝光，一炒作，一惹上面生气，你说任乡长这六年不就……

乡长听得有些鼻酸，扬扬手："不说了，我们回去！"

"任乡长家里还有一个守寡半辈子的老娘呢……"

"听见没有？"乡长大喝一声，"回去！"

老三看见乡长眼里的泪花，听到对方沉重而悲壮的深呼吸，似乎明白了，似乎又没明白："你是说，要我帮他一下？"

秘书说："就算……就算是这么回事吧。你刚才不说帮工么？对，帮人就帮到底，救人就救到头。"

"那你们怎么不早说？真是！"

老三是个好商量的人，愿意给面子的人，尤其吃软不吃硬，遇到人家砸过来几顶高帽或灌下来几盆米汤，可能先晕了一半，最容易大拍胸脯豪情满怀两肋插刀。没说的，多大的事，封口就封口吧——尽管这实在是忍痛割肉。用老三事后的话来说，他看了十几年电视，从未上过一次电视。这次好不容易盼到机会，差一点要当上名人啦，偏偏被乡领导拆了台。他女儿翠萍在外地打工，只是个吊车司机，也上过两次电视，这叫当爹的如何有面子？据翠萍说，当名人好处多得很哩，进馆子吃饭可能被店家打折，上中巴、坐的士还可能免票，到学校去更是被学生娃娃围着要求签名和照相……老三眼看就要实现的这一梦想，居然被乡干部搅成了猪尿泡。他们——也真下得了这个毒手啊？

根据乡上的安排，他叫婆娘关了大门回娘家，自己上山躲了几天，就像被警察盯上了的贼，就像生育不遵计划的大肚子超生婆。他孤零零待在一个守野猪的草棚里，被蚊虫咬得心烦，被歪风斜雨打得冒火，翻来覆去睡不着的时候，忍不住翻肠子倒胃地号叫了几声，然后给乡长恨恨地打电话："喂，那个茶园的事……"

这是指当年乡上解散集体茶场时截留的一片，多年来小湾村一直要求退还。老三已经纠缠过乡领导多次。

乡长知道对方找准了要价的时机，"这样吧，你书记是当不成了，但乡企业办或者林管所那里，不是不可以安排……"

"不，我什么都不要，就要几片茶叶。"

"要不然就给你一次性补偿？"

"不行，你莫吊胃口，我就要几片茶叶。"

"你不再考虑考虑？"

"不行，我这里蚊子咬死人，烟也快抽完了……"

"好好好，"乡长怕他擅自下山，急急地说，"你得给我一点研究的时间吧？你就待在那里，我马上就派人给你送烟去。"

知道对方的让步已成定局，老三喜不自禁，搔耳挠头，想了想，又打去一个电话："喂喂，你就挂什么机？上次我同你说过修桥补贴的事……"

"你得寸进尺啊？"对方差一点叫起来，"胃口也太大了吧？你是不是想搞垮乡政府？那你明天就带着推土机来——"

对方关机了，气得老三直骂娘。

几天之后，记者们终于不再来了，假党员一事有惊无险，总算大体上掩盖成功。小湾村悄悄换了书记，如此而已。老三被一棒打回原形，从此只能专心务农，经常赶着一匹马，用他的话来说是成天闻马屁，为一些东家驮运水泥或电器进山，驮运树木或药材出山，一线马铃声零零散散地洒落山林中，播入一缕缕白色云雾。

他太熟悉这一片山地啦，闭着眼睛也翻山越岭，收收鼻孔就能嗅得出脚下是何地方。前面是箕子沟，那里的井水最甜。再前面是霸王庙，那里的野杨梅最大。再前面是老云界，那里的石头又粉又韧，随便取一块都是上好的磨刀石。再前面是雁泊湾了，那里的野鸡最憨最笨，你在草丛后拉屎也可能顺手捞上一只。从雁泊湾往上就是蘑菇砚，那里最怪的是只长公竹，一根母竹也没有，一山的光棍竹子哗哗地开会。从蘑菇砚往下三里半就进了赵家坊，那里已经迁走大半人口，到处是空空的老屋，但一个叫五妹佗的大嫂还住在水磨边和垂杨下，经常在出门不远的小溪前举槌捣衣。她最会唱山歌，一开嗓门就是百鸟噤声，流水止步，人不知今夕何夕。老三的几段"黄色歌曲"都是在那里学来的——其实是指民间情歌。

> 丈夫打我你莫慌，
> 娇姐越痛越想郎，
> 剁了脑壳还有颈，
> 剜了肝肺还有肠……

这样孤独的"黄色歌曲"唱得真是山河黯然，让老三伤心不已，听完或者唱完以后一次次揪鼻涕。

不唱歌的时候，马道上有些马伙计曾找老三打趣。比如说："你怎么也来闻马屁？一个尿壶不冒充酒壶了？"

老三笑道："你以为那是什么好酒壶？喉咙里都结了蜘蛛网，几年里没唱歌了。我的娘，出门就要带两个肚子，一个肚子装饭，一个肚子装气。头上还要顶三把糯谷草，任人捶来任人踩。"

对方说："少说乖巧话。当初是哪个天天抹头油？还到处说矮子上楼梯，一级硬是一级？"

这时候的老三咧开河马大嘴嘿嘿一下，没词了。

又过了几天，乡政府让小湾村得到了他们的老茶园。据说新任支部书记放了一挂鞭炮，提议办几桌酒席，唱一台大戏，酬谢老三多年来的谈判之功。

老三说，红包就算了，大戏就算了，如果大家真要奖励他和高抬他，真要了他一个心愿，那就资助他与几个老伙计去韶山看一下毛主席的祖坟。

要得，要得，很多人都想去看那个祖坟。他们虽然说过老人家的一些坏话，但乡政府这次发还的茶园，还有其他田土山林，不都是老人家当年给穷人们争来的？这个恩德还不大上了天？有些人最喜欢看战争片，最近看了什么电视连续剧，对老毛指挥三大战役佩服得五体投地，认定真命天子毕竟是真命天子，他家那祖坟一定非同寻常大有奥秘。

出发的那一天，庆呆子的大儿子开车，莉疯子在一旁陪驾兼指挥，老三和另外几个汉子在卡车厢里抽烟，喝啤酒，嚼饼子，打扑克，身旁是他们备好的大香大烛。

任乡长在路上遇到他们，上前看了看香烛，嗅了嗅车厢里残留的石灰味和猪尿味，"你们怎么不去看深圳，不去看广州？那里的高楼大厦比山还高，肯定看得你们花眼。"

老三兴冲冲地说："先看祖坟，先看祖坟。"

乡长皱皱眉，纠正对方的说法："你应该说，去了解伟大领袖毛主席的革命事迹。"

"事迹？他的事迹我们一清二楚，这次就是去看祖坟。"

"你至少应该说，是去观赏一下韶山的美丽风光。"

"风光？哪里没有好风光？这次就是去看祖坟。"

"你为什么一定要说看祖坟？"

"这句话又说不得？"老三睁大眼，"你们清明节不都是去看祖坟？也没看见政府把清明节废了啊。"

乡长叹了口气，没话说了。他有一个要好的同学在韶山当官，本来可以打个电话去，让对方招待一下这群老少疯子，但看老三那模样，怕又闹出什么大洋相，只好打消了掏手机的念头。他挥挥手走了，回头对开车的秘书只说一句："看祖坟也就算了，我怕就怕他们下一次到天安门去敬香。"

2009 年 7 月

---

* 最初发表于 2009 年《人民文学》杂志，2010 年《人民文学》杂志年度优秀作品奖，2011 年获首届萧红文学奖，有英文、西班牙文译本境外出版。

短篇小说

短篇小說

月兰

长顺家的灾祸，是由四只鸡引起的。

这件事发生在一九七四年。那一年我参加农村工作队，去一个叫吴冲的生产队办点。我是刚参加工作不久的城里伢和学生仔，在机关里属于小字辈，可上面居然要我去指挥一个队，负责全队的春种秋收，岂不是赶着鸭子上架？奇怪的是，那里的很多社员对我“干部”前“干部”后的，居然对我唯唯诺诺。

那个队有十八户人家，大多姓吴，零零星星散落在一条黄泥冲子里，也就是一条峡谷里。队上刚刚遭受过天灾，穷极了，资金账上只剩下三角八分钱余款。临立春，仓库里还空荡荡的，只有两个破塑料袋，一两化肥也没买进。集体猪场里除了两只瘦得像豺狗的老猪婆在呻吟，其余的猪栏全都空着，粪池里也没几担猪粪。碰上这样个烂摊子，我怎么能实现亩产过千斤的目标？怎么学大寨？

我心急如焚。听熟悉农村的同事指点：进队就要抓肥料，有了肥就有了主动权。我一方面去借钱买化肥，另一方面按照工作队的布置狠挖内部潜力。具体做法是这样，首先召开大会批斗一个富农分子，借此形成政治压力。接下来宣布工作队的系列命令：限制私人家禽家畜数目；立即追还各超支户的借款；封存私人的织机纺车；两个月内不准家粪上自留地；禁止猪羊鸡鸭下田，以确保绿肥草籽的生长……头几条不算新鲜了，社员们有意见也没吭声，只是对后两条轰的一声议论开来。尤其是一群正在打鞋底或者哄小孩的妇女，冲着我七嘴八舌直嚷嚷：“自留地荒了，你要我们餐餐打盐水汤呵？”“猪羊不下田还讲得过去，鸡鸭不下田就要退瘦咧”“如今人都没得吃，把鸡鸭关在埘里，拿命去喂它呵？”“隔山那个县就没得这号搞法，你们这样瘸心枯，也太新鲜了！”……还有些话，因方言口音太重，我没听懂，反正嘈杂声音一股脑把我淹没。

但我没让步，用当地话来说是"捏住一寸不让一分"，逼得他们嘟嘟哝哝闭了嘴。会后几天，事情还算顺利，一切遵令进行，比方说墙上满是标语，一个个"禁"字杀气腾腾，果然是气象一新。

可是，有一次我从大队开会回来，发现田垄里有一些鸡，黄的、黑的、白的，在草籽田里觅食，强有力的鸡爪不时翻拨绿苗，尖嘴一啄一啄，模样好悠闲。

"哪家的鸡下了田？"

没有人回应。

我又吼了一声，还是没人回应。

"再不来我就要把鸡抓走啦！"

靠猪场那边，一棵大枫树下的土砖屋里传出一道颤颤抖抖的声音："哦，是，是，我家的咧……"一个妇女从屋里闪出来，约莫三十来岁，身子瘦弱，皮肤黑黑的，脸盘子有点瘪，眼里透出惊慌和畏怯，两只冻得红红的手正在黑布围兜上急急擦拭。她点头赔笑道："哦哦，是干部同志，真是，对不起！我刚才在洗猪菜，要我屋里海伢子看住这几只鸡，莫让它们跑下田。天晓得他这一阵子耍到哪里去了？"说着，她慌慌张张跑下田垄，一边"呵咻呵咻"地轰鸡，一边用土块投射那些闯祸的鸡，还夹着骂自己的儿子："背时鬼！只晓得玩！两只脚哪里这么野？等他爸爸回来，不打他一顿足实的才怪……"

我不好再说什么，去赶别的鸡去了。

不料，第二天上午，一些鸡又出现在草籽田，简直像偷偷摸摸的一些贼。我看清楚了，其中也有那四只眼熟的黄鸡婆。"喂——鸡又下田啦——"

无人回应。

"这些鸡没人要是吧？莫怪我不客气呵——"我又进行威胁。

"哎呀！"那个不怎么好看的瘪脸女人又从土砖房里闪出，脸红到了颈根，眼里照例透出惊慌和畏怯，手脚照例很慌乱，嘴里照例在骂自己的儿子，"……背时鬼！要他老老实实看住鸡，他又不听……呵——咻——等他爸爸回来……呵——咻——"她一边赶一边胆怯地回头瞟了我两眼。

这个女人是谁呢？我进队时间不长，加上这个会那个会，实际在队上的时间并不多，因此与很多人还不认识。但我努力回想着，总算记起了一些零星印象。记得她来参加过两次妇女会，出工队伍里也有过她的身影。她出工总走在前面，只是没有青年妇女那种活泼，从不说话，更不开玩笑。要是碰上开会，她坐在角落里打鞋底，见火塘上吊壶里的水开了，不用人吩咐就会主动起身给大家筛茶。在你接过热茶的时候，她淡淡一笑，算是打招呼，看样子是个贤良媳妇。可她在其他方面乏善可陈，有次竟来找我，要求把她家纺车上的封条取掉，让她纺两斤纱卖钱，实属胆大包天。我当然没同意。还有几次，她没交批判孔老二的批判稿，说自己没文化，不识几个字，而且眼下男人不在家，家务事太多，既要服侍婆婆又要种菜喂猪……她叫什么名字，我一时怎么也记不起来。

这天晚上，政治夜校上课，人还未到齐的时候，我向妇女队长打听她。

"她叫月兰，从陈家桥放到这边来的，男人叫吴长顺，在建筑队烧砖。"妇女队长正在给娃仔喂奶。

"今晚上学习理论，她怎么又没来？"

"请假了。她经常脑壳昏，还是月子里害的病，去年又动手术割了个瘤子，可怜哩。"

我没大注意这个月兰。可接下去几天，在下田的鸡鸭中，总有她家的那四只黄鸡婆。这一下我可冒火了。我断定：鸡一定是她存心放下田来的，而她那些话，纯粹是为了哄骗我这个城里人！是要与我斗心眼！我怒从心头起，捡块石头就去打鸡。鸡惊叫着拍打翅膀飞了。我继续追赶，连扔了十几个石头都没打中，只击得几片鸡毛纷纷扬扬地飘落。追击得眼红脖子粗之际，我一失脚，跌倒在一丘水田里，两只胶鞋陷入淤泥，拔都拔不出来，泥水溅得我满脸满身，引来几个看牛伢子拍手大笑："牛跌下山罗，牛跌下山罗，今天有牛肉吃罗……"

我又急又恼，几乎欲哭无泪：天啦，连几只鸡都降不住，连几个娃仔都可以取笑我，我这一年的办点日子还怎么过？我狼狈不堪去向工作队其他同事请教办法。一个姓杨的副队长住在邻队。他喷了口烟，哈哈笑道："你呀你，真是个书呆子。不晓得放一把农药就索索利利了么？告诉你，对付农民一要吓，二要蛮，三担牛屎六篾箕，平平和和是斗不倒资本主义的……"

我深受启发，兴冲冲地回来找老队长吴六。

六叔有五十多岁年纪，种田经验丰富，可还像年轻后生一样爱说爱笑，爱看连环画也爱看电影，爱讲段《水浒》、《说唐》、《东周列国志》。缺点是不爱政治学习，开会打瞌睡，卷烟时没纸就撕报纸，撕墙上贴的学习心得。眼下，他正在禾坪里歇气，又在撕墙上的大批判标语，撕一片纸卷烟丝。

"六叔……"我皱着眉头。

他回头见是我，似乎猛醒："哦哦，又不记得了，该死该死！"说完打了自己的脸一下，嘿嘿笑起来。

我转入正题："你去开仓称斤把谷给我，把1059也拿两瓶，我想……"

"1059？"他吸了口烟。

"不放农药，鸡鸭是禁不住的！"

"这……"六叔沉下脸，想了想，又狡黠地眨眨眼，"不大好吧？如今家家户户都底子空，堂客们买油盐，就靠几个鸡蛋，遭孽哩。那些鸡婆鸭崽就是她们的油盐罐子，真要闹死几个……哎呀，搞不得，搞不得。"他头摇得像个拨浪鼓。

"照你说，那就放任自流？"

他听不懂什么自流不自流，待我解释后才说："反正没吃没穿不是社会主义。讲实在的，我看田里没得禾，只是点绿肥，让鸡鸭去寻点野食，也不算犯法。"

"难怪，队干部思想不通，怎么能带动群众？"我顾不得他是长辈，当下驳了他的面子，从大批促大干的原理，说到坚持制度和服从指挥的重要性，足足训了他好一阵。

他蹲在地下没吭声，用两块硬币扯了半天胡须，最后说了声："对不起，反正我吴老六不捧场。你们硬要放就去放，莫问我。"说完扛起一张犁冲冲走下禾坪。

这天，我称了一斤谷，拌上剧毒农药1059，散放在田边。为了避免它被牛误吃，我没把这些谷子放得很散，而是隔几十步一堆，插枝为标记，好让放牛伢子辨认。

我以为难题就这样彻底解决了。第二天我带着两个人去收家粪，正忙着，几个奉命替我侦察敌情的小把戏突然吵吵闹闹地跑来，说又有鸡鸭下田了。他们还争着邀功："是我先看见的！""是我！""是我！"……

他们没有说假话。草籽田里，几堆拌有农药的稻谷不知被谁用瓦片盖起来了，还有一堆被小木盆盖着。看来做这事的人不敢把毒稻谷搬走，又希望鸡鸭下田不被毒死，便想出了新的招数。真是道高一尺魔高一丈呵。靠了这些防毒设施，田里的鸡群肆无忌惮，欢天喜地，正把草籽吃得开心，只是一看到我就认出了对手，怯怯地开始交头接耳，似乎正在商量着往哪边逃窜

......

我心里暗骂：这些农民也太自私自利了！太没有社会主义觉悟了！难怪集体生产搞不好，难怪大家都这样穷，不都是你们自己作贱的吗？我上前咔咔几下踩碎了瓦片，飞起两脚，把成堆的谷子踢散，使它不可能再被盖住，然后又把那个小木盆提到手里。我终于有了破案的铁证。

"盆子是海伢子屋里的。"有个女伢告诉我。

"不管是谁的都要没收！"

"哈哈！没收啦！没收啦！"

"要写检讨，贴到大队上去！"

"海伢子没有盆子洗脸啦——"

两个光头小伢不知是觉得有趣，还是幸灾乐祸，拍着手欢呼起来。另外几个稍大点的伢仔没有笑，忙去给大人们报信。

当天，吴冲发生了一件震动全队社员、尤其是震动妇女们的大事：月兰由于去大队参加挖山，回来晚了，加上邻舍没来得及帮她收鸡，她那四只鸡全部被毒死了。我知道消息时已是傍晚。在稻草烧出的缕缕炊烟中，我远远看见月兰家门前熙熙攘攘围了十几位妇女，像在开妇女会。不就是几只鸡么，惊动这么多人，真有点奇怪。更奇怪的是，一道伤心的哭声从人群中飘出来："……天啦，这是最后四只鸡呀。海伢子读书，我婆婆抓药，就靠这四只鸡……我不是想损害集体，我不是想对抗干部，我是没法子呀，没法子呀，没法子呀。人都没有吃，我拿什么喂鸡？没法子呀……"几位妇女在撩起衣角擦眼睛。

我等待月兰骂我，但她没骂。我走上前去。一个壮壮实实的中年男人，捧着头蹲在门边，见到我来到便站起来，大概有点近视，所以看我的时候细眯着眼。他黑黑的脸，长长的下巴，不合身的布衫紧紧绷在宽阔胸膛上，肩头开了几朵花。

我打量他，"你是长顺吧？听说在公社建筑队？"

"嗯，那里的事搞完了。"他笑笑，掏出一根皱巴巴的纸烟递给我。

"谢谢，我不会。"

"哦，"他把烟小心地放回原处，看样子准备继续保存，直到下一次见到贵客的时候。"你……你们干部同志真是太太好了，要不是毛主席共产党领导新社会，你们何事会到我们这鬼地方来。你们自己带钱带粮来，抓生产，参加劳动，真是……"

我不喜欢这些结结巴巴的客套，马上谈到了鸡。"鸡？"他怔了一下，搓搓手，长脸上掠过一丝苦笑，回头呵斥妻子："哭什么哭？还不快进屋去，丢人现眼的！"又换上笑脸冲着我："这没什么，我那堂客就是死、死脑筋，几只鸡成了她的命。我看……死了就死了么……"他费力地挪了挪厚厚嘴唇，大概想不出新词了。

一个平头小孩，大概就是他家海伢子，跑过来缠住他："爸爸，爸爸，我要上学读书！我要买练习本！"

长顺在小孩头上猛磕了两指头："闹死！"

孩子哇的一声哭了，这使地坪里更加乱，有人来拉海伢子，有人指责长顺……我说，你不要打他，打人是不对的，对孩子也不能打。工作队希望你们家吸取教训，并以这个教训来教育大家。因此，你们要马上写一份检讨，印上百来份……

"检讨？还要印？……"他浑身一颤。

"要贴到每个队去。这是工作队的规定。你们今天晚上就写吧。"

长顺一把抓住我，歪着头，结巴了半天才说出话来，"你你你做点好事吧，我那堂客，她她……再也经不得风浪了。"

"我也不想逼你，但这事不是我做主。我有什么办法？"

他双眼盯着地上一块石头，没有答话，完全呆了。

那位叫月兰的，已经由两位妇女劝进屋。其余的人叹息了几声，也渐渐散开。场上只剩下几个小孩，在拨弄那四只直挺挺的、全身发黑的鸡。

我明显感到大家在畏惧我，疏远我，不满意我。连平时爱说笑的六叔路过这里，也一反常态不与我说话，只是看看鸡，然后去塘边洗锄头，闷闷地走了。

难道我错了？细一想，大概没有。我是有言在先的，是先教后诛的，是忍无可忍才强硬制裁的，而且我保护绿肥就是保护队里的收成，就是保护每个社员的饭碗，与我个人利益倒毫无关系——我不会带走他们一颗粮！我有什么可慌乱或者可惧怕的？后来几天，我到县里参加学习培训，没顾上队里的事情，只是偶尔听两个进城拉粪的社员说，长顺家这一段过得不清静。月兰病了几天，她婆婆还埋怨媳妇丢了全家的面子，海伢子成天跟着妈妈哭闹，长顺呢，只知道下力干活，回家就坐在阶前生闷气……我没把这些婆婆妈妈的事放在心上。

回队那天，第一件事就是听人说：长顺和他堂客刚刚吵了一大架。我到现场时，长顺正坐在门槛上，蜷缩着身子，趿上是破布鞋，粗大的手掌揪着头发。六叔背着双手在一旁狠狠教训他："顺伢子你疯了！上屋下屋哪个不讲你们是和睦夫妻？你今日发什么狗脾气？月妹子哪点对不起你？侍候你的娘，养大你的崽，好容易呵。你是狗咬吕洞宾，无情无义，没心没肺哩……"

长顺突然站起来，喷出一口酒气，震天动地大吼一声："莫讲了！我就是没心没肺，你拿刀来，剁了我好不？"

一对充血的红眼睛看看我们，他又慢慢地蹲下去。

从旁人的谈话中，大概可以听出事因是这样的：我不在队里这几天，工作队老杨巡视到这里，定要查出是哪些人亢令不遵，发现无人出头认错，便把斗争火力集中在那只木盆子，集中在长顺这一家。要他们交出检讨不算，还要每只鸡罚款五元，将来秋后扣除。这一来，长顺家更是黑了天。今天，夫妻俩为儿子的课本费发生口角，正巧碰上长顺刚才在邻居家喝了点闷酒，一时心躁，酒性发作，就撒野动粗，一巴掌打得月兰脸上起了五个红指印。"你还说老子没用，不是你贼婆子成天惹祸，如何会罚款？"大概是这一句太伤人，可怜那月兰，起先惊呆了，不觉一只碗失手砸碎在地，然后委屈地一咬嘴唇，扭头就跑出门去。

"你怎么能打人呢？"我批评长顺，"她现在哪里？"

他没有答话。

"还不赶快去找人？"

夜里，星光闪烁，淡蓝色的光雾笼罩着山林。湿润的空气里，有田垄犁破后发出的泥腥味。一条山泉在月下抖动着碎银似的光斑。不知什么时候，初春的第一声蛙鸣响了，叫得那么吃力，那么孤单，然而它终于冲破一切响了，给人一种异样而复杂的感觉。

我无心注意夜景，只希望赶快找到人，以免人心浮动，影响明天的生产。我又埋怨长顺夫妇，怎么那么狭隘？为点小事就闹得不可开交，真是一个绳结越解越乱。可这种埋怨情绪又经常混杂着隐约的不安。为什么不安？我还没工夫想清楚。

"月兰——"老队长在喊。

"月兰——"山岭发出空空回声。

雾气更浓了，衣衫和头发都湿漉漉的，但我们还是高一脚低一脚地找，找呵找，好不容易才找到油茶林里一个黑影。

　　她坐在一块石头上，一动不动，一声不响，似乎刚才没发生过任何事，像一座安详的石雕。不管大家怎样惊喜地叫她，亲切地拉她和劝她，她总是不说话，眼直愣愣的，没有任何表情。

　　"回去吧，可能快下雨了。"我说。

　　她看了我一眼，默默地抹了一下头发，然后慢慢往山下走。两只泪眼一晃，在松明火把下发出光亮。

　　"走错了，路在那一边。"有人提醒她。

　　她呆了一下，木头似的转过身子，顺从拐入正确路线。

　　"你看着路，低低头呀。"又有人提醒她。

　　她显然没看见一根横在空中的树枝，额头已重重地撞了一下，但她没有叫痛，好像全身已没有感觉，只是机械地向前迈步。

　　回到她家，已是深夜。说来惭愧，下队已经两个月了，我忙来忙去的，还没来过他家。一进门，我的血仿佛凝结了，简直不相信自己的眼睛。这是两间矮小的房子，床是用土砖和门板搭起来的，低垂的破蚊帐因靠近柴灶，已被烟火熏成酱色和黑色。被絮破旧，没有包被单，差不多就是一堆黑棉花团子。土砖架着另一块木板就是饭桌。桌上一盏用墨水瓶做成的油灯，没有玻璃罩，晃着昏黄的火苗。隔壁房里飘来一股难闻的气味，大概来自长顺他娘的连声咳嗽。听得出，老太婆还在低声数落着媳妇，好像是埋怨媳妇八字薄，身体不好不说，还不会持家，差不多是个灾星，搞得她的孙子读书都没有个着落。

　　"张同志，请坐。"长顺苦笑着把一条铡刀凳抽到我面前，"实在对不起，椅子都没一张……"

　　"怎么没椅子？"

　　"我……"他不好怎么说。

　　六叔磕磕烟袋，插嘴进来："他家是大超支户，去年清超还欠，把他家的床柜桌椅都作价抬到大队上去啦。"

　　"你家四口人，负担并不重，怎么会超支？"

　　长顺又露出一丝苦笑。

　　还是老队长帮他说清的：原来去年月兰生了个子宫瘤，缺工不算，光是请郎中和住医院，一下就开销五百多。虽说国家和集体给她补贴了两百，但远远填不满这个洞。碰到这几年队上收成不好，上面的摊派年年增加，社员做一天工，只挣得一两角钱，光是吃饱肚子还得靠萝卜白菜红薯芋头，哪有什么钱还债？照这样下去，他们两眼墨墨黑，至少还得有四五年的"有期徒刑"吧。

屋里沉寂了。

我摸着粗糙的铡刀凳，看着床头海伢子那稚气的脸，好像有沉重的东西压在胸口。早就听人说，这一带的社员们苦，可我没想到有人竟苦到了眼前这种景况。

老队长后来的话，我无心听了。我不知道怎样离开长顺家的，甚至把一件被雨淋湿了的衣也忘记在那里。这一夜，我翻来覆去久久没有入睡。

第二天，我在工作队的会议上谈到了月兰家。我希望免除对她家的罚款，解决他家孩子读书欠费的问题。会上争论不休，迟迟没有结论。我有点坐不住，像在担心什么。细想一阵，对了，我是在担心月兰。昨天那么一场急风暴雨后，她沉静安详，不有点反常奇怪么？该不会再发生什么吧？……工作队的老李看出我的心思，悄悄对我说："对，你先回去看看吧。农村有的妇女容易想不开。前次也是有两公婆不和，差点出了人命案子的……"这一说，我更急了。

我没等开完会就溜出会场，朝队上赶去。一进村，像证实我的预感，气氛十分反常，长顺家没有人，另一家也没人，再一家还是没有人……我如同走进了一个无人世界，一个虚假的世界，连小河边常见的牛羊也不见踪影。我在这片巨大的寂静里腿发软，胸口咚咚跳。好容易，我找到一头牛了，就像找到了我得以逃出恐惧的救星。我跑出村子，好容易又看到人影了，是在水库那边，在大坝上。其中有一个背药箱的赤脚医生正从坝上走来，垂头丧气的样子。

我大喊："人呢？老六呢？长顺和月兰呢？"

一个老太婆看看我，掩面大哭起来，驼着瘦硬的背脊，边哭边往家里跑……

呵，呵呵，我担心的事情偏偏发生了！我只觉得天旋地转，全身一阵阵发紧，胸口堵得厉害。不知是谁迎上来向我介绍情况。他说，他好像是说，月兰的自杀心谁也没察觉。她这天上午把家里一切都擦洗得很干净，把衣服都洗好补好了，给海伢子做完了一件新衣，借来糯米给婆婆做了一餐好饭，还给丈夫切好了一袋烟丝。后来，长顺收工回家，没见她的人影，觉得有点不妙，赶快找到水库边，果然发现了她的一双鞋……

尸体这时已捞上来了，全身湿淋淋，一张白脸还是清瘦而平静，只有鼻孔留一丝血污。长顺抱着冷冰冰的妻子痛哭，像一头猛兽发出声嘶力竭的嚎叫，泪水一颗颗滴洒在妻子脸上。他拳头把自己的脑袋捶得咚咚响："……海伢他娘，我昨天不该打你呀，不该呀，不该呀！我说过决不会打你，从没打过你一回。我不该呀……你过门这些年，没过上一天好日子，是我对不起你哇。你没日没夜，忙里忙外，饭不够你就自己不吃，要还债你就偷偷去卖血，在月子里连个鸡蛋打汤，你都舍不得。听说我想吃荞麦粑粑，那一次你跑七八十里路，回娘家去找荞麦，一身衣汗得透湿……我对不起你哇，不该打你呀。我娘她嫌你，我怎么还能够伤你？你不是心里苦到了极处，你是不会这样狠心哇……"

海伢子也趴在尸体边，摇着妈妈的手哭喊："妈呀妈呀，我再不找你要学费了，我不读书了，不行吗？我去放牛，去捡柴，不行吗？我再也不哭闹了……"他从口袋里掏出几条泥糊糊的小鱼，塞到妈妈的手里，"妈呀，妈呀，你看看，你摸摸，我已经学会捉鱼了，我们回去做鱼汤，我要让你喝鱼汤。你说话呀……"

围观的人都在抹眼泪，都在长长地叹气。有个女人把海伢子抱起来，但孩子猛烈地挣扎，"我要妈妈，我要妈妈……"

树上一只乌鸦哇地怪叫了一声，拍打着翅膀飞远了。

不知过了多久，有人在我肩上拍了一下，回头看，是眼睛红红的六叔。他递给我一件折好了的衣服："这是你的吧？她……托我还给你。"

哦，这不就是我昨晚遗留在她家的那件？它被洗干净了，叠好了，肩上一个破洞也被补好，针脚细密，补丁很合色。但我不敢接下它，不敢接下补丁上的体温，一种即将消退然后永远不会再有的体温。我鼻根一酸，泪水夺眶而出，泪眼里的一切开始模糊。我看见的不是补丁，它分明是月兰的面孔，一针一线里都满是她善良、柔弱，惊慌、自责、请求原谅的眼神。

我扭头走开去。

我到哪里去呢？水库边的柳丝正在飘荡，它在我眼里变成了月兰的长发。山泉在岩上哗哗倾泻，它在我眼里变成了月兰的泪流。空中弥漫着乳白色的毛毛雨雾，一切都渐渐融化在雨雾之中，这使我想起了月兰脸色的苍白。水闸那边发出哗啦啦涛声，如滚滚雷霆，充塞着天地，但我觉得它是哭声，永不停息的哭声，千万个月兰无人倾听的嚎哭……

我迎着雨雾奔跑。哦哦，月兰，我来迟了。你现在无可挽回地永远睡去，而我刚刚醒来。我到哪里才能找到你？我们还能不能在梦中相见？我无意推脱我身上的罪责，也不敢祈求你的宽恕。可这是怎么回事呵？怎么回事呵？月兰！

雷声响了，这是对我的回答。

这一年秋后，工作队要撤离了。例行总结的时候，工作队评我为先进队员，发给我一张大奖状。月兰之死，在工作队的会议上几乎从未提起。乡亲们把这个女人的葬礼办得出奇的隆重，送葬人特别多，爆竹声特别多，这些意味着什么，工作队的会议上也无人深究。只有杨副队长在出事不久对我说过几句："小张呵，这些天你怎么恍恍惚惚的？那个女人叫什么名字？这种人心眼窄，自找死路，我们工作队能看得住吗？她那个男人叫什么？他对这事要负全部责任，动不动就打人，像什么话呢？脑子里还有没有国法？"

离队之前，我曾去看望过长顺，不料父子俩不在家，不知到哪里去了。

以后，我回到县政府机关里。有次六叔来县城开会，顺便告诉我：长顺的一个表哥要给他续一门亲，由于女方的坚持，长顺只得把海伢子过继给另一家人。

"那户人家在哪里？"我心里一惊。

六叔说了一个地址。

我后来去了那个地方，不过是在海伢子不在家的时候，是我偷偷看见他去了学校以后。我怕他一见到我就想起自己亲娘。我看了看他现在睡觉的床，摸了摸他的被子和枕头，好像嗅到了一种熟悉的气息。

见我给孩子带去了新笔记本、新书包、还有两件新衣，海伢子现在的父母睁大了眼睛，"你是他的什么人呢？"

"这，你们不要问。"

"我们好给孩子说呵。"

"你们什么也不要说。"我要求，"你们要好好地抚养他，不要亏待他。"

"那，那当然啦。有我们的饭，就不会让他饿着。有我们的衣，就不会让他冻着。我们一直把他当自己的骨肉。"

"你们要让他好好读书，读初中，读高中，争取升大学。上学的费用，我可以付。"我说这话究竟有什么意思，自己也不知道。

"上学的费用倒不必。可你……究竟是他的什么人呢？"

"你们不要问吧，不要问。我以后会再来的。"

我没再说什么，匆匆走了。

1979 年 4 月

---

*原名《最后四只鸡》，由编辑更名为《月兰》，最初发表于 1979 年《人民文学》，1984 年获湖南省文学艺术奖，后收入小说集《月兰》等，已译为俄文、韩文等。

归去来

很多人说过，他们有时第一次到了某个地方，却觉得那地方很眼熟，奇怪之余不知道是何原因。

现在，我也得到这种体会。我走着，看到土路一段段被洪水冲过，冲毁得很厉害，留下路面一道道深沟和一窝窝卵石，像剜去了皮肉，暴露出人体的筋骨和脏器。沟里有几根腐竹，一截烂牛绳，是村寨将要出现的预告。路边小水潭里冒出几团一动不动的黑影，不在意就以为是石头，细看才发现它们是小牛的头，鬼头鬼脑地盯着我。它们都有皱纹，有胡须，有眼光的疲惫，似乎生下来就苍老了，有苍老的遗传。前面的芭蕉林后冒出一座四四方方的炮楼，墙黑得像经过了烟熏火燎。我听说过这地方以前多土匪，还有"十年不剿地无民"一类说法，怪不得村村有炮楼。民居房屋也决不分散，互相紧紧地挤靠和纠缠。石墙都厚实，上面的窗户开得又高又小，大概是防止盗匪翻爬，或者是防止瘴雾过多涌入。

这一切居然越看越眼熟。见鬼，我到底来过这里没有呢？让我来测试一下吧：踏上前面那石板路，绕过芭蕉林，在油榨房边往左一折，也许可以看见炮楼后面一棵老树，银杏或者是樟树，已经被雷电劈死。

片刻之后，预测竟然被证实！连那空空的树心，还有树洞前两个烧草玩耍的小娃崽，似乎都依照我的想象各就各位。

我又怯怯地预测：老树后面可能有栋牛房，檐下有几堆牛粪，有一张锈了的犁或者耙。没想到我一旦走过去，它们果然清清晰晰地向我迎来！甚至那个歪歪的石臼，那臼底的泥沙和落叶，也似曾相识。

当然，我想象中的石臼里没有积水。但再细想一下，刚下过雨，屋檐水就不该流到那里去吗？于是凉气又从我的脚跟上升，直冲我的后脑。

我一定没有来过这里，绝不可能。我没得过脑膜炎，没患过精神病，脑子还管用。那么眼前的一切也许是在电影里看过？听朋友们说过？或是曾在梦中相遇……我慌慌地回忆着。

更奇怪的是，山民们似乎都认识我。刚才我扎起裤脚探着石头过溪水时，一个汉子挑着两根扎成 A 字型的杉木从山上下来，见我脚下溜溜滑滑，就从路边瓜地里拔出一根树枝，远远地丢给我，莫名其妙地露出一口黄牙，笑了笑。

"来了？"

"嗯，来了……"

"怕有上十年了吧？"

"十年……"

"到屋里去坐吧，三贵在门前犁秧田。"

他的屋在哪里？三贵又是谁？我糊涂了。

随着我扶杖走上一个坡，一些黑黑的檐瓦在前面升起来。几个人影在地坪中翻打豆荚，连枷摇得叭叭响，几下重，又一下轻，几下重，又一下轻，形成了统一的节拍。他们都赤脚，上衣短短地吊着，露出脐眼和软和的肚皮，裤边松松地搭在胯骨上，看上去随时可能垮落下来。这些人脸上都有棕色的汗釉，釉块的边缘残缺不齐，在日光下一晃，颧骨处就有一小块反光。直到发现他们中的一个走向摇篮开始解怀喂奶，直到发现她们都挂了耳环，我这才知道他们应该是她们——女人。有一位对我睁大了眼。

"这不是马……"

"马眼镜。"另一个提醒她。觉得这个名字好笑，她们都笑了。

"我不姓马，姓黄……"

"改姓了？"

"没改。"

"就是，还是爱逗个耍呵？从哪里来的？"

"当然是县城。"

"真是稀客。梁妹呢？"

"哪个梁妹？"

"你娘子不是姓梁？"

"我那位姓杨。"

"未必是吾记糟了？不会不会，那时候她还说是吾本家哩。吾婆家是三江口的，梁家畲，你晓得的。"

我晓得什么？再说，那个马什么又与我有什么关系？姓马的怎么又扯出一个姓梁的？……事情有点复杂。我似乎是想去访友，想做点生意，却鬼使神差地来到这里。我不知自己是怎么来的。

这位大嫂丢下连枷，把我引进她家里。门槛极高，极粗重，不知被多少由少到老的人踩踏过，不知被多少代人闲坐过，已经磨得腰中部分微微凹陷，木纹像一圈圈月光在门槛上扩散开来，凝成了一截月光的化石。小娃崽过门槛要靠攀爬，大人须高高地勾起腿，才能艰难地倾着身子拐进去。门内很黑，一切都看不清楚。只有高高的小窗漏下一束光线，划开了潮湿的黑暗。我的瞳孔好半天才适应过来，可以看见满壁烟灰，还有弯梁和吊篓。我坐在一截木墩上——这里奇怪地没有椅子，只有木墩和板凳。

妇人们都叽叽喳喳地挤在门口。喂奶的那位毫不害羞，把另一只长长的奶子掏出来，换到孩子嘴里，冲我笑了笑，而换出的那一只还滴着乳汁。她们都说了些奇怪的话……"小琴……""不是小琴。""是吧？""是小玲。""哦哦。小玲还在教书吧？""何事不也来耍耍？""你们都回了长沙吧？""是长沙城里还是长沙乡里？""有娃崽没有？""一个还是两个？""小罗有娃崽没有？""一个还是两个？""陈志华有娃崽没有？""一个还是两个？""熊头呢？找了娘子没有？""也有娃崽了吧？""一个还是两个？"……

我很快察觉到，她们都把我错当成一位既认识什么小玲也认识什么熊头的"马眼镜"，一位曾经居住在这里的青年。也许那家伙同我长得很像，也躲在眼镜片后面看人。

他是什么人？我需要去设想和伪装他吗？从女人们的笑脸来看，今天的吃和住是不成问题了，谢天谢地。当一个什么姓马的也不坏。回答关于一个还是两个的问题，让女人们惊讶或惋惜一阵，不费多少气力。

梁家畲来的大嫂端来一个茶盘，四大碗油茶，我后来才知道，这是取四季平安的意思。碗边黑黑的，令我不敢把嘴沾上去，不过茶倒香，有油炒芝麻、红豆以及糯米的气味。她满意地看着我喝下第一口，把地下两件娃崽的衣捡起来，丢进木盆，端到里屋去，于是一句话被切分成两半："老久没有听到你的音信，听水根夫子说……"（半晌才从里屋出来）"你一回去，就坐了大牢。"

我吃了一惊，差点让油茶烫了手。"什么大牢？"

"就是判徒刑呵。"

"胡说，我从来没犯过事！"

"背时的水根打鬼讲！讲得跟真的一样，害得吾家公公还吓心吓胆，还为你烧了好多香。"她捂嘴笑起来。

妇女们都笑起来。有一位还绽开黄牙补充："她公公还到杨公岭求了菩萨呢。"

真是晦气，扯上了香火与菩萨。也许那个姓马的真的撞了什么煞，确有牢狱之灾，而我代替他在这里喝油茶。

大嫂又敬上了第二碗。"他老是挂牵你，说你仁义，有天良。你给他的那件袄子，他穿了好几个冬天。他故了，我就把它改了条棉裤，满崽又穿……"

我想谈谈天气。

屋里突然暗了下来，回头一看，是一个黑影几乎遮挡了整个门。看得出这是个男人，赤裸的上身线条很硬，隆起的肌肉有棱有角。他手里提着什么东西，从那剪影来看，是个牛头或是树蔸。黑影向我笼罩过来了，没容我看清面孔，他扑通一下丢掉了手里的东西，两只大巴掌捉住了我的手开始猛锉起来。"是马同志呵，哎哟哟，呵呀呀……"

我又不是一条毛虫，他惊恐什么？以至发出这样的尖声？

当他转到火塘边，侧面被镀上了一层光亮，我这才看清是一张笑脸，有黑洞洞的大嘴巴，有满嘴的胡桩。

"马同志，何时来的？"

我想说我根本不姓马，姓黄，叫黄治先，也不是来寻访故地的，只是进山来随便问问山货。

"还识得吾吧？你走的那年，还在螺丝岭修公路，吾叫艾八呵。"

"识"大概是认识的意思。

"艾八？识的识的。你那时候当队长？"

"不是队长，吾当记工员。你嫂子，还识不识呵？"

"识的识的，她最会打油茶。"

"吾同你去赶过肉的，记不记得？那次吾要安山神，你说是迷信，不让我敬香和念诀。结果还不是？野猪毛都没打到一根。你还碰上牧麻草，染了一身毒疮。你碰了只小麂子，也没叉着……"

我听出来了，"赶肉"是打猎的意思。

黑洞洞的大嘴巴笑起来。女人们也笑了笑，然后纷纷起身，摇晃着宽大的屁股，出门继续去打场。自称艾八的男人搬出一个葫芦，向我大碗大碗敬酒。酒很浑浊，有甜味，也有辣味和苦味，据说浸过什么草药和虎骨。他不抽我的纸烟，用报纸卷了一支喇叭筒，吸一口，吸出了烟头的明火，但看也不看一眼，待我着急了好一阵，才从从容容一口气把明火荡灭，烟卷还是好好的。

"如今日子好过了，酒肉不稀奇。过年，家家都杀了猪，柴熏肉要吃半年。"他抹着嘴巴，"只有那几年大干快上，累得翻斤斗，谁都没得禄。你晓得的。"

"是没得禄。"

"你视德龙哥了吗？他当了乡长，昨日到捉妹桥栽树去了，兴许回来，兴许不回来，兴许又会回的。"他谈起一些令我糊涂的人和事：某某做了新屋，丈六高；某某也做了新屋，丈八高；某某也要做屋了，丈六高；某某正在打地基，兴许是丈六也兴许是丈八。我紧张地听着，捕捉这些话后面的各种脉络，猜测某些陌生词语的含义。"视"大概就是指看，"得禄"大概是指得利。还有一个个"集"，是起立的意思？还是站立的意思？

我有点醺醺然头重脚轻了，对丈六或丈八胡乱地表示着高兴。

"你这个人念旧，还进山来视一视。"他又把烟纸吸出了浅浅的明火，让我暗暗急了几秒钟。"你当民师那阵发的书，吾还存着哩。"他咚咚地上楼，好半天才头顶几丝蜘蛛网下来，拍着几页黄黄的纸。这是一本油印的小书，大概是识字课本，已经撕去封面了，散发出霉气和桐油气。上面好像有什么夜校歌谣、农用杂字、辛亥革命，还有马克思以及地图，印得很粗糙，一个个字也大得出奇，杂有油墨团子。

"你那时也遭孽，饿得脸上只剩一双眼睛，还来讲书。"

"没什么，没什么。"

"腊月大雪天，好冷呵。"

"是好冷，鼻子都差点冻落了。"

"有时候晚上还要开田，打起松明子出工。"

"嗯啦，松明子。"

他突然神秘起来，颧骨上那一小块光亮，还有几颗酒刺，一齐朝我逼近。"吾想打听件事，阳矮子是不是你杀的？"

阳矮子？我头盖骨乍地一紧，口腔也僵硬，连连摇头。我压根儿不姓马，也没见过什么阳矮子，怎么刑事案都往我身上扯？

"真的不是你？"

"我连鸡都没有杀过。"

"这就怪了。"见我否认，他似乎有点怀疑，又不无遗憾。"都说是你杀的。那家伙是条两头蛇，该杀！"

"还有酒没有？"我岔开话题。

"有的有的，尽你的量。"

"这里有蚊子。"

"蚊子欺生，要不要烧把草？"

草烧起来了。又有一批批的人来看我，拐进门来，照例问起身体可好和府上可安一类。男人们接过我的纸烟，嗖嗖嗖地抽得很响，靠门或靠墙坐下来，眯眯笑，不多言语。他们相互之间偶尔说上一两句，无非是说我胖了，或者说我瘦了；说我老多了，或者说我还很"少颜"，当然是城里油水厚的缘故。待纸烟烧完，他们又笑一笑，说是去倒树或下粪，懒散地出门而去。有几个娃崽跑过来，把我的眼镜片考察了片刻，紧张得兴高采烈，恐惧得有滋有味："里面有鬼崽，有鬼崽！"他们一边宣告一边四下奔逃。还有一位女子，咬着一根草站在门边，反复打量着我却不说话，不知是什么意思，弄得我很不自在。

这类事我已经碰得多了。刚才我去看他们种的鸦片，路上碰到一位中年妇人。她一见我就显得恐惧，脸色像一盏灯突然黯淡，赶紧拔了拔鞋后跟，低头择路而去，也不知道是什么缘故。难道姓马的曾经与她有过什么麻烦？

艾八说我还应该去看看三阿公——其实三阿公已经不在，不久前死于蛇咬，只是在人们的谈论中还留下了一个名字。在砖窑那边，他的孤零零小屋已有一半倾斜，眼看就要倒塌。两棵大桐树下，青草蓬蓬勃勃地生长，已从四面八方包围过来，阴险地漫上了台阶，摇着尖舌般的草叶，眼看就要吞灭小屋，吞灭一个家族的最后几根残骨。挂了锁的木门，已被虫蛀出了密密小洞，在门边留下一堆堆蛀粉。我不知道主人在的时候，房屋是否会破败得这么厉害。难道人是房屋的灵魂，一旦灵魂飞去，躯壳就会腐朽得如此迅速？齐腰深的草丛里倒栽着一盏锈马灯，上面有几点白色的鸟粪。还有一个破了的瓦坛子，你不经意地一碰，坛口就嗡的一下涌出很多蚊子。艾八叹了口气，说这口瓦坛腌泡的酸菜最好，当年我就经常来这里吃酸黄瓜和酸豆角。（是吗？）艾八扯掉门前几把草，又打望檐下的蛛网与鸟窝，说墙头灰壳剥落之处，那几个还未完全褪色的油漆字，"放眼世界"云云，还是我当年写的。（是吗？）

我朝窗里瞥了一眼，看见屋里有半筐石灰，几捆干柴，还有一个铁圆盘，细看一阵，才发现是铁杠铃，已经锈得不成样子——我感到惊异，这种罕见的体育用品，怎么会出现在山里？是怎么运来的？大概不用问，也是我从城里运来，直到临走时才送给三阿公的。是么？我希望三阿公用它去打几把锄头或钯头，而他终究还是没有打。是么？

有人在坡上唤牛："呜吗——呜吗——"于是满山都是回声，林子里有隐隐的牛铃声响。我发现这里唤牛的方式比较特别，像一声声喊妈，喊得有些凄凉。

一位老阿婆背着小小柴捆，从山上走下来，腰弯得几乎成了直角，每走一步下巴就朝前一锄，像一步步锄着归途。她抬头仰望了我一眼，黑瞳孔顶着上眼皮，但目光似乎穿透了我的脑袋，投向我身后的桐树，还有桐树上的鸟巢。她没有任何表情，只有满脸皱纹深刻得使我一震。"树也死了。"她看看高高的桐树，又看看三阿公的老屋，没头没脑地嘟哝："人也死了呵。"然后慢慢地锄着步子离开，额上几根枯枯的银丝，被一阵阵寒风压下去，压下去，再压下去。

我现在相信，我确实没有来过这里。我更无法理解老阿婆的这句话——一片无法看透的深潭。

晚饭做得很隆重。牛肉和猪肉都大模大样，神气十足，手掌大一块，熬得不怎么熟，有一股生油味，一层层堆出了碗口，靠草箍码成了砖窑模样——几千年来山民们就这种待客的豪爽和奢侈吧。同很多地方的规矩一样，男客才能上桌。不过有种做法比较新鲜：如果有哪位没来，主人就在空着的座位前摆放一张草纸，大家吃一块，往纸上夹一块，算是那位也吃了。席间我继续充当马眼镜，应邀唱了几首歌，谈了些城里的故事，生意之事当然也在偷偷进行。我谈到了香米，他们根本不肯出价钱，简直是要白送。至于鸦片，今年鸦片好是好，但国家药材站统一收购，我果然没法插手。

"阳矮子该杀。"

艾八嗬嗬地喝下一口热汤，把汤勺放回桌面黏糊糊的老地方，又在碗边猛敲筷子，"翘屁股，圆手板，什么功夫都做不像，还起了两栋屋，不就是靠窝心阴毒？"

"就是，哪个没挨过他一绳子？吾腕子上现在还两道疤。操他老娘顿顿的！"

"他到底是何事死的？真的碰了血污鬼，跌到崖下去了？"

"人再狠，拗不过八字。命里只有一升，偏要吃一斗。夏家湾的洪生也是这个样。"

"连老鼠肉都敢吃，几多毒辣！"

"是蛮毒辣，没听见过的。"

"熊头也遭孽，挨了他两巴掌。明明是几管颜料，吾视过的，染不得布，油不得桶，只在纸上画得菩萨。他硬说是国民党的炮子。"

"炮子"就是子弹的意思。

"也怪熊头的成分大了一点。"

我鼓足勇气插了一句："阳矮子的事，上面没派人来查过么？"

艾八把一块肥肉咬得吱吱响："查过的，查卵呵！那天来找我，我背都不给他们看。哎，马同志，你的酒没动呵？来，取菜取菜，取。"

他又压给我一大块肉，令我喉头紧缩，只好再次做出装饭的模样，溜入暗处时把肉拨给胯下一挤而过的狗。

饭后，他们说什么也要我洗澡，我怀疑这是不是当地的风俗，得装得很懂，很配合。没有澡堂，只有大木桶一个，足可以装几锅热水，戳在灶屋当中，如同让我在广场上脱衣起舞。女人们在桶前来来去去，梁家畲来的大嫂还不时用瓜瓢来加水，使我不好意思，往桶内一次次蹲躲。直到她提桶去喂猪，我才偷偷出了口长气。我已经洗得一身发热，汗气腾腾了。大概水是用青蒿熬出来的，全身蚊虫咬出来的红斑，一过水就不再痒。头上那盏野猪油的灯壳子，在蒸汽中发出一团团淡蓝色光雾，给我的全身也抹上一层幽冷。

洗着洗着，我望着这个淡蓝色的我，突然有一种异样的感觉，好像这具身体很陌生，与我没有关系。他是谁？或者说我是谁？这具赤裸裸的肉身有手脚，可以干点什么；有肠胃，要吃点什么；生殖器呢，当然可以繁殖后代。由于很久以前一个精子和一个卵子的巧合，才有了一位祖先。这位祖先与另一位祖先的再巧合，才有了另一个受精卵子，有了世世代代以后一具淡蓝色的身体。作为无数偶然巧合之后的一个受精卵子，他或者我为什么要来到这个世界？……我蠢头蠢脑地也许想得太多了。

我擦拭着小腿上一道伤疤。这是不久前在足球场上被钉鞋刺伤的，但似乎也不是，而是……一个什么矮子咬的。那是一个雨雾蒙蒙的清早？是在那条窄窄的山道上？他撑着伞过来，被我的目光盯得全身颤抖，脸上红一块白一块，然后跪下，然后叩头，说他再也不敢，再也不敢了。他说二嫂的死与他毫无关系，三阿公的牛也不是他牵走的，熊头被抓入狱更不是出于他的举报。最后，他在一根绳子下反抗，眼球暴凸得像要掉出来，一嘴咬住了我的小腿，双手揪住绳套，接着又猛地伸开去，在空中抓拉一阵，十个指头最后抠进泥沙。

我不敢想下去，甚至不敢看自己的双手——是否有血腥味和牛绳勒伤的痕迹？是否将成为刑警辨认和展示的物证？

我现在努力断定，我从来没有来过这里，更不认识什么阳矮子。眼前这一团团淡蓝色的光雾，我甚至从未梦见过。

堂屋里还很热闹。有一位老人进来，踩灭了松明子，说他以前托我买过染布的颜料，欠了我两块多钱，现在是来还钱的，还请我明天去他家吃饭。这就同艾八争起来了。艾八说他明天接裁缝，已经砍了肉，已经买了豆腐，明天我毫无疑义该去他家……趁他们还在争执，我悄悄溜出门，浅一脚深一脚上了石板路，想去看看我以前住过的老屋——听艾八说，马眼镜以前就住油榨房后的那间瓦房。

又经过了桐树下，又看见了杂草将要吞灭的破屋。萤虫是破屋的眼风，鸦噪是它的咳嗽，沙沙树叶声是它的低语。我甚至还感到了一股似有似无的酒气。

孩子，回来了么？自己抽椅子坐下吧。吾对你说过的，你要远远地走，远远地走，再也不要回来。

可是，我想着你的酸黄瓜和酸豆角。我自己也学着做过，做不出那个味。

那些糟东西有什么好吃呢？那时候是你们饿，遭孽，一犁拉到头，连田塍上的生蚕豆也剥着吃，才会觉得什么都好吃。

你总是惦记着我们，我知道的。

谁没个出门的时候呢？那是该的。

那次担树桠，我们只担了九担，你记数，总说我们担了十担。

吾不记得了。

你还总是催着我们剃头，说头发和胡须都是吃血的东西，留长了会伤精气。

吾不记得了。

我该早一点来看你的。我没想到，变化会这么大，你走得这么快。

该走了。再活不快成精了么？

阿公，你抽烟么？

小马，喝茶自己去烧吧。

……

我离开了那股酒气，举着将要熄灭的松明子，想着明天早上要干的农活，不时听到脚边的青蛙跳到水田里，摇摇晃晃地回家。但我现在手中没有松明子，我的家也变成了牛房，显得如此生疏和冷冽。我看不清屋里的情景，只听到牛反刍的声音，还有牛粪热烘烘的酸臭涌出门来。几头牛以为是主人来了，有什么好事，头挤头地往外探，撞得木头门栏咔哒作响。我每走一步，脚步声就从牛房土墙上折回来，一声套着一声，似乎还有一个人在墙那边走，或是在墙里面走——这个人知道我的秘密。

巨大的月亮冒出来，寨子里的狗好像很吃惊，狺狺地叫唤。我踏着树影筛下的月光，踏着水藻浮萍似的圈圈点点，向村口的溪边走去。此情此景，使我猜测溪边应该坐着一个人，比方说一位姑娘，嘴里含一片木叶什么的。

溪边老树下果然有人影。

"是小马哥？"

"是我。"我居然应答得并不慌张。

"你们喝酒也喝得太多了。"

"你……是谁？"

"我是四妹子，听不出来？"

"四妹子，你长得好高了。要是在外面什么地方碰到，我根本认不出你。"

"你跑的世界大，就觉得什么都变了。"

"家里人都好吗？"

"你还好意思问。"

"怎么啦？"

她突然沉默了，望着溪那边的水榨房，声音有些异样。"你为什么还要回来呢？为什么不忘记这个地方呢？吾姐好恨你……"

我紧张地回望村里的灯光，有点想逃之夭夭。"对不起，我有很多事情不知道，也一直说不清楚……"

"你傻呵？你疯呵？那天你为哪样要往她背篓里放包谷呢？女儿家的背

篓，能随便放东西么？她给了你一根头发，你也不晓得？”

"我……我不懂，不懂这里的规矩。我只是……想要她帮忙，让她背些包谷。"

大概回答得不错，还可以混过去。

"你教她扎针。"

"她一直想当个医生。其实我那时也不懂，只是翻翻书，乱扎。"

"你还教她读书。"

"我以为她只是要多认几个字。"

"你们城里人，是没情义的。"

"你不要这样说……"

"就是，就是！"

"我知道……你姐姐是个好姑娘。我知道，她对我也很好。她歌唱得好听，针线活做得巧。有一次带我去捉鳝鱼，下手就是一条，次次都不落空。这些我都是知道的。可是，有好些事我确实不知道，永远也说不清楚。我对她没有做过坏事。"

她捂着脸抽泣起来。"那个姓胡的，好狠毒哩。"

我似乎知道这是什么意思，继续试探着回答下去："我听说了。你放心，我迟早要找他算账。"

"那有什么用？有什么用呵？"她跺着脚，哭得更伤心了，"你要是早说一句话，事情也不会这样。吾姐已变成了一只鸟，天天在这里叫你。你听见没有？"

月光下，我看见她的背脊在起伏，落下来的头发在抖动。我真想伸出一只手去擦泪，更想让所有泪水都流进我的嘴里，咸咸的，苦苦的，被我吞饮。但是我不敢。这是一个奇怪的故事，我不敢舔破它。

树上确实有只鸟在叫唤："行不得也哥哥，行不得也哥哥——"声音孤零零地射入高空，又忽悠悠飘入群山，坠入树林。我抽了支烟。

行不得也哥哥。

行不得也哥哥。

我走了，行前给四妹子留了张字条，请梁家畲来的大嫂转交。我在信中说她姐姐以前想当医生，终究没当成，但愿妹妹能实现姐姐的愿望。路是人闯出来的，她愿意投考卫生学校么？我将寄给她很多复习资料，寄给她学费，一定。我还说，我永远不会忘记她姐姐，请她相信我。

我几乎像是潜逃，没给村里任何人告别，也没顾上香米样品——其实我要香米或者鸦片干什么？似乎本不是为这个来的。整个村寨莫名其妙地使我窒息，使我惊乱，使我似梦似醒，我必须逃走，一刻也不能耽误。走到山头上，我回头看了看，又见村口那棵死于雷电的老树，伸展的枯枝，像痉挛的手指，要在空中抓住什么。毫无疑问，手的主人在多年前倒下，变成了山脉，但它还在挣扎，永远地举起一只手，

　　进了县城的旅社，我做了个梦，梦见我还在皱巴巴的山路上走着，看土路被洪水冲洗毁得很厉害，如同剜去了皮肉，留下筋骨和脏器，来承受一代代山民们的草鞋。不知为什么，这条路总是在延伸，似乎总也走不到头。我看看手腕上的日历表，已经走了一小时，一天，两天，三天……可脚下还是黄土路，长得令人绝望。

　　我惊醒过来，喝了三次水，撒了两次尿，最后向朋友挂了个长途电话。我本想问问他在牌桌上的战绩，一出口却成了打听卫生学校招生的事。

　　朋友称我为"黄治先"。

　　"什么？"

　　"什么什么？"

　　"你叫我什么？"

　　"你不是黄治先吗？"

　　"你是叫我黄治先吗？"

　　"我不是叫你黄治先吗？"

　　我愕然，脑子里空空荡荡。是的，我眼下在县城一家小旅社里。过道里有一盏蚊虫扑绕的昏灯，有一排临时加床和疲倦的旅客们。就在我话筒之下，还有个呼呼打鼾的胖大脑袋。可是——这世界上还有个叫黄治先的人？而这个黄治先就是我？

　　我累了，妈妈！

1985 年 1 月

---

*最初发表于 1985 年《上海文学》杂志，后收入小说集《诱惑》等，被译成英文、法文、意文、荷文、韩文、俄文、希伯来文、塞尔维亚文等，获 1985 年上海文学奖。

蓝盖子

　　我把沉沉的一瓶酒递过去，问他会不会开盖子。当时他正与一块猪脚恋战，牙缝中弹跳一截筋，还没腾出口来说话，酒瓶就不见了。

　　是我右边的一只手把它抢去的。"我来开。"年轻的乡长瞟了他一眼，又看看我，红扑扑的脸上有憨厚的笑。

　　这抢酒瓶的动作太快，太猛，已不像是客气，显然存在着什么问题。

　　对面的两个人也很有问题，看看咬猪脚的人，冲我笑笑。

　　那人仍然埋头艰辛地吃着，直到打饱嗝，抹嘴巴，剔完一排很像真牙的假牙，弓着腰出去洗手，乡长这才用手触触我的膝盖："你不能让他开盖子。来，喝汤，汤还是蛮甜的。"

　　"为什么？"

　　"最好不要提起盖子。"

　　"为什么？"

　　"喝汤喝汤，你抱着一碗饭老吃什么？"

　　我很纳闷，当然不是因为主人责怪我吃饭，而是关于左边这张空椅子。刚才那个咬猪脚的人就坐在这里，踏着一双此地少见的高统套靴，一边给我敬酒一边自我介绍，小姓陈，叫梦桃，在国家仓库看管茶叶。他还同我谈了一阵春茶与夏茶的差别以及汉武帝——看他呢帽里正垫了一本薄薄的《西汉小故事》。他和瓶盖有什么特殊的关系？

　　他洗完手，面色严肃地进来了，嘎喳一声装上假牙，又猛地咧开笑纹，继续同我谈汉武帝。我开始注意他，把椅子往后挪了挪，发现他的脖子有点可怕，过于松弛的颈皮裹着一束管子，随着口腔运动而柔软地此起彼伏，使你的颈脖也感觉难受，想往衣领里收缩。那眼睛一旦盯住你，就透出一种似乎知心的友好，勾勾的、呆呆的、阴阴的瞳孔中有黄色、绿色以及褐色的复杂圈环，深不见底，暗无天日，如洞开一条黑暗隧道，还有隧道尽头浮游着小小亮点——诱惑你走进去。

我也感到有问题了。

乡长送我回镇上旅社时，我问他："那姓陈的老头莫非……"

"听说城里动物园来了个红毛野人，你见过么？"

"没见过。他怎么到这里来的？"

"我刚来不久，不清楚。你说世界上真有红毛野人没有？兴怕是只猴子吧？"

我只好安心地来谈谈猴子了。

这一天，遇上另一位朋友。他也认识陈梦桃，总算帮我卸下了心头那只酒瓶盖子。是入夜时分，我坐在小镇旅社的木楼上，目光越过栏杆，投向远处那座古庙斑驳生苔的砖墙，还有高墙下一片檐瓦和屋脊，深浅相叠，高低错落，密密排列。炊烟从屋角和瓦缝中丝丝缕缕地渗出，升到空中逐渐淡去，再似有似无地飘落，融融地填满所有街巷。于是小镇就如港湾，众多屋顶恰似停泊于烟波之中的船队，而屋脊高翘的两端，自然是舟船的首尾了。

我似乎感到脚下的楼板也在摇晃，还听到了每座房屋下的哗哗水响。

来者一直业余研究姓氏学，据说到派出所协助人口普查，单凭申报者的姓和名，就能大体判断对方是否弄错了自己的籍贯、族源以及辈分，从而补救了不少疏漏，获得了省里有关部门的重视。多年来，他还偷偷录载野史，积有文稿半挑箱，视之为珍宝，大概准备藏于名山传于后世。哪个村子出了个速算神童，哪个村子挖出个红薯大王，甚至省里某大学闹风潮的传闻，他觉得该记的都不会放过。提起陈梦桃，他抿嘴一笑，身朝后半仰，眼睛又像看你又像看屋顶地转了一下，似有了如指掌的把握。

"你说他？嗯，我当然清楚一点。他是苦役场来的。你知道苦役场么？那个很有名的苦役场？这些砖瓦很多都是从那里来的。那里有几个窑厂……"

他继续说下去。我需要省去他的一些繁琐考据和解说，并适当加一点我的想象，才能整理出下面的故事。事情是这样——陈梦桃以前身负罪名，曾在苦役场抬石头，每天换下的衣裤沉甸甸，全有白花花的几圈粉盐，一圈比一圈大，是新汗和旧汗凝结而成。他个头高，抬石头最吃亏，受到的压力最大，一旦遇到路面不平，重心从杠棒上偏移过来，泰山压顶之下就可能有人屎尿横飞。没担多久，他的背驼了，嘴合不拢了，腿上的青筋打成结，成天一脸苦相，连换件衣都肩痛背痛千难万难，爷哎娘哎地直喊叫。有一天黑早，他被尿憋醒，发现自己根本不能动，暗中摸到了一双腿，大概是自己的，但发现上面全是泥沙，原来睡觉前自己困得忘了洗脚。他又揪又掐，又拍又打，还是搬不动这两条腿，好容易把两根肉棍挪到了床沿，一泡尿还是热辣辣地流在裤裆里。

他呜呜地哭起来。

他去请求管押人员开恩，念他年纪大，给个轻松点的差事。那时候苦役场最轻的差事只有一件——埋人。经常有病死的和自杀的人需要处理。还有些完不成劳动定额的，或者违犯监规的，被枪杆子押去受训。一旦遇到管押人员不耐烦，来一点动手动脚，一阵颇有教育意义的嚎叫之后，就可能有百来斤骨肉需要送回黄土。管押人员见陈梦桃确实人瘦体弱，每次受训还把身子折出最大角度，有意优待宽大一下，便把美差交给他。

"喂，你去收拾一下。"他们吩咐。

陈梦桃其实最怕死人，平时一听到嚎叫就全身发抖，舌头滚了半天还说不出一个字。不过尸体比石头轻多了。而且管押人员觉得这事很晦气，不会尾随监督，不愿去现场，所以埋尸者多了一份自由。你可以放心地睡一个懒觉，放心地穿上鞋袜，放心地品茶抽烟养足精神，远离工地上的紧张劳累，到安静的荒坡上去慢慢挖坑，慢慢下土，慢慢拍土，垫着钯头把坐到一身汗凉也不打紧。陶陶然体会到身后没有愣头愣脑的枪口，肩上也没有咬皮咬肉的杠棒，这样的幸福日子真是能长膘，能发体。

陈梦桃带着快快活活的恐惧，积极地搓草绳和织草袋，做好埋人的各种准备。他虚心好学，努力钻研，进步很快。搓好了草绳，脚踩住一头，手在另一头使劲拉，看它够不够结实，能不能承受一个人的重量。织好了草袋，搓一搓，扯一扯，测出它的质量不错，再举起来与自己比比高度，发现它的确可以装下自己这样的规格和型号，才有成功的一份心满意足。他吆吆喝喝地干，好让管押人员看见，以示自己干这一行是值得信赖的。

但走到冷冰冰的死者面前，他满脸皱纹毫无规则地抽搐，闭上眼，憋住气，直到脸转向安全的方向才敢呼吸。这时候的手也不听使唤，半天还哆嗦，拢不好一个绳结。好在他的同伴是个傻大胆，上去三下五除二，咔嚓咔嚓，就把硬硬的直腿折弯了，把硬硬的弯臂扳直了，草袋一套，草绳一挽，就可以上肩起步。一般来说，人有体温时很软，冷了就僵硬了，因此抬尸者根本不用在尸体下塞板子，就可以让死者硬挺挺地横空而起，摇摇晃晃上山去。

感谢同伴的照顾，陈梦桃每次抬尸都走在前面。这样走的好处，是他可以不看见死者黑洞洞的嘴巴，包括嘴里的某颗铜牙，或者牙缝中一丝酸菜，就权当自己只是抬着石头，抬着粮草，抬着新娘子的花轿。但一想到步步跟在身后的并非花轿，是一具曾经热着而现在冷着的生命，他不免还是有些目光发直，心里发毛。那一天下坡，因为要避开一堆牛粪，他踏空了一步，使肩上的担子剧烈摇晃。死者的一只冷手从胸前滑落，大幅度地向前一荡，正好触到了陈梦桃的膝弯，好像冷不防在那里挠了挠。

"娘哎——"陈梦桃高跳了几步，摔倒在地。碰巧死者向前一滑，冲出了草袋，歪歪地压在他身上。他马上手脚四伸，晕了。

同伴掐他的人中，扇了几个耳光，总算让他醒了过来，吐掉了嘴里的一些泥沙。

后来多埋了几次，他多了些胆量，也多了些经验，功夫越做越巧，根本不必像第一次那样把坟坑挖得过于宽大，坑底也不必修得四方四正整齐精致。上坡下坡时，哪只脚踩哪块石头，哪只脚踏哪个草菟，哪只手抓哪束茅草或哪根树枝，都有了预定的规划。在岭上坐钯头把休息的时候也越来越多了。陈梦桃在业余剧团唱过戏，能哼出很多曲目。他说同伴的面目清秀，可扮演小生。又说自己恋过爱，女方名字中带了个"桃"字，自己改名梦桃正表示对爱情的忠贞。这绝对是事实，也实在令人回味和神往。如此天南地北，一直闲聊到天暗风冷，日头由又小又白变得又红又大，偏到西山去了，他们朝采石工地那边不无同情地打望一眼，伸个懒腰，拍打身上的泥灰，缓缓地整装回家。当然，碰到人群的时候，他们必须走得匆忙一些，显示些辛苦模样，以免苦役犯们过于嫉妒。进了工棚，他们也谨言慎行，不该说的事决不乱说，只是把钯头和杠棒，还有搓绳织袋用的稻草，认真地放在墙角某个固定地方，以防同别人的工具混同，准备下一次再用。

有时他们还可回得早一些，偷偷地在厨房端出一碗豆豉蒸肉，趁大家还没回，关起门来狼吞虎咽，偷偷地幸福。这事请示过管押人员，理由是埋人沾染尸气，伤体质，理应补一补。反正是自己家属寄来的钱。

同住一个工棚的犯人，有时进门后收收鼻孔，能嗅出草棚里反常的蒸肉味，或者咸鱼味，或者豆腐味，当然十分不平。他们见陈梦桃不再屙湿被褥，面色也日渐红润，更是议论纷纷侧目而视。接下来的结果，是有得必有失，陈梦桃的茶杯不知为什么掉了几块搪瓷，一双旧棉鞋也不翼而飞，要是他吃饭晚来一步，地上那只菜钵就空空见底，连一点黛色的汁水也没给他留下。他无意中踩了老戴的脚，这当然是他的不是。他已经赔笑，已经鞠躬，已经道歉，但这一点罪过不至于值得对方来一顿老拳吧？

不过，陈梦桃不会再踩到对方的脚了，因为那一张床不久就空了，空得大家都有点戚戚然，不敢靠近那一床的空洞和寂静。

第二天早上，同伴照例来叫陈梦桃去搓草绳，发现他坐在尿桶上老不起身，一双猫眼黯淡无光，两颗暴牙哆哆嗦嗦敲着嘴唇。

"快点快点！"

"对不起，我……我屙不出来。"

"你看看什么时候了。"

"我屙不……出来，怎……么办？"

同伴盯了他一眼，明白了什么。大概今天要埋的人，不像前几次是些没有交情的陌生面孔，而是陈梦桃对面床上的老戴，让他有点手脚发软。其实，陈梦桃不是刚挨过对方的拳脚么？埋起来岂不是更合适，更顺心，更理直气壮？就算他不记仇，但他对老戴也不太了解，没讲过多少话，只是那次尿湿床，他向对方讨过一条裤子，还同对方谈过一次城里老牌号的包子。这算什么交情呢？也许，毕竟是两床相对同睡了几百个夜晚，就在前一天夜里，陈梦桃还愤怒地听到对方磨牙齿，不料一觉醒来那床草席上就空了，永远地空了。现在的陈梦桃，得马上去为那磨牙的脑袋搓草绳、换衣服、挖坑、下土……他不会在自己手头边再一次磨牙吧？

同伴说："你不想去？也好，我去找领导，换个人就是。"

陈梦桃咬咬牙关，"我今天去抬石头……抬石头！"

"抬石头？就你这猴样，恐怕明天就要我来抬你呵。"

"老宋他们抬得……我也抬得。"

"今天又加了定额。"

"加多少？"

"每人加一方。"

"娘哎。"

陈梦桃脸色大变，满脸皱纹往下垂落，更觉得屙不出屎了。他痛苦得挺直腰，扯长脖子，又是耸鼻又是闭眼。

"你到底去不去？"

他喘了口气，"今天，非得要埋么？"

"不埋还供起来？"

"用土……埋么？"

"还用饭埋？"

"埋在……老地方？"

"你搞什么名堂？不去就算了，莫误了我的工。我还要搓绳子。"

"不瞒你说，我实在……实在脚根子软。你想想看，昨天还听到他磨牙，前天他还冲着我大叫……你看他那双筷子，那双筷子，就插在我床档头的。吓不吓人？我实在不能去埋他。你莫骂我，我不能去哎……"

不过，这天他还是去了，只是回到草棚后没有吃晚饭。

日子又慢慢恢复平静，好像并没有什么了不起的变化。大家照常蹲在地上扒饭，照常在床上硬手硬腿地直哼哼，照常坐在太阳下翻开棉袄抓臭虫。那双闲着的筷子，在陈梦桃的床头晃晃荡荡，不久也被什么人拿走，去削成扁担扎或者挂衣钉。阳光每天从门外伸进来又缩回去，像一条又大又白的舌头，舔走一点屋内的湿气和稻草的气息，舔回到大自然去，融进油菜花香里。

陈梦桃有些异样，显得有些心神不宁，常常毫无理由地朝别人盯一眼。吃饭的时候，洗脚的时候，铺床的时候，他露出两颗大暴牙，突然抬头四顾，从这一张脸看到那一张脸，虽然只是一盯，但你总感觉到他看得很深，像是作意义重大的某种打量，令你从头凉到脚。有几个常常完不成定额的犯人，平时总是被墙角那捆稻草弄得心惊肉跳，现在一遇陈梦桃含义莫名的目光，更是魂不守舍。

"你他娘的看什么看？"好多人这样对他怒吼。

"我……我找我的鞋子。"

他显然感觉到自己的孤立，一心想缓和这种局面，便热心为大家做好事。尤其对那几个完成定额有困难的犯人，总是表现出特别的关切。晚上睡在被子里，翻来滚去，醒了，就偷偷来到你的床前，帮你把鞋子摆得端正一点，或是给你的茶杯里加一点水，或是给你拉拉被子。如果见你睡觉的姿势不好，他还会轻轻搬动一下你的脑袋或者手脚。要是不小心把你弄醒了，他深为不安，点头哈腰，露出大暴牙嘿嘿一笑，算是招呼，算是告退，算是赔不是。他脸上毫无根源的长长笑纹，收放得僵硬而快捷，显得有点夸张不实。尤其是看惯了草绳和土坑的猫眼，似乎更深远了，瞳孔模糊不清，黄色和黑色的复杂圈环里，掩着绿莹莹的什么光点。你会感到他的目光已经穿透了你，已成功估算了你的重量，估算了你的领围，预测了你未来的姿态，暗暗比较了你和某个什么东西的长度。

他的卑怯和殷勤令人恐惧和愤慨。有一次，一条汉子被他的鼻息声惊醒，吓得呼的一下弹起来，在床上向后蹭了好几尺："姓陈的，我 × 你妈！你不动张三，不动李四，动我的鞋子做什么？"

"你的鞋子里有一根草。嘿嘿。"

"与你有什么关系？滚！"

陈梦桃弯弯腰，苦笑着捡起一件脏衣，带上肥皂，准备去塘边洗洗。

衣的主人也吓了一跳，声音发颤："陈……陈梦桃……我什么时候同你过不去？你拿我的衣干什么？"

"我……我去搓一搓。"

"你这是什么意思？什么意思？"

"把它洗干净呵。"

"洗你娘的 × ！"

陈梦桃很悲哀，觉得一定是自己服务得不好，一定是自己殷勤得不够，只好悻悻地回到床上睡觉，在被子里翻来滚去，不时轻轻地叹息一声。

他越来越莫名其妙地内疚，也遭到越来越多的咒骂和和躲避，一个浑身是毒的毒王也莫过如此吧。他面色惨白，眼窝下塌，成天慌手慌脚，嘴巴更加合不拢，头发也白了不少，还是一心一意地服务下去。去食堂送饭钵，常常毫无理由地赶几个碎步，又很快恢复自然，像刚才有个无形的人踩了他的脚后跟。他抢着去倒尿桶，手脚特别笨，动作特别碎，弄得自己鞋子上和裤子上都有臭水，但他决无半句怨言。这一天，寒风嗖嗖，大家的鼻尖和指尖已冷得毫无知觉，耳朵大多生了冻疮。管押人员商量了一下，同意大家去买点酒御寒。陈梦桃马上行动，慷慨地掏出几块钱，立即去保管员那里买酒。

酒买回来，需要揭开瓶口的小铁盖。他用嘴咬，没咬动。找来一根筷子撬，还是没撬动。最后他把锄头搁在膝上，用锄头口子去刮。一使劲，嘣的一声，盖子不见了。

他愣了一下。"盖子呢？"

"盖子呢？"他把草席掀了掀，把每只鞋都朝外倒了倒。

"盖子呢？"他扫视四周，找到墙角，把钯头和扁担扒得哗哗响，又朝尿桶后看了看，还是没有找到。

众人已经喝下了几口酒，辣辣的热气从腹内升起来，直涌到红红的脸上。不知什么时候，他们发现他还没回来喝酒，探头一看，没看见他的上半身，只见一个高高翘起的屁股，裤子中缝照例歪斜着，没有对准股沟，拉扯到一边去了，上面还有两块模糊的黄泥印子。奇怪的是，这个屁股持久地高翘，两块黄泥印子径直出了门，到地坪去了，上路了。后来还听说，他要越过岗哨一直找到镇上去，口里总是咕咕嘟嘟地自语：

"盖子呢？真有味，我的盖子呢？"

就这样，疯了。

这个人非常平静非常随和地开始寻找盖子，一个居然永远也找不到的盖子。这事令大家十分疑惑不解。

后来又过了好些日子，死去又生来好些人，砍伐又栽种了好些树木，拆毁又筑建了好些房屋。苦役场撤销时，陈梦桃和很多犯人一样，属冤案错断，恢复了自由和公职身份。他被安排在一个国营公司的仓库看管茶叶，拿一份不算低的工资，经常吃豆豉蒸肉，闲时看看书报和听听广播，评价一些业余剧团的演出。据实而言，他除了寻盖子成癖以外并无其他疯态，是一个奇怪的家伙。有些人好心地安慰他，有些人恶意地捉弄他，都曾带给他各种瓶盖。他用粗糙的手指捏着，正反左右都看看，色彩丰富的猫眼转向来人，神态认真得像研讨学问："像是有点像。不是。"

不知道他到底要寻找哪一个。

不知道他积满了满箱满屉的大小瓶盖以后，还经常四处探望，何时才能找到他丢失的那一个。

——说到这里，业余姓氏学家已经说完，看看手表："唉，我说得太多了。还想听你讲讲呢。这次带了什么新闻来没有？"

我抽了一支烟，突然醒过来一般，觉出我们刚才毕竟是在谈着。事情既是被谈着，也就有点轻飘而悠远了。我们马上可以谈别的，谈姓氏学，谈吃猪脚等等，谈谈而已。

我脑子突然显得很笨，半天还没想到一个话题，甚至没想出一句话，一个字。

你怎么啦？朋友问我。

没什么，没什么。

我又看见前面那一片渐入夜色的参差屋顶，想象着屋顶下面的千家万户。穿过漫长的岁月，这些屋顶不知从什么地方驶来，停泊在这里，停棹息桨，形成了集镇。也许，哪一天它们又会分头驶去，去发现和奔赴新的世界。静悄悄地来了，又静悄悄地离去。也许明天早上我一觉醒来，它们就已经成了海上的远帆，甚至消失在地平线的那一边？——我仔细地看着它们，向它们偷偷告别。

1985 年 1 月

---

* 最初发表于 1985 年《上海文学》杂志，后收入小说集《诱惑》，已译成法文、
  英文、意文、韩文等。

枪手

　　油印工序大体是这样：先用尖头铁笔在钢质垫板上刻写蜡纸，然后把蜡纸挂上墨网，用滚筒蘸上油墨碾印，于是油墨透过诸多刻痕，一张张传单或小报便大功告成。这种活很奇妙，干得多了，少年们免不了别出心裁再干出一些花活，比如用多机实现多色套印，或在蜡纸上下足功夫，时琢时磨，时剔时刮，居然能捣腾出木刻、工笔线描一类图像，甚至印制出深浅不同的水墨层次，与铅印的正规报刊相比，效果难分高下。可以想象，要是红卫兵"停课闹革命"再闹上几年，一代铁笔艺术家茁壮成长，就靠那些侏罗纪风格的老装备，蜡刻印象主义或蜡刻浪漫主义也许要流派纷呈的。

　　多年后，徐冰说起当年，出示自己的一些油印插图，我一见就会心。想必这位大腕当年也是脸上常有油污，指头磨出硬茧，上街只看墙头张贴的小报，看小报又全然不在乎内容，目光直勾勾的，只是留心标题、版式、配图的艺术高招和创作心机。惺惺惜惺惺。他肯定注意到街头最精美的那几家小报，隔空神交了许多同道好汉，恨不能千里相会聚首把臂一吐衷肠。

　　我也在这个江湖里混过。

　　其时年满十四。

　　本人最大的从业污点是伪造印章。说实话，既然铁笔下能有艺术流派，刻出印章效果就只是小菜一碟。全国学生免费大串联历时约半年，终于被叫停，但同学们心痒痒的还想出去逛，于是盯上了铁路系统的内部车票。在他们怂恿之下，我借助一把放大镜，在蜡纸上精雕细刻，再用抹布蘸上油墨轻轻涂抹，很快就制作出铁路局的什么函件，其大红印章看来看去，几可乱真。有同学一见就乐坏了："你索性再刻一个中央军委的公章，我们坐上轰炸机出去耍耍呵。"

　　以这种假印章骗车票居然多次成功。就这样，这一年夏天，好友们一伙去了广州，另一伙去了北京，再不济的也去畅游岳阳或衡阳，校园里变得异常安静，只有绿树深处蝉声不息。他们去的那些地方我早已去过了，便留校守家。我所在的长沙市七中与烈士公园为邻，校园北部的山坡外就是浏阳河。如果同学们都在，我们常去河里骚扰民船，以满船的西瓜或菜瓜为目标，讨不成就偷，偷不成就抢，图的是一个快活。后来还有更神通的战法，那就是一齐对船老板大喊"陈老板——"或"樊老板——"。"陈"谐音"沉（船）"，"樊"谐音"翻（船）"，都是美丽江面上最狗血的咒语。有些船民一脑子迷信，一听到这种叫喊就叫苦不迭，就急得跳脚，实在招架不住，只好往船下丢几个瓜，算是堵上小祖宗们的臭嘴。

可惜我眼下孤身一人，构不成声势，没有预言"沉船"或"翻船"的威慑力，只好快快地提一条游泳裤提早回家。

事情就这样发生了。1967 年这一天的回家之路实在落寞得很，无聊得很，一路走得郎里咯郎。我走过飘飘忽忽的体育馆，摇摇晃晃的公交牌和米粉店，在白铁作坊前还没把弧线剪材看出个门道，忽听身后一声暴响。

事后依稀分辨出来了：枪声！

事后我还回忆起来了，街面顿时大乱，人们像一群无头苍蝇惊慌四散夺路而逃。如果我拍拍脑子，掐一把皮肉，还能回忆起一个老太婆摔跤了，另一个汉子盯住我的左腿大惊失色，于是我看见自己裸露的大腿上，有一个扣子般大小的血洞，开始往外冒血。这是什么意思？这红红的液体不就是血吗？我的天，刚才那一枪是打中了我？世界上这么多人影，我招谁了惹谁了，竟然如此背运，早不回晚不回偏偏要在这一刻回什么家，千辛万苦把自己往那个黑洞洞的枪口上凑？

我没感觉到痛，而且发现自己还能行走，便用游泳裤紧紧捂住了伤口，跟随人们闪避到路旁。我撞开了一张门，有用没用先求上一句：我受伤了，请帮帮我！说完才看清面前是一老一少两个惊呆了的女人。后来我才知道，这是我一位女同学的家。她比我高一届。她肯定没想到，我们日后还有机会在同一个知青点共事多年。她肯定更没想到，她再后来移民美国，经商成功，与伙伴们天各一方，只是一份音信渺茫的模糊。

她是否还记得，她外婆找来草纸烧灰要给伤口止血时，两只手颤个不停，好几次都划不燃火柴？是否还记得包扎伤口时，她俩全身都软沓沓的使不上气力？……好容易，门外消停了，枪声和狂喊乱叫没有了。一个男声由远而近：“刚才那个伢子呢？那个受伤的……”大概是受邻居们指引，一个人敲开了房门。他瘦个头，还有点驼背，手里提一把驳壳枪，冲着我们裂开生硬的笑纹：“不好意思，刚才我们是在抓公检法那些王八蛋，妈妈的，一时枪走火，枪走火。”

他说的“公检法”，是司法系统某个群众组织，大概是他们的对头。那时正是“文攻武卫”高烧期，每个城市都闹成山头林立，你争我斗，一旦红了眼便兵戈相向。连中学生手里也少不了苏式骑53、汉阳造79、转盘帕帕夏……说实话，多是些民兵训练用的破铜烂铁，子弹也不好找。谁要是扛上一支56式半自动，那才有几分正规军模样，有脸拚出去招摇过市。大家对此其实意见不小：北京那边说“武装左派”看来也是半心半意呵，要不然好枪都去哪里了？不是被一脸又一脸假笑的解放军早早藏起来了？

接下来的事较为简单。小驼背抱上我出门，送上一辆货卡，是他和同伙刚从大街上截来的，然后一路驶向湘雅医学院附属二院。看着呼啦啦的梧桐枝叶在天空中刷过，我已开始感觉到伤口裂痛，而且知道自己还有一个弹孔，在大腿侧后，是子弹的入口。进入医院后，痛感更加猛烈的狂暴。不知什么时候，白大褂晃来晃去，一位女护士问我一些问题，爱吃什么菜，爱唱什么歌，爱玩什么游戏，是不是放过风筝或做过航模，诸如此类，莫名其妙。事后才知道她这是分散我的注意力，不让我瞥见手术台上那一大盆一大盆的血纱布，防止我大叫一声吓晕过去。据她说，手术时间稍长，是因伤口离枪口太近，火药残毒重，必须切开皮肉全面清创——这话说白了吧，“清创”就是用药纱条在一道肉沟里拉锯式的拉来扯去，就是用钳子夹上药棉团这里那里猛戳一通。

我哥来到医院，在病房走廊里找到了我——这里已人满为患，加床都差点加到厕所里去了。我哥对小驼背怒不可遏地喊：“你什么人？干什么的你？你会用枪吗？你也配拿枪？你的枪口再提高一点点，他就没命了你知道吗？你今天实际上就是个未遂的杀人犯，杀人犯！谁在乎你那点水果罐头？医药费算个屁呵。他要是留下个什么，你这个家伙必须一辈子负责到底我告诉你……”

小驼背脸上红一阵白一阵，把手枪哗啦一声推上膛，狠狠地塞给对方：“那怎么办？大哥，你打我一枪。”

我哥愣住了。

"你要是还觉得亏，那就打我两枪。不过话讲在前面，我没打死他，你也不能打死我。"

大学生最终没敢接下盒子炮。

"你打呀，打呀。没关系，老子这条命反正不值钱，就是一条野狗。大哥你要是不会打，来，小弟我教你打……"

现在轮到我哥脸上红一阵白一阵了。其实，从后来的情况看，这家伙长得未老先衰，虾米背和猴公嘴不怎么周正，倒也不像个小土匪。无所事事的时候，见邻床一个老头上厕所困难，他就扶来扶去好几趟，还帮忙打饭。见病房里太燥热，他后来带上一个兄弟，不知从哪里弄来一台工厂里常见的大型排风扇，拉上临时的电线，呼呼呼送风，赢得众多大拇指。大概是同医生们混熟了，还不时有白大褂来找他，求他去救个急，帮个忙。他们都叫他"小夏"或"夏同志"或"夏如海同志"。据说他总是在脖子上挂两串手榴弹，把其中一个拧开盖拉上弦，冲到手术室那一类地方，大吼一声，两眼圆瞪，喝令小杂种们统统闭嘴，统统一边去。那些"小杂种"其实也是荷枪实弹凶巴巴的，大多比他雄壮比他伟岸，无非是看见战友伤情重，正急得抓狂，用枪口指着白大褂们，强求手术插队，强求最好大夫出来主刀什么的。在这种场合，穿鞋的怕光脚的，光脚的怕玩命的。突然冒出一个比谁都不要命的王八蛋，其他人不敢同归于尽，就只得让他三分。

好几次混乱就是这样平息了。我后来怀疑，院方让我足足住院二十多天，迟迟不放我走，其实是想把他这个维稳积极因素多留下几天。想想也好笑，要放在平时，就凭他的虾米背，满嘴"鳖"呀"卵"的流子腔，大夫们哪能拿正眼瞧他？科班出身的正人君子们，餐前都要肥皂洗手的，周末都要上公园赏花的，笔下总是拉丁字母龙飞凤舞的，别说没工夫对他和颜悦色，恐怕还要严加提防。不过此一时也彼一时也，鸡毛飞上天了。既然只有他愿意平乱，能够平乱，那就成了革命医务人员的主心骨，德才兼备的好同志。即便一条颈根总是没洗清爽似的，能算事么。

肯定是接受了太多热情信任，听取过白大褂的诉苦和建议，小驼背同志心情大好，索性再叫来几个兄弟，统一挂上"青年近卫军"的红袖章，在大门口吆三喝四地设岗值勤。他指挥就医者们排队，顺便督察一下环境卫生工作，教训一下叫卖的小贩，忙得浑身汗臭。如果让他再忙下去，人民英雄人民爱，人民军队爱人民，他可能就得问寒问暖成天说上普通话了。

这些日子里，我的心情却一直坍塌式消沉。文艺界男女们常来慰问战斗英雄，又唱又跳，又献花又鼓掌。其实英雄在哪里？在这个被临时征用为专收武斗伤员的医院，一个弹片削去鼻子的菜农户，一个腹中四枪的小学生，一个炸飞了双腿的还俗和尚，一个脑袋被铁棍开了瓢的搬运工，还有太平间蒙尸白布下露出的一缕黑发或一双赤脚……看得我心惊肉跳。这就是"路线斗争"呵？明明是开屠坊、摆肉摊么。手术室里日夜灯火通明，白大褂们匆匆来去，那么多人被呼啸的钢铁剪裁成模糊血肉，号叫的号叫，失禁的失禁，完全是一片战祸景象——这就是"继续革命"的丰硕成果？邻床的一个眼镜鬼，参加过省会长沙三十多个造反派组织的聚义兴兵，前去"解放湘潭"什么的。但大家一窝蜂真到了前线，一个叫易家湾的地方，没人指挥，连饭也没人管，各人自己找地方趴着和躺着。几个首长模样的人挂上望远镜，带上随员和步话机，乘坐军用吉普窜来窜去，雄才大略胸有成竹的范儿，让大家眼巴巴引颈期待，但等到天黑也没见下文……只好一窝蜂又纷纷散了。"贼养的，就算是耍猴戏也不能饿肚子吧，去地里挖红薯算什么事？"

我这才看到了报纸和庆典以外的世界。

一年多后，全国的无政府状态终于大体结束。我离开学校和城市，成了湖南省汨罗县某茶场的一名下乡知青。新生活倒是太安静了，只有日复一日的腰酸背痛，两头不见天的摸黑出工和摸黑收工。无穷无尽的垦荒、耕耘、除草、下肥、收割、排渍、焚烧秸秆，让我们体力严重透支，被岁月抽空了和熬干了，只剩一个个影子在地上晃荡。就像我多年后在一本小说里说过的，"烈日当空之际，人们都是烧烤状态，半灼伤状态，汗流滚滚越过眉毛直刺眼球，很快就淹没黑溜溜的全身，在裤脚和衣角那些地方下泻如注，在风吹和日晒之下凝成一层层盐粉，给衣服绘出里三圈外三圈的各种白色图案。"

对于我们这些产盐大户来说，"文革"已恍若隔世，同汉武帝、武则天、北洋军阀那些故事差不多。如果说它还略有遗迹，还略有余温，那也不过是断断续续的小麻烦偶尔来扰，让人一点也爽不起来。有干部从城里来，调查是否有知青还私藏什么军品，谢天谢地，与我没关系。又有干部从城里来，调查是否有知青离校前顺走了公家的篮球、哑铃、球衣、手风琴，谢天谢地，还是与我没关系。更多的调查和清算与全国大串联有关。比如在各地红卫兵接待站借过钱的，借过棉衣的，眼下都得秋后算账。我的室友黄某，早就丢失了学生证，但眼下无论他如何强辩，那个别人冒用了的学生证，牵涉到三笔共十五元巨款，最终得由他全数补缴，一点折扣也不给。好在他也揩过国家的油，算是没输光，不至于冤屈得撞墙和喷血。据他说，他的骗乘术很简单，想到什么地方去耍，就先学几句那里的方言，然后求告火车站长一类，伪装成途中惨遇小偷的苦命游子，求一个回家的机会。对方听他的外地方言，有时信以为真，心一软，就放过了。只是有一次他撞上克星。对方居然心细如发，硬是找来了一个上海乘客，核查他的上海话，哪怕他紧急改口称自己是上海郊区的，是郊区的外来户，也没法骗过人家那一对高精度的上海原装耳朵。

人们没把他一把揪去派出所，已是他后来的大幸。

这一天，又一位警察从长途大巴下来走进了茶场。接下来，场长阴沉着一张脸，不找张三也不找李四，径直走向我，吓得我胸口乱跳，暗想出来混终归是要还的，肯定是伪造印章那些事败露了。

"你认识海司令？"警察问。

"谁？"

"夏如海，就是开枪打过你的人。"

我松了口气，这才想起是有过这么回事，是有过这样一个人，只是去年已经太遥远，好几个朝代都过去了吧。

接下来的询问大概有这些：

他同你有什么仇？或者同你家人有什么仇？是什么原因，他要在大街上对你横加伤害？

他打伤你以后没有逃逸吗？没有推诿吗？你后来是怎样找到他的？

你的伤情怎样？骨骼、神经、脏器有过什么问题？对现在的劳动和生活有什么影响？你做过全面体检吗？

作为受害者，你为什么到现在也没求助政府？没有追究这种人身伤害的犯罪？他是否对你或者对你家人有过恐吓和威胁？

在你与他接触的过程中，你是否发现过他还做过别的坏事？比方是否还有过其他开枪致伤、致命的情节？是否有过持枪抢劫、勒索、报复、耍流氓的行为？你仔细想想，他是否穿戴过来历不明的手表、皮鞋、金戒指？

……

感谢警察叔叔，一旦重返岗位，重整天下山河，就对我如此关心。不过事情是这样……这么说吧，这么说吧，当时世道很乱，坏人不少，但大多不像是他说的那种坏法。即便是在收枪禁令之前，弟兄们舞枪弄棒，但除了一个图书馆被盗，学校附近的银行、邮局、粮店、商店、饭店、肉店、冷饮店等倒是一直安然无恙，连捡个钱包也是要争相上交的，谁窝藏谁找死呵。是不是？也许小蟊贼都死绝了。更可能的原因是，他们怕警察，更怕业余警察，无非是怕那些革命群众管起闲事来不讲规矩，动不动就拳脚相加，枪口一下子顶到你脑门上。枪手们还到火车站义务搬运过援越物资呢。

我这样说的意思不是要隐瞒什么，只是觉得对方有点想当然，调查方向有点偏。看来，他在小本上记录下一堆困惑，在这里只看到一条不甚给力的伤疤，没发现轮椅或拐杖，更没发现导尿瓶，大概觉得这一次长途奔波有些不值。在他一再启发之下，我搜肠刮肚，努力配合，总算梳理出小驼背的一些劣迹，比如用手榴弹炸过鱼，用扑克牌赢过散装烟，还居然要让我享受美好人生，哄着我抽下了此生第一支烟，结果半支下来我就天旋地转，差一点栽倒在厕所……但我没法说下去，因为我发现胖警察脚下已有真真切切三、四个烟头，手指头上还有焦黄的熏痕。

"大叔，对不起，我不是说你抽烟不好……"

"没关系，没关系。"

"你平时……不打扑克吧？"

"打又怎么啦？中央文件规定了不准打扑克吗？正常娱乐生活还是要的吧，年轻人要活泼一点，快乐一点，率性一点嘛，也没什么不对呵。"

"那是，那是。"

警察当天就返程了。知青们发现我这一次轻松过堂，既没缴钱也没被扣粮，多少有些嫉妒。

我没料到的是，这事还远未结束。如果我没记错的话，大概是四年后，我被调去全县围湖造堤会战指挥部刻印工地小报，有一天去食堂吃饭，见一个陌生女子守在食堂大棚的门口，一见小伙子模样的，就上前欠身盘问，是不是知青，有没有人姓韩。她眼睛大大的，鼻尖冻得透红，一件红花棉袄裹住了丰丰满满的少女青春，但辫梢和袖口都积有泥点，大概在哪里摔倒过。

她最后筛出了我，冲着我两眼睁大，上上下下好一阵打量，捂住嘴突然哭了。"天呵，天呵你就是……"

出入大棚的民工们吓了一跳，一个个探头探脑的，交头接耳，看看她又看看我，大概在猜想这里的故事，猜想我在故事里的勾当。

我做什么了？

我没被她认错吧？

（如果是电影，此处应该有音乐，大提琴声轰然迸发弦惊天外的那种。）事后才知道，她就是夏如海的妹妹，一个多月来她找我实在找得太苦了，太苦了。她大海捞针般地要找到一个毕业于"长沙市第七中学"的"韩"姓学生，是因为法院军管会判决书上只留下了这一点信息。她先找到学校，找到毕业生下乡的去向（有南北共三个县），又找遍了这个县的七个公社（若干韩姓学生如此分布），但知青情况变化很大，招工的、升学的、病退的、流浪出走的、转点投亲靠友的……有时一动就跨县和跨省，造成线索七零八落，忽断忽续，常常是似有却无。现在，老天爷呀老天爷呀总算开眼了，她死死揪住我这最后一线光明，再也不能松手，再也不能遗失。她发现这个"韩"果然活得好端端的，就像她哥说的一样，不可能"残废"——这是判决书的关键词之一，所列罪状的重要一条。

她苦命的哥就是因这一纸判决，入狱服刑二十年。这事显然与他的"劳教"前科有关，与他后来公然报复"公检法"人员有关。仇恨激发仇恨。碰到这种竟敢反攻倒算的人渣，警方岂能不重拳打击？不难想象，如果当时有法律体系，有律师、公开庭审、辩护制度什么的，案情的夸张现象也许能得到较多避免，但事情可惜不是那样。一个新的未来还相当遥远——以至数年后"律师"还是一个颇为陌生的新词。在我所在的那个县，谁都不愿当"律师"，谁也不愿同嫌犯们共裤连裆。据说无奈之下，第一个"律师"还是县长强令指派的，不过那大学生的出庭辩护竟然通篇是骂，完全是针对被告的大批判，比检控一方还骂得振振有词，让很多人哭笑不得……这是后话。

当然，若往细里说，夏如海一案还与他的家庭有关。据他妹后来说，她与他其实既不同父，也不同母，是因父母再婚才有了兄妹关系的。不知为什么，后母与夏家哥哥总是隔，总是犯冲，总是闹成斗鸡眼，只有小妹觉得新添一个哥哥的日子倒也不错。她喜欢夏家哥哥爬树和翻墙的身手，喜欢他的弹弓枪和蟋蟀罐，更享受出门在外时一个男孩的保护。她哥对后母直呼其名"周秀娟""周秀娟"，甚至让她觉得有趣。上学以后，妈只给她的白面糖包子，她总是偷偷给哥留一半。妈只给她送来的雨伞，她也总是撑到哥的教室前，等哥放学后一同遮雨回家。有一天大风大雨，哥一整天没回来。她撑开雨伞出门寻找，找呵找，最后才在垃圾站找到了一个熟悉人影，跪在蚊蝇乱飞的垃圾堆里，胸中紧抱一团什么。她一看就明白，肯定是妈又同哥吵了，肯定是妈把哥轰出门以后，气得摔东打西，把所有戳眼的东西都扔了出去——其中有一只旧枕头。这是另一个母亲的枕头，是她儿子最后一件偷偷摸摸的收藏。他可以不要弹弓枪和蟋蟀罐，不要课本和书包，但他就是舍不下这只枕头，枕头上一点点熟悉的气息。

她看见哥手上有一些血口子。他在恶臭熏天的垃圾坑里扒开烂菜叶，扒开西瓜皮，扒开血淋淋的鱼鳃片，扒开破罐子和碎玻璃，扒开了五光十色的尿片药渣煤灰废纸死老鼠，最后抱紧一只脏兮兮的枕头泪流满面。

她也哭了。

"哥……回家吧。"

"滚！"

"哥……"

"滚不滚？老子不是你哥！"

"你背过我了，你背过我的……"这意思是她要证明哥哥的身份。

"扣子婆，你今天想死是吧？"

夏家哥哥大概想用狂骂掩盖自己丢人现眼的哭泣，但骂着骂着，一张脸更加扭曲，更加稀里哗啦了。就是在这个夜晚，他抹干妹妹的泪水，有点弥补的意思，然后咬咬牙，说他爸是个酒鬼，早就不要他了。后母更是把他当眼中刺。其实他早就要远走高飞，闯荡江湖，去武当山或南华山，但他怕自己一旦离开，哪一天他亲妈回来了，就找不到他了。他没有办法，只能赖在这里等。

他狠狠地说，妈还会来看他的，来接他的。事实上，他不久前就听到过她的咳嗽声，等他跳下床，冲出门去，深夜的小巷里已寂静无人。但他伸出鼻子嗅一嗅，路灯下分明有一丝熟悉的气息，正是旧枕头上的那种。

扣子婆听不大懂，也不愿听懂，只是哭。

现在我已知道她的大名叫夏小梅。她后来在来信中说，这些年她深深自责的是，她的同情不但于事无补，反而加重了母亲对她哥的愤怒，甚至恐惧和狂乱。"这个吃枪弹的，挨千刀的，果然是人小鬼大，花招诡计还不少呢，敢在我家扣子婆身上动心思了。你一只癞蛤蟆也不自己照一照尿桶？……"想象丰富的后母决不相信自己保护不了女儿，最终使出撒手锏。这时，街道上正巧发生了脚踏车连环盗窃案，被查出来是几个小屁孩所为。后母居然逼着酒鬼丈夫随行，一同去了派出所，给所长送了两瓶酒，不知如何交涉了一番，终于举报成功，把夏如海做进了这个案子——而且是主犯之一。"劳教"三年的胜利成果一举搞定。派出所还把一面"大义灭亲"的大红锦旗送来了夏家。

那个派出所长，就是小驼背后来在大街上提着驳壳枪要抓捕的"公检法"一员。夏小梅为申诉取证，当然也找过他。那所长似乎也另有苦水，比如曾被"青年近卫军"那些家伙拘禁，在批斗会上一头扎下台子，摔出了一个严重腰脊损伤，后来走到哪里都要带上一个垫腰的大枕头。他承认，当初的"运动式"办案么，可能有点匆忙，但他面对的是嫌犯父母，是人家气壮如牛的大义灭亲嫉恶如仇赤胆忠心，他能怎么样？如果说他们是作了伪证，世上哪见过这种虎毒偏要食子的天方夜谭？他怎么知道对方提供的赃物、赃款、证词后面，还有什么家庭恩怨的狗屁隐情？……更可笑的是那个老酒鬼，当初把儿子往死里整的是他，一转身鸣冤叫屈找政府要儿子的也是他，他把人民公安当猴耍呵？

大体情况就是这样。

其实这不过是依托夏小梅的述说，一种情境化还原的大体想象。很抱歉，我不能保证这种想象有多靠谱，不能保证上述细节和引言都是还原如实。由于所知有限，我也不能保证这些就是情境的全部，比如这里未能涉及小驼背的其他案情，也没留下他父亲和后母的视角——这就像古往今来太多大义凛然的叙事，一些有控无辩的隐形法庭，没给机会让其他当事人开口。

但无论如何，我从未"残废"——这毕竟是事实。证明这一点至少是我该做的。

奇怪的是，自最后一封来信告知申诉得到受理的喜讯之后，夏小梅却突然失联。我给她提供过书面证词，承诺自己可随时出庭作证，而且一直关心她申诉的进展。她似乎没有任何理由消失无踪。一年后的某日，我路过长沙一家国营棉纺厂，被厂牌扎了一下眼，突然想到哎哎哎这不正是夏小梅的通信地址吗？架不住往事涌上心头，我决意进去试试。车间不让外人进入。经传达室一位老头通报，一个工帽和工装上都沾有棉絮的女工，戴着大口罩迟迟才出来见我。她说夏小梅数月前已经辞职，去了哪里大家都不知道。

我只得快快地离开。

到底发生了什么？为什么她千辛万苦找到我以后却不辞而别，如同从未出现过，连一句半句的解释都不给？……这个没有结局的故事，本身就是结局了。生活中充满太多有头无尾或有尾无头的碎片，不像小说那样完整。

在这里，我很不愿意说起另一个故事，不愿意尝试一次次心中闪过的猜测和链接。当然，说也无妨，没什么大不了的。事情是这样，1978 年前后，我的一些朋友陆续获得平反，走出了大墙，不免有时会说起一些墙那边的见闻。忘了是谁说过的一次袭警风波，让我一直没法忘记，忍不住一次次进入情境还原：一件 313 号囚衣。一个身穿 313 号囚衣的小瘦子。一个身穿 313 号囚衣的小瘦子缓缓捡起地上一块小瓷片。有人说这家伙一直不服判，不知被狱警罚晒多少次，在烈日下晒晕过多少次，结下了梁子。又有人说某狱警调戏和辱骂过他妹，一位前来探视的姑娘，让他两眼充血怒不可遏，口口声声要杀人。这些说法都闪闪烁烁难辨虚实。但不管怎么说，狱警们嗅出了危险，对他一度大镣重铐，严加管控，看这只死老鼠还能翻天。果然，死老鼠服软了，好一段活得蔫头蔫脑无声无息，直到那一天去审讯室。他惺惺忪忪地走到半途突然不动了，只是低头看脚，原来小腿不知何时破皮流血，染红了脚镣和破胶鞋。值班狱警骂不动他，也没找到什么帮手，大概觉得血淋淋的画面也刺眼，便去给他开锁解镣，准备带他先去医务室。没料到，就在那一刻，在当事人后来无法清晰回忆的那一刻，一尊沉睡的石头醒了，醒过来了，于眼缝间偷偷泄出一线凶光，突然哗啦啦集聚全身每一个细胞每一根毛发的力量，以泰山压顶之势高举重铐，朝下方那一个后脑勺哗啦啦——恰好砸中那个脑袋。

事情很明显，血迹不过是他的一个圈套，一个诱饵，是他精密计划的关键环节。一块小瓷片造成的流血，足以让他实现最佳角度和最佳距离的打击。

"发癫子——你也有今天呵——"他大声爆出对手的绰号。

"发癫子你这坨臭狗屎——"

"你只配给老子舔胯！你舔呵，舔呵，舔呵！今天你舔过瘾了吧哈哈哈哈——"

……

他是一个得胜回朝的大王，扯歪了一张脸，把狂喜和骄傲宣告四面八方，等待臣民们欢呼的排浪。但四周的监房只是死一般冷寂，好半天还是这样，连一片枯叶飘落的声音仿佛也能听到。

可惜，当天有陌生面孔在审讯室等待他。两位奉命前来的法院干部，正准备对他的案情重新审理。人们后来说，如果法院的人早来那么一天，如果当班警员不是他那个对头，如果他戴的也不是那种重铐，如果他忍过初一再忍忍十五，下手不那么狠，或下手适可而止，没在后脑勺上砸出白浆子……事情就可能是另外一篇了。眼下，白浆子已经出来了，不可能在镜头回放时收缩回去，再多的"如果"都变得毫无意义。

他最终被加刑重判，死刑。

食堂照例是下半夜提早做饭，黑暗中传来嘀嘀嗒嗒的切菜声。为了尽可能避免扰邻生乱，武装警察总是谨慎行事，确保在在天亮前悄悄提人，还得安排死囚"上路"前的一顿稍微吃得好点。这样，下半夜的监狱食堂总是让人不安，一有动静就让很多囚犯竖起双耳。一群鼹鼠捕捉风声时就是这样子。

我前面说过，我不太愿意想象这一个情境，不愿意说到这一个早晨。尽管两个故事之间有几分暗合，我说的夏如海却不应该也不至于是这个倒霉的313。恰恰相反，几十年过去，他可能眼下还活得好好的，比如在某个工厂退了休，鼻梁上架一付深度老花镜，背着手的小驼背在街上闲逛，看老街坊下棋或打牌，跟在那些广场舞大妈们后面，耸肩撅臀地比划两下子。他身边应该有一条狗，有一个总是泡上浓茶的保温壶，还有夕阳里江面上一片灿烂的光波，南方深广无际的秋天。

很可能的是，他仍住在那条小巷，那个电线杆旁边的红墙小屋。大概是把一个地址住久了，习惯了，就不想离开了。儿子去年给他一沓票子，说什么年月了，把房子翻修一下吧，他也支支吾吾一直没动手。

夏小梅，事情是这样吗？夏小梅，如果你看到我这一篇文章，请理解我没有采用你和你家人的实名，但相信你不难从中读出熟悉的往事，不难知道我在说什么。你肯定没有忘记那一切。如果你愿意，如果你没有特别的障碍，你可以通过杂志编辑部联系我，告诉我你失联后的故事，告诉我你哥眼下或许就是我说的这样。

你是否还会继续保持沉默？

2016 年 3 月

———————

* 最早发表于 2016 年《收获》杂志。

鼻血

马坪寨，错错落落的一片木楼房，夹着一座青砖楼，老远就能看见。砖楼的梯形封火墙檐角高翘，一角叠着一角，一级落下一级。檐草居然已粗大如树，当然是吸吮了漫长岁月的结果，若出现在夜里，将冷不防给路人一种黑森森的狰狞感。苔藓从墙基蔓延开来，蓬蓬勃勃泼染于墙，眼看就要把砖楼完全包藏。

老屋空了多年，囤积着一屋发霉的气味。但不时有人跨进门槛，把一角角黑暗认真地盯上几眼，似乎努力地要看出个什么究竟。他们是过路歇脚的农夫，唧唧喳喳的少女，或一些坐汽车远道而来的读书人。读书人喜欢负手闲步，把门口两尊石头狮子拍拍打打，把蛀眼密集的大木柱抚摸抚摸，更喜欢在厅堂里一张女士玉照前整顿神色，交头接耳一番。

女子的大照片陈旧灰黄了。年龄说不准。衣着在今天看来不算十分洋式：一件短袖旗袍把胸脯小心裹住，却把颈脖大面积裸露出来，交给公共目光去七叮八咬。

本寨人都知道，这里原住着一个大户，姓杨，是个大药商，家有两位千金。姐姐在九州外国行医，照片中的这位则是妹妹，曾是著名演员，用本地人的话来说，在上海"唱电影戏"唱得大红大紫，想必在大码头上赚了不少银洋。如此而已。本寨人不知城里的读书人为何这样惦记一位戏子，一趟趟来察看老屋。有什么可看呢？有曹跛子耍蛇那样好看么？有湖北班子的大变活人那样好看么？

他们把外地统称"开边"，似乎唯马坪寨才是中央，只有身处中央的人才活得最有道理，而"开边"人总是有些古怪的。

待外地人走了，本寨人进去捡个烟盒子，捡个汽水瓶子，看能不能废物利用。有时他们也把招引远客的大照片评议一番。

"乖致得婊子样的。"

"乖致什么？嘴巴好大，丑死了。"

"奶子砣砣的，养五个娃崽不碍事。"

"色是祸呢，没听说过吗？红颜薄命。"

"莫搞下的。人家是人民代表，毛主席都请她到北京去坐皮椅子。我舅舅说过，那皮椅子一坐下去就塌两尺，你馋心都到了口里。"

"死猪子，你坐了我的斗笠。"

众人意见各别，有一点共识却坚定不移，即这号洋式女子担不得粪桶，铡不得猪草，只能摆看，切切不可做娘子的。至于电影戏，他们也觉得不以为然。县里的班子来挂白布放过两次电影戏，既无锣鼓也无唱腔，不论生旦净末丑，只是讲讲白话，才端上碗就吃完了，才上床睡觉就天亮了，快得实在没有道理。当时村长看见银幕上又打仗又开荒硬有几百号人，忙煮了两锅面条办招待，后来电灯一黑，千军万马不知去了哪里，场上只剩下两个放片子的伙计——他娘的电影电影，就是这样骗人的呵？

杨家二小姐不过是唱唱这种没腔没板的骗人戏，一没当上县长太太，二没在城里开铺子，马坪寨乡亲觉得这事并不怎么光彩——尽管她还算仁义，给乡政府捐过一台水泵。

乡长严禁马坪寨人破坏老屋，也不许用它来囤粮谷或关牛羊。有一次，三老倌拆了一根檩子去修水车，乡长知道后立刻瞪眼开骂："胡闹！你晓得人家是什么人？毁了人家的家产你有几个脑袋去赔？就要打第三次世界大战了，你搞破坏呵？"

众人想到第三次世界大战，觉得乡长的眼瞪得极有道理。

这一年，坡上的竹子全开了花；挖山时又挖断一条碗口粗的冬眠蛇，各户都剁去一截煮着吃了；有人还更下作，在水井边上厕下一堆臭粪，沤出了一窝蛆。总之，这世道有些不正经了。城里的一些青年学生跑到马坪寨来贴大字报，喊口号，舞红旗，砸烂石头狮子，召开批判大会，撕下杨家二小姐的大照片，四下里瞪眼睛恶狠狠一番。据他们说，文化大革命开始了，这臭妖婆也被都市里的革命人民揪出来了。哪是什么革命艺术家呢？她不过是个臭妖婆罢了，大破鞋罢了，美国女特务罢了，不但大搞反革命活动，还同好多男人不干不净——妖婆子有勾魂术哇，勾的都是大人物。你看看，你想想，有这样的祸水，中国还能不亡党亡国么？有朝一日美国和日本的飞机还能不来丢炸弹么？……这些话，说得马坪寨人面色惨白。

到岁末时分，马坪寨的返销救济粮没有发下来，大概是杨家妖精婆反了革命，乡亲们也跟着受连累。众人便气愤，尤其是男人们，纷纷诅咒那勾魂的淫妇。

某位妇女被柴烟呛了一口，不免火冒三丈："勾魂也是本事，你曹跛子要你家妹子去勾勾看，勾猴！"

几位女子立即附和："勾猴！"

妇女又说："哪个叫你们男人浑身骨头轻？勾了魂，活该！"

几位女子再次附和："活该！"

旁人便默然。

关于杨家二小姐的消息从此绝迹。她或许死了，或许坐了大牢，大家对此都吞吞吐吐。马坪寨青砖老屋的阶基已被荒草淹没，再无什么人来探访。

不知什么时候，邻居开始悄悄议论，说半夜时分常听到空楼里有人咳嗽，还有清清楚楚的脚步声和泼水声，想必是老宅子不干净，闹鬼。这一说，男人们胆子再大，也不敢用老屋来码柴和囤石灰，白天也躲它远远的。有时候母鸡跑到那里去了，或许生了野蛋，男人们也不敢去寻找清查。

这一年，公社机关的干部又多了一两桌人，加上有几个单身汉要结婚，房间显得十分紧缺。公社干部看中了马坪寨这栋砖楼，又觉得有责任打破闹鬼的迷信。黄秘书来看过几次，说根本没听到什么脚步声和泼水声么，只有几只老鼠么，看把你们吓成了这样。乡亲们不相信黄秘书，说你们吃国家粮的福气大，八字硬，阳气足，火焰高，自然是看不到鬼的，哪能与我们农夫子比？

兵马未动，粮草先行。第一个奉命搬进空楼的是伙夫，一个叫熊知仁的后生，众人都叫他知知。他挑着铺盖卷来到老屋前，被前面一团黑影吓了一跳。他挺长脖子，眯缝眼睛，透过又破又旧的两块小眼镜片，把前面的黑影警觉地辨认了一番，发现是棵普普通通的樟树，方定下心来。

他的小眯眼自然是被灶火柴烟熏坏的，很多东西看不真切，以至他迈进大门时，差点又被门槛绊了一跤。他晃晃地站稳脚跟，收收鼻孔。

"香！"

天井里只有鸟粪和腐草的酸臭，左边厢房里有两个木匠忙着破木下料，松木味也不能说是香。

黄秘书说："你放下东西，去下湾村喊四个泥匠来。"

"香！"他依然专注地收缩鼻孔。

"什么香？"

"牙膏香。"

"哪来的牙膏？"

"真真是香。"

"鬼打慒了，快去喊泥匠吧。"

"贼养的，我鼻子明明……"知知觉得自己的鼻子是有点不堪信任，咕咕哝哝去下湾村请泥匠。

下午，他清扫老屋，扫走几堆落叶和鸟粪，又嗅到了那股似有似无莫可名状的香味，不觉有些奇怪。那香味到底从哪里流出来的？或者——到底有没有那股香味？他四处查找，挺长脖子，对楼宅的各个局部投去警觉目光。一砖一石都放大了，清晰了，凸现了，柱子在移转，墙壁在旋转，头顶的大瓦盖也波动翻涌起来，似乎有了某种活气，暴露出某些意思。他在天井一角捡了个破灯盏座子，觉得分明有个人，曾经在这盏灯下等人，想起了什么伤心事，默默地流泪。他看到后院荒草掩盖着的一条石板小径，觉得分明有个人，曾经在这里跑来跑去捉蝴蝶，笑声碎碎地装满一院子，还有汗津津的肩胛在枣树杆上倚靠。他又发现一口废荷塘，积满干泥，长满茅草，有个癞蛤蟆跳了一下就不动了，胸有成竹地盯着他。他猜想当年这里定有一湾碧水，半池莲荷，映着蓝的天白的云，映出塘边一件红衣衫，跳动得像一团火。塘边有块石板特别平滑，差不多是一面墨色大镜，那当然是一双柔嫩的赤脚，曾经反复在这里踩踏，才有今天细腻柔软的石面。

他像一条狗，继续找着，嗅着。他来到楼上，看见许多碎瓦片。他还在板壁上发现了一个墨写的"羊"字，在一道壁缝中发现了丝线球和钢笔帽，在一个窗台上发现两道刀砍的痕迹，一个缺了腿的铸铁香炉。这一切过于琐屑零散，没有什么含义，但似乎也能串起来，串出一个关于某人的故事。知知是一条能嗅出故事的狗，甚至明白了这个故事的许多细节，连很久以前的一个眼波，一声病中的呻吟，他也能用鼻子在尘封的砖瓦梁桷中细细挑剔和挖掘出来。

他很有信心地走进一间杂屋，与蛛网和蚊虫大战，在成堆的松子里果然又有新收获。有一个玻璃镜片，不知曾照过什么样的容颜。还有一根泥垢包裹的银簪子，在掌心里一擦，便闪出一道诱惑的银光。

"乱丢乱丢，不就在这里么？"

他自言自语，带着一种埋怨的口气。话一落音自己也奇怪，他埋怨谁？为什么事埋怨？其实他至今什么也不知道，只知道这个楼宅曾经住有一个大户，家中有男有女，如此而已。但他又很有把握，似乎认定曾有一个女子经常在这里敲核桃壳，经常在这里绣花和画画，经常与母亲斗嘴抬杠。她的牙齿还老出血，尤其是刷牙的时候，一吐便是一口红水，这是不会错的——他这种把握简直无根无由，一冒出来后却顽固透顶赶也赶不走。

伙房里有人叫他。他挑着一担草往柴房走去。他走过曾经有人走过的楼梯，穿过曾经有人穿过的厅堂，跨过曾经有人跨过的门槛，听到长长一声娇滴滴的嗯——啦，不觉吓了一跳。仔细一听，发现刚才不是人声，只是一扇木门旋出的声音。

接下来，他听到柴房内有人泼水，进门一看，却未见到人影，但地上和柴捆上真真切切有些水渍，还透出女人的发香，好像刚才确实有人在这里洗过头发。怪了，今天这里只来了泥匠和木匠，绝不可能有女人，而且谁也不会如此混蛋，往柴房里泼水吧？

回头想想，刚才的嗯——啦，到底是人声还是关门的声音？

"鬼——"

一担草丢在地上，他须发倒竖，扭头就跑，一口气跑出半里地，钻进路边一户人家，在桌子下蹲了好半天。"有鬼呵——"

乡下闹鬼的事很多。供上豆腐、雄鸡、糍粑，请法师来偷偷念一通咒语，就算驱鬼辟邪了。熊知仁瞒着黄秘书，请寨子里的四伯爷做了一场法事，又睡了一天一晚，出了身透汗，自觉是好些了。收收鼻孔，至少是不再有香气。

这一段时间，公社干部陆续入住空楼，食堂里越来越忙。不过知知不用去砍柴，也不用买柴。村村寨寨都在闹文化革命，打烂了很多泥木菩萨，清剿了很多报刊图书，包括物理化学小说散文什么的，乱七八糟堆在灶口，都可以当柴烧，用来煮人食也熬猪食。知知有点怕菩萨，不知烧菩萨会不会遭到报应，但想到自己只是奉令行事，干部要他下毒手，神灵未必怪罪到他的头上吧？劈着烧着，他胆子越来越大，甚至还有点兴高采烈，一刀劈下菩萨的大耳朵，又一刀剁掉菩萨的肥脚板，对各路神仙大开杀戒。

他在废纸堆中发现一张大纸，不知是什么纸，反正纸面很光滑，很坚硬，指头一弹便有嘣嘣脆响。他凑上前一瞅，发现是张大照片，上面有一个女人，似有几分眼熟。他突然想到，这不是小杨子么？不就是老杨家的二姑娘么？以前他也听说过小杨子的故事，只是他想象中的大小姐，嘴巴没这般宽大，头发没这般卷曲。

美人，美人呵。可惜，好端端的照片已经撕破，截掉了大小姐的一只胳膊。他在纸堆中翻来找去，好容易才找到那条断臂。

他想了想，把照片带回自己的住房，贴在米桶上方的墙上。那里已经贴了两张治虫防虫的宣传图，还贴了张表现五谷丰登的新年画，现在再加一个女人，屋里显得更加明亮。他眨眨眼，觉得照片上的人也冲着他眨眨眼。他转过身去，觉得照片上的人也乘机爱东张西望，只是你再看到她的时候，她也迅速恢复原态，直愣愣地盯着你。这妖精，好勾人的眼睛，看人怎么看得这样深呢？看得这样呆呢？无论你躲在哪个角落，不论你在干什么，她都死死地盯住你，像有什么话要说。怪了，她对知知有什么可说？他虽说是她的同乡，但从不认识她，成天只知道劈柴、烧火、涮锅、挑水，那两个大水桶，压得他腿杆子上青筋直暴，一球球地扭成了结。伙房里还老是丢失东西，昨天留给公社书记的一碗豆腐，不知被谁偷去吃了，害得他被书记臭骂了一通。

他发现杨家小姐眼里有亮晶晶的东西，吓了一跳，忙取下镜片擦了擦，戴上鼻梁再去瞅，发现那双漂亮眼睛里又没有什么了。

但他坚信，杨家小姐刚才的的确确哭了，这是绝对不会错的。

想到这里，他慌慌出门在伙房、厕所、菜地乱蹿了一阵，返身来到照片前，声音直哆嗦："你哭什么？"

杨家小姐依然一动不动。

"你到底是人还是鬼？"

对方仍然沉默。他现在似乎看得更清楚，那眼里确实有泪光。想必是痛？是有病？是有什么伤心事吧？知知把她的脸蛋摸了摸，找来几颗饭粒，把照片的另一块粘接上去，算是把胳膊还给了女人。借着窗外一抹霞光看去，杨家小姐脸上似乎泛起一抹红润，嘴角也有一丝感激的微笑。

天色渐晚，窗纸被风吹得叭叭响。知知怕杨家小姐受寒，便在照片上方钉两口竹钉，挂上一件棉衣，这样可给照片增加一些温暖。到后半夜，他索性把照片从墙上揭下来，压到了自己的枕头之下。

这以后，旁人都觉得这个眯子有些异样。他干活特别卖力，还特别高兴，挑着一大担水上路，有时还扯开鸭公嗓，把不成调的山歌吼上两三句。他开始变得勤于洗衣，洗澡、洗手，手背上那张黑膜不知何时已经揭走，衣上的补丁也整整齐齐。到他房里去看看，床下不再有那些乱糟糟的草须了，摆放大小腌鳢的屋角也不再有蛛网。他的桌上还出现过肥皂盒和小圆镜，甚至还出现过鲜花。"熊大相公也摩登了，恐怕也想收亲呵？哈哈哈！"黄秘书觉得这件事很可笑。

知知似乎没听见，仍然捏针捏线地补衣，赤裸的背脊弯曲如弓，脊骨一节节清楚地挺突可见。

"是四妹子唱歌？"黄秘书竖起双耳，好像听到了什么，在老宅子里里外外转了一圈，最后又回到伙房。"奇怪，明明听到有人唱歌，怎么听着听着又没有了？喂，死聋子，你没听见么？"

知知还是不抬头，不理他。

黄秘书常到伙房里来转悠，有时要炖牛肉，有时要煮面条，有时要取点酱油。他来一次，油罐里的猪油或茶油就要浅去一截。知知很讨厌这只油老鼠，找公社会计和公社书记嘀咕过两次，黄秘书就对他脸色很不好看，总是支使他去打扫厕所或者下井清污。这一天，他又支使对方为刘会计去洗鞋袜，然后在伙房里大找橱柜的钥匙，大概对酱油或猪油有所图谋。不料在桌上床上翻找了一阵，竟翻出了草席下的大照片。嘿，这不是那只大破鞋么？不是那个美国女特务么？

黄秘书当时就大叫起来。

正巧碰上春耕在即，公社照例要召开大会，以阶级斗争促进农业生产。一批地主富农被押到台上低头认罪，知知也被挂上了木牌，与地主富农为伍了。小杨子的照片成了他抗拒革命、思想堕落的铁证，被涂上红叉，倒贴在木牌上。

"熊知仁，你那天蒸饭不记得放水，蒸出几十斤锅巴没法吃，是不是贼养的故意浪费人民的粮食？"

"熊知仁，你炒的白菜里有蛆，把我们革命干部当猪婆喂呵？"

"你三天两头就剃头洗澡，一个癞蛤蟆还想当相公，是不是忘了本？"

"你房里没有毛主席的像，只有女特务的像，什么意思？"

"你还流氓，把那妖精片子藏在被窝里！"

……

干部们展开了揭发批判，没顾得上几个小后生躲在人群里嗤嗤暗笑，还有一些女人很不自在地你揪我一把，我捶你一拳。

知知勾着脑袋一直没吭声，呆了一般。忽然，一注红血从他鼻孔里流了出来，叭嗒叭嗒，一滴滴落在地上。他用手抓了一把，手掌顷刻间就血淋淋了。用袖子揩了一把，整个袖口也立刻血糊糊了。有位干部愣了一下，端来半碗冷水，往他脑门和后颈拍了几把，但他的鼻血还是一股股往外涌，染红了胸襟，染红了鞋袜。干部推他下台去，他硬着颈根不肯走，一摆头，鼻孔里一个血泡爆炸，在身旁一位老地主的脸上溅下几颗血星。他的血开始很浓，是黑红色，流着流着变淡，掺了水一样，成了浅红色。不知是谁递来一团棉花，塞住他的鼻孔，但红血很快浸透棉花，继续向外奔涌，弄得批斗台上的桌子、板凳、茶杯、话筒、标语牌全都血迹斑斑。随着会场秩序的混乱，他的鼻血越流越快，简直是向外喷射。一条老狗从他胁下蹿过去，不小心被喷出一个红艳艳的狗头，汪地惨叫一声，向台下蹿去。一只白母鸡也被喷成了红母鸡，扑打着翅膀飞到树上，于是树叶也被染红了大片。地上的血水积厚了，涨高了，开始蠕动，裹着沙粒和落叶向低处扭摆而去。不知被谁踩了一脚，立刻又带出几个血脚印，让人不能不想到杀人现场。

知知自己也被这景象惊呆了，吓慌了，开始捂着鼻子哇哇大叫地乱跑，血雨就随着他四处飞洒，满地狂溅，简直是一台指向哪里就红到哪里的高压喷漆枪——在场人谁都不敢相信，这个瘦精精的孤儿，竟有那么多血来染红马坪寨。

这一天的批判会只得草草收场。据人们说，自这一天以后，公社机关所在的杨家老宅不再传出女人的歌声，偶有时会飘出女人的哭声，时有时无，似近似远，而且不是所有人都能听到的——看来还是有鬼呵。

多年以后，据说文化革命结束了，杨家二小姐也获得平反，仍然是著名演员和革命艺术家，还上了电视和画报。那天乡政府周会计脸上像抹了一层油光，夹一册画报从县里开会回来，干部们都尾随而去争相观看。熊知仁搓搓手，想起了什么，也跟了上去。周会计正眉开眼笑，回头看见他便挥挥手："开干部会，你来干什么？去去去！"

知知快快地回到家里继续磨豆腐，看白色的豆汁一汪汪流下来，不觉发了呆。

此时他早已经离开了政府机关的食堂，回到寨子里，开了个路边小饭店。

饭店生意还不错，尤其是馒头卖得好，猪血豆腐更有名气。知知不记仇，当年的公社干部来了，他给老熟人的碗里多抓点葱花姜末，汤勺子往鼎锅里舀猪血豆腐，也总是搅得深一些。听说乡政府要黄秘书退休回乡，退休费却只有每月两百元，他还推了推那架断了腿的眼镜，肃然正色地说："只两百块钱就打发了？这样对待老同志，不平民愤的！"

有一天，从乡政府方向来了两个"开边人"，说的京腔不容易听懂。一位老妇人身着无袖旗袍，有细嫩白净的脸皮，但下眼皮松弛垂落，叠出了肥厚的两个眼袋。大概腿不灵便了，她坐在轮椅上，但还是描眉画眼，香气扑扑，抹了淡淡的口红，戴一圈金光闪闪的项链，显得很有些身份。推着轮椅的另一位女人约摸五十来岁，挎一个小皮包，对老妇一口一声"阿姨"。

两人看了杨家老屋，看了水电站和学校，回头把知知的小饭店也很有兴趣地打量。老妇人似乎是在说，她小时候最爱吃这种猪血豆腐。

知知眯缝着眼辨认来客："来两碗？"

老妇人望了他一眼，眼中透出惊异，是一种看见熟人时的表情。"这位乡亲，是不是姓彭呵？"

"不是，我姓熊。"

"我们见过面吗？我们好像在哪里见过的。"

"肯定见过的。这几年我经常到县里去进货……"

"对不起，我们不住在县里，住在老远老远的地方。"老妇又低头自语，"哎哟，你看我这个脑子。"

不知是谁在旁边插了一嘴："知仁大哥，她就是马坪寨的小杨子呢。"

小饭店里的几张面孔都转了过来，熊知仁更是吃了一惊。他没料到当年照片中的女人，竟躺在轮椅里，浓妆艳抹，皮泡眼肿，像一条香喷喷的五彩大金鱼。这就是小杨子么？就是以前大照片上的女子？不会吧？他搓搓手，有点手足无措。

周围人头攒动，议论着轮椅和项链。大概被那张老脸弄得有点扫兴，也没看到人们预料中的小轿车，几位后生子立刻大不以为然。不知是谁对谁在说："县酒厂的酒糟好得很，你要的话就赶早去。"

"来两碗吧，不要钱的，你们尝尝。"知知终于想了可以做的事情。

他注意到小杨子伸过来的手臂，又肥又白，靠肩胛的地方，有一条两寸多长的疤痕——正是当年照片撕裂的地方。他胸口一紧，感到吐不过气来。

"大婶，你……这只手受过伤？"

"唉，也记不清了。"对方笑了笑，眉梢优雅地向上一挑，"那些年，受林彪和四人帮的迫害，身上的伤哪止这一处呵？腰上和背上还有内伤哩。"

"阿姨，你要不要一点？"陪着她的中年妇人似乎吃不下，把猪血块往她碗里转让。

"兰兰，我够了。"老妇人嚼了一小片，嘴唇舔了舔汤，也把碗放下。"同志，味道还可以，只是有点不卫生，你这些碗都没有蒸过吧？没用过洗涤剂吧？我一看你这锅灶，这碗筷，哎哎，想吃也吃不下。"

知知慌慌地不知该如何回答。她又说："你们农民同志，现在可以劳动致富了，形势很好呵。不过，还要注意提高社会主义觉悟，要讲究心灵美呵。没有美，就没有生活，对不对？劳动光荣，但要按照党的方针政策办，是吧？现在这个物价，乱啦。社会风气，乱啦。我就真纳闷，怎么也没人来管一管？兰兰，上次报上也说了，有些人赚黑心钱，我看还是心灵美的问题没解决好……"

"阿姨……"中年妇人看了知知一眼，似乎觉得老人把话题拉扯得太远。

这时候，知知才发觉，杨家小姐虽头发花白了，但声音还脆亮如童。大户人家的女人就是养得娇些。

老妇人取出香水纸餐巾，擦了擦手。两人道过谢，一高一低往大路而去，只留下淡淡的香水味，还有地上那朵皱皱的纸餐巾。

知知一直没有说话，看面前两碗几乎没怎么吃动的猪血豆腐，腾腾冒着热气。

他肯定不适应香水味，感到头有点晕，鼻腔深处也热热的，有液体在涌动。他知道那不会是什么好东西，赶紧捂住鼻孔，进屋去找棉花。屋里乱糟糟的，没有洗晒的衣服四处堆放着。两只老鼠从谷箩里惊慌地逃窜出来夺路而去。他眯缝眼睛四下瞅去，也没找到那件破棉袄，没找到可以塞住鼻孔的东西。看来，是得有个人管管家了，他该下决心娶个女人了。

1988 年 2 月

---

* 最初发表于 1988 年《青年文学》杂志，后收入小说集《北门口预言》，已有法文译本境外出版。

余烬

当时政府禁山育林，设了很多卡子拦截竹木。福庄和其他买客们只能偷运，白天空着手进山去，寻到某个寨子，与卖主私下交易，等日头落水，贼一样把竹木挑出山来。这一路昏天黑地，一是必须夜行，二是必须急行。碰到卡子，怕人家放狗、敲锣、甚至开枪，还得绕小道，有时候也少不了打架动武落下伤来，回家吃草药。

福庄是跟着庆子去的。照当地习惯，成年男子都被叫做什么"子"，比如元庆就是庆子，见孔就是孔子，福庄就是庄子，如此等等。

庆子看不起庄子的一身泡肉，让庄子很生气。"庆子，我要是比你少挑一两，就去拱猪栏！"他愤然劈了一个竹筒。

当地人很看重起誓，一看福庄劈了竹筒，庆子就不说什么了。

孔子沉默了很久才想出一句话："带个秀才去也好，万一被抓住了，有人写检讨。"

他们一共五人，带了一袋糙米，每人三角钱菜金，还有福庄贡献的一小瓶酱油拌干椒，算是路上两天两夜的伙食。那还是酱油很稀罕的时候，乡下人只看见城里人吃过这种东西，觉得有些神秘。所以庆子吃得额头冒汗时就幸福地抹嘴巴："毛主席一个月三斤酱油怕是要吃的？"

吃完了饭，太阳落到山后去了，峡谷里突然变暗，雾气弥漫，溪流的嘀嘀声寒气侵骨。有一只乌鸦开始慌慌叫唤。这是该下山的时候了。庄子不想被庆子那双鼠眼小看，刚才挑竹子时，怎么也不听庆子的劝告，偏偏选了两根大竹，扎成 A 字形，一挂秤，八十多斤。他满不在乎的样子，一甩长腿冲在最前面。为了表示体力还有富余，他没事找事似的，把挑子当举重杠铃往上推举，一二一，复习以前学校里的体育课。他的嘴也闲得慌，需要发出点声音：

亚——非拉——人民要解放——

孔子听见庄子在前面唱，说："这洋戏不好听，没有调的。"

庆子说："现在做马叫，等下就要做牛叫。"

果然，下了一个岭，就再也听不到福庄唱歌了，也很难看见他了。他总是落在后面很远，需要别人一次次来等待。在淡淡月色里，大家等呵等，好容易等到他跌跌撞撞跟上来，只见他弓着腰，五官乱成一团，汗津津的背上映出月光，扁担被肩头与脑袋吃力地夹住，就忍不住笑。

"我崽，你还唱呵。"庆子冷笑。

庄子哼哼哟哟，没工夫回嘴。

"你裹了脚么？照你这样走，就要在这里过年了。"

"这么远呵？我……我都走得脱肛了。"

"嘿嘿，你来月经了吧？"

"庆痞子，我这裤子太紧，勒裆。"

"你那也叫裤子，妇女的骑马带子一样，要它做甚？"元庆终于抓住机会把读书人的球裤糟践了一番。

福庄眼下没有办法嘴硬。他对脱肛有些羞愧，粗腿被紧紧的裤边磨出了血，火燎燎地痛，只好横下一条心干脆脱了裤子。好在山里人稀，即便碰到女人，黑暗里谁也看不清谁。

他的大腿间凉爽多了，但还是觉得竹挑子越来越沉，怎么也跟不上队伍，走着走着就听不见前面的脚步声。他仔细听了听，嚓嚓声还是无影无踪。他走错了路吧？前面是个菜园，还有一口井，路已经消失。他两眼一黑，绝望地想起刚才的一个岔路口——肯定是当时自己选错路了。可恨庆子他们既不等他，也不在那里留个什么标记。

"喂——"

一片陌生群山里，他的声音孤零零的。

"你们在哪里——"

远处有狗吠。不一会，路上有了庆子那种左脚略有些轻的脚步声。"你喊什么喊？怕卡子上的人睡着了是不是？"

"你们也不等我。"

"要你跟紧点。"

"这到什么地方了？"

"才走了二十几里地，到了汉沙坪。"

福庄全身都软了，差点哭出来。

"起来，快起来！"庆子见庄子平躺在地上，就对他的屁股猛踢，"你这个没用的货，老子剜了你的卵子！"

"我就喘口气，只喘口气，求你了。"

"哪个耐烦等你？"

福庄只得挣扎，只得捶腿和揉腿，只得咬紧牙关站起来。他全身汗如水洗，往脸上抹了一把，竟抹出一手的蚂蚁。

幸好下雨了，他们不得不停下来歇脚。庆子路熟，带着他们躲进了一个窑棚。这里没有人，但留有一口锅。算一算，快过小年了，窑棚主人可能已经回家。他们搬来两捆烧窑的柴，燃了一堆火，烘烤刚才雨中淋湿的衣。他们互相看到男人的裸体，看到阳物在火光中晃来荡去，觉得很开心。孔子对庆子笑嘻嘻地说，听说你的家伙可以挂得两颗窑砖，是不是真的？庆子哼了一声，似乎不以为然，说当后生那时候岂止挂两颗！现在是老了，还挨了一刀——他是指在政府的动员之下，做了计划生育的结扎手术。

孔子看看自己，又看看庄子，觉得庄子也不可思议，你的怎么那么小？大蒜子一样！我看你一天到晚勒着三角裤，也就是藏了个这样的宝物呵？福庄自我解嘲：天冷么。

收了汗，确实有些冷，正好湿衣已经烤干，大家就穿上衣，还找些柴草来围堵自己遮挡风寒。庆子说睡就睡，一点也不耽误时间。先放出几声鼾，接着又哇哇哇地跳，原来是他一不小心把脚伸进了火堆，一只草鞋烧得冒烟。他把睡着了的一一踢醒，说睡不得，睡不得，这样睡会冻坏人的。

他又说，这雨看样子一时半刻停不了，我们得先搞点吃的再说。他四下查看，找到一个破筐，里面只有几只陶钵，有半碗盐，此外什么也没有。他吩咐庄子烧一锅水，自己出去了，不一会拿着几颗沾泥带土的白菜回来，大概是从附近住户那里偷来的。

雨还在下。可以清楚地听见满山的雨声，随着风一层层地由远而近。甚至可以听清楚每一滴雨，落在对面山上的某一片叶子上，某一块石头上，或者某一个稻草人的斗笠上。静夜使人的耳膜变得极其敏锐，可以捕捉到这个世界任何一丝微弱的动静。即便有千万种声音，它们也都被静夜一一过滤出来，洗刷得干干净净，面目各别，纤毫毕现，绝不会互相混淆。

庆子说，他听到了麂子，一大一小，就在岭上跑。

庄子听了听，好像确实听到山那边轻微的蹄声，甚至听到了鼻息的声音，树叶在嘴中咀嚼的声音，还有后腿滑了一下的声音。他还听到了别的什么，听到了山里的所有重大奥秘，只是没法说。一说，那些声音就没有了。

庆子断定，那只大的足有二十斤，一身好膘。

孔子说，打到它就好。

庆子说，再养肥点，下次来吃。

你下次还碰得到？福庄有些惊讶。

庆子笑了笑，舔舔嘴巴，只是吸烟。他的笑里透出一种自信，似乎山里的野物都是他养的，都是他碗中的食，吃不吃，什么时候吃，一切由他从容安排。

锅里冒出了白汽。一锅没油没荤的白菜汤也香味扑鼻。他们没找到筷子，各自找一根树枝，一折为二，凑合着去锅里搅捞。可惜锅里没有米，庆子不容许庄子下米，一定要把几斤米留到曹家洞再吃。

庆子吹着热汤，突然手举在空中，目光凝定："有人来了。"

孔子也听见了什么："是有人来了。"他朝黑洞洞的外面看了一眼，大叫一声："妇女！"听到这两个字，有个裤子还没烤干的后生，立刻手忙脚乱往暗处躲藏。

一盏马灯已经晃在门口，门外确有女人的声音："请问一声，李福庄在这里么？"

"李福庄？呵呵。"福庄奇怪有人来找他。

"总算找到你了——"一条影子从门外跌进来，冲着福庄倒地就拜，吓得他连退了两步。这是一张中年妇人的脸，面色发白，目光慌乱，挂了一只铜耳环，全身水淋淋的。"李局长，救人一命，胜造七级浮屠。今天你一定要大慈大悲，帮助我家过了这个铁门槛。我们将来给你打鞭炮，烧高香，贡三牲，一辈子感激不尽……"

"慢点慢点，你找错了人吧？"

"你是不是李福庄？"

"是呵。"

"那就对了。求你同意给我们出一趟车。"

"什么车？"福庄越听越糊涂。

"就是你的专车呀。司机说，要经过你批准。李局长，我们也是没法子，我儿媳难产，接生婆没办法了，得赶快送医院。母子两条命呵……"

福庄哈哈大笑，"你看我是个坐专车的人么？我连牛车都没有，哪来什么汽车？要是有汽车，我自己还想坐一坐哩。"

妇人把他全身看了一眼，也觉得有些疑惑："你不是李福庄？十八子的李，幸福的福，村庄的庄？"

"我是呵。"

"那你如何见死不救？"妇人扑通一声跪下，紧紧抱住福庄的双腿："你做做好事，做做好事吧。你要是不同意，我今天就死在这里……"说着说着就号啕大哭。

福庄没法吃白菜了，哭笑不得地望着同伴。庆子走上前去，拍拍妇人的肩："喂，疯婆子你快走，这些人都是土匪，你不晓得呵？他们扇起耳巴子来铁重的。"

"你们打吧，打死我算了！我空手回去反正也是一个死。可怜我那媳妇和我那孙儿呵，可怜我那命苦的儿呵……"

这婆娘看来疯得不轻。庄子与同伴们交换了眼色，只能硬的改软的，哄哄她算了。庄子笑着说："好好好，本局长同意了。别说是汽车，就是要飞机，你看中哪一架就给哪一架。谁让我们是人民好公仆呢？一心急人民之所急呢？"见妇人破涕为笑喜出望外，又应对方要求，摸出一截铅笔头，铺开一个纸烟盒，给对方写下一纸同意调车的手令——铅笔头本来是准备写检讨书用的。

妇人把手令塞入襟怀贴身藏好，千恩万谢，对在场人一一鞠躬，提着马灯匆匆跑了。他们忍不住追到门口，哈哈哈送疯婆子远去。"大婶，你慢点走呵——"他们没有听到回答，只听到哗哗雨声，还有远处寨子里的狗吠。

庄子继续喝他的白菜汤。他喝白菜汤的时候怎么也不会想到，他会永远记住这汤，记住这汤的美味，后来还与自己的儿子说过多次。当时他儿子把蛋糕或者肉包子扔在地上，就是不好好吃。他差点一巴掌扇到龟儿子的脸上。

他更没想到，他多年以后还会来到这一片熟悉的山区。转眼又是初冬，有家公司在山里发现了一处好水源，计划生产矿泉水，急需申请一笔贷款。福庄是主管局的局长，邀一位银行副行长来考察项目，替公司争取支持。车驶出省城，进入了这个县的地界，他就再也睡不着了。大团大团的灰黄色涌入车窗，是秋后寂寞的农田，是随处可见的干草垛，还有远远的枯草山坡，将要抛甩到地球那一边的山坡。他想找到自己以前熟悉的房子，熟悉的道路，熟悉的面孔和口音，但是找不到。目不暇接的新楼房阻挡着记忆。一些风情女子站在路边店门口，对他们招手和微笑，介绍着身后的小店。补胎。饭菜。补胎。饭菜。饭菜。补胎。这些大字刷在粉墙上，木板上，篾席上，接连不断撞击他的目光。他的全部过去似乎只能用这四个字来表示欢迎和问候。

矿泉水厂选址在汉沙坪。眼下还只有几间破旧的瓦房，有几个乡下女子守着一根从山上接下来的水管，懒懒散散地接水装瓶，如此而已，其余什么还没有。筹备建厂的张厂长是本地人。他听说福庄以前在这里当过知青，喜不自禁，眉开眼笑，口口声声叫他"庄子"，说"亲不亲，故乡人，美不美，矿泉水，这笔项目不上马实在天理不容"。福庄倒一直没松口。他担心矿泉水只有夏天几个月的旺销，还希望公司方面提出淡季的生产方案，比如能不能生产芦笋罐头或者糯米酒？

张厂长说什么也要领导们多住两天。吃了石蛙和果子狸不算，还要邀客人去钓鱼，去打猎，去看一座什么神庙。他瞪大眼睛鼓动客人们胡作非为："天高皇帝远，出了县城三公里就没有王法了，你们可以把自己想象成日本鬼子，想怎么乐就怎么乐！我去找些花姑娘来跳舞吧？"

福庄带来的周科长爱跳舞，一听此话就说自己今天晕车，胸口很闷，确实不能再走了。他动员一行人都在这里住下。

入夜，周科长左等右等，西装皮鞋一直没舍得脱，但没看见什么花姑娘来，只是有人骑着脚踏车送来两筐橘子和猕猴桃，说是张总让送的。眼看着入夜已经多时，周科长气得大骂张厂长是个大骗子。

福庄觉得老周太可笑，但他也不大喜欢那个姓张的，对他特地为客人选定的旅馆，也觉得哭笑不得。这家旅馆属于财政所，电热水器是进口的，但电压低，根本不出热水。新式马桶也是有的，但下水道不通，脏水从卫生间一直漫流出来。地毯有地图般的花纹，墙纸到处起泡，都透出阴沉的霉味，似乎这些城市的器官一旦移植此地就只能腐烂，房客只能在腐烂器官的围困中度日。这一切使福庄感到陌生，无法与他记忆中的往事发生任何联系，连橘子也完全吃不出当年的味道。

电话倒是有一台，串线的电话一再闯入房间："姓曹的，你的满崽是要留左腿还是留右腿？"

"你说什么？你找谁？这里没有姓曹的……"

"少装蒜，你九爷的刀子不认人！"

叭嗒，对方把电话摔了。

谁是九爷？这个九爷与什么人结了仇？……福庄还没明白电话是怎么回事，又再次感到腰间剧痒。肯定是有虱子和臭虫。他满身抓挠，脱下衣服寻找，实在没法安睡，忍不住敲击司机的门，想连夜打道逃回省城。

门里面没有声音。

他敲另一张门。

"小王到哪里去了？"

"不是去县城了么？"

"干什么去了？"

"不是你要他去的么？"周科长醉醺醺开了门。

"我什么时候要他去县里？这家伙，不会是去拉私货了？"局长知道这里的茶油和猕猴桃特别便宜，司机们总爱往这边跑。

周科长瞪大眼："你忘了，你亲自写的条子呵。"

他返回房里找出一张纸条，说大约是熄灯前不久，一个妇人拿了纸条来，说李局长同意派车送一位难产的妇女去县城急救，小王这才紧急出车的。

"根本不可能！你说些什么呢？"福庄今天没见过什么妇人，没听说过什么难产不难产，更没批过什么字条。

"你仔细看看，字倒是有点像你的字。"

福庄打开手里一张烟盒纸，这才吃了一惊。盒纸上确有他的签名，字迹也非他莫属，只是有些模糊和潦草，像年青时代写的字，就是自己当年摹习魏碑时的那种。

"怪了！"

"局长，这不是你写的？"

"不是……"

"坏了坏了，我们上当了。这事只怪我，没回来问你一下……"

"也不是什么上当。只是……这什么时候写的呵？"

福庄毛发倒竖，依稀想起很多年前的某个雨夜，想起自己在某个破窑棚里遭遇的一幕。这就是当年那张纸条么？他怎么也无法相信，事隔二十多年，这两件事怎么可能连接起来？他猛拍自己一耳光，看能不能把自己从梦中打醒。

周科长见到脸色大变，吓得赶快摸他的额头，摸他的脉跳，给他打开水和找药瓶，小心地查问原因。听他说完来由，忍不住大笑："局长，你今天没喝多少么，怎么就酒话连篇？我喝了八两白干，还可以玩游戏机。"

"信不信由你，这事实在是太奇怪。你想想，什么人可以拿出我二十多年前的字条？你看看，烟盒纸上是红橘牌。现在哪里还有这种牌子的烟？"

"那婆娘一定是个鬼！"

"我同你说正经的。"

"只能是鬼么。局长，她在二十多年前就看出你会当局长，就提前向你开口借汽车，不是个鬼又是什么？"老周又哈哈大笑，拍拍福庄的肩膀。

月亮已经移出云端。刚下过雨，溪里的水大声宏。从窗子里看出去，对面的山壁在月色里显得突然膨大了许多，逼近了许多，压得让人有点吐不过气来。黑森森山岭的剪影，嵌入当年的天空，与记忆中的曲线仍是严丝密缝地吻合，对于福庄来说十分眼熟。好了，有了这条聚焦清晰的山脊曲线，就有了通向回忆的一条线索，足以分解混沌的往事。牛粪的气味，腿上的血痂，大路上嚓嚓嚓的脚步声，还有远处山脚下若明若暗的一粒灯火，都一齐扑面而来。

这附近肯定有一两个窨棚。他记得更清楚了，他曾在那里躲雨歇脚。那是他第一次进山，来去二百多里路程，累得人死过几遍似的。他当时被同行人叫做"庄子"，担着 A 字形的竹挑子，总是跟不上队伍。他还记得，他曾经用钓鱼线钩系上虫饵，在一个寨子附近钓了一只鸡，带到僻静处再把鸡头扭下。要不是庆子怕遭报应，他本来还可以偷得更多。但就是那天晚上，他下山的时候一脚踩空，摔在深深的水沟里，嘴里咸咸的，一摸，竟有一颗牙齿滚落手中——真的遭到报应啦。后来，同伴总算找到了他。他们在天亮前赶到一个小镇，见店铺都没开门，只得和衣睡在檐下，直到天亮时才被冻醒，发现破棉袄上已经披霜，甚至冻出了喳喳作响的冰凌。他们没有几个钱，吃不上肉和酒，只能用大米在饭店里换来几碗白饭，一个个蹲在街边狼吞虎咽……

他走出了旅馆，看到路边有一座旧戏台，粗大的木柱布满了虫眼，还有交错密集的划痕，就像重新披上了粗糙树皮，甚至有绿苔暗暗地爬上来。他走上一个坡，看见坡上有排排砖坯，有一个人字形茅棚，一如他记忆中的窨棚。他打亮手电筒，让光柱射进棚里，照亮那里的大堆柴草，其中有几捆已经摊散，是有人在那里睡过的样子。在窑棚的正中央，几口砖架起一口锅。锅里的残汤还冒着热气，锅沿还沾贴着一片白菜。看看锅下，柴灰似乎很新鲜，风吹过的时候，有暗红色的余火一闪一闪。

这里显然刚刚有人离开。他突然心头一动：刚才上坡的时候，不是与几个人影擦肩而过么？大概有五六个人，发出嚓嚓嚓的脚步声，很像进山来担运竹木的买客。靠水库中一片月光的反衬，他看见那几个人鱼贯而行，背脊弯曲，脚步晃荡，A字型的竹挑子在肩头轻柔地一跃一跃。其中走在最后面的一个，两腿尽量向外撇开，走得有些别扭，好像裤裆里有什么伤。

"喂——"他突然一惊，追出去大喊，在群山里放出孤零零的声音。

"庆子，你们站住，等一下我——"

远处只有几声狗吠。他希望听到大路那边有应答，有脚步声返回来，然后有庆痞子的大骂和数落……但是庆痞子没有出现，最终也没有出现。眼前只有一片银月的光雾，行者的脚步声已深深落入雾海不知去向，没法打捞上来了。

"庆痞子——"他气喘吁吁，不知怎样才能追上去。

"贼养的！"

前面有喝骂声。一个黑影挡在路上，走近才可以看清楚，那不是庆子而是一个老头，手里操一根木棍。

"你们这些过山贼，搞下的呵？烧了窑棚里的柴，吃了窑棚里的菜，抹抹嘴巴就想跑？我一听见狗叫就知道没好事。"

"对不起，这事与我没关系。"

"没关系？那你喊什么喊？我看你们就是一伙。"

"真的没关系。我刚才只是好奇，想看看那些人是谁。"

"你是干什么的？"

"我从省城里来，考察你们这里的矿泉水……"

"矿泉水？"老头用手电筒把他上下都照照，"那也不是好事。牛也吃猪也吃的水，装个瓶子就卖肉价钱。这也是本分人做的事？难怪名字也叫得无聊：逛钱水。一逛就来钱了是不？你们以后不吃谷只吃水是不？"

"您就是那个窑场的主人？"

"黄老板拜托我守棚子。"

老人不让福庄离开，押着他返回窑棚，用手电筒照一照现场，更是气不打一处来："搞下的，搞下的，燥尿到处屙，钵子也打烂，何不把锅也吃了？"

"这样吧，我替他们赔钱。"

福庄掏掏口袋，发现自己没带钱，皮包留在旅馆里了。"你跟我到旅馆里去拿钱？"他又说。

"你知道现在一担柴多少钱？两捆柴，一只钵子，不收你多了，八块吧。白菜就算了。"

"好吧，八块就八块。"

两个往坡下走。天地转暗，月亮被云遮去了。他们走到半途遇到阵雨，便在路边屋檐下躲躲。这一阵风雨来得急，吹得树弯了腰，落叶飞上天，还吹出树枝噼噼啪啪断裂的声响。山上涌动着一种轰轰隆隆的声浪，大概是林木的呼啸。

"这声音好吓人，好像是人叫。"

"这算什么。"老头隐在黑暗里，只有烟头红了一下。"你要是到春上四月，碰上这样的风雨，在这里还可以听得到锣鼓声，号角声，刀枪过招的声。上百上千的人喊杀，也听得清清楚楚。这事一点都不假，要不这里怎么叫做喊杀坪呢？"

"这里不是叫做汉沙坪么？"

"汉沙就是喊杀。怕吓了外地人，就改个斯文的名字么。"

雨还在下。老头就说得更多。据他说，这里原来出了一个天子，是一个铁匠老婆与一条神犬配的种。天子一生下来就可以说话，七步之内可以成诗，用他的尿研墨写状子，没有打不赢的官司。朝廷晓得了，怕他篡位，发了十万军队前来攻打。没料到军队一进山，满山的竹子都炸，满山的石头都跳，都是帮助天子的兵，把官军杀得血流成河。不过寡不敌众，天子还是被朝廷拿去用油锅炸了。喊杀坪的杀声就是那时留下来的。

老头的结论更有意思：要是那次真让天子登基了，中国哪还会现在这样子？莫说竹木不会砍光，起码平价化肥和薄膜是尽量供应的，要走什么后门？

福庄忍不住大笑。

天亮之后，周科长出了房门，看见局长正在门口擦皮鞋，便问对方昨晚到哪里去了，怎么搞得满鞋都是泥。福庄只顾上擦鞋，没顾得上回答。

局长的奥迪牌轿车已经开回来，停在旅馆门口。福庄吃过早餐，推开司机小王的房门，把对方轻轻拍醒："你昨晚辛苦。送到医院了？"

"送到了。"司机揉揉眼皮。

"生了么？"

"生了。"

"男的还是女的？"

"男的，还是双胞胎。母子都平安。你放心吧。"

"那一家姓什么？"

"我忘了，好像是姓林，又好像是姓王……"

局长其实也没打算问清楚，就算问清楚了，也记不住的。"时间不早了，起来吃点东西吧。我们要走了，趁天晴好赶路。"

1994 年 10 月

---

* 最初发表于 1995 年《上海文学》，获当年上海文学奖，后收入小说集《北门口预言》，有法文译本境外出版。

怒目金刚

老邱会砌墙，一把砌刀敲得当当响，只要砖块和灰浆供得上，两三个呼呼喘气的砌匠也赶不上他。他又会打猎，一枪放倒野猪，用不着其他人补枪，大家只管前去挂绳子抬肉就是。他还身高体壮，见几个后生抬一根水泥电杆上山，别别扭扭，累得嘴斜鼻子歪，便一声冷笑："啰唆，啰唆，这么多筷子如何夹肉呢？"他扬扬手让后生们后退，自己紧了紧腰带，大吼一声，三百多斤的电杆就上了肩，稳稳地腾空而去，吓得后生们无不倒吸冷气，再也不敢要求加工钱。

正因为身手不凡，加上全乡在他的治下粮食增产，他这两年臭脾气见长，帽子从没戴正过，衣襟从没扣好过，眼睛珠子总是朝天上翻。"你小子""我老子""他妈的""老子崩了你"一类行伍京骂，动不动就遍地开花，大戳乡亲们的耳朵。但大家拿这位活阎王能怎么办？他说太阳从西边出来，你就不敢说从东边出来。他说一天有二十五个钟头，你就不敢少说一个钟头。人们忍气吞声，任他一张臭嘴到处吆三喝四骂东骂西，任他四方步、八字步、蛤蟆步或螃蟹步呼呼地带风，走到哪里都排山倒海。用本地人的话来说：他要进你家的门，你得赶紧砸门框。他要是在你家坐，你得赶紧往椅子下支砖。

这些话的意思，是指这位书记霸气太大，门框都容不下；也太重，椅子也顶不住。全乡的门框和椅子都遭了殃。

这一天，活该吴家村的玉和倒霉了。刚过大年初五，老邱召集村干部们学习。这正是大抓马克思主义哲学下农村的时代，物质、精神、内因、外因、质变、量变、辩证法、形而上学……这一类小册子上的古怪名词折腾得大家冒虚汗、翻白眼以及舌头抽筋。但哲学是明白学、鼓劲学、斗争学、粮食增产学和肉猪长膘学，哪个敢不捧着小册子出汗？哪个敢逃脱这种哲学大刑？

玉和来迟了，拍拍身上的雪花，笼着袖子往墙角里蛇行鼠窜。

"嘿！站住！"书记铁青着脸，"你小子怎么又迟到？"

"我……刚才看见对面山上牛吃菜……"

"哄鬼呵？今天是牛吃菜，明天是鸡吃谷，每次迟到都有理。妈那个×，我看你小子就是目无领导对抗学习！"

"确实是断了牛绳，真的，不信你自己去看看，西坡的油菜秧子少了好大一片。我要是说假话，就把舌头割在这里。"

"油菜重要还是哲学重要？你就不能叫别的人去赶牛？你猪娘养的呵？不会动动脑子呵？要是在战场上，迟到半分钟也不行。妈那个×，贻误战机，军法从事，老子一枪崩了你！"

书记今天火气特别大，主要是发现下属的学习一塌糊涂，不是把"黑格尔"记成了"黑木耳"，就是把"辩证法"记成了"变戏法"，甚至把"巴黎公社"理解成"篱笆公社"，将来遇到上级派人来检查，肯定烂他的场子和大丢他的脸面么。他已经拍了三次桌子，疯狗一样逮谁骂谁。据玉和后来清算，那骂娘骂爷的粪团子至少砸下了一筐。

说起来，玉和虽是尖嘴猴腮苦瓜脸，但在同姓宗亲中辈分居高，被好几位白发老人前一个"叔"后一个"伯"地叫着，一直享受着破格的尊荣。因为读过两三年私塾，他能够办文书，写对联，唱丧歌，算是知书识礼之士，有时候还被尊为"吴先生"，吃酒席总是入上座，祭先人总是跪前排，遇到左邻右舍有事便得出头拿个主意。想一想吧，这样的堂堂君子为何今天成了茅厕板子说踩就踩？成了床下夜壶说尿就尿？不就是迟到么？不就是赶了一回牛并且在水沟里摔了一跤么？他姓邱的凭什么狼心狗肺当众打脸？

玉和抹了把脸，端坐着一声不吭，只是休会时在门口拦住了书记，说你慢点走，我有事要说。

书记斜瞅了他一眼，说你迟到这么久，还有什么屁事？说完向另一个人交代运化肥和挖塘泥的任务，发出哈哈大笑。几个人额对额地借火点烟，亲热出抹脑袋和捅腰身一类动作。

玉和嘟哝一句：我要辞职。

"你说什么？"

"我要辞职！"玉和只得高声。

对方这才扫来胡乱的一瞥："想叫板？你今天迟到，我骂你有什么不对吗？"

"骂得对，都对。"

"那你还有什么好说？"

"你骂我对，骂我娘不对。我娘没有要我迟到，还特别怕我迟到，今天一黑早就起床给我煮饭，三番五次催我出门，说山上有雪不好走。你如何左一句'猪娘养的'右一句'妈的×'？这事与我娘到底有什么关系？你同我说清楚。"

邱书记一怔，翻了个白眼，"我这是……这是……教训你。"

"你明明是骂我娘，哪是教训我？这大家都听到了，人人可以作证。"

书记左看一眼，右看一眼，说不出话来，最后憋出了一个大红脸，呼啦啦甩下烟头拂袖而去。

副书记见玉和跟上去纠缠，只好插上来紧急救驾。"玉和同志，你辞什么职？给人剃了半个脑袋就丢下不管？有话好好说，好好说。你看事情是这样的。今天你来迟了，与你娘确实没关系。书记也不是要骂你的娘，只是他当过几年兵，习惯了行伍里骂人的一些口白。你不能太认真呵。"

"怪事，对娘不认真，他姓邱的是树上结的？是土里长的？是螺蛳壳里蹦出来的？莫非只有他的娘金贵，别人的娘就是狗屎？"

"你消消气，骂娘确实，确实这个么……"

"今天才初六，照规矩元宵节之前都是过年，得讲个喜庆和睦。他这个时候当着上下百多号人来指着鼻子骂娘，是不是欺人太甚？"

"人家老邱可能根本没掐这个日子……"

"我比他整整大一轮，多吃了十二年的饭，他也没掐一掐？出门要尊贤，入门要敬长，他连这个道理也不懂？"

"这样吧，你抽烟，你抽烟，我把你的意见转告他……"

"你告诉他：去年他来我们队蹲点，我娘为他煮过饭，烧过茶，洗过衣，做过鞋垫，亏了他么？他不记恩也就算了，为何一转脸恩将仇报？我娘快七十的人了，一辈子没做过恶事，连蚂蚁都不踩，连蚊子都不打，脑壳痛了十年，腿痛了二十年，眼下只剩下几粒牙齿喝稀饭……"

玉和不愧是吴先生，一较真果然有板有眼，条理分明，证据确凿，情理并茂，大义凛然，气壮山河，铁齿铜牙足以逼得对手一截截出屎。副书记知道今天遇到大麻烦了，再递烟也无济于事，再拍肩再赔笑也阵脚难守。眼看着幸灾乐祸挤眉弄眼的闲人越聚越多，他只好适度背叛一下。"老邱怎么搞的？确实不该这样说么。这样吧，我给你道歉行不行？我代他向你道歉行不行？杀人也不过头点地，我们认错了，不行么？"

"你不用道歉，这不关你的事。冤有头债有主，我只找他，要他到我家去坐一下，同我娘说清楚，就可以了。"

"好好好，会去的，你放心，肯定要去的。"

下午开会，邱书记成了霜打的秋茅，不时用袖口在额头抹汗，嘴里干净了许多，在造林一类问题上还无端称赞了吴玉和几次，散会时又主动前来招呼，说天在下雨，玉和同志你要不要借把伞？

玉和戴上自己的斗笠扬长而去。

"雨太太太大了吧？……"书记的结巴和巴结都留在远处。

几天过去了，玉和一心一意等着，等着老邱上门来的那一刻。其实他嘴硬心软，没准备下毒手和动大刑，甚至不打算说重话。他平日里对待牛马猪羊都和颜悦色从无恶语，如何会为难一个人？一个长官？他只要对方来坐一坐而已。坐一坐就是坐一坐么，喝杯茶，抽根烟，天南地北说几句，事情点到而止就行。玉和还准备了酒肉，说不定到时候还要贴上一顿呢。老邱最爱吃的小腌笋，他一直小心地留着。他知道老邱的行伍脾气，知道人非圣贤孰能无过。问题的严重性在于，那家伙不该在不当的时间、不当的场合、以不当的方式、向不当的对象撒泼发癫，这一背天理，二败习俗，岂能听之任之？士可杀不可侮也。树活一张皮人活一口气也。老话就是这么说的。

门外总算有了脚踏车的铃声，玉和清清嗓子出门迎候，发现来人不是老邱，是一个走门串户的蛇贩子。

屋前的老黄狗大吠，玉和拍拍身上的灰屑钻出厨房，发现来人仍然不是老邱，是一个挑着空箩筐的亲戚，大概是来借粮。

不是说了他会来的么？

玉和等得心里越来越虚。直到家里的小腌笋霉得只能沤肥了，还不见姓邱的影子和声气。后来听人说，邱天保来什么来？这家伙刚接到调令，脚板下抹了油，已经去其他地方上任，你八人大轿也接他不来了。吴玉和顿时两眼发直，全身抽搐，像重重挨了一枪，胸口有撕裂的剧痛，差一点口喷万丈鲜血然后直挺挺地倒下去一命呜呼。天呵天，那家伙肇事逃逸，欠债不还，杀人不偿命，拉完臭屎屁股一撅就溜了？他吴玉和老娘头上的这一泡臭屎只能没完没了地顶下去？

他大病了一场，额头上贴膏药，在床上躺了半个月，整个人瘦下来一圈，不再兴冲冲地办文书、写对联、唱丧歌，也不再吹嘘祖上那些翰林、都督、御医的故事。他不知乡亲们会如何议论此事，甚至不敢出门见人，但相信自己已斯文扫地可笑如猴，他婆娘就是猴子的婆娘，他儿子就是猴子的儿子，他孙子将来就是猴子的孙子。一只飞鸟此时刚好把两滴稀粪拉在他的茶碗里，更让他看到了形势的严重。他拿定主意，忙去打听邱某人的去向，然后给所有去那个地方的人捎口信，拜托各位开车的司机、走娘家的女人、卖竹席的小贩、补锅或者修伞的师傅，去找到那个王八蛋，就说这里有个姓吴名玉和的人在等他，要找他，永远跟着他。他得听好了：躲得了初一但躲不过十五，他就是躲进了蛇洞，吴玉和也要挖洞灌水凿洞灌烟；他就是逃到了台湾，中国人民也一定要解放台湾！

不知这些口信捎到了没有。到最后，他气呼呼把儿子叫到面前，说养兵千日用兵一时，你给我带上一双草鞋和两斤米，明天就到河口乡去。记住：你到了那里，找到那个姓邱的货，一不要讲理，二不要打架，三不能毁坏东西，只是咒他邱天保不得好死。记住：你要咒九九八十一遍，嗯啦，八十一遍。你回来以后，老子付你口水费，让你吃三天肉！

儿子一听说吃肉，乐得摩拳擦掌，"要不要咒他绝代根？"这是一种村里人最恶毒的命运预告。

"不可，他娃娃与此事无关。你不能乱来。"

"要不要咒他癞头猪在粪坑里劁的？"这是一种乡下的下流描绘。

"不可，他爹娘与此事无关。你也不能乱来。"

"要不要往他窗户里砸牛屎？"

"不可，不可。你砸了牛屎还不是他婆娘来清洗？他婆娘又没骂我，不关她的事。你休得连累无辜。"

儿子把老爹交代的政策和纪律记住了，顶着一个草帽，提一根打狗棍，斗志昂扬上路而去。不料他这一次毫无战果，原因是他寻到河口时，姓邱的不在那里，据说他不久前违法犯罪，闯下大祸，一头栽进了公安局。

玉和先是一惊：公安局？他姓邱的能犯什么罪？接着是一喜：老天总算开了眼呵？走多了夜路要碰鬼呵？这个贼坏子也有栽跟头的时候？再下来却有点左右为难：因为他听人说，天保那家伙吃官司，一不是拿错了钱，二不是上错了床，三不是反党反社会主义，不过是擅自下令砍了公路两旁的行道树。事情的起因，是河口遭受水灾，上面迟迟拨不下救灾款。眼看着几百灾民没房住，他一冒火，"妈那个 ×"，就带人去给干线公路猖狂地操刀剃头，把护路的樟树、杉树、梓树统统砍了然后分给灾民盖房子——这种毁林毁路之罪，在抗美援越的特殊时期尤其罪不可赦。

但不破坏又怎么办？不擅自不猖狂又如何？吴玉和大张着嘴，有点想不通：那些树反正没运出国，不都是给中国人享用了？又没烧成灰，没化成水，不也是派上了正当用场？这算什么违法犯罪呢？未必有了"黑木耳""变戏法"，有了"篱笆公社"的革命哲学，灾民就可以不住房子了？或者房子就可以用纸片来糊？……邱天保居然为此获刑两年，丢了饭碗，一栽到底，实在匪夷所思。玉和由此想到小人暗算、权奸作乱、昏君恶法、国运不兴一类大事，想着想着就把私仇一段暂时放下。这一天，去县城卖猪鬃和拉酒糟，他还忍不住去看一眼邱犯天保，想送上一碗牢饭。

在送完牢房以后再啐他一口，这样做可能比较合适？

后来他知道，天保没蹲看守所，算是刑期监外执行。那家伙在县城也没住房，只是眼下靠老婆当临时工养家，就在城郊租了一间库房，方便老婆去大米厂上班。这样，玉和顶着烈日打听了好几个地方，最后在大米厂围墙外找到一排库房，找到了邱家一张歪门。库房是以前用来囤放石灰和水泥的，已经破旧，还阴湿，还窄狭，墙壁不过是篱笆上糊了些黄泥，炉灶不过是墙角里几口砖上架一口锅。有一张木椅因为少了一条腿，只能斜斜地靠着墙。一线蚂蚁从墙上爬到了椅子上，聚叮着几颗剩饭。

往日的大书记眼下又黑又瘦，胡子又乱又长，在黑暗中瞅了好半天才认出来人。但他没法站起来——右腿据说是不久前在一次批斗会上被踹伤。他只能捉住来客的手，禁不住浊泪一涌而出："我在三个地方任职为官，前后干了十多年呵，没想到……没想到只有你今天来看我。"

"你不要动，不要动，就这样好。"玉和让对方坐稳。

"上茶——"老邱凶猛地表示客气。

一个小女孩赶忙来招待客人，但揭开热水瓶的盖，发现里面没有水；从井边提来半壶水，发现火柴盒又空了；好容易从邻居引来火，又发现小铁筒里已无茶叶。看到这场忙乱，玉和轻轻地叹了一口气。

他喝着一碗白水，见小女孩靠两张凳子相叠，爬到小阁楼上去写作业。"这么爬上爬下好危险，你不给她打一张楼梯？"

"早就拜托了人，都一个多月了，人家也没个回音。"

"怕是木匠没空吧？"

"没空？我算是明白了，世态炎凉呵，墙倒众人推呵。如今我成了王八蛋，还有什么人情面子？"

"这事好说，包在我身上。"

"麻烦你？不用，不用，我自己会想办法。"

"你啰唆什么？五天之内，保你有楼梯用。"

"哎呀呀……"天保眼里闪着泪花，"那也好吧，到时候我给你算钱。"

"钱？你要说钱？那这事就不能谈了。我吃饱了没事干呵？要赚你这几个臭钱呵？算了，你另求高明吧，我也没得空。"

鼻涕声更响亮，天保再一次紧握来客的手，嘴巴张开了两三次，像一再慎重挑选词句，要说出激动和重要的什么话来。

玉和等着，等着，等着呵等着，甚至等得自己怦怦心跳，一心等到对方最应该说出的那句话，等着云开雾散阳光灿烂的美好。但不巧的是，小女娃偏在这要命的时候问父亲一个字，又问一个题。这事刚消停，主人的老婆又下班回了家，于是天保的口舌胡乱支应离题万里，让玉和暗暗叫苦。

主妇见家里有客人，顾不上一身灰土，忙去买了一条鱼，打回一瓶酒，留客人吃晚饭。豆豉大蒜烩鱼的香味很快在窝棚里弥漫开来。天保揭开热气腾腾的汤盆，喜滋滋地说："来来来，吃！"

"你吃。"

"你吃。"

"你先来。"

"你吃嘛吃嘛吃嘛。"

"你来嘛你来嘛。"

推让三番五次，天保嗓门越来越大，见客人还是怯怯地往后缩，竟急红了一张脸："你到底吃不吃？"见客人呆呆的，更是气不打一处来，端起鱼盆往地上咣当一砸，"不吃就不吃，不吃了不吃了不吃了！"

他气呼呼地摸火柴抽烟，吓得玉和差一点翻下椅子，面色惨白，不知所措。好容易看清眼下的局面，玉和只得先安抚哇哇大哭的女娃，又与主妇争着去在地上救鱼，争着用扫把和抹布清理污秽。幸好装鱼的是铝盆，没砸破。主妇回头将鱼用清水漂一漂，略加油盐，还能上桌。

"你急什么急？人家这不是在吃吗？"主妇把筷子重新塞到丈夫手里。

一顿回锅鱼吃下来，邱犯天保还是喝醉了，脖子都红红的，哭出一把鼻涕一把泪，先是骂法院判决不公，接着骂自己脑子里长草，再骂某人落井下石，骂某人见风使舵，骂某人皮笑肉不笑，骂某人明明输了棋偏不认账……都是一些玉和不知头也不知尾的事，让他接不上话。只有妈那个×妈那个×妈那个×一类口白，"你小子""我老子"一类前缀，玉和倒是听得耳熟。

玉和不再说话，只是一听对方说"吃"就赶紧操作筷子和嘴巴，全身紧张一直持续到欠身告辞而去。

四天之后，一张小楼梯就由玉和求村里的木匠打好，托拖拉机手捎去县城。据说那楼梯又光洁又结实，长短恰到好处，还有防滑倒的挂钩，显然是来自一种用心的观测。邱家人见了喜不自禁。

但玉和再也没有去过那一家。有时捎去一包茶叶，有时捎去半袋豆子，这点人情倒是有的，但他不愿再进那张门。日子久了，熟悉他的人才得知，他无非是嫌邱家缺文少墨，不遵礼数。做女儿的不会叫人，是个哑巴么？当主妇的在客人面前穿短裤，白花花的肉晃来晃去，天气再热也不能如此不成体统吧？再说吃饭，主先客后，这是规矩，就算是吃碗老萝卜烂白菜也得讲究的，为何推让几下你就要瞪着眼睛砸碗？你拷问犯人呵？你痞子闹场呵？真是莫名其妙——人家客方一个肚子是来装饭的还是来装气的？一餐饭下来没长肉还要吓得掉肉呵？

最后一个捎豆子的人回来时说，邱天保已经搬家。相关的好消息是，因为不少群众一再上书，法院重审案件之后终于对邱天保改判。这家伙命好，八字硬，居然还得到某个大人物的赏识，虽写下一份深刻检讨，但最近被提拔为副县长了。

听到这事，吴先生点了点头。

"你不高兴吗？"传信人觉得对方还应该有更多表情。

吴先生提着牛鞭出门，"高兴什么？这家伙，落难惹人怜，得势遭人嫌。"走出地坪好远又在柳树林那边扔过来一句："你们看吧，他那张嘴巴又会变成大屁眼，到处喷屎喷尿，哪个受得了？"

邱副县长是否到处喷屎喷尿，不得而知。不过他当然不会忘记玉和，据说很快就捎话来，邀他去县城走一走，请他去看什么大戏，接他去赏什么灯会，但他充耳不闻，就当没这回事。有一次，副县长在路上见到他，远远就要司机停车，热情万丈地迎上来，但他借口手上有泥水，没接住对方伸过来的手，自始至终也只是点点头，或者摇摇头，不咸不淡地支吾一下。

老伴事后埋怨他："事情过去就过去了。你们这对冤家也结得不容易。照我说，冤仇宜解不宜结，得饶人处且饶人么，你呀……"

没料这句话引发玉和的勃然大怒："我又不是个疯子，凭什么要握手？凭什么要应答？"

"他问问你有什么困难，怎么说也是好意吧？"

"困难？我最窝心的困难，他装模作样不知道？"

"他可能……真是忘记了？"

"这种事都能忘记？那他就更不是个人！"

老伴吓得舌头一伸，再也不敢接话。

一天，四五个乡干部一齐来到玉和的地头，见两口子栽瓜秧，就这个帮忙点粪，那个帮忙覆土，另有人大张旗鼓地砍树枝扎棚架，"吴伯""吴爹""吴先生"一类叫得特亲热，递烟点火一类动作也让人应接不暇。他们无事不登三宝殿，其实是想接先生去县城走一遭，帮他们去拉拉关系，解决乡政府旧楼改造的资金问题。照他们说，这四乡八里就吴伯面子最大——不然邱副县长为何三天两头就要问到他吴玉和？他雪中送炭青松傲雪慧眼识英雄的感人事迹谁个不晓？

玉和一直不吭声，最后冷冷一笑："我是三岁娃娃吧？你们还要我去找那个王八蛋，不是偏偏要踩我的痛脚？"

众人吓了一跳，面面相觑。黄乡长怯怯地问："你说哪个是王八蛋？"

"你们说哪个，我就是说哪个。"

"这就怪了。前……前……你与他不是来往最多么？在他最倒霉的时候……这可都是邱副县长自己说的。"

"那是我看在他落难。"

"吴伯，这我们就不懂了：一面破鼓，补它是你捶它也是你？"

"有什么不好懂呢？桥归桥，路归路，一码归一码。他蒙冤落难，我要行公道。他伤我太深，是亏了私德。懂不懂？公道与私德是两笔账。诸葛亮气死周瑜和哭吊周瑜也是两笔账。我吃了五十多年的干饭，连这个账都算不清？"

众人说不过他，甚至听不懂什么诸葛亮的账。另一个干部只好苦着脸另找话头："吴伯，你就算是帮我们一个忙吧。你看我们那个办公楼，实在破得像个猪窝了。昨天一下雨，我在房里摆三个桶子接漏水呢。老鼠天天在我头顶上打架。你老人家菩萨心肠，大人大量，德高望重，对我们全乡的发展建设功勋卓著！这样吧，你老人家消消气。到时候我们在城里最好的酒馆摆上一桌，你与人家老邱相逢一笑泯恩仇，往事一笔勾销……"见玉和一张苦瓜脸正在转暗变黑，又赶忙顺着来："哦，当然啦，都按你老人家的要求办，人家邱副县长肯定有个说法。是不是？我向你保证，事情一定圆满解决。今天我一个脑袋赌在你这里……"

"这关你们什么事？"玉和把来人的一张张脸盯过去。

"我们不就是要促进团结么……"

"在酒馆里搞团结，我娘听得到？我娘有这么长的耳朵？"玉和哼了一声，挑起粪桶径直下坡去了。

大家拍拍脑袋，这才想起一个重大疏失：玉和老娘的坟头在这里——既然事情因她而起，当然就得在这里了结，酒馆里再圆满再伟大的团结也是锣锤没打在锣上，不合吴伯的章法。

日子就这样过着，有晴有雨有暖有寒地过着。又一个冬天到来了。村里遭遇一次山火。那天风太大，烈焰横蹿，火团远跳，几乎逢路过路逢溪过溪一往无前。离火舌还十几丈远的林子，哪怕隔着荷塘或地坪，一眨眼就由绿变黄和由黄变黑然后噼噼啪啪自燃，把在场者都吓得差点尿裤子。谁也没见过这么疯魔的火，不知道如何对付。玉和的儿子就是在火场差点丢了小命，黑乎乎的一团送到医院时，冒出皮肉焦煳的气味。

听说儿子需要清创、消炎、植皮等费用两三万，母亲几天来以泪洗面。玉和赶到医院时，女人告诉他很多人都来看过了，其中包括乡干部和邱天保，都在着急钱的事。

玉和忙着倒水和打饭，又去上厕所，好像没听到。

女人吞吞吐吐地说，邱天保还批了一张条子，要县民政局特事特办，参照抢险抗灾英模待遇，给伤者家庭补助一万元。

玉和愣了一下，接过纸条看看，顺手撕成碎片，扔到地上还踩一脚。"无聊！无聊——"他冲着墙角瞪眼睛。

"你要死呵？"女人大惊，忙不迭地捡起碎片，"你挨千刀，你下油锅呵——这是什么时候？你还称什么大？赌什么气？耍什么横？"

"你也不看看，什么狗屁字？猪蹄子戳的？狗爪子挠的？"

"你抠什么字？你的字是比他的写得好，但你的字不值钱。"

"还有脸当干部。就是给我当学生，我也要打烂他的手板。"

"没见过你这号人，山穷水尽了还酸，你就是孔夫子又怎么样？"

"错别字也太多了吧？太无聊了吧？"玉和仍是一根筋，想起了更可气愤的，是纸条上儿子吴懿风的名字居然也被写错。"还'一风'呢，哪来的吴一风？他怎么不写成一级风、二级风呢，气象预报呵？他怎么不写成东风、南风、西风呢，打麻将呵？就他这水平，把政府的脸丢尽了，只配去发酒疯！"

"人家可能是没记住，或者觉得那个字难写……"

"列祖列宗在上，我吴家从来没有野崽子。吴懿风就是吴懿风，上了谱的，入了帖的，行不更名坐不改姓。我吴家再穷也不能去拿人家的钱！"

"怎么是人家的钱？不就是一个字么，总不会比我儿的一条命……"女人嘴一歪，哭着夺门而去了。

吴玉和翻了翻医院账单，摸摸衣袋，挠挠脑袋，只能出门去卖血。发现儿子连肉汤都喝不上，连鸡蛋都吃不上，当娘的更是餐餐靠酱巴下饭，他更知形势的严重性。他总不能指望老伴去垃圾堆里捡烂菜叶吧？不过他年纪偏大，个头瘦小，面相还丑陋，被采血的护士皱着眉头瞥了两眼，当歪瓜劣枣打发出门。他想了想，只得坐车来到一个小镇医院，找到一个当医师的亲戚，算是走后门通融，偷偷卖出了红色液体——那里有个病危者正好需要这种血型。"你们肯定还有病人！是不是？肯定还会有难产的、中风的、撞车的、跳楼的、闹癫痫的……"他捏着钞票还不愿走，一个劲地纠缠这个或那个医生，恨不得这一刻有千万人大祸临头，都抬进急诊室，都气息奄奄，都急需他价廉物美的鲜血。不用说，他望眼欲穿也没有等到这种奇观，倒是自己几乎被亲戚轰出了院门。

他这才感觉自己有点头晕，两脚如同踩在波浪上，周围一切飘忽不定。扶墙歇一会儿以后，他喘口气再走，差一点撞到树。有位路过的熟人发现他脸色不好，问是不是要用脚踏车驮他一程。他缓缓地摇手，说自己不过是想赏一赏风景，不过是在等一个朋友哩，不急着走，不急的。

他其实很想叫住那个骑车人，请对方帮一把，但不知为什么话到了嘴边又咽回去，还是咬紧牙继续观赏美丽秋色。

儿子出院回家后，身上虽有几块疤，但行走什么的已无大碍，让全家人松了一口气。"不吃嗟来之食，饿死了吗？饿死了吗？"玉和对这种结局兴高采烈，冲着儿子问一句，冲着老婆问一句，冲着邻家的鼻涕娃娃也问一句，问得他们都迷迷瞪瞪，然后面对门外的重叠山峰摆上一碗谷酒，好好地豪壮了一番。不过，治伤所欠下的债，以后得慢慢偿还了。从这一天起，这一家不开电灯，晚上能摸黑就摸黑。这一家也不用肥皂，洗衣时只用草灰或茶枯凑合。玉和豪壮地戒了酒，不买烟，胶鞋换成草鞋，皮带换成草绳，成天着装像个叫花子，在务农之外寻找一切挣钱的生计。他以前从来不去屠房的，总觉得那血淋淋的砍杀，嗷嗷嗷的惨叫，实是不仁，实在戳心，但现在也不能不硬着头皮去那里帮着操刀行凶。他以前从不挖坟砖的，即便是挖一些无主的野坟，死者为尊，虽殁犹存呵，后人岂能咣咣当当地打砸抢烧横加欺凌？但眼下的青砖值钱，卖一口就赚两角哩，他也不得不寡廉鲜耻地扛着锄头混入小人行列。最后，他还跟着后生们上山倒树。一个年过半百的老汉，还经过多次卖血，在根本没有路的陡坡上和密林里蹿上蹿下钻来钻去，被马蜂刺，被树刺扎，被毒草割，被风雨淋，一张沾有青苔和泥沙的脸经常像恶鬼，落在水潭里吓自己一大跳。

他手捧清水洗了几把，才在水面倒影中辨出自己的苦瓜脸，兴之所至，还随口吟出一联："人面兽心方可恨，兽面人心又何妨？"

他那干瘦如钉的两条腿越来越哆嗦和晃荡了——终于有一天，他突然觉得肩头重量消失，膝盖和腰身忽然舒坦，阳光明亮耀眼，山风鼓荡爽身，整个身体有一种飘起来、浮起来、飞起来的感觉，有一种浮游在五彩天宫里的自在逍遥。

这才是人过的好日子呵——他差一点笑了起来。

其实他是在村民们的大声惊呼中，一失足便连人带树坠下山崖。几只鹧鸪在那个落点的周围大叫着绕飞不已。

落物惊起一大群金色蝴蝶，如一朵灿烂浪花升起来，然后缓缓地溅散。

村里人在谷底找到他的时候，发现他嘴巴、鼻孔、眼眶、耳穴里都流血，手腕已无脉跳，全身正在变冷。玉和，玉和伯，玉和爹……大家的喊声撕肝裂肺，然后在村里引发一阵阵炸响的鞭炮。家人们哭嚎着，发现他手冷如铁，只得赶紧给他洗身与换衣——据说尸体僵硬后就不方便这样做了。

遵照他以前有过的交代，丧事一切从简，比如道场和傩戏是断断不可。但有些规矩则不得马虎：儿孙晚辈一定要跪着守灵，白豆腐和白粉条一定要上丧席，香烛一定要买花桥镇刘家的——那一家的质量最好；祭文一定要出自桃子湾彭先生的手笔——那是死者生前最为知心的文友。出殡的队伍还一定要绕行以前的两个老屋旧址——死者在那里度过几十年，必须向熟悉的土地和各类生灵有最后一别。

入殓前，儿子发现父亲大睁双眼，目注苍天，不论亲人如何揉，如何搓，如何抹，眼皮也只是半闭。他的牙关紧紧咬住，咬出了一个宽宽嘴形，咬得腮帮微微鼓起，整个一张脸有些扭曲和张扩，活生生一个怒不可遏上阵打架的模样，让身旁人无不想起佛庙门前的怒目金刚。

是不是人家欠了他的粮？是不是他欠了人家的钱？……人们悄悄议论。只有家人最明白他的心事。儿子凑在他耳边大声喊："爹呵，爹呵，那个人已经来过了，已经给你赔不是了，你就放心去吧……"

金刚还是紧紧盯住屋梁，时刻准备出手。

"爹呵，爹呵，他实在是太忙了，但已经写来了条子，打来了电话，这事大家都知道的呵……"

死者依然严阵以待。

儿子拿一块白布盖住死者面孔，但仍然不解决问题。更麻烦的是，白布盖上去不久，有人听到嘎巴嘎巴的声响，若有若无，似在非在，来自左边又来自右边，待大家侧耳细听小心寻找，才发现越来越大的异声其实来自死者，来自他体内各个骨节的暗中发动。人们赶紧揭掉白布，消除这恐怖的声响，在临战者周围吓得一个个脸色发白。村长急得直摇头，说不行不行，和爹是什么人？你们想拿一块布打发他？这件事再难也得帮他办实了，不然他如何死得透彻？如何走得顺心？

村长赶忙到村部去打电话。这是一个通讯不太方便的时代。邱天保在省城办事，从滋滋滋喳喳喳的电流声中知道事情原委，不免大吃一惊，依稀想起了十多年前。他连夜赶火车，换汽车，把慢腾腾的火车汽车骂了狗血喷头，差点与无精打采的汽车司机打上一架，以至连跑带蹿赶到死者面前，已是天亮时分了。他跌跌撞撞扑向床前，一把抓住死者的手放声大叫："玉和大哥，对不起对不起，我今天是那辆狗屎汽车给耽误啦——"

随他推金山倒玉柱扑通一声跪拜，死者的家人忍不住掩面放声大哭。门外更多的人也跟着抽泣或唏嘘不已。

"我就是邱天保，我在这里给你赔礼，给你娘赔礼——"

人们真真切切听清了这一句。这时，天上突然劈下一个惊雷，震得灵堂烛火慌慌地跳荡，在山谷里激起隆隆回声。顷刻之间大雨也狂泄而至，在门外拍过白花花的一浪浪雨雾,又把一团团雨雾送入门内。据说死者就是在这一刻牙关松弛,欣然闭目,隐隐呼出最后一丝气息,眼角还神奇地挂上了一滴泪。

有人偷偷地笑了,说这就好,这就好,生要晴日亡要雨日,老天也在陪着他放声一哭呢。

2009 年 8 月

---

* 最初发表于 2009 年《北京文学》杂志,2009 年获《小说选刊》年度优秀作品奖,
  2011 年获《北京文学》优秀作品奖、《小说月报》年度优秀小说奖。

第四十三页

　　小说写到这里，我发现主人公想家了，便让他上了一列火车。这一刻夜已深，天很冷，整个站台上人影零落，车站补水管在哗啦啦响着。

　　我的这位主人公外号阿贝——球友们夸他球场威猛，称他为小贝哥，小贝克汉姆，他也乐意以欧洲球星自居，包括走路时垂肩曲背，像个内敛的猩猩。他稍感奇怪的是，他刚才入座时不但内敛而且礼貌，但对面一个妇人睁大眼睛，张大嘴巴，显然受到了惊吓。身旁一个歪头昏睡的胖子，被火车启动声惊醒，一旦发现他也神色惊慌，急忙撅起肥圆屁股抢出座椅上的旅行袋，转移到斜对面的卡座去了。不一刻，他的周围空荡荡，只有几个乘客在远处伸长脖子，对他浅一眼深一眼地打量。

　　他们看什么呢？

　　他刚想问，那些长脖子立刻沉没在椅背后面。

　　他的长头发有什么稀奇吗？他是不是身上有血迹？一看就像个杀人犯？

　　神经病呵。他脱下秋雨淋湿了的外衣，继续挂着线听 MP3。但这一刻他倒是看出了车上的某种异样。中山装。他发现这里的男人大多穿中山装。辫子和辫子。他发现好几个女人的耳边都齐刷刷挂着短毛刷。都什么年月了，有人还套着肥囊囊的大统裤，散发出红薯的气息。一个包着白头巾和怀揣毛主席著作的老村长该出现了吧？只是他眨眨眼，老村长不翼而飞，有点虚幻不实。

　　他觉出鼻子里不爽，有一种猪屎臭。大概是他脱口而出，正在扫地的女乘务白他一眼："你才猪屎臭哩。"

　　"怎么这么冷呵？也不放点暖气？"

　　"怕冷就别出门，钻你老妈的被窝去。"

　　"你这是人话吗？"

他冒火了。

对方像没听见，用扫帚敲打他的脚，意思是要他挪脚，只差没把扫帚直接捅向他的耐克牌，其动作之粗鲁气得他晕。

不过，她把一堆果皮纸屑扫走以后，给他拉上厚布窗帘，还摔来一条棉毯，意思是：冷就披上吧。

披上棉毯，身上暖和些了。球星没法跟小女子斗，只好随手抄捡起一本杂志消磨时光。这是一本《新时代》，破旧得卷了角，大概是哪位旅客扔下的。有意思的是，阿贝的目光一扎进去就拔不出来，女乘务取他的湿衣去锅炉间烘烤，车长来给一位旅客测体温，询问有哪位旅客掉了钱包，他都充耳不闻。

事情是这样，杂志上居然有个奇怪的故事：深夜，下雨，站台，火车等等。车上有中山装和小短辫，然后一个新上车的年轻人感到鼻子不爽，然后女乘务员用扫帚敲敲他的脚，差点把扫帚捅向他的耐克牌……唯一的出入，是主人公不像阿贝：他不是江湖艺人，而是个球星，正在业余收购文物的归途。

他咬住指尖，忍不住大叫一声。

女乘务赶过来，揉着自己的胸口："没看见好多人在睡觉？你叫什么？把我都吓住了。"

阿贝这才细看对方一眼。没错，她眼眸大黑大白地分明，就是杂志上写的那种。戴着两个布袖套，与杂志上写的也相同。至于她穿着刻板制服但翻出了个小花领，挂着短辫但辫尾巴烫成卷毛，算是小说家遗漏了的细节。

吃错药了，我不是在做梦吧？他狠掐自己的胳膊。

"我看你是有点不正常。"对方盯住他的眼睛。

"你叫莫小婷？"

"你怎么知道？"

"这书上写了。"

"鬼才信。"

"不信？你今年是不是十九岁？是不是有个当兵的对象？……"

"你是派出所查户口的？"

"你自己看呵，就在这里，你看你看。"

对方懒得看杂志。她手提一个带布套的开水壶："杯子呢，把杯子拿出来，等一下不要说我没送水。"

阿贝没有带杯子的习惯。"车上卖可乐吗？"

"你说什么？"

"可乐。可口可乐。"

"什么可可可？你结巴呵？"

"你连可、口、可、乐都不知道？"

"你到底有没有杯子？没有？我走啦。"

"慢点，你怎么不知道可口可乐？那么农夫山泉、娃哈哈、优酸乳、蓝带果啤……你也没听说过？"

"你说什么呢？"

"嘿，你山顶洞人，你兵马桶呵？"阿贝照例把"俑"说成"桶"。

"你才兵马桶呢。同志，这里是红旗车厢，请你嘴里干净点！"

阿贝忍不住笑，忍不住大笑。他站起来环顾四周，呼呼喘着粗气，终于掏出手机给朋友打电话：喂喂，你醒来，快醒来。宋虾子，你知道，知道我碰见什么怪事了吗？宋虾子，你听我说，我在火车上，这趟车呵居然一车土鳖，连可口可乐也没听说过。你说怪不怪？你来看看，他们还穿中山装，还开口叫同志，我骗你不是人……你在不在听？

估计宋虾子把他说的当酒话，不愿听下去，只是要他快回去上班，说老板已经为此拍过桌子了。

他合上手机，发现两个男人不知何时堵在他面前。一位是刚才那位车长，另一位是大个子乘警，都满脸警觉和严肃。小婷躲在车长身后怯怯地眨巴眼睛："……就是那个东西，你看你看，就是他手里那个什么……吓死我了。"

阿贝发现更多的人围过来，都盯着他的手机。他手机怎么了？他依稀想起了什么：对了，他刚才摸出手机时，女乘务像被咬了一口，扔下水壶大叫一声跑开去。

车长说："证件。"

"凭什么查我的证件？"

"你哪里来的？从国外来？"

"不不，我天外来客吧，来自冥王星或者海王星。"

"你手里拿的是什么？"

"手机呵。"

"手机？发报机吧？"

"我为什么要发报机？"

"那要问你自己。"

"我给美国发报是吧？我告诉中央情报局的怀特将军，这里连可口可乐也没有，这里还有猪屎气味……"阿贝差点要笑出声。

"装什么蒜？你就是冲着563号项目来的，以为我们不知道？"

他不知道车长说的563是什么，更不知道车长接下来说的"备战"、"路线"、"两打三反"、"革命委员会"是什么意思。他只知道情况有点不妙了，一切都不像是开玩笑，也根本不好玩。他的手机被一把夺走，背包也被拎过来检查。幸好那里没有毒品。一张坐公共汽车的IC卡，他们似乎不懂，将其一一传看，没看出个所以然。几本足球杂志，他们似乎也不懂，将其仔细查阅，还对着灯光找什么纸纹暗影，还是没找出所以然。比起几件酸臭衣服和一双拖鞋，MP3当然是最大疑点。无论阿贝如何辩解，如何解释音乐和芯片，但它还是连同手机一起成了扣押品，眼看着被乘警略加清点，装入一个公文包，就要离他而去。

"哎哎哎，你们是哪盘菜？有搜查证没有？你们土鳖呵？脑残呵？二呵？你们怎么连手机都没见过？"他愤怒地大喊。

他一把抓住车长，"我要到法院控告你们！要在媒体上给你们曝光……你们不要以为我好欺侮，我报社电台里的哥们儿有的是！惹毛了我，叫你上午下岗，你不会等到下午的！"

大概是乘警嫌他猖狂，飞来一巴掌，打得他眼冒金花，有点飘飘然不知上下左右。等他抓稳了桌沿，校正了脑袋位置，找到了脸上热辣辣的痛感，他依稀听到车厢里发出一片口号声：打倒狗特务！打倒一切害人虫！打倒美帝国主义和反动派！……周围旅客都冲着他举起了森林般的手臂。

确实一点也不好玩。要不是女乘务拦着，一个老汉就要把雨伞扑到他头上，一个小孩还差点朝他吐痰。直到他被押走，人们还在气愤地议论：

"早就看出他不是什么好鸟。你看他那裤子像裤子吗？"

"当特务也穷成这样？怎么连理发钱都没有？"

"帝国主义是乱了种吧？怎么这家伙不男不女？"

"不是乱种，是耍流氓。男扮女装，就好钻女厕所。"

"对，肯定是这么回事。"

"应该把这个流氓塞到粪坑里去！"

"让我恶心死了！"

......

他被关入了一间窄小的乘务室。

他叫天天不应，叫地地不灵，完全成了个傻子。他怎么上了这么一趟奇怪的火车？怎么鬼使神差来到这里挨巴掌和蹲监房？更重要的是，他阿贝，小贝哥，贝克汉姆，什么事不好干，什么钱不能赚，怎么偏偏听宋虾子的瞎鼓动来收购什么文物？……他不知道眼下的麻烦如何了结，更不知道一旦行期再耽搁，自己还能不能保住公司里的饭碗。

窗外一片寂黑，偶有一辆对开的列车呼啸而过，咣当当差点撞在他的脸上。他看见了一闪而过的明亮车窗，甚至看清了车窗里的男女。他们多幸福呵，多温暖呵，多安全呵，说不定在那里喝啤酒啃鸡腿。他们肯定有手机，知道手机是怎么回事，能轻而易举证明阿贝的无辜。但他们无动于衷见死不救，唰唰唰消失得太快，像一道闪电。

他打门和踢门，把一铝皮桶当足球踢了好几脚。

没人理他。

他有点累，只好坐下来揉揉脸，发呆。他看见天花板上，一只小老鼠从夹板缝里探出头来，一点也不怕人，欢乐地吱吱两声，支着小尾巴又缩了回去。

好在一本奇怪的《新时代》还插在衣袋，可供他继续研究这列火车。

> 来的该来去的该去，
> 百年石头还是石头；
> 来的该来去的该去，
> 千年月亮还是月亮；
> 来的该来去的该去，
> 万年天空还是天空……

这是第42页上一位盲老人唱的，可车上并没有这样一位老头。这就是说，又有一处出入，可见小说并非预言——阿贝眼下很愿意相信这一点。但他宽心的时间不够长。随着后续情节在小说中展开，他读得禁不住两手发抖，全身发凉，一颗心再次提起来堵在喉头。没错，小说与他的遭遇确有出入，但小说中的老鼠是怎么回事呢（刚才他已经看见了）？暴雨是怎么回事呢（车窗外的水流已经拉出斜线）？打雷是怎么回事呢（车窗外已有闪光，刹那间黑夜如同白昼，千山万水突然涌现）？……而且差点令他晕过去的是：小说在第43页处说到子龙峡，叙说这列火车在那里与一片泥石流相遇，于是车轮出轨，车厢翻倒，电光迸溅，钢铁声大作，有两节车厢在挤压中升起来冲向高空，散落的车轮在草坡上飞跑……这也太恶毒了吧？

"喂，干了。"女乘务开门进来，把热乎乎的夹克扔给他，同时发现了他的惨白脸色。"你哪里不舒服吗？"

他喘着粗气："前面，是不是经过子龙峡？"

"我什么也不告诉你。"

"你真以为我是特务？你看我像特务吗？有这样仪表堂堂的特务吗？"

"难说，反正要等保卫处的核查。"

"我们没时间啦！"

"你什么意思？"

"你说，你告诉我，前面是不是要经过一个叫子龙峡的地方？"

"就算……那又怎么样？"

"天啦，我们真要出事了，已经玩完了。"

"不懂你说什么。"

"你当然不懂。你懂个屁呵！"阿贝怒不可遏从椅子里弹起来，"你们连可口可乐都不知道，还革委会呢，一个个脑子里进水，浑身的潮气没晒干。我问你，就算我是个特务，我会当着你们的面来发报？我要千方百计让你们发现我？"

对方看来被这句话触动，有点不好意思："要是冤枉你了，我们给你赔不是。"

"赔？怎么赔？你看看我这半边脸。"

"大不了让你还我一巴掌，有什么了不起？"

"你受得了？好笑，你是想成扁的还是散的？"

"你就那么毒呵？你就不能轻点打？就不能分几次打？再不，我叫我对象来顶替。他是特种兵，在部队里天天练挨打的。"

阿贝懒得对付特种兵，把《新时代》翻到第43页，要她自己去看去看去看。

对方看他一眼，又看杂志一眼，又看他一眼，疑疑惑惑把目光投向第43页。列车发生了剧烈晃动，灯光一暗一暗，当然干扰了阅读。对方不认识有些字，有时要问身旁的乘警，碰到大个子不认识的，还要回头来请教阿贝，更增加了阅读的周折。阿贝不耐烦这两个呆货，恨不能把从第38页到43页的字句一把抠出来，狠狠拍进他们的脑袋。但还没来得及这样做，一大群乘客突然登车了，顿时挤得车厢里秩序大乱。阿贝事后还知道，呆货们在手忙脚乱中还丢失了杂志——他知道这事时，真是欲哭无泪。

事情来得有点突然：当时列车驶过一座桥，司机借着车灯的光柱，发现前面路基上有很多人摇手拦车，后来才知道那是一批从洪水中逃出来的灾民。他们担心路基不够高，央求铁路工人兄弟带走他们，以防更大的洪峰到来。车长当即同意这一请求，大手一挥说全都免票，于是又哭又闹携家带口的灾民们一拥而上，带来了行包、竹筐、水滴、泥浆、扁担甚至鸡鸣狗吠，使车内顿时充满田园气息。很多人没法挤进门，只好从窗口爬。所有车厢内都挤成了人肉罐头，椅背上或行李架上都有杂技高手，脚丫子不时踩到他人的肩膀或脑袋。卧车厢也不能幸免，在车长命令下一律开放，装了人再说。

莫小婷那呆子顷刻间已忙得满头冒汗和头发散乱，刚让一个抱着大公鸡的娃娃找到妈了，刚把几个老人扶稳了和坐下了，又得驱赶攀高的几个汉子，以防他们压垮行李架。一声尖叫，她被新的人浪推过来，倒在阿贝的怀里。

阿贝觉得两张肉饼要搓揉成一块。他感到了女人身体的凸凹，有些脸红，忙说了声对不起对不起。

她瞪了一眼，"你没手呵？还不帮帮我？"

他从对方手里接过了两个热水瓶和一块抹布。

这样，对方就腾出一只手，攀住他的脖子，不至于倒下去。

阿贝刚拥抱了一个肥胖农妇，眼下又被迫吻了女乘务的眉毛和前额，嗅到了陌生的头发气味，脸更红了，只好让身体尽量偏转，又拿出球场上的阴招，屁股使劲一撅，撅出身后哎哟的叫声。

挤死人啦！救命呵！我的桶子！你的爪子往哪里伸？……各种狂呼乱叫中，阿贝的腰部发力连环传递，一个人叫了，另一个人跟着叫，又一个人再跟着叫，多米诺骨牌一样最后导致一个坐在椅背上的汉子大摇双臂，仰面倒了下来，正好盖在阿贝的头上。幸好这一盖，阿贝与另一男人的架才没打成。当时他们不便施展拳脚，但鼻尖对鼻尖，唾沫星子互射，肩膀和胸脯已开始过招，接下来就可能要动用嘴巴了，看如何一举咬下对方的部件。

"不要闹！大家安静！我们来唱一首歌吧——"女乘务摇着双手大喊："我们都是来自五湖四海——预备——起！"

说也奇怪，这首歌大家都会唱，也真唱起来了："我们都是来自五湖四海，为了一个共同的革命目标走到一起来了……"奇妙的是，一唱这歌就泄了不少火气，很多人的动作开始变得柔和，体积似乎也悄悄收缩。"我们的干部要关心每一个战士，一切革命队伍的人都要互相关心，互相爱护，互相帮助……"

列车在歌声中开动。车厢里更松动一些，大概是一些灾民匀到了卧车厢。女乘务这才得以整理自己的衣服和头发，提着热水瓶什么的，把阿贝押回乘务室。

"你打什么架？还嫌车厢里不乱？我们是红旗车组，战斗在最前线的车组，要让每一个旅客都感到温暖如家。你知不知道？"

"我不打，就没法让你。"

"谁要你让？特殊情况么。"

"你会以为我故意挤你，耍流氓。"

"你想什么呢？神经病呵？脑膜炎呵？"

"我没想……"他说得有些含糊。

"哈哈，你脸红了？"

"我没脸红。"

"就是红了！就是红了！你就是乱想了！呸呸呸！"

"那是我热的……"

对方像发现了大秘密，下巴一点一点，有点兴高采烈和得意扬扬。接下来，她的动作也就有了欢快舞蹈的味道。她欣欣然用毛巾擦去阿贝头上和肩上的泥巴，欣欣然又要对方坐正，要对方转身，要对方伸出手来，用自己的手帕包扎手腕上一道血痕——不知阿贝刚才那是在哪里挂伤的。阿贝倒有些紧张。这间房实在太小啦，他感到对方的腿抵住他的膝，对方的发丝撩过他的脸，自己难免呼吸急促，全身开始冒汗。

直到门外有人叫她，她才提着水桶离去，咔嗒一声锁了门。

事后阿贝想起来，当时确实只有咔嗒一声。

事后阿贝无论怎样回忆也只得承认，当时只有咔嗒一声，连半句话都没有，连咳嗽之类也没有。

他是否应该大松一口气？

风雨还未停歇，车窗上还有斜斜的水流，黑森森的树影在车窗外起伏。列车一下钻入车轮声紧密的隧洞，一下又飘上车轮声柔远而稀薄的桥梁，正头也不回地向前狂奔。阿贝感到前方神秘莫测的第43页正在步步逼近——他相不相信那个结局？他怎样才能摆脱那个结局？或者他是否应该让女乘务也知道那个结局？

车头尖叫了两声，车身再一次剧烈晃动，然后明显放慢速度，大概是进入了弯道或坡道，再不就是又遇到什么险情。他神色一振，全身通了电一般，立刻朝车窗外看了看，几乎想也没怎么想就拉起了吱吱嘎嘎的车窗。在出窗前的那一刻，他扯出背包里的一条裤子，束紧了自己的腰，束出了及时的勇敢和果断。

他把两只腿从窗口先放出去，感到各种布片被疾风鼓荡，但既然半个身子已豁出去了就是箭已离弦，他一咬牙，终于跃入黑暗。

醒来的时候，他觉得光线太刺眼。又过了好一阵，待瞳孔渐渐适应光明，才发现自己躺在一片白菜地里，完全暴露在清鲜的乡村阳光下，全身都是泥，小虫子在脸上爬。

这不过是一个普通的早晨。有鸟叫。有绿树。有浮云中露出的蓝天。世界太安静了。他还活着吗？他试着挪挪脚，伸伸手，眨眨眼皮，吐一口带着泥沙的唾沫，发现除了右膝和右踝剧痛，其他部件还能听使唤。他当然还发现地边有一辆摩托车，一个男人走过来，好奇地看着他。

"帮帮我……救救我……"

对方上下打量他，把他散落在地边的背包翻了翻，向他伸出两个指头。

"我不会……亏待你……等到了医院……"

对方摇摇头，再一次伸出两个指头。

阿贝想了想，只好把泥糊糊的手表摘下，扔了过去。

对方擦擦手表，把它放入口袋，似乎满意了，起身走向摩托车。不一会，他不知从哪里带来一辆农用汽车和两个青年，把哼哼哟哟的阿贝抬上车去。有意思的是，在汽车开动之际，阿贝发现身边两个青年都手握一罐可乐。不错，确实是那种眼熟的红白两色易拉罐，他感到无限亲切和无比激动的久违之物。

"你们……喝什么？"

两后生看看他，对视一眼，笑了笑。

"我不是要喝，我只是想知道你们喝什么。不不，其实我也知道这是什么，只是想知道你们怎么叫。不不不，我其实也知道你们的叫法，我只是……"

阿贝自觉说得太乱，但他就是想让旁人确证一下他的发现，确证一下他逃出噩梦的真实性。"中药水！"一个青年大笑以后又补充，"喝中药水，呸呸，还是曾麻子的包谷烧味道足些。"

什么是曾麻子的包谷烧？也是一种饮料吧？阿贝不明白。

他住进了医院。几天下来，右踝骨节已经复位，两处创伤也已逾合。大表姐已经来过这个县城医院了，给了他一张信用卡，买了水果和肉罐头，洗净了全部衣物，还就续假事宜同他的公司老板打了长长的电话。还好，在这个有香水味隐隐弥漫的地方，他可以大喝特喝可口可乐了，还可以扶着拐杖找电视看足球，去网吧找到足球游戏软件，让自己带领母校代表队把英超、意甲等各大牛队统统狂胜一轮，每一场至少赢下八粒球。他看着窗外的大雨曾略有一刻的恍惚。奇怪，不还是这玻璃窗上的水流吗？不还是这一片到哪里都差不多的萧瑟秋景吗？这生活怎么说变就变了？

护士拿来账单要他去缴款。他一翻账单就差点滚下床，差一点要再次跳窗逃逸。亲爱的！六万五！没搞错吧？不开玩笑吧？什么钱呵？他不知道自己是进了病房还是被绑了票。难怪这些天医生对他笑容可掬，不厌其烦地来量血压、测心律、做 X 光，做彩超，做 CT……口口声声这些绝不多余，完全是为了对他的身体高度负责。这下好，光量血压就量去了三千多，不是明摆着是要逼高他的血压？

他自觉血压升高的叫骂引起了骚乱。三四个白衣男女拥入病室，倒也不生气，倒也很耐心，只是向他详细讲解每种收费的依据，让他明白血压高无理。

降压药总算出现。一个穿白大褂的老太婆走来，有点领导模样的，对账单皱起了眉头，抽出圆珠笔在这里一勾在那里一划："哎呀呀，对外地客人要优惠一点嘛。这笔免了，这笔减半，这笔也打折……"然后将账单递给阿贝。见他还黑着一张脸嘟嘟哝哝，又再次善解人意地操起圆珠笔："这样吧，大家都献点爱心。这笔归你出——"她指着一个部下；"这笔归你出——"她指着另一个部下；"这笔归我——"她拍拍自己的胸口。

六万五已一减再减，最后成了一万六，周围的白衣人士已有悲壮表情，阿贝还能说什么？况且老太婆最后还发话，称确实困难的话就不必缴啦——但这种没面子的事，一个伟大球星肯定做不出来。

他只能交出信用卡，还傻傻地说了声"谢谢"。

他卡里没多少钱了，得打电话求大表姐再往卡里打一点，往空空衣袋里一摸，才记起了自己的手机。他悲愤地想了想，去网吧上机搜索关于子龙峡的消息，发现毫无线索。又去附近的报摊，看报上是否有类似的报道，还是一无所获。让人心烦的是，一个大盖帽见他随地吐痰，按最新规定罚了他十块钱，把他好好说道了一番。

他觉得手机一事还是戳心，便雇一辆出租车直奔火车站，找到了问讯台。一位穿制服的小姑娘看了看他的车票："这是什么票呵？我怎么从没见过？"

"我六天前买的，就在你们前两站买的。"

"假票吧？"

"我上了车呵！怎么可能有假？"他大叫起来。

小姑娘看了他一眼，叫来了几个同事，大家也把票看来看去，交头接耳。一个头发半白的老铁路最后对阿贝说："先生，你这种票二十几年前才用，你不知道？年轻人，生财得有道，你不能乱来呵。"

对方显然听说了他的手机和MP3，把他当成了一个上门取闹的讹诈者。

"你的意思，我一跳就从二十多年前跳到了今天？"

"不能这么说，你没这么大的本事。不过人都有犯糊涂的时候。报上不是说了么？有一个人，在自家门口摔了一跤，就摔得没记忆了，不认识爹妈了……"

"这怎么可能？"阿贝急急地拉起裤脚，亮出里面的白色纱布。"你的意思，我这些伤口是二十多年前留下的？二十多年前我才多大？敢跳车吗？我奶毛还没脱，牙齿还没长齐，敢拿自己的命开玩笑？"

有人冷笑，有人摇头，有人对他挤眉弄眼，大概听完他的故事，都以为他病得不轻。还有些目光明显透出快意：骗谁呢？黑吃黑，这下活该了吧？只有老铁路还算厚道和耐心，戴上老花镜将车票再细看片刻，引他来到一间办公室，打出了两个电话。"对不起，"他最后无奈地退还车票，"找是找到了。二十多年前是有过这趟车，是有过这么一场车祸。我也想起来了，那次伤亡不小，光我们局就有五六位员工……光荣了。"

"你骗人！"

"我怎么骗人？子龙峡那里还有块纪念碑，我都参与过建设的。"

"你这家伙胡说八道！"

"年轻人，你怎么出口伤人？我好心帮你查查……"

"你们休想串通一气！你们休想花言巧语！告诉你，我手上有证据，还有人可以做旁证，我同你们——没完！"

阿贝歪着一张脸冲出了车站。

他决心追查到底，一不做二不休，带上出租车再奔子龙峡。司机正好在播放一盘音乐磁带，听起来有点耳熟。"我们都是来自五湖四海，为了一个共同的革命目标走到一起来了。我们的干部要关心每一个战士，一切革命队伍的人都要互相关心……"阿贝一怔，问这是什么歌。司机说不知道，反正是老歌。当这一曲要转到下一曲，阿贝请司机将前面的再放一遍，就这么锁定放下去。司机从后视镜看了他两眼，似乎觉得这个人有点怪。"你不要听周杰伦？"他问了一句。

子龙峡不算远，汽车很快到了。只是时过境迁，纪念碑似有似无，很多人对阿贝的问话都只是摇头。这样，这位阿贝颇费周折，先找到一个学校，再找到一个牛场，最后才一拐一拐钻过竹林，爬上山坡，跨过牛粪，分开割脸割手的茅草，找到一块破损不堪的水泥平台。在他前面，一座爬满青苔的石碑果然出现了。这确实是对一场大事故的纪念。从那些红漆剥落的刻字可以看出，二十多年前的一个夜晚，某列车在此地遭遇泥石流。铁路员工们为了搜救车厢里被困旅客，坚持最后撤离现场，不料其中几位被新的泥石流无情吞没。他们的名字是陈某某，张某某，席某某，单某某……阿贝果然在碑面还找到了一个名字：

莫小婷。

就是杂志上出现过的那个名字，也是那位女乘务应答过的名字。

世界上不会有这样巧合的同名人吧？他拍拍自己的脑袋，开始有点怀疑这东东了。捏一捏青苔，发现它是潮的，滑的，应该说真实无欺。他折一折树枝，发现它是硬的，脆的，应该说也货真价实。一声大哭，原来是一声鸟叫，是树林里一大群黑鸦扑拉拉惊飞而去，似乎搅起一阵侵骨的寒风。

他呆呆地在碑前坐了一阵，面对着粗糙的刻字无可奈何。他终于从衣袋里掏出两条白纱布，系在石碑前的小树枝上；又操着石片刮去碑面的青苔，就近摘来一些松枝和野花，让它们守护和陪伴石碑。

事后他想起来，当时脑子里什么也没有。

事后他无论怎样回忆也只得承认，他甚至已记不清那个女乘务的面容，如同真是一片二十多年前的空白。

他不知何时下了山，一路上不再说话，只是喝了不少酒，摇摇晃晃上了另一列火车，在我们眼下的这一页稿纸上朝地平线那边飞逝而去。这列车上有暖气，有高清电视屏，还有可旋转的沙发座，显然让他十分放心，似乎又让他有所不安。他又要了一瓶小件的二锅头，飘飘然从车头游到车尾，像寻觅什么熟人，又几次看乘客手上的杂志，检查杂志封面，似乎对封面很有兴趣。在很长的时间里，他还伸长脖子东张西望。

"我看到第43页了。"邻座一位姑娘合上手里的书，放出一个哈欠，倒在身边男朋友的怀里。

阿贝哇的一声差点跳起来，事后发现自己竟一身冷汗。

他瞥了一眼，发现那是本封皮花哨的外国童话。

谢天谢地。

车速越来越快了。钢铁车轮声时厚时薄时急时缓在脚下响着。列车一下钻入黑暗无边的隧洞，一下又晾在无依无靠的高桥，与迎面而来的列车擦肩而过。在我们眼下的稿纸上，这位逃出小说的主人公看见了哗哗而过的明亮车窗，甚至看清了车窗里的男女——那些五光十色的人，想必是无忧无虑的人吧？但他只看到了一节节被速度压瘪了的车厢，看到了一叠薄如纸片的窗口，其实什么也没看清。

附记一

值得补记一笔的是，主人公阿贝摘松枝时划伤了手，在稿纸上五官收缩成一团，曾忍不住回头冲着我（即本文作者）大叫："你乱写些什么？小说里那傻丫头不是没死吗？怎么又冒出这块碑让我找找？"

"是吗？"我赶紧翻前面的稿纸。

"怎么不是？第43页里可没有这一条，我记得很清楚。"

我叹了口气，"是的，她在小说里是没死，但你得知道，小说毕竟不是生活，更管不住生活。有时候，作者拿她这样的人也没办法。"

"就算死，那也是革命烈士，至少是因公殉职，是有待遇的。你把这里也写得太荒芜了吧？她不是有个弟弟吗？不是有个未婚的兵哥哥吗？不是还有他们救下来的那些王八蛋乘客吗？怎么也不能来打理一下？他们死到哪里去了？你告诉他们，最好不要让我碰着。不然我见一个修理一个，打得他妈不认得他！还有那个砖窑——"他指着纪念碑下方的砖窑和浓烟，还有逼近纪念碑的林木砍伐，气出了怒发冲冠的模样。

我面对稿纸笑了笑，"也就是给树刺划一下，你如何这样窝火？"

"划一下？我在你这里挨打挨骂，只差没搭上一条命。"

"你本可以少摘些松枝和鲜花，也没必要修整台阶。我是说你刚才……"．

"我以为我想来这里？今天有一场意甲赛，AC米兰对佛罗伦萨。我亏大了我。"

"可是你还是来了，还带来了白纱布。你怎么想到这一点？"

"什么意思？不都是你写的？"

"我刚说了，有时候作者并不能指挥笔下的人物。"

"这事赖上我了？"

"看看，你又脸红了，其实我没说你做错什么。"

"得了吧。告诉你，我最讨厌你写我脸红。你们这些家伙，也只有这点味精来吊胃口。你怎么没写我三角恋？怎么没写我一夜情？怎么没写我遗精和自慰？拜托了，你们能不能玩点别的套路？你以为自己真那么聪明？"

"当然，我并不说你有什么别的心思……"

"打住，打住！"他朝我做了个叫停的手势，"你们这些人总把自己当根葱。包括刚才你那些摘花什么的，白纱布什么的，酸，太酸，删了吧。如果你现在用笔，就把那些涂掉。如果你现在用电脑，就用DELE键，就在你键盘右上方。找到没有？告诉你，我根本不想来这里大汗横流！"

"我感兴趣的是，你还是来了，比我想象的还激动。我对此有些奇怪。"

"不要同我说这些！我没文化，我猪脑子。"

"其实你不光是想找回手机和MP3，我看出来了。"

"活祖宗，你还让不让我走？你话痨呵？骗稿费呵？"

"好吧，就快了，就快完了。你要知道，文学不是由你主宰。也不是由我主宰。也许是市场或者什么在暗中指挥我们。我承认对你的了解有限，本来也不想这么写，但《新时代》的吴编辑一定要我填满八个P的版面，还定要我添上一个漂亮的女乘务与你搭档。这当然有点俗套，但大多数读者挑剔这种俗套，又离不开这种俗套。没有办法……"

他摇摇手，一拐一拐地下坡，"不行不行，我饿了。你写的这些狗屁统统见鬼去吧！"

他重新钻进出租车，要司机开车下山。当天晚上，他甚至不经我的同意就拎着酒瓶上了另一列火车，就是他眼下正酣睡其中的那一列。

附记二

　　就在这同一列车上，一位老妇人摘下黑眼镜，对我（即本文作者）冷笑了一声，"你以为事情就这么完了？你已经不是第一次对本院的名誉损害了。告诉你，律师会来与你交涉的。"说完气呼呼打开一张报纸，目光落在股票版上。

2008 年 5 月

---

* 最初发表于 2008 年《北京文学》杂志，同年获《北京文学》优秀作品奖，已有俄文、日文版境外发表。

西江月

　　人们以为他是傻子，其实他识得字，会搓绳，能编筐，还收集各种男女旧鞋，大概有鞋业研究兴趣。他只是有点懒，对各种招工告示漠不关心，碰到有人雇他挖沙或者卸煤也只当耳边风，情愿守在街边晒太阳，玩蚂蚁，磨石子，放出一个个哈欠，把自己固定成一处街头风景。

　　他一双耳朵很灵，薄薄的肉片微微一颤，就能听见远方似有若无的锣鼓或鞭炮，能辨出那是红喜事还是白喜事。他嗖的一下及时现身那里，一身万国装五颜六色大小不齐男女混杂又洋又土，浓浓馊臭还让人们掩鼻而退，呼吸困难，差一点作呕。

　　"这里没有龙贵，到别的地方找去！"主人知道他经常寻找一个叫龙贵的人。

　　他翻一白眼，嘴里嘟嘟囔囔。

　　"客人还没到，你倒抢了个先！"主人气不打一处来。

　　他搓搓手。

　　他再挨骂也不报复，甚至不生气，比方并不靠近酒席强讨，更不会突然上桌抢夺，只是远远地坐在树下，一声不吭地吞咽口水，好像是来为酒宴义务站岗。但这样一个蓬头垢面的哨兵有点煞风景，一旦撞入客人的视野就如无形叮咬，让人心里发毛。万一起风了，不知来自何处的馊臭徐徐入席，与各种佳肴串味，给各种恭维与祝贺的话增鲜，更会大败客人们的兴致。想到这里，主人只能自认倒霉，盛一碗肉饭前去恭请哨兵撤岗，去柴房或墙角单独进餐。更好心一些的主人不但管饭，还会塞几角钱，让这颗毒气弹早一点乐颠颠离去。

　　对于他来说，酒宴当然不是天天有。有时候，他爬上小镇附近的山头，竖耳细听好一阵，也没听到远方的锣鼓或鞭炮，只得快快地回到街上游荡，收缩一下鼻孔，在这家门口炖墨鱼的气味中坐一坐，在那家门口煎豆腐的气味叵倚一倚，困了就蜷缩身子睡一觉。他还是不会开口乞讨，不会那样没皮没脸。如果无人施饭，他就会抹抹嘴巴往垃圾站而去，找一点菜根菜叶什么的入口。日子长了，他连活蛤蟆和死老鼠也能吃，有时口吸一条蚯蚓像吸面条；嚼一只蚱蜢如嚼花生。但他从来不生病，有时脸上还有两块鲜鲜红晕。

"哇——哇——"他气得一只眼睛大，一只眼睛小，威胁那些把垃圾倒在站外的孩子。

如果发现有人倾倒霉变的香烟、腐烂的瓜果、过期的滋补品，他也必定冲着浪费者再次发飙，再次气得一只眼睛大，一只眼睛小："哇——哇——屎臭臭——"

不知道他是什么意思。

没人知道他的名字，见他支着几颗龅牙，都叫他"龅牙仔"。他的年龄也难以确定，虽然已有抬头纹，但一张脸鲜嫩，嗓音很尖细，薄薄身子好像还没发育完全，看上去是老年与少年的随意凑合。

比较熟悉他的是两个乞丐。一个外号铁拐李，是本地名丐，总是扶一钢管为杖，虽气象凶险，但每次只讨三分钱。你要是给他一分钱，他会坚决拒收。你要是给他一角钱，他追着喊着也要将七分钱找还给你，绝不占便宜，绝不乱规矩，让人们觉得特别有趣，也更愿意掏出钱来测试他的诚信。另一个外号变形金刚，是个大胡子，操四川口音。其绝活是在车站或码头占据最佳迎客位置，一屁股坐下来，三下五除二，让自己的左腿膝关节脱位，来一个前后倒置，如同下身反接了一只脚，有点惨不忍睹。照他求助纸牌上的说法，东风浩荡，凯歌震天，红旗漫舞，革命形势一派大好，越来越好，但建设祖国的无私奉献者们有苦何处说？无钱疗伤之苦可有人知？……他的动人说辞和志愿军、老劳模一类不知真假的身份，每次都为他赚了个盆盈钵满。但只要旅客们散去，他左右看看，咔嚓咔嚓两下，又能使膝关节复位，金刚再次变形，然后夹着纸牌从容回家。

据他们两人说，小花子已来花桥镇三年多，与他们同宿镇西门桥下，平时不怎么言语，也不做什么有伤丐德的坏事，只是喜欢偷偷公家的招牌，曾先后把学校、兽医站、计划生育协会、革命历史教育基地等牌子，偷搬到桥洞里来挂了个琳琅满目。他连镇政府的牌子也敢偷来当床板，说政府干部连垃圾站都管不好，搞得那里臭水横流没法下脚，实在屎臭臭，太屎臭臭，根本不配挂牌子。至于他自己的事，他家里的事，谁都没听他说过，只是听到他常在深夜梦中大喊一个人名："龙贵——""龙贵——""龙贵——"大概就是他常在街面上寻找的那个人。

"这里根本就没有姓龙的。"镇上有些人早对他宣告。

"你那个龙贵么，我认得。他到九江去了，江西九江，知道么？"也曾有人这样打发他。

不知道他去过九江没有，去过人家胡乱说出的湘潭、永州、祁阳、安化、麻阳没有。不过他还是幽灵般地出没于小镇，似乎要死守这一个约会地点，深信他期待的人不可能失约，正从远处一步步朝他走来。龙贵是他什么人？给他许过什么愿呢？或者龙贵只是他梦中一位救苦救难的下凡仙人？……人们不得其解。每逢汽车喇叭或轮船汽笛鸣响，只见他应声而起，忽的一下窜去车站或码头，在客流中穿插如梭，逢人便急急地掀起几颗龅牙："有叫龙贵的吗？"……见对方茫然，便进一步唾沫喷飞："龙马的龙，富贵的贵。"有时还在掌心上写给别人看。

人们总是对他摇头，或是被他油光光的衣衫片子吓住，慌慌地快步跳开，像避开一只硕大苍蝇。

这些旅客大多是来进香拜佛的。花桥镇是他们上山的必经之地。山上有一禅庙，近年来香火很旺，钟鼓常鸣，轻烟薄雾缭绕林间。穷人和富人都去那里祈福，特别是一些瘸子、瞎子、聋子、瘫子以及各等哎哎哟哟的重病者，不知道听了什么传言，都急着上山求医——据说那里有一位神僧颇得佛力，不用针和药，只是撮土为丸，吐痰为汤，随便在来人脸上摸一摸，或者朝来人屁股拍两掌，就能包治百病。小镇因此越来越热闹了，不光出现了五花八门的斋菜馆，还有各种卖鞭炮、香烛、佛经、雕像、供品、碑刻拓片及各种旅游产品的店面。有些非法游贩也出现在此，躲过警察与市场管理人员，偷偷向旅客兜售神僧的指甲、皮屑、胡须乃至干粪便，声称这些秽物均有医疗神效——只是不知他们的货品是真是假。

有一个鞭炮老板姓陈，这一天站在店前东张西望，最后把目光落在龅牙仔身上。"你过来，过来！"

小花子懒懒地看他一眼。

"你是要找龙贵吧？我可以帮你找到。"

龅牙仔眼睛发亮，朝他走近了两步。

"我还骗你不成？龙马的龙，富贵的贵。没错吧？不过，我不能白帮你，你得给我信息费。"

龅牙仔听懂了，撒开两只赤脚就跑，不一会气喘吁吁又回到老板面前，扒开一个旧塑料编织袋，出示里面的各种宝贝：一盏旧台灯，一只旧公文包，一台可以发声的旧收音机，还有一大堆男式和女式的旧皮鞋，轰隆隆的脚臭味扑面而来。

"把这里当废品站呵？要熏死我呵？"老板捂着鼻子后退，"这样吧，你给我一百块钱，要不就给我打五天工。"

龅牙仔沉下脸，提着编织袋就走。不过龙贵对他还是有吸引力的，他没走出两步又折回，挠挠头，指着隔壁小店里卖的包子。

老板好笑，"看不出，你小子还会讨价还价？好吧，我就每天加你两个包子，算是你的加班费。"

龅牙仔咬着两个包子，跟着老板走了。事后人们才知道，这一天鞭炮厂有工人嫌工钱少，突然辞工而去，人手忙不过来，陈胖子只好临时拉龅牙仔顶班。老板哪里知道什么龙贵，只是以为小花子好哄，到时候胡编个说法就行。他没料到，五天过去以后，龅牙仔成天追在他屁股头问：龙贵！龙贵！龙贵！……差一点在他耳朵里磨出茧子。实在混不过去了，老板只好装模作样打了一个电话，回头说："湖下村是有个龙贵，不过刚生出来，还差三天满月。东门外呢，有条癞皮狗也叫龙贵，大家都这么叫，你可以去找。第三么……"他还没有说完，龅牙仔一只眼睛大，一只眼睛小，发出持久的尖叫，夺过电话机就往地上砸。老板当然早有防备，出手夺回电话机，仗着自己腰圆膀壮还把小花子一身骨头扭得咯咯响。"老子给了你三条信息，没加收你的信息费，就算便宜你了。你还要在这里行武？找死呵？老子一个指头把你捏到门缝里去！"

他把龅牙仔轰出店门："滚远点，滚远点，要是再让我看见，我就把你吊到井里去凉快凉快！"

老板的大洋狗也及时出阵，冲着龅牙仔一阵大吠。

小花子这才逃之夭夭。

陈老板财大气粗，是镇上有头有脸的人物，平时搬着肥大屁股随便往哪家一坐，主家就得笑脸相迎，又是敬茶又是敬烟，还得恭敬聆听各种教训。他说你家茶叶不好，你家茶叶就是不好。他说你家儿子太蠢，你家儿子就是太蠢。他说你家里有鸡屎臭，你即使从未养过鸡，即使在家里刚喷过三轮香水，也不敢说半个不字。大家都把他当菩萨他爹供着。不过，陈老板接下来的日子有点不顺。比方每天早上开门，他店门前不是有一堆臭屎，就是有几堆五光十色的垃圾，气得他脑袋大。一个"良种猪仔基地"的牌子不知何时挂在他门前，更让他满脸猪肝色，操起一张板凳就砸。但刚砸了这块牌子，两天后门前又冒出一块"烈士陵园"的牌子，比良种猪仔还糟心十倍。他气歪了脸，令手下人把牌子火烧了，在店门前一连放了十挂万子鞭，在门槛上淋了三道公鸡血，还觉得店门前不干净。

陈老板不至于当烈士，不至于住陵园，但事情不能细想呵，一想就大病了一场。他重新出现在邻居面前时，头贴黑膏药，手脚僵硬，哼哼唧唧，还时不时胸闷欲吐。照他的说法，害他的不是别人，肯定是那个该千刀万剐的龅牙仔，真恨不得扒了那家伙的皮才好。他这次住医院、拜菩萨总共花了大几千块，算怎么回事？就算抓住了那个小杂种，把他剐成碎片卖上十次，也卖不出这么多钱吧？

"还是老班子说得对，花子惹不得，惹不得的。"陈胖子苦笑着直摇头，从此见了龅牙仔就躲，见了所有的乞丐都心虚气短。据说他后来花一笔钱，买通一个黑工头，把龅牙仔骗到贵州去下井当煤奴。

一个多月以后，一位赶郎猪的老头晚上回家，看见几条狗在水沟边嗅着什么。夜色昏暗，他看不大清楚，只觉得水沟里好像有动静，划燃火柴一看，发现那是一个人，面色苍白，嘴唇发黑，一条腿粗肿如桶，身上还有很多酱色的血渍和血痂——这不是龅牙仔吗？腿肿成这样，是不是被毒蛇咬了？

他是如何逃脱黑工头的魔掌，如何从千里以外的煤矿跑了回来，如何又不小心受到毒蛇攻击……没有人知道。他后来出现在街头一个拆走了轮子和机器的中巴车厢壳子里，颤抖在乱草丛中，鼻孔里气若游丝，一连昏迷了几天。一个卖瓜的九婆婆可怜他，每天驼着背送来米汤给他慢慢地喂下，还带来一罐浓浓的茶水，替他洗一洗身上伤口溃烂处的脓血。看见嗡嗡飞绕的蚊蝇，她还点燃了一支蚊烟。

"可怜，可怜，你就没有个家么？"九婆婆终于看见他醒了。

小花子两只眼睛里空空洞洞。

"你就没什么亲人了？"

死鱼般的眼睛还是直愣愣向天。

九婆婆撩起衣角擦擦眼睛，从怀里颤颤抖抖掏出一个小酒瓶。"苦命的仔，你活着为哪样呢？你爹妈把你生下来做什么呢？你的苦还没吃够哇？九婆婆今天给你做个主。你把它喝下去。"

小花子眼眸隐约一暗。

"你不要怕。这是快活汤，世界上最好的东西。你一喝下它，身上就不痛了，肚子也不饿了，心里什么烦恼都没有了，往后就一心一意过好日子。"

龅牙仔嘟哝出一个字："龙……"

九婆婆知道他要说什么，叹了口气："伢呵伢，世界上没有你要找的人。你死了这条心吧。"

"龙……龙……"

"莫说是你那个龙贵，就是菩萨也救不了你呵。"

龅牙仔咬紧牙关，死死堵住瓶口，就是不张嘴。一滴泪水终于出现在他眼角。

"这是为了你好哩，你听话，听话，呵？"老人没法灌，收回小酒瓶，揩去对方的泪滴，哀哀地哭了一场。据知情人后来说，九婆婆那一段是觉得自己气虚和腿重，看来是大限在即，哪一天跌倒就再也爬不起来了。她担心自己一旦撒手西去，哪一个来给龅牙仔送米汤？如果没有她的米汤，龅牙仔嗷嗷地如何活下去？

九婆婆一失足跌倒下去，确实再也没有起来。大概是感念九婆婆的善德，一些好心人东一碗汤，西一碗粥，把九婆婆的好事做到底，还叫来一位医生，抓了几帖药，竟使龅牙仔奇迹般地站了起来。虽然脸部多了一块暗疤，拉扯得表情有几分狰狞；虽然一条腿有些瘸，使他走路时尖尖屁股一撅一撅，但他还是重新进入人们的视野，在街边晒太阳，玩蚂蚁，磨石子，放出一个个哈欠。他还去河边九婆婆的坟前叩了几个头，在那里立了好几块牌子，有"先进幼儿园""商品质量信得过单位"以及他曾经拿来垫床的"花桥镇人民政府"。

经过一个多月的贵州行，他甚至更长本事了，伸出的指头不怕火烧，铁硬的脑袋扛得住棒打，还学会了吃土——随手捡起一块黄泥或黑泥，嚼巴嚼巴就能往下咽，令围观的小孩们十分好奇。有一次他没找到合适的泥巴，甚至还吃起了沥青和煤渣，嚼出了杏仁或蚕豆的声响。一位过路的电视台记者发现了这一点，想拍个奇人花絮之类的节目，曾给他三十块钱，想让他在镜头前表演吃土，只因他哇哇怒吼，捡起一个石头相威胁，才遗憾地作罢。

铁拐李想当他的经纪人，追着对记者说："加一点，给两百，给两百他就吃土。"

　　他在记者那里点了钱，回转身来，却发现龅牙仔不见了。

　　这一天，又一批外地旅客来到了小镇，停车区里大车小车很是热闹，到处是人头攒动和大呼小叫。有一中年卷发男子戴着太阳镜，走出一辆白色轿车，刚好被龅牙仔远远地看见。"你认不认识龙贵？"瘸子扶着竹杖照例上前搭一腔。"龙马的龙，富贵的贵。"

　　对方正在锁后盖箱，随口回了一句："我就是，什么事？"

　　好一阵没有声音。

　　还是好一阵没有声音。

　　事情似乎已经完了。对方回过头来，显然看见了龅牙仔呆若木鸡，脸色发白，全身颤抖，还有上气不接下气的喘息，差不多就是一个将要虚脱的病人。对方肯定以为自己倒霉，碰上了疯子，赶忙跳开一步，朝车那边的两个女人挥挥手，朝山上快步而去，一边走还一边回头。

　　龅牙仔终于发出呜呜呜的哭声，或者是笑声，追上去问："你……你……真的是龙贵？"

　　"一边去！我不认识你。"

　　"你肯定认识我姐。"

　　"我要喊警察啦。"

　　"你不就是在黄沙桥的人？……"

　　"你……"

　　"你不就是龙天祥他二弟？"

　　对方听到这里，大吃一惊，全身僵住，忍不住将小花子上下打量。"你是……"他没说下去，只是乘人不备撒腿就跑，差一点撞翻身边的一个老头。但这已经足够，足以让龅牙仔完成认证并锁定目标。他大叫一声，旋起一阵风，叭叭叭两脚翻飞追了上去。后来有目击者说，那一刻他根本不像个瘸子，只见一道黑光闪过，飞向天空的竹杖还未落地，他已突然放大，像一只巨大蜘蛛缠住了前面的背影。

　　两个女人发出尖叫，吓得周围的人毛发倒竖引颈张望。他们终于看见两个黑影在河边的西门桥上扭成一团，像是拥抱，又像是斯打。他们来不及打听是怎么回事，就听见那里一声声大叫震天。"龙贵！""龙贵！""龙贵——"这叫声像是欢呼，又像是叫骂，怎么也让人听不明白。一切都来得这么快，快得让人眼花缭乱。直到两个时分时合的黑影在桥上一晃，翻过栏杆，双双掉入河里，激起沉闷的扑通一声，他们这才大致明白，刚才不是拥抱，也没有欢呼。事情似乎有点不妙。

"杀人啦——"

"救命啦——"

两个警察终于从派出所那边赶过来。

他们来到西门桥，朝桥下看了看，只见水面一圈圈波纹渐息，没有什么东西冒出水面。他们见河边有几条船，忙上前交涉，请船老板把船划到刚才溅起水波处，用船篙探入水中搜索。但他们来来回回戳了好几轮，没有戳到什么。围观的人越来越多了。警察从中发现了几个熟面孔，大概是水性比较好的，要他们下水帮着寻找。加上哭哭啼啼的两个女人当场拍出一叠钱，那几个后生就脱了衣服，在腰间系上安全绳，一个接一个跳下水去。不过，直到入夜，直到东门那边升起一轮月亮，他们在水下捞出两只皮鞋，一只铁油桶，一个摩托车头盔，一头半腐的死猪，还有一张糊满泥巴的渔网，就是没有找到人。只有一只出水的男式皮鞋，由两位哆哆嗦嗦的女人辨认，是当事人的，由警察提到派出所去了。

"龙贵——"

"龙贵——"

"龙总，你在哪里呵——"

夜色降临，西垂的一轮明月下，苍茫远山垫在树林剪影的后面，河面上飘摇着一把闪闪烁烁的光斑。两个女人在河边一直哭喊到深夜，在码头的石阶上拍出更多钱，还有当场解下的金戒指、金项链以及金耳环，算是对救人有功者的重重悬赏。更多的船出动了，搅出了更多月光。更多的小镇居民聚集在河边交头接耳，惊得两岸狗吠声久久不息。一些手电筒、灯笼以及火把闪烁不定，沿着河岸向下游摇曳而去。

龙贵的尸体三天以后才浮出水面，漂到下游的一片芦苇边。据说他已全身浮肿，肚子膨大如鼓，虽然四肢还在，但鼻子没有了，耳朵没有了，上下嘴唇也没有了，整个脸盘似乎被木匠刨子刨去一层，刨去了毛边和棱角，只剩下一团圆乎乎血糊糊的肉瓢，暴露出多处白骨。法医从他脸上发现好几道深深肉沟，相信那是牙齿啃刨的痕迹。至于龅牙仔，当然也没活下来，据说他满嘴肉泥，身上至少有四处骨折。

这真是一桩离奇而惨烈的命案。

因为没找到身份证，也没法给中年男客恢复容貌，加上两个涉案女人失约，未去派出所留下笔录，驾着白色轿车不知去向，警察手里的破案线索实在有限。他们不知道死者是什么人。从龅牙仔寻找龙贵这一点看，他并不认识后者，与后者应无直接的过节，那么他是为谁张开利嘴？为他父亲？母亲？姐妹？兄弟？师友或者乡亲？同样令人迷惑的是，这食肉之恨何来？是关乎钱财？关乎性命？关乎情爱或尊荣？……警察遍访小镇居民也没问出个所以然。九婆婆的儿子说，他听龅牙仔昏睡时骂人，好像是骂自己没有用，但那是操一种奇怪方言，他没怎么听懂。铁拐李说，他发现龅牙仔每年六月初到河边烧纸，祭悼什么人，但不知与案情是否有关。

上级公安机关也派人来查过，只查出那个叫龙贵的身家不菲，是山上禅庙的大施主，至少有过三笔数目不小的捐赠纪录。

事情到此，看来也只能不了了之。警察叫来几个农民，把两具尸体埋葬在西门桥外。

街市恢复了往日的热闹，山上的香烛气息和钟鼓声响不时飘下来，流散在墙基或者檐角，流散在外地旅客的擦肩而过和蓦然回首之际。不知什么时候，人们发现街上出现了一个少年，也是在找人，逢人便问："你是不是王海？"如见对方迟疑，又急急地解释："龙王的王，海洋的海。"甚至还要在掌心中写出字来给你看。

更严重的情况是，不久后街上又冒出两个陌生面孔。一个是黑脸大汉，见人就问："你认识周华剑么？"另一个是戴眼镜的妇人，见人就问："你知道李子明住在哪里？"

街上闲人们一听这话就心惊，好像自己就姓周或者姓李，凉气从背脊一直升到后脑，纷纷作鸟兽散，包括赶快揪回自家的孩子，哗啦啦拉下铁闸店门，让寻人者不免有些诧异。

他们都面带微笑，甚至衣冠楚楚，不像是刺客。说不定他们只是来寻找情人或恩人的？或者是拾金不昧来寻找失主的？或者是受台湾熟人之托来寻找什么故旧？

他们四处探头探脑东游西荡的时候，街上寂静了许多。

据闲人们说，这个小镇的居民后来都习惯于晚开门和早关门，习惯于养看家烈犬，而且多了一些流行口白。人们见到做了恶事的人就忍不住诅咒：

"等着吧，总有人要长龅牙齿的。"或者是："就算老天没长眼，他也不一定过得了西门桥。"喜欢恶作剧的人还曾这样吓唬朋友："不得了，今天街上有个眼生的人到处打听你哩。"直到有一次，一个被吓唬的人当场晕倒，口吐白沫，全身抽搐，差一点猝死，大家才知道这种玩笑不能乱开，往后的口舌才谨慎了许多。

2007 年 9 月

---

* 最初发表于 2008 年《中国西部文学》杂志，已有韩文译本。

散

文

散

文

第一张书桌

一觉醒来才发现两脚泥，只是靠一夜体温的炙烤，加上盛夏天气的烘焙，泥浆已干成了泥壳，在床单上纷纷剥落泥渣。这有点奇怪，上床前我居然没洗脚？昨晚居然累得东倒西歪一头扎进了呼呼大睡？再说蚊子，那些微型杀手这一夜是嘴下留情，还是根本没法咬醒一个鼾声如雷的死人？

想一想，昨晚能摸到床、没摸错床已是幸运了，不像那一次，在路上走着走着就睡了，一头栽到水沟里。

知青时代就是这样子。无边无际的累，物我两忘的累呵累，填满了烈日下或风雪里的日子。有一天，救星终于出现，是公社杨秘书发现黑板报上我的粉笔字不错，抽调我去公社抄材料。当地人把这种轻松差事叫做"吃楼火"，词义来路不明。大概"楼"是指大宅子，能待在大宅子里烤"火"的家伙，当然是有富贵之命，至少也是时来运转，值得大家羡慕嫉妒恨。

在没有复印机的时代，抄材料就是手工复写。杨秘书让我复写各种公文，还有他最为头痛的新闻报道——退稿率太高了，搞得他很没面子。经过深入反思，他认定投稿失败的原因就在于邮路遥远，自己每次动手都太迟，于是决意加大写稿的时间提前量。比如还未开镰，他就抢先报道贫下中农喜送公粮；还未下雨，他就早早预测广大群众奋勇抗洪；离国庆节还有十几天，他就精确想象人们在节日里如何"深有体会地说""豪情满怀地说""一把抓住解放军首长的双手眼含热泪地说"……这种稿子抄得我目瞪口呆。这个胖子何等神通，把人家十几天后的泪水都流出来了？

时空穿越也无济于事，还被报社或电台回信怒斥为"胡闹"和"弄虚作假"。他这才苦着一张脸说："怎么办？怎么办？你还有什么办法？"

又说："是不是要送点西瓜去？"

在他谦恭的促请之下，我不忍袖手和暗笑，便复写兼顾修改，无非是去掉他的一些语法硬伤，删掉一些八股套话，再加点新鲜事例什么的，终于使他的退稿率后来有所降低。他乐癫癫地为我倒茶水和切西瓜不在话下。他最爱唱的"长江滚滚向东方……"从此也时常飘扬在公社机关的房前屋后。

县里大概也注意到这个公社在媒体上的能见度提升，于是常有电话打来，抽调我到县里写材料。这种"楼火"就吃得更爽了。几乎每个月我都有几天不用出工上地，而是衣冠楚楚牛头马面地入住县城招待所，每天得伙食补贴五毛，食有荤腥，夜有电灯，还有服务员来扫地送开水。什么是幸福？这就是幸福吧。什么是上层建筑？这就是上层建筑吧。不过县级官员比杨胖子难侍候，每次审稿都会有意见，每个参审人都水平高，哪怕以高克高互相消耗，甚至把自己绕晕，最后又回到第一审时的意见。自发现这种否定之否定规律，我便避繁就简，近道超车，每次完稿后决不再急于送审，而是拖到最后时刻，几乎是逼着领导把初审当作终审，只可能务实地说说人话——这就是说，不给他们高来高去的闲工夫，不给他们折腾下属和绕晕自己的机会。

这一招果然有效。有一位部长还曾笑眯眯地表扬："好，很好，你比杨眼镜强多了，他的文章经常是越改越乱，越改越没法看。"

这是指机关里一个戴眼镜的秘书，可怜的老杨。

这样，我就有了许多送审前的多余时光，忙一闲三，经常无所事事。恰逢1970年代初全国文化形势回暖，很多文艺院团恢复了自创节目的演出，省、地、县各级文艺刊物也都重新出版。在一个知青朋友的鼓动之下，我在招待所里闲着也是闲着，吃了五毛补贴后也得消遣，便胡乱凑些四言八句，关于诱蛾灯的（星火万千，美好诗情呵），关于水库大坝的（锁住龙王，气势非凡也），好像是诗，就算是诗吧，后来居然也印成了县刊上的铅字——眼看着一颗文艺小新星就这样意外地冉冉升起。

杨秘书特兴奋，因为文艺作品也在上稿率统计范围之内，任何铅字都算是全公社的文宣成绩。他觉得脸上有光，立刻赏我一张煤油灯，带玻璃罩的，有鱼型灯嘴助燃增亮的，简直是高科技，比黑烟滚滚的棉油灯盏强多了。为了让我抓紧时间创作一台文艺宣传队的节目，一位姓刘的公社宣传委员也投入到对我的关爱，听说我没桌子，便带我去了学校，逼着校长给了我一张学生用的双人课桌。

这是我走入社会后第一张书桌，一米来长，一尺多宽，有一个双层夹板和娃娃们留下的一些刻痕。工区里的员工们以前只配有床和木凳，人们平时写信也只能就着箱子或床沿，因此我的这张桌略显怪异，堪称奢侈，很让伙伴们震惊。想想看，在桌上再摆一个笔筒，立一排书（最好是精装的），插几支花（油菜花或南瓜花都行），不就有知识分子的风雅兮兮和气势非凡了？房间主人若不文思如涌壮怀天下哪还说得过去？

这张小桌伴我三年多，助我写出过三句半、对口词、表演唱、花鼓戏一类，当然还有杂乱的感想和素材，后来进入了小说或散文，包括早期的《月兰》和《西望茅草地》。杨秘书当然也在这张小桌上进入了我的日记。比方说，他一上路便不时高唱进行曲，用时下的语言说，活成了一个快乐的表情包。又比方说，他有一条又脆又亮又尖的娘娘嗓子，总是担当领呼口号的重任。他怕农民们听不清、喊不齐，常常把一句长口号截分成几个短句，于是一句"打击贫农""就是""打击革命"，经他逐一分别领喊，大家喊是喊齐了，但前后两句分明成了惊心动魄的反动口号，竟被喊得地动山摇。这一事已被我写入了后来的《马桥词典》。他的金嗓子还多次用于民兵队列操练。大概是恼火一些人分不清左右，甚至听不懂"左"和"右"，他灵机一动，找来一些草绳，给每人的左脚缠上一根，于是口令便成了"草脚——肉脚——草脚"，或者"（向）草脚——转""（向）肉脚——转"……还别说，这一招管用。形象的"草"呵"肉"就是比抽象的"左"呵"右"好记，如同电视剧比理论书要好懂，你不服还不行。大家的智商立即提升，队列动作马上整齐许多，据说后来还在什么竞赛中一举夺奖——这事有几分神奇，将来说不定会被我写入哪篇小说的。

多年后，我重返这里的时候，发现两排土砖房早已换成钢筋水泥楼，集体茶场也早已被私人承包，眼前全是陌生面孔。我在房前屋后转了一圈，没发现什么往日陈迹，除了半块语录墙，两台锈成了废铁的揉茶机，一个隐没在丛生蒿草中的废弃猪场。山水之间的人迹总是转瞬即逝。出乎意料，我吃饭时还看见了厨房墙角里一张课桌，其木纹、刻痕、样式都十分眼熟，不过它眼下已蒙上了枯黑烟垢，还有不少水泥凝结成的斑块，大概曾被泥匠们拿去搭过跳板，当过脚手架什么的。

桌下有几个腌坛，桌上则胡乱堆放了一些杂物，包括一个可口可乐的大瓶子，不知装了些什么。

我默默看了它一眼，然后告别主人走了，上了汽车，上了火车，上了飞机，直至海角天涯。我很奇怪临别前自己为什么没去把那个桌面摸一下。

其实我常常想起它。

2016 年 8 月

---

* 最初发表于 2016 年《小说界》杂志。

漫长的假期

我偶尔去某大学讲课，有一次顺便调查学生读书的情况。我的问题是这样：谁读过三本以上的法国文学？这时约四分之一的学生举手。谁读过《红楼梦》？这时约五分之一的学生举手。然后，我降低门槛，把调查内容改成《红楼梦》的电视剧，这时举手多一些了，但仍只是略过半数。

这是一群文学研究生，将要成为硕士或博士的。他们很诚实，也毫不缺乏聪明。我相信未举手者已做过上百道关于《红楼梦》或法国文学的试题，并且一路斩获高分——否则他们就不可能坐在这里。

问题在于，那些试题就是他们的文学？读书怎么成了这么难的事？或者事情别有原因：是什么剥夺了他们广泛阅读的自由？

我不想拍孩子们的马屁，很坦白地告诉他们：即使在三十年前，让很多中学生说出十本俄国文学、十本法国文学、十本美国文学，都不是怎么困难的。我这一说法显然让他们惊诧了，怀疑了，困惑了，一双双眼睛瞪得很大。三十年前？天啦，那不正是文化的禁锁和荒芜时期？不正是"文革"的十年浩劫？……有人露出一丝讪笑，那意思是：老师你别忽悠我们啦。

没错，是禁锁是荒芜甚至是浩劫，从当时大批青年失学来看的确如此，从当时官方政策主体来看的确如此。但你们注意了：一具病体并非尸体，仍有不绝的生力，包括生力的逐步恢复和增强。"文革"不过是一场大病来袭，但如同历史上文网森严的旧中国和政教合一的旧欧洲，它并不曾冷却民众的精神之血，无法遏制新文化的萌发、繁殖、积聚、壮大以及爆发，直至制度层面的变革。这才是历史真切而生动的过程。我们曾用这种眼光注意过很多复杂局面，包括宗教法庭与牛顿的共存，普鲁士帝制与黑格尔的共存，斯大林铁幕与肖洛霍夫、爱森斯坦、肖斯塔科维奇的共存，为什么独独乐意给"文革"随便贴一枚标签？是什么人最习惯和最惬意地使用着这一类标签？

中国谚语：知其一，还要知其二。

偷　书

我当年就读的中学，有一中型的图书馆。我那时不大会看书，只是常常利用午休时间去那里翻翻杂志。《世界知识》上有很多好看的彩色照片。一种航空杂志也曾让我浮想联翩。

"文革"开始，这个图书馆照例关闭，因受到媒体批判的"毒草"越来越多，图书馆疲于清理和下架，只好一关了之。类似的情况是，城里各大书店也立刻空空荡荡，除了马克思、列宁、毛泽东一类红色圣经，除了少许充当学习资料的社论选编，其他书籍几近消失。间或有一点例外，比方我买过一本关于海南岛青年创业的小说，但总是读不进去，一时不知是何原因。

一九六七年秋，停课仍在继续，漫长的假期似无尽头。但收枪令已下达，革命略有降温，校图书馆立刻出现了偷盗大案：一个墙洞骇然触目。管理图书的老师慌了，与红卫兵组织紧急商议，设法把藏书转移至易于保护的初中部教学楼顶层，再加上铁栅钢门，以免毒草再次外泄。不过外寇易御家贼难防，很多红卫兵在搬书时左翻右看，已有些神色诡异，互相之间挤眉弄眼。后来我到学校去，又发现他们话题日渐陌生，关于列宾的画，关于舒伯特的音乐，关于什么什么小说……这是怎么回事？你们在说些什么？

如果你是外人，肯定会遭遇支吾搪塞，被满脸坏笑的他们瞒过去。好在我算是自家人，有权分享共同的快乐。在多番警告并确认我不会泄密或叛变之后，他们终于把我引向"胡志明小道"——他们秘密开拓的一条贼道。我们开锁后进入大楼某间教室，用桌椅搭成阶梯，拿出对付双杠的技能，憋气缩腹，引身向上，便进入了天花板上面的黑暗。我们借瓦缝里透出的微光，步步踩住横梁，以免自己一时失足踩透天花板，扑通一声栽下楼去。在估计越过铁栅钢门之后，我们就进入临时书库的上方了，就可以看见一洞口：往下一探头，哇，茫茫书海，凝固着五颜六色的书浪。

这时候往下一跳即可。书籍垒至半墙高，足以成为柔软的落地保护装置。

我们头顶着蛛网或积尘，在书浪里走得东倒西歪，每一脚都可能踩着经典和大师。我们在这里坐着读，跪着读，躺着读，趴着读，睡一会儿再读，聊一会儿再读，打几个滚再读，甚至读得头晕，读出傻笑和无端的叫骂。有时尿急，懒人为了省下一趟攀爬，解开裤子就在墙角无聊，不知给哪些杰作留下了污迹。

我说过，作为初中生，我读书毫无品位，有时掘一书坑不过是为了找一本《十万个为什么》。青春寄语，趣味数学，晶体管收音机，抗日游击队故事，顶多再加上一本青年必读的《卓娅与舒拉》，基本上构成了我的阅读和收藏，因此我每次用书包带出的书，总是受到某些大同学取笑。我并不知道他们笑什么。当然，多年以后我读到海明威的《再见了武器》、雨果的《九三年》以及泰戈尔的《飞鸟集》，觉得有些眼熟，才依稀想起初中部大楼的暗道——只是当时不知自己读了什么，对书名和作者也从无用心。

一个没有考试、没有课程规限、没有任何费用成本的阅读自由不期而至，以至当时每个学生寝室里都有成堆禁书。你从这些书的馆藏印章不难辨出，他们越干越猖狂，越干越熟练，窃书的目标渐渐明晰，窃书的范围正逐步扩展，已经祸及一墙之隔的省社会科学院图书馆，距此不算太远的省医学院图书馆等。多年以后，我一位姓贺的同学积习不改，甚至带着一把铁钳和两个麻袋，闯入省城最大图书馆的禁区，在那里窃取了据说价值上万美元的进口画册——他当时正在自修美术。他的行为败露，被警方以盗窃罪起诉，获刑一年，监外执行。

比较有意思的是，他走出法庭的时候，一位老法官对他竟笑眯眯的，私下里感叹：我那儿子要是像你这样爱书，我也就放心了呵！

老法官的私语其实是另一种宣判，隐秘的民意宣判。

这就是说，哪怕在大批知识分子沦为惊弓之鸟的时代，知识仍被很多人暗暗地惦记和尊敬，一个偷书贼的服刑其实不无光荣。

这与后来的情况很不一样。贺某多年后肯定遇到过这种场景：书店里已经五光十色应有尽有了，各种有关理财、厚黑、权势、时装、色欲、命相的烂书铺天盖地持续热销，而他当年渴求的经典反而门前冷落。如果他对这种情况大为奇怪，如果他还把经典太当回事（爷们当年就是为这个坐的牢），还很可能被当今的购书者们白眼：神经病吧？吃错了药吧？

抢　书

抄家之风激荡于一九六六年夏。最早的元老级红卫兵身穿黄军装，佩戴红袖章，有的还挥舞着凶狠的皮带，一旦在街上呼啸而过，总是吓得路人胆战心惊。他们冲进一些涉嫌敌对者的住宅，一般未抄出什么反革命罪证，只是抄走手表、字画、皮大衣之类奢侈品。把大批"毒草"书刊当众焚烧，常常是他们抄家之后的革命宣示和祝捷庆典。

到第二年，该打击的敌人都打击了，抄家所闻不多。即便要抄家，大多发生在对立群众派别之间，带有一种派争泄愤的性质了。我也参加过这种恶行。一次是夜里去另一所中学，刚摸黑上楼，就听到有泼水声。不过那不是水，片刻之后就有人惨叫"盐酸！盐酸！我要破相啦——"吓得大家从楼道一拥而下，手忙脚乱地狂找水龙头，为这位同学清洗脸上和衣领里的可怕液体。接下来，楼下楼上对骂，还有扔手榴弹一类威胁，但最终不了了之。

另一次抄家也不太顺。目标是两个本校老师，因为他们不但戴着资产阶级的眼镜片，而且胆敢支持我们的对立派学生，成立一"黑鬼战团"前来叫阵，是可忍孰不可忍，须严厉打击。不过，这两位老师家贫如洗，简陋平房里的煤炉子和锅碗瓢盆实在引不起我们的兴趣。两位师母又哭又闹的，其中一位说倒地就倒地，抢着砖块要自残，吓得我们只能草草收场。

我们仅仅抄走了一些书。唐诗宋词三国红楼什么的很快被大同学瓜分，留给我一本黑格尔的《小逻辑》，让我如读天书，大为扫兴。不过战利品中有一大叠草稿，包括童话，游记，英文诗歌，自传小说——大概这些都经过作者的自我审查，看上去不犯忌，才被保存下来。这算是我第一次看到手迹本文学，不免十分好奇，一扎进去就读了三四天。后来，几位同学把这位作者抓来再审，要他老实交代自己的历史污点，其实是把他的小说读得不过瘾，想更多知道日美太平洋战争的真相。这作者是位南洋华侨，当过美军翻译，一见我们的模样就知道挠到哪里是痒处。虽然他也用了"万恶的美帝国主义"一类词语，但履历交代简直就是开故事会，一章接一章，绘声绘色，让他自己好好地陶醉了一把往事。说到美军的巧克力和牛肉罐头，还馋得我们吞口水。

"你们连枪都不会擦还拿什么打仗？不是胡闹么？"说得兴起，他抱臂耸肩，好像成了我们的教官。

我们也忘记了生气，忘记了拍桌子。

没有想到的是，螳螂扑蝉黄雀在后，就在这事发生后不久，我自己的家也被抄了，气得老妈又哭又骂的。抄家者是我哥学校里的对立派，意在对我哥施以惩罚。两颗手榴弹由我窝藏，现在成为我哥对抗交枪令的罪证，有关"油炸""火烧"的大标语刷在最热闹的街市。这其实还只是小损失。最可恶的是他们抄走了我的篮球和书——都是这一段时间我精心挑选私留的几十件精品。其中包括鲁迅、巴金、叶圣陶、高尔基、莫泊桑、海明威、托尔斯泰的小说，还有《革命烈士诗抄》和《红旗飘飘》文丛等红色读物。我去街上看过大字报，发现那些欢呼胜利的抄家者根本不提这些书，一定是暗中私分了。

可耻呀可耻！我简直欲哭无泪。

多少年后，我哥与他的对立派早已和解，有次老同学来家聚会让我撞上了。其中有些人认识我，笑着向我打招呼。我本应该对这些大哥大姐表现出礼貌，但一想到他们中间某些人曾夺我所爱，气就不打一处来，终于拉长一张脸扬长而去。我估计他们肯定忘记那件事，肯定觉得我的无礼十分奇怪。

换 书

那时中国大陆人都穷，学生们尤其囊口羞涩，习惯于打补丁的衣服，习惯于用推剪互相理发和收集些废瓶子卖钱。虽处无政府状态，学校食堂服务却大体如常。"豆腐脑，萝卜干，吃得眼睛往上翻"——这就是大家敲打饭盆排队时的欢呼，是对幸福的回忆和向往。

尽管穷，时尚却并不缺乏，与时尚相关的商品交易也十分活跃，只是这种交易大多采取物物相易的方式，不经过现金的环节。比如毛主席像章一时走红，各种新款像章必受追捧，那么一个瓷质大像章，可换五六个铝质小像章。一个碗口大的合金钢像章，可换三四个瓷质像章或竹质像章。过了一段，像章热减退，男生对军品更有兴趣，于是一顶八成新军帽可换十几个像章，一件带四个口袋的军衣可换两三本邮票集。再过一段，上海产的回力牌球鞋成了时尚新宠，尤其是白色回力几成极品，至少能换一台三极管收音机外加军裤一条，或者是换双面胶乒乓球拍一对再加高射机枪弹壳若干。

黑市交换很复杂，价值权衡全凭感觉和谈判，所以一旦读书潮暗涌，图书也可入场交换，比如一套《水浒传》可换十个像章或者一条军皮带。俄国油画精品集或舒伯特小提琴练习曲的价位更高，手里只捏着子弹壳或像章的人根本不敢问津。有一次，高二某同学徐某不知从哪里弄来一本《赫鲁晓夫主义》，作者据我后来回想也算不上什么名角。书的内容无非是揭示了一些苏共内幕，包括列宁与斯大林的吵架，贝利亚的残酷和阴狠，朱可夫元帅对赫鲁晓夫的勤王之功，还有"匈牙利事件"中纳吉的两头受气……但这一切在当时也属异端，属稀缺信息，足以让中学生读得眼睛大睁呼吸急促。好几天，它成了大家热议的话题，更成了频频换手的接力棒——好多人都等着这本秘籍。

我运气非常不好。秘籍刚传到手上，还没读完就不翼而飞，不知是哪个王八蛋暗下手脚，说不定拿它去换回力牌了。这当然是我的重大失误。书的主人急得差点要撞墙，几乎每天都用惨白的脸堵住我，痛苦得把脑袋摇来摇去：求求你，你得去找找呵。我是从军区一个朋友那里借的，搞不好要出人命的呵。

我到哪里去找？把自己卖了也赔不出吧？

我提出赔他一本巴金的《家》，他不要；赔他《安徒生童话集》，他也不要；赔三大本邮票，他还是不要。百般无奈之下，我只好把一只手表戴在他手上，暂时安抚他痛苦的心。

这只旧手表算是我最大的资本，来自另一位同学——当时他看中我的收音机，说什么也要强买强卖。我自知不是个称职的"换客"，也许这生意做下去，七换八换之后就会赤条条走人，那么让同学暂时保管资本，也许不失为安全之策。直到毕业下乡前夕，手表保管者因病得以留城，看到大家要远行下乡，抱着这个那个哭得眼泪哗哗。我心一酸，也哇哇哭起来，一激动就宣布以手表相赠。他当然吃了一惊，说些表示惊讶、表示推让、表示万万不可的话，但我不想欠下人情——再说，身外之物岂能与崇高的江湖义气相比？一块手表对于我这个农民来说又有何用？

虽然事后略有后悔，但我那一刻确实很壮烈。

下乡后，收到秘籍主人几次热情的来信。大概觉得这笔交易令人不安，他捎来一双新军鞋，算是聊作弥补。

说　书

我插队在一公社茶场。这里有一百多号知青，一百多号本地农民，分三个工区六个队，负责近六千多亩茶园和少许稻田。在地里劳动的时候，尤其聚在树下或坡下工休的时候，聊天就是解闷的主要方法。农民把讲故事称为

"讲白话"，一旦喝过了茶，抽燃了旱烟，就会叫嚷：来点白话吧，来点白话吧。

农民讲的多是乡村戏曲里的故事，还有各种不知来处的传说，包括下流笑话。等他们歇嘴了，知青也会应邀出场，比方我就讲过日本著名女间谍川岛芳子的故事，是从我哥那里听来的，颇受大家欢迎。

黄某不是我的同学，是他留城的姐姐托付给同学带下乡的。他个头小，平时不大言语，只喜欢拉拉小提琴，不过肚子里还真有料，话匣子一打开都是我们闻所未闻之事。鲁仲连义不帝秦，信陵君窃符救赵，孟尝君受教冯谖，当然还少不了吕不韦阳具奇伟和宣太后私通大臣之类黄料……我多年以后才知道，这些大多来自《战国策》和《史记》，不知黄某什么时候读在眼里，记在心头。

易某最喜欢讲战争史，每讲到将领必强调军衔，每讲到武器必注明型号，显示出惊人的记忆力，俨然是个军事行家。我就是从他嘴里得知二战期间的斯大林格勒战役，诺曼底登陆战役，隆梅尔的北非战役，以及德国的容克５２和美国的Ｍ2。多年以后我发现，他肯定读过《朱可夫回忆录》、《第三帝国的兴亡》一类的书，只是他的记忆有偏向，对军衔和型号记得太多，把重要情节反错漏不少，比如常把英国混同美国，对兵员数和钢产量也多是信口胡编。

这些闲聊类似于说书，其实是中国老百姓几千年来重要的文明传播方式。在无书可读的时候（如"文革"），有书难读的时候（如文盲太多），口口相传几乎是一种民间化弥补，一种上学读书的替代。以至很多乡下农民只要稍稍用心，东听一点西听一点，都不难粗通汉史、唐史以及明史，对各种圣道或谋略也毫不陌生。其实这何尝不是一种坚实的文化？有一次，说起两敌对大国之间的微笑外交，一位在我身旁的老农突然插嘴："有什么好说的？诸葛亮气死了周瑜，还要去吊香么！"我听得一懵，发现自己把形势和国策摊上一堆，其实哪比得上他一句话这么简洁和通透？

像农民一样，知青中还有些故事王，相当于口头图书馆。邻近的某公社就有这么一位。据那里的知青说，此人脑袋有点歪，外号"六点过五分"，平时特别懒，既不愿意挑粪种菜，也不高兴劈柴做饭，一个黑油光光的枕套竟可枕上一年。每次央求女知青代洗衣服，就以讲故事为回报。凭着他过目不忘的奇能，绘声绘色的鬼才，每次都能让听者如醉如痴意犹未尽而且甘受物质剥削。这样的交换多了，他发现了自己一张嘴的巨大价值，只要拿出故事这种强势货币，他就可以比别人多吃肉，比别人多睡觉，还能随意享用他人的牙膏、肥皂、酱油、香烟以及套鞋。这样的日子太爽。一度流行的民间传说《梅花党》、《一只绣花鞋》曾由他添油加醋。更为奇货可居的是福尔摩斯探案、凡尔纳科幻故事、大仲马《基督山伯爵》、莎士比亚《王子复仇记》，都是他腐败下去的特权。

他逐渐练就成一方名嘴，走到哪里都被知青们迎来送往。尤其是农闲时节，大家寂寞难耐，经常备上好菜排着队去请他，把他当成了快乐大本营。作为一个资本家子弟，他歪支着脑袋，没赚多少工分，居然俘虏一出身干部家庭的漂亮女友，大概也不那么难以理解。

我有幸在县城见过他一面。几个朋友在饭店里以肉丝面相贿赂，央求他讲上一段。他说的是一苏联红军女兵押送一白军军官，两人在路途中居然放电，产生了危险的爱情，不料最后白军的船舰出现，后者本能地向舰船狂跑求救，前者的红军意识突然苏醒，那叫一个慌呵，想也没想就举起了枪……故事大王此时已吃完了，叭的一声枪响，他捂住自己胸口，缓缓地作旋体状，目光忧郁地投向厨房和碗柜，伸在空中的手痛苦地痉挛着，痉挛着。

"玛——沙！"他很男性地大喊了一声。

"我的蓝眼睛，蓝眼睛呵——"他又模拟出女人的哭泣。

太动人了！我们听得心情沉重感慨万千。直到多少年后我才知道，他那次讲的是苏联小说《第四十一个》，所谓表现人性论的代表之作。

护　书

在我的同队插友中，张某好诗词，带来了《唐诗三百首》。贺某想当画家，带来了石涛、林风眠、关山月以及米开朗基罗的画册。我是造反习气未脱，带来了《联共（布）党史》、《马克思恩格斯选集》一类，大家互通有无交换着看。不要多久，交换范围又扩大到其他队，一直交换到很多书没有封皮或脱页散线的地步。

根据最高领袖的指示，知青下乡是接受"再教育"的，在农民面前得夹起尾巴做人。茶场有一党支部副书记，自觉责任重大，成天黑着一张脸骂人，晚上还到处巡查，查到知青房间里有声响就隔窗偷听，看是否有人说反动话，是否有人收听敌台。据说有一次某知青听收音机，听着听着睡了过去。副书记不知情，竟把播音一直偷听到后半夜，冻得自己第二天咳嗽不已。

他也经常检查知青们读什么。好在他文化水平不高，在辨别读物方面力不从心。有一次他看见法捷耶夫的《毁灭》，先问"毁"是什么字，问明白了再一举诛心：我们现在都在搞建设，你怎么成天搞毁灭？你想毁灭什么？

我急忙辩解："毛主席都说这本书好。"

见他狐疑，便翻出《毛泽东选集》中的白纸黑字，这才让他悻悻地走了。

另一次，他冲着马克思的图片皱起眉头："资本家吧？开什么铺子的？"

"亏你还是共产党员，连老祖宗都不认识了？"我抓住机会再将一军，使他脸上有点挂不住，只假装没听见，去找什么锄头。

有了这样一些经验，知青们发现乡下干部其实不难对付。一段时间里，有些女知青喜欢唱"卖国"电影《清宫秘史》里的插曲，比较粉色和小资的那种，被干部们询问唱什么，就说革命京剧样板戏呵。干部们不懂京剧，居然信以为真。有些知青传看司汤达的小说《红与黑》，被干部们询问看什么，就说是看两条路线斗争史，还说作者是马克思他舅。干部们不知马克思的舅和姨，也就马虎带过。

农村当然也兴阶级斗争，只因为干部们大多缺少文墨，文化封禁较难落实。即便在城市，禁区也是有缝隙、有缺口、有偷越暗道的，爱书人稍动心思其实不难找到自保手段。比如《毁灭》、《水浒》、李贺、曹操这一类是领袖赞扬过的，可翻书为证，谁敢说禁？孙中山的大画像还立在天安门广场，谁敢说他的文章不行？德国哲学、英国政治经济学、法国社会主义一直被视为马克思主义三大来源，稍经忽悠差不多就是马克思主义，你敢不给它们开绿灯？再加上"古为今用"、"洋为中用"、"有比较才有鉴别"、"充分利用反面教材"一类毛式教导耳熟能详，等于给破禁发放了暧昧的许可证，让一切读书人有了可乘之机。中外古典文学就不用说了。哪怕疑点明显的爱情小说和颓废小说，哪怕最有理由查禁的希特勒、周作人以及蒋介石，只要当事人在书皮上写上"大毒草供批判"字样，大体上都可以堂而皇之地收藏和流转。

我还读过一种油印小册子，不记得是哪个红卫兵组织印的，也不知他们印书的目的何在。小册子照例醒目地印有"大毒草供批判"的安全标识，正题是《新阶级》，作者为德热拉斯（后译为吉拉斯），一位被西方世界广为喝彩的南斯拉夫改革理论家。当上世纪八十年代末一位美国人向我推荐此书时，我的回答曾让他一怔。

我说，我知道这本书，我二十年前就读过。

他还是斜盯着我。

我无法让他相信这一点，当然也没必要让他相信。

我记得自己就是在茶场里读到油印小册子的，是两位外地来访的知青留下了它。我诈称腹痛，躲避出工，窝在蚊帐里探访东欧，如听到门外有脚步声便要装出一些呻吟。这是知青们逃工的常用手法。不过既是病人就不能快步，不能歌唱，更不能吃饭，以便让病态无懈可击。副书记一到开饭时就会站在食堂门口盯着，直到确认你没有去打饭，也没人代你打饭，才会克制一下揭穿伪装的斗志。不吃饭那就是真病了，这是农民们的共识。

这样，对于我的很多伙伴们来说，东欧的自由主义以及各种中外文化成果，都常常透出饥饿者的晕眩。

教　书

"文革"一般被认为结束于一九七六年。其实这个分期过于笼统。对于很多"文革"中的学子来说，"文革"在一九六八年就黯然落幕，其标志是以"革委会"为代表的政权管制全面恢复，还有民众造反权利的重新取消，包括红卫兵的出局。新的各级政权里虽然都有几个群众代表，但一般来说只是摆设了。

有些学生对官员主政已不习惯。想当年，大串联，逛全国，想斗谁就斗谁，想玩啥就玩啥，老子的队伍才开张，戴上袖章就是时代骄子，挂上盒子炮就是社会主人，这样的好日子怎么说没就没有了？生活怎么就只剩下哎哎哟哟的抢锄头出黑汗？他们愤愤不已，只是还残存几分领袖崇拜，那么与其承认自己出局，承认自己作废和可怜，不如把出局想象成重大战略的一步棋，想象成更伟大进军之前的迂回和潜伏，给自己继续蒙上意义的金色光辉。

我就是在这时结识了外校的一些知青，一伙是下靖县的，一伙是下沅江县的，都是些牛气冲天的幻想家，开口就是印度支那战争和法国红五月的那种，是忧心三十年后中国怎么办的那种。我们在春节回城时相聚，一家串一家，越串朋友越多，越串志向越大，分手前少不了要合唱一首《国际歌》。他们都比我年龄大，读的书也多，很得我的信任和仰慕，因此听说他们都在乡村办了农民夜校，我也立即回茶场办一所，决心配合友军行动，用革命思想改造可怜的乡村。

教材只能自费油印，由我和几个朋友编写，大体上以识字为纲，串起一些地理、历史、农科以及革命的小知识。《老乡上学歌》之类打油诗穿插其中，力图使课本更为活泼。这样的夜校一开张，干部们以为我们热心扫盲，吻合他们的工作任务，还十分高兴地支持。对我从无好脸色的副书记甚至破天荒把我表扬了两句。

不料事情并不顺利。农民学员对识字还有些兴趣，青年农民对天南海北的趣闻也津津有味，但要让他们理解列宁和孟什维克，明白巴黎公社有别于我们自己所在的天井公社，费力气实在太大。

"巴黎公社？在哪个县？怎么没听说过？"

"巴黎公社的人不插田吗？不打禾吗？那他们都是吃返销粮的？"

"我只听戴书记说过要学大寨，没听说过要学巴黎呵！"

真是让人出汗。想当年红军在乡村建立苏维埃，还教官兵们学唱换调变阶的《马赛曲》，不知道是否要出更多的汗。

他们对无产阶级光荣这种鬼话也决不相信。无产阶级？不就是穷得卵都没一根么？要是无产阶级光荣，那婆娘们不都光荣了？他们粗俗地大笑，然后对地球是圆的这一真理也嗤之以鼻：怎么是圆的？明明是平的么！我走到湘阴县白马湖（一个在他们看来已经是很远的地方），怎么没看见摔下去呢？怎么没看见湘阴人两脚朝天呢？……到最后，他们质问我们为什么不教他们打算盘，不教他们做对联和做祭文，哪怕教教他们治鸡瘟也好呵。

这样，他们想学的我不懂，我懂的他们不要。多少年后，我看见有些大学生志愿者受非政府组织（NGO）所派，来到尚缺温饱的贫困乡村，分发女权或环保的资料，热情万丈地教几句英语，教一两首英文歌，把娃娃们搞得迷迷瞪瞪，就觉得他们身上也有我当年的影子。一代代的文明救主，看来都不大考虑鸡瘟之类俗事。

夜校因为我的莽撞而夭折。事情是这样：为了"学巴黎"，我纠集两个青年学员，其实是脑子比较呆的两位，共同写了一张大字报，炮轰场民兵营长王某，打算先拍下一只小苍蝇再说。大字报指责他经常躲避劳动，开小灶暗揩集体的油，实在太资产阶级。没想到的是，副书记对大字报似乎暗喜，至少没对我说什么，倒是原来对知青们较为宽厚的正书记大为光火——原来他是王某的同村人，近期还成了王某的入党介绍人，见我往肉汤里拉屎，见某些干部隔岸观火，恨不得一口把我吃了。他怒气冲冲一把撕了大字报，站在地坪里开骂："搞什么突然袭击？还拉拢贫下中农来搞派性？告诉你们，蛆婆子拱不翻磨子，党的领导是铁打的！"

周围两排宿舍鸦雀无声，谁都不敢说话。

"什么夜校？鬼叫吧？"

本地人把校也发音为"叫"。

第二天入夜，我来到"夜叫"，发现我的预感果然被证实：一个学员也没来，几排条凳冷冷清清。连我的那两位共犯，从书记房间出来以后也慌慌张张，再也不同我说话，更不会喊我"老师"了。我原来准备好的第二期课本和第三期课本，都只能成为废纸了。

我发现自己确实是一只蛆婆子，连树叶也拱不翻的蛆婆子。但认识到这一点，对我后来读懂一些书倒是大有助益。

　　补记：一九七二年春，我从茶场转到某大队落户，遇到有学校老师休产假什么的，也被叫去临时代课。我此时再无启蒙壮志，革命意志衰退，只是同娃娃们瞎混，算是赚一点轻松的工分。谁效忠，我就在黑板上画鲜花或者红旗（给女娃），坦克或者飞机（给男娃），下面写出相应的象征性领奖者。谁调皮，我在黑板另一边画丑八怪，下面标出他的名字，说不定还狠狠加刑：咔嚓——画一手枪瞄准之，或哗啦——画一粪瓢逼近之。这种奖罚分明的朝廷王法，让子民们兴奋莫名，下了课还围着我尖叫。我哪给他们正经上过课？几乎所有课都成了涂鸦和胡扯。但后来有一次在路上遇到茶场那位书记，竟得到他的微笑："你是个聪明人，现在总算走正路了，搞教育革命的鬼点子还蛮多。"

　　他说，我班上有一娃就是他的外甥，最喜欢新老师了，再也不逃学了，这些天一放下饭碗就往学校里跑。

　　是吗？我不知道自己是否应该高兴一下。

抄　书

榜样的力量是无穷的。高一级有一美男，工人子弟，篮球打得好，毛笔字写得好，又有浑厚男中音，在早晨的树林里啊的一声开诵，立刻晕了一大片女生。红卫兵们爱诗热潮由此而起。郭小川的《青纱帐／甘蔗林》，贺敬之的《三门峡／梳妆台》、普希金的《致大海》等，立刻成为被大家争相传抄的朗诵文本，成为昼夜里此起彼伏的男声和女声，包括有些人对舌头痛苦的折磨。

当时大家几乎都有一两本手抄诗。下乡后，诗心在劳累中渐失，娱乐只剩下夜晚唱歌这种自我播音，于是抄歌的还是不少。苏俄的、美国的、拉美的、欧洲的、南亚的、日本和越南的、加上中国少数民族的歌曲，尤得很多女知青的青睐，几乎也是人手一册。多少年后，凡老知青们聚会，只要《三套车》、《老人河》、《流浪者之歌》一类音乐响起，中老年们差不多个个能唱。这种当年地下歌潮所留的余习，这种无组织、无领导、无纲领的全国性音乐认同，与学历教育倒是毫无关系。

一些知青做着文学梦或科学梦，当然更有抄书习惯。我在县城里结识黄某，后来当上编剧的一位，发现他抄录了几大本古文，深受震动和启发，回乡下后也如法炮制，每借来一书，便择优辑抄，很快就有了厚厚几本，以弥补书藏的短缺，以备今后温习。好几个早上起来，我的面目被人取笑，原来是柴油灯的烟太多，晚上抄书时靠灯太近了，太久了，鼻息吸引油烟，就会熏出个黑鼻子和黑花脸。知青点的朋友们也经常帮我，比如发现废品站有什么旧书刊，发现商店里有包装货品的旧报纸，就会留心多看一眼，把有用的纸片带回来给我。

九十年代末我在美国参加一会议，发现身旁一学者有动笔的癖好，倒也不是做会议笔记，只是笔头不闲，在会议材料的反面或空白处胡写，有时默写古体诗，有时默写洋文句子，有时甚至把会标之类抄上多遍。我心生奇怪，后来问及此事。他想了想，说是吗？又想了想，说他可能是写惯了，尤其是当知青时抄书太多，以至到如今差不多一摸笔就手痒。据他说，他曾赴江西省插队，在乡下抄满过近百本笔记本，几乎抄出了一个图书馆。因为一件"反革命团伙"案，他坐牢两年多，但他在监房里还把毛泽东选集英文版抄了三遍。他学英文的另一办法是，找一本词典，每天背下一页，就撕去这一页，待整本书撕完，英文也就咽下一肚子。

他是"文革"后最早出国的数万留学生之一，很快成为经济学界一颗新星。在普遍的国外舆论看来，八十年代初陆续出国的这一大批总体素质最佳，不仅谦逊和刻苦，而且学养不俗。其中很多人都是越过本科直升硕博。类似的情况是，在很多高校老师看来，"文革"后最早的上百万大学生，特别是文科生，总体素质也首屈一指。用有些老师的话来说，能遇上这几届可谓人生之幸。这里当然有比例不同的原因，比如从十年积累的考生总量中择优，与一般招考没有可比性。但即使不这样比，这是否也能显现出十年并非一张白纸？"断层"、"垮掉"一类概念是否用得过于笼统？

凭借手抄书一类手段，知识传薪其实一直明断而暗续、名亡而实存。如果真是"垮掉"和"断层"，数以百万计的好学生后来是从天上掉下来的？

"垮掉"、"断层"最为活跃和承重的"文革"以后三十年，为何反而爆发出了中国最强劲的经济成长？

现在，我的一些手抄书早已不知所往。随着出版的开放与繁荣，我的书橱也越来越多，盛满了太多精美而堂皇的套书，不需要我再在油灯下熏黑鼻子。但有时候我会不无惶惑，似乎书已经多得坏了我的胃口，让我无所适从。又觉得新书像富人的宾客，旧书像穷人的朋友，我在太多宾客面前反而有些孤独。

有人说过：借书读时读得最多，买书读时读得稍少，有机构发书读或赠书给你读时，反而读得最少。这里还可加上一问——抄书读的时候呢？

与一般的读书相比，抄书自有其优点：

一、三读不如一抄，抄一遍有利于增强记忆；

二、抄书是个细活，能迫使你聚精会神细嚼慢咽地读；

三、抄书很辛劳，抄者对这种书总是更珍惜，于是有可能复读得更多；

四、抄书一般只能是摘抄，而摘选需要你去粗取精，因此有利于总揽全局抓住重点，读出某种主动性和超越性；

……

当然，这种手工活毕竟太耗时间，毕竟不足以抵消严重的短缺。在一个信息速生和知识高产的时代，急匆匆的现代人还可能抄书么？

骗　书

"灰皮书"、"黄皮书"、"白皮书"等统称"皮书"。这是指中国上世纪六十年代至八十年代的一大批"内部"读物，供中上层干部和知识人在对敌斗争中知己知彼，因此所含两百多种多是非共或反共的作品。如社科类书目里的考茨基、伯恩施坦、托洛茨基、铁托、斯大林的女儿等都是知名异端。

哈耶克《通向奴役之路》也赫然其中。至于文学方面,《麦田里的守望者》(塞林格)、《在路上》(凯鲁亚克)、《厌恶》(萨特)、《局外人》(加缪)、《解冻》(爱伦堡)、《伊凡·杰尼索维奇的一天》(索尔仁尼琴)、《白轮船》(艾特玛托夫)、《白比姆黑耳朵》(特罗耶波尔斯基)等,即使放到百年以后,恐怕也堪称经典。

经过一段停顿,一九七二年"皮书"恢复出版,虽限于"内部",但经各种渠道流散,已无"内部"可言。加上公开上市的《落角》、《多雪的冬天》、《你到底要什么》一类,还有《摘译》自然版和社科版两种杂志对最新西方文化资料的介绍,爱书人都突然有点应接不暇。春暖的气息在全社会悄悄弥漫,进一步开放看来只是迟早问题。如果说一九六八意味着秩序的基本恢复,那么一九七二是否意味着文化的前期回潮?这是一种调整还是背叛?是"文革"被迫后撤还是"文革"更为自信?

从后来众多当事人的回忆来看,他们青春岁月里都有"皮书"的影子。一些观察者还把"皮书"与后来的四五天安门事件直接联系,与我的感觉大体相通。

书店里重新有了活气。我认识的省内各位老作家和老编辑,也在这时陆续离开乡村或干校,回到城里操持旧业。他们恢复了两个文学期刊,从来稿中发现我,几次让我来省城开会,于是提供了更多求学机会。当时省城最大的两家书店都有"内部图书部",一般设在二楼偏僻处,购书者需亮出相当级别的介绍信方可进入。不过这种管理措施实嫌粗糙,一纸介绍信算什么?用蜡纸和钢板成功伪造过印章的学生娃,伪造过大串联证明、肉票、火车票以及病历的家伙,还能被一张介绍信难倒?这一天,我和朋友用草酸溶液把一张旧介绍信的字迹退掉,再烤干纸片,小心执笔,填上购书内容。

我们须穿得像样一点,比方借一件军大衣(内部么,干部么,不能衣冠不整),还约定到时候不能过于急切(公差么,让人提不起精神)。有关台词也设计好,到时候一个要催促,表示出对购书毫无兴趣,另一个要表示为难,似乎职责所系,不得不公事公办。如此等等。

照看"内部"书的是一大妈,果然没看出什么破绽。看我们爱买不买的样子,反而有了推销的热心,表现出当时少见的业绩意识。

"这本书很反动的,很多人都来买的。"她拿出一本我忘了书名的书,舍不得我们离开,"你们不拿去批判批判?"

"真的有那么反动?"

"我还会骗你？我都看了，里面有爱情！"

"首长说了，爱情就算了，我们主要任务是批判帝国主义和修正主义。"

"生活作风也要抓呵。你没看见现在有些年轻人不学好样，骑一辆自行车油头粉面的，我看了就恶心！"

我们终于被说服，给一个面子，买下了这一本。对方很高兴，见没什么再能吸引我们，便说仓库里还有些旧书，不属于"内部"，是否要去看看？这样，我们跟着她来到仓库，穿行于架上、桌上、地上的各种书堆，在浓浓灰土味中又挑了一些。大妈给这些书打包的时候，有一种眉开眼笑的成就感。

当然，诈骗犯也不是次次得手。有两知青曾因伪造借书证败露，被挂上大牌子，在省图书馆门前整整示众一天。另一次，一知青朋友被捕。我不知道出了什么事，不知道这家伙在警察面前能否扛得住，急忙做好应变准备，包括把家里所有"内部"书清出来转移，怕万一被发现，扯出藤藤蔓蔓，多出一条罪名。几个月后嫌犯回到家里，原来他是卷入一桩销赃案，只需要退赃款交罚款，倒也有惊无险。我这才去取回自己的书。不料替我临时保管书的那位脑子里进水，一直没把这些书当回事，听任来客东一本西一本地拿走了大半，事后又不记得来客是哪些人。

我悲愤莫名，恨不得同这个饭桶大打一架。

醉　书

朱某是一工人，写过很多诗，但从不参加官方支持的工人写作组，只是把纸片拿给三两密友看看，看过就撕碎，觉得这才是诗歌的正常结局，是保证写作纯洁性的必需。他从无存稿，不允许朋友为之传播，所以我无法引用他的作品。我只记得他的诗句总是别出一格，让人惊悚和伤心、而且脑子里乱套，好几天里对任何生活细节都警惕兮兮，差不多是一只受惊老鼠。波德莱尔，艾略特、庞得……是他经常提到的名字，就像后来一些知名诗人那样。因此，我总觉得诗坛里还应有一个名字，但这个名字最终当老板去了，遇到我时也不再谈诗，只谈股票的走势。

胡某也是一工人，有自己单独的书房，还经常向我偷偷提供"内部"书——这因为他父亲是官员，后来还进京出任要职。我在乡下时，他常常写来超重的信，用美学体系把我折磨得头大。休谟、康德、尼采、克罗齐、别林斯基、普列汉诺夫……天知道他读过多少书，因此无论你说一个什么观点，他几乎都可以立刻指出这个观点谁说在先，谁援引过，谁修正过，谁反对过，谁误解过，嘀嘀嘟嘟一大堆，发条开动了就必须走到头。因为他成为某电机学院的工农兵学员，我后来与他断了联系。他为什么要改学电机？他那些超重的美学怎么说丢下就丢下了？

那时，老一代知识分子因书惹祸，大多谨言慎行力求自保，倒是一些少不更事的青年可能读得率性和狂放，在社会底层藏龙卧虎兴风作浪。秦某也是这样的书虫。他长得很帅，是我哥朋友的朋友的朋友。一个未遂的地下组党计划，还曾在他们这个跨省的朋友圈里一度酝酿。有一次他坐火车从广州前来游学，我和哥去接站。他下车后对我们点点头，笑一笑，第一句话就是："维特根斯坦的前期和后期大不一样，你说的那本书并不代表他成熟的思想……"这种见面语让我大吃一惊，云里雾里不知所措，但我哥熟门熟路立刻跟进，从维特根斯坦练起，再练到马赫、怀特海、莱布尼兹、测不准原理以及海森堡学派，直到两天后秦某匆匆坐火车回去上班。在这个哲学重灾区的两天里，我根本插不上嘴，只能做些端茶上饭的服务。他们也似乎从不觉得身边有人，只是额头对额头，互相插话和抢话，折腾出各自的浑身臭汗。我的未婚妻来过一趟，送来蔬菜和水果，秦某看都没看一眼。

老妈要我哥拿着空瓶去打酱油，其实是想让儿子歇歇嘴。没料到我哥出门，秦某也跟着出门，似乎不愿浪费一分一秒，不惜把哲学战争一路打向杂货店。

奇怪的是，这位哲学狂人后来金盆洗手而去，听说是结婚了，离开航运公司了，替朋友去澳洲打理生意去了，相关消息有三没四。就像前面说到的朱某和胡某，他一直未能在新时期知识界喷薄而出——其实他比我见过的某些教授要聪明十倍，完全有这种可能。他卖过血，他妹妹卖过血，以筹集他游学全国的经费，一切似乎都正是为了这一天。

作为我心目中一个个亲切的背影，作为"文革"中勇敢而活跃的各路知识大侠，他们终究在历史上无影无踪，让我常感不平和遗憾。也许有生活难题捉弄了他们？有性格毛病羁绊了他们？也许他们清高得不屑于浮出地表，不屑于在名人圈里对牛弹琴？

事情还可能是这样：在一个没有因特网、电视机、国标舞、游戏卡、MP3、夜总会、麻将桌以及世界杯足球赛的时代，在全国人民着装一片灰蓝的单调与沉闷之中，读书如果不是改变现实的唯一曙光，至少也是很多人最好的逃避，最好的取暖处，最好的精神梦乡。生活之痛只有在读书与思维的醉态下才能缓解。何以解忧，唯有文章，是之谓也。因此，一个物质匮乏的社会，或者说一个危机四伏的社会，反而最可能产生精神渴求；而一个机会密集、利益汹涌以及享乐场所环伺的时代扑来之时，真理的镇痛效应和制幻效应是否会如期减退？醉汉们是否应该及时地清醒还俗？

那么，我应该为他们不再需要镇痛和制幻而欣慰吗？应该为他们在知识苦恋之外找到更多的兴趣、忙碌、实惠以及体面而庆幸吗？

或者我不应该为他们的失踪而欣慰？不应该为我们一具具幸福皮囊下迅速繁殖的平庸而庆幸？

To be or not to be？（是还是不是？）

一代失学者的漫长假期早已结束了。"文革"远退到三十多年前。文明似乎日益尊贵、强盛、优雅、丰饶、金光灿烂。但对于很多人来说，读书其实是越来越难——如果这些书同文凭和实惠无关。一颗颗灵魂在舒适而惬意地入睡，不需刺耳声音的惊扰。正如一研究生曾三番五次地问我："老师，学文学到底有没有用呵？"我看得出，他一直没在意我此前的解答，不过是想在交出论文之余，再次求证一下他的文凭到底能否升值，能否给他带来一百万或两百万，能否让他过上出人头地的好日子。我终于沉不住气："我容许你把这个问题问一遍，问两遍，问三遍，但不容许你问第四遍！"我甚至扭头就走，回头再补一句："如果你并不爱文学，现在改行还来得及！如果你对什么也爱不起来，现在退学也来得及！你其实不必要太亏待自己。"

我肯定把他吓坏了。

对不起，我忘记了他并非圣徒，只是一个娃娃。从他所处的康乐时代来说，从他眼下远离灾难、战争、贫困、屈辱的基本事实来看，他确实没有太多理由热爱文学，那么累心和伤人的东西。

这是他有幸中的不幸。

2008 年 5 月

最初发表于 2008 年的《钟山》杂志和境外《今天》杂志。

万泉河雨季

一

当年农场接到了通知，全县组织革命样板戏移植汇演，各单位必须拿出个节目。场里几个女生奉命开始合计。她们不会唱京剧，又嫌花鼓戏太土，一边铡猪草一边胆大包天地决定：排《红色娘子军》！

样板戏《红色娘子军》是芭蕾剧，是要踮脚的，是要腾空和飞跃的，是体重呼呼呼地抽空和挥发，身体重心齐刷刷向上提升，有点脱离现实从而羽化登仙那种。投入那种舞曲，像剧照里的女主角一样，一个空中大劈叉，后腿踢到自己后脑，不会把泥巴踢到场长大人的脸上去？

我们只当她们在说疯话。不料好些天过去了，几个疯子从城里偷偷摸摸回来，据说在专业歌舞团那里得了真传，又求得姑姑和表哥一类人物的指教，当真要在猪场里发动艺术大跃进。虽然不能倒踢紫金冠，但也咿哒哒咿哒哒地念节拍，有模有样地压腿，好像要压出彼得堡和维也纳的风采。场长不知道芭蕾是何物，被她们哄得迷迷糊糊，说只要是样板戏就行，请两个木工打制道具刀枪，还称出一担茶叶，换来几匹土布，让女生自己去染成灰色，缝制出二十多套光鲜亮眼的红军军装。

好在是"移植"，可以短斤少两七折八扣，高难动作一律简易化，算是形不到意到。县上对演出要求也不高，哪怕你穿上红军服装上台做一套广播操，也不会让人过分失望。《红色娘子军》第四场就这样排成了。万泉河风光就这样第一次出现在我的眼前。作为提琴手之一，我也参与了这次发疯，而且与伙伴们分享了成功。老炊事员的胡子掉了也没被观众计较，党代表的鞋子飞了也没被观众非议，提琴齐奏不小心乱成一锅粥也能热热闹闹混过去，至少没有出现其他公社演出队那样的事故，比如布景突然垮塌，砸得台上的侦察英雄两眼翻白东倒西歪。

哑巴戏也好看，也热闹，农民这样说。我们在县、地两级汇演都拿了奖，又被派往一些工地巡回演出。多少年后，我还记得最后一次演出之后，一片宽阔的湖洲上，突然下起了倾盆大雨，我在一辆履带式拖拉机的驾驶室避雨，见工棚里远远投来的灯光，被窗上的雨帘冲洗得歪歪斜斜。我透过这些滑落的光流，隐约看见伙伴们在卸装和收拾衣物，在喝姜汤，在写家信。曲终人散，三位主角已被专业艺术团体通知录用，有些人则琢磨着"病退"回城的可能。我们伟大的舞台生涯将要结束了。

我知道粗陋的道具服装将不会再用，上面的体温将逐渐冷却，直到虫蛀或者鼠咬的那一刻。我还知道熟悉的舞乐今后将变得陌生，一个音符，一个节拍，都可能使人恍惚莫名：它与我有过什么关系吗？

我已冻得哆哆嗦嗦。

二

十多年以后，我迁往海南岛，与曾经演奏过的海南音乐似乎没有关系，与很久以前梦境中的椰子树、红棉树以及尖顶斗笠似乎也没有关系——那时候知青时代已经成了全社会所公认的一场噩梦，被人们争相唾弃和忘却。我曾经在琴弦上拉出的长长万泉河，银珠跳动或孤鸟飞掠般的旋律，已在记忆中被删除殆尽。

我是大年初一与家人和朋友一起启程的，不想惊扰他人，几乎是偷偷溜走。海南正处在建省办经济特区的前夕。满街的南腔北调，来自全国各地的青年学子在这里卖烧饼、卖甘蔗、卖报纸、弹吉他、睡大觉，然后交流求职信息，或者构想自己的集团公司。"大陆同胞们团结起来坚持到底，到省政府去呵……"一声鼓动请愿的呼喊，听来总是有点怪怪的，需要有一点停顿，你才明白这并非台湾广播，"大陆同胞"一词也合乎情理：我们确实已经远离大陆，已经身处一个四面环海的孤岛——想到这一点，脚下土地免不了有了船板晃动之感，船板外的未知纵深更让人怯于细想。

"人才"是当时海南民众对大陆人的另一种最新称呼，大概源于"十万人才下海南"的流行说法。同单位一位女子曾对我撇撇嘴："你看那两个女的，打扮得妖里妖气,一看就知道是女人才!"其实她是指两个三陪女。三陪女也好,补鞋匠和工程师也好,在她看来都是外来装束和外来姿态,符合"人才"的定义。

各种谋生之道也在这里得到讨论。要买熊吗?熊的胆汁贵如金,你在熊身上装根胶管笼头就可以天天流金子了!要买条军舰吗?可以拆钢铁卖钱,我这里已有从军委到某某舰队的全套批文!诸如此类,让人觉得海南真是个自由王国,没有什么事不能想,没有什么事不能做。哪怕你说要做一颗原子弹,也不会令人惊讶,说不定还会有好些人凑上来,争当你的供货商,条件是你得先下订金。

海南就是这样,海南是原有人生轨迹的全部打碎并且胡乱连结,是人们被太多理想醉翻以后的晕眩和跌跌撞撞。

"人才"涌来使当地人既兴奋又惶惑。特别是女人才们的一大特点让当地人惊疑不已,她们居然要男友或丈夫干家务:买菜,洗衣,带孩子,甚至做饭和做蜂窝煤,真是不成体统匪夷所思。阿叔,你好辛苦呵!当地男人常常暗藏讥笑和怜悯,对邻家某个忙碌的男人才这样亲切地问候,走过去好远,还回望再三,暗暗庆幸自己没有摊上一个大陆婆。我后来才知道,海南男人一般是不受这种罪的。我后来的后来还知道,个中原因是他们的女人太能干,不光包揽家务,还耕田、砍柴、打鱼、做买卖、遇到战争还能当兵打仗——《红色娘子军》传奇故事发生在这个海岛,纯属普通和自然。

这些海岛女人大多有美艳的名字:海花,彩云,喜梅,金香,丽蓉,明娘,美莲……大方而热烈,热带野生花卉般尽情绽放,不似大陆很多女子名字用意含蓄、矜持、典雅、温良,吞吞吐吐。

这些海岛女人大多还有马来人种的脸型,那种印度脸型与中国脸型的混合,透出热带女人的刚烈和坚强。她们钢筋铁骨,赴汤蹈火,在所有男人们辛劳的地方,都有她们瘦削的身影出没,一个个尖顶斗笠下射出锐利逼人的目光。连满街机动三轮车司机也大多是这些女人,让初来的外地人深为惊讶。热带的阳光过于炽热了。这些司机总是一个个像蒙面大盗,长衣长裤紧裹全身,外加手套和袖套,外加口罩和头巾,把整个脑袋遮盖得只剩下一双闪动的眼睛。这在北国是典型的冬装,在这里却是常见的夏装,是女性武士们防晒的全身盔甲。她们说话不多,要价公道,熟练地摆弄着机器和修理工具,劳累得气喘吁吁,在街角咬一口干馍或者半截甘蔗,出入最偏僻或者最黑暗的地段也无所畏惧。你如果不细加注意，很难辨认她们的性别。你甚至可以想象，如果出于生存的需要，她们挎上一支枪，同样能把武器玩得得心应手，用不着改装就成了电影里那些蒙面敢死队员，甚至眼都不眨，就能拉响捆在自己身上的炸药包，或者敏捷如兔子在战火硝烟中飞跑。

有人说，海南岛以前男人多是出海打鱼或者越洋经商，一去就数月或者数年，甚至客死他乡尸骨无存，家里的全部生活压力只能由女人们承担。也许正是这种生活处境，才造就了她们的吃苦耐劳，也造就了当年的红色娘子军。

这种说法，也许有几分道理。

三

成立于一九三〇年万泉河边的红军某部女子军特务连，还有后来的第二连，作为"红色娘子军"共同的生活原型，曾经历过惨烈的战斗，比如在马鞍岭尸横遍野。一个个女兵被开膛破肚，但有的手里还揪着敌人一把头发。另一个女兵被割下头颅，但她嘴里还咬着敌人一只耳朵。她们也曾经历过残酷的内乱，在丁狗园等地遭遇风云突变，忍看成批的战友一夜之间成了AB团、取消派或者社会民主党，成了内部肃反的刀下冤魂。

当革命的低潮到来，更严峻的考验出现了。队伍离散之后，生活还在进行。有的在刑场就义，有的蹲在感化院，更多的是自谋生路，包括在媒婆撮合之下嫁人成家，其中一部分成了官太太和地主婆。有些官太太和地主婆在日后的抗日斗争中又为国捐躯——没有人来指导和规划她们的人生，人生只是在风吹浪打之下的漂泊。这样的生活当然不是时时充满诗意，不是出演在舞台的聚光灯下，出演在管弦乐队的旋律中，更没有仿《天鹅湖》少女们轻盈而细腻的舞步。但这种没有诗意的生活，真实得没有一分一秒可以省略。特别是在娘子军被迫解散以后，女人们回到世俗生活，面对更复杂而不是简单的冲突，投入更琐屑而不是痛快的拼争，承受更平淡而不是显赫的心路历程，也许会付出更为沉重的代价，只是这些代价不再容易进入舞台。

她们在清理战场的时候，发现一个个牺牲的战友，忍不住号啕大哭。一位血肉模糊的伤员，却没有任何遗憾和悲伤的泪水，临死前只有一个小小请求，请姐妹们给她赤裸身体盖上一件衣衫，再给她戴上一只铜耳环——这是她生前最隐秘也最渺小的愿望。老阿婆讲述的这件往事，可惜没有进入样板戏，因为在生产样板戏的那个年代，人情以及人性是不可接受的，像耳环这样的细节总是让当时的文艺家们避之不及。恰恰相反，样板戏把敌我双方的绝对魔化或绝对神化，已到了极端的地步。

在这种情况下，一个极富讽刺性的效果，是样板戏《红色娘子军》风靡全国之际，却是大多数当事人大为恐慌之时，大喇叭里熟悉的音乐总是让她们心惊肉跳，把她们推向严厉的政治拷问：你不就是当事人吗？奇怪，你为什么没有在战场上牺牲？为什么好端端地活到了今天？哪怕你当年没有在感化院写过忏悔书，哪怕你后来也没有当过官太太和地主婆，但你是不是隐瞒了其他历史污点？你至少也是个胆小鬼没有将革命进行到底吧？……面对这样的质问，没读过多少书的女人们有口难辩，也找不到什么证据来证明历史远比舞台剧情更为复杂。

于是，她们只能为自己历史上真实或虚构的污点长久赎罪。涉及到娘子军的政治冤案，在海南岛随处可闻，直到八十年代初才得以陆续平反。

在一个乡村福利院，我参加了春节前夕慰问孤老们的活动，事后散步到后院，闻到了一丝怪味。循着这股怪味，我来到了一孔小小的窗口，发现厕所边的一间小屋里，一条赤裸的背脊蜷曲在凉席上，上身成了一个骨头壳子，脑袋离骷髅状态已经不远，掩盖下体的絮被已破烂如网，床头只有半碗叮满苍蝇的剩饭，浓浓恶臭就是从这里扑面而出——大概是管理员好多天都捏着鼻子不敢进去清扫了。

我看见了耳朵上的一只耳环，才发现这是一个人，一个女人，但门窗上都有封锁空间的粗大木头，如同在对付一只猛兽。人们告诉我，这就是一个"文革"中被专案组逼疯的阿婆，娘子军的什么班长，眼下虽已获得平反，但疯病没法治好了。平日关住她，是怕她乱跑。

你们到前厅去喝茶吧，喝茶吧。管理员这样说。你们没必要慰问她，反正她什么也不明白的。

呵呵，这没有什么好看的。另一个人说。

我心里一沉，突然想起了少年时代的演出，想起了舞台上雨过天晴的明丽风光里，那些踮着脚尖移动的女兵，朝红旗和彩霞碎步轻轻地依偎过去，再依偎过去……我站在这个故事延伸到舞台以外的一个遥远尽头，不知道自己今后还能不能平静如常地回首那如幻天国。万泉河，特别宁静和清冽的水，从五指山腹地的雨季里流来，七滩八湾，时静时喧，两岸很少有村落和人烟，全是一匹匹移动的青山，是茂密的芭蕉叶和棕榈树的迎送，是它们肥肥大大的绿色填埋在水中。你在船头捧起一捧河水，无法打捞沉积了千年的绿色，只有一把阳光的碎粒在十指间滑落，滴破你自己的倒影。

四

我在海南省 A 县生活过一年，经常走过城中心红色娘子军沉默的石头塑像，看见塑像下常有两个卖甘蔗的女孩，有时还有几个老人在地上走棋。这里是万泉河下游，从九十年代开始，成为了旅游观光业开发的目标。日本的、台湾的、香港的、海南的开发商在这里升起一座座星级酒店，带来了熙熙攘攘的人流与车流，也带来了大批浓涂艳抹的女子，给空气中增添一些飘忽身影，一丝丝暧昧和诱惑的香水味。

一般来说，她们在白日里隐匿莫见，到夜里才冒出来，四处招摇，装点夜色。如果临近深夜，她们觉得业务还无着落，就如同热锅上的蚂蚁到处乱蹿。游人的汽车还没有停稳，她们的利爪可能已经伸入了车窗；游人刚进入客房，她们猖狂的敲门或电话可能接踵而至，甚至一头冲进门来赖在床上，怎么也轰不走。她们尖利的怒目，此时总是投向进入男人身边的女人，把漂亮脸蛋当作最大的灾星和仇敌，或当作越界入侵者。她们用外地口音大喊："哪来的骚货？这样不懂规矩？他娘的把她打出去……"

"解放海南要靠红色娘子军，建设海南要靠黄色娘子军"，这一类戏语到处流行——虽然流莺飞燕在海南以外的地方同样不少，虽然海南女子倒是极少与之为伍——她们再穷也自有不娼不丐的特殊传统。

"扫黄"的运动说来就来。一到这时候，风尘女们作鸟兽散，待风声过去，又偷偷地挎着小皮包聚合起来，在角落里忙着描眉眼抹口红，一堆大陆口音叽叽喳喳，俄罗斯或者越南的女子可能也混迹其中。在她们的出没之处，其实还有一些身份不明的人，隐伏在不远处的茶馆里或者大树下，喝茶，抽烟，打牌，睡觉，聊天，打游戏机，看录像带，不时放出一个长长的哈欠。他们衣冠楚楚，不是打工者，不是游客，但总是在这里游荡，每天要做的事情似乎只有一件：收钱——等着某个女子把赚来的咸钱送到他们手里，让他们点数，由他们拿去吃喝。让人迷惑的是，有些女子居然把这个程序完成得急不可耐，票子还没有在手里捏热，就会气喘吁吁地跑来上缴，兴奋得像要及时入库，然后忙不迭地再投入新的拉客卖身。

我很晚才察觉到这些隐身的小白脸，也无法不为之惊讶。这些吸血鬼居然不承认自己下流，按照他们的说法，别人谋生只需要投入资本或者体力，他们可不一样，付出的代价太沉重了，因为他们付出的是感情，准确地说，是爱情。他们脸上挤出一丝坏笑，常常拍着胸脯向你保证，他们是那些风尘女的情人，给她们感情的慰藉和未来的寄托，包括在她们哭泣的时候去擦擦眼泪，在她们病倒的时候去找找游医，在她们被警察抓走以后去交钱赎人……这桩桩事都容易吗？不容易的。因此他们是见义勇为，舍己利人，因此收入合理，毫不在乎"吃软饭"、"放鸽子"一类恶名，不在乎世人对他们的鄙薄——碰到这样的房东或者邻居，他们缩头缩脑，脸上有讨好巴结的谄笑，能躲多远就躲多远。但他们从不会真正地自卑，甚至觉得你们这些打工者和生意人算什么东西？哪有他们的一份轻松和潇洒？

他们也许曾让自己的女人生疑，但女子们沦落如此还能有什么别的指望？而一种毫无指望的日子是否过得下去？爱是女人之魂。生活中一个哪怕最卑微的女人，一个对世界万念俱灰的女人，也不能没有爱这个最为脆弱的死穴。即使没有可靠的家，一个虚幻承诺也常常可以成为她们的镇痛毒药。有一天，一个怒气冲冲的男人赶来，把自己的女人从嫖客怀抱里拉出来，揪住她的头发，狂煽她的耳光，猛踢她的胸脯和屁股，然后把她像只死狗一样拖向归程——这个女人立刻受到了同业姐妹们的羡慕，甚至让她们感动得热泪盈眶。至于她们自己，当然得现实一点了，既然无缘这种幸福的惨遭暴打，无缘这种光荣的口吐鲜血与遍体鳞伤，那么男人的唬弄也只能让她们弃之不忍。

一位警察告诉我：在这些女人中间，大约七成受到这种荒唐盘剥。这位警察还让我惊讶地得知，一些未能养上"鸽主"的女子，甚至会觉得前途渺茫，至少在同伴面前脸上无光，会急切地寻找与攀比，真是邪门了。她们常常倾其所有，数万元乃至数十万元地甩出去，供养一个几乎注定无法兑现的承诺。

一个脂粉凌乱的疯女走过来了，又哭又笑的，嘴上有明显的血痕，短裙子被撕破，脚下的高跟鞋只剩下一只。她一见黑色小汽车就扑上去，像只彩斑壁虎死死贴在前窗上，对着车里人大喊"我没有存折我没有存折！"……

没有人知道这只壁虎后面的故事。

也没有人把她领入医院或者领回家门，更没有一支姐妹们组成的军队前来为她复仇——眼看就要天黑了，雨点正在飘落，热带雨季的阵雨总是准时抵达。在一个和平的、世俗的、市场化的逐利时代，革命已经远去，嘹亮的军号声已经没入宁静，没有人愿意多管大街上的闲事，包括为一个下贱的疯女人停下步来——虽然她们承担过各种暧昧的收费和罚款，让某些地方官员享受着财政收入的增加；虽然她们曾经为很多商家争来客源或取悦贵客，提供过金灿灿的大把利润；虽然她们还一次次被文人们津津乐道地写进作品，承受着先锋们欲望的发泄，包括性奴的苦楚已被描写成性解放的狂欢。法国最近一本特别走红的小说，除了痛斥伊斯兰教，就是盛赞泰国及其他发展中国家的色情业：真是美妙的全球化呵，既能缓解欧美中产阶级的性苦闷，吸收掉这个世界上太多危险和无聊的荷尔蒙，又能给世界上的贫困地区和贫困阶层增加收入，岂不是最符合人性？凭什么要受到伪善者的指责？

一位著名的中国理论家也在立论，一心证明"红灯区"的重要意义：旅馆业、餐饮业、娱乐业、美容业、交通业、服装业、医药业乃至银行业，无不受到这一行业强有力的拉动，而资金由富区流向穷区或者由富人流向穷人，还有哪一个渠道比女人的肉体更高效和更平稳呢？

就在不久前，革命因压抑人性蒙受恶名。某书记对女知青的诱奸，某政委对女演员的逼婚，都是一桩桩触目铁证，使新派人士们悲潮滚滚，把栏杆拍遍，将所有阶级姐妹都牵挂心头，恨不能拔剑出征替天行道。奇怪的是，他们中间的很多人，眼下面对灯红酒绿里的日常强暴却总是心平气和通情达理，对社会上流行的鸨婆哲学也总是及时理解。喜儿不从黄世仁，琼花反抗南霸天，在他们看来甚至纯属不智与多余。他们已经展开理论上大规模的宽容，让诱奸和逼婚合理化。只要把压迫者的鞭子，由权力换成了金钱就行——这只是因为他们过去未曾获取权力，没混成什么书记或者政委。

在他们看来，人性当然是重要的，但与卑贱者无关。

五

又是十多年过去了。回到内地的一天，一位朋友拉我去看再度上演的《红色娘子军》。这位朋友也曾在海南打拼，办过一个农场，后来被一场台风吓得屁滚尿流。他一出门，几百颗扑面而来的沙粒就射进了他的皮肉，到医院手术台上把一颗颗沙粒从肉洞里夹出来，竟花了血淋淋的整整六个小时。他说海南的雨季太潮湿了，台风实在太可怕了，你在那破地方还混个什么劲儿？

大幕徐徐拉开。惨淡阴森的灯光下，水牢情景浮现，镣铐的金属声哗啦作响，满身鞭痕的女主角缓缓起舞，在聚光灯下用每一个细胞挣扎，用每一个骨节悲诉，向一个她看不见的上空伸出空空双手……在这个舒适的大剧院里，看得出，那是一双没有挨过鞭打的手，纤细，柔软，瘦弱，嫩滑，也许只适合掩口浅笑或月下拈花，或泡在什么品牌洗浴液里。

接下来是四个女奴的中板群舞。年轻演员们个头高挑，技巧娴熟，对肢体应该说有足够的控制，但看上去仍是柔弱无骨，缺乏岩层般的粗粝和刚强，即便一齐举臂显露出身上条条鞭痕，但那红色分明不是鲜血而是人体秀的油彩。她们给人失真的感觉，串味的感觉，不时透出华尔兹或者伦巴的风韵。再接下来，红色娘子军的群舞也好不了多少。一群热带丛林里的伪奴隶，倒像是一群香港太太或者纽约洋妞，搬弄着她们十分陌生的大刀和步枪，表达着她们十分隔膜的忧伤和愤怒。

但还是有很多人鼓掌。

女奴们用手臂挡住鞭击从而让琼花死里逃生的时候，孤苦无告的琼花被女兵们如林双手热情接纳的时候，琼花来到政委就义现场找不到身影于是向空无四周一遍遍追问和悲诉的时候……生死相依的情景，义重如山的表达，如此久违与罕见，暗暗击中了观众们的震惊。剧场在升温，爆发出潮水般的掌声，并且有一种反常的经久不息。连我身边的朋友也拼命鼓掌，只是事后说不清自己为什么激动——他说他还哭了，却不明白一个KTV常客，一个差不多劣迹斑斑的老色鬼，今夜泪水为何而流。

我发现不少人都在泪眼花花。

对新一代演员的挑剔，对当年样板戏政治背景的警觉，似乎都足以取消鼓掌的理由。但我无法否认的是，当熟悉的乐浪在我体内呼啸，当舞者的手足一一到达我视野中预期的区位，这出观看过好多回的芭蕾剧，眼下还是给我一种初看的新鲜。它不再是威严样板，不再当红与流行，在今天甚至退到了边缘位置，于是刺目的强光熄灭，让人们得以睁开双眼，重新将其加以辨认。我似乎惊讶地发现，这个故事中的人性其实比我料想的要多得多，比我料想的要温暖得多。

这个作品不是曾经用刀枪吓坏过很多温良人士吗？如果高举刀枪有违人性，那么在你陷入恶棍围剿的时候他人统统袖手旁观倒成了人性？如果奴隶造反有违人性，难道在你横遭欺诈或暴虐的时候他人转过头去伴大款拍马屁倒成了人性？今天不会有太多的人，会为一个烈士的献身而苦苦痛泣；不会有太多的人，会把人间的骨肉情义默默坚守心底。如果——如果——如果这种痛泣和坚守都已陈腐可笑，那么我们是否只能把面色紧张的贪欲发作当成伟大的人性解放？或者，引起革命的压迫与剥削，革命所力图消除的压迫与剥削，在今天是否正成为人性复归的美妙目标？

也许我已经老了，见过了太多人事，于是弦惊之处忍不住鼻酸，似乎为不能确定身份和不能确定面目的什么人伤心——你是谁？你就是那个我一直熟悉但从未见过面的你吗？那个我一次次错过的你吗？今天还有多少人愿意挺身而出挡住落向你的皮鞭？今天还有多少人愿意伸出援手将走投无路的你接纳和庇护？也许，你不必过于悲伤和绝望，你至少还能听到掌声，听到四面八方经久不息的掌声，再一次在剧场里实现对革命的重申。革命是什么？革命确实是仇恨，是暴乱，是狂飙，是把天捅下来，但革命无非是暗无天日之时人性的爆发，是大规模恢复人性的号令和路标，因此也是一切卑贱者最后的权利——虽然革命大旗下同样可能重现罪恶，常常使革命变得面目不清，让回望者难以言说。

我也无话可说。

我擦擦眼角，止住一颗下滑的泪水。

2003 年 4 月

---

* 最初发表于 2003 年《当代》杂志。

落花时节读旧笺

自有了信息电子化，电话、电邮等正日益取代信函，投书远方已成稀罕之事。不久前清理自家旧物，无意间从一抽屉里翻出旧笺若干，如掘出一堆出土文物，让我惊喜，也不免惊惶：这也许就是此生我收到的最后几许墨迹？

来信者多为同行故人。他们的墨迹有几分模糊，但字如其人，或朴或巧，或放或敛，仍能唤醒一幕幕往事，历历在目。感谢纸墨这些传统工具，虽无传输的效率优势，却能留下人们性格的千姿百态，亦无消磁、病毒、黑客、误操作之虞，为我长久保存了往事的生动印痕。也感谢一个时代的风云聚散，让我得以与这些来信者有缘相识，无论是擦肩而过，是同路一时，还是历久相随，他们终是我生命的一部分，是读书读人读世界的一部分，已悄悄潜入一个人的骨血。

于是一封封重新展开。

01

西西，1987 年 12 月 31 日来信称：

> 我刚从北京回来，看见莫言、李陀、史铁生、郑万隆和张承志，好极了。他们老说就欠少功一人。我临走时遇上北京大雪，美极了，可仍然比不上你们这些美丽的人。我想，做一个写好小说的人不太难，但难在做一个能写好小说的好人。
>
> 如果我到湖南，我当然不想成为"抓稿人"，只想跟你和有趣的朋友（是何立伟、彭见明他们吧）开心地聊聊，一如在北京那样。不过，目前我又非做抓稿人不可，真可怜。事情是这样，洪范书店再编三、四册，

我就想到你的《女女女》。如果你不反对，请循例签写同意书寄回就行。据说你有一篇新作《棋霸》，不知刊在哪里。

西西是香港作家，身居灯红酒绿之地，仍有几分艺术的高冷和狂野，《胡子有脸》《母鱼》《我城》等作品变化多端，现代主义前卫风格天马行空，相对于满城花哨的地摊书，堪称香港一大异数。内地开放之初，她是两岸三地的文学交通中枢之一，将一大批内地作品引入繁体字，其规模和反响达一时之盛。但作品之外的她毫无先锋造型，既不会目光直勾勾，也不会烟酒无度、满口粗话、深夜海边暴走，倒是质朴如一村妇。第一次在酒店相见，她衣着低调，张罗茶点，引见和关照几个随行青年，在茶座的一端几乎没说什么话，似乎更愿意让她的学生们多说——文学班主任的服务十分体贴。

市场化经济大潮扑来，新时期文学迅速转入疲态和茫然，包括西西在内的很多人后来大多音讯寥落，相忘于江湖。2008 年春，我在香港浸会大学待了两个多月，好几次打听她，不料教授也好，作家也好，青年读者也好，都说不出一二，甚至对这名字也不无陌生之感。我大吃一惊：这还是香港呵？

还好，总算有一位颇费周折找来了她的电话号码。我通话结果，是发现她竟然近在咫尺，与我同住在土瓜湾的一角。这个土瓜湾，靠近九龙城寨，即当年清政府嵌入殖民地的一处留守官署，亦即后来匪盗横行的一块法外真空，直到再后来才经陆港双方签约，将其改造成一个公园。我租房在此，常沿着港湾散步，看各类争奇斗异的市井食肆，看水面倒影中的灯火万家。我何曾想到，我可能早与她在此路遇多次，只是已互不相识。

她由家人陪伴，偶尔还靠家人搀扶，前来与我见面，看来身体已不是太好——这也可能是她多年来息交绝游的原因之一。

我终于见到她，重新握住了她瘦弱而清凉的手。

02

张贤亮，1988 年 6 月 23 日来信称：

那天在侣松园门口，忙乱中还没来得及告别，待我拿到房号钥匙奔到门口，那辆破车已不见踪影。我想你还会跟我联系的，特地告诉了门房，但也没能再听到你的下落。

我试着写这封信，也不知你能否收到。

在北京待了两天，果然听到启立同志在人民日报的一次会上，根据那位巴黎中新社记者唐某打的"内参"，批评了我们的代表团。使我痛心的不是打小报告，而是领导人惯于听一面之词。干脆走他娘的，躲进小楼写小说。你年纪轻，望好自为之。我是觉得已经束手无策了。

可能的话，把《生命中不能承受之轻》寄本来让我拜读。

在很多人眼里，张贤亮是一位风度过人的文学男神，曾以《绿化树》《土牢情话》等小说折服包括我在内的大批读者。他后来转型为商界大亨，据说有钱便任性，曾以超长豪车接送朋友，路旁还有两列黑衣保镖一路随车小跑，其排场俨如帝王。他的放浪也大尺度，发出邀请时总是宣告："带情人来的我就报销头等舱机票，带老婆来的统统自费！"这一类话是玩笑，但也难免给他带来争议。

一位熟读和盛赞《资本论》的热血之士，一眨眼成了金光闪闪的资本家，这是当代中国故事中并非少见的个人命运轨迹。从信中看，他也有温存的另一面，竟为一次忙乱中寻常的不辞而去，驰函以图追补，周到得让我惭愧——他当时尚不知我的确切地址。至于信中提到的"内参"，是1988年中国作家代表团访法所引起的。那个代表团超大。其中有几位在巴黎痛责中国的体制和文化，得到大批听众激情的鼓掌，却与部分华裔人士暴发争议——包括他提到的"中新社记者唐某"。这场争执以"内参"或其他方式传导国内，后来也成为文化界思想纠扯的案底之一。

其实，据我当时了解的情况，争议双方首先有背景的错位，有语境的分裂，说的好像是一回事，但联想空间、意涵所指、听众预设等远不是一回事。刚出国门的中国人，满脑子还是官本位、大锅饭、铁饭碗、冤假错案，不发发牢骚，不冒点火气，好像也不可能。不过长期生活在外的不少华裔对这一切感觉较为模糊，恰恰相反，他们的切肤之痛是不时蒙受某些西方人的白眼，一身黄肤黑发没法改，最急的是没有自尊本钱，最愁的是没有自强后盾。好容易有了"两弹一星"什么的可供吹嘘；再说说《论语》《道德经》，或扎个狮子舞个龙，图的是在"多元化"中也挤进一席。他们如今听中国作家反这反那，连传统文化也要一股脑统统黑掉，那还不跟你急眼？

真正听懂对方的意思，其实是不容易的。

03

刘宾雁，1988年3月1日来信称：

> 江苏的徐乃建寄来一本她译的，昆德拉的《为了告别的聚会》。几个外国人向我推荐过他的 The Joke（《玩笑》——引者注），那是八六年，读了，并不觉得像他们说的那么好。
>
> 三月十六日，我要赴美，先在 UCLA 讲学二月，九月起去哈佛参加尼克森基金会的记者活动，到明年五月。
>
> 对于讲学，我还全无准备，想得到你的帮助：一，想听听你对近几年中国文学创作的看法，哪怕简单几十个字。王蒙化名"阳雨"在《文艺报》发的文字：关于轰动效应之后（1，30）你看了吗？就此写几句看法给我也可。进一步的问题，告诉我你最喜欢、或认为较好的青年作家是谁，哪个中短篇小说较好。二，你自己的短篇里，你最满意的是哪个？三，你近几年谈文学或谈自己创作的文章，告诉我发表的刊物（记得前不久读过《上海文学》上的一篇）。若能在三月十五日前寄我最好。

刘宾雁比我年长一大截，对文青们有忠厚大叔范儿，又有包青天打抱天下之不平的沸腾声誉。我读过他的不少报告文学，发现他不论写到哪个地方，总是要写出改革和保守的两条路线、两个阵营、两个司令部……正邪相搏，圣魔对拼，煞是惊心动魄的精彩。但这种二元图景的弱点，是不容易与我的生活经验对接，似乎滤掉了太多复杂性，尖锐、痛快、正义凛然，却有失真度的偏高。碍于一份对长者的尊敬，我一直犹犹豫豫，未能向他表达过自己的意见。每次见到他疲惫不堪，一脸忧思沉重，据说被家门外排成了长队的上访者轮番搅扰，被全国各地的冤情和苦水没日没夜地消耗，也有几分于心不忍。

一位作家偷偷说过，大叔对文学界太失望，说除了少数几个，其余的都在走歪门邪道。这也许他是恨铁不成钢，痛惜同志们写得不像炸弹和旗帜，"寻根"呵"先锋"呵什么的，远不解现实政治之渴。无疑，从《西望茅草地》

到《爸爸爸》，我的笔下多了些古怪，在他眼里也肯定是一条堕落的下行线。

但他还是来信征询意见，不耻下问，尊重他者，一份温厚令我感动。我不记得自己是如何回复的，也不知他收到回复后是否对我更加疑惑了。一晃几十年过去，我一直没机会与他扯散了瓣细了深谈，直到他多年后客死他乡。

想想这事，让人揪心。

04

聂鑫森，1988 年 3 月 29 日来信称：

> 自你们走后，我们每每谈及，常惆怅恻然，遥想你们顶严寒而去，人地生疏，为之悬悬，念念不已。那晚风雪飘飘，独坐室内，遥想友人离散，颇多感慨，便写一首五言诗：
> 少壮光阴迫，慨然走边陲。
> 楚地多俊杰，星石强争辉。
> 把酒论时势，举翼尽南飞。
> 冲开凛寒阵，何日再重归？
> 建构新文化，从此不低回。
> 椰林缘案牍，荔枝红书扉。
> 烈日炙眉宇，惊涛洗鬓灰。
> 嗟哉零落雁，敛羽难与随。
> 京华久滞留，世事每相违。
> 推窗风打雪，遥祝酒一杯。

聂鑫森一张长黑脸，最重朋友情义，以至湖南文学界流传一句话：谁要说聂哥坏话，那这家伙一定是坏人，轰出门去就是。

我与他分居两个城市，几乎每次相聚都是朋友们长谈竟夜。有一次我找不到清代张潮的《幽梦三影》，他听说后竟毛笔正楷抄来全本，厚厚一大叠，让我大吃一惊。"因雪想高士，因花想美人，因酒想侠客，因月想好友，因山水想得意诗文。"我差一点觉得这些句子的抄录者就是原作者本人。

我手上最多他的来信。这里挑出的一封，是写在我和一些朋友"南飞"

之后。当时海南建省办特区，欢迎各地梦想者参与，力图在一个雨林浩瀚天高地远的边陲海岛，一张白纸随便画，迅速升起一片现代化奇观。他因就读"京华"且家事缠身，"敛羽难与随"，无法与我们疯疯地南蹿。听说我们选在大年初一举家登车，顶风冒雪，绝尘而去，他一腔愁绪自是难免。

幸好他没来上车，否则也就没这些诗了。

05

李亚伟，1988年7月11日来信称：

> 信收到。我刚哼哼呜呜准备出发呢，夏天的山山水水让人站立不稳。
>
> 这里还未开除我，高考还叫我监了考，之前上了几节音乐课，我使劲摇荡着身子教学生们唱流行歌曲来着。但显然我头顶的天空不够用，这些日子我不停地写着海，我的句子成群结队要往岛上爬。
>
> 我强烈要求招聘！
>
> 但如果你那儿不太顺利，我就使劲等些日子。我走来走去地等，抽烟，吹口哨。我不在乎招聘或是调动，只要能来，我极不喜欢这儿的环境。几年了，这儿的很多东西都在围歼我，想干掉我。我曾几次离职，都因没找到工作，饿，最后高举双手回单位投了降。

海南建省初期的条件十分艰苦。我租住的平房外，野火鸡不时出没，野香蕉随手可摘，完全是一片荒野景象。因停电和煤气断供，三家人只能合伙用树枝或煤油做饭。有一天，我姐想好好犒劳一下家人，好容易做出一个大菜：葱爆猪肚。没料到突然冒出几位不速之客，见一盘大菜上桌，手也不洗，也不要筷子，甚至未经主人同意，便乐滋滋争相下手，三下五除二吃了个盆底朝天，吓得几个孩子躲得远远的。

我姐气不打一处来，偷偷问："哪来的这些王八蛋？"后来才知道来者都是诗人——呵，诗人。她好一阵恍惚，把来客留下的两册油印诗读到半夜，才渐渐消了气，第二天早上说："确实写得好。"

算是认可了一桌饭菜的被迫捐赠。

这一诗界闹事团伙中就有来信的李亚伟，一个四川小伙。他曾以"莽汉主义诗派"闻名，其语言的粗野、狂放、草根性、嬉皮风，可视为后来小说贫嘴化和网络恶搞化之先声。"夏天的山山水水让人站立不稳"，"我头顶的天空不够用"，"我的句子成群结队要往岛上爬"……这一类野生词语在他笔下信手拈来，横蛮无理，爆破力强大，足以搅得文学礼崩乐坏。

我最终没有能力招聘他入职。这一群爷在海南打过架，名声远播后，其他机构想必也只能敬而远之。

他后来招聘了自己，据说不久便成了一大富商。

06

陈映真，1988年10月22日来信称：

> 海南是一个处女地，在"现代化"的政策下，她即将付出惨烈的人的代价、大自然的代价和文化的代价。依台湾的经验，少数民族的沦落和社会的解体，女性的娼妓化，男性沦入底层劳动者。民族文化的解体，民族主体性的解体……如果中国共产党和大陆知识分子容忍甚至鼓励这种发展，对我是痛彻心扉的失望与绝望。

> 请STEVEN带去《人间》杂志十册，表示我的友情与敬意。《人间》是站在"弱者"——民众的立场去看人、生命、生活、自然和社会，特别要追究"发展""现代化"所付出的不必付出的代价。大陆知识分子对西方讴歌太浅薄，太轻佻，对西方资本主义太无知，对中国开放改革的世界背景，即体系化的世界资本主义所加以的限制太无知，对中国社会主义革命的评价太低，对马克思主义的批评太轻率。我们理解这是文革的反动，但反动与感情用事不是对待真理的态度。

他1994年8月4日又有一信称：

> 接获来信及影印页，何其高兴。那封信能刊在书上，说明大陆上言论也自由。这样说，也觉得有一股辛酸的讽刺味。在共产党支配的社会，左派意见反而难出头，不一定官方要压，反倒是一般知识分子会嘲笑——都什么时候了，还要这样提问题？此所以那封信多年后刊出，竟使我惶

感惊讶不已!

少功兄,这个时代还需要作家写出时代巨大变化下的人和生活,接续三零年代、四零年代民众文学与民族文学的大传统,兄其勉哉!

对于"现代化"名义下的资本主义全球化,陈映真也许是两岸知识界中最早的质疑者和批评者,相对于九十年代中后期内地迟到的相关讨论,差不多早了十多年。这当然得益于市场和资本在台湾先行一步,也离不开一个左翼作家的思想定力,还有某种基督教背景下的济世情怀(台湾学者赵刚语)。他提到的"三零年代、四零年代"文学大传统,放到百年乃至千年历史大框架里看,还真是一件事:"空前"已无疑,是否还要"绝后"?

可惜他的《人间》杂志未能坚持多久,其他努力也屡遭挫折,号召力在台湾日渐微弱,似乎被他所殷殷关切的"弱者"和"民众"所无情叛离。取而代之的,却是后来奶油散文、八卦故事、狗血写作的呼风唤雨横行天下。对于很多人来说,这当然是一种讽刺,也是一种尖锐逼问:说好的民众呢,在哪里?

换句话说,民众是什么?民众如何区别于民粹杂群?民众需要关切,是否也需要再造?如果这后一个问题没法借助更多手段来加以解决,那么前一个热血版的精英问题是否还有意义?

这些事一想就要头大。

感谢陈映真,能让我们的脑神经无法懈怠。

07

邓友梅,1990 年 10 月 8 日来信称:

前一段在深圳,听说你参加《花城》的笔会,我尽力打听你的地址,可是怎么也打听不到。似乎在保密,一会说在宝山,一会说在小梅沙,到底也没找到,只好作罢。

法国的事我知道。办手续最好是由海南直接办,不要通过作协,通过作协要麻烦得多。巴黎你大概去过了,很值得再去,唯一要稍加注意的是,那些民运精英大部分都在花都。有些是老朋友,见面时稍有点分寸，别给任何人抓到可做文章的材料。

除此之外无可忧虑者。

海南情况似乎颇好。我是指你们几个人，《天涯》（指两期彩版大众试验刊——引者注）办得很有生气。见台湾报载《生命中不能承受之轻》已列入今年畅销榜，我弟文运亨通，可喜可贺。

邓友梅也是一位文学前辈，当年以《那五》《烟壶》等京味小说享誉文坛。后来有作家曾指其涉"左"，大概与他官居中国作协领导职务有关。不过，从信中看，他主管外联部，与我素无私交，对一个小字辈的个人出访还是很上心。不管是私下指导，小心叮嘱，还是顺便鼓掌拍肩送温暖，都透出了长者的善意。

我后来很少见到他，但时常念及那一个政治气氛相当紧张和敏感的时刻，一封信所送达的难得温暖。

08

孔捷生，1990 年 2 月 17 日来信称：

我没了你的消息，正如你没了我的消息。我是你的朋友 KONG，现英文名叫 JASON。以你的英文功底已应联想起我是谁。不错，我就是孔某。去岁情况你当以略知。我现居三藩市，并任"中国现代文学"《广场》总编辑。社长是陈若曦。此信除了向你报平安外，就是约稿。刊物背景是一个民间文教基金会，无特殊色彩更无与外间什么组织有瓜葛。我本人亦无参加什么团体。

陈本人七月返大陆组稿，亦可见本刊之包容性及纯文艺色彩。

与孔捷生曾有一段热络交往，比如一同去北师大参加什么联席会。与会者有北京几个大学的文学社团代表，也有身着工装的工厂诗人，或蓬头垢面的流浪文青。我们是由一位陌生女士引入的，先有电话约定，然后在某公交站会合，双方各拿一张报纸以为暗号确认，颇有老电影里地下党的神秘气氛。后来，我们又一同参加过《今天》杂志的例会。北岛主持会议。陈迈平参与张罗。有人朗诵诗，有人读小说，都是各自的新作，然后席地而坐或靠门斜立的文青们投入热烈讨论，有一种群策群力联合攻关的文学大生产劲头。作为北岛带来的客人，孔捷生不把自己当外人，以粤式普通话喷了一通写作经验，要求把某篇小说至少砍掉一半，搞得作者脸上有点挂不住。

相对于二三十年后作家们见面只是谈股票谈古董谈足球谈豪车谈版税就是偏偏不谈文学，当年的联合攻关大生产不无喜感，却也让人怀念。

那一年政治风波后，他也是我的失联者之一。好容易联系上了，没轮得上我投稿，那份"纯文艺"新杂志便已匆匆倒闭。

据说他后来成了旧体诗词达人，又曾以化名在网上发表过不少时论，但这些飘忽传闻都莫辨真伪。

09

蒋子龙，1992年5月4日来信称：

> 感谢你邀我南下，虽来去匆匆，但很愉快。
>
> 阁下保持了自己的品位，但又对这个复杂多变的社会和文坛应对自如，实属难得。登机后拿出你的随笔集，不料不是送给我的。连你这样从容自定的人也被笔会搞昏了头，可见笔会不可轻易办。你的智慧陪我在飞机上度过了三个多小时，直送我到家，可谓圆满。

蒋子龙算得上新时期"改革文学之父"，以小说写遍国企、机关、乡村的改革，写遍了《乔厂长上任记》的自信和《农民帝国》的困惑。肯定是社会的碎片化和改革的歧义化，撑破了他的笔墨控制，让他后来不再容易踩到朝野各方的共振点。但不少同行还是余妒未消，说我们当年写小说想得奖，同那姓蒋的写小说想不得奖一样难呵。更大的奖牌当然是：八十年代曾有工人在厂门前贴出大标语："欢迎乔厂长来我厂上任！"某省当局还曾以红头文件转发过他的小说，以作为各地改革的思想动员和办法参考——这些奇事，在文学史上一定绝无仅有。

他身上总是有一种大国企的金属味，是有棱有角的坚硬体，比如每天坚持几千米游泳，一游就是数十年不辍，每天都活得英风勃勃，精神抖擞，当当响汉子一条。

天津好几位男作家似乎也有这股劲儿。

10

许觉民，1992 年 10 月 30 日来信称：

> 此次在武汉相聚并同游三峡，十分高兴。
>
> 《百人传》是八九年出版的，样书及稿费寄湖南，稿费被退回，但样书未见退回。我写信问周健明，因匆忙间把他的名字写成了"周介民"，他大概动气了，不给我回信。我与文学界素少往来，因此这事一直压在我这里。这次有幸见到您，先将这事做一了结——稿费：叶蔚林 20，韩少功 15；样书：各一册。稿费已由邮局汇去。样书，按规定一人有两册，现在凑不齐，只凑到两本，也请谅！
>
> 附寄拙作两册，赠您与蔚林同志各一，尚希教正。这是八十年代初写的，出版社勉强印的，稿子压了六年，甚不足观。此后写的，没有一个出版社肯印了，放在抽屉里，让蟑螂去批判吧。

这封信富有传统道德教育的价值。

诚信：事关一二十元小稿费，居然念念在怀，决不马虎，哪怕事隔多年后一有机会就要细心办妥办实。谦和：对一个后辈晚生也和颜悦色，执礼如仪，恭请"教正"云云。旷达乐观：能轻松面对自己晚年的清冷，不惜公开自嘲一把："让蟑螂去批判吧"——这句话曾让我笑出声来。

来信者许觉民，1938 年就加入中共的老资格，老出版家和老评论家，传奇性故事一大把，曾任人民出版社总编辑和中国社科院文学所长，按说有足够的人脉资源和资历本钱，给自己营造一点能见度。但他的书在九十年代居然"没有一个出版社肯印"，可见时代变化之巨，令人唏嘘。

11

何士光 1993 年 1 月 25 日来信称：

这几年由机缘牵引，确实也另外地体验了一回生命。常悲切我糊糊涂涂地来到人世上，东零西碎的见闻似也有一些，但究其根底，却仍是一片黑暗，亦必是糊糊涂涂地离去。因想倘能于根底处有所知晓，庶几就不虚此生了。子曰形而下谓之器，形而上谓之道。由下而趋向于上，其势亦是人生之必然。倒也省些蛛丝马迹，见我辈中人也渐渐向此中转。曾读到你推荐《坛经》的文字，也以为是一种消息。

听洪声说起你在读拙作《如是我闻》，深觉欣慰，盼能读到你的意见。那当然还只是初步地写出一个头绪，其间的幽密，自还十分渺茫。先写下来，让它去经受自己的缘分。由此以往，倘还有写作，大体亦将依此线索。那么当然把文坛种种都抛弃了，而经受自身的这一份因果。

贵州的文事同各处一样，也十分寥落。但文事一如原先的文事，又焉得不寥落？寥落也是必然，也是因果。唯其寥落，心才渐渐有生机透出来。我在拙作中引过老子，那便是道失而后德，德失而后仁，仁失而后礼，礼失而后义，这之后，便该是义失而后利了，而今正是唯利是图之际。利也是要失的，利失之后，循环过去，则就是道了。眼下却也能让人感到道的悄然兴起。

九十年代是新时期文学急剧分流之时，有的卷入政治，有的扑向市场，有的则投奔宗教。较之于有些人放眼《圣经》或《可兰经》，何士光最终选择了道与佛。

在世俗化传统超强的中土，佛和道保留了中华文明对永恒和辽阔的一线远望，指向一份安放灵魂的幽深。一旦满世界"义失而后利"，物质化大潮逼压，宗教也许就是比抑郁症、狂躁症更积极一些的解决方案。毫无疑问，当一张张面孔哗变成唯利是图，寡廉鲜耻，无恶不作，远古的终极之问总是会及时归来，进入有些人睡前或醒后的片刻惶惑——这些惶惑无疑值得尊敬。

一位当红作家因此而突然销声匿迹，从人多声杂的地方抽身而去，其内心诸多痛感，我们大概也不难想象。

但宗教也有风险。特别是在"利益＋"或"利益×"的时代，伪宗教、邪宗教、烂宗教也断不会少。我给何士光写过书评《佛魔一念间》，载于1994年《读书》杂志，曾指出求术也可能"执迷神秘之术"，求道也可能"误用超脱之道"，两个层面都不是那么保险的。这话的意思是：宗教若能让强者清心节欲，让弱者得到心灵安抚和互助实惠，那么不管折腾出多少离奇神话和夸张的形式感，都算得上人间功德，可弥补社会管理之不足。很多无神论者对此可能缺少应有的理解。另一方面的道理：如果郢书燕说，让"随缘"成了绕开难事走，"破执"成了胡说八道全有理，"无为"被理解成坐等白吃不脸红，"超脱"被理解成对压迫者、侵凌者、欺诈者一律装聋和袖手……那就不知有多少昏昏男女要被荼毒了去。很多"法师""上师""仁波切"为何对此睁一只眼闭一只眼？

说实话，我身边有不少例子证明，很多人得宗教之益少，得宗教之害多，看上去更像是用神神道道给一己私利换上个精致包装，能否给自己加分，还很难说。

何士光不会没看到这种复杂性。他在贵州与我有过讨论，还说曾有一长信与我，只是这封信我一直没收到。

他笑了笑，说既如此，那便是因果，不必另写了。

大师拈花一笑，已随说随扫。

12

李建彤，1993 年 11 月 27 日来信称：

> 我的纪实长篇《现代文字狱》，你是知道的。你们杂志上载过我的第三章，其余未露过面。我本想交给香港的繁荣出版社，谁知该社长来北京开政协会，传给他的朋友们，弄得风风火火。中央的领导人又派人去香港取回来，交给我。一位朋友说：慢点发吧。
>
> 现在我又该找你的麻烦了，你还愿不愿出版我的书？现在是一、二、三卷都改出来了，你如想用，我一本一本寄给你。
>
> 我很想找你聊聊。海口见面，我觉得我们说得来。欢迎你来我家做客，带上你的爱人。

来信者是中国著名红军将领刘志丹的弟媳，六十年代曾写长篇小说《刘志丹》，被最高领导层定性为"利用小说反党"因而闻名全国。其丈夫刘景范，还有习仲勋、贾拓夫等老友，都受到这一政治错案的株连和影响。《现代文字狱》就是她获得平反后，对这一风波始末的亲历性回忆录。

记不清是九十年代初的哪一天，她由一位女士陪同，敲响了我家房门。这位七十多岁的老太身体较胖，如沉沉一袋砂石，爬上五楼时早已气喘吁吁，两膝不时颤抖。那一天恰逢停电，我在蜗居斗室点上蜡烛，听她说明来意，说她介绍新书写作过程等。想到她从北京找到海口，再从海口找到我的居所，一个公交车都没通的远郊之地，一幢黑洞洞的旧楼房，真是让人过意不去。我主编《海南纪实》杂志时，与朋友们编发过她这本书的几万字，不过是职责所系，做了件小事，不值得老人家如此客气和辛苦的远程来访。

我和妻子送她下楼时已是深夜。

《海南纪实》停刊后，我为她找过几个出版界朋友，探寻她这本书完整出版的可能，但最终未能帮上忙，只能扼腕一叹。

13

张承志，1994 年 10 月 20 日来信称：

有一本安徽的散文集《清洁的精神》，几乎全是新作品，无奈印时不校，错字有三百多处。香港林先生若回信应承，我便把书稿和勘误表一并寄去，俟书出后，再呈你批评。

我母亲于九月二十八日去世。至今都在忙着丧事，感慨万千，但我有了基本想法，即不愿藉母丧而作文章。

此外，我在联系着一些老同志，编一套批评和介绍西方文化政治源流以及六十年代以来各西方国家左翼的丛书，盼用它普及新的世界观点。此事刚刚起步，俟明年书成后，我们几个人都谈到你，盼你发表意见。

正如你所说，右的大潮尚在澎湃，左的投机已经开始。这就是中国的知识分子，毫无羞耻观念的中国智识阶级。不过我更觉得与之区别的必要。作家中具备区别和分庭抗礼能力的人并没有几个，你应当站出来，得更靠前一些。

想象中，张承志是一个策马走天下的独行游侠。但他似乎活得比同行们都要大，上下五千年，东西数万里，都是他心中沉甸甸的块垒。他是学考古的，对东亚、中亚、西亚、南欧、南美的一路人文深探，使他无法再回到文学圈的沙龙和酒会。他重新戴上白帽子，从中体会"清洁的精神"，体会民间的"口唤"和"举意"，但这也给他引来了不少误会。我曾向他请教过伊斯兰的问题，发现他对极端暴恐势力的痛恨，其实比我们这些非伊斯兰教徒还要更强烈，更焦急，更沉重，也更多一些学识支持。

只是这一切，同某些时尚人士不大容易沟通。那些人不知黎凡特与古希腊的关系，不知阿拉伯与欧洲文艺复兴的关系，不知基督教与犹太教之间的忌言秘史，不知其他宗教背景下同样可能的血迹斑斑（如美国、英国、德国等地大比例的"非穆"恐袭事件，包括挪威一基督徒 2011 年那次一口气杀掉 76 人）。当然，他们更没见过伊斯兰世界里同样随处可见的微笑、忧伤、礼让、清澈双眸……一句话，他们连花十分钟翻翻书的兴趣也没有，更愿意在流行媒体的标题中找真相。

张承志早就放弃了小说，多年来只写散文，甚至是接近诗的散文。这大概是一个十分合适的选择。小说是一种不那么"清洁"的形式，至少就材料层面而言，需包容形形色色的人与生活，总是不避泥沙俱下的芜杂，因此不那么鲜明，不容易绝决。这种大众读物也不可能偏离大众思想情感的中值均线太远。相比之下，张承志似乎被对抗逼成了对抗，志在纯粹，行事苛严，总是在生活中高度苛严地挑选朋友、读物、活动、立场、表情、话题、场合、词句、饮食、着装、文体句法……以对抗心目中那些卑污势力的侵害或利用。这种无时不在的警觉，这种时时紧绷的排除法，与小说伦理和小说美学当然格格不入——至少是差别甚大。

他前期的小说《黄泥小屋》《海骚》《心灵史》等，其实已早有诗的趋向，相当于一种外人不易听懂的"举意"与"口唤"。

14

心水（黄玉液），1994 年 9 月 24 日来信称：

接触不少中国来澳的朋友，他们的浮夸、虚假、胡乱的男女关系，假学者、假教授都有，尤其是为达目的不择手段更令人心寒。对大陆人的一般评价，海外华侨都有看法。我认为完全是环境造成的。你发宏愿重新唤起国人对优良传统文化的重视，挽救民族性步向正途，这份心肠就已是佛心。可惜中国文人大多忙于"下海"追逐名利，少有忧民忧国的作家。有缘认识，真有相识恨晚之感。

心水是澳大利亚华裔作家，不一定认识张承志，却与后者几乎不约而同，对众多中国智识精英痛心疾首，出言便是一剑指胸，刀刀入骨。

值得一提的是，他的这些看法与官方"洗脑"无关。恰恰相反，他只是祖籍福建，自己出生于越南巴川省，1978 年携妻子及五名儿女乘渔船仓皇出逃，，以躲避越南共产党新政权的打击浪潮，在海上漂流了十三天，又在荒岛上苦斗自救了十七天，最后才转道印度尼西亚，进入澳大利亚难民收留地。他似乎是最无具体理由要"忧民忧国"的一个受苦人——至少也是一个局外人。

15

薛忆沩，1995 年 3 月 1 日来信称：

我们的舆论通常为技术主义和经注主义大唱赞歌。它们注意不到现代文明在很大程度上是值得怀疑的，是有问题的。无论是旧式的文人还是共产党传统中的文人，都容易在物质的繁荣中醉生梦死。有谁能提醒人类这个蹩脚的司机在遭遇坎坷的时候应该降低档位呢？

冷战结束之后，人类的去向已经不很明确。中国社会恰好在秩序混乱的时候钻进商业的漩涡。它的命运可想而知。在这个可悲的时刻，在这个不断生产出牺牲品的大变动的前夕，我们也许可以用一点冷静来保护我们的森林，我们的河流，我们的空气，我们的尊严。这一切已经远不如二十年前、当我还是一个小孩子的时候那样了。技术的进步为人类潜伏下毁灭的隐患，经济的发展将个人模型为谋生的工具。这两种趋向又都以对自然的破坏和对精神的歪曲为代价。其实，没有冷战时代强烈意识形态的遮掩，人类的去向可以看得更加清楚。人是在朝向灾难拼命努力的动物。

我当过薛忆沩的责任编辑，不曾与他见面，只有些书信往来。一代年轻人的写作，好像大多数更愿意"去思想化"，更相信"跟着感觉走"，小清新一点，无厘头一点，玩high（爽）了就行。但他似乎不一样，在信中展现出人类史的大视野，对技术崇拜和发展迷狂深怀忧患，对现代化"文明"决无小资们那种粉色喷香的全心膜拜。他的这些看法写在1995年，放到思想界也是一种难得的及时发声。

接触这样的后生多了，我对"代沟"之说便不以为然。

我后来说过，我们读几千年前的孔子、老子、孙子等，都没觉出多大的"沟"，读几百年前的施耐庵、曹雪芹等也没觉出多大的"沟"，怎么一二十年偏偏成了"沟"？

16

陈建功，1995年6月19日来信称：

> 我已经在四月份到全国作协来了，到这儿来的事，据说何志云已告诉你了，你在电话里说的，何志云也转告了。
>
> 当初你到海南闯荡，有一来信使我颇为感奋，就是你说你是"为了多一点经历"，"老了多一点回忆"。我之所以答应他们，也是想起你那封信才决定的。
>
> 最近发现你的创作状态很好，看了几篇文章，很棒，为你感到高兴。特别是《世界》，我很感动。你的长篇我还没有见到，待见到后一定好好看。不过我觉得有些评论家和某些小报记者很讨嫌，把张承志、张炜和你"神化"，其实是把他们神化。我心想什么时候承志或你最好踹他们一脚。因为不踹他们的话，不定什么时候他们觉得"神话"够了，用完了，就该踹你了。当然这是玩笑，其实你根本不用理他们。我最近为了清理自己的思路，和王蒙、李辉对谈了一次，登在《读书》上，据说也有理论家要"争一争"。我根本不想争，对理论不感兴趣。前几年被批评界拖着鼻子走了几年，连小说都不会写了，好不容易才下决心不看批评了。

很早就认识陈建功。在他进入官场前，我们交往较多，像他这样说说内心话，哥们儿之间相互提醒、相互鼓励、相互通气的便函多见。

作家们大多牛气哄哄，自以为不乏拜将入相之才，治国安邦舍我其谁。其实这基本上是自恋的错觉。能真正带好一个村民小组或一个小公司的，我在生活中也没见到多少。说起来，论聪明资质、知识准备、协调能力等条件，陈建功倒算得上进入管理层的一个合适人选。只是他进入得不是时候——如果他想干什么大事的话。

这一点日后才可逐渐看个明白。九十年代中期的中国文学，已在经济、政治、文化各种变局的猛击之下有点晕头转向。较之此前"伤痕文学""先锋文学"的一路匆匆补课，输血似已完成，前面一切自便。个人主义的最远思想里程差不多就在这里了。面对利益和思潮多元化的歧路纵横，很多人顿时失去了方向感。在这种情况下，一个缺乏方向感的作家协会，如同失去灵魂的一个庞然大物，还能干点什么？既然思想和艺术的话题已没人说，没人愿说，甚至没几个能说得上，剩下的当然就只有利益。作战部变成了总务处。辩论台改成了菜市场。如果不是奖项、席位、版面、出国机会、项目经费、五星级招待等，恐怕很多人都打不起精神去凑热闹。

给作家分配利益当然不算坏事。但这等事与文学混搭在一起，毕竟有点怪怪的。华尔街很有钱，海湾石油国家也很有钱，历代朝廷和豪门贵族都不差钱……在那里办一两个作协就定能推出惊世之作？好吧，即使官家干部们都忍得住，不搞权钱交易、权色交易、人情交易什么的，而且见什么人都微笑都握手都嘘寒问暖亲如一家——问题是：这世界什么时候用利益砸出过文学？好比一个又丑又恶的渣女郎，哪怕嫁妆再多，全身披金戴玉，能用钱砸出她的爱情？

很可能，砸来的都是些混混。比如拿十万元扶助一长篇小说项目，这事不能说是出于坏心，但肯定是一种培养混混和团结混混的有效机制——写小说（除非是残障或特困作家），竟要靠官费来出版和宣传，这种小说还用得着写？

这种官费护驾的温室小说印出来又有何用？

可惜我当时也看不到这一点，没法在复信中对他有所建言。

17

刘再复，1999 年 11 月 9 日来信称：

今年能在洛矶山下见到您，实在难得。您走后，我又重读了《马桥词典》，更深信这是一部杰作。今年六月《亚洲周刊》评选"20 世纪小说一百强"（我也是评委），《马桥词典》被排在第二十二部，属优秀者的前列。

　　谢谢你回国后还关心我，实实在在地向上"进言"。不管他们有没有反应，您的努力使我感到故国仍有心灵的跳动。也谢谢你和子丹发了《独语天涯》的自序部分。有你们和其他朋友开个头，以后的路子会越走越宽。我们的读者毕竟在国内，大陆读者的热情在海外是看不到的。

　　刘再复是资深评论家。其文章单篇来看不觉奇，全部合起来看方觉厚；不像有些人单篇来看都觉妙，全部合起来看便嫌窄。这当然取决于作者性格秉赋：有的人以爆发力见长，有的人以耐久力为本，如此等等，分别适合不同的读者或不同的读法。

　　他的包容度也大，是一个思想多面体，能普惠文学界的左中右和上中下（当然也就不会漏下拙作《马桥词典》）。只是前不久他先后对两位国外同行（夏志清和顾彬）发出厉声，让我有点意外，似有一些新的思考信号值得琢磨。

　　他信中提到的相见，是我 1999 年到美国科罗拉多拜访他，还有他的邻居李泽厚。主妇菲亚的厨艺实在太好，吃得我和朋友都不想走，几天下来也对自己的体重忧心忡忡。当时我是《天涯》杂志社社长，同主编蒋子丹一道，做过一些文化领域破冰解冻之事，比如发表李泽厚、刘再复、北岛、杨炼、严力、多多等海外人士的作品——这些敏感名字曾让很多同行捏了一把汗。其实，干这事并不需要多少勇气，只需要一点对大局的主见，对稿件诚实的理解和辨识。至于争取"官方"体制内某些积极力量的支持，比如必要时直接联系驻外使馆的文化官员——他们往往比国内新闻出版管理部门更了解海外情况，也更热心于重启内外交流——则是减少阻力和风险的小办法。

　　事实上，后来这些作家都走出了政治屏蔽，陆续重现于内地书架、讲坛、媒体版面，果然是路子"越走越宽"，足以证明我们此前"开个头"完全必要。邓小平在八九政治风波后说过"欢迎他们回来"，算是有了部分的落实。

18

于光远，2003 年 12 月 27 日来信称：

在我的电脑里还储存了许多半成品。一是 2003 年 7 月在我的网站上开设"于光远百科讲座",这个讲座将延续二、三年,经整理成书后,规模将达好几十万字。在我的电脑里还储存像《老年于光远》这本书的开头的几万字,至于可集结的文章,当然还有许多。

我已经八十八岁半了,不能不考虑收摊子性质的工作。我的秘书胡翼燕正帮助我编辑,准备出版我的文存,争取 2005 年我九十岁时出齐几百万字的上集。

总之我换笔之后"生产力"大大提高,我的"四种消费品'理论'"在一定程度上,可以说是我的亲身体会。

我的工作,总的来说:一面在收摊子,一面又在铺摊子,而铺出来的摊子,又要收。我有两个心思,一是赶快,二是"我要……"

我不在经济学圈,不大了解于光远的理论工作,没法予以价值评估。因此这封信一如冬天海岛上我和他的林中聊天,于我最大的意义是励志:

想想看,"八十八岁半"了;

还在"换笔";

还在"铺摊子";

还在"赶快"和"我要"和"许多半成品";

……

每想到此,就深感自己堕落得不像话。自己的午睡以及盆景、魔方、电视遥控器等都太可耻啦。

19

王鼎钧,2009 年 11 月 3 日来信称:

不意有海南之会,得以深结文缘。弟在台湾成长,两岸在通邮通商之前已先通文,大作沿各种管道输入,同文捧读,赞佩创意,惊讶出红尘而不染,许为天人,思之犹昨日事也。海南之会,劳师动众,草草远人,何以克当。

先生对文学发展关怀如昔,增助之缘功不唐捐,受惠者已岂弟等一二人哉。感恩节将至，谨致贺忱。

如果有青年要学写散文，我总是推荐台湾散文一哥王鼎钧。《那树》《脚印》《活到老，真好》等堪为传世经典，其积学静水深流，其性情山明水秀，其才华排山倒海雷霆万钧，可读得我一再目瞪口呆。

因工作关系，我高兴地结交过不少台湾师友，如陈映真、洛夫、余光中、白先勇、郭枫、席幕容、罗门、张大春、黄锦树、林耀德（已故）等，包括给痖弦投过稿，在吴晟家睡过觉，同李昂吵过架。但一年年过去，一直没机会得见王鼎钧。直到那次在海口召开"王鼎钧散文研讨会"，我才有机会握住那一只多少令我好奇和忐忑的手——这便是此信的缘起。

信中有一点误会：他想必以为那研讨会是我张罗的，故有"增助之缘""何以克当"等语。其实我只是偶然遇上，成为受邀者之一。我被主办方安排在台上坐了一下，那也是岛上老虎少，猴子坐上台。我并未办过什么实事。

我居然无法及时澄清这一误会，原因是我当时离开海南省作协已十年，王鼎钧来信试投那里，不幸被夹入一些杂乱报刊，一压就是两年多，直到最后才被某编辑偶然发现。不知哪位集邮爱好者擅铰邮票，把信封上的地址也铰去了一截。

没办法，我只知道他仍居住美国。

但愿他一切安好。

20

一位化名为"那人"的匿名者，1992年3月4日来信称：

准确地说，我现在还不是一个人，而是一个消息，这消息尚在路上走着，今日尚未到来。现在能与你对话，是出于我的梦呓。我上一封信给你谈到的《我与你》，兄看了一遍没有。布伯是个一流哲人。布伯和尼采是我最喜欢的两个哲人，高在黑格尔三千英尺以上。

我总感觉我信封上的地址不太准确。所以我请你接信后给我寄一张印有你通讯地址的名片，但千万不要回信。我不希望读到你的回信，以后也不想。我喜欢在冥冥之中以整个生命与你相遇，与你对话，但这一切都是无待的。

我喜欢这种单向的通信。

那件事
那件事是他一个人独自想到的
那件事他难以启齿
那件事他无法告人
那件事永远是他一个人的秘密

但那件事他到今天还没有做

那件事他想了很久很久了
他想起了干那件事的许多种途径
他千百次悄悄地预谋干那件事
有时他感到那件事的赌注很大
甚至像他的生命一样巨大
有时他又感到那件事其实很容易干成
干那件事天天都是机会
有时他想也许那件事干了也就算了
也没有什么了不起
有时他又预想到干那件事
可能会出身（？）一万个结果
像一万条陌生的路
令他全身的激动

多少年过去了
为了生存
他又干了许许多多的事
但不知为什么
他始终没有干那件事

但不知为什么

他又总忘不了那件事

干那件事的想法和他的生命一样活着

那件事他想了很久了

以至于他常常产生

已经做过了的错觉

那件事似乎已是某种存在

在这个茫茫宇宙的亿万个枝条上

他像爬行在某一枝的小毛毛虫

他疲惫了

他睡去

他又梦到那件事

这封信摆在最后，当然是因为它有点特殊：没有署名，也拒绝回信。

写信者只是"一个消息"，一种透明的随风飘去。从信封邮戳来看，他发信于"海南""府城"，也就是我家所在的地区，近在我身边。那么在当时，在后来，他可能是快递公司的某个小伙，可能是银行柜台那边的某个小妹，可能是刚刚离开我家的水电工，可能就是与我对桌办公已经多年并经常咳嗽和叹气的老同事……他当然也可能在千山万水之外，就像他说的，一直"在路上走着"。

他（她）是不论在哪里都投来目光的两只眼睛——从那时起，我再也无法逃离这样的暗中盯梢了。

他（她）要干哪样的"那件事"？在这个世界上，难道不是所有的人都有一件说不清但又忘不了的"那件事"？

因为"那件事"，日子变成了生活。

因为"那件事"，生活变成了生命。

因为"那件事"，再多的"这件事"破碎了也不要紧，都不会是输光。在这个意义上，也许"那件事"从一开始就不必成为五花八门的"这件事"。

好了，每个人都有遗憾，都有不舍和挣扎，都有不为人知的轰轰烈烈。"那件事"使都市或乡村的人，过去或未来的人，所有的迎面而来者于我都似曾相识。什么时候。他们都可能偷偷凑过来问上一句：

"布伯和尼采同志可还好？"

2015 年 3 月

---

* 最初分别发表于 2015 年《上海文学》杂志和《香港文学》杂志。

能不忆边关

　　从未见过这么多军卡、大炮、坦克以及车载火箭，串成一条盘山绕岭的铁龙，连接了长天两端的地平线。铁龙是暗红色的，蒙上了红土地的尘垢。

　　都停车了，天地间顿时一片寂静，数以万计的人在路边一齐撒尿。他们灰头土脸，纷纷搓去耳后的泥，吐出嘴里的沙。在他们周围，树叶、草叶以及水磨房都红若铁锈——不知起于何时的滔天尘浪正顺风而去，使路南一侧的天地变色。

　　枪口幽幽缄默。刀刃闪闪流盼。一箱箱炮弹是亲切的枕头和床榻。40 火箭筒或 82 无后炮成了玩具，或者说牌桌上的刑具，挂在倒霉蛋的脖子上，一直要挂到他杀出败局。扑克已洗牌好几轮了，好几轮了，有人不耐公路塞车，用步话机纷纷呼叫。骂娘的，喊天的，摔话筒的，口音南腔北调。

　　据说前面的坦克翻下山了。据说前面有敌方特工的情况。还听说前面两支部队在争路，互不相让……消息五花八门，不知哪一条是实。挂着伪装网的北京吉普 212 在逆行道上蹿来又蹿去，一副要解决问题的样子，似乎也没解决什么。

　　我们被安排到附近一处农舍。旁边是破旧小学。警卫员拿来压缩饼干和午餐肉罐头，不知又从哪里找来几棵白菜，打出一锅热汤。当地官员和老乡也来了，押来两个来自敌方的小贩，没有身份证明的那种，是不是探子，一时无法查明。他们又连连说对不起，称前面过去的部队实在太多，粮库早已搬空，猪羊统统变成了白纸借条，战时体制么，乱了，谁都是先下手为强。他们眼下两手空空，愧对远征之师，但还是带来了半桶黑米粑粑。一位老人说：这些粑粑是"解放饼"，以前叫"关公饼"，蘸了鸡血的，掺了剩饭的，你们非吃不可，一定得吃。

　　"鸡"谐音"吉"，意在逢凶化吉；"剩"谐音"胜"，意在旗开得胜——

散 文
425

这当然是老乡们好心的小迷信。

＊　＊　＊

几个警卫员盯住了采访组，白天给我们带路，防止误入雷区；晚上严禁我们户外活动——即便我们记住了口令，紧张过度的哨兵也可能稳不住指头，没等到口令就射出一梭子弹。据说这种事已有先例。

受长官们关照，我们不可能去最前线，顶多是在停战期间沿着交通壕进入前沿，在掩体里探探头，叉叉腰，像旅游者观看风景。前面的山川一片宁静，草茂林稀，薄雾轻云，三两鸟雀不时绕飞。不过是普通得不能再普通的张家湾或王家坝么，凭什么吓得我们一路蹑手蹑脚屏声息气？

敌方特工的渗透时有所闻——据说前不久我方一个师级野战医院惨遭偷袭。这使后方也成了前方，大家对任何外人都神经兮兮，无论男女，无论是否说中国话，总得多盯上两眼，枪口先对准再说，枪机保险全部打开。据战士们的经验，对中国话还要更多警惕才是，前不久敌方特工就是靠哼着《三大纪律八项注意》的曲子，骗过我方哨兵，在偷袭中占了便宜。

突然有人一声怪叫："有情况——"接着就是哒哒哒一串枪响，让我们都惊出一身汗，紧急分散和藏身。我趴下的地方是一堵土墙的墙根，朝门里偷偷探一眼，发现这里原来是臭烘烘的茅房。

片刻之后有人高喊："不要打！不要打！……"原来前面晃动草丛的后面，不过是一头牛——我随后也看清楚了。

要不是有人叫停得快，可怜那头老牛就会顿成肉筛子。

阎团长赶过来，大骂手下人神经过敏，没看清就狂呼乱叫。他后来向我们叹息，说好多年没打仗了，甚至不大练兵了，政治运动翻来覆去，连营团级长官也多是嫩秧子，到这时候能不紧张吗？听说有的人当了几年种水稻和盖房子的兵，枪都没摸过几回，初上战场时根本不敢伸头，只会对天开枪。更严重的是，有的长官连地图坐标也不会看，带着队伍上了山，把自己的位置报错。结果炮群一个基数的急速射，队伍就在自家人的炮火覆盖下血肉横飞找不到北——他们以及他们的亲人肯定没想到过这种死法。

第一批伤员从前线送过来了。无腿的，无手的，号叫的，挣扎的，一片血肉模糊和浓腥刺鼻，使"战争"这个抽象的词，已经听得耳熟但仍然有点虚幻的词，突然变得尖锐和沉重，轰然砸了过来。我的腿已经有些发软。事情是真的了——虽然我已经十多次这样想，但无法不再一次严重地想到。

* * *

军营里醉酒几成常态。当官的喝，当兵的喝，大概都想用几口酒壮胆，也洗却一些闹心的事。阎团长醉得最厉害的一次，是我们在一个叫沙岭的地方再遇 M 团的那个晚上。他领着手下人刚参了一次不算大的战斗，眼睛红红的，嗓子已沙哑，浑身一股酸臭，当着我们的面豪饮无度还谎报军情："报告，我正在带人抢修便桥，正在山上砍木头……您就放心吧，完不成任务我提头来见！"他丢下话筒，满不在乎地咬下一个瓶盖："喝！满上！谁都不准耍奸！"

这天晚上没见他砍木头，却见他至少吹下两瓶茅台。喝红了脸就骂天骂地。先是骂什么姓魏的在后方装病，临阵脱逃，推责耍奸，王八蛋，龟儿子。然后骂 Y 团谎报战功，臭不要脸，也是王八蛋，龟儿子。最后骂后勤系统盖大楼有钱，买进口车有钱，吃得一个个浑身长膘，就是要命的钢盔缺货——"这头盔是金子打的还是银子打的？是高科技产品做不出来？还是嫌我们这些尿壶脑袋不配？"

我听说过，这个团的钢盔短缺三分之二，带钢板的防刺鞋也迟迟不到位，因此很多伤员不过是被竹签铁钉伤了脚。

在他烂醉如泥倒在床下之前，上面的政治官员也难免狗血淋头："吃饱饭没事干吗？嘴巴皮子谁不会耍？站着说话不腰痛，今天一个通报，明天两个文件，以为我们下面这些人在拍皮球捉蚂蚱？优待俘虏，秋毫无犯，唱歌打快板，挑水割稻子……操！害死我们多少弟兄。他们自己怎么不来玩玩？"

两个警卫员把阎团长架回团指挥所去。"郝团长我告诉你，你得听我的。"他临走时一把抓住我，把我当成友军兄弟，"千万不要听他们放屁！要想少伤亡，你就得狠，就得王八蛋，就得把政策擦屁股……"

送走这位酒鬼，我与一位同行大摇其头：这样的团长也能打仗？

* * *

终于从 40 倍的潜望镜里看到了敌人。一个光膀子男人，歪戴草帽，穿一条白短裤，操铁锹维修工事。另外两个上半身也露出来了，似乎合力搬运着什么。在他们上方，一片灌木林那边，一线曲曲折折的散兵工事若隐若现，有沙包、油桶、粗树干，还传来断断续续的人语——此时的山谷太静，声音常常变得远近莫辨。

他们看上去像是平民，老少混杂的乌合之众。但这些人靠一个连或一个排的小规模，化整为零，时进时退，凭借有利地形，一直与我方主力死缠烂打。据说迄今为止是1：1的伤亡率，比教科书上的常规比率"攻3守1"要好得多——这是司令部记者招待会上的通报数据，但闻者大多生疑：怎么从前线下来的伤员那样多？

坦克在这种山地放不开手脚，只能纵排单行。一遇必须减速的弯道，这种坦克常常是肩扛火箭筒的活靶子，还会成为后续坦克要命的路障。后续坦克一阵咣咣咣地硬撞和强挤，才可能挤开前面的损毁坦克，重新打开通道，简直是要活活地把自己逼出屎来。炮群倒是我方一大优势，一吼就是红了半边天，地动山摇，烟火蔽日，天昏地暗，把山头削平，把地翻筛几遍，炸出一片片无氧的窒息区，炸出一座座十几年内难长草木的光山秃岭。也许正是看到了这一点，敌方主力在战争初期就是缩，就是躲，就是忍，倒是发动民兵和老乡来死扛，让你拳头砸跳蚤，明枪对暗箭，很多时候打得犹豫和别扭，也打得特别惨烈——这大概是官兵们火冒三丈的原因之一。

打扫战场时，战士们发现了一个血流满面的敌军伤员，好心地用急救包简易处理，再把对方背下战场。但对方在摇晃中醒了过来，悄悄旋开背负者腰间的手榴弹盖，乘人不备拔出了拉火环……

一些战士冲进了一条小街，只发现几位老人，对路边一个放牛娃也没在意。但他们随后总是被冷枪袭击，先后有一个炊事员、一个电话兵、一个排长莫名其妙地倒下。杀手到底在哪里？他们把街前街后再搜索了一遍，一无所获之下，不得不把目光投向放牛娃。有人上去搜身，果然在对方衣袋里发现了一支手枪，枪管还热。事情到此就难有其他结果：少年杀手挣脱逃跑之际，哇哇大哭的士兵们一齐开火，密集的机步弹把小小背影几乎拍成了一片肉质粉末。这还不够，坦克又冲上去再把零乱残体再碾压一遍……

在另一个村子，战士们累得大口喘气，浑身汗湿，喉舌冒烟，但不敢随便喝水。一只头戴棉帽的鹰走过来了，其实不是鹰，是一位干瘦如鹰的老妇，看了战士们一眼，漠然地走开去。看到这位老妇去田边一口浅水井喝水，几个战士放下心来——她能喝，大家当然也能喝。没料到这几个呆子一步踏入圈套，不一会就口吐白沫，嘴唇乌黑，眼球暴突，硬挺挺地倒在水井边。其中一位临死前没忘记朝水井甩了一束手榴弹，以防其他战友跟着中毒。不难想象，那个成功诱敌的老妇也没走多远，丧命在村口。战士们看得心里发毛的是，老妇竟然嘴角含一丝微笑……

官兵们哭诉着这些故事，清理战友尸体时泪流满面，事后还可能发出一声声号叫，互相头顶头地揪扯或厮打，用这种办法来尽力平静自己。奇怪的是，悲伤之泪常常是最大的战斗力，是最纯质的忠诚和最烈质的勇猛。用阎团长的话来说，有伤亡了，有大伤亡了，谢天谢地，仗倒是好打多了——当活生生的战友不再醒来，当朝夕相处的面孔突然爆成肉泥，哪怕两分钟前还多愁善感的书生，哪怕一分钟前还吓得尿裤子的软蛋，都可能泪流满面，眼一红，牙一咬，变成狂怒的疯子。"要那么多政治工作做什么？"阎团长曾经冷笑，"见血，死人，就是最好的政治工作！"

D城、F城、R县、342高地、773河口……后来好几个速决战，也许就是在泪雨横扫之下一一搞定的。特别是打到K河时，明明说不得过河，但疯了一样的士兵哪管命令？哪有工夫理解命令？师部一个参谋说，当时连长叫不住或找不到排长，排长叫不住或找不到班长，班长叫不住或找不到战士，全乱套啦。一些士兵跑得帽子没了，鞋子掉了，甚至没子弹了，但光着脚丫子也在K河那边多追了七八里。连炊事兵也抓颗手榴弹狂追——其实你追上去能有多大用呢？就不怕大家到时候饿肚子？

* * *

小夏因为打架和赌博，高中没混完，没人管得住，父亲才花钱买人情，把他送入部队"劳动改造"——这是他自己说的。

出征途中，他也被剃成了光头，镜子中的小波浪发型从此不再。他没法逛街下馆子，压缩饼干的又咸又甜让他翻胃欲吐。好在早操取消了，不查内务了，没人找他唠叨旧社会了，他可以多睡觉，熄灯号之后收听美国的广播也没人管——这时候的军营空前自由，自由得让人稍稍不自在。人人都写下了遗书，于是预备烈士之间怜爱大增，宽容大增，好脾气大增，增得你心里发怵。胸前满满四个弹夹更是随意喝酒和骂娘的权利。用小夏的话来说：这时候谁还敢得罪人？不怕老子在战场上打黑枪么？

他知道自己贪生怕死，只是不知事到临头时更丢人，擦拭过上百遍的冲锋枪没放一弹就不翼而飞。事后想起来，不知它去了哪里。当时炮火向前延伸，冲锋号吹响，高地上人影错乱，子弹打得石屑和碎叶狂飞，自己没看清敌人也没看清战友，一声哇，捂着双耳就钻进石头沟。

他不知自己怎样脱离了战场。肯定是跑晕了头，等他缓过气来，回过神来，发现自己孤身面对一片山谷。他不敢去找部队——枪都丢了，还有脸见人？不会被军事法庭打入大狱？

他继续一路狂跑，朝着地平线上家乡的方向。

事后证明这主意也不靠谱。且不说可能的地雷，且不说饥饿、风雨以及毒蛇，他一身军装足以惹祸，碰上敌人小命难保。到第二天，他已经一身泥污一脸泪，在青苔上一步滑倒滚至坡底，把逼迫自己参军的父亲骂了个体无完肤死有余辜。现在他该怎么办？他会饿死或摔死？要是落入敌手，他是不是得准备投降？是不是要下跪、谄笑、写悔过书并且去广播电台大声宣读？……就在绝望的一刻，他听到了坡下林子里有人声，仔细一听，竟是中国话，中国话呀！事后才知道，那也是一支打穿插的部队，多是广东籍士兵，正急匆匆直扑 W 县城。

"同志——"他忍不住大喊一声，哇的一声哭了。

对方发现了这一脸泪水，问他的名字，部队番号，拍拍他的肩膀，用猪肉和黄豆罐头把他喂得两眼翻白。

"算你运气好。要是碰到敌人，不把你开膛破肚才怪。"一位长官这样说。

后面的故事，是我采访其他官兵而得知的。这个连伤亡很大，特别是在穿插的最后阶段，原计划是部队过完了再炸桥，没料到工兵忙中出乱，这个连还没过河，桥已经轰的一声炸塌。大部队奉命对 W 县城准时发动侧攻，无法回援和等待，只能狠狠心留下这个五连自寻出路。于是，在接下来的突围中，连级干部全体阵亡，排级干部伤亡过半，加上野战电台丢失，大家完全是群龙无首。几个党员组成的临时支部商量来又商量去，意见难以统一，不知如何是好。小夏在一旁看得着急，看得冒火，忍不住跳出来骂娘，说你们打算在这里过年呵？在这里孵蛋呵？再这样屎不屎尿不尿的，不想活是吧？

大家面面相觑。没人不想活，问题是谁能给一个活法。

不要说了，听我的！这个陌生面孔不把自己当外人。他把指南针夺过来，摆上几个石头比划，三下五除二，就决定了突围方案。对不同的意见，他左一个"你脑袋被门夹坏了"，右一个"你脑袋被鞋底拍瘪了"，一张臭嘴与其说是辩论，不如说是辱骂。

他算哪一盘菜？但有些人知道他，这外来户身手灵活，测射程，爬绳梯，打火力点，都颇有能耐，刚上手的喷火器居然也能玩得转。

凭什么听你的？有人又问。

知道俺大伯是什么人吗？军长见了都得立正，吓死你！

后来的事实证明，他的决定很及时，吹牛和嘴臭也无伤大雅。他不过是利用自己当年聚众群殴时的战法，带着大家见弱就欺，见强就溜，包括一路丢水壶，丢弹夹，丢军帽，虚虚实实，扰乱和引开追兵。在最后断粮的日子里，还是靠前人渣或准流氓的经验，他放烟熏走一窝野蜂，用满满几头盔的蜂蜜，补充了大家体力。

在团部的战情报告里，这个五连在几天前已"全体殉职"。看到"夏连长"带着三十几个人奇迹般归来，首长们真是惊喜过望。但这位编外连长的一条腿没有回来。当时他一脚踩出不祥之感，顺势急滚，已来不及了。他眼睁睁地看见熟悉的腿、熟悉的鞋袜、熟悉的破烂布片随着泥雨喷放而腾空而去，在烟浪中旋转，在天空中飘摇——那一刻在他的记忆里宁静而且漫长。

奇怪的是，他还一直有这条腿的感觉，比如还能感觉到膝盖的痛，脚跟的痒，只是摸到那里的时候，只能摸到一条空空的裤管。他不再说一句话，圆睁双眼目光发直，躺在后方医院以后，床头出现了师首长、大红花、红领巾、大堆慰问信以后，还是这个样子。护士说，十多天了，他每天晚上睡觉也大睁双眼，眼皮一直合不下来。

* * *

一匹白马奇迹般地从敌后归来了。这肯定是哪个侦察排或通讯班的，肯定经历过战斗，满屁股血渍就是证明。

战士们猜测，它想必听到了山顶上高音喇叭中的对敌广播，听到了《大海航行靠舵手》熟悉的音乐，才得以翻山越岭，找到归家的方向。

正是它的归来，让师部有了一个新决定：山顶上的高音喇叭改为最大音量二十四小时不间断广播，高瓦数的探照灯也在入夜之后一齐射向敌后，为那些可能还幸存的士兵，可能还幸存的马，指引回家的路。

但很多人没有回来，包括那位阎团长——他与我前后相处过几天，满嘴的酒气和牢骚话曾让我暗暗惊讶，把几个干部子弟从连队抽调到团部罩起来，大有媚上营私之嫌，更让我失望和小看。没想到后来的事情是这样：采访组离开之后不久，他带着一个摩托化营插入敌后，不料途中遇到伏击。他在乱枪之下多处受伤，不愿当俘虏，不愿再痛苦，便开枪自杀了。据逃脱了的士兵描述，敌人放火烧毁了团长那辆吉普。因此事后能找回来的，只剩下团长一颗帽徽，一个皮带扣，还有一个烧变形了的水壶。

我知道，他经常用这个水壶装酒。

他经常就是摇着这个酒壶说些不着调的怪话。

我来到安葬烈士的墓园，向阎团长和他的战友们献上了一束野花。一位本地老妇在我身旁哭得厉害——其实她不是死者的亲人，连熟人也算不上，不过是路过这里，丢掉竹杖，捂住嘴巴，折腰便哭，声音如微弱的猫嚎。也许，她只是见不得死人，看不得伤心事，一看就得止不住长嚎。也许，她只是可怜这些娃娃们没有亲人相送，可怜这些死者往后很难被人们长久惦念，更是为自己将来可能的忘却而痛彻心肺。

能证明这一点的是，墓园另一侧有几具待葬的敌军尸体，也被老妇哭了一番。一位本地汉子，大概是她的亲戚或邻居，对此感到很没面子，跺着脚粗声埋怨："老糊涂了呵？你哭错了，哭错了，哭乱了套了么……"

老妇还是一意孤行地揪出一把把鼻涕。

她也许没怎么哭错。不是吗？当娃娃们放下武器，就没有多大的差别了吧？都有父母抓挠过的头发，都有弟妹攀爬过的肩膀，都有老师打量过的一脸腼腆或倔强，都有日晒雨淋过的古铜色皮肤和血迹斑斑的衣衫……她一个老太婆都看清楚了，已经不需要看到别的什么了。

* * *

以为还有大战，但似乎没有了。前方连日来一片宁静，转送重伤员的直升机也不再光临，营区渐渐恢复了早操和卫生检查，但因为驻军太多，以至营前的渠水半个月来一直是浑如泥汤，泥汤洗涮之下的大家实在卫生不到哪里去。

偶尔传来冲锋号和喊杀声，飘来一浪浪刺鼻硝烟，不过那只是摄制组补拍镜头。北京来的摄影师没赶上趟，或没胆上战场，但又不能没有冲锋杀敌的镜头，便让官兵们一次次事后排演，累得大家气喘吁吁大汗淋漓。

拍到第三遍。效果还不够理想，官兵们只好疲惫不堪地往山下撤，再一次等待烟火师的安排，等待导演的举旗发令。

我就是在这里认识了孙主任，一个自带梳子、香波、熨斗、吹筒以及成天埋怨没有净水洗澡的制片人。在Z城再遇他的时候，他领着摄制组一伙从西线回来，大概导演补拍了更多好镜头，声称当年的国家级大奖他是拿定了。也许是几次聊天聊出了兴致，他打电话让某政委送几箱茅台酒来的时候，也给了我两瓶。他让市政府公费安排名胜景区四日游的时候，把我和老王头也拉上面包车。"有一个熄灯舞会，很好玩，很现代派的，你们要是感兴趣的话……"他说得神色诡秘，笑着挤一挤眼睛。

我们在景区的这里或那里拍照留影，看少数民族的歌舞和日本的新电影，吃着公费开支的各种佳肴美食直到杯盘狼藉。客人们在席间交换购物经验，并且按孙主任的要求，无论买什么都索要发票，没有货名和人名的那种，交给他去处理。

我对这种发票收集略有诧异，终究没说出什么。

眼前一片灯红酒绿，似乎离战争很远，离山坡上的军人墓园很远——虽然它们不过就在起伏山脊线的那一边，在苍茫夜色之下。我们与那里有什么关系吗？我们是他们牺牲的意义和价值所在吗？我们就是他们需要拼死保卫的同胞、人民以及兄弟姐妹吗？我恶狠狠的疑惑挥之不去：这里的游赏和享乐，海吃和豪饮，还有可疑的发票，是否真值得他们在山脊线那边赌上自己的性命？

很多战争都发生过了，很多人为我们挡住了子弹和刺刀。好了，自从有了这些死亡，自从有了生存机会的不平等分配，有了人类生命的大笔删除和大块空白，幸存者的日子成了奢侈，成了负债，甚至是一种肥厚的无耻。

我把发票交给孙导时忍不住这样想。

　　昔我往矣，杨柳依依。
　　今我来思，雨雪霏霏。
　　行道迟迟，载渴载饥。
　　我心伤悲，莫知我哀。（《诗／采薇》）

* * *

谁还愿意与我说说墓园？说说整个山坡上的茫茫白色？说说白色坟碑一

排排延绵到山顶的惊人视野?

洪某,徐某,刘某,李某,宋某……碑面上是一个个陌生的名字。他们是谁的兄弟?谁的儿子?谁的邻居和同桌?他们在蓝天慢慢旋转的那一刻倒下,在山林与河湾最美丽的那一刻倒下,再也不能回到故乡。

因为战场上遗体零乱不易清理,这些埋入异乡的不乏完尸,但也可能只是一条腿,一只胳膊,甚至一个笔记本或一顶军帽。偶尔错误地埋入别人甚至敌人的尸骨,也说不定。因为国家困难,按当时币值,这些人的家属只能获得三百元抚恤金——我听到这个数字时立刻想起 19 管车载火箭,想起丛林里那一排排发射架的缓缓升起。据说每发火箭弹造价两万。那就是说,当号令旗一举,在火海腾升和空气撕裂的声音中,仅一个单车齐射就是近四十万,就是近两千血肉之躯的市场价格唰唰唰呼啸而去?

这种火箭其实太老旧,也便宜。我还没说到 89 式 40 管或 122 型 50 管的车载火箭,没说到 B-52 战略轰炸机和 094 核潜艇,没说到巡航导弹和航空母舰……无战的天国至今距离人类仍然遥远。那么这些现代战争装备天文数字般的造价,这些人类社会中最精美的恶毒和最昂贵的虚无,总是使任何高额抚恤金的比值都几可忽略不计,生命价值一次次在刹那间狂贬至零。

一位总部首长从北京来了,听说墓园一事大为生气,称这件事办得太缺心眼,简直是猪脑子当家。搞得惨兮兮的一片,不会影响士气么?不是浪费土地和材料么?依这位首长指示,依当年淮海战役中的做法,烈士们集中下葬,大墓一个,大碑一个,搞个隆重的追悼会,事情就齐了。

墓园施工停了几天,但最终没有改过来,原因是 C 军军长的固执。我远距离地见过这位军长一次,知道他脸黑,脖子短,丑得像个烤红薯,平时喜欢骑马而不喜欢坐车,喜欢蹲着吃而不喜欢坐着吃,走起路来咚咚咚的谁也跟不上。作为一个出身木匠的老粗,他也许确实缺心眼,不懂什么政治,甚至满脑子旧观念。"凭什么我的兵都要大合葬?他们没捞个好活,难道还不能得个好死?"

他激动得一脸黑肉更丑陋了。"到时候当爹妈的,来烧一把纸,摆一碗饭,说几句话,总得有个地方吧?"

说得军部的人都没吭声。

"以前家属来探亲,都有一个单独房间。以后他们要是来走一走看一看,你拍着胸口想想,把他们往哪里带?一个活人不见了,连个名字也不给留下?"

有两个小干事差点哭了。

"你们就这样去回话，说这个错误我犯到底了——"

"军长，军长，听说上面很冒火……"

"他们冒火，我还要骂娘呢！"

军长把帽子朝桌上一甩，把袖口一挽，去工地指挥施工，用马鞭指着这个或那个，把工兵营的汽车和推土机轰赶得飞跑。依他的命令，不但要照计划分葬，还要一人一口棺材，一人一面国旗裹尸。事后一个未经证实的说法是：就因为这种胆大妄为的抗命，他背了一个大过处分，在军党委会上做过检讨。

* * *

十多年后的一天，我持旅游签证进入当年的敌国。这个国家早已回到和平与建设。离边境不远的 H 市眼下到处是广告、商铺、机动车、叫卖声、流行音乐，还有偷偷求兑美元或者人民币的小孩。仿欧的宾馆大堂里，墙面光可鉴人，花丛芳香扑鼻，服务员大多说得出几句汉语。导游就更不用说了——小姑娘能唱中国当红电视剧里的插曲，抖几个中国最新的流行词，让客人们兴奋不已。

同中国一样，这里已全无当年战争的影子，就像那件事不曾发生。即便很多战事仍受到隆重纪念，但遗忘十多年前的那一段，似乎成了当事双方的默契。你在这里找不到老墙上的弹孔和老树上的弹片，更找不到有关纪念馆、印刷品、影视片以及老兵聚会，甚至很多时尚青年对你的提问茫然无知。在一再追问之下，导游姑娘也只是淡淡一笑："没什么呀，兄弟之间有时也要打个架呵。"

宴会中的当地旅游局官员也这么说。

杂货小店里的老伯和老婶也这么说。

我当然也会——这么说。

简直是出自同一套标准答案，是统一的删除格式。当然，人们记住了战争又怎么样？第一次世界大战被记住了，往日的交战国只是在欢呼和彩旗之下军舰互访。第二次世界大战被记住了，往日的交战国只是在礼炮和花雨之下军乐队同台演奏。历史已经翻过去了，已经褪色与风化，后人在碰杯，在拥抱，在握手和飞吻，一笔勾销了沉重宿怨。我们文雅而富裕，我们用现代文明人足够的宽厚、仁慈、友善以及热情，让天上的亡灵困惑或者欣慰，痛苦或者快乐——他们在外交礼仪中将成为暧昧的过去。作为和平的代价，他们的意义似乎正实现在他们被避讳、被含糊、被遗忘的时候。换句话说，遗忘成了他们最崇高也最残酷的一枚无形奖章。

但活着的亲历者和当事人怎么能遗忘？是否要等到所有亲历者和当事人也都被遗忘的那一天，文明的奖章才最终得以生效？

我不知自己该困惑还是欣慰，该痛苦还是快乐。也许是，也许都不是。我在这里无法入睡，只得去寂寞的路灯下信步闲逛，买了一瓶水。我不会再打听什么，不会再打听一个伤员和手榴弹的故事，一个放牛娃和手枪的故事，一个老太婆和水井的故事……当然还有很多我年轻同胞的故事。我相信，导游姑娘不会知道这些，甚至没兴趣知道。她眼下只关心如何去中国留学，让她的中文更流利，今后做生意更方便。

但我以水代酒偷偷浇洒在地，为很多人。

为今夜涌上心头的一张张面孔。

不，还有战马的面孔。

2009 年 4 月

---

*最初发表于 2009 年《中国作家》杂志。

月下桨声

　　雨后初晴，水面上有千丝万缕的白雾牵绕飞扬。我一头扎入浩荡碧水，感觉到肚皮和大腿内侧突然碾压着冰凉。我远远看见几只野鸭，在雾汽中不时出没，还有水面上浮来的一些草渣，是山上雨水成流以后带来的，一般需要三四天才能融化和消失。哗的一声，身旁冒出几圈水纹，肯定是刚才有一条鱼跃出了水面。

　　一条小船近了，船上一点红也近了，原来是一件红色上衣，穿在一个女孩身上。女孩在船边小心翼翼地放网，对面的船头上，一个更小的男孩撅着屁股在划桨。他们各忙各的，一言不发。

　　我已经多次在黄昏时分看见这条小船，还小小年纪的两个渔夫。他们在远处忙碌，总是不说话，也不看我一眼。我想起静夜里经常听到的一线桨声，带着萤虫的闪烁光点飘入睡梦，莫非就是这一条船？

　　我在这里已经居住两年多，已经熟悉了张家和李家的孩子，熟悉了他们的笑脸、袋装零食以及沉重的书包，还有放学以后在公路上满身灰尘的追逐打闹。但我不认识船上的两张面孔。他们的家也许不在这附近。

　　妻子说过，有城里的客人要来了，得买点鱼才好。于是我朝着小船吆喝了一声：有鱼吗？

　　他们望了我一眼。

　　我是说，你们有鱼卖吗？大鱼小鱼都行。

　　他们仍未回话，隔了好半天，女孩朝这边摇了摇手。

　　我指了一下自己院子的方向：我就住在那里，有鱼就卖给我好吗？

　　他们没有反应，不知是没有听清楚，还是有什么为难之处。

　　也许他们年纪太小，还不会打鱼，没有什么可卖。要不，就是前一段人们已经把鱼打光了——他们是政府水管所雇来的民工，人多势众，拉开了大网，七八条船上都有木棒敲击着船舷，梆梆梆，嘣嘣嘣，把鱼往设下拦网的水域赶，在水面上接连闹腾了好几个日夜。这叫作"赶湖"。有时半夜里我还能听到他们击鼓般的赶湖，敲出了三拍的欢乐，两拍的焦急，慢板的忧伤以及若有思索，还有切分音符的挑逗甚至浪荡……偶尔我还能听到水面上模模糊糊的吆喝和山歌。"第一先把父母孝，有老有少第二条，第三为人要周到……"如果我没有听错的话，这些久违的山歌，只有在夜里才偶尔鬼鬼祟祟地冒出来。

我后来去水管所买鱼。他们打来的鱼已用大卡车送到城里去了。但他们还有一点没收来的鱼，连同没收来的渔网。据说附近有的农民偷偷违禁打鱼，有时还用密网，把小鱼也打了，严重破坏资源。

我的城里的客人来了，是大学里的一位系主任，带着妻小，驾着刚买的日本轿车，对这里的青山绿水大加赞美，一来就要划船和下水游泳，甚至还兴冲冲想光屁股裸泳。他说这里的水比黑龙江的镜泊湖要好，比广西北海的银滩要好，比泰国的帕的亚也要好，说出了一串旅游地的名字，显得见多识广。我知道，这些年很多学校属紧俏资源，高价招生，收入颇丰，连他这样的小头头也富得买车买房，还公费旅游了好多地方。

我们吃着鱼，说到有些农民用蓄电池打鱼，用密网打鱼。他痛心地说，农民就是觉悟低，一点环境保护意识也没有。

他还说来时汽车陷在一个坑里，请路边的农民帮着推一把，但农民抄着手，不给一百块钱就不动，如今的民风实在刁悍。

这种情况我以前也碰到过。

客人们走后的第二天，院子里一早就有持久的狗吠。大概是来了什么人。我来到院门口，发现正是那个红衣女孩站在门外，提着一只泥水糊糊的塑料袋，被狗吓得进退两难，赤裸着双脚在石板上留下水淋淋的脚印，脚踝还沾着一片草叶。

她是走错了地方还是有事相求？我愣了一下，好容易才记起了几天前我在水上的问购——我早把这件事忘记了。我接过她的塑料袋，发现里面有一二十条鱼，大的约摸半斤，小的只有指头那么粗，鲫鱼草鱼游鱼杂得有点不成样子。从她疲惫的神色来看，大概这就是他们忙了半个夜晚的收获。

我想起水管所干部说过的话，估计这女孩用的也是密网，没有放过小鱼，下手是有些嫌狠。但我没有说什么。我已经从邻居那里知道了他们的来历。

他们是姐弟俩，住在十几里路以外的大山里面，只因为弟弟还欠了学校的学费，两人最近便借了条小船，每天晚上在这里打鱼。他们的父亲帮不上忙，因为穷得没有医药费，一年前已经中年病逝。母亲也帮不上忙，据说不久前已经走失了——人们只知道她有点神志不清，曾经到过镇上一个亲戚家，然后就不知去了哪里，再也没有回家。

我收下了鱼。在完成这一交易的过程中，她始终拒绝坐下，也没有喝我妻子端来的茶。她似乎还怕狗咬，说话时总是看着狗，听我说狗并不咬人，还是怯怯不时朝桌下看一眼，一见狗有动静，赤裸的两脚就尽可能往椅子后面挪。

"你很怕狗么？"我妻子问。

她不好意思地笑笑。

"你家没有养狗么？"

她摇摇头。

"你喝茶。"

她点点头，仍然没有喝。

她提着塑料袋走了以后不久，不知什么时候，狗又叫了，窗外桔红色一晃，是她急急地返回来，跑得有点气喘吁吁。

"对不起，刚才错了……"她大声说。

"错了什么？"

"你们把钱算错了。"

"不会错吧？不是两斤四两么？"

"真是算错了的。"

"刚才是你看的秤，是你报的价，你说多少就是多少，我并没有……"我觉得自己没有什么责任。

"不是，是你们多给了。"

我有点不明白。

她红着脸，说刚才回到船上，弟弟一听钱的数字，就一口咬定她算错了，肯定没有这么多钱。他们又算了一次，发现果然是多收了我们一块钱。为此弟弟很生气，要她赶快来退还。

我看着她沾着泥点的手，撩起桔红色衣襟，取出紧紧埋在腰间一个布包，十分复杂地打开它，十分复杂地分拣布包中的大小纸票，心里有些过意不去。

一块钱怎值得她这样急匆匆地赶来并且做出这么多复杂的动作？"也就是一块钱，你送鱼来，就算是你的脚力钱吧。"我说。

"不行不行……"她把头摇成了拨浪鼓。

"再说，我们以后还要找你买鱼的，一块钱就先存在你那里。"

"不行不行……"拨浪鼓还在摇。

"你们还会打鱼吧？"

"不一定。水管所不准我们下网了……"

"你弟弟的学费赚够了吗？"

"他不打算读了。"

"为什么？"

她没有回答，只是固执地要寻找一块钱。她的运气不好，小钞票凑不起一块钱。递来一张大钞票，我们又没有合适的散钱找补。就这样你三我四你七我八地凑了好一阵，还是无法做到两清。我们最后满足她的要求，好歹收下了七角，但压着她不要再说了，就这样算了，你再说我们就不高兴了。

她做了什么亏心事似的，浑身不自在，犹犹豫豫地低头而去。

傍晚，我们从外面回家，发现院门前有一把葱。一位正在路边锄草的妇人说，一个穿红衣的姑娘来过了，见我们不在，就把葱留在门前。

不用说，这一大把葱就是她对鱼款的补偿。

妻子叹了口气，说如今什么世道，难得还有这样的诚实。她清出一个旧挎包，一支水笔，说可以拿去给红衣女孩的弟弟上学，说不定能替他们省下两个钱。但我再没有遇上红衣女孩，还有那个站在船头为她摇桨的弟弟。有一条小船近了，上面是一个家住附近的汉子，看上去比较眼熟。从他的口里，我得知最近水管所加强禁渔，姐弟俩的网已经被巡逻队收缴，他们就回到山里种田去了。他们是否凑足了弟弟的学费，弟弟是否还能继续读书，汉子对这一切并不知道。

人世间有很多事情我们并不知道，何况萍水相逢之际，我们有时候连对方的名字也不知道。

我说不出话来。每天早上，我推开窗子，发现远处的水面上总有一叶或者两叶小船，像什么人无意中遗落了一两个发夹，轻轻地别在青山绿水之中。但那些船上没有一点红。每天晚上，我走在月光下的时候，偶尔听到竹林那边还有桨声，是一条小船均匀的足迹，在水面上播出了月光的碎片，还有一个个梦境。但我依稀听得出桨声过于粗重，不是来自一个孩子的腕力。

我走出院门，来到水边，发现近处根本没有船。原来是月夜太静了，就删除了声音传递的距离，远和近的动静根本无法区别，比如刚才不过是晚风一吹，远在天边的桨声就翻过院墙，滚落在我家的檐下阶前，七零八落的，引来小狗一次次寻找。它当然不会找到什么，鼻子抽缩着，叫了两声，回头看着我，眼里全是困惑。

我也不明白，是何处的桨声悠悠飘落到我家墙根？

2004 年 7 月

* 最初发表于 2004 年《天涯》杂志与《文汇报》，已译为日文。

你好，加藤

一

加藤四岁的时候就到了北京，进了一所幼儿园，是班上唯一的日本孩子。他与同学们一同学习毛主席语录，一同唱《大海航行靠舵手》，一同看电影《地道战》、《地雷战》以及《小兵张嘎》。孩子们玩战斗游戏的时候，他的日本身份似乎使他最适合扮装日本鬼子，但他决不接受这种可耻的角色，吵闹着一定要当地下武工队员，当八路军的政委。

有的人可能觉得这很有趣：八路军里怎么冒出一个日本政委？母亲遇到了幼儿园的阿姨，说你看这孩子就是要强，老师，拜托了，你就给同学们做做工作，让他当上八路军政委吧。

其实，日本母亲用不着拜托中国阿姨。小伙伴们都喜欢加藤，一再把战斗的指挥权优先交给政委加藤。

加藤的父母是在中日正式建交之前来到中国的。当时居住北京的外国人很少，也少有专门招收外国小孩的幼儿园。但加藤的父母很乐意让小孩与中国娃娃打成一片，加藤一口纯正的京片子普通话就是在这个时候学会的。有一次，一位瑞典朋友假日里来加藤家做客，顺便给加藤带来一点礼物，包括一面小小的日本国旗。没料到八路军小政委在家里也坚守抗日阵地，一见太阳旗便怒从心头起，将小旗摔在地上，跳上去踩了两脚。

瑞典朋友大惊失色，不知道一个日本孩子怎么可以这样。

直到加藤的父母解释了孩子的幼儿园和孩子看过的电影，客人才惊魂稍定地坐下来，理解了一个孩子反常的粗野和激愤，理解了一面日本国旗在当时纯正北京腔里的含义。要知道，这个国家的国歌就是抗日动员，是一首战争年代里燃烧着悲愤和仇恨的出征之歌。

二

现在，加藤即将获得东京大学的博士学位，开着德国汽车出没于东京的车水马龙之中。他不会再那样粗暴地对待日本国旗了，不会再那样简单地理解日本了。但他仍然在继续学习中文，专业研究中国穆斯林的历史，希望成为中国人民的朋友。

这种愿望也许是他父母的心理遗传，甚至是他外祖父和外祖母人生经历的延伸。外祖父很早就踏上了中国的土地，像他的几位青年朋友一样，离开那个显得较为狭小的九州岛，来到新大陆传播知识和技术，也希望在这里寻找和建设自己的理想。他们没有想到的是，此时的日本政权高层也移目西望，看上了中国东北乃至华北丰饶的矿产、森林、大豆以及黑土地。为了争强于世界民族之林，也为了抗拒西洋大国的挤压，大和民族的生存空间必须扩展——这成为了那个时代启蒙维新逻辑的自然结论，不会让任何新派人士惊诧。民主几乎与殖民两位一体。"大东亚主义"等等说辞就是这个时候涌现在日本报纸上的。日本议会民主运动主将和早稻田大学的创始者大隈重信，同时成为了当时挟"二十一条"以强取中国山东的著名辩家。人们在诸多说辞下即便伏有不同的情感倾向和利益指向，却基本上共享着一种踌躇满志的向外远眺和帝国理想。

理想主义青年自发的援外扶贫，最终被纳入了官方的体制化安排，纳入了日本军部对伪满洲国的政治策划。加藤的母亲后来说，加藤的外祖父当时受蒙蔽了，终于同意出任伪满洲国的公职，成了一名副县长，位居中国人出任的傀儡县长之下，却是实际上的县长。他忙碌于繁杂政务废寝忘食，真心以为东亚共荣能在他的治下成为现实。为了抵制无理的强征重赋以保护地方权益，他甚至常常与日本关东军发生冲突，好几次面对武夫们气势汹汹的枪口。他没料到中日战争的爆发，而且在战争现实面前对日本疑虑渐多，但他无法摆脱历史大势给他的定位，差不多是一片随风飘荡的落叶。

悲剧结局终于在这一天匆匆到来：苏联红军翻过大兴安岭后势如破竹横扫东北全境。覆巢之下岂有完卵？他理所当然地被捕入狱，接着被枪决，跟跟跄跄栽倒在一片雪地里。他是一个敌伪县长，似乎死得活该。没有人会对这种判决说半个不字。也没有人在战争非常时期苛求胜利者的审慎：那些俄国军人没有足够的时间和耐心来细细辨察官职之下的不同人生，也不习惯啰嗦的审判程序。

这是新政权的判决。与旧政权一样，中国人此时仍然只是黑土地形式上的主人。一些以前流窜到西伯利亚的中国流民乃至盗匪穿上苏式红军军装，跟随苏联人的坦克回来了，被宣布为临时的执政者。但这种宣布是用俄语完成的。

很多年以后，日本天皇为一切在境外因公殉职的日本官员授勋，抚慰死者的亲属。加藤的外祖母拒绝了丈夫应得的勋章。她曾经带着三个年幼的女儿在中国的战俘营里苦熬多年，她回国后一直以低级职员的微薄薪金拉扯大孩子，以一个女人的非凡力量扛住了生活的全部重压，有太多的理由获得政府的奖赏和补偿，但她还是坚决地拒绝了勋章。在中国的经历使她的眼光常常能够超越大海，能够对"国家"和"民族"这类神圣大话下的一切热闹保持敏感的戒意。她说她永远也忘不了一家四口从中国回到日本的时候，她们日夜企盼日夜思念的祖国竟是一些粗暴的日本小吏，在码头上命令一切乘客脱下身上的衣服，劈头盖脑给他们一把滴滴涕药粉，防止他们带来国外的肮脏和病菌。她护住三个吓得哇哇大哭的孩子，在冷冽的寒风中突然觉得，她真真切切地回来了，但一片呛人的药粉迎面扑来之际，她心目中的故国反而成了一个遥远而模糊的概念。

她热爱日本但拒绝了日本天皇的授勋，而且让女儿从师于鲁迅的研究专家竹内好先生，学习中国的语言和文化。她希望女儿们继承父亲的遗志，将来再返中国续写父亲在黑土地上中断了的故事。

三

拒绝天皇授勋的并非加藤的外祖母一人。在整个五十年代和六十年代，中国和日本处于冷战时期的对峙，还没有建立外交关系，在法律意义上甚至还未结束战争状态。但日本的社会各界形成了一股反省战争和亲善中国的潮流。各种党派和民间团体组团到中国去访问，毛泽东的著作和周恩来的画像在日本的书店和大学里流行，甚至成了不少知识分子争相拥有的前卫标志。"打破美帝国主义对中国的包围圈！""坚决捍卫社会主义中国！""无产阶级文化大革命万岁！"很多日本热血青年头缠布条，手挽着手，在美国驻军基地前抗议"安保条约"时高喊这一类口号，履行着自己神圣的职责。

加藤的父母亲就是在这股潮流中重返中国。他们如愿以偿地发现了一个新中国：妇女真正获得了解放并且在各个社会领域意气风发，往日最为卑贱的工人农民成为了文艺舞台的主人，留洋归国的教授随着医疗小分队深入到了穷乡僻壤，政府官员满身泥巴为人民服务并且累死在盐碱地上，奇迹般的两弹一星在日新月异的广阔大地上陆续腾空……对比日本社会那些令人窒息的等级森严和金钱崇拜，中国确实能够让他们兴奋不已。毛泽东思想哺育出来的针刺麻醉法甚至使加藤的父亲亲身受益，他在北京亲历针麻的外科手术过程，既无痛苦又价格低廉，由他撰文在《读卖新闻》介绍，引起了日本读者一片惊讶和轰动。中国政府放弃日军侵华的战争索赔，相对于日本政府在甲午战争后从中国狠狠刮走的整整三年全部国库收入巨款，红色大国的国际主义慷慨情怀更使他们备觉温暖。

在当时的很多日本知识分子看来，新中国是一个神话，实施了刚好是日本所缺位的社会结构大变革。虽然这个国家还较为清贫，但它代表着最优越的制度和最崇高的精神，是一片燃烧着人类希望的社会主义圣土。不难理解，当庆祝"四人帮"下台的锣鼓鞭炮在北京爆响，当中国革命中的诸多罪恶和人权灾难随后在媒体上曝光，海峡那边很多日本友人与其说是震惊，不如说更多一些绝望和迷茫。他们无话可说。他们再一次与中国失之交臂。如果说几十年前中国众多知识分子曾经把日本视为模范和老师，一批批漂洋过海去求取启蒙和维新的救国之道，后来却被日本的大炮隆隆迎头痛击；那么现在，众多日本的知识分子也曾经把中国视为模范和老师，一批批漂洋过海来寻找独立和革命的救国之道，最终却被中国突然亮出来的累累伤痕吓得浑身冰凉。

历史再一次在这两个民族之间开了个玩笑：继中国误解"先进"的日本以后，日本也误解了"先进"的中国。一个维新梦，一个革命梦，先后在很多人那里一一破灭。双方不得不从头开始，不得不开始重新相互认识的漫长过程。

误解难以避免。但一个世纪以来的中日关系，不同于英、美之间的关系，不同于印、巴或者希、土之间的关系，相互之间除了正常的利益摩擦，同为一度经济落后的亚洲国家，其交往动机中更暗伏一种发展道路及其社会制度的寻优和竞比，意识形态的制幻剂常常带来更多一厢情愿的浪漫幻想；一旦幻想破灭，意识形态的放大器也就会大大膨胀怨恨或者轻蔑，加剧两国关系的震荡。从"停滞落后的支那"（津田左右吉氏语）到"一无是处的日本"（竹内好语），资本主义的价值尺度可以更换成社会主义的价值尺度，"先进"模式的光环下穷人革命可以取代富人维新。但这种取代，只是使"先进／落后"的视轴来了一个上下倒置，源自欧洲的单元直线历史观却一如既往，一心追赶先进文明的亚洲式焦虑和亚洲式迫切一如既往。

向西方工业化看齐的意识和潜意识是如此深入人心，自卑的亚洲人免不了有点慌不择路，也就免不了一次次心理高热以及随之而来的骤冷酷寒。

加藤的父母亲向我讲述他们在北京目睹江青等人被捕时的中国，目睹北京市民和学生连夜庆祝游行时眼中激动的泪水，他们当时的感受十分复杂。他们既无意拥护日本一些左派朋友对江青的崇拜和声援，也无法认同一些右派朋友对中国革命的幸灾乐祸，还有对中国文化的顺手诛杀。他们几乎再一次听到了当年中日战争爆发的炮声，颇有些一时的手足无措。

中国革命的这次重挫和转向，不能不启动思想和情感上的地壳运动，中日之间再一次山重水复。几年或十几年以后就可以看得明白，"进步／落后"的标尺在本世纪两度失效之后仍然没有废弃，而且在东欧和苏联崩溃之后更增神威，正在迅速比量出各种冷漠和歧视的最新根据。很多日本人的"侵略有功"论和很多中国人的"殖民不够"论重新获得了活力。日本政府可以就殖民和战争问题向韩国正式道歉而至今不向中国正式道歉，厚此薄彼的反常一直受到日本国内舆论主流暧昧的纵容，这里的潜台词十分清楚：赤色支那无权受此大礼。

有意思的是，被轻蔑者有时也能熟练运用轻蔑的逻辑。很多中国人此时虽无制度的优越感，虽处十年动乱后的贫困，但即使在全中国风行和泛滥着丰田汽车、索尼电视、本田摩托、尼康相机、富士胶卷、东芝电脑以及卡拉OK的时候，即便是那些热烈向往资本主义的新派精英，对"小日本"的轻蔑也暗中储备，常常一触即发，与他们对欧美的全心爱慕大有区别。他们崇美而贬日，厚西洋而薄东洋，能忍美国之强霸，却难容日本之错失。他们似有模糊的历史记忆和地缘政治的直觉，其中不便明言的潜台词更是微妙而且耐人寻味。他们不过是流露出一种日本人同样熟悉的区别法则，不过是觉得自家邻居的黄皮肤和黑头发不足为奇，也不足为尊，无法代表最先进的文明和最先进的人种，因此必须扣分降级。"小日本"不就是有几个臭钱么？日本人炫目的现代化虽然让人眼红，但仍不足以改变"假洋鬼子"的二等身份，他们有什么资格在我们面前牛皮哄哄？

这样，自以为已经"脱亚入欧"的很多日本人觉得无须再高看中国，而渴求"全盘西化"的很多中国人从另一个层面上把轻蔑目光奉还给日本，不能接受日本的高人一等，就像他们不能接受某个同村老乡突然抢先得到了城市户口和高级职称。歧视"落后"的飞去来器伤人最终伤己。两个文化相近经济相依的邻国，两个地理上仅仅一水相隔的邻国，反而面临着越来越遥远的心理距离。

加藤的父母无法改变历史，他们复杂的感受看来只能深埋内心而被人遗忘。他们拥抱中国的努力，包括他们翻译的毛泽东著作和其他中国革命作品，还有对中国技工赴日培训等各项友好事业的全身心投入，无法不承受着越来越多的讥嘲。这些傻书生，他们当时不是可以享受日本现代化的富足繁荣吗？他们当时不是可以吃香喝辣披金戴玉条条大路有"丰田"吗？他们为什么放着好日子不过而跑到中国来瞎折腾？

何况他们对于中国似乎无恩可报，倒是有伤难愈。加藤母亲的童年是在中国监狱里开始的。加藤外祖父是在中国被处决的。中国东北的档案馆里至今还保存着他的罪案卷宗，其中指控他聚敛民财和三妻六妾之类均属不实之词。这些历史旧账是不可能得到重审甄别的——档案馆的中国官员这样冷冷地告诉他们。

哈尔滨，外祖父屈辱的葬身之地，加藤一家从今以后是不再去那个地方的。那么中国呢，外祖父没有写完的故事在这里再一次面临今后的无限空白，加藤一家在北京打点行装，是不是应该再一次告别这片广阔的大陆？

四

我没有见过面的一位姐姐和一位哥哥，因为缺医少药而死在日机轰炸下的难民人流里。我岳父的堂兄也是在日军的湖南南县大屠杀时饮弹身亡，尸骨无存。这使我在东京成田机场听到日本话和看到日本国旗时心绪复杂。

新千年的第一天竟在日出之国度过，这是我没想到的。由于汉文化的农历新年已经退出日本国民习俗，更得不到日本法律的承认，西历亦即公历的新年便成了这个国家最重要而且最隆重的节日。政府、公司以及学校都放了一周左右的长假，人们纷纷归家与亲人团聚。街上到处都挂起了红色或白色的灯笼，还有各种有关"初诣（新年）"的贺词或敬语。但一个中国人也许会感触到隆重喜庆之中的几分清寂，比如这里的新年没有中国那种喧闹而多一些安静，没有中国那种奢华而多一些俭约，连国家电视台里的新年晚会也没有中国那种常见的金碧辉煌流光溢彩花团锦簇，只有一些歌手未免寻常的年度歌赛。如果说中国的除夕之夜像一桌豪华大宴，那么此地的除夕之夜则如一杯清茶，似乎更适合人们在榻榻米上正襟危坐地静静品尝。

我在沉沉夜幕中找到加藤一家，献上了我的一束鲜花，意在表达一个中国人对他们无言的感激。我知道我们之间横亘着将近一个世纪的纷乱历史，纷乱得实在让人无法言说唯有长叹，但人们毕竟可以用一束鲜花，用一瞬间会意的对视，重新开始相互的理解。

让我们重新开始。

加藤的母亲请我吃年糕，是按照加藤外祖母的吩咐做成的，白萝卜和红萝卜都切成了花。用中国人的标准来看，这种米粑煮萝卜的年饭别具一格，堪称素雅甚至简朴。其实日本传统的饮食虽有精致的形式，但大多有清淡的底蕴。生鱼、大酱汤、米饭团子，即使再加上荷兰人或者葡萄牙人传来的油炸什锦（天福罗），也依然形不成什么菜系，不足以满足富豪们的饕餮味觉。这大概也就是日本菜不能像中国菜和法国菜那样风行世界的原因。

同样是用中国人的标准来看，日本传统的服饰也相当简朴。在博物馆的图片资料里，女人们足下的木屐，不过是两横一竖的三块木板，还缺乏鞋子的成熟概念。男人们身上的裤子，常常就是相扑选手们挂着的那两条布带，也缺乏裤子的成熟形态。被称作"和服"或者"吴服"的长袍当然是服饰经典，但在十八世纪的设计师们将其改造之前，这种长袍甚至尚无衣扣，只能靠腰带一束而就，多少有一些临时和草率的意味。

日本传统的家居陈设仍然简朴。法国历史学家费尔南·布罗代尔曾经指出，家具的高位化和低位化是文明成熟与否的标志，这一标准使日本的榻榻米只能低就，无法与中国民间多见的太师椅、八仙桌以及明式龙凤雕床比肩。也许是地域窄逼的原因，日本传统民宅里似乎不可能陈设太多的家具，人们习惯于席地而坐，席地而卧，也习惯于四壁之内的空空如也。门窗栋梁也多为木质原色，透出一种似有似无的山林清香，少见浓色重彩花哨富丽的油漆覆盖。

我们还可以谈到简朴的神教，简朴的歌舞伎，简朴的宫廷仪规，简朴的充满泥土气息的各种日本姓氏……由此不难理解，在日本大阪泉北丘陵一次史无前例的大规模遗址发掘中，覆盖数平方公里的搜寻，只发现了一些相当原始的石器和陶器，未能找到什么有艺术色彩的加工品或者稍稍精细巧妙一些的器具。对比意大利的庞贝遗址，对比中国的汉墓、秦俑以及殷墟，一片白茫茫的干净大地不能不让人扫兴和心惊。正是在这一个个暴露出历史荒芜的遗址面前，一个多次往地下偷偷埋设假文物的日本教授最近被揭露，成为了轰动媒体的奇闻。其实，从某种意义上来说，这位考古学家也许是对日本的过去于心不甘，荒唐中杂有一种殊可理解的隐痛。

从西汉之雄钟巨鼎旁走来的中国人，从盛唐之金宫玉殿下走来的中国人，从南宋之画舫笙歌花影粉雾中走来的中国人，遥望九州岛往日的简朴岁月，难免有一种面对化外之地的不以为然。这当然是一种轻薄。成熟常常通向腐烂，历史的辩证法就是如此。在人类漫长的历史上，山姆挫败英伦，蛮族征服罗马，满人亡了大明，都是所谓成熟不敌粗粝和中心不敌边缘的例证。在这里，我不知道是日本的清苦逼出了日本的崛起，还是日本的崛起反过来要求国民们节衣缩食习惯清苦。但日本在二十世纪成为全球经济巨人，原因方方面面，我们面前一件件传统器物至少能提供部分可供侦破的密码。这一个岛国昔日确实没有大唐的繁荣乃至奢靡，古代的日本很可能清贫乃至清苦，但苦能生忍耐之力，苦能生奋发之志，苦能生尚智勤学之风，苦能生守纪抱团之习，大和民族在世界的东方最先强大起来，最先交出了亚洲人跨入现代经济的高分答卷，如果不是发端于一个粗粝的、边缘的、清苦的过去，倒会成了一件不合常理的事情。

明治维新之后，日本内有粮荒外有敌患，但教育法规已严厉推行：孩子不读书，父母必须入狱服刑。如此严刑峻法显然透出了一个民族卧薪尝胆的决绝之心。直到今天，日本这一教育神圣的传统仍在惯性延续，体现为对教育的巨额投入，教师的优厚待遇，每位读书人的浩繁藏书，还有全社会不分男女老幼的读书风尚：一天上下班坐车时间内读完一本书司空见惯，一个少女用七八个进修项目把自己的休息时间全部填满纯属正常，一个退休者不常常花点钱去学点什么，可能就会被邻人和友人侧目和白眼——即便这种学习有时既无明确目的也派不上什么用场。日本人似有一种与生俱来的生存危机感，恨不得把一分钟掰成两分钟过，恨不得把全世界的知识一股脑地学完，永远不落人后。

这种日本的清苦成就了一个武士传统。"士农工商",日本的"士"为武士而非文士,所奉道统为王道而非儒学,与中国的文儒传统迥然有别。日本的武士集团拥天皇以除灭德川幕府,成功实现明治维新,一直是举足轻重的政治力量,并且主导着武士道的精神文化,包括在尊王攘夷的前提下有限汲收"汉才"以及"(荷)兰学",即当时的西学,在很多人眼里几乎就是大和魂的象征。这个传统几乎不可避免地导致了日本现代的军人政治和军国主义,导致了"神风敢死队"之类重死轻生的战争疯狂行为,直到第二次世界大战的结束才在"和平宪法"下被迫退出了历史舞台。然而这一武士传统的影响源远流长,在后来的日子里,修宪强军的心理暗潮起伏不止,无论是极左派还是极右派,丢炸弹搞暗杀的政治恐怖行为也层出不绝,连著名作家三岛由纪夫也在和平的七十年代初切腹自裁,采取了当年皇军官兵常见的参政方式。他们的政治立场可以各不相同,但共通的激烈和急迫,共通的争强好斗勇武刚毅甚至冷酷无情,却显现出武士传统的一线遗脉。

日本的清苦还成就了一个职人传统。职人就是工匠。君子不器,重道轻术,这些中国儒生的饱暖之议在日本影响甚微。基于生存的实用需要,日本的各业职人一直广受尊重,在江户时代已成为社会的活跃细胞和坚实基础。行规严密,品牌稳定,师承有序,职责分明,立德敬业,学深艺精,使各种手工业作坊逐渐形成规模,一旦嫁接西方的贸易和技术,立刻顺理成章地蜕化为成批的工程师和产业技工,甚至一直延伸为日本在六十年代以后的经济起飞。直到今天,日本企业的终身制和家族氛围,日本企业的森严等级和人脉网络,还有日本座座高楼中员工们下班后习惯性义务加班的灯火通明,都留下了封建行帮时代职人的遗迹。日本不一定能够被人认为是世界上的思想大国或者文化大国,但它完全具有成为技术强国的传统依托和习俗资源。造出比法国艾菲尔铁塔更高的铁塔,造出比美国通用汽车更好的汽车,造出当今世界首屈一指的新干线、机器人、高清电视等,对于职人的后代来说无足称奇。从这个角度来说,与其说资本主义给日本换了血,不如说日本特定的人文土壤使资本主义工业化得以扎根,并且发生了变异性的开花结果。

有趣的比较是:中国自古以来没有武士传统,却有庞大的儒生阶层;中国在近代没有职人传统,却有浩如海洋的小农大众。因此,中国少见武士化的职人和职人化的武士,日本也少见儒生化的农民和农民化的儒生。中国有儒生加农民的革命，日本有武士加职人的维新。也许，撇开其他条件不说，光是这两条就足以使中日两国的现代形态生出大差别。与其说这种差别是政治角力的偶然结果，不如说这种差别更像是受到了传统势能的暗中制约，还受到地理、人口、发展机遇、人文传统等一系列因素的综合作用。

事情似乎是这样，种子在土地里发芽而不能在石块上发芽，在不同的土壤里也不可能得到同样的收成。人们在差不多一个世纪以来的制度崇拜，人们关于左转姓"社"还是右转姓"资"的简单化纠缠，常常都遮蔽了一个民族在选择发展道路和社会制度后面更多重要的因缘。

整个九十年代，日本的经济在徘徊萧条中度过，让很多中国人也困惑不已。想一想，是不是日本武士和职人的两大传统在百年之间已能量耗尽？或者说，是不是这些文化能量已经不再够用？

情况已经在变化。科学正在被自己孕育出来的拜物教所畸变，民主正在被自己催化出来的自恋狂所腐蚀，市场正在被自己呼唤出来的消费主义巨魔所动摇和残害。情况还在继续变化。绿色食品的原始和电子网络的锐进并行不悖，全球化和民族主义交织如麻。进入一个技术、文化、政治以及社会都在深刻变化和重组的新世纪，日本是不是需要新的人文动力？比方说，是不是需要在武士的激烈急迫之外多一点从容和持守？需要在职人的精密勤勉之外多一点想象和玄思？

还比方说，日本是不是需要在追逐"先进"文明的狂跑中冷静片刻，重新确定一下自己真正应该去而且可能去的目标？

五

加藤说，东京各路地铁每天早上万头攒动，很多车站不得不雇一些短工大汉把乘客往车门里硬塞，使每个车厢都像沙丁鱼罐头一样挤得密不透风，西装革履的上班族鼻子对鼻子地几乎都压成了人干。但无论怎样挤，密密的人海居然可以一声不响，静得连绣花针落地好像都能听见，完全是一支令行禁止的经济十字军。这就是日本。

我说，中国各个城市每天早上是老人的世界，扭大秧歌的，唱京戏的，跳国标舞的，打太极拳的，下棋打牌的，无所不有。这些自娱自乐的活动均无商业化收费，更不产生什么GDP，但让很多老人活得舒筋活络，心安体泰，鹤发童颜。当年繁华金陵或者火热长安里市民们的尽兴逍遥想必也不过如此。这就是中国。

加藤说，很多日本人自我压抑，妻子不敢冒犯丈夫，学生不敢顶撞老师，下属更不敢违抗上司，委屈和烦恼只能自己一个人吞咽。因此日本的男人爱喝酒，有时下班后要坐几个酒店喝几种酒，喝得领带倒挂眼斜嘴歪胡言乱语，完全是一种不可少的发泄。提供更多舒解郁闷的商业服务也就出现了，你出钱就可以去砸东西，出钱就可以去骂人，客人一定可以在那里购得短时的尊严和痛快。这就是日本。

我说，很多中国人圆滑处世，包括日本军队侵略中国的时候，中国伪军数量之多和易帜之快一定创世界之最。这些伪军中当然有附强欺弱的人渣，但也有相当部分是所谓脆卵避石，屈辱降敌并不妨碍他们后来明从暗拒阳奉阴违，甚至给皇军使阴招下绊子，私通八路见机举义。这些人可说是见风使舵投机自保，也可诩之为借力用力以柔克刚。他们毫无原则但也不拘泥教条，当不成烈士却也不一定全无心肝，常常在多种人格之间随机变幻直到最后投靠安全的真理。这也是中国。

加藤还说了很多。他说到加藤家先父是德川幕府的重臣因而是明治维新中的反动派，说到东京禁用廉价汽油名为加强环保实则是欺侮穷人，还说到东大学生发明了一种软件可以把任何文章都转换成校长大人可笑的文体……说得我哈哈大笑。但他和我都知道，无论我们怎样说下去，我们也无法把中国或者日本说清楚。何况我们说的中国甚至很可能也是日本的隐面，我们说的日本也可能就是中国的隐面——语言总是很容易引人陷入思想泥沼。

加藤还是操一口纯正的京片子普通话。他带我去参观东京都博物馆。我们在这里遇到一群日本少男少女，像中国的很多同时代人一样，他们中也有好些人把头发染成了黄色，以此宣示新人类或新新人类离经叛道的美学，更宣示他们对欧美文明的向往。有意思的是，这些化学造就的黄头发，走到博物馆最后一个展区时，突然看到了美军飞机在第二次世界大战后期对东京都等日本城市的轰炸。这里没有解说员，简略的几张图片下也没有详尽的说明文字，博物馆似乎对那一段历史既无法回避，又须尽量保持沉默，至少也要对当年十几个城市的遍地废墟闪烁其词——美国毕竟是当今日本最重要的盟国。但馆内的扬声器里持续不断地传出当年的实况录音，有警报器的尖啸，有战机的俯冲和射击，有炸弹的爆炸，隐约可闻楼房的坍塌和日语形成的哭喊，然后又是连绵不绝的嘈杂音响。这种令人惊恐的战场录音在这里已经回响了多年，看来还将永远地在东京的这一角展馆飞绕盘旋下去，成为很多日本人偷偷咽入内心的记忆。

我不知道设计者当时为什么安排了这样循环不断的录音播放。设计者是要让人们记住什么？而眼前这些黄发少年，对这种现代化的轰炸有何感受？今后能记住什么？

我们就要分手了。

我对青年加藤说，海南三亚也有穆斯林居住，欢迎他以后来海南岛做调查研究。我希望他能在海南岛或者别的地方留下加藤家第三代人的中国故事。来日方长，这个故事还刚刚开始。

2001 年 2 月

---

*最初发表于 2001 年《天涯》杂志，后收入散文集《然后》，已译成日文。

草原长调

　　天边最后一抹火烧云熄灭，浓浓夜幕低压四野，长夜便开始在热气骤退的草原上流动。天地间只剩下黑暗里点点流萤，一撮篝火。牧民们披上御寒的大皮袄，端起盛满马奶酒的大碗，看铁皮罐下跳动的火苗，一股暖流自然从肺腑升起涌向喉头，化为一种孤独的声音，缓缓的，沉沉的，滔滔而来。

　　这种声音是不需要聆听的。草原上地广人稀，极目茫茫，游牧者寻居各自的草场，使最近的邻居也可能在几十公里之外，因此歌唱永远指向虚空，是对高山、河流、草地、天穹的一种精神依偎，从不需要他人的理解。相比之下，中国江南民歌的戏谑，西北民歌的倾诉，北方戏曲的叙说，以农耕社会的群居为背景，都是唱给人听的歌，太具有文字属性和世俗气味，不适合在这样的寂静中生长。

　　这种声音又是期待聆听的。歌声总是悠长，才能随风飘送很远；音域总是自由而宽广，乐符才能腾升云端以便翻山越岭。这些歌声隐藏着一种飞向地平线那边的冲动，如同一种呼号，因此只能是慢板而不可能是快板，只能是长调而不可能是短调，只能是旋律的回肠荡气而不可能是节奏的复杂多变。在一个无需登高就可以望尽天涯的草原，在一个阔大得几乎没有真实感的空间，一个人的灵魂不可能不喷发声流，不可能不用这种呼号来寻找遥不可及的耳膜。

　　也许，蒙古长调就这样产生了。

　　　　洁白的毡房炊烟升起
　　　　我出生在牧人家里
　　　　辽阔无际的草原
　　　　是哺育我成长的摇篮

……

　　一轮红月亮悄悄地升起来。长调潮涌，缅怀着故乡，表达着爱情，也记录着历史和知识——哪怕对一匹马的生长过程，也可以用一岁一曲的方式，把马从小唱到大，循环反复的套曲，配合着歌者相互递让的一个酒碗，既是育马的课程温习，也是怜马的悲情倾吐。

　　这使蒙古人成了一个最长于歌唱的民族，精神几乎全部溶解在歌声里，远古"乐"教传统比汉民族延绵得更为长久。人人都是天才的歌手，不论是酋长，还是僧侣或者牧人。以至于他们的善饮，似乎只是为了使他们有更多放歌的豪兴；他们的嗜肉，似乎只是为了使他们体魄更为健壮厚重，更容易在胸腔内灼烤出西方式的美声和共鸣。他们放牧时骑在马背上的悠闲，或者躺在草地上的散漫，则为他们的歌唱提供了充足时光，为一切辛劳的农耕民族所缺少。歌唱，加上接近歌唱的朗诵，加上接近朗诵的诗化日常口语，构成了他们的语言，构成了他们历史上最主要的信息传播方式。在公元十二世纪以前的漫长岁月里，他们甚至没有文字，不觉得有什么书写的必要。

　　俄国诗人普希金端详过这个粗心于文字的民族，说蒙古人是"没有亚里士多德和代数学的阿拉伯人"。但这并不妨碍蒙古深刻地改变过俄国，在很多西欧人的眼里，粗犷强壮的俄国人已经眼生，只是蒙古化或半蒙古化了的欧洲人。这也不妨碍蒙古深刻改变过中国，在很多南方人眼里，雄武朴拙的北方人同样眼生，不过是蒙古化或半蒙古化了的中国人。蒙古的武艺甚至越过了日本海，成为了相扑（摔跤）和武士道传统的源头；甚至越过了白令海峡，融入了美洲印第安人的生存方式以及后来美国人的"牛仔风格"。他们的长调一度深深烙印在其他民族的记忆中和乐谱上。俄国音乐中的悲怆，中东音乐中的忧伤，中国西部信天游（陕甘）、花儿（青海）、木卡姆（新疆）等音乐素材中的凄婉，很难说没有染上色楞格流域和克鲁伦流域的寒冷。从英吉利海峡一直到西伯利亚流行的 sonnet（商籁体诗歌），深深藏在蒙语词汇中，很难说没有注入过蒙古牧人滚烫的血温。

　　北半球这种泛蒙古的大片遗迹，源头十分遥远而模糊，其中最易辨认的，只是公元 1206 年的"库里尔台"，即蒙古各部落统一后的酋长会议。成吉思汗登基，热血在歌潮中燃烧，腰刀在歌潮中勃勃跳动，骏马在歌潮中扬蹄咆哮，突然聚合起来的生命力无法遏止，只能任其爆炸，化为一片失控的风暴。

后世史学家们的笔尖每到此处也为之哆嗦。马背上的成吉思汗宣布："人类最大的幸福在胜利之中：征服你的敌人，追逐他们，剥夺他们，使他们的爱人流泪，骑上他们的马，拥抱他们的妻子和女儿！"于是一个散弱的民族从漫长的沉默历史中崛起，以区区不过百万的总人口，区区不过十二万的有限兵力，竟势如破竹横扫东西南北，先后击溃了西夏、南宋、喀拉汗、花剌子模、俄罗斯、波斯、日耳曼以及阿拔斯王朝，铁骑践踏在莫斯科、基辅、萨格勒布、杭州、广州、德里、巴格达、大马士革，直到穿越冰封的多瑙河，西抵亚得里亚海岸。人类史上一个领域最为辽阔的国家，随着他们似乎永不停止的马蹄和永不回头的尘浪，突然闪现在世人眼前，几乎没收了全部视野。

巴格达城破之时，除了极少数熟练工匠留下来，八十万居民被屠杀殆尽。征服者比虎豹还要凶猛和顽强，可以举家从军，在缺吃少眠的情况下日夜兼程，三天就扫荡匈牙利平原；可以枕冰卧雪，仅靠一点马血、泥水甚至人肉，就精神抖擞地跨越高加索山脉。他们的皮袋既可以储水，又可以充气后用来过河，再加上炼铁技术提供的一点马蹄掌、弓弩、钩矛和钉头锤，这一类简易粗陋的用具就足以助他们永远地向前，"像成群的蝗虫扑向地面"，"不屈不挠，战无不胜"，"与其说是人，不如说是鬼"（见《马修帕里斯的英国史》，1852）。他们是一支歌手组成的军队，因此习惯于激情的喷发而不是思想的深入，因此不在乎法律，不关心学问和教化，不拘泥于任何作战规程，包括不需要什么后勤辎重。相反，他们的后勤永远在前方，在敌人的防线那边，是等待他们去劫掠的一切粮草、牲畜、财宝以及俘虏，是全世界这个取之不尽的大库房。

这些身披兽皮盔甲面色粗黑的武士，说着异族人谁也听不懂的话，对于世界来说是一群不知来历莫知底细的征服者。但武可立国，治国则不可无文。一个厚武而薄文的帝国，体积庞大得口耳难以相随，首尾难以相应，恐怕一时有些手足无措。成吉思汗的战略是首先联合"所有住在毡蓬里的人"，从而将部分突厥人纳入自己的营垒，但知识与人才还是远远不够。于是阿拉伯人被用来管理贸易和税收，中国人被用来操作火炮和医药，擅长交际的欧洲人则被遣去处理一些外交事务——其中意大利人马可·波罗就给忽必烈大汗当了多年使臣，还在扬州当上地方官。蒙古大汗们并不认为这有什么危险，对美物奇器酒香肉肥以外的一切甚至无所用心。元朝一道刻在寺院石碑上的圣旨是这样写着："长生天帝力里，皇帝圣旨里：和尚、也里可温、先生、达识蛮每：不拣什么差发休当者，告天祝寿者么道有来……"这一段汉文读来如同天书。其实"和尚"是指佛教徒，"也里可温"是指基督教徒，"先生"是指道教徒，"达识蛮"是指伊斯兰教徒。"每"相当于"们"。全句的意思是：圣上对各种宗教一视同仁，不论你们念的是什么经，只要是告天祝寿的就统统念起来吧。

这里的多元共存态度，作为一种官方文化政策足可垂范后世；但粗野杂乱的行文，愣头愣脑的口吻，如同街头巷尾的大白话，驱牛逐马时的吆喝，透出一股醺醺的酒气，完全暴露了帝国在文化上的粗放，哪有堂堂朝廷圣旨的体统和气象？事实上，帝国在文化上一开始就无法设防而且比比破绽，以弓矛开拓的疆土，最终难逃来自异族文化的肢解和吞食。公元十三世纪后期，经过了一百多年多少有些短暂的强盛，一个不擅长文字的民族，一个缺少思想家和学术典籍的民族，从而也就缺乏成熟国家制度和成熟文化控制的民族，迅速被占领区的其他族群同化，在习俗、语言以及人种上皆有消泯之虞。

依稀尚存的帝国也大体上一分为三：旭烈兀的伊尔汗国尊奉伊斯兰教，定都北京的忽必烈在中国接受了佛教（喇嘛教）和儒家思想，别尔克的俄罗斯金帐汗国则部分引入了东正教。各大汗国之间争权内战，腥风血雨，最终耗竭了帝国的生命，一只军事恐龙在文化四面合围之下终于倒毙。

像一道闪电，帝国兴也匆匆亡也匆匆，结束得太快，连当事人也来不及想清楚这是怎么回事。除了后世少数学人，对于大多数牧人来说，这一段历史如真如幻，似有似无，扑朔迷离，支离破碎，只是草原长调中增加了一则血色的传说。

他们的历史总是传说，更准确地说是传唱，是神奇和浪漫的歌声，却不一定是真实，于是大多成为闪烁其词的"秘史"，充斥着各种"秘旨"和"秘址"，欲言又止，语之不详，是一堆虚虚实实的谜团。他们是要忘记这一段历史吗？是从来就不需要历史吗？对于他们来说，最真实的一份历史，也许总是潜藏在和声四起时歌手们肃穆持重的目光里，潜藏在音浪高旋时歌手们额上暴突的青筋里，是他们长调中一个音符的颤栗或一个节拍的陡转：

　　　一只狼在仰天长啸
　　　一条腿被猎夹紧咬
　　　它最后咬断了自己的骨头

带着三条腿继续寻找故乡

……

歌手的眼里有了泪光，也有了历史。他们的历史只易被感觉而不易被理解，等待着人们的心而不是脑。

他们的先民重新回到了本土草原，几乎一无所有。先民对世界的摧毁差不多是一种无意识的冲动，正像他们大规模改进过世界文明差不多也是一种无意识的任性而为。东方的火药、丝绸、机械、印刷术以及炼铁高炉，曾随着他们的背影向西方传播。还有宗教的跨大陆交流，勇武精神的跨血缘渗入，曾沿着他们的泥泞车辙延伸远方。他们并不完全清楚自己做过了什么，直至自己再一次在世界史中悄然退场。这样，当大陆西端的另一些游牧者从草原扑向海洋，目光瞄准了美洲和亚洲的海岸，以远航船队拉动了贸易和工业，东端的这一些弟兄却没有听到汽笛的余音，草原上一片宁静。

欧亚大陆的游牧文明至此东西两分。作为东方的这一支，他们不仅与"亚里士多德和代数学"擦肩而过，而且被工业化、民主制度、基督教改革的现代快车弃之而去。直到二十世纪末，他们还只有两百多万人口，书写着一种俄国蒙族和中国蒙族都不懂的新蒙文，是一个特别小的语种。以至人们观察四周的目光，常常会从他们的头顶越过，忽略他们的存在，而一般蒙古人也不易窥探到外部世界。

应该说，语种并无优劣高下之分，但知识生产与经济生产一样，都有规模效益的问题。小语种无法支撑完备的翻译体系、出版体系、研究体系，对思想文化的引进难免力不从心。一个十三亿人口的中国尚且常有出书之难，蒙古出版市场不及中国的百分之一，也就是四、五个县的市场，委实有些太小，难以咽下全世界那么多文化经典。这使我走入乌兰巴托闹市区的书店时，感受到草原文化的缤纷炫目，也感受到起码有学术译介的明显不足。没有笛卡尔全集，没有尼采全集，更没有福柯和普鲁斯特全集，这当然很正常。架上书大多是诗歌（他们主要的写作体裁），大多是配了图画的少儿诗歌（少儿是这里最能形成规模的购书群体），同样也很自然。这使我突然间理解了一切小语种国家知识生产之难——如果不是考虑到这一点，新加坡多年前可能就不会果断恢复中文的地位，韩国知识界近年大概也不会展开讨论：是否需要回归汉文或者索性改用英文？这些深谙洋务的民族终于明白，知识竞争是比资本竞争更为根本性的竞争，丢掉老语种（如中文或拉丁文）就难以充分利用历史资源，没有大语种（如英文、中文或西班牙文）就难以充分利用域外资源。他们选择国语不仅需要捍卫民族尊严，而且须有利于整个国民知识素质的优化，有利于在整个世界知识生产格局中抢占要津——这不是送一些学子出国留学就能奏效的。

蒙古人不是新加坡、韩国那些文弱君子，也不大瞧得起南边那种牛马吃草般的素食习俗，还有那种对数字和器物的精明。他们在内心深处是不是想成为下一条经济小龙，也并非不是一个疑问。经济就那么重要吗？技术就那么重要吗？是的，他们使用着很小的语种，在各大文化板块的夹缝中几乎孤立自闭，因此他们在接受日本汽车、韩国商场、美国芯片、中国食品的时候，可能在人文和科学方面留下诸多空白。但那又怎么样？他们可能没有自己的完善工业、强势外交、巨额金元以及足够多的世界级思想领袖，更没有称霸世界的导弹和反导弹系统，但那样的日子就一定黯淡无光？就一天也过不下去？

不，与很多人的想象相反，在我看来，蒙古算不上世界上的富强之地，却一定是世界上的欢乐之乡，比如说是歌声、酒香以及笑脸最多的地方。走进这里的任何一扇家门，来人都是贵客。只要席地坐成一圈，大家就成了兄弟姐妹。只要端起一碗奶酒，优美而且不胜其唱的长调便会油然而起。牧人不太喜欢也不太信任没有醉倒的朋友，哪怕是对一个乞丐，也得让你醉成一团烂泥方才满意地罢手。牧人也不太相信自然资源有什么权属，一只鹰或者一只兔子，反正是天地间的东西，只是撞到枪口上了，任何一个过路人都可以入门分享。

一个蒙古诗人对我说："你要知道，蒙古人的天是最干净的天，蒙古人的血是最干净的血。"这种强烈的民族自豪感，还有支撑这种自豪感的习俗传统，穿越一个又一个世纪的风霜，居然从未被外来的文化摧毁，很大程度上也避免了现代变革带来的种种心智内伤，比方说避免了一窝蜂"斗私批修"或者一窝蜂"斗公批社"。弗洛伊德、霍布斯、尼采、斯密等等，当九十年代的中国人被这些思想体系折腾得心事重重和浮躁不宁的时候，陌生的西洋人名与草原照例没有太大的关系。

蒙古同样在进行改革和发展，但他们必然走上自己独特的旅途，仍有一份淳朴和豪放，有一种从容放歌的心胸。

他们是真的想歌唱，真的想用歌声来抚摸遥远的高山和天空。一位副省长，一位司机，一位乡村教师，一位牧羊少年，我所见到的这些人一旦放开歌喉就都成了歌手，卸下了一切社会身份，回归蒙古人两眼中清澈的目光。他们似乎以歌立命，以歌托生，总是沿着歌声去寻找自己的生活，寻找一种只能属于蒙古人的明天。当乌兰巴托街头已经车水马龙，他们也只是把高楼当作新的毡包，把汽车当作新的骏马，把汽油和煤当作新的草料，甚至把多党制的国会当作多部落联合议事的金顶大帐，血管里仍然奔流着牧人们火一样的乐句。

> 养育我的这片土地
> 当我身躯一样爱惜
> 沐浴我的江河水
> 母亲的乳汁一样甘甜
> 这就是蒙古人
> 热爱故乡的人……

我在毡包里学会了这首《蒙古人》。我得承认，我在这里度过了一辈子中唱歌最多的时光，实现了我似梦非梦的天堂之旅。

2002 年 9 月

---

* 最初发表于 2002 年《天涯》杂志。

笛鸣香港

    进入香港后的第一印象，就是不少高楼瘦长如棍，一根根戳在那里顶着天，让观望者悬心。

    在全世界都少见这种棍子，这种用房屋叠出来的高空杂技。它们扛得住地震和狂风吗？那棍子里的灯火万家，那些蛀入了棍子的微小生物，就不曾惊恐于自己的四面临虚和飘飘欲坠？

    我这次住九楼，想一想，才爬到棍子的膝部以下，似乎还有几分安稳。套间四十多平米，据说市值已过百万。家居设施一应俱全，连厨房里的小电视和小花盆也不缺。但卧房只容下一床，书房只容下一桌一椅，厨房更是单人掩体，狭窄得站不下第二人。我洗完澡时吓一大跳，发现客厅里竟冒出陌生汉子。细看之后才松了口气，发现对方不是强盗，不过是站在对角阳台上的邻居，透过没挂上窗帘的玻璃门，赫然闯入我的隐私。

    他不在客厅里，但几乎就在客厅里，朝我笑了笑，说了句什么，在玻璃门外继续浇洒自家的盆花。

    他是叫海伦还是汤姆？

    我不知该如何招呼。

    港人多有英文名字——多族裔机构里的职员更是如此。这些海伦或者汤姆在惜地如金的香港，如果没有祖传老宅或千万身家，一般都只能钻入这种小户型，成天活得蹑手蹑脚和小心翼翼，在邻居近如家人的空间里，享受着微型的幸福与自由。也许正是这一原因，港人们擅长螺蛳壳里唱大戏，精细作风举世闻名。在这里，哪怕是一条破旧的小街，也常常被修补和打扫得整洁如新。哪怕是廉价的一碗车仔面或艇仔饭，也总是烹制得可口实惠。哪怕是一件不太重要的文件副本，也会被某位秘书当成大事，精心地打印、核对、装订、折叠、入袋、封口……所有动作都是一丝不苟按部就班，直至最后双手捧送向前，如呈交庄严的国书。

正因为如此，香港缺地皮，有世界上最大的人口密度、高楼密度、汽车密度，却仍是很多人留恋的居家福地。海伦们和汤姆们，即自家族谱里的阿珍们和阿雄们，哪怕在弹丸之地也能用一种生活微雕艺术，雕出了强大的现代服务业，雕出了曾经强大的现代制造业，雕出了或新潮或老派的各种整洁、便利、丰富、尊严以及透出滋补老汤味的生活满足感。毫无疑问，细活出精品，细活出高人，各种能工巧匠应运而生，一直得到外来人的信任。有时候，他们并不依靠高昂成本和先进设备，只是凭借一种专业精神与工艺传统的顽强优势，也能打造无可挑剔的名牌产品——这与内地某些地方豪阔之风下常见的马虎、潦草以及缺三少四，总是形成了鲜明的对照。

一些称之为 mall 的商城同样有港式风格。它们是巨大的迷宫，有点像传统骑楼和现代超市的结合，集商铺、酒店、影院、街道、车站、学校、机关以及公园于一体，勾心斗角，盘根错节，四通八达，千回百转，让初来者总是晕头转向。它们似乎把整个城市压缩在恒温室内，压缩成五光十色的集大成。于是人们稍不留心，就会错觉自己在酒店里上地铁，在商铺里进学堂，在官府里选购皮鞋。想想看，这种时空压缩技术谁能想得出来？这种公私交集、雅俗连体、五味俱全、八宝荟萃、各业之间彼此融合、昼夜和季节的界限消失无痕的建筑文化，这种省地、节材、便民、促销的建筑奇观，在其他地方可有先例？

一代代移民来到这里打拼，用影碟机里快进 2 或快进 4 的速度，在茫茫人海里奔走，交际，打工或者消费，哪怕问候老母的电话也可能是快板，哪怕喝杯奶茶或拍张风景照也可能处于紧急状态。"你做什么？""你还做什么？""你除了这些还做什么？"……熟人们经常一见面就劈头三问，不相信对方没有兼职和再兼职，不相信时间可以不是金钱。显然，这种忙碌而拥挤的社会需要管理，近乎狂热的逐利人潮需要各种规则，否则就会乱成一团。十九世纪末的英国人肯定看到了这一点。他们面对维多利亚港湾两侧乱哄哄黑压压的殖民地，面对缺地、缺水、缺能源但独独不缺梦想的香港，不会掏出什么民主，却不能不厉行法治。他们把香港当作一个破公司来治理。米字旗下的建章立制、严刑峻法、科层分明、令行禁止，成了英伦文化在香港最需要也最成功的移植。"政府忠告市民：不要鼓励行乞！"这种富有基督新教色彩的警示牌，大悖东方佛家与道教的理法，也从欧洲舶来香港街头。

一次很不起眼的招待会，可能几个月前就开始预约和规划了。电话来又电话去，传真来又传真去，快递来又快递去，参与者必须接受各种有关时间、地点、议题、程序、身份、服装、座位、交通工具、注意事项之类的敲定。意向申明以后还得再次确认，传真告知以后还得书函告知，签了一次字以后还得再签两次字，一大堆文牍来往得轰轰烈烈。不仅如此，一次主要时间只是用于交换名片、介绍来宾、排队合影再加几句客套话的空洞活动结束之后，精美的文牍可能还会尾随而至：关于回顾或者致谢。

　　不难想象，应付这种繁重的文牍压力，很多人都需要秘书。香港的秘书队伍无比庞大当然事出有因。

　　也不难想象，港人在擅长土地节约之余，却习惯了秘书台上日复一日的巨量纸张耗费，让环保人士愤愤不满。

　　但没有文牍会怎么样？

　　口说无凭，以字为据。没有关于招待、合同、动议、决策、审计、清盘、核查、国际商法等方面的周到字据，出了差错谁负责？事后如何调查和追究？追究的尺度和权利又从何而来？……从这种意义来说，法治就是契约之治，就是必须不断产生契约的文牍之治——虽然文牍癖也有闹过头的时候，比方说秘书们为某些小事累得莫名其妙。

　　车载斗量的文牍，使香港人几乎都成了契约人，成了一个个精确的条款生物和责任活体。考虑到这一点，在庞大秘书行业之后再出现庞大的律师队伍之类，出现数不胜数的诉讼和检控，大概也不难理解了。

　　有一位老港人向我抱怨，称这里最大的缺点是缺乏人情，缺乏深交的朋友。光是称呼就得循规蹈矩不得造次：mister，先生就是先生；doctor，博士就是博士；professor，教授就是教授——大学里的这三个称呼等级森严，不可漏叫更不可乱叫，以至只要你今天退休，你的"×教授"称呼明天立马消失，相关的待遇和服务准时撤除，相处多年的秘书或工友也忽如路人，其表情口气大幅度调整。这种情况——包括不至于这般极端的情况——当然都让很多大陆人和台湾人深感不适，免不了摇头一叹：人走茶凉呵。

　　但人走茶凉不也是法治所在么？倘若事情变成这样：人走了茶还不凉，人不在位还干其政，还要来看文件，写条子，打电话，参加会议，消费公款，甚至接受前呼后拥，有关契约还有何严肃性和威慑力？倘若人没走茶已凉，人来了茶不热，有些茶总是热，有些茶总是凉……那么谁还愿意把契约太当回事？

契约人就不再是自然人，须尽可能把感情与行为一刀两断，用条款和责任来约束行为。这样，缺乏人情是人生之憾，却不失为公法之幸，能使社会组织的机器低摩擦运转。面子不管用了，条子不管用了，亲切回忆什么的不管用了，虽然隐形关系网难以根除，但朋友的经济意义大减，徇私犯科的风险成本增高。香港由此避免了很多乱相，包括省掉了大批街头的电子眼，市政秩序却井井有条，少见司机乱闯红灯，摊贩擅占行道，路政工人粗野作业，行人随地吐痰、乱丢纸屑、违规抽烟，遛狗留下粪便……官家的各种"公仔（干部）"和"差佬（警察）"也怯于乱来。哪怕是面对一个最无理的"钉子户"，只要法院还未终结诉讼，再牛的公共工程也奈何它不得。政府只能忍受巨大预算损失，耐心等上一年半载，甚至最终改道易辙。

因为他们都知道，法治治民也治吏。违规必罚，犯禁必惩，一旦出了什么事，就有重罚或严刑在等着，没有哥们儿或姐们儿能来摆平，也难有活菩萨网开一面。那么，哪个鸡蛋敢碰石头？

无情法治的稍加扩展就是无情人生——或者这句话也可反过来说。

这样，人情与秩序能否兼得？在难以兼得之时我们又如何痛苦地选择？

这当然是一个问题。说起来，香港人并非冷血，每日茶楼酒馆里流动着的不全是社交虚礼，其中很大一部分仍是友情。特别是节假日里，家庭成了人性取暖的最佳去处，合家饮茶或合家出游比比皆是，全家福的图景随处可见，显现出香港特别有中华文化味道的一面。父慈子孝，夫敬妇贤，其情殷殷，其乐融融，构成了百姓市井的亲情底色。

这些人不习惯西服革履，更喜欢休闲便装；不习惯道貌岸然，更愿意小节不拘自居庸常——包括挂着小腰包光顾赛马场和彩票。与之相联系的是，他们的阅读大多绕开高深，指向报上的地方新闻和娱乐八卦，还有情爱和武侠的小说。他们使用着最新款的随身听、数码相机、mp4、便携宽频多媒体，但大多热心于情场恩仇和商界沉浮一类粗浅故事——这是通俗歌曲和通俗电影里的常见内容。内地文化人对此最容易耸耸肩，摇摇头，讥之为"文化沙漠"。其实这里图书、音乐、书画、电影的同比产出量绝不在内地之下，大量人才藏龙卧虎。稍有区别的是，他们的文化主题常常是"儿女情"而非"天下事"，价值焦点常常落在"家人"而不是"家国"，多了一些就近务实的态度，与内地文化确实难以全面接轨。黄子平教授在北京大学做报告的时候，强调香港文学从总体上说最少国家意识形态，是一个特别品种，值得研究者关注。据他说，学子们对这个话题曾不以为然。

学子们也许不知道，他们与大多港人并没有共享的单数历史。在百年殖民史中，港英当局管理着这一块身份暧昧的东方飞地，既不会把黄肤黑发的港人视为不列颠高等同胞，也不愿意他们时常惦记自己的种族和文化之根，那么让他们非中非英最好，忘记"国家"这一码事最好——这与一个人贩子对待他人儿女的态度，大体相似。这种刻意空缺"国家"的教育，一种大力培养打工仔和执行者而非堂堂"国民"的百年教育，也许足以影响几代人的知识与心理。

再往前看，香港自古以来就是天高皇帝远，"帝力于我何有哉？"这里的先辈们难享国家之惠，也少受国家之害，遥远朝廷他们眼里实在模糊。当中原族群反复受到外来集团侵掠或统治，那里的国家安危与个人的生死荣辱息息相通，国与家关系密切，一如杜甫笔下的"国破山河在"多与"家书抵万金"相连。这是一种整体利益与个体利益高比率重叠的状态，忧国、思国、报国之情自然成了文化要件，"修齐"通向"治平"的古训便有了更多日常感受的支持，有了更强的逻辑力量。与此不同，香港偏安岭南一角，面对大海朝前望去，前面只有平和甚至虚弱的东南亚，一片来去自由、国界含混、治权零乱的南洋。在这样的地缘条件下，如果不是晚近的鸦片战争、抗日战争以及九七回归，他们的心目中那个抽象的"国家"在哪里？"国家"对于老百姓的衣食住行有多少意义？

大多数港人也修身，也齐家，但如果国家若有若无，那么"治国平天下"当然就不如"治业赚天下"更为可靠实用了。这样，他们精于商道，生意做遍全球，但不会像京城出租车司机们那样乐于议政，不会像中原农民们那样乐于说古。内地文化热点中那些宫廷秘史、朝代兴衰、报国志士、警世宏论、卫国或革命战争的伟业，在这里一般也票房冷落。国家政治对于很多港人来说是一个生疏而无趣的话题。更进一步说，如果国家的偶尔到场，不过是用外交条约把香港划来划去，使之今天东家，明天西家，今天姓张，明天姓李，一种流浪儿的孤独感也不会毫无根由。

殖民地都是精神和文化的流浪儿——香港不过是他们中比较有钱的一个。想一想，这个流浪儿是应该责难还是应该抚慰？他们的文化在经受批评之前是否应该先得到几分理解？

一九九七年，很多港人在五星红旗下大喊一声"回家啦——"但这个家，对于他们来说还是比较陌生，比如有相对的贫穷，有较多的混乱和污染，有文化传统中炽热的国家观和天下观。但无论人们是珍爱这个家还是厌恶这个家，"国家"终于日渐逼近，不可回避了。

世界上并非所有人都有国家意识，都需要国籍的尊严感和自豪感。诗人北岛说，他曾经遇到一个保加利亚人。那人说保加利亚乏善可陈，从无名人，连革命家季米特洛夫还是北岛后来帮对方想起来的。但那人觉得这样正好，更方便他忘记自己的国族身份，从而能以世界文化为家。出于类似的道理，多年来几无国家可言的港人，是否一定需要国家这个权力结构？他们下有家庭，上有世界，是否就已经足够？他们国土视野和国史缅怀的缺失，诚然收窄了某种文化的纵深，但是否也能带来对狭隘国家主义的避免？……

无可选择的是，国家是现代共同体的基本形式。历史上的国家功罪俱在，却从来不是抽象之物，不全是旗帜、帽徽、雕像、诗词、交响乐、博物馆、哲学家们的虚构。对于一九九七以后的很多港人来说，即使抗英、抗日的伤痛记忆已经淡薄，即使内地输血香港的贸易秘密被长期掩盖，但国家也不仅仅意味着电影里的"内战"和书刊里的"文革"，而有了电影与书刊以外的更多现实内容。国家是化解金融危机时的巨额资金托市，是对数千种产品的零关税接纳，是越来越值钱的人民币，是越来越有用的普通话，是各种惠及特区的人才输入、观光客输入、股市资金输入、高校生源输入、廉价资源产品输入……一句话，国家是这里日常生活的一部分，正在成为真切可触的利益，正在散发出血温。

即便有些人对这一切不以为然，即便他们还是贬多褒少，但无论褒贬都透出更多北向的关切，与往日的两不相干大为异趣了。即便有些港人还不时上街呛声某些中央政策，但这种呛声同样标示出关切的强度。

汶川大地震后，我立在香港某公寓楼的一扇窗前，听到维多利亚港湾里一片笛声低回，林立高楼下填满街道的笛声尖啸，哀恸之潮扑面而来。各个政党和社团的募捐广告布满大街，各大媒体的激情图文和痛切呼吁引人注目，学生们含着眼泪在广场上高喊"四川坚强"和"中国坚强"，而高楼电子屏幕上的赈灾款项总数纪录，正以每秒数十万的速度不断跳翻……这一刻，我知道香港正在悄悄改变，一块殖民地的心灵流浪大概行将结束。

我隔着宽阔海面遥望港岛，那一片似乎无人区的千楼竞起，那一片形状各异的几何体，如神话中寂静而荒凉的巨石阵。

我知道那里有很多人，很多陌生而熟悉的人，只是眼下远得看不见而已。

2008 年 6 月

---

* 最初发表于 2008 年《海燕》杂志和《天涯》杂志。

守住秘密的舞蹈

总统的尴尬

飞行三个半小时，转机等候四小时；

再飞行十四小时，转机等候五小时；

再飞行九小时……差不多昏天黑地两昼夜后，飞机前面才是遥遥在望的安第斯山脉西麓，被人称为"世界尽头"的远方。

随着一次次转机，乘客里中国人的面孔渐少，然后日本人和韩国人也消失了，甚至连说英语的男女也不多见，耳边全是叽叽喳喳的异声，大概是西班牙语或印第安土语，一种深不见底的陌生。但旅行大体还算顺利。只是不再有机场提供行李车，行李传送带也少得可怜以至旅客们拥挤不堪热汗大冒，一位机场人员还把我和妻子的护照翻来翻去，顿时换上严厉目光："签证？"

我有点奇怪，把美国签证翻给他看，告诉他数月前贵国早已开始对这种签证予以免签认可。

他似乎听不懂英语，又把护照翻了翻，将我们带到另一房间，在电脑上噼里啪啦查找了一阵，没查出下文；翻阅一堆文件，还是没找出下文，最后打了一个电话，这才犹犹豫豫地摆摆头，让我们过了。

这哥们对业务也太生疏了吧？

这几个月里他就没带脑子来上过班？

接待我们的 S 先生听说这事哈哈一笑，说智利的空港管理已属上乘，拉美式的乱劲儿应该最少。想想不久前吧，中国总理前来正式访问，女总统亲自主持的迎宾大典上也大出状况，音响设备播放不出国歌。有关人员急得钻地缝的心都有。中国总理久等无奈，只好建议，不要紧，我们来唱吧。女总统于是事后向歌唱者们一再道歉和感谢：你们今天真是帮了我一个大忙呵。

这一类事见多了也就没脾气。临到开会了会议室还大门紧锁，钥匙也不知何处。好容易办妥了留学签证和入学手续，上课一天后却不知去向。约会迟到不超过半小时的，已是这里最好的客户。领工资后第二天还能在酩酊大醉中醒来上班的，已是这里最好的员工。你能怎么样？一位在墨西哥打拼多年的广东 B 老板还说，有一次，几个有头有脸的墨方商业伙伴很想同中国做生意，他把他们带到广交会，特地设一豪宴，替他们联系了局长、副市长什么的，但等到最后也没等来求见者。更气人的是，事后问他们为何失约，为何关手机，他们在夜总会玩得正爽，笑一笑，就算是解释了。

B 老板说，笑笑还是好的呢，不然他们会搬出九十九个理由来证明自己根本没错，比如中国人为什么要做金钱的奴隶？。

其实拉美人不都是这样粗枝大叶、吊儿郎当、寻欢作乐甚至好吃懒做，不都是"信天游""神逻辑"的主儿。但放眼全世界，连智利这样高度欧化的国家也有盛典上的离奇尴尬，其他地方掉链子的还会少？

军人政权频现大概也就事出有因了。在过往的百年动荡里，大凡后发展国家都挣扎于农业文明溃烂过程中的贫穷和愚昧，面对社会"一盘散沙"的难题。要聚沙成塔，要化沙为石，要获得一种起码的组织化和执行力，如果不依重政党（如俄国、中国）和宗教（如伊朗），大概就不能不想到军人了。当混乱与高压的两害相权，总得挑一个轻。当自由与温饱无法两全，光在理论上把它们捏拢了搓圆了，又管什么用？军队是一道整齐而凌厉的色彩，具有统一建制、严格纪律以及强制手段，配以先进通讯工具，还有大多数领军人的较高学历。一旦遭遇社会危机，这道色彩便最容易在各种力量的竞争中脱颖而出，成为碎片化社会最后的应急手段。于是，城头变幻大王旗，炮声是最有效的发言，右翼的布兰科（巴西）、翁加尼亚（阿根廷）、阿马斯（危地马拉）、阿尔瓦雷斯（乌拉圭），德弗朗西亚（巴拉圭）等，左翼或偏左翼的贝拉斯科（秘鲁）、卡斯特罗（古巴），阿本斯（危地马拉）、贝隆（阿根廷）等，都是穿一身戎装走向国家政治权力巅峰。

中国人所熟悉的切·格瓦拉，记忆中定格为头戴贝雷帽的那位现代派耶稣，日后被流行文化不断炒卖的那位正义男神，献身于玻利维亚山地战场，其实也是这众多故事中未完成的一个。

与格瓦拉不同，智利前陆军总司令皮诺切特得到了美国中情局的支持。

他用坦克攻下了国防部，然后下令两架英国造的"猎鹰"战斗机升空，至少向总统府所在的莫内达宫发射了十八枚导弹，一举剿灭了民选总统阿连德——这件事曾在中国广为人知。这一幕狂轰滥炸，我在四十多年后聂鲁达博物馆的小电影上才得以目睹。播映厅里突然浓烟四起。观众面前的飞机俯冲尖啸。当时头戴钢盔的总统拒绝投降，操一把 AK-47，率几十个官兵正在做最后抵抗，再一次留下现代骑士的悲壮身影。作为他的密友，获得诺贝尔文学奖的社会主义者，聂鲁达却帮不上什么忙。他所能做的，就是坐在我眼下抵达的这个海滨别墅，这个著名的船形爱巢，在政变的十二天后郁郁而终。他留下了第三任漂亮的妻子和桌上大堆的革命诗和爱情诗。

有意思的是，皮诺切特以密捕和暗杀著称，欠下了三千多（另一说是近两万多）条人命的血债，日后受到国际社会几乎一致的谴责。但他的经济政策在智利一直陷入争议。至少很多人认为，正是他治下十七年的强制改革，使自由化行之有效，赢得了经济提速，奠定了日后繁荣的基础——这样说，是不是不够"政治正确"？是不是涉嫌给恶名昭昭的军人独裁洗地？其实危地马拉人评价他们的前总统阿本斯也是如此。尽管很多人厌恶那位左翼军头的土地改革、没收买办资产、反殖反美的外交政策，恨不能将其批倒斗臭，但大多数还是承认，至少是私下承认，他左右政局的十年（1944-1954）算得上该国历史上最为光辉的十年——这事又能不能说？

眼下，无论左翼右翼，将军、校尉们的背影都逐渐远去，太多往事成了一笔糊涂账。很多当事人已不愿向后人讲述当年。何况流行的这主义那主义，已把往事越说越乱，越说越说不清了。

"谁是皮诺切特？"一对智利青年男女面面相觑，没法回答我的问题，只能在酒吧里继续玩手机。

"甲级联赛里没一个这样的球星呵。"另一位睁大眼睛。

我没法往下问。

莫内达宫在窗外那边一片清冷，早已消除了墙垣上的弹痕累累，只有一群鸽子腾空而起悠悠地绕飞。

群楼的天际线那边

飞机降落哥伦比亚首都波哥大，夜幕缓缓落下了。时间还早，但这个

700万居民的大都市已静如死水，连中央闹市区的街面也空荡荡，除了昏昏路灯下三两黑影闪现，大概是流浪汉或吸毒者。商家们都已关门闭户，到处一片黑灯瞎火，连吃个三明治的地方也没法找。我们没备随身食品，看来今天得苦苦地饿上一夜了。

一个特别漫长和寂静的夜晚。

受饿的原因不难猜想。第二天一早，发现宾馆大门以紧锁为常态，保安大汉须逐一验明客人身份才放行出入。几乎每个小店都布下了粗大的钢铁栅栏，用来隔离买卖双方，以至走入店铺都有一种探监的味道。陪同我们的S女士感叹，哥伦比亚诞生了文学巨匠加西亚·马尔克斯，却以毒品和犯罪率闻名于世。不要说街头抢窃，就是入室打劫，我的妈，她刚来两个月就有幸领教过一回。

在她的指导下，我们绷紧神经，全面加强戒护，但百密难免一疏，躲过了初一没躲过十五。到麦德林的第三天，时时紧搂的挎包还在，单反相机等也一五一十安然无恙，但就在挤上轻轨车的瞬间，导游的手机还是不翼而飞。

他是热心前来带我们观光的一位前外交官。

我们觉得很对不起他。

我们由轻轨转乘缆车，很快就腾空而起，越过屋顶和街市，进入了麦德林楼群天际线的那一边。恍若天塌地陷，轰的一声，浩如烟海的棚户区突然在眼前炸开，顺着山坡呼啦啦狂泻而下，放大成脚底下清晰可见的贫民窟，一窝又一窝，一堆又一堆，一片又一片，似乎永无尽头永无尽头。砖头压住的铁皮棚盖，偏偏欲倒的杂货店，戏耍街头的泥娃子，扭成乱麻的墙头电线，三五成群的无业者，还有随处可见的污水和垃圾……梅斯蒂索（混血群体）的妖娆脸型和挺拔身姿，就是高鼻、卷发、翘臀、长腿的那种，出入这一片垃圾场，注解了欧洲血脉的另一种命运，足以让很多中国人恍惚莫名，也惊讶不已。

据联合国机构估计，超过1/4的拉美城市居民住在这种建筑的"矮丛林"①，构成了包围一座座城市的贫困海洋，其中以里约热内卢和墨西哥城的巨大规模最为壮观。照理说，巴西和墨西哥，两个地区强国被很多拉美人一

---

① 引自《拉丁美洲：被切开的血管》，（乌拉圭）加莱亚诺著，王玖等译，人民文学出版社，2001年。

直视为"次等帝国主义"，二鬼子似的角色，够风光的，够牛气的，它们尚且如此，麦德林这一角又算得了什么？连阿根廷这个二战结束时的世界经济10强之一，拉美的白富美和高大帅，也野蛮地逆生长，从一个发达国家一路打拼成发展中国家，一度下探年人均产值两千多美元（2002），麦德林又能怎么样？

显而易见的是，失败的农业政策抛出了失地农民大潮，虚弱的工业体系又无法将其吸纳，只能把他们冷冷地阻挡在此。各种相关的改革半途而废。说好的"涓滴效应"并未显灵，利润并未自动得到扩散和分享，至少未能越过城市群楼的天际线。都市资产阶级这匹小马，"还未发育就已经衰老"（加莱亚诺语），怎么也拉不动贫民窟郊区这辆大车。

一座摩登建筑光鲜亮丽，鹤立鸡群，冲着我们放大而来。导游说，这并非本地贩毒集团的善举（这样的善举有过一些），而是欧洲某国援建的一个图书馆。这事当然值得鼓掌和献花——教育扶贫不失为国际会议上的高尚话题。但图书馆情怀可感，一尊高冷的知识女神却有点高不可攀，与四周棚户区的生硬拼贴让人困惑。想想吧，当西方强国数百年来强立各种城下之盟，把拉美脆弱的国家主权像钟表零件一个个拆卸，靠一种低价购买资源／高价倾销商品的简单模式，包括用炮舰和奴隶制开启这种模式，用银行家、技术专利、跨国公司、国际货币基金组织延续这种模式，从这里吸走了海量的土地、黄金、白银、矿石、蔗糖、石油、木材、咖啡之后，再戳几个孤零零的情怀亮点，是否更像富人的道德形象工程，不过是捐赠者玩一把风度自拍？

几个图书馆真是法力无边，能释放神奇的爱和知识，一举化解掉这遍地黑压压脏兮兮的经济发展废料？

即使它们能哺育出来一些大学生，谁能保证他们不会再一次迅速流失，不过是为强国及时供应的小秘或"码奴（程序员）"？

"中等收入陷阱"，就是最先用来描述拉美的流行概念。这种含糊的说法常把板子打在穷国自己身上，只说其一不说其二，似乎并未揭破事情的最大真相。很多拉美人不会忘记，获过诺贝尔和平奖的美国总统西奥多·罗斯福曾自豪地宣告"我拿到了运河！"引来美国听众们的如潮欢呼。这话的意思是，他成功地肢解了大哥伦比亚，实现了巴拿马的分离，获得了一条连接两大洋的战略性通道。作为对受害国的补偿，美国只是支付了2500万美元。

差不多也就是一个图书馆的价格。

西蒙·玻利瓦尔（1783-1830）被誉为南方的"华盛顿"，以一生见证了拉美的旧痛新伤，一次次资本盛宴留下的满目苍凉。这位被委内瑞拉、秘鲁、哥伦比亚、厄瓜多尔、玻利维亚、巴拿马六国所共尊的民族之父，眼下已化为广场上神色忧郁的雕像。他曾目睹油田和矿井积尘弥漫，街道满是泥泞，商店已成瓦砾，旧楼房千疮百孔。一些失业者携带钢丝锯潜入臭水潭，把废弃的油管或井架一节节锯下来，当废铁变卖以聊补生计。一座座掏空的矿区陆续坍塌，把美丽山峰塌得面目全非，只剩一个空架子。据说每到风雨之夜，人们就能在这里听到往日机器的震天轰鸣，听到当年神父为死亡奴工们做弥撒的呼号，看到天空闪电中一张张布满血污的脸。

孤独的雕像当年还看见了复活节前，原住民在游行队伍中演示一种奇怪仪式，一种恐怖的集体受虐狂热。他们背负沉重的十字架艰难前行，用鞭子猛烈抽打自己，抽得自己全身皮开肉绽，似乎在渴求死神早一点降临。"太好了！我感到天越降越低，末日要降临了！我信仰虔诚！我盼望接受审判！"一个印第安后裔喜极而泣地这样呼喊。

民族之父闭上了眼睛，临终前对一位叫乌达内塔的将军说：

"我们永远不会幸福。"

"永远不会！"

似乎是印证雕像的那一预言，很多拉美人日后不幸沦为罪犯。有人说，法律在拉美"得到尊重但不必执行"。在正义和罪恶之间，一些游击队形象模糊，出没于山地或丛林，用血与火发泄深仇大恨，偶尔或经常靠毒品交易支撑财务（有些政府也如此）。共产主义，自由主义，民族主义……他们旗号各别，但似乎并未把旗号真当回事，没怎么过脑子，无法将其落实为有效的社会建设。"大猩猩中尉""讨厌鬼""秃鹰""红皮人""吸血鬼""黑鸟""平川让人恐惧"……他们的首领绰号也大多这样，更像是出于神话、梦幻以及醉酒，有怪力乱神之风。不用说，随着全球思潮的转向，随着政府军逐渐增添了震爆弹、直升机、卫星制导技术，流寇们不大容易成气候，有关故事正越来越少。

如果"共产主义""自由主义""民族主义"这些外来词不好使，多少有点水土不服，总是用着用着就串味，那么天主教当然是更便捷的思想资源。天主教在拉美树大根深。1968年第二届拉美主教会议正是在麦德林召开，其文件中首次出现"解放"一词，涉及和平、公义、贫困、发展主义等尖锐话题，形成了"解放神学"的起点，亦为三年后古铁雷斯神父《解放神学》煌煌大著的先声。这种神学强调穷人立场和社会行动，无疑是一种贫民窟的神学，宗教中最有现实关怀的一脉，最接近当代人文社会科学的一脉，其影响波及非洲和亚洲。梵蒂冈教廷后来也对其给予部分包容。

不过，政教分离的传统毕竟在那里，正如我在麦德林的一座教堂里，曾听到神父如此善诱循循："可怜的人，亲爱的兄弟姐妹，你们不要害怕自己经受那么多痛苦。贫穷只是伤害了你们身体，你们的灵魂却永远是自由的。""有那么一天，相信吧，你们也能飞往幸福的天堂。"显然，这种"解放"不还是远离人间而仍在天堂？

神父们披挂长袍，能抗议，能济贫，能抚慰众生，但他们能分身无数天地通吃，具体处理好金融危机、铁矿贸易、IT技术、英阿两国争夺马岛之战这样的俗事？或者，能助产一种强大的社会思潮和社会运动，像当年新教伦理那样，助产"资本主义精神"（马克斯·韦伯语），进而翻开整个世界历史新的一页？像当年写下《太阳城》的康帕内拉修士和写下《乌托邦》的莫尔修士那样，助产一种共产主义理想，再现苏维埃运动的世纪赤潮？

我很好奇。

我只知道，贫民窟的神学，最终得用贫民窟的事实来检验和亲证。

南北渐行渐远

尤卡坦半岛的平原天高地阔，墨绿色热带丛林一望无际。常常是数百公里之内渺无人烟，也没有公路服务区和加油站。长途大巴不但要备足燃油，还须自备厕所，因为乘客一旦离开车厢，哪怕只走出七八步，也会立刻遭遇毒蚊的包围和攻击——看似宁静的风景里其实杀机四伏。

如果中途抛锚，唯一的脱险办法就是打电话，等待警方的拖拽车。

玛雅文化遗址奇琴·伊察就坐落在这片丛林。这里有金字塔、天文台以及环形足球场。如果说医学曾领跑古老的印加文化，那么玛雅文化的强项无疑是天文学、建筑学以及艺术了。足球场的声学结构至今成谜。也就是面对石砌的四方看台，不知得助于何种巧妙的建筑设计，裁判位置上发出的人声，竟能清晰地传达给远远的球员，丝毫不输北京天坛的回音壁，相当于原始的扩音器。玛雅先民们的赛制也惊世骇俗：经过多番苦战后，当球队队长将球踢进高高的石圈，胜负决出，全场欢呼，这位明星队长得到的最终奖赏，竟是戴上花环后旋即被砍头——众多砍下的头颅已雕刻于石碑，组成了漫长碑廊，至今仍在昭示荣耀和幸福。

那一种幸福观，那一种逻辑和文明，只能让大多现代人惊疑。

玛雅有过巨大而繁荣的城市，但与印加文明、阿兹特克文明的命运相似，这一切长期被湮灭，直到很久后才得以部分发现。这也许是因为有关典籍和文物流散，也许是掩盖历史更有利于反衬外来殖民者的救世功德。确实，殖民者来了，从海平面那边来，带来了奇异和高效的犁、玻璃、火药、轮子、滑膛枪、大帆船，同时也带来了无情的战争屠杀，还有意外的生物灾难——据巴西人类学家达西·里贝罗在《印第安人与文明》中估计，由于对新的疾病没有任何抵抗力，近半数印第安人在接触白人后就苍蝇般的一堆堆死去。

不过，五千万（另一说为六千万）印第安人的消失主要发生在北美——否则，南边就不可能留下这么多混血的后代，不会流淌着这么多褐色面孔。一位读过《马桥词典》的读者说，这里有关混血的命名特别多。描述白男配褐女有一个词，描述白女配褐男又有一个词。描述混血二代配一褐另有其词，描述混血二代配一白也另有其词。还不够繁琐是吧？他们描述混血三代配一白或一褐，居然还是各有其词……他说，这与你那书中提到的海南岛渔民涉鱼词汇量特别大，可谓异曲同工。

据《全球通史》指认：殖民者在拉美杀人，比北美那边杀人相对要少。这一点值得重提。相对于培根、孟德斯鸠、休谟等新派精英一脸的冷傲，拒绝承认自己与新大陆"卑贱的人"同类，坚持三六九等人种分类的"科学"，倒是保守的梵蒂冈有点看不下去。教皇保罗三世于1537年发布圣谕，称印第安人为"真正的人"，建议以归化代理杀戮——这似乎对天主教所覆盖的拉美影响甚大，也戳痛了启蒙新派的一根软肋：几乎给殖民暴力铺垫过理论依据。不出所料，后来有人怀疑这一圣谕的真实性，甚至怀疑相关说法不过是出于天主教对新教的嫌隙与成见，一如所有批评资本主义的言论，只要是出自梵蒂冈，都可能被疑为别有居心。怀疑者以此维护"启蒙VS保守"的标准化现代史观。但无论如何，档案馆里天主教传教士们（如卡萨斯等）的信件，载有对新教人士暴行的明确痛斥[①]，却是事实。上述有关混血的词汇遗存，也不失为相关证据。

---

① 见《全球通史》，（美）斯塔里夫阿诺斯著，吴象婴等译，北京大学出版社，2006年。

在这种情况下，一个混血的拉美，一个浅褐色加深褐色（为主）的拉美，与地图上那个白色（为主）的北美，逐渐形成了令人惊心的明显色差。哪一方杀人更多，眼下往摩肩接踵的大街上随便一看便知。

好吧，多杀和少杀都是杀，两大教派的道德总账也许不必细算。有意思的是，还是依《全球通史》的说法，有其利必有其弊，正因为南方殖民者杀人相对少，获得了大量廉价的劳动力，于是更容易远离劳动，更容易生活腐败。这真是又一次历史之手的戏弄。当北美十三个殖民地里热火朝天胼手胝足大生产之际，拉美的富人们在这里却有太多的黄金和白银，太多热带的肥田沃土，而且身处印第安人稠密区，有太多仆役可充当"白人的手和脚"……承蒙主恩，这样的好日子，当然只剩下闲逸、玩乐、艺术了。对于他们来说，改革和开拓不是什么急需，"技术女神不讲西班牙语"也没什么了不起。他们在深宅大院里花天酒地，看日升日落秋去春来，浑然不觉南北人口的明显色差，正一步步转换为南北经济的落差。

两个美洲从此分道扬镳，渐行渐远。

哥伦比亚安第斯大学 P 教授对我愤愤地说："技术？这里有什么技术？统统没有！"我以为自己听错了，后来才知并无大错。对方的意思是，拉美看上去越来越像"西方"的一大块郊区。在这一片文盲充斥的广阔地域，几十个国家捆在一起，其科研投入总量也仅及美国的 1/200。地区经济巨头阿根廷，研发支出占国内生产总值的比重也不及韩国的 1/6。就大部分国家而言，工业还处于初级加工的低端，大学里的理工系科很不像样，或干脆就没有，怎么也办不起来。巴西的钢铁、汽车、飞机一直领跑拉美经济，但也挡不住来自美国、德国、日本、韩国的进口品大规模覆盖，从天上到地下，眼看就要占领消费者们的全部视野。

但这并不妨碍人们穷且快活着，散漫且浪漫着。事情也许是这样，浪漫的另一面本就是散漫？闲得无聊、远离俗务、意乱情迷从来就是艺术的小秘密？好了，不管怎么说，拉美算得上五光十色的激情高产地。这是一个吉他的拉美，伦巴舞和桑巴舞的拉美，诗人帕斯的拉美，秘鲁领巾和巴拿马大草帽的拉美，麦当娜①和嘻哈音乐的拉美，盛装狂欢节的拉美，魔幻现实主义小

---

① 麦当娜出生于美国，但作为意、法移民后裔，全家信奉天主教，有更多拉丁传统的背景和元素。

说人才辈出的拉美……墨西哥在多次民调中，还显示出全球最高的国民幸福感指数。没错，在这里走错路都能撞上美女，见识她们各种动人的线条，包括前汹涌而后昂扬的妖艳S，以至世界性的历届选美活动中，来自委内瑞拉和波多黎各的冠军频现。在绿茵场上，贝利、罗纳尔多、梅西等巨星所带来的拉美旋风，一再让全场球迷们热血沸腾，鼓号齐鸣，声震如雷，天崩地裂，似乎不把球场折腾出东倒西歪之感，那就不叫看球；看球后不去鼻青脸肿口吐血沫地打一架，那也不是真正的球迷。干，干，干，往死里干，干那个猪屁股，你大爷来了就得这样干……他们所拥戴所欢呼的光辉雄性们，那些肌肉奔腾的豹子，因此屡屡得手，至少拿下国际足坛半壁江山（还未算上同有拉丁文化背景的西班牙、意大利、法国那些球星）。

涂鸦也是一种典型的散漫行为。它源于美国纽约的布朗克斯区，不过那个破街区恰好属于拉丁裔居民，就文化版图而言，相当于拉美的延伸——出于历史的原因，拉美有不少大大小小的文化／血缘飞地，遗落在美国那边。出入那里的臭小子们，简直如同原始人，随处涂画已成恶习，居然把象牙塔艺术从高贵的画院和博物馆里一把揪出来，放归草根大众，变成即兴的、不要钱的、狂放不羁甚至暴力的色彩。他们操着油彩喷枪探头探脑，喷出各种猥亵的、欢乐的、神秘的、天真的、愤怒的、恐怖的、绝望的、淫荡的、忧伤的匿名墙绘。巨鳄与精子齐飞。骷髅与鲜花共舞。骂娘与圣谕对飙。奇怪的是，这种放大版的"厕所艺术"，近乎艺术黑社会帮派的勾当，竟很快风行全美洲，传染到全球各地，几乎改变了所有都市的景观。一些惯犯还暗中联络，划定战区，分头出击，速战速决，一夜之间把某个城市的主要墙面全部重新涂鸦一遍——此之谓 All City Bomb，他们得意洋洋的"炸街"！

看这些墙绘，不免想起墨西哥的马科斯——其实也是一个"炸街"高手。这位哲学教授曾醉心于毛泽东和葛兰西的理论，出任萨帕塔解放军"副司令"，却从不说司令是谁，留下一个空白的符号。接下来，他蒙面、戴墨镜、挂耳麦，披挂子弹袋、操几种流利的外语，擅长使用儿童画和民谣，自称同性恋者和后冷战时代的共产党，又留下一个迷彩的符号。他领导了墨西哥恰帕斯州的原住民起义，于 2001 年 3 月 12 日那天一度攻入首都，引来十多万民众欢呼，狠狠地"炸"了一次街，"炸"了一次世界。连总统也不能不对他客气三分。但他的子弹袋里全是假弹，战士们手里也全是些木头刀枪，简直是一场起义秀的道具。用观察家们的话来说，用国际文化界最流行的概念来说，那不过是冲着万恶的资本主义世界，打了一场后现代主义的"符号战争"[①]。

在纪录片《有一个地方叫恰帕斯》中，他回忆自己的一天：

> 就像降落在另一颗行星。语言，环境是新的。你好像是外部世界的局外人。每一件事情都告诉你：离开。这是一个错误。你不属于这里。而且是以一种外语说的。但是他们让你知道，这里的人民，他们的行为方式；这里的天气；它下雨的方式；这里的阳光；这里的土地；它变泥泞的方式；这里的疾病；这里的昆虫；思乡病。你被告知，你不属于这里。如果那不是噩梦，那是什么？
>
> 这就是我们的日子，死者的日子。

几乎是魔幻现实主义作家们的语言。

事实上，他就是一个作家，出版过小说《不宁的死者》和诗歌散文集《我们的词语是我们的武器》。也许很多人不习惯这种语言，听不大明白，不易进入艺术化的政治，即那种博尔赫斯化或马尔克斯化的政治。但从墨西哥城万人空巷的盛况来看，从国内外媒体和艺术家们血脉贲张的激动来看，很多当地人倒是特别能听懂这种语言，与他灵犀相通。

虽然这种语言与政治家缜密和冷冽的思考相去甚远，与严密的组织、周密的谋略、可持续的政治运动相去甚远。

最终也未能争回多少原住民的土地。

故事从拉丁欧洲开始

德国学者韦伯曾把欧洲一分为二，在《新教伦理与资本主义精神》这本书里，称"几乎没有什么例外地可以发现这样一种状况：工商界领导人、资本占有者、近代企业中的高级技工、尤其是受到高等技术教育和商业培训的管理人员，绝大多数都是新教徒。"与此同时，"天主教徒很少有人从事资本

---

① 见戴锦华、刘健芝主编《蒙面骑士》，上海人民出版社，2006年。

主义的企业活动。"①

他的前一句，指向北方的英国、德国、瑞士以及北欧地区；后一句则指向南方的意大利、西班牙、葡萄牙、大部分法国等地。毫无疑问，在他的眼里，一条线画过去，前一个是"新教欧洲"，其优势是"理性化""理性化""理性化"（重要的事情说三遍），多见"集中精神""律己耐劳""责任感""严格计算""讲究信用""精明强干""冷酷无情的节俭"等人格特点，因此成为了现代资本主义的伟大源头。至于后一个"天主教欧洲"，怎么说呢，完全是另外一回事了。

考虑到他的"天主教欧洲"与拉丁语族和拉丁文化的覆盖区大面积重合（爱尔兰等地除外），这一地域大概也可称为"拉丁欧洲"。

不妨暂且这样约定。

很多东方人习惯于把欧洲打包处理，不注意韦伯的这一划分，就像很多西方人分不清中国的儒家和道教，分不清京剧和越剧，分不清山东人和广东人的脸型。这样的"西粉"或"中国通"都委实太多。韦伯大概最恼火这种混淆。事实上，从总体来说，新教欧洲一开始就压根儿瞧不起拉丁欧洲，甚至敌视这些无纪律、缺乏自觉性、只知寻欢作乐的懒汉，一些既不懂洛克（政治学）也不懂斯密（经济学）更不懂康德（哲学）的家伙。看看那些夸夸其谈情绪不定的破落骑士吧，多血质，好冲动，异想天开，只会"信天游"和"神逻辑"，充其量只配泡在剧场或酒店里玩一把激进艺术。那真是艺术吗？西班牙的《堂吉诃德》和意大利的《十日谈》，早已透出了这种没落社会的气息。美酒、狂欢、奢侈品、巴洛克风格等，不过是这种精神衰亡的回光返照。在英、美输出的知识谱系里（见诸百度百科所列"字典上的解释"），弗拉明戈不仅仅被定义为西班牙歌舞，还被贬为一种可疑的人生态度："追求享乐，不事生产，放荡不羁"，"生活在法律边缘"——新教人士的嫌恶感已呼之欲出。可以想象，如果不是发现了新大陆，突然有了一大块缓冲空间，北方那些勤奋而冷峻的工业家，总有一天忍无可忍，肯定要把这些拉丁佬逐出欧洲——就像双方曾在共同的十字架下，横扫环地中海地区，联手把伊斯兰教成功地挤压出去。

---

① 引自《新教伦理与资本主义精神》，（德）马克斯·韦伯著，于晓、陈维纲等译，三联书店，1987年。

历史没有出现那一幕，也许纯属偶然。

1588 年，英国大败西班牙。1815 年，英国大败法国。法国代办事后还在酒会上被英国外交大臣当面羞辱："好了，胜利的荣耀属于你们，不过随之而来的灾难和毁灭似乎毫无荣耀可言。恰恰相反，工业、贸易以及与日俱增的繁荣肯定属于我们！"

法国代办吞下了整个拉丁欧洲的羞辱。

此时欧洲人正在一窝蜂不断涌向新大陆。新教人群主要向北，拉丁人群主要向南，两个欧洲搞了一次分头对口输出。大体情况就是这样。新教人群胸怀上帝优等子民的使命感，还有实现理想的满满自信，在北方杀出了一片空荡荡的天地。即使买来一船船的非洲黑奴，人手还是明显不够。人工价格随之一直居高不下。依某些史家的说法，没有比美国人更爱发明机器的了，没有比美国人更爱劳动的了，其重要原因之一就在这里[1]。"劳动是最好的祈祷。"新英格兰人确实是这样说的。无耻的乞讨必须禁止，富人再有钱也必须自己动手干活，《英国济贫法》和《基督教指南》（巴克斯特[2]著）就是这样分别规定的。在这种情况下，新移民的生活图景逐渐别具一格。牛仔裤——打工仔的工装裤，后来几乎成为全民流行服，大败旧贵族的口味，却洋溢着劳动的自得和光荣。总统穿上它去盖房子，议员或教授穿上它来割草，都特别方便合适。高脚凳——适应一种半站半坐的姿势，一种没打算全身放松和持久放松的匆匆状态。喝一杯廉价啤酒或杜松子酒然后就要去干活的大忙人，最习惯这种屌丝支架，使之很快流行于各地酒吧，然后进入美国的大学、电台以及政府机构。还有快餐，特别是汉堡包——网上曾有一个段子如此调侃，"舌尖上的美国"无非就是大汉堡、小汉堡、圆汉堡、长汉堡、厚汉堡、薄汉堡……这说得很损。不过美国人的口味确实不能恭维。法国、意大利人眼中的这种"狗食"（笔者一位法国朋友语），居然一吃两百年，吃得一年四季一个样，吃得全国到处一个样，居然还吃得兴高采烈。哪怕身家万亿的大亨，比尔·盖茨和扎克伯格的那种，一口气裸捐了万贯家财，富得同钱结了仇似的，也能把这单调得不能再单调的干粮吃得津津有味。唯一的解释：他们在这里不仅是吃汉堡，而且是吃习惯，吃性格，吃文化，吃人生信仰，吃"天职"

---

① 引自《全球通史》，（美）斯塔夫里阿诺斯著，吴象婴等译，北京大学出版社，2006 年。

② R·巴克斯特（1615–1691），著名清教神学家。

情怀，吃先民们"冷酷无情的节俭"（韦伯语）传统，吃新教伦理和资本主义精神的生理遗传——还能有别的解释？

韦伯并不否认新教欧洲与天主教欧洲之间文化的相互渗透，逐渐变得北中有南，南中有北，你中有我，我中有你。他也不否认资本主义正在被骄奢贪纵所败坏，一步步打了折扣。但"理性化"加上"劳动狂"，显然是他眼中新教伦理的价值核心，圣徒式资本主义的最大奥秘。

在这个意义上，美国发生于 19 世纪的南北战争，不过是两个欧洲的故事上演 2.0 版，是双方披上新马甲，在新大陆换一个场地再度交手。此时的美洲南北已分化为两个截然不同的世界。虽然李将军手下军官们的素质明显胜出，但骑士时代已经过去，代之而起的是经济学家们深思熟虑的历史新篇。新英格兰地区以强大的工具理性和经济产能，最终击溃了南方各州的冒险家、投机商、封建庄园主。战争的结果，是工业资本主义以关税法、宅地法以及幸运搭车的废奴法案，完全主导了美国的历史进程。不仅如此，这还无异于从墨西哥那里夺得加利福尼亚、内华达、犹他、科罗拉多、亚利桑那、新墨西哥以后，新教美国以制度和文化的胜利，确证了对拉丁佬们的全面优势，迅速巩固了南方的新边界。

墨西哥大幅度南移边界，得到的补偿只不过是 1500 万美元，外加 325 万美元的债务减免，差不多又是一个图书馆的价格。

再度交手的结果早有定数。

眼下，站在美国的南方海岸，一步跨到茫茫大海那边似乎也很容易，就像电子信号和喷气飞机去哪里都容易。墨西哥的坎昆，就是一个美国人常去的地方。一个以前的小渔村，转眼已变身为灿烂的国际旅游城市，宾馆区高楼竞立，差不多上千家一望无际，顶级品牌的酒店五光十色应有尽有。更有一些会员制的休闲庄园禁制森严，深不可测，豪车出入，一般的奔驰和宝马在那里都有点拿不出手。作为美国的"后花园"，美式英语是那里的通用语，白人们搭载着邮轮或私人飞机蜂拥而去，塞满了海滩、餐馆、大街、高尔夫球场。褐色的本地人当然有，但几乎都是小心翼翼的侍者，迅速闪避的保安员、清洁工、行李员、服务员、司机、船工，一旦碰到你的目光，便会友好地摇手和微笑。

生意这样火，旅游经济形势大好，他们为什么不笑？

比起很多失业者，他们得到小费后为什么不笑？

不过那种笑的规格统一，来得太密集和太迅速，不像是出于好客的天然，倒是出自某种训练和规定，不能不让人略有迟疑。也许，笑不应是单向的，不能是职业化的，得有些具体理由才对。在一般情况下，他们最好也把自己当成VIP，从邮轮或私人飞机上走下来的世界公民，轻松一些就好，平和沉静一些就够。遇到冒犯时大睁圆眼，用印第安土语大发一顿脾气，可能更给人亲切之感。

那样的南方其实更让人开心。

我心里这样说。

不要为我哭泣

"谁是皮诺切特？"

谁是洛克、斯密、康德……以及那个马克斯·韦伯？说那些老帮菜烦不烦？——很抱歉，女士们先生们，提到这些名字不合时宜，令人扫兴。很多人不会对这些感兴趣，不觉得这与他们所热爱的西方有一毛关系。

恰恰相反，在他们看来，事情很简单，太简单，"西方"就是不累人的好事，就是好事呀好事呀好事。西方就是摩天楼，就是豪华别墅，就是夜总会，就是 D 罩杯性感妞，就是动作大片，就是戴上墨镜去旅游，就是时尚消费杂志，就是最新款的平板电脑和智能手机，就是戴一顶华丽帽子的巴黎女郎感觉，束一条名牌领带的伦敦绅士感觉，喷几个顶级乐团的赫赫大名然后有登上世界文明顶峰的感觉。网上已有女大学生贴出广告，她愿意应招援交，价格可以面谈，服务一定超值，原因是她要买一支 IPhone6。

我无话可说。

拉美人一定觉得这种小广告似曾相识。我知道，在很多欠发达地区，或前殖民地区，或文化低理性地区，更不要说这三种状况叠加的地区，都有西方阴影下的众多梦游者。有些小资、文青、学渣一旦想"开"了，走出这一步并不难。越穷就越想消费，越消费就越觉得自己穷。西方那个广告中的五彩天堂都快把他们逼疯了。非洲曾有一个词 Been To（到过），戏指那些最爱同西方攀点关系的小新派，因为他们嘴里最多出现 I have been to……这样的句子，炫一下自己在欧美的游历。我也特别想发明一个词，一个缩合词，像英语中的 China 与 America 合成为 Chimerica（中美国），来描述某种半土半洋、又土又洋、内土外洋、土穷酸洋时尚的夹生状态，一种对西方气喘吁吁两眼红红的爱恨交加。

这话的意思是，一部西方史很大程度上已被他们误解，被他们鸡零狗碎地捣糨糊。西方最好的东西，或者说现代西方文明的价值核心，即韦伯眼里的"理性化"和"劳动狂"，正被他们齐心合力地扼杀——且不说这两条是否留下了重大盲点，即便照韦伯说的办，小新派们也最像一伙反西方分子，"到过"们、"看过"们、"听过"们是隐藏最深的西方文明掘墓人。

因为他们恰恰是不理性，不劳动，厌恶理性，厌恶劳动。

他们甘冒学业荒废的风险，性病和艾滋病的风险，也要一支 IPhone6。这个账怎么算也万分离奇。

接下来的事不难想象。不需要太久，当他们发现自己挤不上现代化快车，失败者最方便的心理出路，就是去神秘兮兮的雨林、天象、传说、术士、荣耀祖先、哈里发神学那里寻求抚慰，然后揪出一个不可或缺的魔头，对眼下糟糕的一切负责。作为一种韦伯眼中失去灵魂的资本主义，消费迷狂已如美妙的吸毒、华丽的自杀、声威赫赫的虚无，不仅制造出太多失败者，不仅放大了他们的失败感，而且正大批量培育他们的冷漠、无知、浮躁、偏执、绝望……为事态的另一个前景做好准备。英国作家奈保尔早就注意到，很多伊斯兰极端分子其实够摩登的，至少是曾经够摩登的，满脑子时尚资讯不少，对新潮电器熟门熟路，刚去宾馆开房以便偷窥泳池洋妹，流出世俗化的哈喇子，一转眼却可能变成虔诚教徒和蒙面杀手①。这样的瞬间变脸耐人寻味。据媒体报道，前不久巴黎的 11.13 恐袭案中，主凶之一哈斯娜"对伊斯兰教义其实毫无兴趣"，倒是喜欢牛仔帽，喜欢好烟好酒，经常挎上新男友在夜店里瞎混。另一主凶阿巴乌德接受过私立教育，可见不怎么差钱，也是经常出手阔绰，是个在酒吧和夜总会生了根似的"花花公子"。

中国成语：学坏三天，学好三年。很明显，夜店消费主义离夜店恐怖主义只有一步之遥，都是三天之内可以轻易上手的业务。换句话说，金钱并非有效的防暴装置，更非极端思潮的解药。事情倒像是这样：消费主义的虚火有多旺，恐怖主义的势能其实就有多大。在瞬息万变的生存竞争中，极端贪欲最容易变为极端空虚，狂热谄媚最容易变为狂热怨恨，西方的铁粉最容易成为西方的仇寇——区别可能仅仅在于：

---

① 见《信徒的国度》，V.S. 奈保尔著，秦於理译，南海出版公司，2014 年。

前者还混得下去，后者混不下去了。

前者对弱者冷漠，后者开始把冷漠范围覆盖强者——并且碰巧（也是必须）为冷漠找到了一个神圣的名义，比如宗教或民族的名义。

就宗教和民族而言，拉美与西方多少有些亲缘关系，打脱骨头连着筋，因此再闹翻也像个穷亲戚，属于某种内部人的分裂，离血腥的"圣战"稍远——正如他们在历史上一次次远离了世界大战。这当然是幸运。但对于某些梦游者来说，这也是痛醒的一再延迟。在我抵达拉美的半年前，爱德华多·加莱亚诺先生去世了。他的一本《拉丁美洲：被切开的血管》，喷涌出对现实炽热的反思和批判，对"拉美化"这种全球最严重贫富分化的痛切剖示。这本书曾在波哥大长途汽车上被一个姑娘诵读，先是给女友读，然后给全体乘客大声读。作为一本禁书，在军政府大屠杀的日子里，它还曾被一个圣地亚哥的母亲偷偷珍藏于婴儿尿布之下，以便带给更多的读者。在布宜诺斯艾利斯，一个没钱买书的大学生竟在一周之内跑遍附近所有书店，寻找尚未卖出的这本书，一段段接力式地读完它，直到自己缩在墙角读得泪流满面……这也是拉美，让人屏住呼吸的一个褐色板块，一种逼近的梦醒。当 A 女士对我说她最自豪于哥伦比亚人的"精神"时，我想到了这一切。

回头看去，他们所传承的拉丁语族，一种源远流长的文化巨流，至少曾孕育过 1789 年的法国大革命，1936 年西班牙共和保卫战，还有几个世纪来拉美此起彼伏的民族解放斗争，没有任何理由低估这种文化的血性和能量。

没有任何理由低估这一切对人类的启迪。

Don't cry for me——Argentina！

飞机越过安第斯山脉，其时耳机里正传来麦当娜的歌唱，电影《贝隆夫人》的主题曲，曾在电影拍摄现场让四千多名围观民众泪光闪闪的一缕音流：

> 阿根廷，不要为我哭泣，
> 事实上我从未离开过你。
> 在那段狂野岁月中，
> 我一直疯狂拼争。
> 我信守我自己的诺言，
> 不要将我拒之千里。
> ……

贝隆夫人出身卑微，小时候绰号"小瘦子"，是一个穷裁缝的私生女，十五岁那年当上舞女，成为社交场所知名的交际花，直到遇上贝隆将军，后来的改革总统。贝隆推动了国家工业化，抗拒英、美强权，为下层民众力争社会福利，得到她的全心支持。即便丈夫后来下台蹲进监狱，她也决不言弃，仍奔波于全国各地，为平等和民主呐喊，为妇女争取投票权，为失业者、单亲家庭、未婚母亲、孤寡老人、无家可归者维权抗争，被誉为"穷人的旗手"。但正是这一切触怒了上流社会，"婊子贝隆""艾薇塔婊子"等词曾经充斥大小媒体。"婊子！""婊子！""臭婊子！"……贵族男女和无知市民们一次次投来香蕉皮和鞋子，要把她轰下台去。

直到 33 岁她永远倒下的那一天。

阿根廷，不要为我哭泣。她擅长舞蹈，熟悉华尔兹和狐步，也是弗拉明戈的"阿根廷玫瑰"。源于西班牙安达卢西亚地区的这种舞蹈，眼下经常跳成了一种俗艳的商业表演，一种单薄的欢乐或色情诱惑。其实，这种舞是复杂的、纠结的、撕裂的、尖锐的，热情又痛苦，敞开又隐秘，倾诉又沉默，目光中交织了鼓励和禁止。舞者们并无芭蕾的清纯，也无华尔兹的高贵，倒是有一种孤冷和顽强的风格，往往是耸肩，昂首，眼神落寞甚至严厉，与舞伴忽远忽近，若即若离，手中响板追随靴跟踏出的铿锵顿挫，用令人眼花缭乱的眉梢、指尖以及腰身回望内心沧桑。按一位中国作家①的说法，真正的弗拉明戈很难看到，从不会出现在剧场，只有经朋友私下联络，人们才可能进入夜幕下某处不起眼的小巷小门，在一个不太大的房间里，坐在少许"内部人"中，听直击人心的吉他声怦然迸发，地下宗教仪式般的肢体暗语已扑面而来。

舞者通常是中年妇人。黑裙子突然绽放遮天之际，她们的命运就开始了。

她们假定你读懂了暗语。

2015 年 12 月

———————————

* 此文最初发表于 2016 年《十月》杂志。

———————————

① 见《鲜花的废墟》，张承志著，新世界出版社，2005 年。

杂

论

夜行者梦语

一

人类常常把一些事情做坏，比如把爱情做成贞节牌坊，把自由做成暴民四起，一谈起社会均富就出现专吃大锅饭的懒汉，一谈起市场竞争就有财迷心窍唯利是图的铜臭。思想的龙种总是在黑压压的人群中一次次收获现实的跳蚤。或者说，我们的现实本来太多跳蚤，却被思想家们一次次说成龙种，让大家觉得悦耳和体面。

如果让耶稣遥望中世纪的宗教法庭，如果让爱因斯坦遥望广岛的废墟，如果让弗洛伊德遥望红灯区和三级片，如果让欧文、傅立叶、马克思遥望苏联的古拉格群岛和中国的"文革"，他们大概都会觉得尴尬以及无话可说的。

人类的某些弱点与生俱来，深深根植于我们的肉体，包括脸皮、肠胃、生殖器。即使作最乐观的估计，这种状况也不会因为有所谓后现代潮出现就会得到迅速改观。

二

有一个著名的寓言：两个人喝水，都喝了半杯水，一位说："我已经喝了半杯。"另一位说："我还有半杯水没有喝。"他们好像说的是一回事，然而聪明人都可以听出，他们说的是一回事又不是一回事。

一个概念，常常含注和载负着各种不同的心绪、欲念、人生经验，如果不细加体味，悲观主义者的半杯水和乐观主义者的半杯水，就常常混为一谈。蹩脚的理论家最常见的错误，就是不懂得哲学差不多不是研究出来的，而是从生命深处涌现出来的。他们不能感悟到概念之外的具象指涉，不能将概念读解成活生生的生命状态，跃然纸页，神会心胸。即使有满房子辞书的佐助，他们也不可能把任何一个概念真正读懂。

说说虚无。虚无是某些现代人时髦的话题之一，宏论虚无的人常被划为一党，被世人攻讦或拥戴。其实，党内有党，至少可以二分。一种是建设性执著后的虚无，是呕心沥血艰难求索后的困惑和茫然；一种是消费性执著后的虚无，是声色犬马花天酒地之后的无聊和厌倦。圣者和流氓都看破了钱财，但前者首先看破了自己的钱财，我的就是大家的。而后者首先看破了别人的钱财，大家的就是我的。圣者和流氓都可以怀疑爱情，但前者可能从此节欲自重，慎于风月；而后者可能从此纵欲无忌，见女人就上。

尼采说：上帝死了。对于有些人来说，上帝死了，人有了更多的责任。对另外一些人来说，上帝死了，人就不再承担任何责任。我们周围拥挤着的这些无神论者，其实千差万别。

观念总是大大简化了的，表达时有大量信息渗漏，理解时有大量信息潜入，一出一入，观念在运用过程中总是悄悄质变。对于认识丰富复杂的现实来说，观念总是显得有点不堪重用。它无论何其堂皇，从来不可成为价值判断标准，不是人性的质检证书。正因为如此，观念之争除了作为某种智力保健运动，没有太多的意义。道理讲不通也罢，讲通道理不管用也罢，都很正常，我们不妨微笑以待。

三

虚无之外，还有迷惘，绝望，焦虑，没意思，荒诞性，反道德，无深度，熵增加，丧失自我，礼崩乐坏，垮掉的一代，中心解构，过把瘾就死，现在世界上谁怕谁……人们用很多新创的话语来描述上帝死后的世界。上帝不是一个人，连梵蒂冈最近也不得不训示了这一点。上帝其实是代表一种价值体系，代表摩西十诫及各种宗教中都少不了的道德律令，是人类行为美学的一种民间通俗化版本。上帝的存在，是因为人类这种生物很脆弱，也很懒惰，不愿承担对自己的责任，只好把心灵一股脑交给上帝托管。这样，人在黑夜里的时候，上帝说，要有光，于是便有了光，人就前行得较为安全。

上帝据说最终死于奥斯维辛集中营。这个时候，一个身陷战俘营的法国教书匠，像他的一些前辈一样，苦苦思索，想给人类再造出一个上帝，这个人就是萨特。萨特想让人对自己的一切负责，把价值立法权从上帝那里夺回来，交给每个人的心灵。指出他与笛卡尔、康德、黑格尔的差别是很容易的，指出他们之间的相同点更是容易的。他们大胆构筑的不管叫理性，叫物自体，还是叫存在，其实还是上帝的同位语和替代品，是一种没商量的精神定向，一种绝对信仰。B·J.蒂利希评价他的存在主义同党时说："存在的勇气最终源于高于上帝的上帝"，"他是这样的上帝，一旦你在怀疑的焦虑中消失，他就显现。"

尼采也并没有摆脱上帝的幽灵。他的名言之一是："人为自己的不道德行为羞愧，这是第一阶段，待到终点，他也要为自己的道德行为羞愧。"问题在于，那时候为什么还要羞愧？根据什么羞愧？是什么在冥冥上天决定了这种羞而且愧？

人类似乎不能没有依恃，没有寄托。上帝之光熄灭了以后，萨特们这支口哨吹出来的小曲子，也能凑合着来给夜行者壮壮胆子。

四

一个古老的传说是，人是半神半兽的生灵，每个人的心中都活着一个上帝。

人在谋杀上帝的同时，也就悄悄开始了对自己的谋杀。非神化的胜利，直接通向了非人化的快车道。这是"人本论"严肃学者们大概始料未及的讽刺性结果。

二十世纪的科学，从生物学到宇宙论，进一步显示出人是宇宙中心这一观念，和神是宇宙中心的观念一样，同样荒唐可笑。人类充其量只是自然界一时冲动的结果，没有至尊的特权。一切道德和审美的等级制度都被证明出假定性和暂时性，是几个书生强加于人的世界模式，随便来几句刻薄或穷究，就可以将其拆解得一塌糊涂——逻辑对信仰无往不胜。到解构主义的时候，人本的概念干脆已换成了文本，人无处可寻，人之本原已成虚妄，世界不过是一大堆一大堆文本，充满着伪装，是可以无限破译的代码和能指，破译到最后，洋葱皮一层层剥完了，也没有终极和底层的东西，万事皆空，不余欺也。解构主义的刀斧手们，最终消灭了人的神圣感，一切都被允许，好就是坏，坏就是好。达达画派的口号一次次被重提："怎样都行。"

圣徒和流氓，怎样都行。

唯一不行的，就是反对怎样都行之行。在这一方面，后现代逆子倒常常表现出怒气冲冲的争辩癖，还有对整齐划一和千部一腔的爱好。

真理的末日和节日就这样终于来到了。这一天，阳光明媚，人潮拥挤，大街上到处流淌着可口可乐气味和电子音乐，人们不再为上帝而活着，不再为国家而活着，不再为山川和邻居而活着，不再为祖先和子孙而活着，不再为任何意义任何法则而活着。萨特们的世界已经够破碎了，然而像一面破镜，还能依稀将焦灼成像。而当今的世界则像超级商场里影像各异色彩纷呈的一大片电视墙，让人目不暇接，脑无暇思，什么也看不太清，一切都被愉悦地洗成空白。这当然也没什么，大脑既然是个欺骗我们已久的赘物和祸根，消灭思想便成为时尚，让我们万众一心跟着感觉走。这样，肠胃是更重要的器官，生殖器是更重要的器官。罗兰·巴特干脆用"身体"一词来取代"自我"。人就是身体，人不过就是身体。"身体"一词意味着人与上帝的彻底决裂，物人与心人的彻底决裂，意味着人对动物性生存的向往与认同——你别把我当人。

这一天，叫做"后现代"。

"后现代"正在生物技术领域中同步推进着。鱼与植物的基因混合，细菌吃起了石油，猪肾植入了人体，混有动物基因或植物基因的半人，如男猪人或女橡人，可望不久面世，正在威胁着天主教义和联合国的人权宣言。到那时候，你还能把我当人？

五

欧洲是一片人文昌荣、物产丰饶的大陆。它的盛世不仅归因于科学与工业革命，还得助于民主传统，也离不开几个世纪之内广阔殖民地的输血——源源不断的黄金、钻石、石油、黑奴。这样的机遇真是千载难逢。与中国不同的是，欧洲的现代精神危机不是产生于贫穷，而是产生于富庶。叔本华、尼采、萨特，差不多都是一些衣食不愁的上流或中流富家公子。他们少年成长的背景不是北大荒和老井，而是巴洛克式的浮华和维多利亚时代的锦衣玉食，是优雅而造作的礼仪，严密而冷酷的法律，强大而粗暴的机器，精深而繁琐的知识。这些心性敏感的学人，就是在这种背景下开始了追求精神自由的造反，宣示种种盛世危言。

他们的宣示在中国激起了回声，但是这宣示已经大多被人们用政治／农业文明的生存经验——而不是用金钱／工业文明的生存经验——来悄悄地给予译解。同样是批判，他们不言自明的对象是资本社会之伪善，而他们的中国同志们不言自明的对象很可能是"忠字舞"。他们对金钱的失望，到了中国，通常用来表示对没有金钱的失望。一些中国学子夹着一两本哲学积极争当"现代派"，从某种意义上来说，差不多就是穷人想有点富人的忧愁，要发点富人脾气，差不多就是把富人的减肥药，当成了穷人的救命粮。

个人从政治压迫下解放出来，最容易投入金钱的怀抱。中国的萨特发烧友们玩过哲学和诗歌以后，最容易成为狠宰客户的生意人，成为卡拉 KTV 的常客和豪华别墅的新住户。他们向往资产阶级的急迫劲头，让他们的西方同道略略有些诧异。而个人从金钱的压迫下解放出来，最容易奔赴政治的幻境，于是海德格尔赞赏纳粹，萨特参加共产党，陀思妥耶夫斯基支持王权，让他们的一些中国同道们觉得特傻帽。这样看来，西方人也可能把穷人的救命粮，当成富人的减肥药。

当然，穷人的批判并不比富人的批判低档次，不一定要学会了发富人的脾气，才算正统，才可高价，才不叫伪什么派。在生存这个永恒的命题面前，穷人当然可以与富人对话谈心，可以与富人交上朋友，甚至可以当上富人的老师。只是要注意，谈话的时候，首先要听懂对方说的是什么，也必须知道，自己是很难完全变成对方的。

六

请设想一下这种情况，设想一个人只面对自己，独处幽室，或独处荒原，或独处无比寂冷的月球。他需要意义和法则吗？他可以想吃就吃，想拉就拉，崇高和下流都没有对象，连语言也是多余，思索历史更是荒唐。他随心所欲无限自由，一切皆被允许，怎样做——包括自杀——也没有什么严重后果。这种绝对个人的状态，无疑是反语言反历史反文化反知识反权威反严肃反道德反理性的状态，一句话，不累人的状态。描述这种状态的成套词语，我们在后现代哲学那里似曾相识耳熟能详。

但只要有第二个人出现，比如鲁滨逊身边出现了星期五，事情就不一样了。累人的文明几乎就随着第二个人的出现而产生。鲁滨逊必须与星期五说话，这就需要约定词义和逻辑。鲁滨逊不能随便给星期五一耳光，这就需要约定道德和法律。鲁滨逊如若要让星期五接受自己的指导，比如服从分工和讲点卫生，这就需要建立权威的组织……于是，即便在这个最小最小的社会里，只要他们还想现实地生存下去，就不可能做到"怎样都行"了。

暂时设定这种秩序的，不是上帝，是生存的需要，是肉体。在一切上帝都消灭之后，肉体最终呈现出上帝的面目，如期地没收了自己的狂欢，成了自己的敌人。当罗兰·巴特用"身体"取代"自我"时，美国著名理论家卡勒尔先生已敏感到这一先兆，他认为这永远产生着一种神话化的可能，自然的神话行将复辟（见《罗兰·巴特》）。由此不难看出，后现代哲学是属于幽室、荒原、月球的哲学，是独处者的哲学，不是社会哲学；是幻想者的哲学，不是行动哲学。

物化的消费社会使我们越来越容易成为独处的幻想者，人际关系冷淡而脆弱，即便在人海中，也不常惦记周围的星期五。电视机，防盗门，离婚率，信息过量，移民社会，认钱不认人……对于我们来说，个人越来越是更可靠的世界。一个个商业广告暗示我们不要亏待自己，一个个政治家暗示你的利益正被他优先考虑。正如我们曾经在忠字舞的海洋中，接受过个人分文不值的信条，现在，我们也及时接受着个人至高无上的时代风尚，每个人都是自己最大的明星，都被他人爱得不够。

七

时旷日久的文化空白化和恶质化，产生了这样一代人：没读多少书，最能记起来的是政治游行以及语录歌，多少有点不良纪录，当然也没有吃过太多苦头，比如蹲监狱或参加战争。他们被神圣的口号戏弄以后谁也不来负责，身后一无所有。权力炙手可热的时候他们远离权力，苦难可赚荣耀的时候他们掏不出苦难，知识受到尊重的时候他们只能快快沉默。他们没有任何教条，生存经验自产自销，看人看事决不迂阔一眼就见血。他们是文化的弃儿，因此也必然是文化的逆子。

这一些人是后现代思潮的天然沃土。他们几乎不需要西方学人们来播种，就野生出遍地的冷嘲热讽和粗痞话。

其实也是一种文化，虽然没有列于文化谱系，也未经培植，但天然品质正是它的活力所在。它是思想统制崩溃的必然果实。反过来，它的破坏性，成为一剂清泻各种伪道学的毒药。

"后现代"将会留下诗人——包括诗人型的画家、作家、歌手、批评家等。真正的诗情是藐视法则的，直接从生命中分泌出来。诗人一般都具有疯魔的特性，一次次让性情的烈焰，冲破理法的岩层喷薄而出。他们觉得自己还疯魔得不够时，常常让酒和梦来帮忙。而后现代思潮是新一代的仿酒和仿梦制品，是高效制幻剂，可以把人们引入丰富奇妙的生命景观。它恢复了人们的个人方位，拓展了感觉的天地，虽然它有时可能失于混沌无序，但潜藏在作品中的革命性、独创精神和想象力的解放显而易见，连它的旁观者和反对者也总是从中受益。

"后现代"将会留下流氓。对于有心使坏的人来说，"怎样都行"当然是最合胃口的理论执照。这将大大鼓舞一些人，以直率来命名粗暴，以超脱来命名懒惰，以幽默来命名欺骗，以法无定法来命名无恶不作，或者干脆以小人自居，也没有什么不可以。如果说，在社会管制严密的情况下，人人慎行，后现代主义只能多产于学院，成为一种心智游戏；那么在社会管制松懈之地，相关条件配置不够，这种主义便更多流行于市井，成为一种物身的操作。这就像甲地的一部战争片，变成了乙地影剧院里当真爆响的一颗炸弹——谁受得了？

诗人总是被公众冷淡，流氓将被社会惩治。最后，当学院型和市井型的叛逆都受到某种遏制，很多后现代人可能会与环境妥协，回归成社会主流人物，给官员送礼，与商人碰杯，在教授的指导下攻读学位，要儿女守规矩和懂应酬。至于主义，只不过是今后的精神晚礼服之一，偶尔穿上出入某种沙龙，属于业余爱好。他们既然不承认任何主义，也就无所谓对主义的背叛，没有许诺任何责任。最虚无的态度，总是特别容易与最实用的态度联营。事实上，在具体的人那里，后现代主义通常是短暂现象，它对主流社会的对抗，一直被忧心忡忡的正人君子估计过高。

在另一方面，权势者对这些人的压制，也往往被人们估计过高。时代不同了，众多权势者都深谙实用的好处，青春期或多或少的信念，早已日渐稀薄，对信仰最虚无的态度其实在他们内心中深深隐藏。只要是争利的需要，他们可与任何人亲和与勾结，包括接纳各种晚礼服。不同之处在于，主义不是他们的晚礼服，而是他们某种每日必戴的精神假面。他们是后现代主义在朝中或市中的潜在盟友。

这是"后现代"最脆弱之点，最喜剧化的归宿。

从某种意义上来说，后现代主义是现代主义的分解和破碎，是现代主义燃烧的尾声，它对金灿灿社会主流的批判性，正在被妥协性和认同倾向所悄悄置换。它挑剔和逃避了任何主义的缺陷，也就有了最大的缺陷——自己成不了什么主义，不能激发人们对真理的热情和坚定，一开始就隐伏了庸俗化的前景，玩过了就扔的前景。它充其量只是前主义的躁动和后主义的沮丧，是夜行者短时的梦影。

如果"后现代"又被我们做坏，那也是没法子的事。

夜天茫茫，梦不可能永远做下去。我睁开眼睛。我宁愿眼前一片寂黑，也不愿当梦游者。何况，光明还是有的。上帝说，要有光。

1993 年 2 月

---

* 最初发表于 1993 年《读书》，后收入随笔集《夜行者梦语》。

性而上的迷失

一

有些事情如俗话说的：你越把它当回事它就越是回事。所谓"性"就是这样一种东西。

性算不上人的专利，是一种遍及生物界的现象，一种使禽兽草木生生不息的自然力。不，甚至不仅仅是一种生物现象，很可能也是一种物理现象，比如是电磁场中同性相排斥异性相吸引的常见景观，没有什么奇怪。谁会对好些哆哆嗦嗦乱窜的小铁屑赋予罪恶感或神圣感呢？谁会对它们痛心疾首或含泪欢呼呢？事情差不多就是这样，一种类同于氨基丙苯的化学物质，其中包括新肾上腺素、多巴胺，尤其是苯乙胺，在情人的身体内燃烧，使他们两颊绯红，呼吸急促，眼睛发亮，生殖器官充血和勃动，面对自己的性对象晕头晕脑地呆笑。他们这些哆哆嗦嗦的小铁屑在上帝眼里一次次实现着自然的预谋。

问题当然没有如此简单。性的浪漫化也是一笔文化遗产，始于裤子及文明对性的禁忌，始于人们对私有财产、家庭体制、人力资源等务实性需求。性的浪漫化刚好是它被羞耻化和神秘化之后一种必然的精神酿制和幻化，放射出五光十色的灵光，照亮了男人和女人的双眸。直到这个世纪的一九六八年，时间已经很晚了，传统规范才受到最猛烈动摇。美国好莱坞首次实行电影分级制度，X级的色情电影合法上映令正人君子们目瞪口呆。一个警察说，当时一个矮小的老太太如果想买一份《纽约时报》，就得爬过三排《操×》杂志才能拿到。

避孕术造成了性与生殖分离的可能，使苯乙胺呼啸着从生殖义务中突围而去，旋起一场场快乐的风暴。其实，突围一直在进行，通奸与婚姻伴生，淫乱与贞节影随，而下流话历来是各民族语言中生气勃勃的野生物，通常在人们最高兴或最痛苦的时候脱口而出，泄漏出情感和思想中性的基因。即使在礼教最为苛刻和严格的民族，人们也可以从音乐、舞蹈、文学、服饰之类中辨出性的诱惑，而一个个名目各异的民间节庆，常在道德和法律的默许之下，让浪漫情调暖暖融融弥漫于月色火光之中，大多数都少不了自由男女之间性致盎然和性味无穷的交往和游戏，对歌，协舞，赠礼，追打笑闹，乃至幽会野合。这种节庆狂欢不拘礼法，作为礼法的休息日，是文明禁忌对苯乙胺的短暂性假释。

从某种特定意义上说，种种狂欢节是人类性亢奋的文化象征。民俗学家们直到现在也不难考察到那些狂欢节目中性的遗痕。

始于西方的性解放，不过是把隐秘在狂欢节里的人性密码，译解成了宣言、游行、比基尼、国家法律、色情杂志、教授的著作、换妻俱乐部等等，使之成为一种显学，堂而皇之进入了人类的理智层面。

它会使每一天都成为狂欢节么？

二

禁限是一种很有意味的东西。礼教从不禁限人们大汗淋漓地为公众干活和为政权牺牲，可见禁限之物总是人们私心向往之物——否则就没有必要禁限。再往下说，禁限的心理效应往往强化而不是削弱这种向往，使突破禁限的冒险变得更加刺激，更加稀罕，更加激动人心。设想要是人们以前从未设禁，性交可以像大街上握手一样随便，那也就索然无味，没有什么说头了。

因此，正是传统礼教的压抑，蓄聚了强大的纵欲势能，一旦社会管制稍有松懈，便洪流滚滚势不可当地群"情"激荡举国变"色"。性文学也总是在性蒙昧灾区成为一个隐性的持久热点，成为很多正人君子一种病态的津津乐道和没完没了的打听癖、窥视癖。道德以前太把它当回事，它就真成一回事了。纵欲作为对禁欲的补偿和报复，常常成为社会开放初期一种心理高烧。高烧者为了获得义理上的安全感，会要说出一些深刻的话，让自己放心的话。他们中间的某些人，如果吃饱喝足又有太多闲暇，如果他们本就缺乏热情和能力关注世界上更多剌心的难题，那么性解放就是他们最高和最后的深刻，是他们文化态度中唯一的激情之源。他们几乎干不了别的什么。

这些人作为礼教的倒影，同样是一种文化。他们的夸大其词，可能使刚有的坦诚失鲜得太快，可能把真理弄得脏兮兮的让人掉头而去。他们用清教专制兑换享乐专制，轻率地把性解放描绘成最高的政治，最高的宗教，最高的艺术，就像以前的伪道学把性压抑说成最高的政治，最高的宗教，最高的艺术。他们解除了礼教强加于性的种种罪恶性意义之后，必须对性强加上种种神圣性意义，不由分说地要别人对他们的性交表示尊敬和高兴。他们指责那些没有步调一致来加入淫乱大赛的人是伪君子，是辫子军，是废物。这样做当然简单易行——"富贵生淫欲"这句民间大俗话一旦现代起来就成了精装本。

这些文学脱星或学术脱星，把上帝给人穿的裤子脱了下来，然后要求人们承认生殖器就是新任上帝，春宫画就是最流行的现代《圣经》。他们最痛恶圣徒但自己不能没有圣徒慷慨悲歌的面孔。

这当然是有点东方特色的一种现代神话，最容易在清教国家或后清教国家获得信徒们的喝彩。相反，在性解放洪潮过去的地方，X级影院里通常破旧而肮脏，只有寥落几个满身虱子和酒气的流浪汉昏昏瞌睡，不再被公众视为可以获得人生启迪的圣殿。性解放并没有降低都市男女的孤独指数和苦闷指数，并没有缓解"文明病"。作为最早的性解放先锋，舞蹈家邓肯女士后来也生活极其恶化，肥胖臃肿，经常酗酒，胡吵乱闹，不大像一个幸福的退休教母。及时行乐一旦失度，还可能稀释快乐的质量，毁灭家庭的安全，面临冷漠、厌倦、体弱、早衰、吸毒、艾滋病、性变态、无家可归之类可能的苦果。如果有人去红灯区宣言，说只要敢脱就获取了天堂入场券，就可以一劳永逸地解除性苦恼，进而达到人生幸福至境，这种神经病肯定半个美元也赚不着。

自由是一种风险投资。社会对婚姻问题的开明，提供了改正错误的自由也提供了增加错误的自由。解放者从今往后必须孤立无援地对付自己的性，一切后果自己承担，没法向礼教或社会当局赖账。我们可以为勇敢破禁欢呼。但勇敢就是勇敢，勇敢不是包赚不赔的特别股权。美国的一九六八并不是幸运保险单的号码。倒是破禁者们揣着自己有限的苯乙胺，面对着前后两茫茫的自由，是不是要倒抽一口冷气？

三

对理论常常不能太认真。

一个女子找到了一个意中人，如果受到对方婉言拒绝，就可能断言对方在压抑自己：你怎么活得这么虚伪呢？你太理智了，你不觉得理智是最可恶的东西，是最压抑人性的东西？世事无常，生命苦短，人生能有几时醉？……

这个女子开导完了，出门碰到一个使她极其恶心的男人，如果被对方纠缠不休，就可能说出另外一些理论：你怎么这样不克制自己呢？怎么这样缺乏理智呢？你只能让我恶心，我从没有见过像你这样无耻的人……

这个女子的理智论和反理智论兼备，只是根据情况随时各派其用。你能说她是"理智派"还是"感情派"？同样，如果她心爱的丈夫另有新欢，要抛弃她了，她可能大谈婚姻的神圣性；时隔不久如果是她瞄上了人家的丈夫，婚姻的荒谬性肯定就会脱口而出。你能说她是卫道士还是第三者乱党？

理论、观念、概念一类，一到实际生活中总是为利欲所用。尤其在最虚无又最实用的现代，在我们这些凡夫俗子中间，理论通常只是某种利欲格局的体现，标示出理论者在这个格局中的方位和行动态势。一般来说，每一个人在这个利欲格局中都是强者又都是弱者——只是相对于不同的方面而言。因此每一个人都万法皆备于我，都是潜在的理论全息体，从原则上说，是可以接受任何理论的，是需要任何理论的。用这一种而不用那一种，基本上取决于利欲的牵引。但这决不妨碍对付格局中的其他方面的时候，或者在整个格局发生变化的时候，人们及时呈现出完全不同的理论面目。比如一个大街上的革新派，完全可能是家里的保守派；一个下级面前的集权派，完全可能是上级面前的民主派。

这种情形难免使人沮丧：你能打起精神来与这些堂而皇之的理论较个真吗？

纵欲论在实际生活那里，通常是求爱术的演习，到时候与自述不幸、喟叹人生、操弄格言，请吃请喝、看手相、下跪、强迫等手法合用，也有点像征服大战时的劝降书。若碰上恶心的纠缠者，他们东张西望绝不会说得这么滔滔不绝。他们求爱难而拒爱易，习惯于珍视自己的欲望而漠视他人的欲望，满脑子都是美事，因此较为偏好纵欲说。就像一些初入商界的毛头小子，只算收入不算支出，怎么算都是赚大钱，不大准备破产时的说辞和安身之处。

他们中的一些人通常不喜欢读书这一类累人的活，瞟一瞟电视翻翻序跋当然也足够开侃。所以他们的宣言总是繁复而混乱，尤其不适宜有些呆人来逐字逐句较真。比如他们好谈弗洛伊德，从他的"力比多"满足原理中来汲取自己偷情的勇气，他们不知道或不愿意知道，正是这个弗洛伊德强调性欲压抑才能产生心理能量的升华，才得以刳造科学和艺术，使人类脱离原始和物质的状态。他们也好谈罗兰·巴特、德里达以及后现代主义，用"延异"、"解构"、"颠覆"等等字眼来威慑听众，大力标榜自己的自然状态。他们不知道或不愿意知道，罗兰·巴特们的文化分析正是从"自然原态"下刀，其理论基点就是揭示"自然原态"的欺骗性和虚妄性，拒绝这一种统治人类太久的神话。一切都是文本，人的一切都难逃文化浸染。他们正是从这一点开始与传统的人本主义和人道主义割席，开始了天才性的叛逆。用他们来申张"自然原态"或"人之本性"，哪儿跟哪儿？

有些人从不注意弗洛伊德和罗兰·巴特的差别，不注意尼采和萨特的差别，不注意孔子和庄子的差别，最大的本领只是注意名人和非名人的差别，时髦与不时髦的差别。他们擅长把一切时髦术语搜罗起来，一股脑儿地用上。就像一个乡下姑娘闯进大都市之后，把商店里一切好看的化妆品都抹在自己脸上。这倒是一种 pastiche——拼凑，杂拌，瞎搅和，颇有后现代风味，把一张五颜六色的脸作为时代标准像。

四

一直有人尝试办专供妇女看的色情杂志，但屡屡失败，顾客寥落。不能说男性的身体天生丑陋不堪入目，也不能说妇女还缺乏足够的勇气冲破礼教——某些西方女子裸泳裸舞裸行都不怕了，还怕一本杂志么？这都不是原因，至少不是最重要的原因。这个现象只是证明：身体不太被女性看重，没有出版商想象的那种诱惑力。女性对男体采者不拒，常常是男作家在通俗杂志里自我满足的夸张，是一种对女性的训练。

在这一点上，女人与男人并不一样。

有些专家一般性地认为，男性天生地有多恋倾向，女性天生地有独恋倾向，很多流行小册子都作如是说。多恋使人想到兽，似乎男人多兽性，常常适合"兽性发作"之类的描述。独恋使人想到很多鸟，似乎女人多鸟性，"小鸟依人"之类的形容就顺理成章。这种看法其实并不可靠。女性来自人类进化的统一过程，不是另走捷径直接从天上飞临地面的鸟人。进入工业社会之后，如果让妻子少一点对丈夫的经济依附性，多一点走出家门与更多异性交往的机会，她们也能朝秦暮楚地"小蜜""小情"起来，不会比男人更呆。

女性与男性的不同，在于她们无论独恋还是多恋，只要不是卖笑卖身，对男人的挑选还是要审慎得多，苛刻得多。大多男人在寻找性对象时重在外表姿色，尤其猎色过多时最害怕投入感情，对方要死要活卿卿我我的缠绵只会使他们感到多余，琐屑，沉重，累人，吃不消。但大多女人在寻找性对象时重在内质，重在心智，能力，气度和品德——尽管不同文化态度的女人们标准不一，有些人可能会追随时风，采用金钱、权势、学位之类简易尺度，但她们总是挑选尺度上的较高值，作为对男人的要求，看重内质与其他女人没什么两样。俗话说"男子无丑相"，女性多把相貌作为次等要求，一心要寻求内质优秀的男人来点燃自己的情感。明白此理的男人，在正常情况下的求爱，总要千方百计表现自己或是勇武，或是高尚，或是学贯中西，或是俏皮话满腹，如此等等，形成精神吸引，才能打动对方春心。经验每每证明，男子大多无情亦可欲，较为容易亢奋。而女人一般只有在精神之光的抚照下，在爱意浓厚情绪热烈之时，才能出现交合中的性高潮。

从这一点来看，男人性活动可说是"色欲主导"型，女人性活动可说是"情恋主导"型。男人重"欲"，嫖娼就不足为怪。女人重"情"，即便养面首也多是情人或准情人——在武则天、叶卡德琳娜一类宫廷"淫妖"的传说中，也总有情意绵绵甚至感天动地的情节，不似红灯区里的交换那么简单。男子的同性恋，多半有肉体关系。而女子的同性恋，多半只有精神交感。男子的征婚广告，常常会夸示自己的责任感和能力（以财产、学历等等为证），并常常自诩"酷爱文学和音乐"——他们知道女人需要什么。女子的征婚手段，常常是一张悦目的艳照足矣——她们知道男人需要什么。

这并非说女性都是柏拉图，尤其一些风尘女子被金钱或权势所迷，其市场业务不在我们讨论范围之内。"主导"也当然不是全部。女子的色欲也能强旺（多在青年以后），不过那种色欲往往是对情恋的确证和庆祝，是情恋的物化仪式。另一方面，男子也不乏情恋（多在中年以前），不过那种情恋往往是色欲的铺垫或余韵，是色欲的精神留影。丰繁复杂的文化积存，当然会改写很多人的本性，造成很多异变。一部两性互相渗透互相塑造的长长历史中，男女都可能会演变为对方的作品。两性冲突有时发生在两性之间，有时也可以发生在一个人身上——这需要我们在讨论时留有余地，不可滥用标签。

男性文化一直力图把女性塑造得感官化和媚女化。女子无才便是德，但三围定要合格，穿戴不可马虎，要秀色可餐妩媚动人甚至有些淫荡——众多电影、小说、广告、妇女商品都在做这种诱导。于是很多女子本不愿意妖媚的，是为了男人才学习妖媚的，搔首弄姿卖弄风情，不免显得有些装模作样。女性文化则一直力图把男性塑得道德化和英雄化。坐怀不乱真君子，男儿有泪不轻弹，德才兼备建功立业而且不弃糟糠——众多电影、小说、广告、男性商品都在作这种诱导。于是很多男子本不愿意当英雄的，是为了女人才争做英雄的，他们作深沉态作悲壮态作豪爽态的时候，不免也有些显得装模作样。

装模作样，证明了这种形象的后天性和人为性。只是习惯可成自然，经验可变本能，时间长了，有些人也就真成了英雄或媚女，让我们觉得这个世界多姿多彩，对装模作样不会过多挑剔。

五

黑格尔认为，道德是弱者用来制约强者的工具。女性相对于男性的体弱状态，决定了性道德的女性性别。在以前，承担道德使命的文化人多少都有一点女性化的文弱，艺术和美都有女神的别名。曹雪芹写《红楼梦》，认为女人是水，男人是泥，污浊的泥。川端康成坚决认为只有三种人才有美：少女，孩子以及垂死的男人——后两者意指男人只有在无性状态下才可能美好。与其说他们代表了东方男权社会的文化反省，毋宁说他们体现了当时弱者的道德战略，在文学中获得了战果。

工业和民主提供了女性在经济、政治、教育等方面的自主地位，就连在军事这种女性从来最难涉足的禁区，女性也开始让人刮目相看——海湾战争后一次次美国的模拟电子对抗战中，心灵手巧的女队也多次战胜男队。这正是女性进一步要求自尊的资本，进一步争取性爱自主性爱自由的前提。

奇怪的是，她们的呼声一开始就被男性借用和改造，最后几乎完全湮灭。旧道德的解除，似乎仅仅只是让女性更加色欲化，更加玩物化，更加为迎合男性而费尽心机。假胸假臀是为了给男人看的；耍小性子或故意痛恨算术公式以及认错国家首脑，是为了成为男人"可爱的小东西"和"小傻瓜"；商业广告教导女人如何更有女人味："让你具有贵妃风采"，"摇动男人心旌的魔水"，"有它在手所向无敌"，如此等等。女性要按流行歌词的指导学会忍受孤寂，接受粗暴，被抛弃后也无悔无怨。"我明明知道你在骗我，也让我享受这短暂的一刻……"有一首歌就是这样为女人编出来的。

相反，英雄主义正在这个时代褪色，忠诚和真理成了过时的笑料，山盟海誓天长地久只不过是电视剧里假惺惺的演出，与卧室里的结局根本不一样。女人除了诅咒几句"男子汉死绝了"之外，对此毫无办法。有些女权主义者不得不愤愤指责，工业只是使这个社会的男权中心更加巩固，金钱和权利仍然掌握在男人手里，男性话语君临一切，女性心理仍然处于匿名状态，很难进入传媒。就像这个社会穷人是多数，但人们能听到多少穷人的声音？

对这些现象做出价值裁判，不是本文的目的。本文要指出的只是：所谓性解放非但没有缓释性的危机，从某种意义上来说，反倒使危机更加深重，或者说是使本就深重的危机暴露得更加充分。女人在寻找英雄，即便唾弃良家妇女的身份，也未尝不暗想有朝一日扮演红粉知己，但越来越多的物质化男人，充当英雄已力不从心，哪怕虎背熊腰其外，却有鸡肠小肚于内，不免令人失望。招致"负心汉"、"小男人"、"禽兽"之类的指责，就是常见的结果。男人呢，则在寻找媚女，但越来越多被文明史哺育出来的精神化女人，不愿接受简单的泄欲，高学历女子更易有视媚为俗的心理逆反，事事要插一嘴，事事要占个强，以刀马旦风格南征北战，也难免令男人烦恼，总是受到"冷感"、"寡欲"、"没女人味"之类的埋怨。影视剧里越来越多爱呵恋呵的时候，现实生活中的两性反倒越来越难以协调，越来越难以满足异性的期待。

女性的情恋解放在影视剧里，男性的色欲解放在床上。两种性解放的目标错位，交往几天或几周之后，就发现我们全都互相扑空。

捷克作家昆德拉在《生命中不能承受之轻》中表达了一种情欲分离观：男主人公与数不胜数的女人及时行乐，但并不妨碍他对女主人公有忠实的（只是需要对"忠实"重新定义）爱情。对于前者，他只是有"珍奇收藏家"的爱好，对于后者，他才能真正地心心相印息息相通。如果女人们能够接受这一点，当然就好了。问题是昆德拉笔下的女主人公不能接受，对此不能不感到痛苦。解放对于多数女性来说，恰恰不是要求情与欲分离，而是要求情与欲的更加统一。她们的反叛，常常是力图冲决没有爱情的婚姻，抗拒某些金钱和权势的合法性强奸，像英国作家劳伦斯《查泰莱夫人的情人》中的女主人公。她们的反叛也一定心身同步，反叛得特别彻底，不像男子还可以维持肉体的敷衍。她们把解放视为欲对情的追踪，要把性做成抒情诗，而与此同时的众多男人，则把解放视为欲对情的逃离，想把性做成品种繁多的快食品，像速溶咖啡或方便面一样立等可取，几十分钟甚至几分钟就可以把事情搞定。

性解放运动一开始就这样充满着相互误会。

昆德拉能做出快食的抒情诗或者抒情的快食品么？像其他有些作家一样，他也只能对此沉默不语或含糊其辞，有时靠外加一些政治、偶然灾祸之类的惊险情节，使冲突看似有个过得去的结局，让事情不了了之。

先天不足的解放最容易草草收场。有些劲头十足的叛逆者一旦深入真实，就惶恐不安地发出"我想有个家"之类的悲音，含泪回望他们一度深恶痛绝的旧式婚姻，只要有个避风港可去，不管是否虚伪，是否压抑，是否麻木呆滞也顾不得了。从放纵无忌出发，以苟且凑合告终。如果不这样的话，他们也可以在情感日益稀薄的世纪末踽踽独行，越来越多抱怨，越来越习惯在电视机前拉长着脸，昏昏度日。这些孤独的人群，不交际时感到孤独，交际时感到更孤独，性爱对生活的镇痛效应越来越低。是自己的病越来越重呢，还是药质越来越差呢？他们不知道。他们下班后回到独居的公寓，常常感到自己身处巨大监狱里的单人囚室。

最后，同性恋就是对这种孤独一种畸变的安慰。与生理的同性恋不同，文化的同性恋是社会制度和社会风尚的产物——它意味着这个世界爱的盛夏一晃而过，寒冷的冬天已经来临。

六

在性的问题上，女性为什么多有不同于男性的态度？其原因在于神意？在于染色体的特殊配置？或在于别的什么？也许女人并非天然的精神良种。哺育孩子的天职，使她们产生了对家庭、责任心、利他行为的渴求，那么一旦未来的科学使生育转为试管和生物工厂的常规业务之后，女性是否也会断然抛弃爱情这个古老的东西？如果说是社会生存中的弱者状态，使她们自然而然要用爱情来网结自己的安全掩体，那么随着更多女强人夺走社会治权，她们的精神需求是否会逐步减退，并且最终把爱情这个累心的活甩给男人们去干？

多少年来，大多女性隐在历史暗处，大脑并不长于形而上但心灵特别长于性而上。她们远离政坛商界的严酷战场（在这一点上也许该感谢男人），得以悠闲游赏于自己的情感家园。她们被男性目光改造得妩媚之后（在这一点上也许该再次感谢男人），一心把美貌托付给美德。她们常常没有干成太多的大事，但她们用眼风、笑靥、唠叨及体态的线条，滋养了什么都能干的男人。她们创立的"爱情"这门学科，常常成为千万英雄真正的造就者，成为道义和智慧的源泉，成为一幕幕历史壮剧的匿名导演。她们做的事很简单，无需政权无需信用卡也无需冲锋枪，她们只需把那些内质恶劣的男人排除在自己的选择目光之外，这种淘汰就会驱动性欲力的转化和升华，驱使整个社会克己节欲和奋发图强，科学和艺术事业得到发展并且多一些情义。她们被男人改造出来以后反过来改造男人自己。她们似乎一直在操作一个极其困难的实验：在诱惑男人的同时又给男人文化去势。诱惑是为了得到对方，去势则是为了永久得到对方——更重要的是，使对方值得自己得到，成为一个在灿烂霞光里凯旋归来的神圣骑士，成为自己的梦想。

　　梦想是女人最重要的消费品，是对那些文治武功战天斗地出生入死的男人们最为昂贵的定情索礼。

　　在这里，"女性"这个词已很大程度上与"灵性"或"神性"的词义重叠。在性的问题上，历史似乎让灵性或神性更多地向女性汇集，作为对弱者的某种补偿。因此，女权运动从本质上来说，是心界对物界的征服，精神对肉体的抗争，爱情对色欲的平衡——一切对物欲化人生的拒绝，无论出自男女，都是这场运动的体现。至于它的女性性别，只能说是历史遗留下来的一个不太恰当的标签。它的胜利也决不仅仅取决于女性的努力，更不取决于某些词不达意胡乱作秀的女权闹腾。

七

　　人在上天的安排之下获得了性快感，获得了对生命的鼓励和乐观启示，获得了两性之间甜蜜的整合。上帝也安排了两性之间不同理想的尖锐冲突，如经纬交织出了人的窘境。上帝不是幸福的免费赞助商。上帝指示了幸福的目标但要求人们为此付出代价，这就是说，电磁场上这些激动得哆哆嗦嗦的小铁屑，为了得到性的美好，还须一次次穿越两相对视之间的漫漫长途。

人既不可能完全神化，也不可能完全兽化，只能在灵肉两极之间巨大的张力中燃烧和舞蹈。"人性趋上"的时风，经常会养育一些功成名就律身苛严的君子淑女；"人性趋下"的时风，会播种一些百无聊赖极欲穷欢的浪子荡妇。他们通常从两个不同的极端，都感受到阳萎、阴冷等等病变，陷人肉体退化和自然力衰竭的苦恼。这些灭种的警报总是成为时风求变的某种生理潜因，显示出文化人改变自然人的大限。

简单地指责女式的性而上或者男式的性而下，都是没有意义的，消除它们更是困难——至少几千年的文明史在这方面尚未提供终极解决。有意义的首先是揭示出有些人对这种现状的盲目和束手无策，少一些无视窘境的欺骗。这是解放的真正起点。

解放者最大的敌人是自己，是特别乐意对自己进行的欺骗——这些欺骗在当代像可口可乐一样廉价和畅销，闪耀着诱人光芒。

1993 年 8 月

----

* 最初发表于 1994 年《读书》杂志，后收入随笔集《性而上的迷失》，已译成英文。

完美的假定

一

回顾一下三十年代，也许很多人会大为惊讶。那是史学家命名的"红色三十年代"，批判资本体制的文学，"劳工神圣"的口号，贫穷而热情的俄罗斯赤卫队员，不能提供一分钱利润，却居然成了人们的希望，居然引导了知识界以及一般上流开明人士的思想时尚。不管是用选票还是用武装暴动的方式，左派组织在全世界快速繁殖，日渐坐大，眼看着国家政权唾手可得。布莱希特、A·勃勒东、阿拉贡、加缪、德莱赛、瞿秋白、聂鲁达、罗曼·罗兰、芥川龙之介以及时间稍后一些的毕加索和萨特……一大批重要知识分子的履历中，无不具有参加共产党或者自称社会主义者的记录。

六十年代，又发了一次全球性的左派烧。中国的"文革"不用说，法国的"红五月"也惊天动地，红皮语录本在地球的那一边也被青年们挥动。勃列日涅夫在苏联上台向左转，太平洋彼岸的黑人运动和学生运动也交相辉映，在白宫前炮打司令部。不仅是广获同情的越南和古巴，多数从殖民统治下解放出来的亚非拉弱小民族，竞相把"社会主义"和"国有化"当作救国的良方。不仅是格瓦拉、德钦丹东和阿拉法特，一切穷苦人和受难者的造反领袖，在全世界任何地方都差不多成了众多青年学子耀眼的时代明星，成了偶像和传说。

这些离我们并不遥远。

二

同样并不遥远的，是潮起潮落，是每一次左向转折之后，都似乎紧接着向右的反复和循环。左派的理想，左派在这个时代的诸多含义：国有化，计划经济，阶级斗争，均贫富，打破国际垄断资本等等，从来没有得到历史的偏宠，在实践中并非能够无往不胜。

变化周期似乎总在十年到二十年之间。

三十年代以后是五十年代，是匈牙利事变，南斯拉夫的自由化转向，中国的夏季鸣放和庐山诤谏，苏共的二十大反"左"报告以及社会的全面"解冻"，欧美各个共产党的纷纷萎缩或溃散，加上美国的麦卡锡主义反共恐怖插曲。对于左翼阵营来说，一个云雾低迷和寒气暗生之秋已经来临。红色政权即便可以用武装平息内乱，用政治高压给经济运行的钟表再紧一把发条，但发条上得再紧，很多零件已经出现的锈蚀和裂痕却无法消除，故障噪声已经嘎嘎渐强。

六十年代的狂热一旦落幕，历史的重心再一次向右偏移。共产主义的行情走低，在八十年代一路破底。一夜之间，柏林墙推倒了，革命导师的塑像锯倒了，前苏联和东欧国家纷纷易帜，贫穷而愤激的人们成群结队越过边界，投奔西方，寻找面包、暖气、摇滚乐、丰田汽车、言论自由、绿卡以及同情的目光，甚至在凯旋门下或自由女神像下热泪盈眶。在很多地方，"左"已经成了十恶不赦的贬词。众多知识分子对自己在三十年代和六十年代的经历深表忏悔和羞愧，至少也是闪烁其词，或者三缄其口。相反，重新认识西方的管理体制和技术成就，重新评价个人主义的价值观念，成为了全球性知识界流行话题，成了现代人开明形象的文化徽章。

私有化一化到底，已经"化"了的地方也还嫌化得不够，撒切尔主义和里根主义接连出台，向自家园子里的经济国有成分和社会福利政策下刀，竟没有太多的反对派胆敢多嘴。

一个西方记者说，眼下除了梵蒂冈教皇和朝鲜，再没有人批评资本主义了。这个话当然夸大不实。但从全球的范围来看，现在还有多少共产党人或社会党人在继续憎恶利润和资本？还有多少听众会从这些政党的背影汲取自己生存的信心呢？也许，这是一个左翼人士不愿正视的问题，却是他们不得不面对的现实处境。

事情已经大变。对变化的过程，当然还需要由历史学家做出更周详更精确更清晰的描述。一个基本的现象，却不难在我们粗略的回顾中浮现，不难成为我们的视角之一：经过一个短短的周期，历史似乎又回到了原点——六十年代再版了三十年代，八十年代则是以西方一片炫目的现代化昌荣，使五十年代得到了追认和复活。

下一个十年，会怎么样？

再下一个十年或二十年，又会怎么样？

我听到未来正在一步步悄然而近。三十年河东，三十年河西；物极必反，阴尽阳还；风水轮流转；七八年再来一次⋯⋯中国人对历史演变规律的朴素把握，杂有过多神秘的揣测，两分模式也显得过于粗糙。我对此不感兴趣。我感兴趣的是，历史是被什么样的一只手在操纵？我感兴趣的是，不管是左还是右，一种思想是如何由兴到亡？一种体制是如何由盛及衰？它们是如何产生、然后耗竭了自己的思想活力和体制优势？如何获取、然后丧失了自我调整自我批判自我革新的机能？如何汇聚、然后流散了自己的民意资源和道义光辉从而滑向了困局——乃至冷酷无情的大限？

想一想这些问题，似乎显得有些傻。

<h2 style="text-align:center">三</h2>

切，是南美洲穷苦人民对格瓦拉简短的昵称，也几乎成了相当时期内在他们之间秘密流传的神圣暗语。

这个神圣的暗语生于一九二八年，是西班牙人和爱尔兰人的后裔，年轻时就习惯于独身徒步长旅，结识和了解社会最底层的卑贱者。他所献身的革命游击战在古巴获胜之后，这位卡斯特罗的密友，这位全国土地革命委员会主席和国家银行行长，因为失望于胜利以后的现实，突然从所有公众场合销声匿迹。

一九六五年的十月，卡斯特罗公布他留下来的一封信，信中只是说："因为其他国家需要我微薄力量的帮助"，他决定去那些国家重新开始斗争。这位命中注定的"国际公民"，这位被哲学家萨特称为"我们时代完美的人"，后来在刚果和玻利维亚等地的故事，我是从一部录像带里看到的。录像带有些陈旧模糊，制作者显然是一个西方主流派的文化人。在他的镜头下，格瓦拉消瘦苍白，冷漠无情，偏执甚至有些神经质，是一个使观众感到压抑和不安的游击战狂人。即便如此，狂人在雨夜丛林中的饥饿，在群山峻岭中衣衫褴褛的跋涉，在战火中的身先士卒以及最后捐躯时的从容——还有孤独，仍然深深烙印在我的记忆里。

他流在陌生异乡的鲜血，他被当局砍下来然后送去验证指纹的双手，无疑是照亮那个年代的理想主义闪电——尽管关于他的录像带，眼下是最滞销的之一，最没有人要看的之一。租带店的青年这样告诉我。

与格瓦拉同时代的吉拉斯，则是另一种类型的理想者。与前者不同的是，吉拉斯不是选择了更左的道路，而是从右的方向开始了新的生命——当时他同样官阶显赫位极人臣，一九五三年出任南斯拉夫的副总统、国会议长，是铁托最为器重的同志和兄弟。他的第一本书传入中国，是六十年代中期在部分红卫兵中偷偷翻印和传阅着的《新阶级》，与遇罗克的《出身论》同时不胫而走。在我读过的一本油印小册子上，作者当时的译名叫"德热拉斯"。读到他的第二本书则是八十年代了，《不完美的社会》讨论了宗教、帝国主义、现代科技、所有权多样化、暴力革命、民主、中产阶级等问题，给我的印象，作者对这个世界有清醒的现实感，拒绝相信任何"完美"的社会模式。他描绘了资本主义正在汲收社会主义（比方社会福利政策），称社会主义也必须汲收资本主义（比方市场经济）。他的很多观点，无异于后来大规模改革的理论导引。

因为发表这些文章，加上因为公开在西方报刊撰文同情匈牙利事变等等，他不但被剥夺了一切职务，而且三度入狱，被指责为革命的罪人。他不是没有预料到这样的后果，不，他是自己选择了通向地狱之路。当他打算与同僚们分道，他满心哀伤和留恋，也不无临难的恐惧。《不完美的社会》中很多论述我已经记不大清楚了，但有一段描写历历在目：这是一个旧贵族留下的大别墅里，灯光辉煌，丰盛的晚宴如常进行，留声机里播送着假日音乐。在一群快乐的党政要人里，只有吉拉斯在灯光照不到的暗角里，像突然发作了热病。他看到革命前为贵族当侍者的老人，眼下在为他的同僚们当侍者。他看到革命前为贵族拉货或站岗的青年，现在仍然在风雪中饥饿地哆嗦。唯一变化了的，是别墅主人的面孔。他突然发现自己面对着一个刺心的问题：胜利的意义在哪里？

就是在这个夜晚，他来回踱步整整一个夜晚。家人不知道他在想什么，他也不愿用他的想法惊扰家人。但他决定了，决定了自己无可返程的启程。如果他一直犹豫着，该不该放弃自己的高位，该不该公示自己的批判，那么在天将拂晓的那一刻，全部勇敢和果决，注入了他平静的双眼。

欧洲一个极为普通的长夜。

这个长夜是一个无可争辩的证明：同情心，责任感，亲切的回忆，挑战自己的大义大勇，不独为左派专有。这个长夜使所有经过了那个年代的我们羞愧，使我们太多的日子显得空洞而苍白。

四

吉拉斯的理论深度不够我解渴，某些看法也可存疑。但这并不妨碍我的感动。

我庆幸自己还有感动的能力，还能发现感动的亮点，并把它与重要或不重要的观念剥离。我经历大学的动荡，文场的纠纷，商海的操练，在诸多人事之后终于有了中年的成熟。其中最重要的心得就是：不再在乎观念，不再以观念取人。因此，我讨厌无聊的同道，敬仰优美的敌手，蔑视贫乏的正确，同情天真而热情的错误。我希望能够以此保护自己的敏感和宽容。

从这个意义上来说，吉拉斯的理论是不太重要的，与格瓦拉的区别是不太重要的，与甘地、鲁迅、林肯、白求恩、屈原、谭嗣同、托尔斯泰、布鲁诺以及更多不知名的热血之躯的区别，同样是不太重要的。他们来自不同的历史处境，可以有不同乃至对立的政治立场，有不同乃至对立的宗教观、审美观、学术观、伦理观……一句话，有不同乃至对立的意识形态。但这些多样的意识形态后面，透出了他们彼此相通的情怀，透出了一种共同的温暖，悄悄潜入我们的心灵。他们的立场可以是激进主义也可以是保守主义，可以是权威主义也可以是民主主义，可以是暴力主义也可以是和平主义，可以是悲观主义也可以是乐观主义，但这并不妨碍他们呈现出同一种血质，组成同一个族类，拥有同一个姓名：理想者。

历史一页页翻去，他们留下来了。各种学说和事件不断远退，他们凝定成记忆。后人去理解他们，总是滤取他们的人格，不自觉地忽略了他们身上的意识形态残痕。他们似乎是各种不同的乐器，演奏了同一曲旋律；是不同轨迹和去向的天体，辉耀着同样的星光。

于是，他们的理想超越具体的目的，而是一个过程；不再是名词，更像一个动词。

他们也是人，当然也有俗念和俗为，不可能没有意识形态局限，难免利益集团的背景和现实功利的定位。挑剔他们的不足、失误乃至荒唐可笑，不是什么特别困难的事。在当今一些批评家那里，即便再强健再精美的意识形态，都经受着怀疑主义的高温高压，也面临着消解和崩溃的危险，何况其他。随便拈一句话，都可以揭破其中逻辑的脆弱，词语的遮蔽，任何命题的测不准性质，于是任何肖像都可以迅速变成鬼脸。问题在于，把一个个主义投入检疫和消毒的流水线，是重要而必要的；但任何主义都是人的主义，辨析主义坐标下的人生状态，辨析思想赖以发育和生长的精神基质和智慧含量，常常是更重要的批判，也是更有现实性的批判，是理论返回生命和世界的入口。

意识形态不是人性的唯一剖面。格瓦拉可以过时，吉拉斯也可以被消解，但他们与仿格瓦拉和伪吉拉斯永远不是一回事。他们的存在，使以后所有的日子里，永远有了崇高和庸俗的区别。

这不是什么理论，不需要什么知识和智商，只是一种最简单最简单的常识，一个无须教授也无须副教授无须研究生也无须本科生就能理解的东西：

美的选择。

年轻的时候读过一篇课文，《Libido for Ugly（对丑的情欲）》，一个西方记者写的。文章指出实利主义的追求，使人们总是不由自主地爱上丑物丑态，不失为一篇幽默可心警意凌厉的妙文。很长时间内，我也在实利中挣扎和追逐，渐入美的忘却。平宁而富庶的小日子正在兴致勃勃地开始，忘却是我们现代人的心灵安全设备。我们开始习惯这样的政治：一个丛林里的"红色高棉"，第二职业是为政府军打工。我们开始习惯这样的宗教：一个讲堂上仙风道骨的空门大师，另一项方便法门是房地产投机的盘算。我们开始习惯这样的文化多元：在北京的派别纷争可以闹到沸反喧天不共戴天的程度，但纷争双方的有些人，一旦到了深圳或香港，就完全可能说同样的话，做同样的事，设同样的宰客骗局，享受同样的异性按摩，使人没法对他们昨日的纷争较真。我们开始习惯西方资本主义的语言强制，interest（利益）与interest（兴趣）同义，business（生意）与business（正事）同义，这样的语言逻辑十分顺耳。我们习惯越来越多名誉化的教授，名誉化的官员，名誉化的记者，名誉化的慈善家和革命党，其实质可一个"利"字了结。总之，我们习惯了宽容这些并不违法的体制化庸俗。我们已经习惯把"崇高"一类词语，当作战争或灾难关头的特定文物，让可笑的怀旧者们去珍藏。

我们只有在猛然回头的时候，偶尔面对那些曾经感动过我们的人，才会发现我们少了点什么。不，我们似乎什么也没有少，甚至比以前更加自由和丰富，但我们最终没法回避一个明显的事实：我们的内心已经空洞，我们的理想已经泛滥成流行歌台上的挤眉弄眼，却不再是我们的生命。

没有理想的自由，只是千差万别的行尸走肉。没有理想的文化多元，只是服装优美设备精良的诸多球赛，一场场看去却没有及格的水准，没有稍稍让人亮眼的精神记录。

<h1 style="text-align:center">五</h1>

理想从来没有高纯度的范本。它只是一种完美的假定——有点像数学中的虚数，比如 $\sqrt{-1}$。这个数没有实际的外物可以对应，而且完全违反常理，但它常常成为运算长链中不可或缺的重要支撑和重要引导。它的出现，是心智对物界和实证的超越，是数学之镜中一次美丽的日出。

严格地说，精神的 $\sqrt{-1}$ 还有"自由"、"虚无"、"人性"、"自我"、"真实"等等。只要没有丧失经验的常识，谁会相信现实中的人可以拥有完全绝对的"自由"？可以修炼出完全绝对的"虚无"呢？可以找到完全抽象的"人性"？可以裸示完全独立的"真实自我"？……但是，如果因而取消这一类概念，取消这些有益的假定，我们很难想象人类迄今为止的历史是什么样子。

比较起来，在很多人那里，理解"理想"比理解其他假定要困难得多，总是让人大皱眉头，不管加上多少限定成分的作料，配上多少美言名言格言的开胃酒水，还是咽不下这一个词。这并不妨碍他们正在努力——也在要求人们努力——理解世俗，理解唯利是图，理解摧眉折腰和卖友告密，理解三陪小姐和红灯区，理解用红包买来的文学研讨会，理解十万元养一条狗，理解中国人对中国人偏偏不讲中国话。

理解是个意义含混的词。理解不等于赞同。理解加激赏算是理解，理解但有所保留算不算理解？理解但提出异议算不算理解？提出异议但并没有要求政府禁止没有设冤狱也没有搞打砸抢，为什么就要被指责为白痴或暴徒式的"不理解"？驳杂万端的世俗确实是不可能定于一格的，需要人们有更多的理解力，这个要求一点也不过分。问题的另一方面是：中产阶级是世俗，远没有中产起来的更多退休工和打工仔也是世俗；星级宾馆里的欲望是世俗，穷乡僻壤里的朴实、忠厚、贫困甚至永远搭不上现代化快车的可能也是世俗；

商品经济使这里富民强国是世俗，从全球的范围来看，商品经济造成贫富差别、环境污染、文化危机等等弊端也是世俗，对后者保持距离给予批判的人，其优劣长短生老病死，本身同样是不折不扣的斯世斯俗，是不是也需要理解？"世俗"什么时候成了一部分人而且是一小部分人的会员制俱乐部？

滥用"理解"、"世俗"一类的词，是一些朋友的盲目和糊涂，在另一些人那里则是文字障眼术，是不便明言的背弃，周到设防的勾搭，早已踩进去了一脚，却继续保持局外者的公允和超然，操作能进能退的优越。这些人精神失节的过程，也是越来越怯于把话说个明白的过程。

其实，真正的理想者不需要理解，甚至压根儿不在乎理解。恰恰相反，如果他每天都要吮着理解的奶瓶，都要躺入理解的按摩床，千方百计索取理解的回报，如果他对误解的处境焦急和愤懑，对掉头而去的人渐生仇恨乃至报复之心，失去了笑容和平常心，那么他就早已离理想十万八千里，早已成为自己所反对的人。理想的核心是利他，而利他须以他人的利己为条件，为着落——绝不是把利益视为一种邪恶然后强加于人。光明不是黑暗，但光明以黑暗为前提，理想者以自己并不一定赞同的众多异类作为永远忠诚奉献的对象。他们不会一般化地反对自利，只是反对那种靠权势榨取人们奴隶式利他行为的自利。而刻意倡导利他的人，有时候恰恰会是这些人——当他们手里拿着奴隶主的鞭子。理想者也不会一般化地反对庸俗，只是反对那种吸食了他人血肉以后立刻嘲笑崇高并且用"潇洒"、"率真"一类现代油彩打扮自己的庸俗。而刻意歌颂崇高的人，有时候恰恰会是这些人——此时的他们可能正在叩门求助，引诱他人再一次放血。

从这个意义上来说，理想最不能容忍的倒不是非理想，而是非理想的极端化、恶质化、强权化——其中包括随机实用以巧取豪夺他人利益的伪理想。

六

历史上，暴君肆虐、外敌入侵或者天灾降临之际，大多数人须依靠整体行动才能抵抗威胁，理想便成为了万众追随的旗帜，成为一幕幕历史壮剧的脚本。对于理想者来说，这是一个理解丰收的时代。但好心人不必因此自慰，不必在意哲学家关于"人性趋上"的种种喜报。事实上，特定条件下的利义统一，作为理想畅行一时的基础，不可能恒久不变。

理想者更多理解稀缺的时代。在人们的利益更多来自个人奋斗的时候，社会提供一种利益分割、贫富有别、鼓励竞争的格局。这时的理想无助于一己的增利，反而意味着利益它移，于是成为很多人的沉重负担，成为额外的无限捐税，无异于对欲望的压迫和侵夺。他们即便对崇高保持惯性的客套，内心的怀疑、抗拒、嘲弄以及为我所用的曲解冲动却一天天燃烧如炽。这没有什么。好心人不必因此悲哀，不必在意哲学家关于"人性趋下"的诊断。事实上，特定条件下的利义分离，作为理想一时冷落的主要原因，同样不会恒久不易。

　　舍利取义是群体自保的需要，却不是个体的必然。宗教有一种梦想：使大众统统成为义士和圣徒。每一种教义无不谴责和警戒利欲，无不指示逃离世俗的光明天国，而且奇迹般地获得过成千上万的信众，成了一支支现实的强大力量，成为历史暗夜里一代一代的精神传灯。不幸的是，宗教一旦体制化，一旦大规模地扩张并且掌握政权，不是毁灭于自己的内部，滋生数不胜数的伪行和腐败；就是毁灭于外部，用十字军东征一类的圣战，用宗教法庭对待科学的火刑，染上满身鲜血，浮现出狰狞面孔。

　　左派的"文革"是一种仿宗教运动，曾有改造大众的宏伟构思。他们用世界大同的美景，用大公无私的操行律令，用一个接一个交心自省活动，用清除一切资产阶级文化的大查禁大扫荡大批判，力图在无菌式环境里训练出一个没有任何低级趣味的民族。这场运动得助于它的道义光环，曾鼓动人们的激情，甚至使很多运动对象都放弃心理抵抗，由此多少掩盖了运动当局在政治、经济等方面的种种不智。但一场以精神净化为目标的运动，最终通向了世界上巨大的精神垃圾场。比较来说，当时的人们还能忍受贫穷——生活毕竟比战争年代要好很多，人们在那个时候没有失去对革命的信任。人们最无法容忍的是满世界的假话和空话，是遍布国家的残暴和人人自危的恐怖，是权贵奢华生活的真相大白。

　　并不是所有的人都经历了当年，都有铭心的记忆。时间流逝，常常使以往的日子变得熠熠闪光引人怀恋。某些左派寻求理想梦幻的时候，可能情不自禁地举起怀旧射镜，投向当年一张张单纯的面孔。是的，那个时候路不拾遗，夜不闭户，贫有所怜，弱有所助，那个时候很少妓女和吸毒和官倒，那个时候犯罪率很低很低，但这都说明不了什么问题。即便说明当时的人们较为淡泊钱财，问题还是没有解决。淡泊钱财没有什么了不起，钱财只是利益的形态之一。原始人也不在乎钱财，但可能毫不含糊地争夺赖以生存的神佑和人肉。下一个世纪的人也不一定在乎钱财，但可能毫不含糊地争夺信息、知识、清洁的空气或者季风。我们无须幼稚到这种地步，在这个园子里争夺萝卜的时候，就羡慕那个园子里的萝卜无人问津，以为那些人对白菜的争夺，是四海之内皆兄弟的拥抱。

"文革"当中，利欲同样在翻腾着，同样推动无义的争夺——只是它更多以政治安全、政治权势、政治荣誉为战利品，隐蔽了对住房、职业、级别、女色的诸多机心。那时候的告密、揭发和效忠的劲头，一点也不比后来人们争夺原始股票的劲头小到哪里去。那时候很多人对抗恶义举的胆怯和躲避，也一点不逊于后来很多人对公益事业的旁观袖手。我清楚地记得，当时我参加过很多下厂下乡的义务劳动，向最穷的农民捐钱，培养自己的革命感情。但为了在谁最"革命"的问题上争个水落石出，同学中的两派可以互相抢大棒扔手榴弹，可以把住进了医院的伤员再拖出来痛打。我还记得，因为父母的政治问题，我被众多的亲人和熟人疏远。我后来也同样对很多有政治问题的人、或者父母有政治问题的人，小心地保持疏远，甚至积极参与对他们的监视和批斗——无论他们怎样帮助过我，善待过我。

正是那一段段经历，留下了我对人性最初的痛感。

那是一个理想被万众高歌的时代，是理想被体制化的强权推行天下武装亿万群众的时代。但那些光彩夺目的理想之果，无一不能被人们品尝出虚伪和专制的苦涩。

那是一次理想最大的胜利，也是理想的毁灭和冷却。

七

都林的一条大街上，一个马夫用鞭子猛抽一匹瘦马，哲学家尼采突然冲上去，忘情地抱住马头，抚着一条条鞭痕失声痛哭，让街上所有的人都不知所措。

从这一天起，他疯了。

格瓦拉会不会疯呢？——如果他病得最重的时候，战友偷偷离他而去；如果他拼到最后一颗子弹的时候，他的赞美者早已撤到了射程之外；如果他走向刑场的时候，才知道根本没有人打算来营救，而且正是他曾省下口粮救活的饥民，充当了致他于死地的政府军的线人。

吉拉斯会不会疯呢——如果他发现自己倡导的改革，不过是把南斯拉夫引入了一场时旷日久的血腥内战；如果他记忆中当侍者的老人，后来不过是沦为老板一脚踢出门外的难民；如果他思念中的拉货或站岗的青年，后来成为了腰缠万贯的巨商，呵斥着一大群卖笑为生的妓女，而那些妓女，一边点着闪光的小费一边大骂吉拉斯"傻帽"。

理想者最可能疯狂。理想是激情，激情容易导致疯狂（比如诗痴）；理想是美丽，美丽容易导致疯狂（比如爱痴）；理想是自由，自由容易导致疯狂（疯者最大的特点是失去约束和规范）。理想者的疯狂通常以两种形态出现：一是"文革"，二是尼采。"文革"是强者的疯狂，要把人民造就成神，最后导致了全民族的疯狂。尼采是弱者的疯狂，把人民视为魔，最后逼得自己疯狂。"他们想亲近你的皮和血"，"他们多于恒河沙数"，"你的命运不是蝇拍！"……尼采用了最尖刻的语言来诅咒自己的同类。这种狂傲和阴冷，后来被欧洲法西斯主义引申为镇压人民的哲学，当然事出有因。

尼采毫不缺少泪水，毫不缺少温柔和仁厚，但他从不把泪水抛向人间，宁可让一匹陌生的马来倾听自己的号啕。我也许很难知道，他对人民的绝望，出自怎样的人生体验。以他高拔而陡峭的精神历险，他得到的理解断不会多，得到的冷落，叛卖，讥嘲，曲解，陷害，也许超出了我们的想象。他最后只能把全部泪水倾洒于一匹街头瘦马，也许有我们难以了解的酸楚。马是他的一个假定，一个精神的 $\sqrt{-1}$，也是他全部理想的接纳和安息之地。他疯狂是因为他无法在现实中存在下去，无法再与人类友好地重逢。

他终究让我惋惜。孤独的愤怒者不再是孤独，博大的悲寂者不再是博大，崇高的绝望者不再是崇高。如果他真正看透了他面前的世界，就应该明白理想的位置：理想是不能社会化的；反过来说，社会化正是理想的劫数。理想是诗歌，不是法律；可作修身的定向，不可作治世的蓝图；是十分个人化的选择，是不应该也不可能强求于众强加于众的社会体制。理想无望成为社会体制的命运，总是处于相对边缘的命运，总是显得相对幼小的命运，不是它的悲哀，恰恰是它的社会价值所在，恰恰是它永远与现实相距离并且指示和牵引一个无限过程的可贵前提。

在历史的很多岁月里，尤其是危机尚未震现的时候，理想者总是一个稀有工种，是习惯独行的人。一个关怀天下的心胸，受到一部分人乃至多数人乃至绝大多数人的漠视或恶视，在他所关怀的天下里孤立无援，四野空阔，恰恰是理想的应有之义。一个充满着漠视和恶视的时代，正是生长理想最好的土壤，是燃烧理想最好的暗夜，是理想者的幸福之源——主说：你们有福了。

美好的日子。

我呼吸着自由的空气，走入了熙熙攘攘的街市，走入了陌生的人流，走入了尼采永远不复存在的世纪之末。我走入了使周围的人影都突然变小了的热带阳光，记起了朋友的一句话：我要跳到阳光里去让你们永远也找不到我。我忘不了尼采遥远的哭泣。也许，理解他的疯狂不是一件容易的事情——这是理解人的宿命。理解他写下来但最终没有做下去的话，更是不容易的——那是理解人的全部可能性。

在《创造者的路》一文中，他说：他们扔给隐士的是不义和秽物，但是，我的兄弟，如果你想做一颗星星，你还得不念旧恶地照耀他们。

1995 年 10 月

---

* 最初发表于 1996 年《天涯》杂志，后收入随笔集《完美的假定》。

佛魔一念间

一

佛陀微笑着，体态丰满，气象圆和，平宁而安详。它似乎不需要其他某些教派那样的激情澎湃，那样的决念高峻，也没有多少充满血与火的履历作为教义背景。它与其说是一个圣者，更像是一个智者；与其说在作一种情感的激发，更像是在作一种智识的引导；与其说是天国的诗篇，更像是一种人间的耐心讨论和辩答。

世界上宗教很多，说佛教的哲学含量最高，至少不失为一家之言。十字和新月把人们的目光引向苍穹，使人们在对神主的敬畏之下建立人格信仰的道德伦理，佛学的出发点也大体如此。不过，佛学更使某些人沉迷的，是它超越道德伦理，甚至超越了神学，走向了更为广阔的思维荒原，几乎触及和深入了古今哲学所涉的大多数命题。拂开佛家经藏上的封尘，剥除佛经中各种攀附者杂夹其中的糟粕，佛的智慧就一一辉耀在我们面前。"三界唯心"（本体论），"诸行无常"（方法论），"因缘业报"（构造论），"无念息心"（人生论），"自度度人"（社会论），"言语道断"（认知论），"我心即佛"（神义论）……且不说这些佛理在多大程度上逼近了真理，仅说思维工程的如此浩大和完备，就不能不令人惊叹，不能不被视为佛学的一大特色。

还有一个特色不可不提，那就是佛学的开放性，是它对异教的宽容态度和吸纳能力。在历史上，佛教基本上没有旌旗蔽空尸横遍野的征服异教之战，也基本上没有对叛教者施以绞索或烈火的酷刑。佛界当然也有过一些教门之争，但大多只是小打小闹，一般不会演成大的事故。而且这种辱没佛门的狭隘之举，历来为正信者所不齿。"方便多门"，"万教归一"，佛认为各种教派只不过是"同出而异名",是一个太阳在多个水盆里落下的多种光影,本质上是完全可以融合为一的。佛正是以"大量"之心来洽处各种异己的宗派和思潮。到了禅宗后期,有些佛徒更有慢教风尚,所谓"逢佛杀佛,逢祖杀祖",不拜佛,不读经,甚至视屎尿一类秽物为佛性所在。他们铲除一切执见的彻底革命,最后革到了佛祖的头上,不惜糟践自己教门,所表现出来的几分奇智,几分勇敢和宽怀,较之其他某些门户的唯我独尊,显然不大一样。

正因为如此,微笑着的佛学从印度客入中国,很容易地与中国文化主潮汇合,开始了自己新的生命历程。

二

佛家与道家结合得最为直捷和紧密,当然是不难理解的。道家一直在不约而同地倾心于宇宙模式和生命体悟,与佛学算得上声气相投,品质相类,血缘最为亲近。一经嫁接就有较高的存活率。

印顺在《中国禅宗史》中追踪了佛禅在中国的足迹。达摩西来,南天竺一乘教先在北方胎孕,于大唐统一时代才移种于南方。南文化中充盈着道家玄家的气血,文化人都有谈玄的风气。老子是楚国苦县人,庄子是宋国蒙县人,属于当时文化格局中的南方。与儒墨所主导的北文化不同,老庄开启的道家玄学更倾向于理想、自然、简易、无限的文化精神。南迁的佛学在这种人文水土的滋养下,免不了悄悄变异出新。牛头宗主张"空为道本",舍佛学的"觉"字而用玄学的"道"字,已显示出与玄学有了瓜葛。到后来石头宗,希迁著《参同契》,竟与道家魏伯阳的《参同契》同名,更是俨然一家不分你我。符码的转换,因应并推动了思维的变化。在一部分禅僧那里,"参禅"有时索性改为"参玄",还有"万物主"本于老子,"独照"来自庄子的"见独","天地与万物"、"圣人与百姓"更是道藏中常有的成语。到了这一步,禅法的佛味日渐稀薄,被道家影响和渗透已是无争的事实。禅之"无念",差不多只是道之"无为"的别名。

手头有何士光最近著《如是我闻》一书,则从个体生命状态的体验,对这种佛道合流做出了新的阐释。他是从气功入手的,一开始更多地与道术相关涉。在经历四年多艰难的身体力行之后,何士光由身而心,由命而性,体悟到气功的最高境是获得天人合一的"大我",是真诚人生的寻常实践。在他看来，练功的目的绝不仅仅在于俗用，不在于祛病延寿更不在于获得什么特异的神通，其出发点和归宿恰恰是要排除物欲的执念，获得心灵的清静妙明。练功的过程也无须特别倚重仪规，更重要的是，心浮自然气躁，心平才能气和，气功其实只是一点意念而已，其他做派，充其量只是一线辅助性程序，其实用不着那么重浊和繁琐。有经验的练功师说，炼气不如平心。意就是气，气就是意，佛以意为中心，道以气为中心。以"静虑"的办法来修习，是佛家的禅法；而以"炼气"的办法来修习，是道家的丹法。

追寻前人由丹通禅的思路，何士光特别推崇东汉时期魏伯阳的《周易参同契》。老子是不曾谈气脉的。老子的一些后继者重术而轻道，把道家思想中"术"的一面予以民间化和世俗化的强化，发展成为一些实用的丹术、医术、占术、风水术等等，于汉魏年间蔚为风尚，被不少后人痛惜为舍本求末。针对当时的炼丹热，魏伯阳说："杂性不同类，安肯合体居？"并斥之为"欲黠反成痴"的勾当。他的《周易参同契》有决定意义地引导了炼丹的向内转，力倡炼内丹，改物治为心治，改求药为求道。唐以后的道家主流也依循这一路线，普遍流行"炼精化气，炼气化神，炼神化虚"乃至"炼虚合道"的修习步骤，最终与禅宗的"明心见性"主张殊途而同归。

身功的问题，终究也是个心境的问题；物质的问题，终究也是个精神的问题。这种身心统一观，强调生理与心理互协，健身与炼心相济，对比西方纯物质性的解剖学和体育理论，岂不是更为洞明的一种特别卫生法？在东土高人看来，练得浑身肌肉疙瘩去竞技场上夺金牌，不过是小孩子们贪玩的把戏罢了，何足"道"哉。

三

每一种哲学，都有术和道、或说用和体两个方面。

佛家重道，但并不是完全排斥术。佛家虽然几乎不言气脉，但三身四智五眼六通之类的概念，并不鲜见。"轻安"等等气功现象，也一直是神秘佛门内常有的事迹。尤其是密宗，重"脉气明点"的修习，其身功、仪轨、法器、咒诀以及灌顶一类节目，铺陈繁复，次第森严，很容易使人联想起道士们的作风和做法。双身修法的原理，也与道家的房中术也不无暗契。英人李约瑟先生就曾经断言："乍视之下，密宗似乎是从印度输入中国的，但仔细探究其

（形成）时间，倒使我们认为，至少可能是全部东西都是道教的。"

术易于传授，也较能得到俗众的欢迎。中国似乎是比较讲实际求实惠的民族，除了极少数认真得有点呆气的人，一般人对于形而上地穷究天理和人心，不怎么打得起精神，没有多少兴趣。据说中国一直缺少严格意义上的宗教精神，据说中国虽有过四大发明的伟绩，但数理逻辑思维长期处于幼稚状态，都离不开这种易于满足于实用的特性。种种学问通常的命运是这样，如果没有被冷落于破败学馆，就要被功利主义地来一番改造，其术用的一面被社会放大和争相仿冒，成为各种畅销城乡的实用手册。儒家，佛家，道家，基督教，马克思主义，自由主义，现代主义或绿色思潮……差不多都面临过或正在面临这种命运，一不小心，就只剩下庄严光环下的一副俗相。在很多人眼里，各种主义，只是谋利或政争的工具；各位学祖，也是些财神菩萨或送子娘娘，可以当福利总管一类角色客气对待。

时下的气功热，伴随着易经热、佛老热、特异功能热、风水命相热，正成为世纪末的精神潜流之一。这种现象与国外的一些寻根、原教旨、反西方化动向是否有关系，暂时放下不谈。这里需要指出的是，中国传统文化蕴积极深，生力未竭，将其作为重要的思想资源予以开掘和重造，以助推进社会进步，以助疗救全球性的现代精神困局，不仅是可能的，而且是已经开始了的一个现实过程。但事情都不是那么简单。就眼下的情况来看，气功之类的这热那热，大多数止于术的层面，还不大具有一种新人文精神的姿态和伟力，能否走上正道，导向觉悟，前景还不大明朗。耍弄迷信骗取钱财的不法之徒且不去说它。大多数商品经济热潮中的男女洋吃洋喝后突然对佛道高师们屏息景仰，一般的目的是为了健身，或是为了求财、求福、求运、求安，甚至是为了修得特异功能的神手圣眼，好操纵麻将桌上的输赢。总之一句话，是为了习得能带来实际利益的神通。这些人对气功的热情，多少透出一些股票味。

神通利己本身没有什么不好，或者应该说很好，但所谓神通一般只是科学未发明之事，一旦生命科学能破其奥秘，神通就成为科技。这与佛道的本体没有太大关系，因此将神通利己等同于道行，只是对文化先贤的莫大曲解。可以肯定，无论科技发展到何种地步，要求得人心的清静妙明，将是人类永恒的长征，不可轻言高新技术以及候补高新技术的"神通"（假的除外），可以净除是非烦恼，把世人一劳永逸地带入天堂。两千多年的科技发展在这方面并没有太大的作为。这也就是不能以"术"代"道"、以"术"害"道"的理由。杨度早在《新佛教论答梅光羲君》文中就说："求神不必心觉，学佛不必神通"；"专尚神秘，一心求用，妄念滋多，实足害人，陷入左道"。

这些话，可视为对当下某种时风的针砭。

四

求"术"可能堕入左道，求"道"也未见得十分保险，不意谓从此就有了一枚激光防伪标识。

禅法是最重"道"的，主张克制人的物质欲望，净滤人的日常心绪，所谓清心寡欲，顺乎自然，"无念为本"。一般的看法，认为这些说法涉嫌消极而且很难操作。人只要还活着和醒着，就会念念相续不断，如何"无"得了？人在入定时不视不闻惺惺寂寂的状态，无异于变相睡觉，一旦出定，一切如前，还是摆不脱现实欲念的才下眉头又上心头。

熊十力曾对"无我"的说法提出过怀疑，认为这种说法与轮回业报之论自相矛盾：既然无我，修行图报岂不是多此一举（见《乾坤衍》）？业报的对象既然还是"我"，还被修行者暗暗牵挂，就无异于把"我"大张旗鼓从前门送出，又让它蹑手蹑脚从后门返回，开除以后还是留用，主人说到底还是有点割舍不下。

诘难总会是有的，禅师们并不十分在意。从理论上说，禅是弃小我得大我的过程。虚净绝不是枯寂，随缘绝不是退屈，"无"本身不可执，本身也是念，当然也要破除。到了"无无念"的境界，就是无不可为，反而积极进取，大雄无畏了——何士光也是这样看的。在他看来，"无念"的确义当为"无住"，即随时扫除纷扰欲念和僵固概念。六祖慧能教人以无念为宗，又说无念并非止念，且常诫人切莫断念（见《坛经》）。三祖僧璨在《信心铭》中也曾给予圆说："舍用求体，无体可求。去念觅心，无心可觅。"——从而给心体注入了积极用世的热能。

与这一原则相联系，佛理中至少还有三点值得人们注意：一是"菩提大愿"，即佛决意普度众生，众生不成佛我誓不成佛。二是"方便多门"，即从佛者并不一定要出家，随处皆可证佛，甚至当官行商也无挂碍。三是"历劫修行"，即佛法为世间法，大乘的修习恰恰是不可离开事功和实践，因此治世御侮和济乱扶危皆为菩萨之所有事和应有义。

这样所说的禅，当然就不是古刹孤僧的形象了，倒有点像活跃凡间的革命义士和公益事业模范，表现出英风勃发热情洋溢自由活泼的生命状态。当然，禅门只是立了这样一个大致路标，历来少有人对这一方面作充分的展开和推进，禅学也就终究吸纳不了多少政治学、经济学、军事学及自然科学，终究保持着更多的山林气味，使积极进取这一条较难坐实。人们可以禅修身，但不容易以禅治世。尤其是碰上末世乱世，"无念"之体不管怎么奥妙也总是让人感觉不够用，或不合用。新文化运动中左翼的鲁迅，右翼的胡适，都对佛没有太多好感，终于弃之而去，便是自然结局。在多艰多难的复杂人世，禅者假如在富贵荣华面前"无念"，诚然难得和可爱。但如果"无"得什么也不干，就成了专吃救济专吃施舍的寄生虫，没什么可心安理得的。虫害为烈时甚至还少不了要唐武宗那样的人，来一个强制劳改运动，以恢复基本的经济结构平衡。在另一方面，对压迫者、侵略者、欺诈者误用"无念"，也可能是对人间疾苦一律装聋或袖手，以此为所谓超脱，其实是冷酷有疑，怯懦有疑，麻木有疑，失了真性情，与佛门最根本的悲怀和宏愿背道而驰。

这是邪术的新款，是另一种走火入魔。

佛魔只在一念，一不小心就弄巧成拙。就大体而言，密宗更多体现了佛与道"用"的结合，习密容易失于"用"，执迷神秘之术；禅宗则更多体现了佛与道"体"的结合，习禅容易失于"体"，误用超脱之道。人们行舟远航，当以出世之虚心做入世之实事，提防心路上的暗礁和险滩。

五

二十世纪的二十年代，具有革命意义的量子论，发现对物质的微观还原已到尽头，亚原子层的粒子根本不能呈现运动规律，忽这忽那，忽生忽灭，如同佛法说的"亦有亦无"。它刚才还是硬邦邦的实在，顷刻之间就消失质量，没有位置，分身无数，成了"无"的幽灵。它是"有"的粒子又是"无"的波，可以分别观测到，但不能同时观测到。它到底是什么，取决于人们的观测手段，取决于人们要看什么和怎样去看。

不难看出，这些说法与佛家论"心"（包括道家论"气"）几乎不谋而合。人们没有理由不把它看成是一份迟到的检验报告，以证实东土经藏上千年前的远见。

佛学是精神学。精神的别名还有真如、元阳、灵魂、良知、心等等。精神是使人的肌骨血肉得以组织而且能够"活"起来的某种东西，也是人最可以区别于动物的某种东西——所谓人是万物之灵长。但多少年来，人们很难把精神说清楚。从佛者大多把精神看成是一种物质，至少是一种人们暂时还难以描述清楚的物质。如谈阿赖耶识时用"流转"、"识浪"等词，似乎在描述水态或气态。这种看法得到了大量气功现象的呼应。在很多练功者那里，意念就是气，意到气到，可以明明白白在身体上表现出来，有气脉，有经络，有温度和力度。之所以不能用 X 光或电子显微镜捕捉到它，是因为它可能存在于更高维度的世界里而已。也许只要从量子论再往前走一步，人们就可以完全把握精神规律，像煎鸡蛋一样控制人心了。在这一点上，很多唯物主义者是他们的同志。恩格斯就曾坚信，意识最终是可以用物理和化学方法证明为物质的。

这些揣度在得到实证之前，即便是一种非常益智的而且不无根据的揣度，似乎也不宜强加于人。洞悉物质奥秘的最后防线能否突破，全新形态的"物质"能否被发现，眼下没有十足理由一口说死。更重要的是，如果说精神只是一种物质的话，那么就如同鸡蛋，是中性的、物性的、不含情感和价值观的，人人都可以拥有和运用——这倒与人类的经验不大符合。在日常生活中，人们称所有洋洋得意之态都是"有精神"，显然将"精神"一词用作中性。但在更多时候，人们把蝇营狗苟称为"精神堕落"，无意之间给"精神"一词又注入了褒义，似乎这种东西为好人们所专有。提到"精神不灭"，人们只会想起耶稣、穆罕默德、孔子、贝多芬、哥白尼、谭嗣同、苏东坡、张志新……决不会将其与贪佞小人联系起来。这样看，精神又不是人人都可以或者时时都可以拥有的。它可以在人心中浮现（良心发现）；也可以隐灭（丧失灵魂）。它是意识、思维的价值表现并内含价值趋力——趋近慈悲和智慧和美丽，趋近大我，趋近佛。

佛的大我品格，与其说是人们的愿望，不如说是一种客观自然，只是它如佛家说的阿赖耶识一样，能否呈现须取决于具体条件。与物理学家们的还原主义路线不同，优秀的心理学和生命学家当今多用整体观看事物。他们突然领悟：洞并不是空，而是环石的增生物。钢锯不是锯齿，而是多个锯齿组合起来的增生物。比起单个的蚂蚁来，蚁群更像是一个形状怪异可怖的大生物体，增生了任何单个蚂蚁都不可能有的智力和机能，足以承担浩大工程的建设（见 B·戴维斯：《上帝与新物理学》）。这就是整体大于部分之和。同理，单个的人如果独居荒岛或森林，只会退化成完全的动物。只有组成群类之后，才会诞生语言、文化、高智能，还有精神——它来自组合、关系、互助、共生、或者叫做"场"一类无形的东西。

这样说意味着，人类的精神或灵魂就只有一个，是整体性的大我，由众生共有，随处显现，古今仁人不过是它的亿万化身。这也意味着，灵魂确实可以不死的。不是说每个死者都魂游天际——对于人类这一个大生物体来说，个人的死亡就如同一个人身上每天都有的细胞陈谢，很难说——都会留下灵魂。但只要人类未绝，人类的大心就如薪火共享和薪火相传，永远不会熄灭。个人可以从中承借一部分受用，即所谓"熏习"；也可以发展创造，归还时"其影像直刻入此羯摩（即是灵魂——引者注）总体之中，永不消灭"。这是梁启超的话，他居然早已想到要把灵魂看成"总体"。

精神无形无相，流转于传说、书籍、博物馆、梦幻、电脑以及音乐会。假名《命运交响曲》时，贝多芬便犹在冥冥间永生，在聆听者的泪光和热血中复活。这就是整体论必然导致的一种图景，它可以启发我们理解精神的价值定向，理解为何各种神主都有大慈大宥之貌，为何各种心学都会张扬崇高的精神而不会教唆卑小的精神——如果那也叫"精神"的话。究其原因，精神既来自整体，必向心于整体，向心于公共社会的福祉，成为对全人类的宽广关怀。

因此，把人仅仅理解为"个人"是片面的，至少无助于我们理解精神。既然整体大于部分之和，既然"人群"大于"个人"之和，那么精神就是这个"大于"之所在，至少是这种所在之一。由此可知，"个人"的概念之外，还应该有"群人"的概念。所谓入魔，无非是个人性浮现，只执利己、乐己、安己之心，难免狭促焦躁；所谓成佛，则是群人性浮现，利己利人、乐己乐人、安己安人，当下顿入物我一体善恶两消通今古纳天地的圆明境界。

作为这种说法的物理学版本：以还原论看精神，精神是实体和物料，可以被人私取和私据，易导致个人围闭；以整体论看精神，精神便是群聚结构的增生物，是一种关系，一种场，只能共享与融会，总是激发出与天下万物感同身受的群人胸怀——佛家的阿赖耶识不过是对它的古老命名罢了。

精神之谜远未破底。只是到目前为止，它可能是这样一个东西，既是还原论的也是整体论的，是佛和魔两面一体的东西，大我与小我都交结其中的东西。

汉语中的"东西"真是一个好词。既东又西，对立统一，永远给我们具体辩证的暗示。

六

有这样一个流传很广的故事：坦山和尚与一个小和尚在路上走着，看见一个女子过不了河。坦山把她抱过去了。小和尚后来忍不住问：你不是说出家人不能近女色吗？怎么刚才要那样做呢？坦山说：哦，你是说那个女人吗？我早把她放下了，你还把她一直抱着。小和尚听了以后，大愧。

事情就是这样。同是一个事物，看的角度不同，可以正邪迥异。同样一件事情，做的心态不同，也势必佛魔殊分。求"术"和求"道"都可以成佛，也都可以入魔，差别仅在一念，迷悟由人，自我立法，寸心所知。佛说"方便多门"，其实迷妄亦多门。佛从来不能教给人们一定之规——决不像傻瓜照相机的说明书一样，越来越简单，一看便知，照做就行。

世界上最精微、最圆通、最接近终极的哲学，往往是最缺乏操作定规且最容易用错的哲学，一旦让它从经院走入社会，风险总是影随着公益，令有识之士感情非常复杂。而且从根本上说，连谈一谈它都是让人踌躇的。精神几乎不应是一种什么观念什么理论，更不是一些什么术语——不管是用佛学的符号系统，还是用其他宗教的符号系统。这些充其量只是谈论精神时一些临时借口，无须固守和留恋，无须有什么仇异和独尊，否则就必是来路不正居心不端。禅宗是明白"观念非精神"这一点的，所以从来慎言，在重视观念的同时，又不把观念革新之类壮举太当回事。所谓"不立文字"，所谓"随说随扫"，所谓"说出来的不是禅"，都是保持对语言和观念的超越态度。《金刚经》警示后人：谁要以为我说了法，便是谤我。《五灯会元》中的佛对阿难说：我说的每一字都是法，我说的每一字都不是法。而药山禅师则干脆在开坛说法时一字不说，只是沉默。他们都深明言语的局限，都明白理智一旦想接近终点就不得不中断和销毁，这实在使人痛苦。

但不可言的佛毕竟一直被言着，而且不同程度地逐渐渗染到中国传统文化的每一个细胞。在上一个世纪之交，一轮新的佛学热在中国知识界出现，倾心或关注佛学的文化人，是一长串触目的名单：梁启超、熊十力、梁漱溟、章太炎、欧阳竟无、杨度……一时卷帙浩繁，同道峰起，高论盈庭，这种鼎盛非常的景观直到后来"神镜（照相机）"和"自来火（电）"所代表的现代化浪潮排空而来，直到后来内乱外侮的烽烟在地平线上隆隆升起，才悄然止息。一下就沉寂了将近百年。

又一个世纪之交悄悄来临了。何士光承接先学，志在传灯，以《如是我闻》凡三十多万字，经历了一次直指人心的勇敢长旅。其中不论是明心启智的创识，还是一些尚可补充和商讨的空间，都使我兴趣生焉。我与何士光在北京见过面，但几乎没有说过什么话。我只知道他是小说家，贵州人，似乎住在远方一座青砖楼房里。我知道那里多石头，也多雨。

1994 年 12 月

----

* 最初发表于 1995 年《读书》杂志，后收入随笔集《完美的假定》，已译成英文。

重说道德

一

很长一段时间里，"道德"一词似已不合时宜，遇到实在不好回避的时候，以"文化"或"心理"来含糊其辞，便是时下很多理论家的行规。在他们看来，道德是一件锈痕斑驳的旧物，一张过于严肃的面孔，只能使人联想到赎罪门槛、贞节牌坊、督战队的枪口、批斗会上事关几颗土豆的狂怒声浪。因此，道德无异于压迫人性的苛税与酷刑，"文以载道"之类纯属胡扯。与之相反，文学告别道德，加上哲学、史学、经济学、自然科学等纷纷感情零度地no heart（无心肝），才是现代人自由解放的正途。

柏拉图书里就出现过"强者无需道德"（语出《理想国》）一语。现代人应该永远是强者吧？永远在自由竞争中胜券在握？现代人似乎永远不会衰老、不会病倒、不会被抛弃、不会受欺压而且是终身持卡订座的VIP。因此谁在现代人面前说教道德，那他不是伪君子，就是神经病，甚至是精神恐怖主义嫌犯，应立即拿下并向公众举报。上个世纪90年代针对"道德理想主义"的舆论围剿，不就在中国不少官方报刊上热闹一时？

奇怪的是，这种"去道德化"大潮之后，道德指控非但没有减少，反而成了流行口水。道德并没有退役，不过是悄悄换岗，比如解脱了自我却仍在严管他人，特别是敌人。美国白宫创造的"邪恶国家"概念，就出自一种主教的口吻，具有强烈的道德意味。很多过来人把"文革"总结为"疯狂十年"，更是摆出了审判者和小羔羊的姿态，不但把政治问题道德化，而且将道德问题黑箱化。在他们看来，邪恶者和疯狂者，一群魔头而已，天生为恶和一心作恶之徒而已，不是什么理性的常人。如果把他们视为常人，视为我们可能的邻居、亲友乃至自己，同样施以政治、经济、文化、资源等方面的条件分析和原因梳理，那几乎是令人惊骇的无耻辩护，让正人君子无法容忍。在这里，"去道德化"遭遇禁行，在现实和历史的重大事务面前失效——哪怕它正广泛运用于对贪欲、诈骗、吸毒、性变态、杀人狂的行为分析，让文科才子们忙个不停。在一种双重标准下，"邪恶国家"和"疯狂十年"（更不要说希特勒）这一类议题似乎必须道德化，甚至极端道德化。很多人相信：把敌人妖魔化就是批判的前提，甚至就是够劲儿的批判本身。

这种看似省事和快意的口水是否伏下了危险？是否会使我们的批判变得空洞、混乱、粗糙、弱智从而失去真正的力量？倒越来越像"邪恶国家"和"疯狂十年"那里不时入耳的嘶吼？

二

敌人是一回事，主顾当然是另一回事。当很多理论家面对权力、资本以及媒体受众，话不要说得太刺耳，就是必要的服务规则了。道德问题被软化为文化学或心理学的问题，绕开了善恶这种痛点以及责任这种难事；如果可能的话，不妨进一步纳入医学事务，从而让烦心事统统躺入病床去接受仁慈的治疗。一个美国人曾告诉我：在他们那里，一个阔太太如果也想要个文凭，最常见的就是心理学文凭了。心理门诊正成为火爆产业，几乎接管了此前牧师和政委的职能，正在流行"情商"或"逆商"一类时鲜话题，通常是大众不大明白的话题。

据说中国未成年人的精神障碍患病率高达21.6%～32%（2008年10月7日文汇报），而最近12年里，中国抑郁症和焦虑症的患者数分别翻了一番多和近一番（2009年9月22日文汇报）。如此惊人趋势面前，人们不大去追究这后面的深层原因，比方说分析一下，"情商"或"逆商"到底是怎么回事，到底有多少精神病属实如常，而另一些不过是"社会病"，是制度扭曲、文化误导、道德定力丧失的病理表现。病情似乎只能这样处理：道德已让人难以启齿，社会什么的又庞大和复杂得让人望而却步，那么在一个高技术时代，让现代的牧师和政委都穿上白大褂，开一点药方，摆弄一些仪表，也许更能赢得大家的信任，当然也更让不少当权大人物宽心：他们是很关爱你们的，但他们毕竟不是医生，因此对你们的抑郁、焦虑、狂躁、强迫、自闭之类无权干预，对写字楼综合症、中年综合症、电脑综合症、长假综合症、手机依赖综合症、移民综合症、注意力缺乏综合症、阿斯伯格综合症等等爱莫能助。你们是病人，对不起，请为自己的病情付费。

并非 24 小时内的一切都相关道德，都需要拉长一张脸来讨论。很多牧师和政委架上道德有色眼镜，其越位和专制不但无助于新民，反而构成了社会生活中腐败和混乱的一部分，也一直在诱发"去道德化"的民意反弹。对同性恋的歧视，把心理甚至生理差异当作正邪之争，就是历史上众多假案之一例。此类例子不胜枚举。不过，颁布精神大赦，取消道德戒严，广泛解放异端，让很多无辜或大体无辜的同性恋者、堕胎者、抹口红者、语多怪诞者、离婚再嫁者、非礼犯上者、斗鸡走狗者、当众响亮打嗝者或喝汤者都享受自由阳光，并不意味着这个世界不再有恶，不意味着所有的精神事故都像小肠炎，可以回避价值判断，只有物质化、技术化、医案化的解决之法。最近，已有专家在研究"道德的基因密码"，宣称至少有 20% 的个人品德是由基因决定（2010 年 6 月 14 日俄罗斯《火星》周刊），又宣称懒惰完全可以用基因药物治愈（2010 年 9 月 4 日英国《每日快报》），更有专家宣称政治信仰一半以上取决于人的遗传基因（2010 年《美国心理学家》杂志）。如果让上述文章中那些英国人、俄国人、美国人、瑞典人、以色列人研究下去，我们也许还能发现极权主义的单细胞，或民主主义的神经元？能发明让人一吃就忠诚的药丸，一打就勇敢的针剂，一练就慷慨的气功，一插就热情万丈的生物芯片？能发明克服华尔街贪欲之患的化学方程式？……即便这些研究不无道理，与古代术士们对血型、体液、面相、骨骼的人生解读不可同日而语，但人们仍有理由怀疑：无论科技发展到哪一步，实验室都无法冒充上帝。

否则，制毒犯也可获一小份科技进步奖了——他们也是一伙发明家，也是一些现代术士，也在寻找快乐和幸福的秘方，只是苦于项目经费不足，技术进步不够，药物的毒副作用未获足够的控制，可卡因和 K 粉就过早推向了市场。

事情是这样吗？

三

道德的核心内容是价值观，是义与利的关系。其实，义也是利，没有那么虚玄，不过是受惠范围稍大的利。弟弟帮哥哥与邻居打架，在邻居看来是争利，在老哥看来是可歌可泣的仗义。民族冲突时的举国奋争，对国族之外是争利，在国族之内是慷慨悲歌的举义。义与利是一回事，也不是一回事，只是取决于不同的观察视角。

一个高尚者还可能大爱无疆，爱及人类之外的动物、植物、微生物以及整个银河星系，把小资听众感动得热泪盈眶。但从另一角度看，如此大爱其实也是放大了的自利，无非是把天下万物视为人类家园，打理家园是确保主人的安乐。如果有人爱到了这种地步：主张人类都死光算了，以此阻止海王星地质结构恶化，那他肯定被视为神经病，比邪教还邪教，其高尚一文不值且不可思议。正是在这个意义上，道德其实很世俗，充满人间烟火味，不过是一种福利分配方案，一种让更多人活下去或活得好的较大方案。一个人有饭吃了，也让父母吃一口，也让儿女吃一口，就算得上一位符合最低纲领的道德义士——虽然在一个网络、飞机、比基尼、语言哲学、联合国维和警察所组成的时代，并非每个人都能做好这一点。

作为历史上宏伟的道德工程之一，犹太—基督教曾提交了最为普惠性的福利分配方案。"爱你的邻居！"《旧约》这样训喻。耶和华在《以赛亚书》里把"穷人"视若宠儿，一心让陌生人受到欢迎，让饥民吃饱肚子。他在同一本书里还讨厌燔祭和集会，却要求信奉者"寻求公平，解放受欺压者，给孤儿伸冤，为寡妇辨屈。"圣保罗在《哥林多书》中也强调："世上的神，选择了最软弱的，叫那强壮的羞愧。"这种视天下受苦人为自家骨肉的情怀，以及相应的慈善制度，既是一种伦理，差不多也是一种政纲。这与儒家常有的圣王一体，与亚里士多德将伦理与政治混为一谈，都甚为接近；与后来某些宗教更醉心于永恒（道教）、智慧（佛教）、成功（福音派）等等，则形成了侧重点的差别。

在这一方面，中国古代也不乏西哲的同道。《尚书》称："天视自我民视，天听自我民听"。《管子》称："王者以民为天"。《左传》称："夫民，神之主也"。而《孟子》的"民贵君轻"说也明显含有关切民众的天道观。稍有区别的是，中国先贤们不语"怪力乱神"，不大习惯人格化、传奇化、神话化的赎救故事，因此最终没有走向神学。虽然也有"不愧屋漏"或"举头神明"（见《诗经》等）之类玄语，但对人们头顶上的天意、天命、天道一直语焉不详，或搁置不论。在这里，如果说西方的"天赋人权"具有神学背景，是宗教化的；那么中国的"奉民若天"则是玄学话语，具有半宗教、软宗教的品格。但不管怎么样，它们都有一个共同点，即置最广大人民群众的利益于道德核心，其"上帝"也好，"天道"也好，与"人民"均为一体两面，不过是道德的神学符号或玄学符号，是精神工程的形象标识，一种方便于流传和教化的代指。

想想看，在没有现代科学和教育普及的时代，他们的大众传播事业又能有什么招？

四

"上帝死了"，是尼采在 19 世纪的判断。但上帝这一符号所聚含的人民情怀，在神学动摇之后并未立即断流，而是进入一种隐形的延续。如果人们注意到早期空想社会主义者多出自僧侣群体，然后从卢梭的"公民宗教"中体会出宗教的世俗化转向，再从马克思的"共产主义"构想中听到"天国"的意味，从"无产阶级"礼赞中读到"弥赛亚"、"特选子民"的意味，甚至从"各尽所能、按需分配"制度蓝图，嗅出教堂里平均分配的面包香和菜汤香，嗅出土地和商社的教产公有制，大概都不足为怪。这与毛泽东强调"为人民服务"，宣称"这个上帝不是别人，就是全中国的人民大众"（见《毛泽东选集》），同样具有历史性——毛及其同辈志士不过是"奉民若天"这一古老道统的现代传人。

这样，尼采说的上帝之死，其实只死了一半。换句话说，只要"人民"未死，只要"人民""穷人""无产者"这些概念还闪耀神圣光辉，世界上就仍有潜在的大价值和大理想，传统道德就保住了基本盘，至多是改换了一下包装，比方由一种前科学的"上帝"或"天道"，通过一系列语词转换，蜕变为后神学或后玄学的共产主义理论。事实上，共产主义早期事业一直是充满道德激情，甚至是宗教感的，曾展现出一幅幅圣战的图景。团结起来投入"最后的斗争"，《国际歌》里的这一句相当于圣经里 Last Day（最后的日子），迸放着大同世界已近在咫尺的感觉，苦难史将一去不复返的感觉。很多后人难以想象的那些赴汤蹈火、舍身就义、出生入死、同甘共苦、先人后己、道不拾遗，并非完全来自虚构，而是一两代人入骨的亲历性记忆。他们内心中燃烧的道德理想，来自几千年历史深处的雅典、耶路撒冷以及丰镐和洛邑，曾经一度沉寂和蓄藏，但凭借现代人对理性和科学的自信，居然复活为一种政治狂飙，从 19 世纪到 20 世纪呼啸了百多年，大概是历史上少见的一幕。

问题是，"人民"是否也会走下神坛？或者说，人民之死是否才是上帝之死的最终完成？或者说，人民之死是否才是福柯"人之死（Man is dead）"一语所不曾揭破和说透的最重要真相？冷战结束，标举"人民"利益的社会主义阵营遭遇重挫，柏林墙后面的残暴、虚伪、贫穷、混乱等内情震惊世人，使 19 世纪以来流行的"人民""人民性""人民民主"一类词蒙上阴影——上帝的红色代用品开始贬值。"为人民服务"变成"为人民币服务"，是后来的一种粗俗说法。温雅的理论家们却也有权质疑"人民"这种大词，这种整体性、本质性、神圣性、政治性的概念，是否真有依据？就拿工人阶级来说，家居别墅的高级技工与出入棚户的码头苦力是一回事？摩门教的银行金领与什叶派的山区奴工很像同一个"阶级"？特别在革命退潮之后，当行业冲突、地区冲突、民族冲突、宗教冲突升温，工人与工人之间几乎可以不共戴天。一旦遇上全球化，全世界的资产阶级富得一个样，全世界的无产阶级穷得不一个样；全世界的资产阶级无国界地发财，全世界的无产阶级有国界地打工；于是发达国家与后发展国家的工会组织，更容易为争夺饭碗而怒目相向，隔空交战，成为国际对抗的重要推手。在这种情况下，你说的"人民""穷人""无产者"到底是哪一伙或者是哪几伙？前不久，澳大利亚总理陆克文也遭遇一次尴尬：他力主向大矿业主加税，相信这种保护社会中下层利益的义举，肯定获得选民的支持。让他大跌眼镜的是，恰好是选民通过民调结果把他哄下了台，其主要原因，是很多中下层人士即便不靠矿业取薪，也通过股票等与大矿业主发生了利益关联，或通过媒体鼓动与大矿业主发生了虚幻的利益关联，足以使工党的传统政治算式出错。

"人民"正在被"股民""基民""彩民""纳税人""消费群体""劳力资源""利益关联圈"等概念取代。除了战争或灾害等特殊时期，在一个过分崇拜私有化、市场化、金钱化的竞争社会，群体不过是沙化个体的临时相加和局部聚合。换句话说，人民已经开始解体。特别是对于人文工作者来说，这些越来越丧失群体情感、共同目标、利益共享机制的人民也大大变质，迥异于启蒙和革命小说里的形象，比方说托尔斯泰笔下的形象。你不得不承认：在眼下，极端民族主义的喧嚣比理性外交更火暴。地摊上的色情和暴力比经典作品更畅销。在很多时候和很多地方，不知是大众文化给大众洗了脑，还是大众使大众文化失了身，用遥控器一路按下去，很少有几个电视台不在油腔滑调、胡言乱语、拜金纵欲、附势趋炎，靠文化露阴癖打天下。在所谓人民付出的人民币面前，在收视率、票房额、排行榜、人气指数的压力之下，文化的总体品质一步步下行，正在与"芙蓉姐姐"（中国）或"脱衣大赛"（日本）拉近距离。身逢此时，一个心理脆弱的文化精英，夹着两本哲学或艺术史，看到贫民区里太多挺着大肚腩、说着粗痞话、吃着垃圾食品、看着八卦新闻、随时可能犯罪和吸毒的冷漠男女，联想到苏格拉底是再自然不过的：如果赋予民众司法权，一阵广场上的吆喝之下，哲人们都会小命不保吧？

这当然是一个严重的时刻。

上帝死了，是一个现代的事件。

人民死了，是一个后现代的事件。

至少对很多人来说是这样。

五

上帝退场以后仍然不乏道德支撑。比如有一种低阶道德，即以私利为出发点的道德布局，意在维持公共生活的安全运转，使无家可归的心灵暂得栖居。商人们和长官们不是愤青，不会永远把"自我"或者"叛逆"当饭吃。相反，他们必须交际和组织，到了一定的时候，就不能没有社会视野和声誉意识，因此会把公共关系做得十分温馨，把合作共赢讲得十分动人，甚至在环保、慈善等方面一掷千金，成为频频出镜的爱心模范，不时在粉色小散文或烫金大宝典那里想象自己的人格增高术——可见道德还是人见人爱的可心之物。应运而生的大众文化明星或民间神婆巫汉，也会热情推出"心灵鸡汤（包括心灵野鸡汤）"，炖上四书五经或雷公电母，说不定再加一点好莱坞温情大片的甜料，让人们喝得浑身冒汗气血通畅茅塞顿开，明白利他才能利己的大道理，差不多是吃小亏才能占大便宜的算计——也可以说是理性。

不否定自私，但自私必须君子化。不否定贪欲，但贪欲必须绅士化。理性的个人主义，或者说可持续、更有效、特文明的高级个人主义，就是善于交易和互惠的无利不起早。这有什么不好吗？考虑到"上帝"和"人民"的联手远去，放低一点身段，把减法做成了加法，把道义从目的变为手段，不也能及时给社会补充温暖，不也能缓释一些社会矛盾，而且是一种最便于民众接受的心理疏导？当一些人士因此而慈眉善目，和颜悦色，道德发情能力大增，包括对小天鹅深情献诗或对小兰花音乐慰问，我们没有理由不为之感动。起码一条，相对于流氓和酷吏的耍横，相对于很多文化精英在道德问题上的逃离弃守和自废武功，包括后现代主义才子们精神追求的神秘化（诗化哲学）、碎片化（文化研究）、技术化（语言分析）、虚无化（解构主义等），文化明星与神汉巫婆还算务实有为，至少是差强人意的替补吧。他们多拿几个钱于理不亏。

很多高薪的才子并没有成天闲着。他们对道德的失语，其实出自一种真实的苦恼——或者说更多是逻辑和义理上的苦恼。说善心不一定出善行，这当然很对。说善行不一定结善果，这当然也很对。说恶是文明动力，说道德不免历史化演变，再说到善恶相生和善恶难辨因此道德无定规，这在某一角度和某一层面来看，无疑更是大智慧，比"心灵鸡汤"更有学术含量和精英品味（坦白地说，我也受益不少）。不过，用诗化哲学、文化研究、语言分析、解构主义等等把道德讨论搅成一盆糨糊以后，才子们总还是要走出书房的，还是要吃饭穿衣的。书房里的神驰万里，无法代替现实生存的每分每秒。比方说，一位才子喝下毒奶粉，会觉得这是善还是恶？会不会把毒奶粉照例解构成好奶粉？会不会把奶粉写入论文然后宣称道德仍是假命题？会不会重申幸福不过是一种纯粹主观的意见和叙事法，因此喝下毒奶粉也同样可以怡然自得？……书本上被他们争相禁用的二元独断论，在此时此刻却变得无法回避。套用莎士比亚的话来说：

喝，还是不喝，是一个问题。

生气，还是不生气，是后现代主义无法绕过的学术大考。

独断论确实应予慎用。人间事千差万别，一把非此即彼的二元尺子显然量不过来。稍有生活经验的人都知道，面子对有些人而言是利益，对另一些人而言不是利益。交响乐是有些人生命的所在，在另一些人那里却不值一提。由己推人不等于认可一厢情愿，有些人对宗教徒的关怀也实属形善实恶：把寺庙改成超市，说面纱不如露背装，强迫斋戒者赴饕餮大宴，都可能引起强烈仇恨，构成文化误解的重大事故。在特定情况下，有些人还完全可以把豪宅当作地狱，把自由视为灾难，把女士优先看成男性霸权的阴谋……但是，无论利益可以怎样多样化、主观化以及感觉化，无论文化可以怎样五花八门千奇百怪，只要人还是人，还需要基本的生存权和尊严权，酷刑和饿毙在任何语境里也不会成为美事，鲁迅笔下的阿Q把挨打当胜利，也永远不会有合法性。这就是说，"由己推人"向文化的多样性开放，却向自然的同一性聚结；向善行方式的多样性开放，却向善愿动机的同一性聚结——多样性中寓含着同一性。对当代哲学深为不满的法国人阿兰·巴丢（Alain Badiou），将这种道德必不可少的同一性，称之为"一个做出决定的固定点"和"无条件的原则"（见《哲学与欲望》）。他必定痛切地知道：离开了这一点，世界上的所有利他行为统统失去前提，于是任何仁慈都涉嫌强加于人的胡来，而任何卑劣也都疑似不无可能的恩惠。同样，离开了这一点，本能的恻隐，宗教的信仰，理性所规划和统计的公益，都成了无事生非。

事情若真到了这种糨糊状态，毒奶粉也就不妨亦善亦恶了——不过这就是某些哲学书虫要干的事？就是他们忙着戴方帽、写专著、大皱眉头的职责所系？就是他们飞来飞去衣冠楚楚投入各种学术研讨会和评审会的专业成果？他们专司"差异"，擅长"多元"，发誓要与普遍性、本质性、客观性过不去，诚然干出了一些漂亮活，包括冲着各种意识形态一路下来去魅毁神。但如果他们从过敏和多疑滑向道德虚无论，在一袋毒奶粉面前居然不敢生气，或生气之前必先冻结满脑子学术，那么这些限于书房专用的宝贝，离社会现实也实在太远。学术的好处，一定是使问题更容易发现和解决，而不是使问题更难于发现和解决；一定是使人更善于行动，而不使人在行动时更迟钝、更累赘、更茫然、更心虚胆怯，否则就只能活活印证"多方丧生"这一中国成语了：理论家的药方太多，无一不是妙方，最终倒让患者无所适从，只能眼睁睁地死去。

不用说，现代主流哲学自己倒是应接受重症监护了。

六

一种低阶、低调、低难度的道德，或者说以私利为圆心的关切半径，往往是承平之世的寻常，不见得是坏事。俗话说，乱世出英雄，国家不幸英雄幸，这已经道出了历史真相：崇高英雄辈出之日，一定是天灾、战祸、社会危机深重之时，必有饿殍遍地、血流成河、官贪匪悍、山河破碎的惨状，有人民群众承担的巨大代价。当年耶稣肯定面对过这样的情景，肯定经历太多精神煎熬，才走上了政治犯和布道者的长途——这种履历几乎用不着去考证。大勇，大智，大悲，大美，不过是危机社会的自我修补手段。耶稣（以及准耶稣们）只可能是苦难的产物，就像医生只可能是病患的产物，医术之高与病例之多往往成正比。

为了培养名医，不惜让更多人患病，这是否有些残忍？为了唤回小说和电影里的崇高，暗暗希望社会早点溃乱和多点溃乱，是否纯属缺德？与其这样，人们倒不妨庆幸一下英雄稀缺的时代了。就总体而言，英雄的职能就是要打造安康；然而社会安康总是会令人遗憾地造成社会平庸——这没有办法，几乎没有办法。我们没法让丰衣足食甚至灯红酒绿的男女天天绷紧英雄的神经，争相申请去卧薪尝胆，过上英雄们赢来的好日子又心怀惭愧地拒绝这种日子，享受英雄们缔造的安乐又百般厌恶地诅咒这种安乐。这与寒带居民大举栽培热带植物，几乎是同样困难，也不大合乎情理。

至于下面的话，当然是可说也可不说的：事情当然不会止于平庸。如果没有遇上神庇天佑，平庸将几无例外地滋生和加剧危机，而危机无可避免地将再次批量造就英雄……如此西西里弗似的循环故事不免乏味。

高级的个人主义，差不多是初级的群体主义——两相交集不易区分的状态，不仅是承平之世的寻常，对于中国人来说还有熟悉之便。这话的意思是：源自雅典和耶路撒冷的道德是理想化、法理化、均等化的，不爱则已，一爱便遍及陌生人，就可远渡重洋千辛万苦地去异国他乡济困扶危。Idealism，欧式理想主义或者说理念主义，常伴随这种刚性划一的行事风格。这种爱，接近中国古代墨家的"兼爱"，是儒家颇有保留的高调伦理。与此相区别，中国古人大多低调一些，习惯于社会的"差序格局"（见费孝通的《乡土中国》），分亲疏，别远近，划等级，是一种重现实、重人情、重差序的爱，其道德半径由多个同心圆组成，波纹式地渐次推广和渐次酌减（后一点小声说说也罢）。《孟子》称："墨氏兼爱，是无父也"（见《滕文公下》）。还指出：如果同屋人斗殴，你应该去制止，即便弄得披头散发衣冠不整也可在所不惜；如果街坊邻居在门外斗殴，你同样披头散发衣冠不整地去干预，那就是个糊涂人了。关上门户，其实也就够了（见《离娄下》）。后人若要理解何谓"差序格局"，不妨注意一下这个小故事。

中国人深谙人情或说人之常情，因此一般不习惯走极端。除非特殊的情况，儒家说"成己成物"，佛家说"自渡渡他"，常常是公中有私，群中有己，有随机进退的弹性，讲一份圆融和若干分寸，既少见"爱你的敌人"（基督教名言）那种高强度博爱，也没有"他人即地狱"（存在主义名言）那种绝对化孤怨，从而避免了西方式的心理宽辐震荡。这一种"中和之道"相对缺少激情，不怎么亮眼和传奇，却有一种多功能：往正面说是较为经久耐用，总是给人际交往留几分暖色；往负面说却是便于各取所需，很容易成为苟且营私的伪装。这样的多义性被更多引入当代国人的道德观也不难理解——大家眼下似乎都落在一个犹疑不定的暧昧里，说不清自己到底想要什么。

不过，有一点不同的是，中国先贤在圆滑（通）之外也有不圆滑（通），在放行大众的庸常之外，对社会精英人士另有一套明确的精神纪律，几乎断然剥夺了他们的部分权益。《论语》称："小人喻于利，君子喻于义"；又说君子"谋道不谋食""忧道不忧贫"。《孟子》强调"为仁不富"，提倡"富贵不能淫，贫贱不能移，威武不能屈"的"大丈夫"品格，指出君子须承担重大责任义务，如果只是谋食，那当然也可以，但只能去做"抱关击柝"（打更）的小吏（见《万章下》等）。柏拉图在《理想国》中似乎更为苛刻，颇有侵犯人权之嫌，其主张是一般大众不妨去谋财，但哲学家就是哲学家，不得有房子、土地及任何财物，连儿女也不得家养私有，还应天天吃在"公共食堂（all eat together）"——这差不多是派苦差和上大刑，肯定会吓晕当今世界所有的哲学人士。哪个哲学系真要这么干，师生们肯定会愤愤联想到纳粹集中营和中国文革的"改造思想"，然后一哄而散，甚至喷泪狂逃。

显然，中外先贤的经验是"抓小放大"和"抓上放下"，营构一种平衡的精神生态结构。他们差一点说明白了的是：道德责任不应平均分配，精英们既享受良好教育资源，就不可将自己等同于一般老百姓，因此必须克己，必须节欲，必须先忧后乐，办事时必取道德同心圆中的相对外圆直至最大圆——此为社会等级制的重要一义。这个最大圆叫"人民"或"天下"或"大家伙"都行，叫什么并不重要，重要的是得有部分人，哪怕是少数人，来承担导向性的高阶道德，与低阶道德形成配套和互补，以尽可能平衡社会的堕落势能，延缓危机的到来。不无讽刺的是，一直追求平等目标的现代人类，历经多次启蒙和革命，至今未能实际上取消权力和资本的等级制，却首先打掉了道德责任等级制。一直勤奋好学酷爱文明的现代人类，在百般崇敬中外先贤之后，对他们的重要忠告却悄悄闪过。对自我道德要求的狂踩和群殴，首先来自政治、经济、文化的精英领域而不是底层民间，成为不太久之前媒体上的真实故事。法制也使精英们更多受惠。在法律面前人人平等的口号下，他们终于得见天日，解除了柏拉图、孔子那一类糟老头强加的额外义务，"砖（专）家"

和"教兽（授）"——特别是戴上官帽和握有股权的一窝蜂抢先致富，而且更有条件去调动司法资源，为自己的恶行免责；也有更多的话语资源，把自己的恶行洗白。

这才是人们忧心于道德重建的主要现实背景。

七

利己是动物学的一条硬道理——承认这一点无需太多智慧。同样需要一点智慧的提醒是：人类是一种特殊动物，一旦有了文化和文明，就有了个体和群体的双重性。拉丁词persona（人），其字面原义是"传声""声向"，已标注了人的互联特征，甚至半社会主义的倾向。离群索居的成长，对于乌龟或狗熊或有可能，对于人却不可能。这用不着危机下团结奋争的场景来证明，想一想无时不在的语言文字就够了——没有这一公共成果，一个野人更接近于猴子。

个体——这东西有形、易见、好懂，而群体性则有点抽象，就像砖瓦什么的好懂，房屋结构原理却不大好懂。但如果世界上没有房子，砖瓦就只会是泥土，永远不会成为砖瓦。这里有一个整体大于部分之和的道理，整体使n型部分（比如泥土）演变为N型部分（比如砖瓦）的道理。人们总是太依赖直观，容易看到有形物而忽略其他，因此惦记一下群体关系，惦记一下义，并非特别容易。把中东人肉炸弹和贵州失学少年想象成自己的家事，更是让很多人觉得不可思议。历史上一次次出现的价值观迷茫，即荀子说的"利克义者为乱世"，差不多就是一种人类紧急解散的状态，一种砖瓦们齐刷刷要求从房屋退回泥土的冲动，每个人从N型部分退回n型部分的冲动。

有些问题很朴素：为什么不能当犹大？为什么不能当希特勒？为什么当权者不能家天下？为什么不能弱肉强食欺男霸女？为什么需要人权、公正、自由、平等以及社会福利？为什么不能做假药、毒酒、细菌弹、文凭工厂、人肉馒头以及儿童色情片？……如果利己成为唯一兴奋点，如果"利益最大化"无所限制，那么这一切其实不值得大惊小怪，在某个夜深人静之时，击破很多人的难为情或者脑缺弦，是迟早的事。并没有特别坚实的理由来支持否定性结论，来推论你必须这样而不能那样——这是理性主义的最大系统漏洞，逻辑帮不上忙的地方。

接下来的事情是，如果大家都不再难为情和脑缺弦，如果人们都把自身"利益最大化"这一人生真谛看了个底儿透，这个世界会怎么样？考虑到法治体系并非由机器人组成，心乱势必带来世乱，一旦精神自净装置弃用，社会凝结机能减弱，每个人对每个人的隐形世界大战就开始了，直至官贪民刁而且越来越多的身份高危化——从矿工到乘客，从食客到医生，从裁判到交警，从乞丐到富翁，从税务局到幼儿园。这样的事情难道不是已在发生？同时发生的事情，是左派或右派的政策主张也不是由火星人来推行的，大家一同陷入道德泥沼的结果，只能是轮番登台后轮番失灵，与民众的政治"闪婚"频破，没几个不灰头土脸。有时候，即便经济形势还不错，比三百年、五百年前更是强多了，但官民矛盾、劳资纠纷、民族或宗教冲突等仍然四处冒烟地高压化，一再滑向极端主义和暴力主义。人们很难找到一种精神的最大公约数，来超越不同的利益，给这个易爆的世界降温。

到了这个时候，文明发育动力的减弱也难以避免。理解这一点，需要知道科学和艺术虽贵为社会公器，却也常常靠逐利行为来推动，与个人名望、王室赏赐、公司利润、绝色佳人等密切相关，于是"包荒含秽"（程颐语）是为人道——这并没有错。不过，包荒含秽并不是只有荒秽，更不是唯荒秽独贵。即便是就事功而言，某些清高者一事无成，不意味着成事者都是掘金佬，一个比一个更会掐指算钱。特别是在实用技术领域以外，在探求真理最高端而又最基础的某些前沿，很多伟大艺术是"没有用"的——想一想那么多差一点饿死的画家和诗人；很多科学也是"没有用"的——想一想那些尚未转化或无望转化为产业技术的重大发现，比如大数学家希尔伯特所公布的23个难题，还有陈景润那迷宫和绝路般的（1+1）。公元前500年左右的文明大爆炸，至今让后人受惠和妒羡的思想界群星灿烂，包括古希腊和古中国的百家并起，恰恰是无利或微利的作为，以至苏格拉底孑然就戮，孔子形如"丧家犬"。16世纪以后的又一次全球性文明大跨越，时值欧洲大学尚未脱胎于神学经院，距后来的世俗化运动还十分遥远。出入这里的牛顿、莱布尼兹、伽利略等西方现代科学奠基人，恪守诫命，习惯于祈祷和忏悔，从未享受过发明专利，不过是醉心于寒窗之下的胡思乱想，追求一种思维美学和发现快感而已，堪称"正其宜而不谋其利，明其道而不急其功"（董仲舒语）的西方版。

人类史上一座座宏伟的文明高峰已多次证明：小真理是"术"，多为常人所求；大真理涉"道"，多为高士所赴。大真理如阳光和空气，几乎惠及世界上所有的人，惠及人类至大、至深、至广、至久却是无形无迹的方面，乃至在常人眼里显得可有可无，因此并无特定的受益对象，难以产生交换与权益，至少不是在俗利意义上的"有用"。不难理解，寻求这种大真理往往更需要苦行、勇敢、诚恳、虚怀从善等人格条件，需要价值观的暖暖血温。高处不胜寒，当事人不但少利而且多苦，只能是非淡泊者不入，非担当者不谋，非献身者不恒，差不多是一些不擅逐利的呆子。

一个呆子太少的时代，一个术盛而道衰的时代，我们对如火如荼的知识经济又能抱多大希望？"为什么没有出现大师？"不久前一位著名物理学家临终前的悬问，是提给中国的，也不仅仅是提给中国的吧？

八

结语是：一种缺失了"上帝"和"人民"的道德信仰是否需要，该如何建立？或者说新的"上帝"观和新的"人民"观是否需要，该如何建立？——显然，如果文明可能绝处逢生，那么这一逼问就绕不过去。

悠悠万事，唯世道人心为大。

2010 年 8 月

---

*最初发表于 2010 年《天涯》杂志。

杂　论
543

张家与李家的故事

从前有一个张家，时运不济，父亲早故，又遭火烧与水淹，家里穷得叮当响。这一家有三个儿子，都长得虎头虎脑，眨巴着可爱的大眼睛。但母亲掐指一算，全家收入只够一个人上学，于是狠狠心，将机会给了老大。

"你记住，"母亲在村口送别老大时说："全家勒紧肚皮供了你一个。你在城里好好读书，若有出头之日，不要忘了两个兄弟。"

老大咬住嘴唇，点了点头。

留下来的老二、老三虽然有些失落感，偷偷叹一口气，但也没有多言。他们觉得事情别无选择，于是按母亲的安排，一个去种地，一个去烧炭，都干得十分卖力。他们知道，只有多挣钱，让大哥学业有成，才能带回全家的希望。

如果这个村子里的人都穷，大家会觉得这事顺理成章。不巧的是，这村居然还有个李家，牛肥马壮，地广田多，还开了榨房和染房，高门大宅里经常飘出肉香。他家三个儿子都在城里上学，遇到学校放假，便穿着皮鞋、戴着墨镜、哼着小曲回了村。这就有了点麻烦。比方，他们会对张家的老二、老三说："你们只有老大去读书，这事通过了民主程序吗？"

张家两个娃娃茫然不知，面面相觑。

"你们愚蠢吗？不是。你们懒惰吗？也不是。你们是来历不明的野种吗？更不是。人生而平等。为什么只有你家老大读书，而你们在这里做牛做马？多不公平呵。"

张家老二说："我们家没那么多钱……"

"没钱不讲民主了？没钱就不讲人权了？没钱就不讲普世价值了？天外奇谈，是可忍孰不可忍。要是把你家老大读书的钱拿来平分，你们至少都可以穿上皮鞋。"

张家老三说："妈说，皮鞋没有布鞋好……"

"愚民，愚民政策！"

"我家与你家不同……"

"是不同，但最大的不同，是你们缺乏独立思考，总觉得爹妈放屁也是香的。就凭这一条，你们一辈子活该受穷。"

启蒙者恨铁不成钢，摇头叹气地走了。

张家老二倒没什么，只当一阵风过耳。倒是老三对新名词有点动心。虽不懂什么民主、人权、普世价值，但他一直暗中羡慕李家少爷们的皮鞋。想到这里，想到伤心处，他不好好砍柴烧炭了，不但对母亲拒交炭款，而且成天闹着要支钱，要查账，要分家散伙，还有宁做李家犬不做张家人一类恶语，气得母亲火冒三丈扇了他一耳光。事情到这一步，他悲屈得更有根据了，捂着脸去李家诉苦时，启蒙者看看他的脸，都十分同情和愤慨："太专制了吧？太暴力了吧？什么人呢！"

他们对张家远远投去鄙夷的目光。

一晃好些年过去了。张家老大学业有成，果然有出息，在江湖上打下一片天地，连李家人也刮目相看，想来傍一傍这个大款，经常请他吃吃饭，喝喝茶。但老大没忘记已故母亲的嘱托，把两个兄弟接到城里，陆续为他们找到生计，还分别盖上了房子。老二很感激，抓住老大的手忍不住一阵鼻酸："兄弟没出息，如今只能借你的光，惭愧呵惭愧。"

老大也有些鼻酸："什么话呢？当年不是你们流血汗，我也不可能有今日。我欠你们的太多。"

此时只有老三嘟嘟哝哝，对房子并不满意。在他看来，房子不够大也不够高，特别是式样不时髦，没用上琉璃瓦和大理石板。何况过去的时光不可追回，一座房子能抵消他多年来砍柴烧炭的委屈和痛苦吗？能抚平他内心中累累伤痕吗？他相信，如果当年母亲是送他读书，眼下他肯定比老大更威猛，别说几座房子，就是整个老皇宫或整个金融区，他肯定也可以买下来的。

"好日子你一直过着，大好人这下你也做了。"老三对老大冷笑一声，"你又有钱财又有善名，左右逢源，好处占尽呵。"

老大听出话中有音，说不出什么，闷闷地走了。

老大在街上遇到李家三兄弟，黑黑的脸色引起了对方注意，在一再追问之下，只好道出原委。三位老校友都同情他，大有天下精英是一家的深情厚谊。其中一位大声说："你怎么这样脑残呢？以前我邀你来入股，你不入，要省钱，原来就是要做这些傻事呵？凭什么说你欠他们的？当初你妈让你读书，肯定是你读得好，他们读得赖。退一万步——他们为什么不能自学成才？"

老大支吾："当年我是读得好一点，但话不能这样说……"

"还能怎样说？人生而自由，自由就是优胜劣汰。谁落后，谁活该。谁受穷，谁狗熊。"

"你言重了，老三今天只是对房子不太满意……"

"那是仇富，想吃大锅饭。"

"我去想办法把房子再做好一点就是，他不就是要琉璃瓦么……"

"可怜人自有可恶之处，你连这个道理都不懂呵？你这是保护落后，鼓励懒惰，人情主义纵容腐败！"

"……"

李家三兄弟还说了一大堆，包括人情网、大锅饭、道德理想主义十恶不赦，祸国殃民，完全违反普世价值等等。这些话听上去不无道理，让老大思前想后，几天来无心茶饭。

李家人这样说说也罢了，要命的是张家老大有一个儿子，还未学成立业，就在歌舞厅同李家三位爷混出一个熟，听来听去也动了心，每次回家就埋怨父亲是木瓜脑子，跟不上时代潮流。这小鲜肉早就不喜欢两个叔叔，觉得这两个臭乡巴佬，特土气，特笨蛋，特不要脸，简直是血吸虫。如果不是给他们找生计盖房子，父亲对儿子何至于这样出手小气？别说名牌的球鞋和手表，恐怕早给他一台红色法拉利的车钥匙了吧？

他把李家的说辞照搬一大堆，见父亲仍默然无语不为所动，便跺着脚威胁："那好，你既无情，我就不义。你把银行存折交出来，我同你分家，从此井水不犯河水。"

"你反了你？"

"你心里没我这个儿子，我心里就没你这个爹。"

"你姓张，你是张家人，这是你的家！"

"我爱这个家，可谁爱我呢？实话同你说，我明天就到李家做儿子去！"

父亲脸色大变，一时胸堵气结，扇了儿子一耳光，把他扇到墙角去了。事情到这一步，儿子当然悲屈得更有理由了。他捂着脸去李家诉苦时，李家三兄弟看看他脸上的红肿，再次表示同情和愤慨："太专制了吧？太暴力了吧？什么人呢！"

他们再次对张家远远投去鄙夷的目光。

就这样，张家多年来不平静，似乎永远是个问题家庭。即使他们后来都富裕了，体面了，出人头地了，但好吃好喝有说有笑也无法使这一家洗脱历史污名。连张家一代代后人回忆往事，也觉得脸上无光，也承认往事不堪回首，比方扇耳光肯定是不文明和反人性的吧——丢人，实在丢人呵。可耻，实在可耻呵。

至于李家以后的情况，我不知道，只能按下不表。我当然希望李家不要出现夭折，不要出现火灾和水灾，不要遭遇癌症和瘫痪，不要有人吸毒与坐牢……总之，我希望这一家诸事顺遂，洪福齐天，财务状况永远良好，千万不要出现多个孩子只有一份学费的现象，否则我不知该对他们怎么说了，更不知张家人反过来对此会怎样启蒙和拯救了。

2009 年 3 月

---

*最初发表于 2009 年《天涯》杂志。

从循实求名开始

关于"××化"

"现代化"这个词已用得耳熟能详。但何谓之"化"？依中文的用法，推广、普遍、完全、彻头彻尾谓之"化"。那么彻头彻尾的现代化是什么模样？筷子很古老，不要了吗？走路很古老，不要了吗？窗花与陶器很古老，不要了吗？农家肥料与绿色食品肯定古已有之，还要不要？特别是在人文领域里，孔子，老子，慧能，苏东坡等很不"现代"，怎么曾经不要以后又要了？天人合一，实事求是，惠而不费、守正出奇等等，在不同时代虽有不同表现形式，一如男女求爱可以抛绣球也可以传视频，战争屠杀可以用弓矛也可以用核弹，但它们的核心价值能不能变？或该不该变？把它们都"现代化"一下是什么意思？

现代很好，特别是很多现代的器物很好。我眼下写作时就惬意地享用着现代电脑，还离不开现代的供电、供水、供热系统，离不开工业革命和信息革命的各种成果。即便如此，"现代"仍是一个容易误解的词，而英文中的 −sation 或 −zation 已经可疑，译成中文的"化"便更可能添乱。

这个词抵触常识，折损了我们的基本智商。谁都知道，无论怎样"革命化"的社会，很多事大概为革命力所难变，比如食色之欲、基本伦常、很多自然学科等等。无论怎样"电气化"的社会，很多事肯定用不着电器代劳，比如教徒祈神、旅者野游、孩儿戏水等等。无论怎样"市场化"的社会，很多事肯定不遵市场法则，比如法院办案、义士济贫、母子相爱等等。无论怎样"民主化"的社会，很多事肯定不走民主程序，比如将军用兵、老板下单、艺人独创等等。这就是说，世上很多东西，即便是好东西，也不可能而且不必要彻头彻尾的"化"。

倒是千篇一律的"化"必定单调乏味。整齐划一的"化"必定缺乏生机与活力——这是从热力学到生态学一再昭告的警示。世上的生态系统、文化系统、政治或经济系统等一旦进入同质状态，就离溃散与死寂不远。那么革命、电气、市场、民主一类哪怕是好上了天，也只是在一定范围内相对有效，在一定程度上相对有效，不必顶一个"化"字的光环，被奉为万能神器和普世天宪。

关于"××主义"

"主义（-ism）"也是意识形态的权杖。这个词在汉译过程中还不时加冕一个"唯"，如物质主义（materialism）成了"唯物主义"，审美主义（aestheticism）成了"唯美主义"，理性主义（rationalism）成了"唯理主义"。于是既"主"且"唯"，如同天无二日和国无二君，大大强化了一元独断的霸气——其根据和好处到底是什么，至今没有个像样的交代，却实在该有个像样的交代。

有没有简约、尖锐、偏执乃至极端的思想适合"主义"一词？当然是有的。但这种情况并非全部，也不是多数。特别是在多元而开放的环境里，在人类文化丰厚积累之后，凡成熟、稳定、耐打击、可持续的思想体系，几乎都有内在丰富性，不过是在你中有我我中有你的状态下各有侧重，如此而已。当今的大多社会主义者不会因"社会"而仇视个人和市场经济。当今的大多自由主义者也不会因"自由"而仇视平等与国家监管。他们均离各自的原教旨甚远，也都不会排拒孔子、柏拉图、佛陀、耶稣、达尔文、爱因斯坦这样一些共同的思想资源。这就是思想大于"主义"的常态。那么，描述这样一些思想组合体与多面体，是不是可以有"主义"之外更合适的说法？如果创新一些更合适的说法，撤掉一些玩命 PK 的主义擂台，那么多年来捉对厮杀不共戴天的"公正"与"自由"之争，"民主"与"自由"之争，"民主"与"社会"之争，"社会"与"共和"之争，作为很多有识之士眼中的小题大做甚至无聊虚打，是否可以少一点？

任何一种社会形态诚然有主要特征，但这种特征是表还是里，是果还是因，是相对甲还是相对乙而言，也常被人们粗心对待，于是"主义"的单色标签常常过分放大某些信号而删除其他信号，聚光某些因素而遮蔽其他因素，很容易把事物简单化，甚至混乱化。19世纪的俄国和美国都冒出资本家，又都有数以百万计的奴隶，那么对这种资本加奴隶的共生体拦腰下刀，将其命名为"资本主义"而非"奴隶主义"，用"主义"削足适履，似乎并无充足理由。另一个例子是：古代中国确有近似欧洲的采邑、藩镇、领主、封臣等"封建"现象，但也有中央官僚集权的漫长历史，有文明国家体制的早熟迹象，与欧洲的情况大有区别。漠视这种区别，把大分裂的欧洲等同于大一统的中国，进而等同于集体村社制多见的印度和俄国，用一个大得没边的"封建主义"帽子打发纷繁各异的千年人类史，打发宗族、帮会、教门、官僚等各种权力形态，也显得过于粗糙。显然，"封建"一词在多数情况下大而不当；谈"封建"更不一定意味着到处颁发"封建主义"。一旦竖起主义大旗，有些问题倒可能让人越辩越晕，越辩越累，越辩越怒目相向，直到离真理更远。

主义之争，至少一大半是利少弊多。据恩格斯说，马克思先后五次否定自己是"马克思主义者"，见诸中文版《马恩全集》第35卷385页，第21卷541页附录，第37卷432页，第37卷446页，第22卷81页——看来马克思早已嗅出了主义的危险，不满思想的标签化。

邓小平多年前提出"不争论"，也一定是有感于"姓社"与"姓资"的主义之辩不过是麻烦制造者，是妨碍大局的乱源。这种闭嘴令，算是没办法的办法，是纸上主义都不够用和不合用的时候，舍名求实的一时方便。

两个主义已经够折腾人了。如果把西方成千上万的主义都引入东土，从费边主义到萨特主义，从修正主义到保守主义，从货币主义到福利主义，从达达主义到天体主义……这些高分贝理论尖声一齐登场，诚然热闹，诚然让人开眼，诚然让学者们业务兴隆并且接轨西方，但对于解决实际问题来说，倒可能有多歧亡羊之虞。更重要的是，面对复杂多变的现实，"主义"式的一刀切、一根筋、一条路走到黑，其本身有多少智慧可言？一种疗救社会的综合方案，随机应变和因势利导的全部实践智慧，如何能装入一两个单色标签里去？身边的事实是，如果中国人要市场但少一点"市场主义"的狂热，教育、医疗、住房等方面的制度改革也许可以少走点弯路？如果美国人要资本但少一点"资本主义"的偏执，他们也不至于对金融资本失去节制，一头栽进2008年的金融风暴吧？

"主义"一次次成为制动闸失灵的思想，越出了正常的边界。

思想与文字的一体两面

近百年来，一批热衷于西学的中国新派精英确有革新之功，但谭嗣同、刘半农、钱玄同、胡适、陈独秀、鲁迅等都曾力主废除汉字，甚至有人主张全民改说法语，差一点闹到了"凡中必反"与"凡旧必弃"的激进程度。不过这一革新幸好夭折，使我们还有机会讨论下面的问题。

中国人以前不说"主义"和"化"，大概与所用的语言文字有关。在论及人文话题时，中文少单词，多复词；少单义型单词，多兼义型复词，比如大国小家合之为"国家"，公道私德合之为"道德"，内因外缘合之为"因缘"，活情死理合之为"情理"……这一类复词如双核芯片，应付两面，布下活局，对关联事物实行综合平衡和动态管理。作为先贤们"格物致知"的语言特产，这类词长于兼容和整合，长于知其一还知其二，连很多涵义对立的事项也常常在中文里组合成词（东西、利害、痛快、褒贬等），几乎都难准确西译。这与中国古人喜欢"利弊互生""福祸相倚""因是因非""法无定法"一类说法，在文化原理上一脉相承。在他们看来，以道驭理，谓之"道理"；然而道可道，非常道，总是充满着辩证的多义指涉，很难孤立地、绝对地、静止地定义求解，因此上述词语无非是实现一种八卦图式的阴阳统筹，以中庸、中道、中观之法协调相关经验——这几乎是中国人不假思索就可接受的修辞方法。包括一些借道日译而产生的译词，也仍然顺从这种修辞惯性。

与这种语言相区别，很多西方语言文字呈现出某种词义原子化和单链化趋向——虽然也有复词和词组，也可表达兼义，但单词大多单义，单词贵在单义，单义词库日益坐大，为人们的线性形式逻辑提供了最好舞台。古希腊哲学求公理之真，是一元论的，习惯于非此即彼的矛盾律、排中律、同一律。基督教倡救赎之爱，是一神论的，习惯于非我必邪的争辩、指控、裁判以及战争。它们都免不了追求词义的精纯和逻辑的严密，甚至都有一种几何学的味道，长于理法推演，志在绝对普世，因此不管是来自雅典的"格理致知"还是来自耶路撒冷的"格理致爱"，两相呼应，一路穷究，都是要打造永恒的、不变的、孤立的神圣天理 ①。在这一过程中，真实（true）高于事实（fact），因逻辑推演而身份高贵，以至 fact 一词迟至 16 世纪才伴随各种外来的物产和知识进入欧洲词汇 ②。同是在这一过程中，对抽象的再抽象，对演绎的再演绎，使他们产出了不少"格理"而不是"格物"的语言，理法优先而不是经验优先的符号工具，诸如 being, nonbeing, otherness, sameness, nothingness, thing-hood, for-itself-ness……让汉译者们一看就头大，真是要译出高血压和精神病来。显而易见，这种语言确保了精密，营构了形而上的天国，却忽略了活态实践中太多的半精密、准精密、非精密以及无法精密。

两种主流文化传统都经历过自我反思。很多西方人曾不满意理法霸权，很多中国人也曾不满意经验霸权。欧洲就有过质疑逻辑主义、理性主义、科学主义的强大声浪。中国学人也对本土文化传统中的含混、虚玄、圆滑、散乱、空洞、实用投机等等有过激烈批判。

在这种情况下，中国人也萌生追求文理精密的冲动，包括对很多兼义词实行悄悄改造，以适应形式逻辑的需要。比如当今的"国家"实际上是指国，与家没有太多关系，兼义变成了偏义——科学家、法学家、神学家不正是需要这种精密的语言吗？现代社会不正是需要这种言说的明确无误吗？不过，这种语言的改造运动力有所限。改造后的"国家"一词仍然兼有国土（country）、国族（nation）、国政组织（state）等义，很遗憾，还是涉嫌混沌甚至混乱，在很多西方人士看来仍未达标。更重要的是，兼义复词在汉语中仍是浩如烟海，构成了深入改造的难点。比如"情理"就很难由兼转偏，因为在中国老百姓看来，任何事情必须办得入情入理，二者不可偏废，所以"情理"必须是一个词，是一回事，不可切分为二。在这种情况下，如果闹出一个"情理主义"，肯定被很多西方人视为双头的怪胎；如果分解出"情感主义"和"理智主义"，大多中国人又肯定觉得弄巧成拙，活生生地把一个人分尸两段。

双方碰到这一类词语还是难办，无奈之下只能求助于大致心会，留下各

---

① 如亚里士多德称：…something eternal and immovable and independent…such beings are the celestial bodies.——《Metaphysics》by Aristotle. 基督教重要理论家拉辛格也说：Being is thought and therefore thinkable.——《Introduction to Christianity》by Josph Kardinal Ratzinger, 1990

② 见《Maters of Exchange Commerce, Medicine, and Science in the Dutch Golden Age》by Harold J. Cook, 2007

种文化之间不可通约的余数。

不仅"情理主义"说不通,"标本主义""刚柔主义""知行主义"等也肯定不像人话。这证明大多数中国人处理标与本、刚与柔、知与行之类问题,还是顽强坚持和持久怀念一种整合、互补、兼济、并举的态度,不大承认词素之间的各不相干,更不乐意在价值取向上挑边押注。在这个意义上,不论是语言影响思想,还是思想影响语言,中国语言文字重要特色之一仍是尽可能全面地、相对地、变化地描述事物,因此多多少少压缩了一元独断论的空间,使"主义"和"化"一类词用得不大方便。中国古人的儒学、墨学、经学、玄学、理学、心学等涉及各家各派,但大多兼说多义,力求圆融,很难简化为一个主义或数个主义。经过 20 世纪的西化狂潮,随着实践经验的逐步积累和文化自觉的逐步苏醒,一些进口的单色标签也在逐渐凋零。"革命化""市场化""集体化""私有化""道德化""世俗化"一类口号,经人们现实感受一再淘洗,在当今不是已退出历史,就是被用得十分节制。很多外来词甚至一直找不到移植的水土条件,比如中国老百姓较能接受大众与精英的结合,因此"大众主义"和"精英主义"听上去总有点刺耳,不易说得理直气壮,始终难以响亮起来。谁要是拍着胸脯自封"精英主义"或"大众主义",在多数情况下必是自找没趣和自砸场子。

当然,"现代化"一词还未被更好的说法取代,姑且约定俗成地用着,以照顾人们的习惯和情绪。但多年来沿用的"社会主义"一词已经被"中国特色""初级阶段""改革开放""市场经济""以人为本"等多种附加成分所拓展,词组越来越长,内涵越来越繁,已让很多西方人难以适应,不知这到底是什么玩意。明眼人不难看出,这不过是中国人对旧标签的小心弥补和修整,或可视为一种名理上的破蛹待飞。

自主实践须自主立言

一个多世纪以来,中国与西方迎头相撞,恩怨交集的关系剪不断理还乱,其中大概含有三个层面:第一是利益的共享与摩擦,比如抗日战争期间的国人比较容易看到共享;而巴黎和会与藏独闹事期间的国人则比较容易看到摩擦。第二是制度的融合与竞比,比如引入市场和民主的时候,国人比较容易看到融合;遇到拉美、东南亚、美欧日经济危机的时候,国人则比较容易看到竞比。

其实第三个层面的关系更重要、更复杂、更困难，却更隐形，即中国对西方思想文化的吸纳与超越。百年来时风多变暗潮迭起，但不论是仿俄还是仿美的激进革新，中国人都从西方引入了海量的思潮和学术，包括车载斗量的外来词，遍及哲学、宗教、科学、法学、文艺、经济学等各个领域，极大扩展和丰富了国人的视野，扩大了不同文化之间的近似值。检点一下诸多新型学科，如果说国人因此对西方欠下一笔大人情，恐怕并不为过。在这里，即便是"××主义"和"××化"也是重要的舶来品。它们至少能让我们全面了解全球思想生态，知道偏重、偏好、偏见本是生态的一部分，在特定情况下甚至不可或缺——这当然是另一个可以展开的话题，在此从略。

不过，中国与西方虽然同居一个地球，共享一份大致相同的人类生理基因遗产，却来自不同的地理环境、资源条件、历史过程以及文化传承，又无法完全活得一样和想得一样。有些洋词是对西方事物的描述，拿来描述中国事物并不一定合适；有些洋词在描述西方事物时已有误差，搬到中国来更属以讹传讹——需要指出的是，这种夸大文化近似性的教条主义，倒算得上一个真实的"主义"，近百年来在中国不幸地反复发作。有些知识人似乎被洋枪洋炮打懵了，只能一直靠西方批发想法，总是忙于打听西方的说法，争着在远方学界的注册名录里认领自己的身份，以至文化软骨症重到了残障程度：比如明明是说及吾国吾民之事，却念念不忘在关键词后加注译名，一定要比附欧美的某些事例，套上他国他民的思维操典，否则就如无照驾车和无证经商，足以令人惶惶不安，足以招来同行们的窃笑和声讨。

其实，任何命名系统都有局限性，都不是全能。不同的文化之间既可译又不可全译，比如中文里的"道"就很难译，英文里的 being 也很难译，这完全正常。恰恰相反，难译之处多是某种文化最宝贵的优长所在，是特殊的知识基因和实践活血之蕴藏所在，最值得人们用心和用力，如果能轻易地外译，倒是奇怪了，倒是不正常了。换句话说，一个毫无难度全面对接的翻译过程，通常是一个文化殖民和文化阉割的过程，一个文化生态多样性消失的过程，对于一个有志于自主创新的民族来说，无异于声频渐高的警号。

从这一角度看，创新文化的基础工作之一就是创新词语，弘扬文化的高端业务之一就是输出词语，包括不避翻译难度、增加翻译障碍、使翻译界无法一劳永逸的词语，哪怕造成理论对外"接轨"大业的局部混乱和一时中断也无妨——这有什么可怕吗？这有什么不好呢？说岔了就暂时岔一岔，说懵了就暂时懵一懵，可持续的差异、隔膜、冲突难道不正是可持续的交流之必要前提？

一个不岔也不懵的美满结局未必可靠，也未必是结局。

作为文化活力与生机的应有之义，作为古今中外所有文化高峰的常规表现，历史一再证明，富日子里不一定绽放好文化，但新思想必然伴生新词汇，促成命名系统的不断纠错与校正。孔子说：名不正则言不顺，言不顺则事不成。面对一个全球化或多种全球化交织的时代，在深度吸纳世界各民族文明的前提下，采众家之长，避各方之短，从洋八股中大胆解放出来，在一种大规模的自主实践中真正做到循实求名，对于当今中国来说必不可少，也非常紧急。

如果这一片土地上确有文化复兴的可能。

如果这里的知识群体还有出息。

2009 年 11 月

------

* 最初发表于 2010 年《天涯》杂志，原题《慎用洋词好说事》。

心灵之门

经常遇到有人问：文学有什么用？我理解这些提问者，包括一些犹犹豫豫考入文科的学子。他们的潜台词大概是：文学能赚钱吗？能助我买下房子、车子以及名牌手表？能让我成为股市大户、炒楼金主以及豪华会所里的 VIP？

我得遗憾地告诉他们：不能。

基本上不能——这意思是说除了极少数畅销书，文学自古就是微利甚至无利的事业。而那些畅销书的大部分，作为文字的快餐乃至泡沫，又与文学没有多大关系。街头书摊上红红绿绿的色情、凶杀、黑幕、财运……一次次能把读者的钱掏出来，但不会有人太把它们当回事吧。

不过，岂止文学利薄，不赚钱的事情其实还很多。下棋和钓鱼赚钱吗？听音乐和逛山水赚钱吗？情投意合的朋友谈心赚钱吗？泪流满面的亲人思念赚钱吗？少年幻想与老人怀旧赚钱吗？走进教堂时的神秘感和敬畏感赚钱吗？做完义工后的充实感和成就感赚钱吗？大喊大叫奋不顾身地热爱偶像赚钱吗？……这些事非但不赚钱，可能还费钱，费大钱。但如果没有这一切，生活是否会少了点什么？会不会有些单调和空洞？

人与动物的差别，在于人是有文化的和有精神的，在于人总是追求一种有情有义的生活。换句话说，人没有特别的了不起，其嗅觉比不上狗，视觉比不上鸟，听觉比不上蝙蝠，搏杀能力比不上虎豹，但要命的是人这种直立动物比其他动物更贪婪。一条狗肯定想不明白，为何有些人买下一套房子还想圈占十套，有了十双鞋还去囤积一千双，发情频率也远超生殖的必需。想想看，这样一种最无能又最贪婪的动物，如果失去了文明，失去了文明所承载的情与义，算不算十足的劣等物种？是不是连一条狗都有理由耻与为伍？

人以情义为立身之本，使人类社会几千年以来一直有文学的流淌。在没有版税、稿酬、奖金、电视采访、委员头衔乃至出版业的漫长岁月，不过是靠口耳相传和手书传抄，文学也一直生生不息蔚为大观，向人们传达着有关价值观的经验和想象，指示一条澄明的文明之道。这样的文学不赚钱，起码赚不出什么李嘉诚和比尔·盖茨，却让赚到钱或没赚到钱的人都活得更有意义也更有意思，因此它不是一种谋生之术，而是一种心灵之学；不是一种职业，而是一种修养。把文学与利益联系起来，不过是一种可疑的现代制度安排，更是某些现代教育商、传媒商、学术商等等乐于制造的掘金神话。文科学子们大可不必轻信。

在另一方面，只要人类还存续，只要人类还需要精神的星空和地平线，文学就肯定广有作为和大有作为——因为每个人都不会满足于动物性的吃喝拉撒，哪怕是恶棍和混蛋也常有心中柔软的一角，忍不住会在金钱之外寻找点什么。在这个时候，在这个呼吸从容、目光清澈、神情舒展、容貌亲切的瞬间，在心灵与心灵相互靠近之际，永恒的文学就悄悄到场了。人类文学宝库中所蕴藏的感动与美妙，就会成为你眼前的新生之门。

2009 年 11 月

----

* 最初发表于 2009 年《人民日报》。

附录

韩少功主要作品出版年表

1978 → 《七月洪峰》(短篇小说),《人民文学》杂志。

1979 → 《月兰》(短篇小说),《人民文学》杂志。

1981 → 《月兰》(中短篇小说集),广东人民出版社。

1985 → 《文学的根》(论文),《作家》杂志。

1986 → 《诱惑》(中短篇小说集),湖南文艺出版社。

　　　　《面对神秘而空阔的世界》(随笔集),浙江文艺出版社。

1996 → 《马桥词典》(长篇小说),作家出版社。

2002 → 《暗杀》(长篇小说),人民文学出版社。

　　　　《山上的声音》(综合集),法国(法文版)。

2003 → 《韩少功王尧对话录》(理论集),苏州大学出版社。

　　　　《完美的假定》(随笔集),昆仑出版社。

2004 → 《阅读的年轮》(随笔集),九州出版社。

　　　　《韩少功中篇小说集》(中篇小说集),上海社会科学院出版社。

　　　　《韩少功自选集》(综合集),海南出版社。

　　　　《空院残月》(短篇小说集),云南人民出版社。

　　　　《韩少功中短篇小说集》(繁体字版),台湾正中书局。

2005 → 《大题小作》(演讲对话集),湖南文艺出版社。

　　　　《报告政府》(中短篇小说集),作家出版社。

2006 → 《山南水北》(长篇散文),作家出版社。

2009 → 《爸爸爸》(中短篇小说集),作家出版社。

2012 → 《韩少功作品系列》(十卷本)(综合集),上海文艺出版社。

　　　　《韩少功汉语探索读本》(三卷本)(综合集),四川文艺出版社。

2013 → 《日夜书》(长篇小说),上海文艺出版社。

　　　　《日夜书》(长篇小说)(繁体字版),台湾联经出版社。

2014 → 《革命后记》(长篇随笔),香港牛津大学出版社。

《韩少功作品精选－珍藏版》（综合集），长江文艺出版社。

《很久以前》（随笔集），武汉大学出版社。

2015 → 《海南岛：阳光与水的叙事》（散文），人民出版社。

《日夜书－韩少功作品典藏》（长篇小说），安徽文艺出版社。

《韩少功作品典藏》（全六册）（综合集），安徽文艺出版社。

《夜深人静》（综合集），中信出版社。

2016 → 《草原长调》（散文集），江苏文艺出版社。

《孤独中有无尽繁华》（综合集），百花洲文艺出版社。

《感觉跟着什么走》（散文集），四川文艺出版社。

《西江月》（短篇小说集），四川文艺出版社。

《红苹果例外》（中篇小说集），四川文艺出版社。